UNA TIENDA EN CHICKEN HILL

JAMES McBRIDE
UNA TIENDA EN CHICKEN HILL

Traducción de Juan Trejo Álvarez

MAXI
TUSQUETS
EDITORES

PEFC Certificado

Este libro procede de bosques gestionados de forma sostenible

PEFC

PEFC/14-38-00305 www.pefc.es

Título original: *The Heaven & Earth Grocery Store*

1.ª edición en colección Andanzas: septiembre de 2024
1.ª edición en colección Maxi: septiembre de 2025

Edición publicada por acuerdo con Riverhead Books, un sello de Penguin Publishing Group, división de Penguin Random House LLC

Adaptación de la cubierta: Maxi Tusquets / Área Editorial Grupo Planeta

Ilustración de la cubierta: © Borja Bonaque

Fotografía del autor: © Joel Saget / AFP / Getty Images

© de la traducción: Juan Trejo Álvarez, 2024

Diseño de la colección: FERRATERCAMPINSMORALES

Tusquets Editores, S. A. - Avda. Diagonal, 662-664. 08034 Barcelona
www.maxitusquets.com

ISBN: 978-84-1107-667-8
Depósito legal: B. 13.353-2025
Impreso en España

Índice

Al amigo Sy, que nos enseñó a todos
el significado de *tikún olam*

Primera parte
Se acabó

1
El huracán

En el mismo lugar en que antaño se hallaba la antigua sinagoga de Chicken Hill, en la ciudad de Pottstown, Pensilvania, vivía un viejo judío, y precisamente por eso, cuando la policía estatal encontró aquel esqueleto en el fondo de un viejo pozo en Hayes Street, la primera casa a la que acudieron fue la del viejo judío. Sucedió en junio de 1972, un día después de que un promotor inmobiliario echase abajo lo que quedaba en pie en el solar de Hayes Street para construir allí una nueva urbanización de casas adosadas.

La policía dijo que en el pozo habían encontrado también la hebilla de un cinturón y un pedazo de tela vieja, que, según reveló el laboratorio, había pertenecido a un traje o a una chaqueta de color rojo.

Al viejo le mostraron una joya y le preguntaron qué era.

Es una mezuzá, *contestó el anciano.*

Coincide con la placa que hay en la puerta, dijo la policía. ¿Estas cosas no se colocan en las puertas?

El anciano se encogió de hombros. La vida de los judíos es portátil, contestó.

La inscripción del reverso dice: «Hogar del mejor bailarín del mundo». Está en hebreo. ¿Habla hebreo?

¿Acaso le ha dado la impresión de que hablo suajili?

Responda a la pregunta. ¿Habla hebreo o no?

A veces me da algunos quebraderos de cabeza.

Usted es Malaquías el bailarín, ¿no es cierto? Eso es lo que nos han dicho. Que es un gran bailarín.

Lo fui. Dejé de bailar hace cuarenta años.

¿Y la mezuzá? *Coincide con la placa de aquí. ¿Esto no era un templo judío?*

Lo era.

¿Quién es el dueño ahora?

¿A quién pertenece todo lo que hay por aquí?, preguntó el anciano. Apuntó con el mentón hacia la inmensa y reluciente escuela privada que se veía por la oscura ventana. La Escuela Tucker. Se alzaba orgullosa en lo alto de la colina, detrás de una verja de hierro forjado, con su césped bien cortado, sus pistas de tenis y los relucientes edificios de aulas. Un monstruoso bastión de arrogante elegancia que brillaba como un ave fénix por encima del destartalado barrio de Chicken Hill.

Llevan treinta años intentando comprar mi casa, dijo el viejo.

Sonrió a los agentes, pero había perdido la práctica totalidad de su dentadura, excepto un único diente amarillo que colgaba como un pedazo de mantequilla de la encía superior, lo que le otorgaba el aspecto de un cerdo hormiguero.

Es usted sospechoso, dijeron.

Sospechoso, shospechoso, *dijo encogiéndose de hombros. Tenía más de ochenta años y vestía un viejo chaleco gris, con varios bolígrafos metidos en el bolsillo, una camisa blanca arrugada, un talit arrugado sobre los hombros y unos pantalones viejos también arrugados. Pero cuando introdujo la mano en el bolsillo del pantalón, sus nudosas manos se movieron con tal destreza y rapidez que los policías estatales —que se pasaban la mayor parte de su jornada multando a camioneros en la cercana carretera interestatal 76 e impresionando a guapas amas de casa durante los controles de tráfico, con sus luces de color chicle y sus severos sermones sobre seguridad vial— se asustaron y dieron un paso atrás. El anciano, sin embargo, se limitó a sacar del bolsillo varios bolígrafos más. Les tendió uno a los policías.*

No, gracias, dijeron.

Estuvieron dando vueltas un rato más y finalmente se marcharon. Prometieron volver cuando hubiesen sacado el esqueleto del pozo y estudiado un poco más la posible escena del crimen, pero nunca volvieron, porque al día siguiente Dios rodeó Chicken Hill con sus manos y arrancó de cuajo Su última pizca de justicia de aquel desdichado lugar. El huracán Agnes dejó sin electricidad a cuatro condados. El caudal del cercano río Schuylkill creció hasta alcanzar más de dos metros de altura. Según cuentan las viejas mujeres negras de Chicken Hill, los blancos de Potts-

town saltaban de sus tejados como si estuvieran en el Titanic. *La tormenta barrió todas aquellas lujosas casas como si fueran polvo, arrasó todo lo que tocó. Ahogó a todos los hombres, mujeres y niños con los que llegó a cruzarse; destrozó puentes, derribó fábricas, destruyó granjas; aquello causó millones de dólares en daños —millones y millones—, que es el idioma que entienden los blancos; millones y millones. Bueno, para nosotros, la gente de color de Chicken Hill, no fue más que otro día en el que dedicarnos a esquivar la maldad del hombre blanco. En cuanto al viejo judío y a la gente que, como él, vivían en esa colina, recuperaron todo el tiempo que les habían robado los que les habían robado todo. Y la mujer judía a la que injuriaron, la señorita Chona, también obtuvo justicia, porque el Rey de Reyes la compensó por todas las cosas buenas que había hecho, la elevó a los cielos y cumplió sus sueños en un instante de la única manera que Él puede hacerlo. Ese malvado tonto que se hacía llamar Hijo del Hombre hacía ya tiempo que se había largado de este país. Y el niño aquel, Dodo, el sordo, todavía vive. Por él levantaron el campamento en el condado de Montgomery, los judíos se encargaron de hacerlo. Eran los dueños de varios teatros, Dios los bendiga. Y los policías y los peces gordos que andaban tras los judíos por el cadáver que habían descubierto en el viejo pozo no encontraron nada contra ellos, porque Dios se lo llevó todo: el pozo de agua, el embalse, la lechería, el esqueleto y cualquier cosa que pudieran usar contra los judíos; lo arrastró todo hasta el arroyo Manatawny. Y, una vez allí, hasta el último resquicio de esa clase de tonterías estilo «quién es el culpable» fue arrojado al río Schuylkill, y desde ese punto fluyó hasta la bahía de Chesapeake en Maryland y después al Atlántico. Y ahí es donde yacen hoy los huesos de ese maldito canalla cuyo nombre no merece ser pronunciado por mis labios. En el fondo del océano, donde los peces dan cuenta de sus huesos y solo el diablo lleva las cuentas.*

En cuanto al viejo Malaquías, la policía no logró dar con él. Volvieron a buscarlo otra vez cuando se calmó el follón provocado por el huracán, pero hacía tiempo que se había marchado. Lo único que dejó tras de sí fueron un par de girasoles en el patio de su casa. El viejo señor Malaquías salió de allí limpio de polvo y paja. Era el último de ellos. El último de los judíos del barrio. Ese tipo era un mago. Era increíble. Y además sabía bailar... Ay, Dios... Ese hombre sabía hacer magia...

Mazel tov, *querido.*

2
Un mal presagio

Cuarenta y siete años antes de que los obreros de la construcción descubrieran el esqueleto en el pozo de la vieja granja de Chicken Hill, el dueño de un teatro judío de Pottstown, Pensilvania, llamado Moshe Ludlow, tuvo una visión en la que aparecía Moisés.

Moshe tuvo esa visión la mañana de un lunes de febrero, mientras limpiaba el desastre provocado por la actuación de Chick Webb la noche anterior en su diminuto Teatro y Sala de Baile Auténtico Americano en Main Street. Webb y su estruendosa banda, compuesta por doce músicos, sin duda fue el mayor acontecimiento musical que Moshe había presenciado en su vida; a excepción, claro está, de cuando, dos meses antes, Moshe logró traer desde Cleveland a Mickey Katz, el brillante pero temperamental genio yidis de la música *klezmer,* para que tocara durante todo un fin de semana de diversión y entretenimiento en yidis para familias en el Teatro y Sala de Baile Auténtico Americano. Eso sí que fue el no va más. Para poder actuar allí en el mes de diciembre, Katz, el precoz mago del clarinete, junto a su recién formada banda de siete músicos, tuvieron que enfrentarse a una furiosa tormenta que dejó tras de sí más de treinta centímetros de nieve en las montañas al este de Pensilvania. Gracias al bendito Dios superaron el reto, porque Moshe había reunido en su local a doscientos cuarenta y nueve judíos —comerciantes de zapatos, propietarios de tiendas, sastres, herreros, pintores del ferrocarril, charcuteros, y sus esposas— procedentes de cinco estados diferentes, incluidos el norte del estado de Nueva York y Maine. Entre los asistentes se encontraban incluso cuatro parejas que habían viajado en coche desde Tennessee; habían tardado tres días en cruzar las montañas Blue Ridge, y subsistieron a base de queso y huevos, incapaces de respetar el *kosher* del *sabbat,* y todo para juntarse con sus compañeros judíos —y justo antes de la Janucá, momento en el que todos deberían estar en casa con las velas encendidas durante ocho días—. Por no mencionar que uno de los ocho que viajaron desde Tennessee era un fanático y estaba convencido de que el ayuno de Tishá B'Av, que habitualmente se llevaba a cabo en julio o agosto, tendría que hacerse dos veces al año en lugar de una, lo que implicaría quedarse en casa todos los meses de diciembre y pasar hambre y llenar las paredes con fotos de flores durante tres semanas seguidas como muestra de agradecimiento al Creador por su generosidad al ayudar al pueblo judío de Europa del Este a escapar de los pogromos, para poder vivir al amparo de la relativa paz y prosperidad que entrañaba la Tierra Prometida de América. Por culpa de ese tipo y del clima, las cuatro parejas estaban de un humor de perros cuando llegaron, embutidos en dos Packards antiguos —uno de ellos sin calefacción—, tras haber soportado la salvaje tormenta de nieve. Dejaron bien claro que pensaban marcharse de inmediato en cuanto oyeron que iba a seguir nevando, pero Moshe los convenció para que no lo hicieran. Ese era su don. Moshe era capaz de vender arena en el desierto.

—¿Cuántas veces en la vida se tiene la oportunidad de escuchar a un joven genio? —les dijo—. Será el gran acontecimiento de vuestra vida.

Los condujo a la diminuta habitación en la que vivía, en una pensión de Chicken Hill, ubicada en una zona de casas destartaladas y calles sin asfaltar donde habitaban los negros, los judíos y los blancos inmigrantes que no podían permitirse nada mejor, los sentó frente a su cálida estufa de leña, les sirvió té frío recalentado y un poco de *gefilte fish,* y los entretuvo contándoles la historia de su abuela rumana, la que saltó por una ventana para evitar casarse con un judío de la Haskalá, pero acabó aterrizando encima de un rabino jasídico austriaco.

—Lo derribó en medio del barro —exclamó—. Cuando él alzó la vista, ella ya le estaba leyendo la palma de la mano. Así que se casaron.

Eso provocó sonrisas y carcajadas, porque todos sabían que los rumanos estaban mal de la cabeza. Con las risas resonando aún en sus oídos, Moshe se apresuró a volver junto a la gente que esperaba ansiosa, en medio de la nieve, a que abrieran las puertas del local.

A Moshe se le encogió el corazón mientras recorría las calles embarradas de Chicken Hill camino de su teatro en Main Street. La improvisada fila que se había formado una hora antes se había convertido en una turba de trescientas personas. Por otra parte, le informaron de que Katz, el temperamental genio, había llegado, se encontraba dentro del teatro, pero estaba de muy mal humor, por todo lo que le había hecho sufrir aquella terrible tormenta, y amenazaba con marcharse. Moshe entró a toda prisa y, para su alivio, descubrió que su siempre fiable ayudante, un anciano de color llamado Nate Timblin, había acomodado a Katz y a su banda entre bastidores, justo delante de la potente estufa de leña. Además, les había servido té caliente en vasos de agua, huevos *kosher* frescos, *gefilte fish* y pan jalá, todo cuidadosamente dispuesto como si fuese un bufé. Ese detalle había complacido al joven Katz, que anunció que él y su banda lo dispondrían todo en cuanto terminaran de comer. Moshe volvió a salir para entretener a la multitud que esperaba ante la puerta del local.

Al comprobar que no paraba de llegar gente, rezagados que salían a toda prisa de la estación de tren cargados con bolsas y maletas, agarró una escalera de mano y se encaramó a ella para dirigirse a los presentes. Nunca en su vida había visto a tantos judíos juntos en un mismo lugar de Estados Unidos. Los esnobs reformistas de Filadelfia estaban allí con sus camisas abotonadas al lado de trabajadores del hierro llegados de Pittsburgh, que se agolpaban junto a ferroviarios socialistas procedentes de Reading, con sus gorras con el logotipo del Ferrocarril de Pensilvania, que a su vez estaban codo a codo con mineros del carbón de rostros grisáceos de Uniontown y Spring City. A algunos los acompañaban sus esposas. A otros, mujeres que, habida cuenta de sus abrigos de piel, sus botas de cuero y sus deslumbrantes peinados, ni remotamente debían de ser sus esposas. Uno de ellos iba acompañado de una rubia gentil quince centímetros más alta que él, vestida de un alegre color verde irlandés y ataviada con un sombrero a medio camino entre una hoja de trébol y los pinchos de la corona de la Estatua de la Libertad. Algunos parloteaban en alemán, otros en yidis. Algunos gritaban en dialecto bávaro, otros hablaban polaco. Cuando Moshe anunció que todo iba con un poco de retraso, la multitud se inquietó todavía más.

Un joven y apuesto jasídico con caftán y gorro de piel, que cargaba con una bolsa de arpillera y tenía el pelo rizado embutido dentro del sombrero, que llevaba ladeado como si fuese un sombrero de fieltro cualquiera, anunció que había venido desde Pittsburgh y que no bailaría con ninguna mujer, lo que provocó risas y varias exclamaciones altisonantes, algunas de ellas en alemán, sobre los polacos imbéciles que se vestían como paletos.

Moshe se quedó perplejo.

—¿Por qué vienes a un baile si no vas a bailar con ninguna mujer? —le preguntó a aquel hombre.

—No busco alguien con quien bailar —respondió escuetamente el apuesto jasídico—. Estoy buscando esposa.

Los allí presentes se echaron a reír. Poco después, ya bajo el magnífico hechizo de la magia musical de Katz, Moshe no pudo evitar fijarse, maravillado, en cómo aquel hombre bailó toda la noche como si lo empujase un demonio. Se divirtió con todos los estilos de baile que Moshe había visto en su vida; y Moshe, por haber pasado su infancia siendo un *fusgeyer* —un judío errante— en Rumanía, conocía unos cuantos y sabía distinguir los pasos de la danza tradicional hora, de la búlgara, los *khosidls, freylekhs,* marchas rusas, pasos altos cosacos. El bailarín jasídico era un prodigio de codos retorcidos, un rítmico giroscopio de gracia elástica y salvaje destreza. Bailaba con cualquier mujer que se le acercaba, y había muchas en el local. Al cabo de un rato, Moshe se dijo que aquel tipo debía de ser una especie de mago.

Las cuatro noches siguientes fueron la más extraordinaria y alegre celebración judía que Moshe había visto jamás. Lo consideró un milagro, en parte porque todo había estado a punto de venirse abajo antes incluso de que comenzase, debido a unos folletos que había enviado semanas antes para fomentar la venta anticipada de entradas. Moshe utilizó un directorio judío en el que figuraban sinagogas y casas particulares donde podían alojarse los judíos que viajaban de un lugar a otro, y envió folletos a todas las sinagogas, pensiones y albergues judíos de los pueblos entre Carolina del Norte y Maine. Los folletos, que proclamaban con orgullo que el gran espectáculo ambulante de Mickey Katz, el Show Invernal de Diversión Yidis y de Recuerdos Familiares del Viejo Continente, se representaría en el Teatro y Sala de Baile Auténtico Americano de Pottstown, Pensilvania, el 15 de diciembre, estaban impresos en cuatro idiomas: alemán, yidis, hebreo e inglés. Pero Moshe había confiado en exceso en el poder organizativo de los rabinos rurales, y la mayoría de los folletos se perdieron entre el continuo ir y venir de esquelas mortuorias, anuncios de *bar mitzvá*, ofertas de compra y de venta, solicitudes para la matanza de vacas al estilo *kosher*, servicios para la confección de talit, arbitraje de disputas comerciales, problemas con los *mohel* (circuncisiones) y líos matrimoniales..., que eran el pan de cada día en la vida de los rabinos que viven en el campo. Los pocos incautos que se vieron con ánimos para abrir las cartas que envió Moshe con los folletos vieron incrementada su confusión, pues muchos de ellos eran inmigrantes recién llegados de Europa del Este que no hablaban inglés. Estaban convencidos de que cualquier carta con la dirección escrita a máquina era algo así como una notificación del Gobierno, que implicaría la repatriación inmediata de su familia al completo, incluido el perro y los sellos verdes, a su tierra de origen, donde los esperaban los soldados rusos con un regalo especial por haber participado en el asesinato del hijo del zar; a quien, obviamente, habían sido los propios rusos los que lo habían asesinado y le habían sacado los ojos, pero ¿a quién le importaba todo aquello? Por eso se deshicieron de los folletos.

Además, Moshe se equivocó y mandó los folletos erróneos a las congregaciones equivocadas. Los folletos en yidis fueron a parar a congregaciones de habla alemana. Los folletos en alemán, a las que hablaban en yidis y despreciaban a los germanófilos, pues los consideraban unos esnobs. Los folletos en hebreo se enviaron a las congregaciones que hablaban en húngaro, que, como todo el mundo sabía, fingían no saber leer inglés, a menos que en lo que leían se refiriesen a los judíos como «israelitas americanos»... en hebreo. Dos folletos en inglés acabaron en una congregación polaca de Maine que había desaparecido, ya que, con toda probabilidad, a los palurdos de allí se les había congelado el trasero y habían caído en algún río helado. Un comerciante de Baltimore incluso envió por error su folleto en yidis al departamento de publicidad del *Baltimore Sun*, lo que causó un gran alboroto, ya que al encargado de publicidad del periódico le dio la impresión de que aquel comerciante judío de ropa de la zona judía de East Baltimore, que se anunciaba con regularidad en el *Sun*, se dirigía únicamente a clientes que hablaran en yidis. En realidad, el amable comerciante estaba intentando traducir el folleto del yidis al inglés en su trastienda cuando estalló una discusión entre dos clientes. Cuando salió para calmar el alboroto, su mujer, que hablaba yidis, entró en la trastienda, reconoció las palabras «*Baltimore Sun*» entre los papeles de la mesa de su marido, metió el folleto a medio traducir en un sobre junto con su cheque semanal de publicidad y lo envió al periódico. El encargado de publicidad que lo recibió era demasiado tonto para saber la diferencia entre publicidad y editorial y lo envió a la sección local con una nota que decía: «Publícalo mañana porque el judío siempre paga», tras lo cual el editor de noche, un devoto y bienintencionado católico, se lo entregó a un nuevo redactor húngaro de diecinueve años, contratado, en parte, porque afirmaba hablar yidis. El chico volvió a enviar aquel texto mal traducido a publicidad con una nota que decía: «Esto es un anuncio». El departamento de publicidad lo publicó en grande en la página B-4 un sábado, el último día de Sucot, la fiesta judía que celebra la recogida de la cosecha y la milagrosa protección que el Señor proporcionó a los hijos de Israel. El resultado fue desastroso. El folleto original de Moshe decía, en yidis:

> Ven a ver al gran Mickey Katz. Un acontecimiento único en la vida. Diversión familiar y recuerdos judíos. *Klezmer* al rojo vivo, como no se había oído nunca.

El anuncio traducido decía, en inglés:

> Mickey Katz viene. Una vez en la vida, siempre una vida. Mira a los judíos arder, bailar y divertirse.

En el barrio judío de East Baltimore, ese anuncio provocó auténtico pánico y furia, ya que muchos de sus habitantes todavía tenían presente que, durante la Guerra de Secesión, el primer rabino de la ciudad, David Einhorn, se posicionó en contra de la esclavitud, fue expulsado de la ciudad, y luego quemaron su casa. Así que le exigieron a aquel comerciante que cerrara su tienda y abandonase la ciudad.

A Moshe casi le dio un patatús cuando se enteró del desastre. Se desplazó a Baltimore y gastó cuatrocientos dólares para arreglar las cosas con el bondadoso comerciante, quien, muy amablemente, le ayudó a redactar un segundo anuncio mucho más adecuado. Pero ya era demasiado tarde. El primer anuncio había sido demasiado para los judíos de Baltimore. Este era demasiado bueno para ser verdad. ¿Un baile *klezmer*? ¿Con el gran Mickey Katz? ¿Por qué una estrella como Katz se dignaría a actuar para pobres vendedores y sastres en las heladas colinas del este de Pensilvania? ¿En un teatro americano? ¿Propiedad además de un *fusgeyer* rumano? ¡Ningún *fusgeyer* era propietario de un teatro! Lo suyo era ir de un lado para otro, cantar canciones y recibir palizas a manos de los soldados del zar. Además, ¿dónde estaba Pottstown? ¿Vivían judíos allí? ¡Imposible! ¡Tenía que ser una trampa!

El resultado fue que tan solo cuatro parejas judías de Baltimore compraron entradas anticipadas para ver al gran Katz, a pesar de que Moshe contaba con la participación de la numerosa comunidad judía de Baltimore.

Cinco semanas antes del concierto, debiéndole mil setecientos dólares a su primo Isaac de Filadelfia, a quien le había pedido prestado el dinero del alquiler del teatro y de la fianza, y sintiéndose peor que cuando murió su padre, Moshe se arrodilló y le rezó a Dios para fortalecer su espíritu, pero como no le atendió, se fue, totalmente abatido, a la Tienda de Comestibles el Cielo y la Tierra, el único establecimiento judío de Chicken Hill. El propietario, un rabino llamado Yakov Flohr, sintió lástima por el joven rumano y le ofreció a Moshe la posibilidad de estudiar hebreo a partir de su Talmud, que guardaba en el mismo almacén donde la menor de sus hijas, Chona, trabajaba con denuedo. La muchacha tenía una pierna más corta que la otra a causa de la poliomelitis, y eso la obligaba a llevar una bota con una suela de diez centímetros de grosor. Chona se pasaba el día clasificando verduras y haciendo mantequilla mezclando colorante amarillo con la crema de leche almacenada en barriles.

Moshe aceptó la oferta del rabino, consciente de que estaba exhausto y necesitado de Dios, y se pasó varias tardes leyendo el texto sagrado con aire sombrío, pensando en su difunto padre y mirando de vez en cuando a Chona, a quien recordaba vagamente como una niña callada y tímida, pero que ahora, habiendo cumplido ya los diecisiete años, era todo un bombón. A pesar de su cojera, destilaba una belleza tranquila, de nariz ancha y labios dulces, pechos amplios, un considerable trasero que se ceñía contra la falda de lana de punto suelto, y unos brillantes ojos que transmitían alegría y felicidad. Moshe, a sus veintiún años, en plena juventud, alzó varias veces la vista del libro en hebreo que estaba estudiando para contemplar el trasero de Chona mientras esta removía la mantequilla en aquellas frías noches de Pensilvania; sus caderas se contoneaban al ritmo de la estufa de carbón situada en el rincón más alejado, lo que provocaba que tan solo caldease la mitad del almacén. Resultó ser una muchacha la mar de enérgica, poseedora de un irónico sentido del humor y que se alegraba de tener compañía. Tras unos días de agradable conversación, en los que le obsequió con simpáticos chistes y con su sonrisa de brillantes ojos alegres, el joven Moshe se decidió a confesarle los problemas que le acuciaban: el concierto que se avecinaba, las enormes deudas, el dinero ya gastado, los folletos equivocados, las exigencias de una estrella de trato difícil.

—Voy a perderlo todo —le dijo.

Fue allí, en la trastienda del rabino, de pie junto al barril de la mantequilla, sin dejar de batir, donde Chona le recordó la historia de Moisés y las brasas ardientes.

Dejó de batir un momento, echó un vistazo a la puerta para asegurarse de que nadie la observaba, se acercó al escritorio donde él estaba sentado, alzó el polvoriento y maltrecho Talmud de su padre —que ambos sabían que ella tenía prohibido tocar—, agarró el Midrash Rabá que había debajo y volvió a dejar el Talmud. Luego abrió el Midrash Rabá, que contenía los cinco libros de Moisés, y pasó las páginas hasta llegar a la historia de Moisés y las brasas ardientes. Ella también había estudiado religión, le confió, y la historia de Moisés siempre le proporcionaba consuelo.

Fue allí —consciente de la inminente ruina de su teatro, mientras observaba el sagrado Midrash Rabá con un ojo y la encantadora mano de la bella Chona con el otro, latiéndole el corazón movido por el primer arrebato de amor de su vida— donde Moshe supo por primera vez de la historia de Moisés y las brasas de carbón, que Chona le leyó en hebreo y de la que entendió una de cada cuatro palabras.

El faraón colocó un plato de brasas a un lado del niño Moisés y un plato de monedas y joyas brillantes al otro. Si el niño era inteligente, se sentiría atraído por el brillante oro y las joyas, por lo que sería asesinado al suponer una amenaza para el heredero del faraón. Si agarraba las brasas de carbón, se le consideraría demasiado estúpido para entrañar amenaza alguna y se le permitiría vivir. Moisés estiró en un principio el brazo hacia las monedas, pero, al hacerlo, apareció un ángel y hábilmente acercó su mano a las brasas, lo que provocó que se quemase los dedos. El niño se llevó los dedos a la boca, se hirió en la lengua y eso le causó para siempre un defecto en el habla. Moisés habló de ese modo el resto de su vida, pero el líder y maestro más importante del pueblo judío se salvó.

Moshe escuchó la historia sumido en un extasiado silencio, y, cuando Chona terminó, se encontró bañado en la luz de esa clase de amor que únicamente el cielo puede proporcionar. Acudió al almacén durante algunos días más, sintiéndose henchido con las palabras del Midrash Rabá, respecto a las que hasta entonces se había mostrado ambivalente, así como de la joven flor que le condujo a esas palabras de santo propósito. Después de pasarse tres semanas leyendo el Midrash Rabá, Moshe le pidió a Chona que se casara con él y, para su asombro, ella aceptó.

A la semana siguiente, Moshe depositó ciento cuarenta dólares en la cuenta bancaria de Yakov a modo de regalo, y luego se citó con Yakov y con su esposa para pedirles la mano de su hija. Los padres, ambos búlgaros, estaban tan contentos de que alguien que no fuera un cíclope estuviera dispuesto a casarse con su hija discapacitada —¿qué problema había en que fuese rumano?—, que dieron su visto bueno de inmediato.

—¿Por qué no la semana que viene? —preguntó Moshe.

—¿Por qué no? —respondieron ambos.

La modesta boda se celebró en Ahavat Achim, la pequeña sinagoga que daba servicio a las diecisiete familias judías de Pottstown. Asistieron el primo de Moshe, Isaac, de Filadelfia, los padres de Chona, felices hasta el delirio, y unos cuantos judíos locales que Yakov había reunido para crear el imprescindible minyán de diez judíos para pronunciar las siete bendiciones nupciales. Dos de ellos, polacos, trabajaban en la estación de tren de Pensilvania y se apresuraron a llegar a Chicken Hill para comer algo *kosher*. Los dos aceptaron asistir a la boda, pero pidieron cuatro dólares cada uno para poder ir en taxi a Reading, donde debían presentarse a la mañana siguiente por cuestiones laborales. Yakov se negó, pero Moshe les dio el dinero encantado. Era un precio irrisorio por poder casarse con la mujer que le había dado más felicidad de la que jamás había soñado.

Tan inspirado estaba por su nuevo amor que se olvidó por completo de los mil setecientos dólares que había gastado. Vendió su coche por trescientos cincuenta, pidió prestados otros mil doscientos a Isaac y se gastó el dinero en anuncios para el concierto, esta vez bien ubicados. Logró vender más de cuatrocientas entradas.

Durante cuatro noches, Mickey Katz y sus mágicos músicos los obsequiaron con la música *klezmer* más emocionante y gloriosa que jamás se había escuchado en el este de Pensilvania. Cuatro noches de jolgorio judío, salvaje y desenfrenado. Moshe vendió de todo: bebidas, comida, huevos, pescado. Incluso alojó a veinte neoyorquinos exhaustos en el balcón del segundo piso de su teatro, por lo general reservado para los negros. Las cuatro parejas de Tennessee, que habían amenazado con marcharse, se quedaron todo el fin de semana, al igual que el bailarín jasídico que juró que no bailaría con mujer alguna. Fue un éxito rotundo.

A la mañana siguiente, Moshe estaba barriendo la acera delante de su teatro cuando vio que el bailarín jasídico se dirigía a la estación de tren.

No llevaba puesto el sombrero de piel. En su lugar, lucía un sombrero de fieltro. El caftán se había convertido en una americana. Moshe apenas lo reconoció. Cuando el joven pasó a su lado, Moshe se dirigió a él.

—¿De dónde eres? —preguntó. Pero el hombre caminaba de forma rápida y silenciosa y siguió avanzando por la acera. Moshe gritó a su espalda—: Vivas donde vivas, es el hogar del mejor bailarín del mundo, te lo aseguro.

Eso fue todo. El jasídico se detuvo, metió la mano en su bolsa y, sin mediar palabra, caminó de vuelta hacia Moshe, le entregó una botella de *slivovitz* (aguardiente de ciruelas), se dio la vuelta y echó a andar de nuevo por la acera a toda velocidad.

Moshe le dijo alegremente:

—¿Has encontrado esposa?

—No necesito una esposa —respondió al tiempo que agitaba una mano sin mirar atrás—. Soy un *twart* de amor.

—¿Un qué?

—Un negado —dijo—. ¿Es que los rumanos no os enteráis de nada?

Antes de que Moshe pudiera responder, se oyó un estallido, como el de una botella de champán al descorcharse, aunque mucho más fuerte. Los dos hombres se quedaron paralizados. Miraron hacia la pequeña maraña de casas de Chicken Hill que se extendía por detrás del teatro de Moshe. Una pequeña columna de humo negro se elevó en el aire, proveniente, al parecer, de una de las destartaladas casas, hasta que el humo se desvaneció en el cielo.

—Eso es un mal presagio —dijo el jasídico y echó a correr.

Moshe gritó:

—¿Cómo te llamas?

Pero el jasídico ya había desaparecido.

3
Doce

Al día siguiente de que se marchara el jasídico, Moshe se dirigió a su teatro y encontró a Nate trabajando en la entrada, tenía en la mano una pinza de mango largo para agarrar objetos y estaba arrancando con cuidado las letras de la fachada del teatro.

—¿Oíste el estallido ayer? —preguntó Moshe—. Sonó como si algo hubiese explotado en la colina.

Nate se encogió de hombros con la vista clavada en la fachada.

—No hay nada que pueda explotar ahí arriba excepto cosas malas. Y de eso hay mucho.

Moshe se echó a reír. Todavía estaba de buen humor por la maravillosa e inesperada ganancia que le había reportado la actuación de Katz, y por su reciente boda, así que metió la mano en el bolsillo y contó quince dólares.

—Para ti —dijo.

Nate, mirando todavía la fachada, bajó la vista, vio el dinero y negó con la cabeza.

—¿No te gusta mi dinero? —preguntó Moshe.

Nate se apoyó en el poste. Era un hombre alto, de piel morena clara y suave y brazos musculosos y nervudos; fruto del tiempo que debía de haber pasado trabajando al aire libre, suponía Moshe.

—Me gusta —dijo Nate—. Pero mi trabajo me gusta más. ¿Cómo voy a mantener este trabajo si va por ahí regalando hasta su último centavo, señor Moshe? No había visto un baile igual desde que Erskine Hawkins pasó por el local de Anna Morse en Linfield. Allí solía ganarme un buen dinero.

Moshe recordaba vagamente a Anna Morse, una mujer negra, bien vestida, que conducía un Packard. También recordaba el edificio del local, una pequeña sala de ladrillo en una carretera secundaria a las afueras de Linfield, una comunidad agrícola a unos once kilómetros de allí.

—¿No lo ha convertido en una funeraria? —preguntó.

—Antes *era* un salón de baile para gente de color —dijo Nate—. Pero ahora Anna gana más dinero con los muertos que con los vivos. Una lástima. Los negros tienen que ir hasta Chambersburg para poder bailar. A menos que desees meterte en un antro donde puedan pegarte un tiro.

Moshe asintió, pero su pensamiento empezó a darle vueltas a otro asunto. Más tarde, esa misma noche, le habló a Chona de lo que había estado rumiando.

—¿Qué te parecería si dejase entrar en mi teatro a la gente de color?

—¿Y eso?

—A los gentiles no les gustaría.

Chona estaba cocinando y le daba la espalda. Se echó a reír y levantó la cuchara haciéndola girar en círculos. Ese era su don. Ni un ápice de amargura ni un asomo de vergüenza. Al igual que Moshe, Chona era estadounidense. Había nacido en Pottstown. Se la podía ver en cualquier rincón de Chicken Hill con su desgastado vestido de lana, su viejo jersey y sus botas de suela especial, que costaban una fortuna, riendo y bromeando con los vecinos. Parecía conocer a todas las familias que vivían allí. Cuando Moshe volvía a casa para comer, o incluso a altas horas de la noche, a menudo encontraba a su mujer de pie en la tienda, riéndose con alguno de los negros de la zona.

—Esta mujer —refunfuñó una vez su primo Isaac— es una auténtica búlgara. Siempre que tienen ganas de trabajar, se sientan y esperan a que se les pase el impulso. No pueden ni servir un vaso de agua sin montar una fiesta.

Pero Isaac era un amargado y Moshe ya hacía mucho tiempo que había aprendido a ignorar sus opiniones sobre ciertos asuntos.

De pie junto a su estufa, Chona dijo en yidis:

—*Me ken dem yam mit a kendel nit ois' shepen.* (No puedes ir en todas las direcciones a la vez.) ¿Qué importa lo que piensen? El dinero de la gente de color vale lo mismo que el nuestro.

Cuatro semanas después, Moshe contrató a Chick Webb, un artista de color.

La noche del espectáculo de Webb, los negros de Pottstown entraron como fantasmas en el Teatro y Sala de Baile Auténtico Americano de Moshe. Entraron en silencio, cabizbajos; los hombres con trajes sobrios y corbatas, las hermosas mujeres con vestidos vaporosos y grandes sombreros. Unos cuantos estaban inquietos. Otros, tensos. Algunos parecían aterrorizados. El centro de Pottstown estaba vedado a los negros, a menos que fueran allí a trabajar como conserjes o criadas, o bien para servirse de alguna fuente pública cuando el agua de los grifos de Chicken Hill desaparecía misteriosamente, algo que ocurría con frecuencia.

Pero en cuanto empezó a sonar la banda de Chick Webb, los silenciosos y reticentes negros de Pottstown se transformaron: se convirtieron de pronto en una masa en movimiento de una salvaje y danzarina humanidad. Tonteaban y se reían, bailando como si fueran pájaros que disfrutaban de su capacidad para volar por primera vez. La banda de Webb tocó a las mil maravillas cuatro series de magníficos, bailables, rugientes, desgarradores y trepidantes temas de jazz. El resultado fue una actuación escandalosamente alegre, que tan solo podía igualarse en intensidad a lo ocurrido con Mickey Katz.

Moshe observó embelesado desde los laterales cómo Webb, un hombre diminuto con la columna vertebral curvada que vestía un traje blanco, rugía entusiasmado, carcajeándose al tiempo que tocaba alentando a sus compañeros desde la retaguardia, con su magistral control de la batería, y la atronadora banda hacía temblar el suelo del local con rugientes oleadas de un sonido magnífico. Ese hombre, se dijo Moshe, era capaz de hacer feliz a la gente. Moshe, por otra parte, no pasó por alto el hecho de que Webb, al igual que su encantadora Chona, sufría una discapacidad física. Era algo así como un jorobado, pero al moverse transmitía alegría, algo parecido a la ligereza, logrando que todos y cada uno de los momentos fuesen algo precioso.

«Los lisiados», pensó Moshe, «me han traído suerte: Moisés, Chona y Chick.»

Fue entonces cuando Moshe empezó a soñar con Moisés. Una docena de veces. Doce visiones diferentes. Doce noches diferentes. Moisés cruzando doce puertas diferentes. Doce ciudades diferentes. Moisés en el monte Sinaí, contemplando doce picos montañosos diferentes. Empezó a observar todo lo que le rodeaba teniendo en cuenta el número doce. Doce bandas en doce meses. Mil doscientos dólares invertidos en acciones de doce empresas diferentes, con resultados fantásticos. Incluso la casa que compró, una pequeña casa de ladrillo en Chicken Hill, estaba situada en un barrio formado por doce manzanas en unos dos kilómetros y medio cuadrados de extensión.

Moshe no le habló a nadie de sus sueños, ni siquiera a su mujer. En lugar de eso, se fio de las visiones e invirtió primero unos pocos centavos en acciones de empresas diferentes. Más adelante, a medida que el rendimiento crecía, también invirtió en su teatro, contratando a doce bandas de músicos negros durante doce meses; a Webb lo llevó cuatro veces a su local. Los bailes atrajeron a negros de todas partes y, en los doce meses siguientes, su fortuna aumentó.

A medida que la cosa iba a mejor, la respuesta de los propietarios de los teatros rivales de la ciudad fue pasando de los refunfuños a las quejas y de ahí a la ruidosa indignación. Los negros cruzaban el centro de la ciudad, aullando, ¡para acudir a un teatro judío! ¡Y todo el mundo sabe que los judíos hornean sus matzás con sangre cristiana!

La respuesta no se hizo esperar. En primer lugar, el inspector de edificios del ayuntamiento se presentó en el teatro y le dijo a Moshe que las tuberías estaban en mal estado y que el yeso de las paredes se estaba descascarando, y le puso una multa. El propietario del edificio del teatro se quejó de la basura. El jefe de bomberos le multó porque las puertas eran muy viejas y el local no disponía de salida de emergencia. Incluso la sinagoga le impuso a Moshe una multa de cinco dólares.

Moshe contraatacó. Pagó la multa del inspector de edificios. Fue a ver al jefe de bomberos, un borracho, con cuatro botellas de whisky y una caña de pescar nueva. Hizo que el siempre fiel Nate y una cuadrilla de negros barrieran la acera de todas las tiendas de la manzana, luego fue a ver al propietario del edificio y le prometió un beneficio de ciento cincuenta dólares por cada actuación para negros que programase, aparte de ofrecerle la posibilidad de comprarle el edificio por una cantidad sustancial a un año vista si hacía la vista gorda con respecto a los negros. El propietario aceptó.

En cuanto a la cuestión de la sinagoga, Isaac viajó desde Filadelfia y se reunió con el *chevry*, el grupo de hombres que había multado a Moshe. Isaac, cuatro años mayor que Moshe, era un hombre ceñudo y severo que había ejercido como su protector desde que era niño, cuando todavía estaban en Europa. Isaac se presentó en la reunión, colocó un dólar de plata sobre la mesa y dijo:

—Le daré diez de estos a cualquier hombre de esta sala que pueda demostrar que estuvo en el baile de Mickey Katz con su mujer.

No se movió ni un alma. De ese modo puso fin al debate sobre la multa de Moshe.

Con los beneficios que obtenía montando bailes para los negros, Moshe pudo comprar el local del teatro dos años después y, más adelante, un segundo local a dos manzanas de distancia. En los cinco años siguientes se expandió y ganó mucho dinero; suficiente, en cualquier caso, para comprarle a su madre una confortable casa en Rumanía, y a Chona un cómodo apartamento justo encima de la Tienda de Comestibles el Cielo y la Tierra, que le compró a Yakov después de que la madre de Chona falleciera y Yakov se trasladara a Reading para ponerse al frente de un templo más grande. Moshe pensaba echar abajo la tienda, pero Chona no se lo permitió.

—¿Cómo se te ocurre librarte de El Cielo y la Tierra? —rio su mujer.

Moshe no le vio la gracia.

—No hay ninguna razón para pasarse la vida vendiendo carne de vaca *kosher* y cebollas a la gente de color. Cerremos la tienda. Los judíos se están marchando de la colina. Hagamos lo mismo.

—¿Y adónde iríamos?

—Colina abajo, a la ciudad. Donde viven los americanos.

—¿Qué americanos?

—Chona, no me lo pongas difícil.

—Yo llevaré la tienda.

—¿No hablarás en serio? ¿Mi mujer vendiendo queso y galletas mientras yo dirijo uno de los mejores teatros de la ciudad? Ahora tenemos dinero de sobra.

La exuberante sonrisa de Chona se transformó en una mueca.

—¿Así que tengo que quedarme sentada en casa todo el día mientras tú te diviertes en tu teatro musical?

Moshe no tuvo más remedio que ceder.

Eso dio mucho que hablar a las amas de casa judías de Pottstown. ¿Qué clase de marido consentía que su mujer llevara su negocio? ¿Por qué no se mudaban colina abajo como el resto de los judíos? Su padre se había trasladado a Reading tras la muerte de su madre..., ¿por qué Chona no había obligado a su marido a mudarse allí para ayudar a su padre? ¿Qué hay más importante que la familia?

Pero los años que Chona había pasado batiendo mantequilla, clasificando verduras y leyendo en la trastienda de El Cielo y La Tierra le habían permitido pensar a conciencia. Siendo niña, leía de todo: cómics, libros de detectives, novelas de diez centavos; y para cuando se convirtió en una joven esposa, había evolucionado hacia lecturas relacionadas con el socialismo y los sindicatos. Se suscribió a periódicos judíos, publicaciones en hebreo y libros sobre la vida judía, algunos de ellos procedentes de Europa. Esas lecturas le aportaban ideas descabelladas sobre arte, música y asuntos mundanos. Sabía más hebreo que cualquier mujer judía de la ciudad, muchas de las cuales apenas tenían un conocimiento rudimentario del idioma. Recitaba el Talmud mejor que la mayoría de los hombres de la *shul.* En lugar de sentarse con las mujeres en el balcón, insistía en rezar abajo con los hombres, alegando que su maltrecho pie le impedía subir escaleras. Alguien en el templo tuvo la brillante idea de colocar al menos una cortina para separarla de los hombres de la congregación. Como la mayoría de las ideas de la congregación Ahavat Achim de Pottstown, también esta resultó ser un desastre, pues cuando el padre de Chona se marchó, fue sustituido por un hombre bienintencionado pero torpe llamado Karl Feldman, que ceceaba y a quien los feligreses llamaban Fertzel —pedo— a sus espaldas. Muchas mañanas, el desventurado Feldman veía cómo sus confusas interpretaciones de la ley judía eran enmendadas por aquella guapa ama de casa, cuyas agudas correcciones talmúdicas, realizadas desde detrás de la cortina, revoloteaban en el aire del templo como mariposas cuando, por ejemplo, decía:

—Karl, ¿de qué estás hablando? ¡Hay cuatro versiones distintas de la muerte de Caín!

Además, de vez en cuando su encantadora y cantarina voz ayudaba a Feldman en sus vacilantes cantos, que destrozaban las gloriosas melodías talmúdicas. Todo el mundo sabía que las mujeres no debían cantar, pero la encantadora voz de Chona provocaba sonrisas de alivio incluso entre los feligreses más gruñones. El inadecuado comportamiento de Chona era tolerado por la congregación de Ahavat Achim. Su padre había sido el primer rabino de la ciudad. Había construido la *shul.* La mayoría de los feligreses se habían acostumbrado a sus excentricidades. Incluso Irv y Marvin Skrupskelis, los malcarados e idénticos gemelos de Lituania que regentaban la zapatería de Pottstown, y que discutían por todo, apreciaban a Chona. Era uno de los escasos asuntos en los que ambos estaban de acuerdo; y eso que todo el mundo sabía que eran los dos judíos más desagradables de la ciudad. Por otra parte, Irv aclaraba:

—Cantar representa el llanto de Sion, y con Fertzel, eso es lo que hay: llanto.

Los dos eran honestos respecto a su creencia de que Estados

Unidos era una tierra donde los judíos de todo pelaje debían formar una sola voz. ¿Por qué no permitir que se oyese la más bonita de las voces?

Aun así, Moshe le suplicó a su mujer.

—Chona, ¿realmente tienes que pasar tanto tiempo en la *shul*? Cantar es el trabajo de Fertzel..., de Karl.

Ella le hizo un gesto para que cambiase de tema.

—Hay vagabundos en Chicken Hill que saben más hebreo que Fertzel. ¡Lee el Libro de Moisés!

Moshe tenía miedo de contarle a su mujer que había soñado doce veces con Moisés. Suponía que sus sueños eran algo profano, una superstición provocada por su pasado rumano, y pensaba que su esposa, nacida en Estados Unidos, no lo aprobaría. Ella querría corregirlo y él no sentía ninguna necesidad de ser corregido. Ahora tenía dinero. Era americano. Él estaba pagando por su tienda, que, financieramente hablando, les hacía perder dinero.

A medida que pasaban los meses, y viendo que los judíos seguían marchándose de Chicken Hill, Moshe no dejó de presionar a su esposa para que se mudaran. Las casas del centro son mejores, argumentó Moshe, la iluminación es mejor, los clientes allí tienen más dinero. Podríamos abrir una tienda rentable en el centro, insistía. Chona, tan despreocupada como siempre, se negaba.

—Tenemos unos vecinos maravillosos —le decía.

Finalmente, Moshe le confesó que había visto una nube negra.

—Hubo una explosión en la colina, en algún lugar detrás del teatro, después del baile de Mickey Katz. Aquel bailarín increíble también la vio. Dijo que era un mal presagio. Temo que tenga razón.

—Supersticiones —se burló Chona con tal firmeza que puso fin a la discusión.

Moshe se olvidó del asunto. Se olvidó de la predicción del jasídico, dejó de lado la idea de cerrar la tienda de Chona y siguió adelante. Además, la vida le iba bien. Ganaba dinero. En sus dos teatros actuaban animadas bandas yidis, compañías de teatro judías y bandas negras de jazz. Su mujer escribía cartas todos los meses al *Mercury* de Pottstown sobre causas judías y reuniones sindicales. Incluso escribió una airada carta de protesta por el desfile anual del Ku Klux Klan, en la que aseguraba conocer con total exactitud quién era uno de los cabecillas. Lo sabía por su forma de andar. A Moshe le pareció que aquella carta era peligrosa y los dos discutieron al respecto, pues la cojera que delataba al cabecilla del Ku Klux Klan apuntaba directamente a Doc Roberts, el médico, que tenía muy buena relación con la gente más poderosa de la ciudad. Para tener tranquilos a los poderes fácticos, Moshe contrataba todos los meses a varias bandas de música de pésima calidad. Los presbiterianos de clase alta y cara pálida disfrutaban con ellas y, de ese modo, Moshe mantenía la paz: las Damas Coloniales de América, el Club de Jardinería de Pensilvania, los Diecinueve Montañeses Cuyo Decimocuarto Primo Llegó en el *Mayflower*. Aquellas bandas eran horribles, sonaban como el ulular de los búhos. Moshe observaba siempre perplejo cómo los americanos bailaban con torpe satisfacción al son de los sollozos y quejidos de aquellos deshuesados y ruidosos chatarreros, cuyos aburridos y torpes sones caían sobre la pista de baile con la fuerza propia de un puñado de cáscaras de cacahuete lanzadas al aire. Las parejas se movían formando tristes círculos, iban de la mano como niños, bailando en silencio, las mujeres zapateaban con unos zuecos de madera que ninguna mujer judía que se preciase se atrevería a llevar; los empresarios se contoneaban ataviados con sombreros de copa y trasnochadas pajaritas. Todos los actos de ese cariz se veían interrumpidos por sentidos discursos sobre el fundador de la ciudad, el gran John Potts, cuyo retrato colgaba en todos los edificios de la ciudad: el rostro del anciano mirando por encima del hombro de todos y cada uno de los ciudadanos como si se tratase de un fantasma pasando lista.

Pensamientos de esa índole provocaban que Moshe se sintiera avergonzado de sí mismo. Era un americano de éxito. El país había sido bueno con él. Sin embargo, seguía creyendo en la brujería y los encantamientos y en el estúpido asunto del número doce. «Es una forma de pensar antigua para un tiempo nuevo», se dijo, «y debo cambiarla.» Así que en 1935, once años después de su primer éxito con Mickey Katz, justo después de que su primo Isaac le escribiese diciéndole que acababa de comprarse un Packard nuevo, Moshe decidió que hasta ahí habían llegado. Una noche, después de cenar en la mesa de la cocina, sacó el tema a colación.

—Ya no tenemos por qué seguir viviendo encima de una tienda de comestibles. Podemos tener nuestra propia casa. Vamos a mudarnos.

—¿Adónde?

—Al centro. A una casa nueva. Abriremos una nueva tienda de comestibles cerca. Ya he entregado un depósito.

—Ve a recuperar tu dinero.

—No pienso hacerlo.

—Entonces, espero que disfrutes cuando estés allí —dijo Chona—. Te visitaré de vez en cuando.

Se sentó a la mesa tranquilamente, con sus finas facciones expresando su plena convicción. Una vez más, Moshe supo que el amor que sentía por ella era demasiado fuerte. La idea de aparcar su gran Packard delante de una casa vacía, sin su Chona, le aterrorizaba. Su determinación se vino abajo.

—Chona, por favor.

—No quiero una casa en el centro. No quiero una tienda en el centro. Vivir aquí arriba y simplemente bajar las escaleras para ir a trabajar es más fácil. Apenas hay que andar.

—Pero los judíos se están yendo de Chicken Hill.

—¿Trasladarse a diez manzanas de aquí es irse?

—Ya sabes lo que quiero decir. Vayamos a donde están ellos. Son nuestra gente.

—Moshe, me gusta estar aquí. Crecí en esta casa. El cartero sabe dónde vivo.

Exasperado, Moshe señaló por la ventana de la cocina hacia Pottstown.

—¡Colina abajo está América!

Pero Chona se mostró inflexible.

—América está aquí.

—Esta zona es pobre. Y nosotros no lo somos. Aquí viven los negros. Y nosotros no lo somos. ¡Nos está yendo *bien!*

—Porque lo nuestro es *servir*, ¿no lo entiendes? A eso nos dedicamos. El Talmud lo dice bien claro. Tenemos que servir.

—Pero aquí nuestros clientes son solo negros.

—¿Y acaso no han gastado siempre su dinero?

—Esa no es la cuestión.

Tenía las manos sobre la mesa, acunando una taza de té. Ella colocó con suavidad una de sus manos sobre las de él.

—¿No ves lo que ellos tienen, Moshe? ¿No ves el pozo del que sacan el agua?

—¿Qué pozo? ¿De qué estás hablando?

Chona permaneció en silencio un momento y luego dijo con calma, muy dulcemente:

—Me acuerdo de Mickey Katz. Con él iba un hombre que tocaba la mandolina al que le faltaban dos dedos. Recuerdo verle tocar. Tocaba de maravilla. ¿No te acuerdas?

—Ha habido muchas actuaciones desde entonces... —murmuró.

—¿Y Chick Webb? —dijo ella—. Te hizo ganar un dineral.

—Webb era caro..., para un lisiado —dijo Moshe.

Lo dijo en broma, pero sintió un martillazo de frío silencio en la habitación.

—¿Así es como me ves? —dijo ella en voz baja.

Se levantó de la mesa, se alejó cojeando y no le dirigió la palabra durante varios días. Solo le perdonó cuando él le regaló un volumen del *Shulján Aruj* en el que se explicaban los siete requisitos para llevar una buena vida judía: sabiduría, mansedumbre, temor de Dios, amor a la verdad, amor a la gente, buena reputación y rechazo al dinero. Él se disculpó y ella volvió a ser la Chona de siempre, yendo de un lado a otro de la casa y proclamando alegremente:

—¡Caridad de espíritu! Sin caridad de espíritu, ¿qué es la vida? Estaba en la ciudad y oí a una mujer que decía: «Esa pobre lisiada». Pensé: «¿Quién es la lisiada? ¿La que adora un objeto? ¿O la que adora algo superior?».

Esa clase de soflamas incomodaban a Moshe, porque creía que si uno tenía más dinero, la vida era más fácil. Pero las toleraba porque sabía de qué estaba hecho el corazón de su esposa; no tenía precio. Así que guardó silencio y se quedaron en Chicken Hill.

Una mañana gris de 1936, cuando llevaban doce años casados, Chona se despertó con tos y dolor de estómago.

Ella evitaba a los médicos, por lo que Moshe esperó un día, pero Chona no tardó en empeorar. Entonces comenzó una serie de largos peregrinajes de un médico a otro sin que ninguno les ofreciese una respuesta concluyente. Su enfermedad resultaba inquietante. Un día se encontraba bien, caminaba, reía, leía sus locos libros judíos; al día siguiente se sentía enferma y se veía postrada en la cama, incapaz de moverse. Un ciclo interminable. Cuando constató que el estado de su mujer no dejaba de empeorar, Moshe contrató a Addie, la mujer de Nate, para que le ayudara en la tienda de comestibles y en las tareas del *sabbat*. Chona odiaba cualquier tipo de ayuda, pero, a medida que su enfermedad fue empeorando, se vio obligada a ceder.

Moshe la llevó a médicos de Filadelfia, Baltimore e incluso de Nueva York, sin resultado alguno. Su extraña enfermedad, dolor de estómago y desmayos repentinos, seguía su curso. Los médicos estaban desconcertados.

Los viejos temores y supersticiones de Moshe volvieron a cobrar fuerza. ¿Cabía la posibilidad de que su sueño secreto con Moisés y el número doce, así como su ridícula creencia en el mal presagio del jasídico, a quien solo había visto una vez en su vida, hubieran alterado drásticamente su buena fortuna? La pareja no tenía hijos, circunstancia que Chona soportaba sin rechistar, aunque es cierto que a veces miraba por la ventana a los niños de color del vecindario y se sumía en el silencio, pero no tardaba en recuperarse y volver a ser la Chona de siempre, risueña y animada, dispuesta a contar los entresijos de alguna radionovela que había oído recientemente. El suyo había sido un matrimonio feliz. Doce años maravillosos, tal y como su sueño de Moisés y el número doce extrañamente parecían haber predestinado. Quería contarle a su mujer sus sueños, pero a medida que su enfermedad empeoraba, se negaba a incomodarla con semejante trivialidad. Cuando una noche el rabino Feldman pasó por casa para cantar y rezar mientras Chona yacía inquieta, medio desvanecida por la fiebre, Moshe se planteó la posibilidad de confesarle su secreto al rabino, pero no le pareció el momento adecuado. Así que cuando el rabino anunció:

—Creo que Chona mejorará.

Moshe se sintió aliviado.

Pero Chona no mejoró. Empezó a desmayarse sin previo aviso, y el médico más cercano al que podían acudir estaba en Reading, a una distancia considerable de la ciudad: casi treinta kilómetros. Chona despreciaba al médico local, Doc Roberts, y no permitió que la tratara.

—Crecí con él —decía—. Si tengo que ver a un médico gentil, lo veré. Pero a él, no.

Eso complicaba aún más las cosas, ya que Doc Roberts, un hombre corpulento que seguía desplazándose a caballo o en carro, a pesar de que tenía aparcado su nuevo y reluciente Chevrolet en la entrada de su casa cubierta de hiedra, que se encontraba junto al cementerio, era el único médico de Pottstown. Sufría una cojera similar a la de Chona y, sin embargo, todos los años encabezaba el desfile local del Ku Klux Klan. A pesar de que se cubría con una sábana, todo el mundo sabía que era Doc. El diámetro de su panza y su cojera lo delataban. Pero nadie hablaba de ello. Era una de esas cosas propias de la ciudad. Una vez al año, el día del desfile del Ku Klux Klan, los negros desaparecían, las tiendas judías cerraban, el Ku Klux Klan desfilaba y ahí se acababa el asunto. Pero a Chona todo aquello le parecía de lo más desagradable y, para horror de Moshe, se negaba a cerrar su tienda durante el desfile como hacía el resto de los comerciantes judíos.

—¿Por qué tendría que cerrar por ellos? —exclamó—. La oficina de correos no cierra. —Y, con respecto a Doc Roberts, le dijo a Moshe—: Está tan gordo que su nuca parece un paquete de salchichas. —No lo soportaba.

Pero ahora Moshe necesitaba a Doc, y como Chona se negaba a verle, había que ir a Reading a consultar al amable médico judío de allí. Sin embargo, nada de lo que proponía ayudaba a Chona y sus desmayos estaban adquiriendo un tinte peligroso.

Se recuperó un poco en primavera, pero luego volvió a notar con fuerza los síntomas de la enfermedad y caminar se le hizo casi imposible. Cuando llegó el verano, se pasaba postrada en la cama todo el tiempo. No era su maltrecho pie lo que parecía arrastrarla a la muerte, sino su estómago, que empezó a abultarse de forma peculiar, como si pretendiese burlarse de su infertilidad.

Moshe acudió con desesperación a un médico tras otro, cada vez con mayor urgencia, e incluso llevó a Chona a un especialista de Boston conocido en todo el país, pero se mostró tan confundido como los demás. Así que Moshe se la llevó a casa.

Puso su cama en la habitación delantera del apartamento, cerca de una ventana, para que pudiera ver amanecer y leer el Talmud al despuntar el día, pues el hecho de que fuese una actividad prohibida para las mujeres no parecía tener la menor importancia en esas circunstancias. La habitación estaba justo encima de la tienda, lo que permitía a Chona darle instrucciones a Addie a voz en grito, pues insistía en conservarla abierta.

—Mi trabajo me mantiene viva —decía.

Chona se dedicó a escribir cartas al periódico para recordarles a los lectores las festividades judías, y a leer libros de chistes para entretener a su marido, que se acercaba a su cama todas las noches, después del trabajo, con gesto afligido y cansado. Ella le contaba chistes y charlaba un rato con él antes de dormirse, y Moshe le frotaba los pies y los tobillos, que se le habían hinchado hasta alcanzar un tamaño inquietante. Le leía el Talmud en voz alta incluso mientras dormía, porque sabía que a ella le gustaba mucho.

Aun así, en invierno su salud empeoró. Sus desmayos se hicieron más frecuentes y la fiebre le subió y no se le iba.

Fue entonces, en el momento en que Chona parecía aproximarse a la muerte, cuando los negros de Chicken Hill empezaron a peregrinar de manera constante hasta la Tienda de Comestibles el Cielo y la Tierra. Pasaban por allí durante el día y la noche, le llevaban sopa, verduras frescas de la huerta, tartas y remedios caseros. También bromeaban y se reían con ella, la amable y chiflada judía que había obligado a su marido a abrir su teatro a los negros y que había concedido tantos créditos a las familias de color de Chicken Hill que ni las propias familias ni ella sabían a ciencia cierta cuánto debía cada cual. Los negros de Chicken Hill adoraban a Chona. No la veían como a una vecina, sino como una posibilidad de libertad, porque el recuerdo de la característica cojera de Chona cuando iba cada mañana a la escuela con su amiga de la infancia, una muchacha alta, bella y silenciosa llamada Bernice Davis, a través de los caminos de barro de la colina, había quedado grabado en su memoria colectiva. Ella era la prueba material de que la igualdad era posible en Estados Unidos: «Todos podemos llevarnos bien pase lo que pase, mirad a esas dos». Chona, por su parte, no los veía como negros, sino como vecinos con vidas la mar de interesantes: Darlene, cuya hija había sufrido el ataque de hipo más prolongado del que Chona tenía noticia; Larnell, el niño de doce años que no sabía leer pero podía llevar a cabo mentalmente complejas operaciones matemáticas; y, por supuesto, Bernice, su vecina de la casa de al lado y mejor amiga durante la infancia, pero con la que ahora apenas hablaba, que tenía tantos hijos que los negros de la colina se referían a la prole de Bernice, entre risotadas, como los «ciento y la madre», porque nadie sabía exactamente *cuántos* hijos tenía Bernice y temían preguntar al respecto.

Los negros llenaban de vida el dormitorio de Chona. Contaban chistes, relataban historias de espectros y fantasmas, rememoraban anécdotas graciosas sobre su huida del sur de Estados Unidos, que hacían que Chona riese y se olvidase del dolor. Addie y su hermana Cleota se turnaban para atender en la tienda, respetar el *kosher* en sábado, encender y apagar los interruptores de la luz, prender el fuego de la cocina, mantener los platos y cubiertos debidamente separados, conscientes ambas de lo que Chona les había dicho: pasara lo que pasase, debían permitir que Moshe la despertara al llegar a casa del trabajo. Algunas noches, Moshe llegaba y se encontraba a Addie sentada junto a la cama de Chona y a Chona dormida, con el Talmud en la mesilla de noche y la mano sobre la página abierta que ella había seleccionado para que él le leyera. La despertaba y le leía en voz alta. Ella elogiaba su hebreo, diciéndole lo bien que sonaba, aunque ambos sabían que era horrible. Luego ella volvía a dormirse mientras él leía, y él se quedaba observando su rostro oscuro y hermoso, hipnotizado, y lloraba. El dolor copaba su mente en esos momentos, electrificaba sus recuerdos. Los pintorescos símbolos de la santa súplica en los letreros hebreos, que siendo niño le habían parecido insignificantes, ahora suponían un estímulo para él durante aquellas frías noches, transcurridos doce años desde que se enamoraron. Después de llorar un poco, seguía leyendo aunque ella estuviese dormida. Ahora leía la Palabra para mantenerla viva y, al hacerlo, una parte de su ser también revivía.

Pero cuando el invierno se transformó en primavera, Chona inició el largo proceso de desvanecimiento.

Una noche, a finales de primavera, perdió la conciencia y tuvieron que llevarla de urgencia al hospital de la cercana Spring City. Recuperó el conocimiento y fue dada de alta al día siguiente, pero, antes de eso, los médicos le dijeron a Moshe que, si la fiebre volvía a subir, tendría que regresar al hospital, porque eso querría decir que el final estaba cerca.

Al día siguiente, Moshe se quedó junto a su cama, aunque ella no parecía saber que él estaba allí. No dejó de delirar hasta que la medicina y el cansancio hicieron efecto; pasó buena parte de la tarde durmiendo. De hecho, durmió hasta la noche, momento en que Addie sacó a Moshe de la casa para que tomase un poco el aire. Moshe bajó la colina hasta llegar a su teatro para ver cómo iban las cosas. Encontró al siempre leal Nate y a una pequeña cuadrilla de negros limpiando después de tres entusiastas noches de actuación del director de orquesta negro Louis Jordan. Moshe tomó una escoba, dispuesto a unirse a ellos para no perder la cabeza, cuando se fijó en una persona que salía por la puerta de bastidores. Era su primo Isaac, de Filadelfia.

—Vamos a dar un paseo —le dijo Isaac.

Moshe se negó. A modo de contraoferta, señaló con la cabeza una mesa y unas sillas vacías frente al escenario.

Isaac, alto y delgado, se acomodó en una de las sillas. Llevaba puesta una levita y un sombrero de fieltro, pero no se quitó ninguno de los dos. Al parecer, no pensaba quedarse mucho tiempo. Le hizo un gesto a Moshe para que se sentara, pero Moshe volvió a negarse y permaneció de pie frente a su primo.

A sus treinta y siete años, Isaac era un hombre imponente, nada que ver con el flacucho de catorce años que guio a pie a su manso primo durante más de mil kilómetros para atravesar los Cárpatos y Europa del Este, desde Bârlad (Rumanía) hasta Hamburgo (Alemania), esquivando a policías y soldados, metiéndose en callejones y escondiéndose detrás de los cubos de la basura, robando un poco por aquí y otro poco por allá, hasta que una amable anciana de Hamburgo les permitió vivir en su sótano, donde liaban puros para su enfermo marido, que trabajaba a destajo en una fábrica de cigarros local; mientras el viejo se consumía en la planta de arriba, los chicos estuvieron trabajando abajo durante tres años para poder comprar el pasaje de barco a América. Ahora era un gran americano, grande en todos los sentidos, un hombre arrogante y poderoso, de pecho fornido y anchos hombros, propietario de nueve exitosas salas de espectáculos en Filadelfia. Iba orgullosamente ataviado con traje oscuro, camisa blanca, pajarita y relucientes zapatos; quedaban muy lejos ya sus días en Rumanía, donde vestía pantalones raídos y zapatos rotos, y se guardaba en la boca el pan robado mientras esquivaba a los enfadados tenderos y a los soldados rusos.

—He venido a preguntarte cómo se contrata a una banda de gente de color —dijo Isaac.

A Moshe, aquello le olió a chamusquina de inmediato. Isaac

era el más destacado propietario de teatros de Filadelfia. El más pequeño de los nueve teatros de Isaac era más grande que los dos teatros de Moshe juntos. Isaac contrataba de todo, desde espectáculos yidis hasta vodeviles y películas. De haberlo deseado, podría haber contratado un circo ambulante de pulgas amaestradas. No necesitaba ninguna ayuda para contratar a una banda de músicos negros.

Sin embargo, Moshe le siguió el juego y le dio algunos consejos, mientras Isaac le hacía algunas preguntas superficiales. Entonces, tal como Moshe esperaba, Isaac cambió sutilmente el sentido de la conversación y se centró en Chona. Le habló de una residencia judía para enfermos en Filadelfia.

—Conozco a gente allí —dijo—. Son buenas personas. Tu mujer podrá vivir allí el resto de su vida. Estará en un lugar cálido y seguro, entre amigos.

Moshe asintió con la cabeza, esforzándose por reprimir la indignación.

—Rara vez te equivocas, primo. Pero en este asunto sí lo estás haciendo.

—Sé sensato. Está muy enferma.

—Le he dado muchas vueltas a este asunto —dijo Moshe.

—¿Y a qué conclusión has llegado?

Moshe sintió que la sangre le subía a la cara.

—¿Te estás burlando de mí?

Isaac se sobresaltó.

—No me burlo.

—¡Será mejor que no lo hagas! Porque si lo haces, ¡te daré tal *chamalyah* (golpe) en las *kishkes* (tripas) que no lo olvidarás!

Isaac, superviviente de mil peleas callejeras desde Rumanía hasta el sur de Filadelfia, estaba atónito. Las penurias experimentadas durante su infancia lo habían transformado: ya no era un muchacho de movimientos rápidos y agudo ingenio, sino un hombre resistente y fuerte. Ahora era un hombre duro. Él lo sabía. Su mujer lo sabía. Sus hijos lo sabían. Llevaba una vida lúgubre y vacía. Pero también sabía que el único punto positivo de su vida americana, ordenada, rica y sin amor, era la persona que había experimentado el mismo odio y la misma maldad que él sentía, pero que jamás había verbalizado..., hasta ese momento.

Al ver la rabia en el rostro de Moshe, Isaac se estremeció. Sintió como si la tierra se moviera bajo sus pies.

—Solo me preocupo por tus intereses, primo —murmuró.

—Sé muy bien cuáles son mis intereses —dijo Moshe—. ¿Por qué vienes a verme y me hablas de esta manera?

—¿Cuál es la mejor manera de hablar de ello?

—¿Por qué nuestra gente no puede hablar de la enfermedad en voz alta?

—Nuestra gente no sabe de esas cosas —respondió Isaac—. Solo te digo lo que sé.

—Entonces, no sabes lo suficiente —replicó Moshe—. *¡Vivirá!*

4
Dodo

A cuatro casas de distancia de donde Chona agonizaba, una esbelta anciana negra llamada Addie Timblin se encontraba tras la puerta de su pequeña vivienda de color marrón y observaba a través de las rendijas hacia la fría oscuridad. Sus ojos escudriñaban el camino embarrado, buscando una linterna, lo que significaría que su marido, Nate, estaba ascendiendo la colina. A su espalda, en la mesa de la cocina colocada en la habitación delantera, se estaba llevando a cabo la reunión mensual de la Asociación de Hombres Negros de Pottstown, todos hablando a voz en grito, soltando su habitual sarta de tonterías.

La asociación se reunía la noche del tercer sábado de cada mes en torno a la mesa de la cocina de Addie, en teoría para debatir sobre cómo conseguir más trabajo y oportunidades para los negros de Chicken Hill, e incluso llegar a disponer algún día de agua corriente y un alcantarillado sencillo, en lugar de las letrinas externas, las fosas sépticas y los pozos esparcidos por el barrio como ampollas. Las reuniones estaban presididas por los líderes negros de Pottstown; cada uno de ellos, pensó Addie con ironía, peor que el anterior. En la mayoría de las ocasiones, los hombres se reunían para jugar a las cartas, cotillear, contar chistes, presumir de coches que nunca llegarían a tener e idear formas de saltarse las normas de los hombres blancos de la ciudad sin llegar a cabrearlos.

Había tres hombres sentados a la mesa: Rusty, un joven de veintidós años, de hombros anchos y tez morena, con mono de trabajo y sombrero de paja; el tío de Rusty, Bags; y el reverendo Ed Spriggs, a quien todos en el barrio llamaban Snooks. Junto a Snooks estaba sentada su mujer, Holly, que no dejaba de tejer. Hasta ese momento, la conversación había girado en torno a la señorita Chona, pues todos sabían que se estaba muriendo y todos, excepto Addie, le debían dinero por compras, favores, usar el teléfono, ropa extra y todo tipo de chucherías.

Addie se quedó un rato observando la oscuridad de la noche mientras oía cómo barajaban las cartas. Volvió la cabeza y vio cómo Rusty, con un paquete de cigarrillos asomando por el bolsillo delantero de su mono, le acercaba la baraja a Snooks y le preguntaba:

—Snooks, ¿los judíos cubren los relojes de la casa cuando uno de ellos muere?

Snooks, un hombre corpulento que vestía un traje arrugado con pajarita, agarró las cartas y le guiñó un ojo a Bags mientras barajaba.

—Por supuesto, Rusty. También mastican con los dientes. Además, sus mujeres llevan abrigos de piel en invierno. Y los hombres mean de pie.

Bags se echó a reír, pero Snooks miró a su mujer, Holly, que había fruncido el ceño. Snooks miró también a Addie, que estaba en la puerta.

—Addie, asegúrate de vestir a la señorita Chona con sus mejores galas. No le alises el pelo, ni se lo peines de ninguna manera. Déjaselo suelto. Y colócale un plato de sal en el pecho. Eso evita que el cuerpo ascienda.

—No va a palmar —dijo Addie mientras clavaba la mirada en la oscuridad de la noche.

Snooks hizo un gesto despectivo con la mano y volvió a concentrarse en la mesa. Barajó las cartas y dijo:

—Si te hubieras criado en casa, conocerías las viejas costumbres. Son buenas costumbres. Un plato de sal mantiene alejado al diablo.

—¿Los judíos creen en el diablo? —preguntó Rusty.

—Espero que sí —respondió Snooks.

—Entonces, ¿por qué asesinaron a Jesucristo? —preguntó Rusty.

Snooks, momentáneamente desconcertado, se volvió hacia su mujer en busca de una respuesta, pero Holly fingió estar demasiado ocupada tejiendo.

—Yo no he dicho que asesinaran a Jesucristo —dijo Snooks.

—Sí, lo dijiste. Lo has dicho en la iglesia. Muchas veces.

Snooks le ignoró.

—La Biblia tiene sesenta y seis libros, Rusty. No los recuerdo todos. Addie, si la señorita Chona la palma, ponle un poco de melaza en los pies y un pedazo de pan de maíz en el pelo. Y ponle monedas de veinticinco centavos en los ojos.

—¿Para qué? —preguntó Rusty.

—Evita que se les abran los ojos —aclaró Snooks—. Addie, hazlo antes de que aparezca su familia. Es posible que no les guste.

—No se puede hablar de parientes —dijo Addie—. El padre está en Reading. La madre murió hace años, antes de que tú llegases a este país.

—No recuerdo a la madre —dijo Snooks.

—No te habría gustado tenerla cerca, Snooks. No les dejaba pasar ni una a los que se mostraban ignorantes. —Deseaba que Nate se diera prisa. Volvió a hablar por la rendija de la puerta, pero sus amargas palabras sonaron lo bastante fuerte como para que las oyeran los presentes en la habitación.

—Si la señorita Chona muere, todos los medio hombres de este pueblo van a ponerse mohínos. Llorarán a moco tendido, fingiendo estar tristes. Pero lo cierto es que se alegrarán de verla partir.

Las palabras se mezclaban con el frío aire de la habitación. Se instauró un silencio embarazoso.

—Addie está agotada —dijo Snooks alegremente—. Holly, quédate junto a la puerta y avisa cuando veas a Nate. Addie, acomódate aquí y siente un poco de la calma del Señor.

Addie se volvió hacia él.

—Aclárame esto, Snooks.

—¿Eh?

—Explícame cómo voy a sentir la calma del Señor mientras tú te dedicas a parlotear de cualquier cosa. Hablando del diablo y, acto seguido, de colocar monedas en los ojos de la señorita Chona. Venga. ¿Dónde está la calma del Señor en todo eso?

—Cálmate, Addie —dijo Bags. Era picapedrero, fuerte y corpulento—. El reverendo no se refiere a nada en particular.

—Se refiere justamente a lo que dice, hablando del Señor mientras sostiene una baraja de cartas. En Hemlock Row echaron a un hombre de la ciudad por hacer exactamente eso. Se hacía llamar Hijo del Hombre. Dicen que era un demonio andante.

—En Hemlock Row no ha habido ningún Hijo del Hombre —dijo Snooks—. Son solo cuentos de los negros de campo. Allí necesitan un predicador de verdad.

—Pues ve tú y sermonéalos.

—Row está a cinco kilómetros de aquí, Addie, y sufro de gota.

—Déjale en paz, Addie —dijo Bags—. Dios no tiene nada en contra de los hombres que juegan a las cartas.

—No pasa nada, Bags —dijo Snooks—. Todos somos diferentes. Las mujeres tienen su propia forma de entender las cosas.

—Los hombres entienden de una manera y las mujeres de otra y después está la sabiduría —dijo Addie—. Tú no te pusiste a contarles cuentos de judíos cuando tu hijo enfermó y la señorita Chona hizo que Doc Roberts fuera a visitarlo. Y ella no lo soporta más que tú o que yo.

—Doc Roberts no vino a Chicken Hill por la señorita Chona —replicó Snooks—. Vino para olvidar su amnesia. Le pagué por adelantado y se olvidó de que yo era de color y me dio las gracias.

Los hombres se echaron a reír.

Addie ya estaba harta. Salió al aire frío y cerró la puerta tras de sí.

Era una mujer delgada y guapa, con unos ojos oscuros de un brillo intenso, lo que le aportaba a su rostro la inocencia de una niña: eran unos ojos que rebosaban sorpresa, resplandecientes, expectantes. Coronaban una nariz ancha y una elevada y enjuta mandíbula propia de los nativos americanos. Su familia había emigrado del sur y se instaló en Chicken Hill cuando ella era muy pequeña. A diferencia de la mayoría de los negros del barrio, ella no tenía recuerdos de «su tierra», del mundo del sur, de los cinamomos y los nogales, de las zarzamoras o de las risas que se oían en los camiones que llevaban a los negros a recoger algodón. A veces deseaba poder recordar el sur solo para tener algo agradable con lo que soñar, como les sucedía a otros habitantes de Chicken Hill para quienes su «hogar» era Carolina del Norte, Alabama o Georgia. El hogar de Addie era Chicken Hill, Pottstown, Pensilvania.

Dio unos cuantos pasos vacilantes, se asomó a la oscura carretera, escudriñando la oscuridad, buscando la familiar gorra de colegial irlandés y la camisa blanca de algodón de manga corta que a Nate le gustaba ponerse incluso en los días más fríos. El viento le mordía la piel, pero se quedó donde estaba, escrutando la carretera con la mirada.

Nada.

Justo cuando se disponía a entrar, una sombra alta y delgada pasó bajo la única farola que iluminaba la esquina más alejada. Vio que era él. Sus largas zancadas se detuvieron al cruzar, con extremo cuidado, las zanjas que conducían las aguas residuales y pluviales. Cuando lo vio acercarse, caminó hacia él y le tocó la cara con una de sus cálidas manos.

—¿Por qué no traes tu linterna? —le preguntó.

Nate ignoró sus palabras. No necesitaba linterna alguna. Llevaba años recorriendo el mismo camino desde el teatro. Se detuvo un instante mientras ella acercaba su mano a la cara de su marido, y solo después de que él le tocase la mano con la suya, ella se dirigió hacia la casa, con Nate a su espalda.

Las risas y la charla cesaron cuando Nate entró en la casa. Echó un vistazo a la habitación, luego señaló con el mentón hacia la puerta de la Tienda de Comestibles el Cielo y la Tierra de Chona y se dirigió a Addie.

—¿Ha pasado a mejor vida?

—No. ¿Cómo está el señor Moshe?

Nate negó con la cabeza.

—Ha venido su primo de Filadelfia. Han estado hablando de ingresarla en una residencia o algo así.

—¿Para qué? No ha perdido la chaveta.

Nate suspiró. Apartó una silla de la mesa y se sentó, dejando caer su largo cuerpo sobre ella.

—Poco importa lo que ellos decidan. El Señor tiene su propio plan para ella.

—Así es —se apresuró a decir Snooks.

Una corriente de vergüenza recorrió la habitación. Sobre el papel, Snooks era el «líder de la comunidad» de Chicken Hill. Cuando la gente importante de la ciudad quería hacer una donación o anunciar algún plan para Chicken Hill, se dirigían a Snooks, a quien llamaban «reverendo Spriggs». Pero en el barrio la opinión que importaba era la de Nate Timblin.

Nate sonrió a Snooks.

—¿Sigues leyendo el Libro de las Revelaciones, Snooks?

Snooks asintió.

—Así es.

—Dime una, entonces.

Snooks se removió incómodo en la silla. Como la mayoría de la gente de color de Chicken Hill, Snooks temía un poco a Nate. Nate Timblin transmitía un profundo silencio interior, una agitación que no invitaba a hacer tonterías, una tranquilidad que encubría una tempestad futura. Como la mayoría de la gente de allí, Nate se refería al sur como su hogar, pero, a diferencia de sus vecinos, nunca hablaba de su pasado. Era un agujero oscuro. Nate era una luz apagada. Pero, para la gente de color de Chicken Hill, que una luz estuviese apagada no significaba que no pudiera volver a encenderse. En este mundo podía ocurrir cualquier cosa, y muy especialmente en aquel barrio, donde la paz ocasional entre gallinas y cabras, que cacareaban y balaban alegremente, podía desintegrarse y desembocar en una salvaje algarabía de alcohol, balas, tripas desparramadas y caos. Nate era de trato fácil, tranquilo, hábil, de movimientos lentos, con una amplia sonrisa, manos que agarraban los martillos con fuerza y ojos que miraban fijamente; era, incluso con sesenta años de edad, lo que los viejos llamaban «un hombre de verdad». Incluso Fatty Davis, un hombre musculoso, gregario, con los dientes de oro, que regentaba la única taberna clandestina de la zona, capaz de pelearse a puñetazos con la policía y luchar con los bomberos irlandeses de la Compañía de Bomberos Empire, evitaba cruzarse con Nate.

—Preferiría morir en una tormenta —solía decir.

Snooks, sentado a la mesa de la cocina, estaba enfadado consigo mismo por haber discutido con Addie, pues ella era, todo el mundo lo sabía, una mujer seria y también la esposa de Nate.

—«No todos dormiremos, pero cambiaremos al instante cuando suene la última trompeta» —logró decir Snooks.

Nate asintió. Se quitó la gorra y la arrojó sobre la mesa. Addie, de pie junto a la estufa, detrás de Holly, decidió soltar la bomba lo antes posible.

—Dodo ha desaparecido —dijo.

Los oscuros ojos de Nate se clavaron en el rostro de Addie.

—¿Qué has dicho?

—Que ha desaparecido.

—¿Cuándo?

—Hoy. Dicen que ha recorrido ochenta kilómetros. Hasta Filadelfia.

—¿Cómo sabes que se ha ido tan lejos?

—Eso es lo que dicen.

—¿Quiénes?

—Los chicos de Yula: CJ y Callie. Esta mañana estaban pescando en el arroyo Manatawny, detrás de la nueva fábrica de neumáticos. Lo vieron montado en el mercancías a Berwyn, agarrado de la escalera. El camino que sale del patio va directo a Filadelfia, unos quince o veinte kilómetros. Los puede recorrer andando. O montado en un tren de carga. Ya lo intentó antes.

Los tres hombres de la mesa miraron alarmados a Addie.

—¿Por qué no nos habías dicho nada? —dijo Rusty.

—¿Alguno de vosotros tiene coche? —preguntó.

Ninguno tenía.

Nate se mostró incrédulo.

—El chaval está sordo como una tapia. ¿Esos chicos no se plantearon ir a por él?

—Se pusieron a correr para alcanzarlo, pero un hombre blanco de la fábrica de neumáticos los echó de allí. Tuvieron que dar toda la vuelta para llegar a la otra orilla del Manatawny y atravesar la Escuela Hill para poder llegar aquí. Ya era de noche.

—¿Ninguno de ellos tenía un centavo para llamar?

—¿Desde qué teléfono iban a llamar? —preguntó Addie—. La señorita Chona tiene el único teléfono público que los de color podemos usar gratis. Esos chicos no iban a entrar en la casa de ningún blanco para pedirle llamar por teléfono.

Nate frunció los labios, evidenciando que la frustración y la irritación marcaban ya su terso rostro. Se puso en pie y buscó su sombrero.

—¿Quién tiene coche a estas horas?

—Fatty.

—A estas horas de la noche, Lloyd está ocupado vendiendo alcohol —dijo Nate. Los allí presentes se percataron de que Nate había llamado a Fatty, el dueño de la cantina, por su verdadero nombre. Se volvió hacia la puerta.

—¿Adónde vas? —preguntó Addie.

—A la panadería de Fabicelli. El señor Fabi tiene un camión.

—Ya no está aquí —dijo Addie.

—¿Desde cuándo?

—Hace dos semanas. Vendió su tienda.

—¿A quién?

—A un amigo suyo judío.

Nate rebuscó en su memoria.

—Conozco a todos los judíos de esta ciudad. No he oído que nadie haya comprado un nuevo negocio.

—Es alguien nuevo. El señor Malaquías. Rusty le ayudó a colgar un cartel ayer mismo —dijo Addie.

Nate centró su dura mirada en Rusty.

—¿Cómo es, Rusty?

—Es buen tipo —respondió Rusty midiendo sus palabras.

—De acuerdo. Vi el camión del señor Fabi aparcado junto a la panadería cuando venía hacia aquí. Creo que el nuevo debe de habérselo comprado.

—Iré contigo —dijo Snooks.

—No, ni hablar —replicó Nate—. Con que aparezca un solo negro por la noche es suficiente. —A Addie le preguntó—: ¿Dónde está mi abrigo largo?

—Lo lavé ayer. Se está secando en el cobertizo de atrás. No sé si ya estará seco.

Pero Nate ya había agarrado una lámpara de gas de encima de la estufa, había salido por la puerta trasera y había desaparecido.

Nate avanzaba en silencio por las oscuras hileras del jardín que se extendía detrás de su casa. No había luna y la luz de la lámpara iluminaba de forma inquietante los setos de quingombó y las berzas. Pasó junto a ellos con la facilidad que entraña estar familiarizado. Había creado aquel huerto con sus propias manos. Él y su mujer habían plantado allí toda clase de verduras.

Un pequeño arroyo atravesaba el extremo del jardín, detrás del cobertizo, que también se utilizaba como secadero de tabaco y jamón. Descorrió el pestillo de la puerta del cobertizo, entró, descolgó su largo abrigo de un gancho para carne que pendía del techo, cerró la puerta y metió una mano en la manga del abrigo.

Al hacerlo, oyó un chapoteo en el arroyo a escasos metros detrás de él. Se detuvo al instante; cabía la posibilidad de que se tratase de un castor. Escuchó con atención, pero no oyó nada más, así que se alejó de la puerta, pero entonces oyó otro chapoteo.

Apagó la lámpara, se puso el abrigo y rodeó el cobertizo en dirección al arroyo.

Se asomó a la oscuridad, sin ver nada al principio. La luz de las casas ubicadas en lo alto de la colina llegaba hasta allí e iluminaba el agua, los reflejos creaban breves sombras en los árboles del lado en que se encontraba. Desde allí, podía ver varios metros de la orilla. Pero nada más allá.

Entonces, a unos veinte metros de distancia, menos de veinte pasos, vio al chico.

Nate Timblin era un hombre que, sobre el papel, tenía muy pocas cosas. Como sucedía con la mayoría de los negros de Estados Unidos, los estatutos y decretos de la nación en la que vivía declaraban que era un igual, pero no lo era; su vida estaba regida por un conjunto de normas y reglamentos en materia de igualdad que, en gran medida, no tenían nada que ver con él. Su mundo, sus deseos, sus necesidades tenían escaso valor para cualquiera que no fuera él mismo. No tenía hijos, ni coche, ni póliza de seguro, ni cuenta bancaria, ni vajilla, ni joyas, ni negocios, ni juego de llaves de algo que fuera de su posesión, ni tierra alguna. Era un hombre sin patria que vivía en un mundo de fantasmas, porque no tener patria significaba no implicarse, no preocuparse por nada excepto el propio corazón y la propia cabeza, así que los fantasmas y los espíritus eran lo único estable en un mundo donde su existencia resultaba invisible. La verdad era que la única patria que Nate conocía o que le importaba, aparte de Addie, era aquel niño delgado y sordo de doce años que, justo en aquel momento, o bien estaba montado en un tren de mercancías camino de Filadelfia, o bien era un fantasma hecho y derecho con gorra de colegial, botas viejas, una camisa y un chaleco andrajosos, de pie, a tres metros de él y arrojando pequeñas piedras al arroyo Manatawny, ante sus propios ojos. ¿Cuál de los dos era?

—Dodo.

Fue la sorpresa lo que le llevó a pronunciar el nombre del chico, pues sabía muy bien que quizás estaba hablando consigo mismo. El niño no le oyó. Parecía estar ocupado, se desplazaba con la rapidez de un atleta, clasificaba piedras en la orilla del río, apilaba las grandes para formar una suerte de terraplén a lo largo de la orilla del arroyo; lanzaba las rocas más pequeñas al agua.

Nate se acuclilló, volvió a encender la lámpara y la sostuvo en alto, agitándola para llamar la atención del niño sordo. Con

Dodo, todo tenía que ver con la vista, el tacto y la vibración, no con el sonido. La luz proyectaba un brillo espeluznante sobre el agua. Pero el niño estaba tan concentrado en lo que hacía que Nate tuvo que agitar la luz varias veces.

El chico vio primero el reflejo de la lámpara en el agua, luego dejó caer la piedra que sostenía, se volvió hacia el origen de la luz y se irguió. Alzó uno de sus delgados brazos en un tímido saludo mientras Nate se acercaba.

Nate señaló la formación rocosa.

—¿Qué estás haciendo, chaval?

Dodo sonrió. Le hizo un gesto a Nate para que se acercara. Dibujó un amplio círculo con los brazos, imitando un círculo de rocas, y luego simuló sostener una cuna como si estuviera meciendo a un bebé.

—¿Y ahora qué?

El chico se frotó las manos, como si pretendiese generar magia o calor, y luego se llevó las manos a la oreja, como si pudiera oír algo.

Nate negó con la cabeza, pues no comprendió lo que intentaba decirle. Se metió dentro del terraplén de piedras, que formaba un muro de unos sesenta centímetros de altura. Era como una especie de caja de metro y medio por metro y medio.

—¿En qué tontería estás trabajando aquí?

Dodo le miró sin comprender y luego se frotó las manos en los pantalones para secárselas.

—¿Acaso tienes un agujero en la cabeza, hijo? ¿Ibas en el tren esta mañana? ¿Eras tú?

Dodo parpadeó, sin alterarse, todavía frotándose las manos en los pantalones. Nate tocó con delicadeza una de las manos del chico. Las tenía heladas. Sostuvo la lámpara en alto para que se le vieran los labios. El chico no había nacido sordo. Un accidente había puesto fin a su capacidad auditiva. Una estufa explotó en la cocina de su madre cuando tenía nueve años. Le hirió los ojos y los oídos. Recuperó la vista. El oído, no. Pero podía leer los labios. Nate aguantaba la lámpara junto a su cara para que Dodo pudiera verlos.

—¿Qué estás haciendo?

Al chico le bailaron los ojos y luego dijo:

—Estoy haciendo un jardín.

—¿Para qué?

—Para plantar girasoles.

—CJ y los otros dijeron que te montaste en un tren esta mañana.

Dodo apartó la mirada. Era su forma de ignorar lo que le estaban diciendo.

Nate extendió la mano con calma y obligó al chico a que volviese la cabeza para que le mirase.

—¿Estabas en ese tren o no?

Dodo asintió.

—Muy bien. —Nate miró a su alrededor y señaló hacia un cornejo cercano—. Arráncame una rama de ese árbol de allá y haz una vara. Luego entra en casa. Tu tía te va a cantar las cuarenta.

Nate se volvió hacia la casa. Dio varios pasos y se percató de que andaba solo. Dodo no se movió de donde estaba, en medio de su terraplén de piedras.

Nate le hizo señas para que le siguiera, irritado.

—Vamos, hijo. Aquí fuera hace frío. Tu tía te preparará unas tostaditas y todo habrá acabado.

La respiración de Dodo se aceleró, pero se quedó donde estaba.

Nate dio varios pasos rápidos para acortar la distancia entre ellos, se acuclilló y apoyó una de sus grandes manos en el hombro del chico.

—Recibir una azotaina será beneficioso para ti, hijo. La verdad nunca hace daño a nadie. Eras tú el que iba en el tren, ¿no es cierto?

—Sí.

—Elegiste un mal momento para marcharte de juerga. Lo sabes, ¿verdad?

Dodo asintió.

—Pues bien. Cuando uno añade más problemas a las circunstancias, tiene que pagar un precio. Tu tía te calentará un poco el trasero. La lección perdurará y eso será suficiente, creo.

Buscó la mano del chico, pero este, en lugar de extenderla, sacó de su bolsillo un papel blanco, doblado y arrugado.

Nate lo tomó con delicadeza de la mano del muchacho y, desplegándolo, lo acercó a la lámpara. Leyó las palabras muy despacio, recorriendo el papel con la mirada. Cuando terminó, bajó el papel y sus ojos se posaron en el chico.

—No sé leer palabras raras, Dodo. Pero el reverendo Spriggs, que está en casa, lee bien. Le pediremos que las descifre.

Dodo habló.

—Sé lo que dice —dijo.

—¿Qué dice?

—Mi mamá está muerta.

Nate guardó silencio durante un momento. Alzó la vista desde el pequeño terraplén al cobertizo y la casa, pensando en todo lo que estaba mal en el mundo. Muchos de los peligros de Dios, pensó, no son los dones que parecen ser.

—No necesitas ningún papel que te diga que tu madre tiene alas, hijo.

—Entonces, ¿por qué tengo que irme?

—¿Quién ha dicho que tengas que irte?

—Lo dice este periódico.

Nate tomó con cuidado el papel de manos del niño, lo arrugó y lo lanzó al arroyo. Inclinó su alto cuerpo y golpeó suavemente el pecho del niño.

—Dios te abrió el corazón cuando te cerró los oídos, muchacho. Ahí dentro tienes todo un país. No te preocupes por ningún papel. Ese papel no significa nada.

Tomó al chico de la mano y lo condujo por el pequeño terraplén, rodearon el cobertizo y se dirigieron hacia la casa.

5
El forastero

Dos días después, Moshe dormía profundamente en una silla junto a la cama de Chona cuando le despertaron unos golpes en la puerta del piso de abajo. Vio, con los párpados medio abiertos, cómo Addie, que dormía en una silla al otro lado de la cama, se despertaba y tambaleándose, somnolienta, se dirigía hacia la puerta y bajaba a oscuras las escaleras hasta la tienda de comestibles.

Moshe miró su reloj. Eran las cuatro y media. Miró a su mujer, que yacía con los ojos cerrados. Se inclinó hacia delante, le tomó el pulso y apoyó la mano en su pecho. Notó con alivio que respiraba, que seguía viva.

Addie volvió a subir y se quedó en la puerta con un gesto de evidente irritación.

—Hay un hombre abajo que quiere verle.

—Dile que se vaya.

—No va a marcharse.

—¿Quién es?

—Es el tipo que ha comprado la panadería del señor Fabicelli.

—¿Es panadero?

—No sé lo que es.

—¿Qué quiere?

—Dijo algo así como... —hizo una pausa— que estaba mala.

—¿Qué?

—Algo sobre ayudar a la señorita Chona y mala.

—¿Mala?

—Creo que son palabras judías, señor Moshe.

—¿Cómo sabes que son palabras judías?

Addie frunció el ceño.

—No sé lo que son. Solo lo supongo. ¿Por qué no se lo pregunta usted mismo? Vino ayer y anteayer. Ya ha venido tres veces.

—Que se vaya.

Addie se quedó en la puerta, vacilante, y luego, con un resuelto movimiento, entró en la habitación, acercó la silla a la cabecera de la cama de Chona y se sentó encorvada, con los antebrazos apoyados en las rodillas, con la vista clavada en el suelo. Miró después a la durmiente Chona, con ojos empañados, tosió y se enjugó las lágrimas con el dorso de la mano.

—No voy a volver ahí abajo.

Moshe vaciló, confuso. Entre Addie y Chona se sentía como una pelota de pimpón. Las dos mujeres se habían turnado durante años para cuidar de él. Nunca había tenido que cocinar. Ni limpiar. Ni llevar a cabo ninguna de las tareas de las que había tenido que ocuparse siendo niño en su tierra de origen. Pero ellas conspiraban contra él. Chona le dio voz a Addie, le permitió regentar la tienda, tomar decisiones, dirigir el lugar mientras ella leía sus libros de socialismo y otros que hablaban de tonterías de mujeres chifladas. ¡Y ahora andaban así! La mujer que tenía que ayudarle en su propia casa le estaba diciendo que abriese él la puerta en mitad de la noche. Si Chona se iba de este mundo, tendría a su lado a Addie, que no dejaría de regañarle hasta el día de su muerte. Quiso ponerse en pie y gritar, pero lo que hizo fue mirar a su mujer. Se inclinó hacia ella y le frotó la frente con suavidad.

—¿Y si se despierta mientras estoy abajo? ¿Y si no se despierta?

Addie, sentada al otro lado de la cama, se había recompuesto. Estiró el brazo y ahuecó los bordes de la almohada de Chona, luego le limpió con mucho cuidado la cara con un paño suave.

—Se despierta todos los días, señor Moshe —dijo—. Se despierta como un reloj. Está bien.

Moshe echó una última mirada de preocupación a su durmiente esposa y se dirigió a la puerta. Al pie de la escalera encendió la luz, pasó por delante de las hileras de artículos para el hogar, de las cajas y tarros de caramelos que había en la tienda a oscuras. Estaba amaneciendo. Al acercarse a la puerta acristalada, pudo ver la luz del sol asomando tras la silueta de una persona de escaso tamaño que quedaba enmarcada por la puerta. Abrió un poco y al otro lado vio a un judío bajito y corpulento, de unos treinta años, con ojos brillantes, bigote fino y las comisuras de los labios muy abiertas, lo que le otorgaba un aire de pícaro. Aquel hombre le resultó vagamente familiar. Además sonreía, y eso hizo que Moshe lo odiase de inmediato.

—Buenos días —dijo en yidis.

—¿Qué desea? —respondió Moshe en inglés. No estaba de humor para favores de ninguna clase.

—¿No te acuerdas de mí? —preguntó el hombre. Volvió a hablar en yidis, y eso irritó aún más a Moshe. Ahora tenía muy claro que quería algo.

Moshe respondió al instante:

—*Ver fahblondjet! Trog zich op!* (¡Largo de aquí!)

Empujó la puerta para cerrarla. Pero el hombre introdujo una bota vieja y destrozada entre la puerta y el marco para impedírselo.

—¡Ay! —gritó—. ¿Te importaría liberar mi pie?

—¿Te largarás de aquí si lo hago?

—Me largaré.

Moshe tiró de la puerta ligeramente entreabierta para liberar el pie, pero en lugar de sacarlo, el desconocido apoyó el antebrazo en la puerta y empujó para abrirla más. Moshe, sorprendido, se mantuvo firme, apoyándose en ella.

—¿Qué estás haciendo?

—¡Solo necesito harina! —exclamó.

—¡Está cerrado!

—Necesito *kosher*. Para el pan jalá.

Moshe frunció el ceño y se pasó la lengua por los dientes. «Jalá», no «mala». Eso fue lo que oyó Addie. Empujó la puerta de cristal para cerrarla, pero el hombre al otro lado se mantuvo firme.

—¿Es eso lo que le dijiste a mi criada? —preguntó Moshe.

El hombre se rio.

—Otro judío americano con criada. Es una maleducada —dijo.

—Ve a Reading. Allí tienen muchas cosas *kosher*. Y criadas maleducadas también, por si quieres una —dijo Moshe. Siguió empujando la puerta, pero el hombre no se movió.

—¡Eso está a veinte kilómetros!

—¿Te parezco un taxi? ¡Consigue un coche de caballos!

Moshe empujó la puerta con más fuerza. Para su sorpresa, el hombre, al que podía ver a través del cristal, era mucho más pequeño que él y, sin embargo, aguantaba por su lado con firmeza y cierta facilidad.

«Tengo que comer mejor y dormir más», pensó Moshe. Empujó aún más fuerte y, para su incredulidad, la puerta no se movió ni un centímetro. El hombre la mantuvo parcialmente abierta sin aparente esfuerzo.

—¿Qué diantres te pasa? —le espetó Moshe. Frustrado, golpeó la puerta con el hombro. El hombrecillo hizo lo mismo y la puerta permaneció entreabierta, lo suficiente para que Moshe viera el contorno de la cara de su adversario, que, para su consternación, no parecía tenso en absoluto—. ¡Qué clase de demonio eres tú! —gritó.

—¡Solo necesito harina! Para hacer jalá.

—¡Ve a buscarla a otro sitio!

Moshe empujó ahora con todas sus fuerzas. Le caía el sudor por la frente. Apretó los dientes y presionó con el costado de la cara contra el borde de la puerta. Observó a su adversario a través del cristal; su cara se encontraba a escasos centímetros. El hombrecillo, que seguía sin esforzarse, no daba el brazo a torcer. Parecía estar divirtiéndose. ¿Sería algún tipo de demonio? «El ángel de la muerte», pensó Moshe. «¡Viene a por mi mujer!» De repente, se sintió indefenso. Deseó que Nate estuviera allí. Nate era lo bastante fuerte como para cerrar la puerta con un brazo y empujar a ese mequetrefe con el otro. O su primo Isaac. Una simple mirada de Isaac haría huir a ese mulo. Pero estaba solo.

Estuvo a punto de llamar a Addie, pero decidió no hacerlo; le pudo la vergüenza. En lugar de eso, decidió empujar con todo de lo que disponía, cada músculo de su cuerpo en tensión. Sin embargo, el forastero, que parecía tener la fuerza de tres hombres, se mantuvo firme.

Moshe sintió que sus fuerzas empezaban a menguar. Estaba agotado. Entre dirigir el teatro, pasarse la noche despierto al lado de Chona y la precaria alimentación, su energía era más bien escasa. Sentía que su espíritu abandonaba su cuerpo a través de los pies. «Qué ridículo», pensó.

—Por favor, vete —jadeó.

—Quiero decirte una cosa —repuso el hombre.

—¡Eres un demonio! —gruñó Moshe en yidis apretando los dientes, y se dijo: «¿Por qué estoy hablando en yidis? Odio el yidis».

Desde el otro lado de la puerta, el hombrecillo dijo con tono uniforme:

—No digas que soy un demonio. Soy bailarín.

—Entonces, vete bailando por la calle o llamaré a la policía. ¡Estás intentando entrar en mi propiedad!

—No voy a entrar.

—¡Aléjate! Mi mujer está enferma.

—Por eso estoy aquí —dijo el forastero. Dio un gran empujón y abrió la puerta de par en par haciendo caer a Moshe de espaldas. Este aterrizó en el frío suelo de madera, junto a la vitrina de la carnicería, con tal fuerza que hizo temblar las botellas y los productos de las estanterías.

Sentado en el suelo, oyó a Addie gritar desde el piso de arriba.

—¿Qué está pasando ahí abajo? ¡Cállense todos!

Moshe alzó la vista, esperando que el desconocido entrara en la tienda, se inclinara sobre él y le diera una paliza.

Pero el hombrecillo estaba de pie en la puerta, a varios metros de distancia, mirando hacia abajo, con las manos en las caderas y su ancho cuerpo ocupando el espacio de la puerta. De la cintura le colgaba un talit. Su sombrero de fieltro estaba rozado y su traje raído, como si los ratones hubieran mordisqueado los bordes. Llevaba una camisa blanca y una corbata de cordón le colgaba de la cintura. Hinchó las mejillas y le echó un vistazo a la tienda a oscuras.

—No te preocupes por tu mujer judía y librepensadora, amigo. No va a estirar la pata dentro de poco. Su estilo de judaísmo encaja bien en este país. He podido comprobarlo.

—¡Que te crezcan cebollas en el ombligo por hablar así de mi mujer!

—Ese es un dicho español, amigo. ¿Hablas español?

—No. ¿Y tú?

—A decir verdad, sí. Incluso he estado en España.

—Entonces, hazme un favor, chalado. ¡Vuélvete a España!

—¡No hasta que consiga mi harina!

Moshe recurrió instintivamente a uno de los muchos astutos trucos que había aprendido de niño en Rumanía, cuando los líderes de la compañía teatral judía ambulante de la que formaba parte se instalaban a las afueras de una ciudad, frente a las hordas de campesinos rusos, armados con rifles y garrotes, que exigían un pago de última hora por algún tipo de infracción, habitualmente inventada, cometida por la compañía, pues siempre resultaba más sencillo negarse a pagar por un espectáculo que ya había tenido lugar, sobre todo teniendo en cuenta que las encantadoras doncellas judías, cuyos bailes habían impulsado en primer lugar al campesinado a disfrutar de la compañía teatral, no habían aparecido por ningún lado. Desde entonces, por otra parte, Moshe había aprendido algunos trucos más tras doce años de negociar en su teatro con directores de bandas de música duros de pelar.

Sentado sobre su trasero, con una mano apoyada en una vitrina que contenía caramelos, agujas de coser y otros artículos, alzó la vista y dijo con amabilidad:

—Voy a dejar en tus manos, amigo, decidir qué es lo que más te conviene. Habida cuenta de que eres un desconocido para mí, es mi deber ser hospitalario contigo. No soy ajeno a las penurias, pues provengo de una tierra donde la pezuña de un caballo es más valiosa que un trozo de pan. Una pezuña de caballo puede ayudar a arar un campo y a alimentar a todo un pueblo. Pero ¿el pan? ¿Para qué sirve el pan? Te lo comes y luego debes hornear otro. Yo no tengo ni lo uno ni lo otro. No soy más que un pobre comerciante que vende dulces y alimentos secos. Así que adelante. Toma toda la harina que quieras. Y dejaré que tú decidas cuánto me tienes que pagar.

El forastero se rio y dijo en yidis:

—Ten cuidado, granuja romaní.

—¿Eres húngaro?

—Polaco.

—En Polonia también tienen *schmeichlers* (charlatanes).

—Mira quién habla. Lo único que ganarías en Polonia con tu charlatanería sería sentirte vacío. —Echó un vistazo a la tienda—. No puede decirse que seas pobre, amigo. Pero lo importante ahora es que tengo buenas noticias. Vengo a decirte que he encontrado esposa.

—¿Que has encontrado qué?

—Esposa.

Moshe, que seguía en el suelo, lo miró atónito.

—¿Por qué debería importarme que hayas encontrado esposa? Ya tengo a mi propia esposa de la que preocuparme.

Por primera vez, el hombre de la puerta, cuyo rostro emanaba confianza, pareció entristecerse. Dio la impresión de sentirse realmente dolido.

—¡Pero me dijiste que tenía que encontrar una!

—Pero ¿qué te has creído? ¿Qué me importa a mí si has conseguido esposa? Mi esposa está enferma. Maldito seas por molestarme en este momento. ¡Debería darte vergüenza! ¡Llévate toda la harina que quieras y vete a darle a la sinhueso a otra parte, polaco estúpido! ¡Aléjate de mí!

—¡Pero hice lo que me dijiste!

—¡A otro perro con ese hueso, amigo!

—Dijiste que si no buscaba esposa, para qué iba a ir al baile. Pero no me obligaste a irme. Dejaste que me quedara. Y bailé. Por eso estoy aquí ahora. Tú me invitaste.

—Yo no hice tal cosa.

—Tú lo dijiste. Dijiste que donde yo viviera viviría el mejor bailarín del mundo.

—¿De qué estás hablando? ¡Largo de mi casa!

—¿No te acuerdas del baile?

—¿Qué baile?

El hombre echó la cabeza hacia atrás, incrédulo. Extendió las manos, evidenciando su decepción.

—¿Qué baile? —dijo en tono de burla—. ¿Qué baile? El único baile. El *mejor* baile. El mayor baile de diversión en familia que este país haya visto jamás. El mejor baile de la historia.

Moshe contempló desde el suelo a aquel hombre mientras en su memoria empezaron a revolotear retazos de recuerdos como si fuesen las páginas de un libro. A la temprana luz del amanecer, cuando el sol asomaba ya por las laderas orientales y brillaba sobre las chozas y chabolas de Chicken Hill, en el edificio en el que se encontraba el cálido sótano donde, doce años antes, el amor se coló en su corazón con la gracia de una mariposa, y una hermosa joven, con la que ahora estaba casado, batía la mantequilla hasta que quedaba amarilla —recitándole las mágicas palabras de la Torá, un libro que ella tenía prohibido tocar, recorriendo con sus manos las páginas, haciendo patente la promesa que encierran sus palabras de santidad, amor e historia—, los postigos del recuerdo volvieron a entreabrirse y Moshe, entre la multitud que se agolpaba frente a su teatro, vio el rostro pícaro, el sombrero, el talit, los hoyuelos de un joven rodeado por todo tipo de judíos; acto seguido, como el sonido de una campana en la lejanía, o el silbato de un tren en la distancia, Moshe oyó, en la remota memoria, el fantástico y ululante clarinete de Mickey Katz.

Y recordó con total claridad aquella maravillosa tarde fría de diciembre, cuando, recién casado y en plena efervescencia del amor, dobló la esquina de High Street y alzó la vista para ver la mayor concentración de judíos, en Estados Unidos, que jamás había visto en su vida, hordas que se alzaban como se alzaban los grandes templos de Egipto a la luz del sol del amanecer árabe, cientos y cientos de judíos reunidos frente a su teatro, ansiosos por atravesar la puerta, por hacerle rico, por entrar en su local para poder aullar, gritar, bailar y pasar un buen rato como en los viejos tiempos.

Y entre ellos un joven jasídico que le aseguró que no pensaba bailar con ninguna mujer. Porque estaba buscando esposa.

Al mirar fijamente a aquel hombre, Moshe sintió la misma ligereza que la primera vez, cuando dobló la esquina de High Street y vio a toda aquella gente reunida; era como si le hubieran quitado un gran peso del pecho y se lo hubieran colocado en la espalda, donde debía estar, firmemente asentado. Habían pasado doce años, pero de golpe volvió a sentirse un hombre joven, de pie junto a su teatro, viendo cómo la alegre banda de Mickey Katz conseguía con su música que se despegara el papel pintado mientras cientos de felices judíos americanos bailaban. Y entre ellos se encontraba, girando y dando vueltas sin parar, el cuerpo de aquel chiflado bailarín jasídico. El joven que había anunciado que no pensaba bailar con ninguna mujer. El joven que proclamó que no buscaba pareja de baile, sino esposa, pero que bailó con todas las mujeres de la pista. Y menudo bailarían resultó ser.

—¡Me acuerdo de ti! —exclamó Moshe con entusiasmo—. Eras el mejor bailarín que había visto en mi vida. ¿Cómo te llamas?

En lugar de responder, el joven jasídico se quitó el sombrero con orgullo, se rascó la frente y bajó la vista para mirar a Moshe, que seguía en el suelo junto a la vitrina de la carnicería. Habló despacio, como si fuera un sabio anciano:

—Nuestros sabios rabinos nos dicen que tenemos tres nombres: el que nos dan nuestros amigos, el que nos da nuestra familia y el que nos ponemos nosotros mismos.

—Entonces, ¿cómo debo llamarte: guisantes, tomates o cebollas?

—Malaquías —contestó.

Dio la impresión de querer decir algo más, pero Moshe, en pleno arrebato memorístico, arrastrado por la exaltación, quería hacerle una pregunta que venía atosigándolo desde hacía años, y que ahora, y no podía creer su suerte, estaba en disposición de hacerla.

—¡Te vi al día siguiente! —exclamó—. Después de que Katz se fuera. En la puerta del teatro. Me diste una botella de aguardiente de ciruelas. Oímos un estallido en la colina. Vimos una columna de humo negro. Dijiste que era un mal presagio.

—Eran malos tiempos —dijo Malaquías. Entró en la tienda y le tendió una mano para ayudarle a ponerse en pie—. Esos tiempos han quedado atrás.

6
Jalá

A Chona le bajó la fiebre a los dos días. Sus delirios febriles cesaron un día después. Al día siguiente, logró sentarse, la calma pareció regresar entonces a su pequeño cuerpo y comenzó el largo y lento retorno del bienestar. Pero, por desgracia, no podía permanecer mucho tiempo de pie ni caminar sin ayuda. La visitó un médico especial que había enviado desde Filadelfia Isaac, el primo de Moshe, y confirmó que algún problema vascular le había producido un ataque cerebral que, dado el mal estado de su pie, podría dificultarle caminar sin asistencia. A Moshe eso le importó bien poco. Aunque necesitara una silla de ruedas el resto de su vida, y siempre y cuando Chona volviera a ser la de siempre, él sería feliz.

Al cabo de una semana, comprobó que la luz volvía a los ojos de su esposa. Una semana más tarde, empezó a utilizar frases largas, aunque hablaba despacio. A la tercera semana, ya estaba de pie, apoyada en Addie y dando órdenes, exigiendo que la ayudasen a bajar para abrir la tienda.

Moshe obedeció encantado. Atribuyó su mejoría a la aparición de Malaquías, que insistía en pasar todos los días por el teatro para entregarle a Moshe una hogaza de su jalá para que se la llevara a su mujer.

—Esto formará parte del proceso curativo de tu mujer —le dijo con orgullo.

Le entregó la primera jalá a Moshe en el teatro, vestido aún con su harapiento traje con americana, talit y sombrero de fieltro. Sostenía la hogaza con orgullo, como si cargase en brazos a un niño.

—Tú vas a ser mi primer cliente —le dijo.

Moshe tomó la hogaza con el mismo delicado cuidado con que el otro se la había ofrecido. Estaba encantado, aunque nunca le había gustado la jalá. Prefería el pan de molde blanco para preparar sándwiches de jamón y queso al estilo americano, que eran como todo lo demás en América: sencillos y rápidos de preparar, no eran mullidos ni abultaban, ni eran caldosos como la vieja comida europea. Pero el pan de Malaquías era nuevo y había algo en él que a Moshe le había subido el ánimo, así que arrancó un trozo, se lo metió en la boca y estuvo a punto de atragantarse. Logró darle las gracias con un balbuceo, y evitó, de esa manera, vomitar en el suelo aquel turgente amasijo que sabía a cebolla, arena y grasa.

—Maravilloso —dijo.

—Esta jalá lleva la curación consigo —repuso Malaquías con orgullo—. Será como tu maravilloso teatro. Unirá a la gente.

«Para que vayan juntos al hospital», pensó Moshe mientras asentía. Sonrió y no dijo nada. Le habría dolido mucho ofender a su nuevo amigo. Prometió llevarle el pan a su mujer esa misma noche, pero en lugar de eso se lo ofreció a Nate mientras caminaban juntos hacia casa, subiendo los dos por los estrechos caminos de tierra de Chicken Hill a altas horas de la noche, después de cerrar el teatro. Lo hizo descargándose de toda responsabilidad, diciendo:

—El nuevo panadero todavía está aprendiendo.

Nate le dio un mordisco al pan, no hizo comentario alguno y le lanzó lo que quedaba a un chucho marrón moteado que acababa de salir de una de las casas de mala muerte que bordeaban las carreteras de la colina. Aquel perro era un incordio, pues solía aterrorizarlos durante el camino de vuelta a casa por la noche. De hecho, cuando Moshe regresaba solo, daba una gran vuelta para evitar cruzarse con aquella criatura.

El chucho se tragó la jalá de un bocado, y así, cuando Malaquías le preguntó a Moshe al día siguiente si su jalá estaba resultando «curativa» en su casa, Moshe se alegró de informarle:

—Sí, en efecto. Y también ha traído paz. —Pues el chucho,

para su sorpresa, le había dejado tranquilo por primera vez en su vida.

Por horrible que fuera la jalá, sin duda era una prueba de la magia que parecía acompañar todo lo que tocaba Malaquías; el perro, en cualquier caso, no volvió a molestar a Moshe. La calamidad y el desorden parecían seguir al nuevo amigo de Moshe allí adonde iba, sin embargo eso nunca le afectó ni llegó a inquietarle. Malaquías no era un hombre pulcro. Vestía siempre un traje arrugado, llevaba un sombrero maltrecho, su talit estaba deshilachado, sus claros ojos azules siempre miraban hacia otra parte. Inclinaba la cabeza de manera invariable, se abstraía leyendo las páginas de su libro de oraciones, a veces durante horas, incluso cuando horneaba, lo que conllevaba que se le quemasen el pan y los pasteles. Moshe tenía claro que su nuevo amigo no era un panadero nato. También se fijó en que el apartamento de Malaquías, encima de la panadería, estaba lleno de trastos, objetos que había reunido, vendido, comprado y, de algún modo, recogido de aquí y de allá, pues, según le confesó Malaquías, desde la llegada al Nuevo Mundo proveniente de su tierra de origen había ejercido de vendedor ambulante de todo tipo de cosas. Sus viajes, sin lugar a dudas, habían ampliado su percepción, pues demostraba ser una fuente inagotable de conocimientos sobre todo tipo de cosas, desde automóviles hasta las fábricas de hierro de Pottstown. A pesar de no saber hornear y de su total desorganización, Malaquías evidenciaba un sentido de la ligereza y un entusiasmo sin límites por los asuntos mundanos. Parecía aportar luz, frescura y bondad a todo lo que tocaba. Se maravillaba ante los objetos más sencillos —un pelador de manzanas, un barril, una menorá, un vaso de papel, una canica— mostrando entusiasmo y humor, a menudo alzando el objeto y diciendo:

—¡Qué maravilla! Imagínate. ¿A quién se le habrá ocurrido esto?

Moshe tenía pocos amigos. Para cuando él llegó a Chicken Hill, la mayoría de los judíos de Pottstown se habían marchado de allí. Nate era uno de sus amigos, pero era negro, así que había cierta distancia entre ellos. Pero con Malaquías no había esa distancia. Los dos habían huido y, tras soportar el desembarco en Ellis Island y escapar de los talleres clandestinos y de la despiadada delincuencia que imperaba en el Lower East Side, infestado de alimañas, habían llegado, a trancas y barrancas, a aquella tierra de promisión que era Pensilvania, hogar de cuáqueros, mormones y presbiterianos. ¿A quién podría importarle si se trataba de una vida solitaria, o que los trabajos implicaran una ingrata monotonía, o que el romanticismo de los orgullosos Estados Unidos fuera un mito, o que las reglas de la vida estuvieran cuidadosamente establecidas en pulcros libros y leyes redactadas por severos europeos que acechaban la ciudad y el estado como si se tratase de la parca, con sus estrictas iglesias proclamando que los judíos habían asesinado a su adorado Jesucristo? Sus paisanos de Pensilvania no sabían nada de los *shtetls* arrasados ni de las sinagogas destruidas en su tierra de origen; no habían visto morir de hambre a los atónitos ancianos inmigrantes en las tiendas de Nueva York, los ancianos que habían llegado solos, que solo hablaban yidis, cuyos hijos habían muerto o los habían abandonado para poder alojarse en casas de caridad, las mujeres asustadas hasta el final de sus días, los hombres condenados a vender verduras y frutas en carros tirados por caballos. Eran una nación perdida esparcida por la campiña americana, desconcertada, sabiendo de la inutilidad de la educación que habían recibido en la yeshivá, dejando de lado la orgullosa historia de su pueblo, mientras el chirriante ruido de la industria americana los envolvía; su orgulloso pasado como relojeros y sastres, eruditos e historiadores, músicos y artistas, desaparecido, desperdiciado. A los americanos solo les importaba el dinero. Y el poder. Y gobernar. Los judíos no tenían nada de eso, su trabajo había consistido hasta entonces en pisar con respeto la tierra de la leche y la miel y dar gracias por ser libres de caminar por ella sin que les patearan el trasero... o algo peor. La vida en

Estados Unidos era dura, pero eran libres, y si trabajabas duro podías disfrutar de alguna oportunidad, incluso abrir una tienda o algún otro negocio.

Moshe, satisfecho propietario de dos prósperos teatros y de una tienda de comestibles que perdía dinero todos los años gracias a su esposa judía nacida en Estados Unidos, se sentía orgulloso de ser estadounidense. Apreciaba la vida en América. Por eso se esforzó en convencer a su nuevo amigo de las bondades de las costumbres estadounidenses. Le regaló un colgante que era una *mezuzá*, a pesar de que, por lo general, sirven para adornar las puertas de las casas judías. Pero este colgante podía llevarse al cuello y tenía una inscripción especial en el reverso que decía: «Hogar del mejor bailarín del mundo». De ese modo, explicó Moshe, Malaquías se sentiría como en casa y bienvenido allá adonde fuera.

Pero Malaquías, al que por lo general le agradaban los gestos amables y los pequeños regalos, le devolvió la *mezuzá* y le rogó cortésmente a Moshe que se la diera a Chona, cosa que él hizo, para deleite de su esposa. A diferencia de la mayoría de los judíos, Malaquías estaba orgulloso de lo que llamaba con una sonrisa su «chirriante» vida en Europa, que había dejado atrás. No le importaba ser un recién llegado. Se negaba a vestirse como un estadounidense y prefería llevar el talit bajo la camisa, cuyos extremos le colgaban por encima de los pantalones. Respetaba lo *kosher* hasta un punto que Moshe consideraba inútil. Un grueso y gastado libro de oraciones, un *majzor,* sobresalía del bolsillo trasero de sus pantalones de gran tamaño como si se tratase del talonario de multas de un policía de una gran ciudad. Lo llevaba consigo a todas partes. Lo sacaba una y otra vez del bolsillo, dejaba de hacer lo que estuviera haciendo y lo abría con pericia para leer un pasaje con total concentración; a veces, lo que leía le conmovía tanto que se llevaba el libro al pecho e inclinaba la cabeza, mascullando con fervor una oración en hebreo. Una tarde, mientras ambos tomaban el té, Malaquías dejó su libro de oraciones sobre la mesa. Moshe le dio un golpecito y dijo midiendo sus palabras:

—En este país, me dan vergüenza las cosas judías.

—¿Por qué?

—No creo que sea adecuado perder el tiempo con cosas antiguas.

Malaquías sonrió.

—Las oraciones de este *Sidur* —dijo Malaquías— no son antiguas. —Tomó el viejo *majzor*—. En realidad, son para las festividades importantes, como Pésaj y Sucot. No son para asuntos cotidianos. Pero yo, de todos modos, lo uso para asuntos cotidianos.

—¿Y eso no está mal? —preguntó Moshe.

Malaquías se rio.

—El profeta Isaías condena las oraciones rutinarias y mecánicas. Así que no importa.

—¿Eres un *rebe*? —preguntó Moshe.

—Depende de quién lo pregunte.

—¿Un *rebe* no tiene que haberse educado en la yeshivá?

—¿Por qué te preocupa si soy un *rebe* o no? Siempre y cuando uno pronuncie las palabras de manera reflexiva y con toda intención, no importa. Lo que hacemos da consuelo, no causa tristeza. Conlleva alegría en lugar de dolor. Te dije que tu esposa se pondría bien. Y así fue. ¿Qué importa si esas palabras las dijo un *rebe* o yo? A todo esto, te aseguro que no soy un *rebe*. Solo recito el Talmud, aunque mi pan logró que tu mujer sanase.

Moshe se rio.

—Mi primo Isaac dijo que fue el médico que él trajo el que la curó.

Malaquías sonrió, aunque con un deje severo.

—Amigo mío, lo cierto es que ninguno de los dos la curó. Ni mi pan ni el sofisticado médico de tu primo. Fue la plenitud de la tierra lo que la ayudó. El salmo veinticuatro dice que la humanidad debe disfrutar de la plenitud de la tierra. ¿Acaso no forma parte el pan de la plenitud de la tierra?

Moshe se encogió de hombros y lo dejó estar. Estaba tan contento de que Chona hubiese mejorado que temía gafar el proceso.

—¿Por qué no vienes a comer a casa? —dijo—. Todavía no conoces a mi mujer.

—A su debido tiempo —respondió Malaquías.

Era precisamente ese tipo de respuesta lo que mantenía a Moshe en vilo y alimentaba la curiosidad con respecto a su nuevo amigo, esa extraña manera de comportarse que parecía formar parte de su carácter. A Moshe le dio por pensar que tal vez Malaquías no quería conocer a Chona porque tenía prohibido, al menos mentalmente, tocarla. Pero, aun así, acudía al teatro con una hogaza de pan casi todas las tardes después de cerrar su tienda, y siempre estaba alegre y animado y le hacía un montón de preguntas sobre el teatro, el equipo de Moshe, su negocio, la vida en Estados Unidos. Y aunque se empeñaba en estar al día de la mejoría de Chona, Malaquías se negaba a hablar de su propia esposa, de la que tanto alardeó el día que volvieron a encontrarse. Moshe nunca le preguntaba. Entendía que el matrimonio, para los judíos recién llegados a América, era complejo. Algunos hombres habían estado casados en Europa y volvían a casarse al llegar aquí. Otros echaban tanto de menos a sus esposas que hablar de ellas les hacía llorar, despotricar e incluso maldecir y pelearse. Algunos tuvieron que trabajar durante años para ahorrar lo suficiente para poder traerse consigo a sus esposas, únicamente para descubrir, tras la llegada de la esposa, que ambos habían cambiado tanto que su matrimonio ya no tenía sentido. Moshe, consciente de esa clase de asuntos y feliz de que su propio matrimonio siguiese siendo sólido, no dijo nada al respecto. Aun así, la reticencia de Malaquías a hablar de su pasado y también de su esposa estableció una extraña brecha entre ellos, que no hizo otra cosa que aumentar la curiosidad de Moshe. Quería cruzar esa brecha y lo habría hecho de no ser por la inestable panadería de Malaquías, que tenía prioridad sobre el resto de los asuntos, pues casi de inmediato empezó a ir mal.

Aunque Malaquías hubiera sido el mejor panadero del mundo, había llegado a Pottstown en un mal momento. Fabicelli, el amable y viejo panadero italiano que todos los domingos por la noche dejaba los pasteles que no había vendido durante la semana en una caja de madera a disposición de quien los quisiera en el barrio, la persona a la que Malaquías había comprado la panadería, era ya en su momento uno de los últimos comerciantes blancos que permanecían en Chicken Hill. Ya solo quedaban allí la tienda de hielo de Herb Radomitz, que repartía hielo montado en un carromato tirado por caballos, y Marvin e Irv Skrupskelis, los irascibles propietarios lituanos de la zapatería, que tenían aterrorizados a los vecinos del barrio. Las demás tiendas regentadas por blancos se habían trasladado a los pastos más verdes de High Street, a escasas diez manzanas de distancia.

Por otra parte, si bien el amable anciano Fabicelli le vendió encantado al judío errabundo su viejo camión de reparto, la panadería y el edificio en el que se encontraba el apartamento, obviamente no le vendió también sus recetas, porque el resto de los productos que Malaquías vendía en su panadería eran igual de malos, si no peores, que su jalá. Los pasteles eran un desastre. Parecían dibujos hechos con los dedos por un niño de seis años, el glaseado goteaba y los bordes eran siempre irregulares. Sus bollos sabían a hígado picado. Sus pasteles de carne parecían rellenos de mohosa carne encurtida que pedía a gritos la mano de un pintor que les diese una buena pincelada con pintura roja. Incluso los negros de Chicken Hill, acostumbrados desde tiempo atrás a la comida en mal estado y a los productos caducados, evitaban la tienda de Malaquías. Que la panadería hubiese sobrevivido a las primeras semanas atestiguaba la presencia en Pottstown de diecisiete familias judías.

Moshe fue testigo de esa decadencia con preocupación, y una tarde, cuando Malaquías pasó por el teatro para dejar su habitual amasijo de harina y agua con aspecto de jalá, Moshe decidió sacar a colación el tema de la panadería. Los dos permanecieron de pie, cerca de la entrada del teatro, y charlaron mientras Nate y un pequeño equipo de trabajadores preparaban el escenario para la actuación de esa noche: la potente orquesta de Count Basie.

Antes de que Moshe pudiera siquiera abordar el tema, Malaquías, con ganas de hablar de su negocio, lanzó una hogaza de jalá envuelta en papel de estraza sobre el escenario y confesó:

—No voy a tardar en cerrar la panadería.

—¿Por qué?

—El negocio va lento. A la gente no le gusta mi pan. ¿Qué tiene de malo mi pan? Es un buen pan. —Se apoyó en el borde del escenario, mirando a Nate y a los otros tres negros del fondo, que limpiaban las mesas y barrían los restos de la actuación de la noche anterior.

Moshe preguntó midiendo sus palabras:

—¿Habías regentado antes una panadería?

—Claro que no.

—Entonces, ¿por qué compraste la panadería?

—Estaba en venta.

—Hay otros muchos negocios.

—¿Qué tiene de malo comprar una panadería?

—Nada. Pero se necesita tener algo de experiencia en el asunto.

—¿Por qué? Se me da bien cocinar.

—Hornear no tiene nada que ver con cocinar. Hornear, por lo que tengo entendido, requiere precisión. ¿Tú horneabas en tu tierra?

Malaquías no respondió de manera directa. En lugar de eso, se quitó el sombrero, se pasó los dedos por el pelo, tupido y rizado, se colocó de nuevo el sombrero en la cabeza y rebuscó en los bolsillos de la chaqueta. Sacó toda clase de utensilios de repostería: un batidor, un tamiz, una esterilla de repostería, una rasqueta, una pala de amasar, una espátula y un rodillo. Los colocó con cuidado en el borde del escenario, bien alineados.

—Estas son mis herramientas. Practico todo el tiempo. Me enseño a mí mismo.

—No puedes enseñarte a ti mismo y vender al mismo tiempo, amigo.

—¿Por qué no? ¿No es así como se hacen las cosas en América?

—Es posible. Pero lo hacen *antes* de comprar un negocio. No después.

Los ojos de Malaquías, por lo general brillantes, se apagaron un poco.

—Estoy confundido. Cuando llegué a Estados Unidos, fui a Pittsburgh. Pero nadie quería contratarme porque había ido a la yeshivá. Pensaban que era demasiado intelectual. Fui a unos grandes almacenes. Les dije: «Puedo trabajar como intérprete porque hablo muchos idiomas. Hablo yidis, alemán, polaco, ruso y español. Puedo hablar con los clientes en su idioma y aconsejarles». En lugar de eso, me pusieron a trabajar etiquetando vestidos. Después me ocupé de un carrito de verduras. Pero el dueño quería que trabajara los sábados, así que lo dejé. Luego trabajé en una cafetería limpiando barriles de pepinillos. Tenía los dedos hinchados por la salmuera. Luego vendí provisiones para las esposas con un carromato tirado por un caballo. Acabé comprándole el caballo y la carreta al dueño. A partir de ahí, ahorré lo suficiente para comprar una panadería. Tardé nueve años.

—¿Tu esposa estuvo contigo todo ese tiempo? —preguntó Moshe.

A Malaquías se le humedecieron los ojos e ignoró la pregunta. Señaló los utensilios de panadería que había dejado sobre el escenario.

—Practico todo el tiempo. Incluso por la noche. Hago los pasteles más bonitos. ¿Has probado alguna vez mis tartas?

Dada la experiencia que había tenido Moshe con la jalá, nunca había querido probarlas. En lugar de eso, señaló distraídamente hacia Nate, que se encontraba al fondo del teatro limpiando y preparando la actuación con su pequeño equipo.

—Mi Nate puede ayudarte a encontrar algunos trabajadores de color.

Malaquías negó con la cabeza.

—¿Él es *kosher*? —preguntó.

—Una panadería *kosher* no necesita un panadero *kosher* —contestó Moshe.

Malaquías guardó silencio un momento y luego dijo:

—No es adecuado mezclar las cosas como hacen aquí, en América.

Moshe se quedó estupefacto ante esa réplica, que consideró propia de un ignorante.

—¿Qué más da? ¿Quieres que tu negocio tenga éxito o no?

Pero Malaquías ya no le escuchaba. Miraba fijamente a Nate y a sus hombres, que estaban ocupados desplazando sillas y mesas, colocando manteles blancos en las mesas y dejando velas encima. Señaló al fondo de la sala.

—¿Quién es ese chico? —preguntó.

Moshe miró hacia donde apuntaba el dedo de Malaquías, un solitario niño negro que se encontraba entre los hombres que limpiaban las mesas cerca de una de las salidas. Era alto y delgado para su edad, pues no debía de tener más de diez o doce años, supuso Moshe. Se veía atlético, tenía los brazos y el cuello largos, y una piel que daba la impresión de que lo hubiesen sumergido en una cuba de chocolate. Tenía la cara ovalada y oscura, nariz ancha, pómulos elevados y las pestañas más largas que Moshe había visto en su vida. Sus ojos eran hermosos y expresivos. El niño estaba barriendo de las sillas las palomitas y los envoltorios de caramelos con una escobilla. Se fijó en ellos, sonrió tímidamente y luego agachó la cabeza, retomando el trabajo con celeridad, tal como le había indicado Nate; el niño se movía deprisa, como si pretendiese desaparecer entre las mesas y las sillas.

Moshe lo observó sin mover un solo músculo. Estaba acostumbrado a que los negros desaparecieran, se esfumaran y se escabulleran. Pero cuando vio a aquel chico abrirse paso por la pista de baile, mientras recogía la basura, desplazando mesas y sillas con rapidez y desesperada eficacia, le asaltó una repentina ráfaga de recuerdos, como si su pasado hubiera invadido de repente la habitación y le hubiese soplado en la nuca, igual que una brisa que se hubiese colado por una puerta abierta en una oficina alborotando todos los papeles sueltos, lanzándolos al suelo. Se vio a sí mismo en Rumanía a los nueve años, hambriento y agotado, en la puerta de una panadería de Constanza, mirando aterrorizado con un ojo a la carretera, por si aparecían los soldados, y el otro fijo en la puerta de la panadería, al tiempo que Isaac salía corriendo con una hogaza de pan bajo el brazo, como si fuera un balón de fútbol americano, con una anciana pisándole los talones, mientras Isaac exclamaba: «¡Date prisa, antes de que vengan los soldados!». Los dos chicos habían echado a correr, engullendo el pan como lobos mientras huían. Con razón, Moshe odiaba la jalá.

Apartó la mirada del muchacho y se percató de que Malaquías le miraba fijamente.

—Es lo más extraño con respecto a la jalá —dijo Moshe—. ¿Quieres que te lo cuente?

—No.

—¿Por qué no?

—Porque sé que no es mi manera de hornear lo que te disgusta, amigo —dijo Malaquías—. Se trata de lo que despierta en tu interior. Y en eso no puedo ayudarte. Solo rezar puede hacerlo.

Moshe abrió los ojos de par en par. ¿Cómo podía saberlo?

—¿De qué estás hablando? —preguntó—. No sé qué te estás inventando. No es más que pan.

Malaquías ignoró sus palabras. En lugar de eso, se encaramó al borde del escenario, se sentó, con las piernas colgando, y observó cómo el chico negro trabajaba entre la fila de hombres que se desplazaban rápidamente por el salón de baile. Comprobó la hora en su reloj y luego volvió a mirar al chico.

—Es la una. Ese muchacho debería estar en la escuela.

Moshe se encogió de hombros. La educación de aquel chaval no era asunto suyo.

—Fue Nate quien lo trajo. Nate se encarga de traer a todos los que trabajan aquí.

Los ojos de Malaquías adquirieron una tonalidad amarillenta. El desaliento se apoderó de sus facciones mientras observaba cómo trabajaban los negros.

—Cuando llegué a Ellis Island, el primer americano que vi fue un negro. Creí que todos los americanos eran negros.

Moshe rio nervioso. Las conversaciones sobre cuestiones de raza siempre le incomodaban. Intentó cambiar de tema.

—No había probado un tomate hasta que llegué aquí —dijo

con tono desenfadado—. Tampoco había comido un plátano. El primero que comí no me gustó.

Malaquías, ajeno a sus palabras, parecía distraído. No le quitaba ojo de encima al chico, observó cómo tiraba los papeles arrugados a una pequeña lata mientras se dirigía al fondo del pasillo.

—Eso es lo que no está bien en este país —dijo—. Los negros.

Moshe se encogió de hombros.

—No han hecho nada malo. Tengo buena relación con ellos... Mi Nate. Su mujer, Addie, los ayudantes que traen. Me ayudan mucho.

Malaquías sonrió con suficiencia.

—¿Sabías que todas las fuentes históricas de la Janucá están en griego?

—¿Qué tiene eso que ver con mis trabajadores negros?

—La luz tan solo se logra mediante el diálogo entre culturas, no mediante el rechazo de una u otra.

Moshe dejó escapar una risotada y señaló con la cabeza a Nate, que se había abierto paso hasta el fondo de la sala, para darle indicaciones al chico.

—Mi Nate no habla griego.

—¿*Tu* Nate? ¿Te pertenece?

Moshe parecía desconcertado.

—Ya sabes lo que quiero decir —murmuró.

Malaquías frunció el ceño.

—Costumbres americanas que has aprendido. —Sacudió la cabeza—. Este país es demasiado sucio para mí.

—¿Qué te pasa? Nate es mi amigo.

—¿En serio?

—Por supuesto.

—¿Porque le pagas?

—Por supuesto. ¿Acaso tendría que trabajar gratis? —espetó Moshe.

Pero Malaquías no le escuchó. Miraba fijamente a Nate, al chico que trabajaba detrás de él y al resto de los negros. Los observó durante un buen rato y luego murmuró:

—Creo que en este país los negros tienen ventaja.

—¿Por qué lo dices?

—Como mínimo saben quiénes son.

Bajó del escenario de un salto y empezó a recoger sus utensilios de panadero —el rodillo, la espátula...—, y se los metió en los grandes bolsillos de su desgastada chaqueta. La siguiente frase la dijo en yidis:

—Nos estamos integrando en una casa en llamas —dijo.

—¿De qué estás hablando? —preguntó Moshe.

Malaquías se volvió hacia el fondo de la sala y sus ojos azules siguieron el movimiento de los negros. De pronto, uno de ellos empezó a cantar en voz baja, se trataba de un himno religioso, y los demás se unieron, moviéndose en sincronía, trabajando ahora más deprisa, mientras cambiaban de sitio las mesas y arrojaban la basura a los barriles.

> Iré a donde Tú quieras que vaya,
> a la montaña, la llanura o al mar.
> Diré lo que Tú quieras que diga.
> Señor, seré lo que Tú quieras que sea.

La canción recorrió la húmeda y oscura sala de baile.

Malaquías escuchó un momento y luego dijo en yidis:

—Me gustaría que vendieras mi panadería por mí. Te dejaré los papeles por la mañana. Si hay ganancias, haz el favor de enviármelas.

—¿Adónde vas?

Pero Malaquías ya había llegado a una de las puertas laterales y había desaparecido.

Moshe observó cómo se cerraba la puerta, perplejo. Echó un vistazo al escenario. Malaquías se había dejado un par de utensilios: un molde para tartas y un batidor. Pensó: «Se los daré cuando lo vea mañana».

Pero al día siguiente no vio a Malaquías. Ni al otro. No volvió a verlo hasta el cabo de tres años.

7
Un nuevo problema

Un mes después de que Malaquías se fuera de Pottstown, Moshe se encontraba dentro de su local colocando las mesas en la pista de baile después de limpiar los restos del concierto de blues para bailar en calcetines de la noche anterior, protagonizado por Jay McShann, cuando Nate dejó la escoba a un lado y se acercó a Moshe.

—¿Podemos hablar?

Moshe apenas le oyó. Seguía preocupado por la repentina desaparición de Malaquías. Había enviado a Nate a la panadería días después y este le informó de que la panadería estaba cerrada y el apartamento de arriba a oscuras. Pocos días más tarde, Moshe recibió una carta con matasellos de Chicago y, al cabo de dos días, otra con matasellos de Des Moines, Iowa, ambas redactadas con la hermosa letra cursiva de Malaquías, en las que le daba instrucciones sobre la venta de la panadería, lo que debía hacerse con las herramientas y utensilios y adónde enviar el dinero una vez realizada la transacción. Era un quebradero de cabeza en el que Moshe no quería meterse.

Moshe esperó una semana, con la esperanza de que Malaquías cambiara de opinión, pero, finalmente, se dispuso a cumplir lo que le había pedido. Tras llevar a cabo algunas averiguaciones, su suegro, que vivía en Reading, le presentó a dos hermanos judíos de Lituania que estaban interesados en comprar la panadería. Eran novatos, acababan de llegar y desconocían las costumbres estadounidenses. Así que fue Moshe el que tuvo que ir al ayuntamiento y lidiar con los gentiles, con sus preguntas sarcásticas y sus desconcertantes formularios. Isaac se ofreció para enviar a un abogado judío de Reading, pero Moshe se negó. Conocía a todos los empleados de la ciudad. Podía cumplir con todo con relativa rapidez. Además, Malaquías era su amigo, aunque creyera en ciertas cosas que él, Moshe, ahora que era americano, ya no creía. Malaquías, se dijo Moshe, estaba aferrado al pasado. Las viejas costumbres no tenían sentido alguno en Estados Unidos. Aun así, lo que le había dicho Malaquías le había molestado. «Este país es demasiado sucio para mí», le había dicho. ¿Cómo se atrevía? Estados Unidos era un país limpio, limpio, limpio, mucho más limpio que cualquier parte de Europa. ¿Qué demonios le habría ocurrido para pensar así de ese gran país? ¡Estados Unidos le había tratado bien!

Sin embargo, lo que más le molestó a Moshe fue lo que dijo Malaquías sobre los negros. «Creo que en este país los negros tienen ventaja. Como mínimo saben quiénes son.»

—Eso es ridículo —le había dicho Moshe.

Alzó la vista y vio que Nate le estaba mirando fijamente.

—¿A qué viene eso? —preguntó Nate con la mirada clavada en la mano de Moshe.

Moshe se percató de que tenía en la mano un billete de diez dólares. Era la propina que había pensado darle a Nate por haber lidiado con su buen hacer habitual con la banda de McShann. Siempre le daba propina a Nate. Nate era su mano derecha.

Le tendió el billete.

—Para ti.

Nate le miró a los ojos.

—¿Se encuentra bien, señor Moshe?

Moshe echó un vistazo al interior del local. Al fondo, se encontraban dos de los trabajadores de Nate; uno de ellos era el chico en el que se había fijado Malaquías un mes antes. Señaló al chico con la cabeza.

—¿Quién es? —preguntó.

En los suaves ojos de Nate se reflejó la preocupación.

—De eso quería hablarte. Es mi sobrino, Dodo.

—¿Qué clase de nombre es ese para un niño?

—Así es como le llamamos. Es un buen chico. Es sordo y mudo... Bueno, mudo no.

—¿Débil mental?

Nate se encogió de hombros.

—No... Sufrió un accidente. Bueno..., la estufa de la hermana de Addie explotó un día y algo le entró en el ojo. Durante un tiempo, no pudo ver, y todavía no oye bien. Pero hablar, habla.

—¿Lo llevaste a que lo viese Doc Roberts?

Nate sonrió. Moshe pudo apreciar que se trataba de una sonrisa amarga. Doc Roberts participaba todos los años en el desfile local del Ku Klux Klan. Había sido Chona quien le había llamado la atención sobre ese detalle. Las cartas que su esposa enviaba al periódico protestando contra los hombres que desfilaban por Main Street cubiertos con sábanas blancas, obligando por ello a los comerciantes judíos a cerrar sus negocios, causaban más problemas de los que solucionaban, según la opinión de Moshe. Tampoco fue de ninguna ayuda que el *Mercury* de Pottstown se atreviera a publicar una carta en la que se daba noticia de que los judíos no podían acudir al club de tenis de Pottstown ni a la pista de patinaje sobre hielo. Esa carta generó un gran revuelo no solo en la ciudad, sino también en la *shul.* La mayoría de las diecisiete familias judías de Chicken Hill era originarias de Alemania y les gustaba llevarse bien. Pero los judíos que habían llegado de Europa del Este eran impacientes y difíciles de controlar. Los húngaros eran propensos al pánico, los polacos se mostraban hoscos, los lituanos eran iracundos e impredecibles, y los rumanos..., bueno, Moshe era el único rumano, y hacía todo lo que su mujer le decía, aunque no siempre estuvieran de acuerdo. Pero los judíos que habían llegado hacía relativamente poco no tenían miedo de oponerse a lo que fuese. Parecían actuar según el entendimiento tácito de que, aunque las peleas eran malas para los negocios, si los judíos de Pottstown abandonaban sus trabajos, Pottstown se vendría abajo en cinco minutos. Chona, búlgara de origen nacida en Estados Unidos, era un personaje influyente, su pedigrí estadounidense le otorgaba un estatus superior entre los judíos intelectuales de las agencias de servicios sociales, que no dudaban en mirar por encima del hombro a sus hermanos judíos llegados hacía poco, con ropa maloliente y hablando únicamente yidis. El padre de Chona había fundado la *shul*. Su marido era el comerciante más rico de la ciudad, aunque programaba obras en yidis y espectáculos para negros; y el primo de su marido era el mayor propietario de teatros de Filadelfia, con contactos hasta en Hollywood. La aparición de Isaac en el *chevry*, donde defendió la decisión de Moshe de abrir su teatro a la gente de color, había sido muy concienzuda. Así que nadie la puso en cuestión abiertamente. De todos modos, Chona estaba lisiada. ¿Quién podía discutir con una lisiada? Que despotrique cuanto quiera, parecían decir. Pero los judíos más viejos del lugar observaban con reparo todos sus movimientos.

Su enfermedad complicaba las cosas, porque Chona se negaba en redondo a que la tratase Doc Roberts. Pero el médico era un orgullo para la ciudad, un hombre nacido allí, hecho y derecho, por lo que el historial de los viajes de Chona para consultar a médicos de lugares lejanos suponía una vergüenza. Doc Roberts incluso aseguró que iría a visitarla a la colina, pero no le habían hecho caso. Moshe trató de evitar la confrontación alegando que la enfermedad de Chona requería especialistas, lo que, al menos hasta cierto punto, habría sido cierto... de haber existido un diagnóstico. Pero en realidad no lo había. Su cambio empezó a tener lugar, según le contaba ella misma a cualquiera sin ningún reparo, cuando apareció Malaquías y rezó por ella invocando a su grueso *majzor*. Y declaraba, por si no se habían enterado, que aquel pobre hombre no había durado ni cuatro días en Pottstown. Porque la gente no lo apoyó. Ahora estaría en algún lugar curando al mundo. ¡Al diablo con Pottstown! Preferimos a Doc Roberts, que cada año desfila con su estúpido disfraz de payaso blanco. ¿Dónde aprendió a ser médico?

Moshe oía esas cosas en su casa y daba gracias a su buena estrella de que los problemas físicos de Chona le dificultasen ir al centro de la ciudad. Aunque eso no solucionaba el problema que suponía Doc Roberts. Moshe lamentaba que el tema saliese a colación cada dos por tres.

Nate, como si pretendiese incidir en dicho problema, rechazó de plano la sugerencia de acudir a Doc Roberts.

—Dodo no necesita médicos —dijo—. Sufrió un accidente. Enfermó. Después mejoró. Y ahora está bien.

—Entonces, ¿cuál es el problema? —preguntó Moshe.

Nate deslizaba nerviosamente las manos por el palo de la escoba mientras hablaba.

—Quería preguntarle... si le parece bien que venga conmigo aquí para ayudar, echar una mano y eso.

—Puedes traer a quien quieras —dijo Moshe.

—Sí, pero lo que quiero saber es si, como suele decirse..., tengo su bendición sobre este tema en particular.

Moshe miró al joven, que se acercaba a ellos mientras barría el suelo. Era un muchacho hermoso. Su oscura piel era la más suave y brillante que Moshe había visto en su vida. Centelleaba como una luz. Moshe le sonrió. El joven le sostuvo la mirada y luego la apartó, ocupado como estaba en recoger la basura.

Un pensamiento asaltó a Moshe y recordó las palabras que Malaquías había dedicado a aquel muchacho. Comprobó la hora. Era casi la una de la tarde.

—¿Cuántos años tiene?

—Andará por los diez.

—¿No tendría que estar en la escuela?

Nate se apoyó en su escoba.

—Bueno, ahí está la cosa —respondió Nate—. Dodo es el hijo de Thelma, la hermana de Addie. ¿Se acuerda de Thelma?

Moshe apenas recordaba a aquella tranquila mujer negra a la que Nate había llevado algunas veces al teatro para que le ayudara.

—Creo que sí.

—Thelma consiguió sus alas el mes pasado.

—¿Qué es eso de que consiguió sus alas?

—Falleció.

—Oh.

Nate frunció el ceño y sus viejas manos ascendieron y descendieron muy despacio por el palo de la escoba. Dijo en voz baja:

—Mi mujer y yo nos hacemos cargo de él.

Moshe clavó la mirada en el suelo durante unos segundos, avergonzado. Rara vez tenía presente que Nate y él tenían algo en común: sus esposas no podían tener hijos. Habían trabajado en el teatro día tras día, codo con codo, durante doce años, pero rara vez hablaban de sus esposas o de los asuntos del hogar. ¿Para qué molestarse? De todos modos, eran sus esposas las que hablaban. La enfermedad de Chona había alterado la vida de todos y su recuperación les había ofrecido un motivo por el que alegrarse. ¿O no había sido así? Se dio cuenta, en ese momento, de que siempre evitaba preguntarle a Nate por su vida familiar. Era mejor así, lo había aprendido durante su infancia como *fusgeyer,* cuando se hacía amigo de los niños cuyas familias se unían a la compañía de teatro y un día, dichos amigos, se marchaban de repente, cuando algunos de ellos eran adoptados, a otros se los llevaba la enfermedad, la mala suerte, la muerte o, en raras ocasiones, una buena oportunidad. La comida escaseaba. La vida no tenía demasiado valor. De hecho, la vida de un judío en la vieja Europa no valía nada. Era mejor no hacer amigos. ¡Cómo *se atrevía* Malaquías a decir que este país era sucio! Todo era mucho mejor aquí.

—Bueno, me parece bien —dijo Moshe—. Puedes organizarlo todo como mejor te parezca.

Nate frunció el ceño.

—Un hombre del estado apareció por casa la semana pasada. Dijo que iba a llevar a Dodo a una escuela especial en Spring City. Dodo no quiere ir a ninguna escuela especial. Está bien aquí con nosotros.

A Moshe se le aceleró el pulso. Sintió que era el momento de que le pidiese algo, pero Nate prosiguió.

—El hombre dijo que vendría a buscarlo la semana que viene. Me preguntaba si me permitiría que Dodo se ocultase en el teatro, solo por unos días, hasta que el hombre desaparezca. El chico es silencioso. No oye nada. No se asusta ni hace ruido. Trabaja bien, limpia y más cosas.

—¿Por cuánto tiempo?

—Solo un par de días hasta que el hombre se haya ido.

—Pero no hay donde dormir —replicó Moshe—. Hace demasiado frío.

—Puede dormir en el sótano. Tenemos un sofá allí y la vieja chimenea de ladrillo. Estará bien.

—¿Y el hombre del estado?

—El Gobierno no va a preocuparse en exceso por un niño de color, señor Moshe.

Moshe sintió una punzada de miedo en su interior al oír la palabra «Gobierno». Los Estados Unidos. La ley. Le bastaba con rememorar la imagen de Addie al lado de su esposa, las lágrimas cayendo por su rostro, cuidando de Chona mucho después de que esta se durmiese; despertarse en su silla y ver a Addie allí por la mañana, luchando contra la enfermedad, luchando contra el demonio que intentaba privarle del amor de la mujer que tanto le había dado... Le bastaba esa imagen para infundirle el valor necesario para ignorar el puro terror que ascendió por su garganta y le recorrió al mismo tiempo la columna vertebral cuando pronunció estas palabras:

—Tengo que consultarlo con mi señora, Nate.

—Me parece bien.

Pero Moshe ya sabía la respuesta incluso antes de entrar en su cocina aquella misma noche. En realidad, no esperaba otra cosa, porque Chona no temía al Gobierno. Cuando su padre se trasladó a Reading y le insistió a Moshe para que vendiera su teatro y se mudasen allí para estar cerca de él, Chona insistió en quedarse.

—Estamos construyendo nuestro futuro —dijo.

A diferencia de Moshe, que sentía terror de la policía, a Chona no le asustaba desafiar a nadie. Cuando el granjero cuyo pozo era el que estaba más cerca de la sinagoga se negó a vender agua a la *shul* para el baño ritual mensual de las mujeres, Chona llamó a la policía. Cuando la policía se negó a actuar, alegando que sus coches no podían ascender por los caminos sin asfaltar de Chicken Hill, Chona se personó en la comisaría y les dijo lo que pensaba sobre el asunto. Poco después, sin consultarlo con nadie en la *shul,* contrató a un hombre de color con un caballo y un carro, se montó en la parte de atrás y fue con el hombre hasta el pueblo, llenó los barriles en la fuente e hizo que el hombre de color llevase los barriles hasta la *mikve,* en la que no había nadie, y vertiese el agua en los baños. Los líderes de la *shul* se indignaron hasta tal punto que amenazaron con expulsar a Moshe y a Chona. La animadversión se prolongó durante años, lo que provocó que Moshe estuviese convencido de que, cuando Chona y él murieran, no los enterrarían en el cementerio de la *shul,* junto a los abuelos de ella, que los habían precedido, sino en un pequeño pedazo de tierra judía propiedad del *shtetl,* cerca de Hanover Street, junto al cementerio que utilizaban los pobres y la gente de color de la ciudad.

Chona se encogió de hombros.

—Cuando me encontraba al borde de la muerte, ¿dónde estaban? —Rio para sí—. Estaban ocupados intentando que el dinero cambiase de manos, a eso se dedicaron. Me llamaban la *kolyekeh,* la enferma. Pero viviré más años que todos ellos.

Cuando entró en casa aquella noche, Moshe se la encontró de pie ante los fogones, preparando *gefilte fish* con cebollas y canturreando entre dientes. Le contó que la madre del niño sordo había muerto, que Nate y su Addie lo habían acogido en su casa y que esa noche había permitido que el niño durmiese en el sótano del Teatro y Sala de Baile Auténtico Americano para que el Gobierno estatal no pudiera separarlo de la única familia que le quedaba.

Chona le daba la espalda, removía la olla con una mano y tenía la otra apoyada en la encimera para mantener el equilibrio. Volvió la cabeza por encima del hombro, y solo tuvo que mirarlo una vez con sus ojos brillantes y nublados por la irritación para decírselo todo a su marido. Luego se volvió de nuevo hacia la olla y habló dándole la espalda.

—¿Qué te pasa? —dijo ella.

—He dicho que sí.

—¿Le vas a hacer dormir en el frío sótano del teatro? ¿Con las ratas?

—Allí abajo hay una estufa. Nate y yo la encendimos para él.

—¿Y?

—Es un problema, Chona. El Gobierno anda tras él.

—¿Para qué?

—Para meterlo en un lugar especial.

—¿Qué lugar?

—Un lugar para niños como él.

Pudo ver, y casi sentir, cómo se le enrojecía la nuca a Chona. Ella guardó silencio un momento y luego dijo:

—Niños como él —repitió ella en yidis, lo que daba a entender que estaba enfadada.

—Pero di mi consentimiento —dijo—. Incluso le pedí a Nate que pusiera más carbón en la estufa para mantenerlo caliente.

—¿Crees que porque un niño no pueda oír no tiene frío por la noche? ¿Crees que no tiene miedo a la oscuridad? ¿Crees que es feliz durmiendo en un teatro frío? ¿Crees que porque sus oídos no funcionan no siente el frío? ¿O la soledad? ¿O que no le duele el corazón por su madre? ¿Es eso lo que crees?

—Dirijo un teatro —contestó Moshe—. ¿Qué sabré yo de niños?

Chona dio unos golpecitos con la cuchara en el borde de la olla, la colocó sobre el fuego y habló por encima del hombro.

—Ve a apagar ese fuego y tráete al muchacho a casa.

8
Paper

La decisión de Chona de esconder a Dodo del estado de Pensilvania ni siquiera fue la noticia más importante cuando Patty Millison —conocida como «Newspaper», Paper para abreviar— se convirtió en la protagonista principal de la Tienda de Comestibles el Cielo y la Tierra el sábado siguiente.

Paper —a cuya tersa piel marrón chocolate oscuro, pechos turgentes, nalgas esbeltas y abundante cabellera trenzada venía a sumarse una boca incontenible que no era capaz de guardar secreto alguno y que engullía sin parar, comiendo como un caballo, pero sin engordar un solo gramo— era una lavandera que todos los sábados se convertía en el centro de atención en la Tienda de Comestibles el Cielo y la Tierra. El sábado era el *sabbat* de la señorita Chona, lo que posibilitaba que Paper diese rienda suelta a su particular intercambio de ocurrencias, jugosos cotilleos y cualquier tipo de noticias locales de vital importancia sin que Chona pudiese oírla. Sin embargo, a las mujeres de color de Chicken Hill —ya fuesen criadas, amas de llaves, limpiadoras, trabajasen en fábricas u hoteles— que se reunían cerca de la parada de las verduras cada sábado por la mañana para escuchar las noticias de Paper, les encantaban sus chismorreos. Paper estaba al corriente de más noticias que todos los periódicos locales, que, a decir verdad, nunca leía. De hecho, corría el rumor de que Paper no sabía leer, pues la habían visto en la Segunda Iglesia Bautista sosteniendo el libro de himnos del revés en más de una ocasión. Poco importaba. Su pulcra casa de madera en Franklin Street estaba situada en una de las vías principales que conducían a Chicken Hill, lo que le permitía ver, desde la parte de delante, la ciudad y, desde la de atrás, la colina. Sin embargo, no era la ubicación de su casa lo que le permitía a Paper llevar a cabo las crónicas más intrépidas del barrio, ni haberse convertido en una informadora tan capacitada como el más hábil de los reporteros del *Mercury* de Pottstown o incluso del poderoso *Philadelphia Bulletin*. Sus habilidades se debían, más bien, al efecto que causaba en los miembros masculinos de la especie. Su belleza, su risa fácil, sus brillantes ojos y su capacidad para dedicarle una de sus instantáneas sonrisas a cualquier desconocido con el que se cruzaba la convertían en un imán para los hombres. Los hombres se desahogaban con ella. Los tipos más duros, de esos que se destripaban unos a otros con cuchillos en los callejones, la miraban de reojo por los caminos embarrados que llevaban a Chicken Hill por la tarde y sentían un súbito impulso de arrepentirse, al rememorar la inocencia de su infancia, la gloriosa luz del sol que besaba sus rostros cuando al salir de la iglesia después de la escuela dominical, con camisa y corbata, el Domingo de Ramos, agitaban las hojas de palma en el aire mientras sus madres reían. Diáconos de suaves modales, que se sentaban en los porches de sus casas con rostro adusto tras una extensa jornada trabajando como sonrientes camareros con chaquetas blancas en el Club Social de Pottstown, sirviendo comidas a los padres blancos de la ciudad, clavaban la mirada en los orgullosos pechos de Paper, que se balanceaban libremente bajo su vestido cuando pasaba a su lado, casi levitando, y de repente creían oír el sonido de mil tambores sonando en la Amazonia, acompañados de visiones en las que ahogaban a sus jefes. Los albañiles arreglaban la chimenea de la casa de Paper solo para verla inclinarse sobre las petunias de su patio gloriosamente florido. Los muleros transportaban barriles de agua potable hasta su casa con el único objetivo de oír el sonido de su risa. Los mejores de entre los mozos de carga de Pullman, de la cercana línea de ferrocarril Reading, pasaban por su porche con regularidad para dejarle la ropa sucia y contarle historias de viajes a lejanos lugares como Iowa, Florida e incluso Los Ángeles, al tiempo que soñaban con hacer el bunga-bunga con Paper, a la que veían como la belleza del lugar. Los hombres blancos la encontraban irresistible, por eso había dejado el lucrativo trabajo de criada.

—Mis días de trabajar quedaron atrás —les decía riendo a sus amigas—. Demasiados problemas. Los hombres manosean y las mujeres se deprimen.

Las amas de casa blancas de Pottstown que deseaban que sus maridos ascendiesen en el grasiento escalafón de las oportunidades, ya fuese en el próspero mundo de la banca o en el de las manufacturas, se desplazaban constantemente a casa de Paper para llevarle la ropa sucia de sus maridos, ya que hacía la colada con tal esmero y planchaba con tal habilidad profesional que incluso Willard Millstone Potts, el principal banquero de la ciudad, nieto del mismísimo John Potts, el vejestorio que criaba malvas en el cementerio, gracias a Dios —lanzado en paracaídas al infierno, aunque hubiesen volado el puente, según decían los viejos negros—, enviaba sus camisas a la casa de Paper para que las lavara y planchase. Como decían los viejos, Paper tenía... *talento*. Las mujeres la encontraban divertida e interesante, ya que, a diferencia de la mayoría de los hombres, mostraba curiosidad por sus opiniones, *todavía* no se había casado y juraba que no pensaba hacerlo.

—La vida me va mejor sin un hombre —declaraba, lo que la situaba en lo más alto del escalafón, muy cerca de la mujer más respetada de Chicken Hill, Addie, la mujer de Nate, que era una Townsend; y todo el mundo sabía que las Townsend eran demasiado osadas para vivir muchos años. Llevaban demasiado tiempo lejos del sur. Demasiado negras, demasiado fuertes, demasiado osadas. Se negaban a bajarse de la acera cuando se cruzaban con una mujer blanca; olvidaban evitar mirar a los ojos a una persona blanca. Olvidaban todo aquello que, en su tierra de origen, podía llevarlos a ver cómo pasaba su vida ante sus ojos mientras les colocaban la soga al cuello; o, lo que era peor, a tener la vista clavada en las rejas de hierro durante veinte años, con la esperanza más disipada que la cerveza del día anterior, soñando con trastos viejos que deberían haber vendido, o ciervos a los que deberían haber abatido pero fallaron, o con mujeres con las que deberían haberse casado y no lo hicieron, tras caer de bruces debido al golpe de kárate de cinco dedos de las leyes del hombre blanco. Una persona de color no podía sobrevivir en el mundo de los blancos siendo ignorante. Tenía que estar al corriente de las noticias. Por eso, Paper era tan importante. En Pottstown era todo un personaje.

De ahí que, cuando decidió que la principal noticia de aquel sábado por la mañana en la Tienda de Comestibles el Cielo y la Tierra no tuviese nada que ver con la decisión de la señorita Chona de esconder a Dodo de los representantes del estado, ni una sola persona del grupo de amas de casa, vagabundos y empleados de fábrica que se encontraban a su alrededor la puso en cuestión. Por otra parte, todos los presentes sabían que Dodo estaba condenado. Era el sobrino de Addie, el hijo de su difunta hermana, Thelma, que había muerto tres años antes, cuando una de las estufas de su casa explotó y borró para siempre las capacidades auditivas del niño. La «escuela especial», que todo el mundo sabía que no era una escuela, sino el horrible sanatorio Pennhurst, en Spring City, no era más que otro acto de injusticia en un mundo plagado de ellas. Así que ¿para qué darle más vueltas? Además, el cotilleo de Paper de ese sábado era demasiado jugoso como para pasarlo por alto. Lo contó así:

—Big Soap le ha arrancado el diente de oro a Fatty.

Big Soap no hacía demasiado que se había establecido en Chicken Hill y le caía bien a todo el mundo. Era un enorme y risueño italiano llamado Enzo Carissimi, de metro ochenta de estatura, porte majestuoso, hombros anchos, enormes manos, seductores ojos marrones y carácter afable. Había emigrado de Sicilia a Estados Unidos a los doce años junto a su familia, una de las pocas familias blancas que quedaban en la zona. Fatty Davis, un inteligente buscavidas, corpulento, peleón y gregario, era propietario de la única cantina con gramola del barrio. También tenía doce años cuando los dos se hicieron amigos rápidamente. Fatty se convirtió en el tutor e intérprete de Big Soap, ambos compartían el amor por la construcción y por el dinero. Cuando dejaron el instituto, trabajaron juntos en varias fábricas, la última de ellas fue Industrias Flagg, en la cercana Stowe, que fabricaba espigas de acero y accesorios para conducciones de vapor. A menudo volvían a casa juntos del trabajo.

El anuncio de Paper no tardó en atraer a una auténtica multitud. Rusty, de pie en el extremo del grupo, recibió la noticia con incredulidad.

—¿Lo has visto con tus propios ojos, Paper? ¿O te lo ha contado alguien?

Los enormes ojos marrones de Paper se posaron en Rusty, cuyo esbelto cuerpo se tensó al ser consciente de su mirada.

—Rusty —dijo con evidente paciencia—, *vi* a Soap arrancarle el diente a Fatty, ¿vale? Con mis propios ojos. Ayer.

—¿Cómo es que no he oído a Fatty comentar nada al respecto? Anoche pasé por su casa.

—¿A hacer qué?

—Eso es asunto mío.

—¿Viste a Fatty anoche?

—No fui allí por él. Estaba ocupándome de otros asuntos.

—Bueno, fueran cuales fuesen esos negocios, Fatty no estaba allí. Porque fue en coche hasta Filadelfia para que le arreglaran el labio. Tenía el labio superior tan hinchado que parecía un perrito caliente.

Las mujeres del círculo se echaron a reír. Addie, que estaba trajinando en el otro extremo del mostrador, cerca de la parte trasera de la tienda, se acercó para escuchar lo que decían.

—¿Estaban bebiendo? —preguntó.

—No lo creo —dijo Paper.

Rusty sonrió burlonamente.

—¿Cómo lo sabes? ¿Les oliste el aliento?

Paper inclinó la cabeza y clavó la mirada en él. Rusty era guapo, pensó, pero tenía muy mala pinta cuando sonreía. Se preguntó si él sería consciente de lo bien que lucía cuando estaba relajado y no se dedicaba a hacer aquellas estúpidas muecas. Supuso que no. Después de todo, al igual que la mayoría de los hombres, era un imbécil.

—¿Qué tienes contra mí, Rusty? —preguntó Paper con frialdad.

Rusty, de pie y con las manos metidas en los bolsillos del mono, se puso a rebuscar sus cigarrillos y, de pronto, comprobó que no recordaba en qué bolsillo estaban. Se palpó el mono y sintió que le faltaba el aire. Siempre se sentía así cuando Paper estaba cerca.

—Todos esos chismorreos no tienen ningún sentido a menos que lo hayas visto todo, Paper. ¿Lo viste todo?

—Solo el final —dijo.

—¿Y cómo fue?

—Ya lo he dicho. Soap le arrancó el diente.

Rusty dejó de palparse en busca del tabaco, se dio por vencido y enterró las manos en sus bolsillos, con la sensación de que algo se le había escurrido para abajo. Se oyó a sí mismo suplicar:

—Vamos, Paper..., cuéntalo como tú sabes. Échale un poco de salsa, ponle un poco de picante... Ya sabes.

—¿Y eso, por qué?

—Porque si lo cuentas de otro modo, no va a parecer verdad.

Por primera vez, Paper se ablandó un poco y le sonrió. Sentía cierta debilidad por Rusty, tenía que reconocerlo. Conservaba cierta inocencia y, a pesar de su mono holgado, sus brazos musculosos y su pecho firme, a ella le provocaba una punzada en las entrañas que no había vuelto a sentir desde hacía años, desde que a los diecisiete llevó a cabo su primer y último viaje en autobús desde Vestavia, Alabama, hacia los desconocidos territorios del norte.

—He oído que tu tía Clemy va a llevar sus galletas de queso a la comida de mañana después de misa.

—Ella las llama pajitas de queso.

—Como si le hubiese dado por llamarlas George Washington. Si ella las trae, espero que te acuerdes de tus amigos.

—Es posible.

Satisfecha y habiendo atraído ya la atención de todos los presentes, Paper se lanzó.

—Estaba desbrozando mi jardín cuando vi a Fatty y a Soap

subir por la colina después del trabajo. Se detuvieron a unos metros de mi jardín y Fatty dijo: «Vamos, Soap, hazlo. Sé que quieres hacerlo. Hazlo. Hazlo. Hazlo de una vez».

Paper llevó a cabo una representación, sacando la mandíbula inferior y curvando el cuerpo con la espalda arqueada. Provocó las risas del público, que ahora incluía a varios clientes nuevos que se habían acercado, forasteros de color procedentes de las cercanas Hemlock Row, Phoenixville y Stowe, jornaleros que vivían en granjas de blancos a las afueras de la ciudad y acudían a El Cielo y La Tierra los fines de semana para disfrutar de las vistas y de lo que allí se contaba.

Paper, mirando a su público, tuvo que esforzarse para no sonreír al retomar su relato.

—Ya sabéis cómo es Soap. No le haría daño ni a una mosca. Dijo: «No voy a hacerlo, Fatty». Pero Fatty siguió insistiendo: «Vamos, vamos, acabemos de una vez».

Y entonces sus ojos brillaron y se irguió, con su hermoso y resplandeciente rostro bajo la luz del sol que atravesaba el escaparate, rebotaba en la fruta y la verdura y caía en cascada sobre las paredes de la tienda de alimentación El Cielo y La Tierra, iluminando los pimientos y las zanahorias, las galletas saladas y los peladores de manzanas, haciendo que la vida pareciera tan plena, nueva y fresca como lo había sido la promesa que supuso Pensilvania para muchos de los que habían venido del sur al norte, una tierra de supuesta libertad, buena y limpia, donde un hombre podía ser un hombre y una mujer podía ser una mujer, y no la realidad en la que se encontraban ahora: un apretado grupo de casas, sin agua corriente ni baños, envueltas por la suciedad de las fábricas, que arrojaban su amargo humo a un cielo gris, con estrechos patios llenos de cabras y gallinas en una parte de la ciudad que nadie quería. Vivían como lo habían hecho en *casa*. Pero no estaban en casa. Estaban en el norte. Y todo era igual. Aunque momentos como ese hacían que la vida mereciera la pena, porque Paper era como un tambor resonante. Y hacer correr los rumores y las noticias era su canto evangélico, siempre melodioso y alegre.

Estaba de pie, entre ellos, con los ojos brillantes.

—Soap no quería ceder, pero Fatty no dejaba de golpearle, diciéndole: «Dale fuerte, Soap. Soy un hombre. Adelante». Y resultaba evidente que la idea a Soap le resultaba atractiva —dijo—. Empezó a darla por buena. Y con Fatty empujándole, me da a mí que su mente le dijo que ya estaba bien. —En ese instante, se echó a reír—. Así que cerró el puño... Y aquí me refiero a que el chico blanco se echó hacia atrás, haciendo que su gran puño recorriese cuatro o cinco estados antes de saludar a Fatty. Empezó en Mississippi, siguió por las dos Carolinas, se detuvo a tomar café en Virginia, tomó impulso al salir de Maryland... ¡y boom! Le gustó apartar a Fatty de este mundo. En la cara de Fatty aterrizó algo terrible. Puedo rememorar el sonido perfectamente. Noqueó a Fatty con claridad y su diente de oro, el de delante, salió disparado.

—¿Y después? —preguntó Rusty.

—No hubo un *después,* Rusty —dijo ella—. Soap se dio la vuelta y se fue a casa. Y Fatty se quedó allí, sin poder levantar el culo del suelo. Cuando se dio cuenta de que aún conservaba la cabeza sobre los hombros, se puso a cuatro patas y empezó a dar vueltas sobre las manos y las rodillas como un perro que pretendiese cagar un hueso.

—¿Y qué hiciste tú durante todo ese rato? —preguntó Rusty.

—¿Tú qué crees? Salí afuera.

—¡No me lo creo!

—Anda este... Salí a mi patio y le dije: «Fatty, ¿qué te pasa?». Me contestó: «¡Mi diente de oro ha desaparecido!». Nos pasamos un buen rato buscándolo entre la tierra, pero por fin lo encontramos. No le hizo ninguna gracia tener que guardárselo en el bolsillo. Se marchó con un agujero entre los dientes del tamaño de Milwaukee.

Rusty y los demás se echaron a reír y, cuando se calmaron las carcajadas, Paper se metió un palillo en la boca.

—Dick Clemens, que trabaja en Flagg, vino más tarde y me contó lo que había pasado. Resulta que había venido un importante inspector de la empresa. Es un pez gordo. Acude dos veces al año desde Filadelfia. Tienen que limpiarlo todo cuando él viene. Lavarlo todo: las máquinas, las ventanas, las vigas, los postes, todos los aparatos. Hay que darle un tratamiento de belleza a todo el tinglado.

»Pues bien, Fatty acababa de conseguir un ascenso y Soap quedaba por debajo de él. Formaban un equipo, pero a Fatty se le subió el humo a la cabeza. Se puso en plan tirano, dando órdenes sin parar. Obligaba a Soap a hacer todo el trabajo mientras él se echaba la siesta.

Se detuvo, observó a su público y, de forma instintiva, miró la silla en el extremo del mostrador donde normalmente se sentaba la señorita Chona, como una reina sobre los dulces. La silla estaba vacía.

—Cuando el gran inspector llegó a la sala donde estaban Fatty y Soap, señaló una de las mangueras contra incendios que colgaban de la pared y dijo: «¿Habéis probado esa manguera contraincendios?». Fatty le respondió: «Sí, señor, la hemos probado». «¿Quién la ha probado?» «Pues Soap», dijo Fatty.

»Soap sabía tan poco en qué consistía probar una manguera contraincendios como lo que sabe un cerdo de lo que son vacaciones. Pero como era italiano y no hablaba muy bien inglés, vio que Fatty asentía con la cabeza y le dijo: "*Aye, aye, sì sì*", o como sea que los italianos dicen "sí".

»Así que el inspector sacó la manguera del estante y la sacudió. Un cacahuete cayó de la boquilla. El inspector dijo: "Metí ese cacahuete hace seis meses, cuando estuve aquí la última vez".

»Fatty dijo: "Pero es un cacahuete limpio, señor".

»Bueno, el pez gordo se enfadó y los despidió a los dos en el acto. De camino a casa, supongo que Fatty quería aclarar las cosas, ya que sabía que la madre de Soap le daría una paliza por perder su empleo. Ya sabéis cómo es la madre de Soap. ¡Esa pequeña dama seguro que puso al gigantón en vereda! ¡Debió de darle un buen repaso!

La multitud soltó una carcajada y, mientras se dispersaban, varios comentaron que Fatty, todo un granuja, tenía demasiados trabajos. Conducía un taxi. Regentaba un servicio de lavandería.

Trabajaba en una fábrica. Además, tenía su propia hamburguesería. Otros especulaban con el hecho de que el pobre Big Soap se sentía en deuda con Fatty, ya que este le había ayudado a unirse a la Compañía de Bomberos Empire antes de trabajar juntos en Flagg, que le había presentado a los irlandeses, que se pasaban todo el día sentados, bebiendo cerveza y jugando a las cartas, mientras Soap se deslomaba lavando el nuevo camión de bomberos y tirando del viejo carro de caballos para demostrarles que era un miembro más de la compañía, el primer italiano en formar parte de ella en la historia. Todos estaban de acuerdo en que Big Soap no había hecho las amistades adecuadas.

Mientras la gente charlaba, Paper se desvió hacia el mostrador de la parte de atrás, donde estaba Addie. Esperó a que la gente se alejara lo suficiente para que no la oyeran y se inclinó sobre el mostrador.

—Dame un paquete de levadura BC —dijo despreocupadamente, señalando por encima del hombro de Addie.

Addie metió la mano por detrás, tomó una caja y la arrojó sobre el mostrador. Sus ojos revolotearon a la izquierda, hacia la puerta cercana al puesto de verduras, y se detuvieron en un negro desconocido, alto, con camisa blanca y gorro de fieltro, que estaba de pie junto a las verduras fingiendo examinar las cebollas. Paper le echó un vistazo y después reposó sus largos y bonitos dedos sobre los polvos para el dolor de cabeza.

—¿Te duele la cabeza, Paper? —preguntó Addie.

—No. Pero a ese negro le va a doler. Voy a hacer todo lo posible para que Rusty no lo vea. Rusty le daría una buena paliza.

—Tal vez es de Hemlock Row.

—No. Los de color de Hemlock Row son más bajitos, sus cabezas son diferentes, y se ayudan unos a otros. Es un funcionario del estado.

—El estado no contrata a gente de color —dijo Addie—. Tal vez sea un mozo de carga de Pullman.

—Si es un mozo de Pullman, me lo comeré sin sal. Mira sus zapatos. A ningún mozo de Pullman lo pillarían muerto con esos zapatos andrajosos. Además, conozco a todos los mozos que pasan por aquí. A mí me da que trabaja para el estado. Podría venir del manicomio Pennhurst. Enviado para buscar a Dodo.

—¿Un hombre de color? A los de color solo los usan para limpiar el suelo y hacer el trabajo sucio en Pennhurst, según tengo entendido. Pero quién sabe. Podría ser. ¿Cómo podemos asegurarnos?

Paper pensó un momento y luego dijo:

—Miggy Fludd, que es de Hemlock Row, conoce a todos los de color de allí. Tal vez sepa quién es.

Addie observó al hombre y luego apartó la mirada, preocupada.

—El estado ha enviado tres veces a un blanco en busca de Dodo. Siempre el mismo hombre.

—Seguramente le tocaste la moral cuando te libraste de él.

—Yo no me libré de él. Fue la señorita Chona.

—Bueno, ella se libró de él —dijo Paper.

Las dos observaron cómo el hombre volteaba la cabeza rápidamente para mirar al otro extremo de la abarrotada tienda, estudiando lo que había a su alrededor. Luego se alejó de las cebollas, se acercó a los quingombós y empezó a toquetearlos. Paper sonrió con malicia.

—Menudo acontecimiento. Nunca había conocido a un hombre de color que trabajase para el estado. ¿Quieres que hable con él?

—No —dijo Addie—. Tendrá que pasar junto a tu casa cuando se vaya. Si conduce un coche, anota la matrícula.

Paper se rio entre dientes.

—Soy alérgica a esas cosas. Soy capaz de escribir unas cuantas palabritas en una página, pero poco más. ¿Quieres que se lo diga a Fatty? Fatty puede darle una tunda.

—Creía que habías dicho que Fatty se había ido a Filadelfia a ver lo de su diente.

—Volverá.

—No lo metas en esto.

—¿Y qué hacemos con la señorita Chona? —preguntó Paper.

—Mantenla fuera de esto también, por el amor de Dios. No

está en tan buena forma como parece. Si se entera de quién es, podría echarle la bronca. O peor aún, caer enferma por su culpa, lo cual conllevaría más problemas con los blancos. Por aquí le tienen tanto cariño como a las cáscaras de cacahuete. Tú no le digas nada a nadie.

Addie se frotó el mentón durante unos segundos y luego se apoyó en el mostrador, acercándose un poco más a Paper.

—Una cosa —dijo, bajando la voz—. La señorita Chona le dijo *tres* veces al hombre del estado que el chico ya no estaba por aquí. ¿Por qué lo siguen buscando?

—Porque alguien en el barrio se está yendo de la lengua —contestó Paper.

—¿Cómo podríamos dar con el bocazas de turno?

Paper sonrió y sus preciosos ojos se le iluminaron anticipadamente casi hasta parecer verdes.

—Déjamelo a mí —dijo.

9
El petirrojo y el gorrión

En la casa que había justo al lado de la Tienda de Comestibles el Cielo y la Tierra de Chona, vivía la encantadora Bernice Davis, hermana de Fatty Davis. Al igual que Fatty, Bernice estaba emparentada con casi todos los negros de Chicken Hill. Era prima segunda de Earl «Shug» Davis, chófer del vicepresidente del Banco Nacional de Pottstown; prima segunda de Bobby Davis, que una vez trabajó como manitas todoterreno para Buck Weaver, el gran jugador de béisbol de Pottstown, que llegó a jugar en los White Sox de Chicago; y también, debido a un retorcido y enrevesado matrimonio entre su abuelo y la hijastra de su hijo, era tía abuela de la señora Traffina Davis, esposa del reverendo Sturgess, lo que implicaba que Bernice era, en realidad, doce años más joven que su sobrina nieta. También era hermanastra de Rusty Davis, el manitas que lo arreglaba todo; prima cuarta de Hollis Davis, el único cerrajero del barrio; y todo ello venía rematado por el hecho de ser la sobrina de Chulo Davis, el legendario batería de jazz que abandonó Chicken Hill para irse a tocar con los famosos Harlem Hamfats en Chicago antes de morir asesinado a tiros sobre un cuenco de judías.

Bernice era también la orgullosa madre de, según el último recuento, ocho hijos, todos los cuales se parecían más o menos a Bernice con una gradación diferente del color de la piel que iba de más clara a más oscura.

Eso no estaba mal. Aunque tampoco bien. Todo el mundo sabía que Bernice tenía el tipo de cara que hacía que un hombre fuese capaz de enviar un telegrama a casa pidiendo dinero. La pregunta era: ¿quién había sido el hombre y dónde estaba ese dinero?

Chona, apoyándose en un bastón, se acercó al fregadero de la cocina desde el que se veía la pequeña casa de tablones de madera donde vivía Bernice. Estuvo mirando por la ventana durante un buen rato. Las dos casas tenían parcelas idénticas, compartían una valla y se encontraban a seis metros de distancia una de la otra. Sin embargo, hacía años que Chona no hablaba con Bernice. Toda la información relativa a Bernice la obtenía de Addie, una de las pocas personas del barrio que hablaban con ella, y a quien Addie describía como «la persona más desagradable, mezquina, malhumorada y loca» de Chicken Hill, a la altura de Irv y Marv Skrupskelis, para quienes Bernice, irónicamente, trabajaba como cocinera, lo que a Chona le parecía de lo más adecuado, ya que, puestos a elegir a los judíos más ruines, beligerantes y desagradables de Chicken Hill, los Skrupskelis sin duda se llevaban la palma. Durante años corrió el rumor de que Bernice llevaba décadas «tonteando» con Irv, luego se dijo que era Marv con el que Bernice tonteaba, y luego otra vez Irv, hasta que Irv se casó y puso fin a los rumores; al menos con la mitad de ellos. Nadie, ni siquiera Nate, se atrevió nunca a preguntarle a Bernice por el padre de sus hijos. Incluso Fatty, a quien le encantaba charlar con cualquiera, cuando le preguntaban por su hermana, decía:

—No le hago preguntas. No quiero perder la vida.

Chona, sin dejar de mirar la casa, suspiró. En los últimos catorce años de vecinas, Bernice y ella no habían intercambiado más de cinco palabras.

No siempre había sido así. Cuando Chona era pequeña, su padre y el de Bernice, Shad, eran buenos amigos. El padre de Chona, Yakov, había llegado de Bulgaria en 1917, uno de los primeros judíos en afincarse en Pottstown. Llegó siendo vendedor ambulante, como le ocurrió a muchos judíos, con una mochila llena de utensilios de cocina, herramientas usadas y artilugios caseros adquiridos en el Lower East Side, donde desembarcó cuando logró salir de Ellis Island con seis centavos en el bolsillo, una *mezuzá* diminuta que le había regalado su madre y un pomelo que le entregó un amable frutero negro de Delancey Street que lo había visto llorando y sintió lástima por él. Yakov nunca había visto un pomelo. El negro tuvo que enseñarle a pelarlo, pero, cuando lo mordió, le supo tan agrio y ácido que los ojos se llenaron de lágrimas y comprendió de golpe que tenía que dedicar su vida a difundir el mensaje judío para no acabar como aquel extraño americano, relegado a vender fruta que provocaba el llanto. Yakov era amable y generoso, muy trabajador, y después de varios meses ocupado en una fábrica de pantalones, ganando un dólar cincuenta a la semana y estudiando la Torá por las noches, logró acumular un montón de trastos, un poco de dinero, y mantuvo intacto el deseo de difundir la Palabra. Así pues, puso rumbo al oeste.

Llegó a Pottstown con un montón de chatarra en buen estado y escasos conocimientos de inglés. Vendió su chatarra a bajo precio, pero el dueño de la ferretería local no tardó en apartarlo de esa línea de negocio, pues llamó a la policía para que lo sacara de Main Street y lo desplazasen a Chicken Hill, donde Reb, así era como lo llamaban, consiguió primero un trabajo en una curtiduría junto a hombres de color y, después, tuvo un segundo empleo trajinando con ganado junto a más hombres negros. Reb era una persona alegre, capaz de un entusiasmo sin límites, que estaba convencido de que el Talmud le había otorgado el don de hacer felices y de agradar a todos los que le rodeaban, incluidos los negros, a los que veía como compañeros inmigrantes que, igual que él, se habían visto obligados, debido a la pobreza y a la imposibilidad para adquirir otras habilidades, a adaptarse a las circunstancias una y otra vez. Cuando ahorró el dinero suficiente para traerse a su mujer de Europa, Reb compró una vieja máquina de coser y, por las noches, ambos cosían abrigos, pantalones y chaquetas ya confeccionados, que vendía a sus compañeros negros de la curtiduría que deseaban hacerse con ropa bonita y barata para ir a la iglesia los domingos. Por otra parte, los domingos repartía leche a primera hora de la mañana, vendía frutas y verduras frescas por la tarde y, por la noche, tenía un puesto de castañas en la pista de patinaje sobre hielo, pues aunque los padres fundadores de Pottstown habían prohibido a los judíos patinar en su maravilloso parque, no parecían tener problema alguno con que los miembros de la raza que había asesinado a su amado Jesucristo asaran aquellas excelentes y sabrosas castañas, eran tan populares que acababan en la mesa de casi todos los hogares protestantes de la ciudad durante las fiestas navideñas, cocinadas nada menos que por el propio Reb, pues se le daban muy bien los fogones.

—Ese judío —comentó en una ocasión un concejal de la ciudad— es muy hábil.

Valiéndose de esas habilidades, Reb logró reunir seiscientos dólares y, con la mitad de estos, adquirió la vieja fábrica de hielo de Chicken Hill, donde tenía planeado montar una tienda de comestibles con un apartamento encima para alojar a su familia. Con la otra mitad del dinero compró una vieja destilería que había en lo alto de una loma, a dos manzanas de allí, para construir una *shul*, a la que pensaba llamar Ahavat Achim, para dar servicio a la población judía de la ciudad, que deseaba desde tiempo atrás que algo así ocurriese. Tardó cuatro años en lograrlo. La población judía pasó de dos a diez y luego a diecisiete familias, pero el crecimiento se detuvo una vez alcanzada esa cantidad, pues los padres fundadores de la ciudad decidieron, sirviéndose de intimidaciones, ingeniosas leyes y robos descarados, que diecisiete familias judías eran más que suficientes. A pesar de que el Congreso había empezado a aprobar cuotas de inmigración, las diecisiete familias judías, alemanas, polacas y una lituana, decidieron quedarse. Los diferentes grupos no se llevaban bien entre sí. Los alemanes y los polacos se despreciaban mutuamente y todos temían al patriarca de la única familia lituana, Norman Skrupskelis, un hombre grueso, con el pecho en forma de tonel, dueño de unos amenazadores silencios, que rara vez se aventuraba a salir de su casa, una modesta vivienda de ladrillo ubicada entre un corral de cerdos y una casa destartalada. Se decía que la mujer de Norman lo mantenía enjaulado y solo lo dejaba salir para el Yom Kipur, el día de la expiación, momento en el que se acercaba a la fábrica de hielo de Reb, convertida temporalmente en sinagoga, rezaba durante unos minutos y después regresaba a su sótano, donde fabricaba con maestría unos maravillosos y elegantes zapatos que su mujer vendía a un zapatero local por muy buen precio. Los zapatos de Norman Skrupskelis eran unas obras de arte extraordinarias, tan cómodos como elegantes. Con el paso del tiempo, sus hijos Irv y Marv heredaron su maestría para con los zapatos y abrieron una tienda; ambos habían heredado también el carácter de su padre. Irv era el único dotado de la templanza necesaria para gestionar las ventas en su propia tienda, siempre y cuando no se tratase de una devolución. Los zapatos Skrup, como los llamaban, no se podían devolver.

El primer trabajo de Reb Flohr fue construir su casa. Le gustaba bromear diciendo que el nacimiento de la *shul* tuvo tanto que ver con el nacimiento de su casa como con la voluntad de D..., pero lo cierto era que la construcción de la casa de Reb requería habilidades que él no poseía en ese momento. Músculos. Cálculos. Ladrillos. Madera. Y hombres. Hombres que pudieran levantar y transportar cosas por las empinadas laderas de la Chicken Hill, embarradas e inmanejables después de cada lluvia en verano; frías e implacables después de cada tormenta de nieve. No tenía a nadie que le ayudara porque gastó los seiscientos dólares que había ahorrado en los planos para construir tanto su casa como la *shul*, así que Reb solo pudo contratar a cuatro negros y a uno más que había trabajado con él en la curtiduría llamado Shad Davis, dueño de un mulo gordo que pesaba cuatrocientos cincuenta kilos llamado *Trueno*. Shad vivía en una vieja choza al lado de la fábrica de hielo donde Reb planeaba construir su tienda y Reb se había fijado en que aquel hombre de color había hecho un buen trabajo transformando su vieja choza. Shad era un negro apacible que vestía con pulcritud, pues, a diferencia de otros negros del barrio, evitaba los monos y la ropa de granjero y prefería llevar una elegante chaqueta, un andrajoso sombrero de fieltro y zapatos de cuero, fuera cual fuese el trabajo que hubiese que realizar. Reb creía que el hecho de mantener limpios su abrigo y su sombrero respondía sin duda a un pequeño milagro. Por otra parte, Shad, de voz suave, resultó ser el mejor cantero que Reb había visto nunca. Shad, con solo mirar un terreno, podía intuir las grietas de la tierra que había debajo. Podía sostener un pequeño pedrusco en la mano, sopesarlo y decidir dónde colocarlo, cuánto mortero iba a necesitar y cuál iba a ser su posición con el fin de soportar los cientos de kilos de ladrillos y mortero que iban a ir encima. Su equipo de negros y él construyeron en cinco semanas la casa de tres plantas de Reb, que iba a albergar la Tienda de Comestibles el Cielo y la Tierra.

Cuando llegaron las diecisiete familias y decidieron construir la *shul*, Reb sugirió que Shad se encargara de dirigir la construcción de su primer templo. Pero la congregación, encabezada por los alemanes, que siempre se esforzaban al máximo por conseguir el respeto de los cristianos blancos de la ciudad, expresó con claridad su desaprobación. Insistieron en que se contratara a un joven arquitecto recién llegado a la ciudad para que lo diseñara y construyese, ya que había estudiado en una de las grandes universidades de Estados Unidos. Reb aceptó a regañadientes. Después de recaudar mil setecientos dólares, que representaban la totalidad del presupuesto de la congregación para la construcción del templo, el arquitecto, un joven serio de largo bigote, calzado con elegantes botas de goma hasta las rodillas, un bonito bombín y abrigo de piel de oveja, se dirigió a la cima de las fangosas laderas de Chicken Hill y se situó sobre el montículo de tierra designado. Contempló con arrogancia las fangosas laderas, los corrales llenos de gallinas, cerdos y cabras, las zanjas de aguas residuales abiertas, los negros que deambulaban por allí, y luego descendió la colina hasta la ciudad, donde desapareció en su oficina, dibujó unos cuantos bocetos, se los entregó a un equipo de construcción local junto con trescientos dólares, se embolsó el resto de sus honorarios y se marchó de Pottstown con rumbo desconocido. Nunca volvieron a verlo.

El equipo de construcción se puso manos a la obra y cuando se les acabó el dinero, un mes después, lo abandonaron. Tres meses más tarde, la estructura a medio construir se vino abajo.

Con su querida *shul* convertida en un montón de escombros —parte de los cuales era de mármol, procedente de una cantera de Carrara, Italia, comprado a un precio ridículo por Norman Skrupskelis, ya que originariamente iba a ser utilizado para que la *mikve* femenina llevara el nombre de su difunta madre, Yvette Hurlbutt Nezefky Skrupskelis, a la que nadie había visto nunca pues había muerto en Europa en una ciudad cuyo nombre resultaba tan difícil de pronunciar que los alemanes la llamaban Pulgar-en-tu-nariz—, la congregación se enfrentó a su primera crisis. El dinero para la construcción del edificio se había agotado. Resultaba imposible recaudar otros mil setecientos dólares entre las diecisiete familias, que eran simples comerciantes, empleados del ferrocarril y obreros. Y lo que era aún peor, Norman Skrupskelis había aportado casi un tercio del presupuesto inicial para la construcción, además del maravilloso rollo de la Torá, que se había tomado la molestia de mandar traer de Europa.

La idea de que Norman Skrupskelis entrase en cólera al ver desperdiciados seiscientos de sus preciados dólares en un inservible proyecto de construcción resultaba más aterrador que la posibilidad de que D... hubiese volcado su furia sobre Moisés y no le hubiese permitido entrar en la tierra de Israel.

—Si tuviera que elegir entre ser Moisés o ser yo mismo en este momento —confesó el jefe del *chevry* a Reb Flohr—, elegiría a Moisés.

La confusa congregación convocó a amigos y parientes de Reading, Filadelfia, Baltimore e incluso Vermont, recordándoles a todos ellos la maravillosa parte de la oración *kadish* que reza: «Bendito sea Su gran nombre por los siglos de los siglos y por toda la eternidad», añadiendo también que un lituano loco de su congregación había invertido seiscientos dólares en un proyecto que se había desvanecido y que era un cíclope capaz de apalear a todos los que estuvieran a su alcance si el fracaso se concretaba. Con la ayuda de todas esas personas, la *shul* logró reunir otros trescientos cincuenta dólares y se los ofrecieron a Reb diciendo: «Tú estás al mando, espabílate».

Fue entonces cuando Reb llamó a Shad. El delgado hombre

de color subió a lo alto de la loma, a las riendas de *Trueno* y con un carro lleno de piedras. Se detuvo entre la madera astillada, las paredes destrozadas y la piedra aplastada, y miró en silencio a su alrededor, quitándose el bombín para protegerse de la luz del sol y alzando la mano sobre la cara. Finalmente, señaló una esquina de aquellas ruinas.

—El norte está por ahí. Vuestras piedras tienen que llegar hasta el borde. Hasta el final. Colocad las piedras a lo largo del borde, acortadlo tres metros en el costado sur, por ahí, extendedlas por el oeste unos seis metros y tendréis un muro que resistirá bien. De ese modo, las ventanas seguirán mirando al este, por donde sale el sol, y tendréis vuestro edificio.

Con el dinero extra de la congregación en el bolsillo, Reb se puso de acuerdo y selló un tranquilo trato con Shad por la totalidad de los trescientos cincuenta dólares, y cuando un mes después hubo que volver a colocar la primera piedra de Ahavat Achim, lo hizo Shad Davis.

Era una extraña relación de amistad, porque Shad, habida cuenta de lo que Reb había llegado a descubrir, no era ni profundamente religioso ni excesivamente amistoso con nadie, incluida su propia gente. Y si bien era capaz de construir maravillosas casas de piedra y ladrillo macizo para otros, apenas mantenía en pie su destartalada casa, que se encontraba junto a la tienda de comestibles de Reb, El Cielo y la Tierra. La casa de Shad no era de ladrillo ni de piedra, era, sobre todo, de madera y metal. En ella vivían Shad, una mujer llamada Lulu, que casi nunca hablaba con nadie, y sus dos silenciosos y retraídos hijos. Los patios de las dos casas colindaban, las parcelas coincidían exactamente y se extendían casi media hectárea, hasta el arroyo Manatawny, pero las similitudes terminaban ahí. En el patio de Reb había provisiones, barriles, una vaca y varias gallinas *kosher*. En el patio de Shad no había nada, salvo su mulo, *Trueno,* y las pocas verduras que cultivaba su mujer. Rara vez hablaban si no estaban trabajando, pues Reb había aprendido que, en Estados Unidos, lo que un hombre hace para vivir a menudo no tiene nada que ver con cómo vive. Además, el don de Shad para construir la *shul* le reportó otros tantos encargos de los residentes judíos del pueblo, que le pidieron a Shad que arreglara con ladrillos, piedras y mortero las destartaladas casas que habían comprado más cerca del pueblo en cuanto pudieron permitirse abandonar Chicken Hill.

Reb creía que el genial constructor debía de gastarse el dinero en alcohol o apostando, hasta que se enteró por su mujer, que sí charlaba de vez en cuando con la esposa de Shad Davis, que este no tenía pensado quedarse muchos años en Chicken Hill. Estaba ahorrando hasta el último centavo que ganaba para trasladarse a Filadelfia, educar allí a sus hijos y enviarlos después a la Lincoln University, una universidad para negros en Oxford, Pensilvania, o quizás incluso al Oberlin College de Ohio, la primera universidad blanca de Estados Unidos que había abierto sus puertas a los negros. Reb respetaba esa clase de aspiraciones. Estaban en consonancia con las creencias de Reb, que estaba convencido de que en Estados Unidos todo era posible. Para él, Shad era un hombre de verdad, con un propósito, talento, tenía palabra, merecía lo mejor que la nación pudiese ofrecerle.

Por desgracia, ninguno de sus sueños se hizo realidad.

Poco después de construir la *shul,* Shad cayó enfermo y murió, dejando devastados a los miembros de su familia. Reb supuso que los ahorros de Shad cubrirían, al menos durante un tiempo, las necesidades de su mujer y sus hijos, ya que Shad rara vez gastaba dinero en arreglar su desvencijada casa. Pero, según su esposa, Shad desconfiaba de los bancos y había puesto su dinero en manos de un asesor financiero que resultó ser tan turbio, y de pies tan ligeros, como el primer arquitecto de la *shul.* El hombre en cuestión desapareció justo después de la muerte de Shad, dejando en la ruina a la familia del dotado constructor.

Fue la amistad que habían trabado aquellos dos hombres lo que ayudó a sobrevivir a la familia de Shad, ya que Reb se acostumbró a hacer la vista gorda cuando su mujer le entregaba pan, leche y mantequilla de su tienda a la viuda de Shad. Y cuando el peculiar Marv Skrupskelis, hijo de Norman Skrupskelis, empezó a dejarse caer por la residencia de los Davis para hacer trabajos ocasionales para la viuda de Shad y, de vez en cuando, se le veía corretear tras Bernice, la hija de Shad, por el patio, Reb prefirió no especular, porque los niños eran niños.

De no haber sido por Chona, que, a pesar de haber contraído la poliomielitis a los cuatro años, era una niña activa y revoltosa, las familias probablemente se habrían separado por completo. Llevarla a la escuela había supuesto un desafío desde el primer día, porque Chona, a los seis años, se negaba a montar en vehículo alguno, ya fuese un carromato o una silla de ruedas o la caja del antiguo camión que Reb había comprado para su negocio de comestibles. Prefería ir andando a la escuela, como el resto de los niños de Chicken Hill, y como el alumnado de las escuelas de Pottstown estaba formado mayoritariamente por blancos y un puñado de negros, a Bernice y Fatty, los dos hijos de Shad, se les acoplaba aquella bonita niña judía de seis años, con falda oscura y una rizada cabellera que enmarcaba su rostro ovalado, que iba cojeando tras ellos mientras descendían por la colina en dirección a la escuela de ladrillo del pueblo.

A los nueve años, a Fatty no le importaba que otra chica más fuera caminando detrás de él. De hecho, no soportaba a su hermana. Pero Bernice se moría de ganas por tener una hermanita. Las dos niñas empezaron juntas el primer curso, a pesar de que Bernice era un año mayor. En su primera caminata a la escuela, Chona le dijo a Bernice que era demasiado alta para estar en primer curso. Bernice recibió aquel insulto en silencio, pero las dos consolidaron su amistad aquella misma tarde, cuando la maestra se sentó detrás del piano y tocó «Polly Parrot Ate the Carrot», una cancioncilla infantil muy popular por aquel entonces. Fue convocando a cada uno de los alumnos al frente de la clase y tocó la canción, exigiendo que cada niño cantase. Si el niño cantaba, le llamaba petirrojo. Si no lo hacía, era un gorrión.

Chona no tardó en convertirse en un petirrojo, dando saltitos y cantando con voz fuerte y clara. Pero Bernice, la única negra de la clase, se negó a cantar cuando la maestra la llamó.

—Eres un gorrión —anunció la maestra—. Siéntate.

Chona observó, atónita, cómo Bernice volvía a su asiento. Eran vecinas. Escuchaban la vida una de la otra: sus discusiones, las sillas raspando el suelo de la cocina, los chirriantes escalones del porche, los portazos. La única constante que a Chona le gustaba era el sonido de la voz de Bernice. En casa, Bernice cantaba como un pájaro. Tenía una voz preciosa, de soprano, una tonalidad afligida marcada por la tristeza y la nostalgia. Bernice cantaba en todas partes, en el jardín mientras limpiaba de malas hierbas el huerto de su madre, en el porche mientras barría, por las tardes mientras recogía las verduras en El Cielo y la Tierra para su madre, con una voz clara y angelical. Hasta tal punto era así, que cuando Chona pasaba los domingos con su madre por delante de la Segunda Iglesia Bautista, se detenían únicamente para escuchar la voz de Bernice, que se elevaba por encima del resto, más fuerte y hermosa que nunca.

Cuando Bernice se sentó, Chona dijo:

—Bernice no es un gorrión. Es un petirrojo.

El comentario provocó las risitas de sus compañeros y que ambas tuvieran que ir al despacho del director por hablar cuando no correspondía. Esa misma tarde, de vuelta a casa con pasos cansados, Chona intentó abordar de nuevo la cuestión.

—Tú no eres un gorrión, Bernice. Eres un petirrojo.

Pero Bernice siguió mostrándose hosca y silenciosa.

Chona se dio cuenta, por primera vez, de que Bernice se parecía a los gemelos de la *shul,* Irv y Marvin. Su padre, el señor Norman, que con tanto esmero había confeccionado la bota especial para Chona, era igual. Estaban como reconcentrados. Había algo cerrado en su interior. Se dio cuenta, mirando a Bernice, de que algo dentro de ella, por alguna razón, se había apagado, como un grifo de agua sellado o una lámpara que se negara a encenderse. Pero Chona, de tan solo seis años de edad, no sabía exactamente de qué se trataba. Por eso agarró de la mano a Bernice y le dijo:

—Me gustan más las flores que los pájaros.

A cambio, Bernice la recompensó con una sonrisa.

A medida que fue pasando el tiempo, la distancia entre ellas se redujo. Chona enseñó a Bernice a jugar al pinacle, que ella había aprendido a jugar viendo a su padre con otros judíos en la trastienda, a hacer ganchillo con la mano izquierda y también con la derecha y a bajar rápidamente las escaleras deslizándose por la barandilla sin tocar los escalones. Bernice enseñó a Chona a hacer gruesas colchas de lana que protegían del frío, y también a cultivar perejil, verduras y todo tipo de hortalizas en su patio trasero. Las dos niñas se hicieron muy amigas.

Su relación duró hasta el final del instituto, iban siempre juntas y ninguna de las dos se apuntó a ningún club o deporte. Tenían que trabajar en casa. Cuando ambas tuvieron que confeccionar un vestido para la asignatura de economía doméstica, Chona desempolvó la vieja máquina de coser que su padre tenía en el sótano, un vestigio de cuando llegó a Pottstown, y le enseñó a Bernice a hacer puntadas francesas, dando la primera puntada por un lado, volteando la tela y volviendo a dar la puntada por el otro lado. Primero trabajaron en el vestido de Chona y luego en el de Bernice.

—Yo daré la primera pasada con la máquina —anunció Chona—, tú da la segunda.

Trabajaron en los vestidos de ambas y quedaron encantadas con los resultados. El día del examen, los llevaron a la escuela y, orgullosas, los colocaron sobre la mesa en la que se amontonaban los vestidos hechos por el resto de las alumnas. Chona había confeccionado un vestido morado con azaleas; Bernice un vestido negro con margaritas amarillas.

Su profesora, una mujer canosa con cara de pocos amigos y que siempre vestía de negro, sostenía cada uno de los vestidos, los examinaba y realizaba comentarios sobre la calidad del trabajo.

Cuando llegó al vestido de Chona, mostró su satisfacción. Pero cuando tomó el vestido de Bernice, que era sin ninguna duda el más bonito de todos, llamó a Bernice para que se colocase frente a la clase.

Bernice obedeció, parpadeando avergonzada. La muchacha, alta y delgada, se deslizó hasta la parte delantera de la clase y se colocó delante de la profesora, que estaba sentada a su mesa. La profesora alzó el vestido de Bernice y le dijo:

—Esta no es la puntada que te dije que usaras. —Y rasgó la costura trasera, haciéndola pedazos.

Mientras caminaban de vuelta a casa, después de la escuela, Chona le dijo:

—Te enseñaré otro tipo de puntada. Tengo una mejor.

Pero Bernice no dijo nada. Miró a su amiga de un modo que Chona nunca había visto antes.

—Me hiciste dar la puntada equivocada —le recriminó.

Antes de que Chona pudiera recordarle que ella también había utilizado puntada francesa y que no sabía por qué la profesora no se lo había indicado, ya que ambos vestidos estaban cosidos de forma idéntica, Bernice hizo algo que nunca había hecho en todos los años que llevaban juntas.

Aceleró el paso y dejó atrás a Chona.

Al día siguiente, cuando Chona salió de su casa para reunirse con los niños negros que bajaban a la escuela, Bernice no estaba entre ellos.

Bernice no volvió a la escuela ese día. Ni al siguiente. Ni nunca. Se quedaba en casa y rara vez se dejaba ver.

Para Chona, el día en que Bernice Davis decidió apartarse del mundo marcó el inicio de su edad adulta, ya que la comprensión de lo que tenía ante sí empezó a resultarle dolorosa y pudo ver Chicken Hill y el resto de la ciudad tal como realmente eran. A partir de ese momento, tuvo una opinión propia sobre lo que le esperaba y también sobre las limitaciones de su propia existencia. Su madre quería que se casara con un joven judío ortodoxo de Reading que había encontrado para ella. Era bastante simpático, un polaco bajito y un tanto seco que, tarde o temprano, heredaría la zapatería de su padre; por lo demás, era amable y parecía receptivo a nuevas ideas. Pero tenía la costumbre de chuparse los dientes, cosa que a Chona le resultaba desagradable, por lo que, después de cenar con él en una ocasión, decidió que no lo soportaba y evitó volver a cruzarse con él. Se fijó con atención en los matrimonios rotos entre los judíos de la ciudad: las amas de casa desdichadas, los maridos frustrados. Observó las desgarradas disputas entre la pequeña población judía, dominada por los nacidos en Alemania, que dedicaban todos sus esfuerzos a mirar por encima del hombro a sus homólogos cristianos, mostrándose altivos ante sus agencias de servicios sociales y sus organizaciones de aire esnob, tratando con condescendencia a sus paisanos europeos que hablaban en yidis, enviándoles dinero, ropa de segunda mano, consejos también de segunda mano..., en inglés, pues no se permitían hablar en yidis. Enviando de todo menos cariño. Había soñado con marcharse de Chicken Hill al acabar el instituto, e incluso trazó más de un plan y tanteó en ese sentido, pero cuando Moshe apareció en el sótano de su padre trayendo el amor a su vida, todo cambió. Aquel hombre quería que ella se sintiese plena, nunca le impidió el acceso al conocimiento, al crecimiento, a la pasión y a la planificación vital, y le fue trayendo libros, discos y música. Cuando se casó con él, se olvidó de Bernice y de los Davis que vivían en la casa de al lado, pues la vida lo ocupó todo. Su madre murió dos años después de la boda de Chona, su padre se marchó a Reading, a una *shul* más grande, y se impuso el reto que iba a suponer apoyar a su apacible marido para que no imitase al resto de los judíos de la ciudad en su viaje hacia la oscuridad; poco después, además, llegó lo de su enfermedad, que engulló el mundo al completo. Tenía su propia vida y ningún hijo del que ocuparse. Aparte de algún fugaz saludo a Bernice, cuya creciente prole de encantadores niños pasaba por su tienda, apenas dejándose notar como su madre, y alguna risa ocasional con el hermano de Bernice, Fatty, que seguía siendo el mismo, Chona no tenía espacio en su vida para pensar siquiera en Bernice. Cómo se había quedado Bernice embarazada, de quién, por qué tenía hijos, o la forma en que llevaba su existencia... Chona nunca indagó al respecto. Tenía muchas cosas que hacer, aunque se sentía incompleta. No tenía hijos. Bernice, en cambio, tenía muchos. Bernice era rica debido a sus hijos, pero había culpado a Chona por su vestido de costuras francesas, lo cual no era cierto. Todo el asunto era demasiado complicado y se remontaba al pasado, como las raíces de un árbol viejo.

Pero ahora tenía un problema.

Ahora Chona tenía un hijo. En realidad no era suyo, pero era lo más parecido a un hijo propio. Durante los últimos cuatro meses, Dodo, el niño sordo, había sido un sueño. Poco importaba cómo lo llamaran los demás feligreses de la *shul* cuando ella no estaba presente. Había llegado a casa debido a una cuestión de principios, pero había acabado convirtiéndose en una cuestión de amor. Era inteligente. Sensible. Veía cosas que los demás no podían ver. A pesar de no poder oír, lo entendía todo. Era agudo. Brillante. Y necesario. Durante años había rezado para tener hijos, pero al ver que no llegaban lo aceptó como parte de la vida. Pasaba horas leyendo sobre política, socialismo y cambios sociales en lugares como Nueva York, el violento mundo de Emma Goldman y los judíos progresistas, anarquistas, alborotadores, creadores de sindicatos y pacifistas que dejaban de lado las restricciones que pretendían imponerles para disfrutar de la plenitud que podía ofrecer la vida americana de la que otros disfrutaban; eran judíos que intentaban, a su manera, traer la luz al mundo. ¿No es eso lo que debería hacer el judaísmo, aportar luz y concordia entre culturas? El carácter prepotente del discurso basado en el judaísmo, sin embargo, le había resultado cada vez más inútil y distante a medida que se hacía mayor, hasta que se vio obligada a rendirse de manera incondicional a la soleada realidad que Dodo había traído consigo. El niño era portador de su propia luz. Chona lo instaló en la trastienda, donde ella acostumbraba a tumbarse durante su enfermedad, y Dodo iluminó aquella oscura habitación de un modo que logró desintegrar el dolor de sus recuerdos. Ese niño silencioso y taciturno despertó allí la vida de nuevo. Tenía algo, como si fuese un mago. Estaba allí por la mañana cuando ella se despertaba. Entraba en su habitación para darle las buenas noches. Tenía doce años y estaba aprendiendo las cosas propias de un niño de su edad, fuera de la vista de los demás: dibujaba, jugaba con globos y leía cómics en su habitación. Por la noche, pescaba en el arroyo. Limpiaba la tienda cuando ya habían cerrado. Para ser sordo, lo captaba todo. Leía los labios con pericia. Coleccionaba tapones de botellas y canicas, le encantaban la jalea de manzana y las castañas asadas, y como encontró el acordeón del padre de Chona en el sótano, se dedicó a tocarlo con muy poca fortuna. Dejaba huesos de melocotón por toda la cocina. El *sabbat,* él estaba allí por la mañana cuando ella se despertaba, tras apagar las luces la noche anterior y encender la estufa a la mañana siguiente. No paraba quieto. Mientras ella y Moshe leían tranquilamente en el piso de arriba, desde la trastienda, donde él dormía, equipada con un fregadero y una estufa de leña, llegaba ruido de golpes y traqueteos. Algunas noches, Chona bajaba, encendía la luz y se encontraba con un paraíso de cacharros para jugar: fregonas usadas como palos de escoba, viejos cómics, tizas, piedras, puntas de flecha y alambres. Del ventilador del techo colgaban artilugios voladores que pendían de cables y giraban en círculos. En apenas cuatro meses, se había convertido en la encarnación viviente de la *l'chaim,* un brindis a la vida. Un niño. Un niño que simplemente vivía. Algo que Chona había deseado y por lo que había rezado desde que era una muchacha. A quién le importaba que fuera negro. ¡Aquel niño era suyo!

Y él respondió a ese deseo. Chona no habría podido imaginar lo fácil que resultó todo. Nunca tuvo que repetirle que hiciese algo. Cepillarse los dientes. Peinarse. Lavarse la cara. Tender la colada. Ordenar las estanterías. Le encantaba el chocolate. Chona tenía que contenerse para no darle demasiado. Barría, limpiaba y trabajaba todos los días, con tanta intensidad y concentración que ella tenía que frenarle. Y, al final de la semana, aparecía en la trastienda, después de cerrar, y alzaba la mano mostrándole una canica, indicando de ese modo que le gustaría usarla para pagar su trozo de chocolate. Era un juego que Chona mantenía con varios niños del barrio. Entraban en la tienda hambrientos, echaban el ojo a una lata de sopa de guisantes y preguntaban:

—¿Cuánto cuesta?

A lo que Chona respondía:

—¿Cuánto tienes?

—Solo tengo una canica roja.

—¿Tienes alguna canica verde?

—Es posible que tenga una en casa.

—De acuerdo. Llévate la sopa, vete a casa, tráeme la canica verde mañana y ya veré si es la que quiero.

Al día siguiente, el niño traía una canica roja. Y ella decía:

—No, esa no. No me gusta el color. Quiero una canica azul.

Entonces el niño desaparecía y volvía al día siguiente con una canica azul. Luego una verde. Hasta que pasaba la semana y el tema de la canica quedaba olvidado. A la semana siguiente, el niño pedía alguna verdura o una caja de galletas, pretendía pagar con la canica equivocada y el juego volvía a ponerse en marcha.

A veces el tira y afloja duraba semanas. Eran varios niños los que se dedicaban al asunto de las canicas y Dodo se convirtió en uno de ellos, uniéndose al Grupo de las Canicas. Pero ella nunca cedía, nunca le daba demasiado chocolate. Pero sí le daba el suficiente. Una canica roja por un trozo de chocolate ahora. Una canica azul por un trozo de chocolate más tarde. Las canicas que iba acumulando de los niños del barrio las guardaba en un tarro. La cantidad de canicas del tarro, sin embargo, disminuía misteriosamente y, una semana después, alguna de esas canicas aparecía en la mano de uno de los niños. Nunca le importó. Lo entendía. Le encantaba la generosidad de Dodo. Lo suyo era el amor, fácil de satisfacer y muy generoso.

Ella supo, desde el primer momento, que aquel sueño no estaba destinado a durar. No quería amarlo con tanta intensidad. Tan solo le estaban proporcionando un refugio, de ese modo les daban un respiro a los siempre leales Nate y Addie, y también a Thelma, la difunta hermana de Addie, que más de una vez había ayudado a cuidar a Chona durante el largo tiempo que duró la enfermedad. Pero cuatro meses después de mantener a salvo a Dodo, el hombre del estado había descubierto el paradero del niño. Chona conocía vagamente a aquel hombre: Carl Boydkins. Tenían más o menos la misma edad. Habían estudiado los dos en el mismo instituto. Recordó que había sido deportista; era posible que se hubiese dedicado al fútbol americano. Y que, como a la mayoría de sus compañeros, no le gustaban mucho los judíos. Pertenecía a una de las familias de agricultores que salieron perdiendo al no vender cuando las grandes empresas siderúrgicas compraron algunos miles de hectáreas cerca del arroyo Manatawny. A las familias que se habían quedado allí no les había ido bien.

Precisamente por eso, cuando Carl Boydkins entró en la tienda haciendo preguntas, ella intentó ser agradable. Pero él no estaba de humor para esas sutilezas. Hizo algunos comentarios sobre lo que suponía quebrantar la ley y dar cobijo a fugitivos. Chona agradeció que Moshe no estuviese presente cuando apareció aquel hombre, porque su marido habría entregado a Dodo al instante. Moshe temía a las autoridades. Pero Moshe no se había enterado de la visita. Todavía no. Aunque acabaría sabiéndolo. Las noticias sobre los dos hombres que el estado había enviado a la tienda, primero Carl Boydkins y después el hombre negro, para encontrar a Dodo pasarían rápidamente de boca en boca: de Addie a Nate y de Nate a Moshe.

Por eso, Chona necesitaba ahora a Bernice. Bernice tenía un montón de hijos, ocho según el último recuento. Parecían conformar los colores del arco iris, del más claro al más oscuro, del más alto al más bajo. Cómo los había concebido o quiénes eran sus padres no era asunto de Chona. Pero ninguno de los hijos de Bernice se parecía al otro; eran negros, eso sí, lo que para Chona ya era suficiente.

Chona se apartó del escaparate, bastón en mano, y caminó despacio hacia la puerta principal de la tienda. Addie se hallaba detrás del mostrador. Dodo estaba de pie sobre una caja para transportar leche, apilando cajas de galletas en los estantes. Ella alzó el bastón para llamar su atención. Cuando él la miró, le dijo:

—Ven conmigo.

Él obedeció. Salieron de la tienda y caminaron diez pasos hasta la casa de Bernice. Chona llamó. Bernice abrió la puerta.

Ya no había luz en los ojos de Bernice. Parecía marchita y agotada. Su rostro, demacrado, parecía haber estado expuesto a los rigores del sol demasiado tiempo. Aun así, pensó Chona, seguía siendo hermosa, más hermosa debido a la luz que brillaba en su interior, la luz que siempre mantenía oculta. A su espalda, varios niños miraban con curiosidad a Chona.

—¿Qué sucede? —preguntó. Habló con calma, casi con indiferencia, como si hubiesen estado hablando la semana anterior, a pesar de no haber cruzado más de cinco palabras en los últimos catorce años.

Chona sintió que se sonrojaba. No le salían las palabras.

—Quería que conocieras... Tengo conmigo al hijo de Thelma.

—Conozco a Dodo —dijo Bernice.

—Está viviendo conmigo.

—¿Y?

—Me preguntaba si... —Chona se detuvo—. Hay un hombre del estado...

Pero Bernice no la dejó terminar. Señaló con la cabeza hacia la parte trasera de la casa, por encima del hombro, hacia los patios contiguos.

—Haz un agujero en la valla donde nadie pueda verlo —dijo Bernice—. Cuando venga el hombre del estado, mete al muchacho en mi patio mientras mis hijos juegan. Todos los chicos de color se parecen.

Chona sonrió y se volvió hacia Dodo para explicarle que tenía permiso de Bernice para colarse en su patio, que, de hecho, ella y aquella mujer habían sido amigas en otro tiempo. Pero se sintió abrumada por una confusa emoción, porque también había querido darle las gracias a Bernice, tomarla de la mano como había hecho cuando eran niñas y decirle: «No eres un gorrión. Eres un petirrojo», y preguntarle por qué hacía años que no oía el sonido de su canto, una voz que le había abierto un mundo de comprensión siendo niña.

Pero antes de que Chona pudiera volverse hacia ella, Bernice había cerrado la puerta y había desaparecido.

10
El zapato Skrup

Earl Roberts, a quien en Pottstown llamaban Doc, había oído durante mucho tiempo rumores sobre una judía de Chicken Hill que ocultaba al niño negro ilegalmente para que no lo encontrasen los representantes del estado. Se había enterado de ello por boca de su primo lejano Carl Boydkins. Carl trabajaba para la oficina de bienestar social del estado. Ellos dos no mantenían una relación estrecha. Habían crecido en granjas vecinas. Las dos familias, al parecer, podían remontarse diez generaciones atrás hasta los Blessington, de los que se decía que habían llegado en el *Mayflower*, allá por 1620. Para ambas familias era motivo de orgullo, aunque, por lo que se supo después, ninguna de las dos enlazaba directamente con el *Mayflower*. En realidad, la familia al completo estaba vinculada a un marinero irlandés llamado Ed Bole, un pariente lejano que trabajó como ayudante del emperador chino Chaing Kai Wu en la provincia de Monashu en 1774. A Bole, marinero y borracho de origen inglés, lo echaron del carguero inglés *Maiden* ese año cuando el capitán se cansó de sus trastadas de borracho, y lo abandonaron a su suerte en el puerto de Shanghái. Las autoridades chinas lo recogieron y lo arrastraron ante el emperador, a quien la mera idea de que un hombre blanco le sirviese el té, y aquellos bollos chinos que ellos llamaban *mantou,* le complació mucho. Al cabo de tres años, Bole consiguió escapar y regresó a Inglaterra, donde se anunciaba como el conde Blessington de Sussex, y, gracias a sus conocimientos de la lengua china y del té, consiguió un empleo en una compañía naviera británica, donde amasó una fortuna comerciando con sal y medicinas chinas; lo que le permitió casarse con la hija de un comerciante inglés en Londres. En 1784, cuando un primo lejano de Bole, procedente de Irlanda, se presentó en Londres y empezó a hacer preguntas, Bole se apresuró a meter a su mujer y a sus cuatro hijos pequeños en un barco llamado *Peanut* y los envió a América, una tierra en la que nadie hacía preguntas sobre el pasado de los blancos. Tres días después de la partida del *Peanut,* Bole se atragantó con un *char siu bao,* un pequeño pastel de cerdo, por los que sentía especial debilidad desde su estancia en el País de las Maravillas. Por suerte, había enviado a su mujer y a sus hijos al extranjero con una buena suma de dinero, cuatro mil dólares, toda una fortuna en aquellos tiempos, más una niñera para ayudarles, pues suponía que pasarían unos cuantos meses antes de que pudiese reunirse con ellos; plan que, por desgracia, se truncó cuando aquel pastelito de cerdo, *char siu bao,* se atoró en su tráquea.

Cuando la noticia de la muerte de Lord Blessington, originariamente Bole, llegó a oídos de su viuda en América, provocó en ella los habituales lamentos, chillidos y tirones de pelo, tras lo cual se derrumbó entre lágrimas en brazos de su fiel niñera. La niñera la abrazó con fuerza. En aquel abrazo saltaron chispas. De hecho, aquellas dos mujeres no tardaron en enamorarse. Cuando ya vivían juntas, consultaron un mapa, encontraron un arroyo cerca de Pottstown, Pensilvania, lejos de las indiscretas miradas de la sociedad neoyorquina —que, en cualquier caso, observaba con suspicacia a la viuda, pues no mostraba desprecio ni desdén por la especie masculina, sino el más puro desinterés—, se mudaron allí haciéndose pasar por hermanas, las Blessington, y compraron una enorme extensión de terreno junto al arroyo Manatawny. Criaron a los niños con la ayuda de sirvientes y de los granjeros de la zona y, a la muerte de las mujeres, las tierras quedaron repartidas entre sus cuatro hijos.

Ni Doc ni Carl sentían el más mínimo interés por poner en cuestión su linaje familiar, pues durante su infancia habían sido igual de felices que cualquier otro descendiente de aquellos que llegaron en el *Mayflower*. Eran cristianos blancos nacidos en

Estados Unidos, un país que parecía hecho especialmente para ellos. Las dos familias, ahora escindidas y con apellidos diferentes, estaban felizmente instaladas en granjas vecinas de Pine Forge, las maravillosas tierras que bordeaban el arroyo Manatawny, llenas de girasoles, pastos y tierra fértil. Las dos familias vivían una enfrente de la otra: la familia de Doc, los Roberts, a un lado del río; la familia de Carl, los Boydkins, al otro. Las dos familias solían ir juntas en carruaje a la iglesia, por supuesto presbiteriana, los domingos. Los civilizados servicios religiosos llenaban hasta los topes el santuario de buena gente blanca. Fue una época maravillosa, la infancia de Doc, plagada de hombres fuertes que no necesitaban otra cosa que un buen apretón de manos, y mujeres que sabían cocinar y criar a sus hijos. Familias agradables y limpias. Pero eso fue antes de que llegara la «gente nueva»: los judíos, los negros, los griegos, los menonitas, los ortodoxos rusos.

Las dos familias vivieron en paz justo hasta antes del crac de 1929, cuando el padre de Doc tuvo una visión del futuro y lo vendió todo, gracias a Dios. Pero la familia Boydkins se quedó allí y sufrieron las consecuencias, porque el nuevo propietario de las tierras de los Roberts era ahora un buen cristiano que forjaba piezas de hierro y acero, y eso producía basura maloliente y un líquido negro provocado por los tintes que se filtraba en la tierra, por lo que les prometió a los Boydkins que enterraría su basura y no vertería toda aquella porquería de su forja en el hermoso arroyo. Se alegraron cuando hizo esa promesa y le creyeron. Al fin y al cabo, era un buen cristiano.

Poco después se le unió un segundo hombre, otro buen cristiano, que también era una persona de palabra. Luego vino un tercer compañero, otro buen cristiano del que, en realidad, se decía que *quería* ser buen cristiano, lo cual ya era algo, aunque había dejado a su mujer por una chica de quince años llamada Uma, que tenía unas tetas del tamaño de melones y de la que se decía que había pasado una temporada en la penitenciaría de Muncy. Aquel tipo, al cabo de un tiempo, se trasladó a Nueva Orleans con su nueva esposa y fue sustituido por otro hombre, un irlandés llamado Fitz-Hugh, de quien se decía que había hecho fortuna con el opio. Fitz-Hugh negoció con los propietarios originales y, a partir de ese momento, el pequeño molino se convirtió en dos molinos con cuatro trabajadores cada uno. Luego fueron tres molinos y, más tarde, cuatro pequeños molinos. Como quien no quiere la cosa, al despertar por la mañana y asomarse por la ventana de la cocina, el clan Boydkins pasó a ver a ocho trabajadores que iban y venían por la orilla del Manatawny, vertiendo cubos de lodo en el arroyo durante todo el día. En cuestión de seis meses, los ocho trabajadores pasaron a ser nueve, luego doce y después diecinueve. Los cuatro molinos se convirtieron en siete, más tarde en ocho, dividiéndose como amebas, salpicando la ladera hasta que dichos molinos fueron sustituidos por pequeñas fábricas de grifos y tornillos y piezas de hierro, que no dejaban de expulsar humo por sus pequeñas chimeneas hacia el despejado cielo de Pensilvania. Las pequeñas fábricas se dividieron entonces para generar otras más grandes que fabricaban tuberías de hierro, accesorios de acero y botellas de vidrio para las destilerías de whisky. Y más tarde aun construyeron grandes fábricas de vigas de hierro de dos metros de longitud, viguetas, barriles, accesorios para tuberías, piezas de fundición, señales, marcos de ventanas enteros y vigas de acero. Al cabo de ocho años, el pequeño molino desapareció para que en su lugar se erigiese una fábrica-fortaleza gris, muy ruidosa, de ochocientos metros de lado, con una chimenea de treinta metros de altura que lanzaba un espeso humo gris las veinticuatro horas del día. Las cuadrillas de trabajadores que arrojaban lodo negro al Manatawny desaparecieron, fueron sustituidos por tres tuberías de quince centímetros de grosor que vomitaban un lodo inmundo en el antaño hermoso arroyo que daba de beber a las vacas de los Boydkins y servía para regar los cultivos. Para cuando los Boydkins pusieron el grito en el cielo, tres chimeneas de treinta metros arrojaban humo negro al cielo; doscientos veinticinco trabajadores lenguaraces y risueños que hablaban todos los idiomas imaginables sobre la faz de la tierra entraban y salían de las fábricas siguiendo tres turnos diferentes; y el silbato de trabajo chillaba tres veces al día, incluidos los domingos, todo ello a menos de cincuenta metros de la ventana de la cocina de su casa.

La familia Boydkins protestó, aduciendo que las impías palabras malsonantes de los trabajadores podían oírse desde la mesa de la cocina y que los niños se escandalizaban y que el lodo estaba arruinando sus tierras y había hecho enfermar a sus vacas. Pero era el año 1932 y, a esas alturas, Flagg, Bethlehem Steel y Jacobs Aircraft Engine Company ya se habían asentado allí, junto a su tropa de abogados de cuello almidonado y relucientes Packards. Y los abogados eran inflexibles: «Tenemos que fabricar motores para los poderosos aviones de nuestro país que han de llevar la libertad a todo el mundo», decían. «Tenemos que fabricar las grandes vigas de acero del puente Golden Gate que permitirán el paso de maravillosos automóviles.» «Necesitamos pólvora, casquillos y acero para la guerra que se avecina.» Desesperados, los Boydkins se encomendaron a los responsables municipales de Pottstown, pues ellos dictaban las leyes: la guerra se acerca, dijeron, tendréis que mudaros. Así que la familia Boydkins se vio obligada a vender las sesenta hectáreas que bordeaban el arroyo por unos pocos centavos de dólar para mantener la libertad en Estados Unidos. No había otro remedio.

Fue una mala decisión quedarse junto al Manatawny en 1929, por eso Doc agradeció la previsión que había evidenciado su padre.

Carl y él no trabaron una gran amistad en el instituto, en parte porque Carl era alto y buen deportista y todas las chicas le adoraban, en tanto que Doc era un ratón de biblioteca que había sufrido la poliomielitis, lo cual le dejó tocado el pie izquierdo. Su pie mostraba una curvatura extraña, así como una hendidura en el centro, donde deberían haber estado los dedos dos y tres del pie. Le dolía desde que tenía conciencia. De niño, su madre le ordenó que lo llevase cubierto, pero le dolía mucho y ningún zapato le quedaba bien, así que, en la medida de lo posible, hizo caso omiso de sus órdenes. En secreto, pensaba que su pie izquierdo no era tan diferente del derecho, pero en primero aprendió una dolorosa lección cuando se le cayó el calcetín en clase de gimnasia. Los chicos le vieron el pie, se pusieron a gritar y a llamarle «Pezuña». Desde entonces, no volvió a enseñar el pie en público.

Pero eso no impidió que Doc disfrutase de su paso por el instituto. Le encantaba la biología, fue elegido presidente del equipo de debate de la escuela y, a pesar de lucir lo que las chicas denominaban nariz de nuez —sobresalía de su cara como una nuez llena de bultos—, descubrió que a las chicas les gustaban los chicos listos. Leyó libros sobre el humor, el amor, la biología y el sexo; estos últimos revelaban todo tipo de secretos sobre lo que les gustaba a las chicas, incluidos ciertos lugares secretos donde unos dedos intrépidos podían lograr que las chicas hicieran todo lo que un chico quisiera. Memorizó algunos de esos trucos y durante su primer año los probó con Della Burnheimer, una animadora rubia y saltarina que se compadeció de él y accedió a hacer un pícnic en el arroyo del cercano parque de Saratoga. Después de comer, Doc le confesó que nunca había besado a una chica y que le gustaría intentarlo. Della, un alma generosa, observó el curioso zapato de Doc, sintió aún más pena por él y aceptó. Doc demostró ser todo un entusiasta en lo que a besos se refería, se abalanzó sobre ella y le hizo la respiración boca a boca mientras sus manos se deslizaban por debajo de su ropa interior, donde hizo buen uso de las técnicas de movimiento de dedos sobre las que había leído. Para su sorpresa, y también la de Della, la chica gimió de aprobación. Pero en un arrebato de autocontrol, ella se incorporó de repente y sugirió que se metieran en el arroyo cercano y se tomaran de la mano como una pareja de verdad en lugar de hacer cosas que les comportarían problemas en la iglesia a la que ambos acudían. Doc accedió, una decisión de la que no tardaría en arrepentirse, porque cuando se quitó el calcetín y los ojos azules de Della contemplaron su pie hendido, esta declaró al instante que quería irse a casa. Se acabó lo que se daba, colega.

Doc no era precisamente lo que se denomina un alma sensible, pero su madre sí, y cuando le confesó lo que había ocurrido con Della Burnheimer, omitiendo los detalles más tórridos de la parte relativa al movimiento de dedos y al besuqueo, lo llevó a Chicken Hill, donde vivía Norman Skrupskelis, el mejor zapatero de la ciudad. Todo aquel que lo conocía temía a Norman, un judío ceñudo y fumador de puros que rara vez hablaba y del que se rumoreaba que vagaba de noche por los caminos embarrados de Chicken Hill como un jorobado, aterrorizando a los negros del barrio y robándoles su dinero. Pero era un genio haciendo zapatos, pues sus relucientes creaciones adornaban los escaparates de las tres zapaterías de Pottstown.

Cuando llamaron a la puerta, Norman los condujo a un oscuro taller en el sótano; la madre de Doc se dio cuenta de que no había ninguna jaula a la vista. Norman se sentó en un taburete ante una mesa de trabajo desordenada y no miró a Doc a la cara ni una sola vez. En lugar de eso, observó el maltrecho pie de Doc, que llevaba puesto un zapato que le había hecho a medida un zapatero de Filadelfia —un zapato por el que sus padres habían pagado un dineral—, señaló una silla junto a su mesa de trabajo y bramó con un marcado acento:

—Quítate el zapato.

Doc se sentó y le entregó el zapato.

El viejo tiró a un lado el viejo zapato de Doc, como si se tratase de una botella vacía, y tomó el dolorido y palpitante pie de Doc con su áspera mano. Su mano tenía el aspecto de una garra, con unos duros dedos que parecían de papel de lija. Volteó el pie a un lado y a otro, como si se tratase de un kilo de carne de vaca vieja, examinándolo con atención, retorciéndolo sobre las duras palmas de sus manos. Cuando finalizó su examen, dejó caer el pie como si fuera el periódico del día anterior y se volvió hacia su mesa de trabajo, de la que sacó un retazo de cuero y diferentes utensilios de los estantes que tenía encima.

Como no dijo ni una sola palabra, al cabo de un rato la madre de Doc, que estaba cerca y parpadeaba avergonzada, dijo:

—¿No va a medirlo?

El viejo se limitó a hacerle un gesto con la mano por encima del hombro.

—Vuelva dentro de una semana —le dijo.

—¿Y el precio?

—Ya hablaremos de eso.

Una semana más tarde, madre e hijo volvieron y el zapato les pareció mágico. Era una obra de arte extraordinaria, de cuero negro reluciente, perfectamente cosido, y se adaptaba de maravilla al arco del pie de Doc, con una plantilla diseñada con mucho esmero para proporcionarle comodidad y apoyo; por otra parte, se parecía mucho al zapato del otro pie. El viejo cabrón incluso le había añadido un centímetro a la suela y la había inclinado con cuidado, lo que hacía casi imperceptible la cojera de Doc y le alivió casi de inmediato el dolor de pies e incluso de espalda. Todo ello por un precio sorprendentemente ajustado. La madre de Doc estaba extasiada.

Si bien Doc se sintió agradecido, también notó un deje de humillación. El viejo no le había dirigido la palabra. Ni siquiera le había saludado. Pero le había confeccionado un zapato maravilloso, por lo que cada año Doc se veía obligado a volver para que se lo cambiase. Doc temía las visitas al sótano de Norman, porque, a pesar de los dones del zapatero, su arrogancia le resultaba inaceptable. ¿Acaso no sabía con quién estaba tratando? ¿No sabía lo que era mostrar un poco de respeto?

Ese resentimiento acompañó a Doc durante años, y cuando Norman murió y sus hijos Irv y Marvin se hicieron cargo del negocio, Doc siempre los evitó, a pesar de tener que pagar el triple de lo que ellos le habrían cobrado al encargar su zapato especial en Filadelfia. ¿A quién le importaba que los gemelos Skrupskelis tuvieran tanto talento como su padre, fabricaran algunos de los mejores zapatos del estado y fueran recomendados por médicos de todo el mundo? Ya los conocía de antes. Se parecían a su padre: eran arrogantes. ¡Cómo se atrevían! Así pues, Doc compraba siempre sus zapatos en una zapatería americana de Filadelfia, no a unos judíos inmigrantes de Chicken Hill que no sabían cuál era su lugar.

Tras su desastrosa cita con Della, Doc dejó de lado las aventuras amorosas. Sin embargo, durante aquellos años no le pasó por alto que había otra estudiante en el instituto de Pottstown que compartía su suerte con los zapatos y el viejo Skrup: la judía Chona. Iba un curso por detrás de él en la escuela, pero cuando pasó cojeando a su lado el primer día de clase, se fijó de inmediato en ella, porque aquella cojera suya le resultaba familiar. Observó sus pies y lo captó al instante: llevaba un zapato Skrup. Ella desapareció por el pasillo y él se alegró. Al principio la evitaba, lo cual no era difícil, ya que la mayoría de los judíos de Chicken Hill estaban siempre juntos y no participaban en el coro, ni en las excursiones ni en las actividades extraescolares. Pero se dio cuenta de que a la judía la seguía a menudo una muchacha negra esbelta que también vivía en Chicken Hill.

Chona desapareció de su vista ese año y el siguiente, pero, durante su último curso, a los dos les asignaron taquillas en el mismo pasillo y, el primer día de clase, la vio de espaldas, rebuscando algo en su taquilla. Cuando ella cerró la portezuela y se dio la vuelta, él pudo echarle un vistazo y, de repente, vio ante sus ojos una neblina de estrellas y oyó el sonido de mil trompetas de jazz tocando en Nochevieja. La chica coja y tímida se había transformado en toda una belleza, indiscutible, tranquila, de la cabeza a los pies. Una adolescente orgullosa de espalda recta, cabello negro rizado, pechos saltarines, hermosas caderas, lindos tobillos, piernas ocultas por un sencillo vestido de lana y una luz en sus ojos oscuros que parecía iluminar el pasillo al completo. Observándola desde su taquilla, Doc se olvidó de una vez para siempre de Della Burnheimer. Chona era preciosa. ¿Cómo no se había dado cuenta antes?

La siguió con la mirada, asombrado, mientras desaparecía por el pasillo. Durante esa primera semana, la observó clandestinamente. Fantaseó con la posibilidad de pedirle para salir. ¿Qué dirían sus compañeros? ¿Qué diría su madre? ¿Y su padre? ¿Qué importaba si era judía? Era hermosa. Se imaginó paseando con ella junto al arroyo Manatawny, hablando de cosas importantes, tal vez de la posibilidad de llegar a ser médico algún día; contándole la gran historia de su familia, los importantes Blessington de Pottstown, que habían llegado en el *Mayflower*, y de lo bonito que era el Manatawny antes de que estableciesen allí las fábricas, de los domingos en la iglesia y tomando helado después... A lo mejor ella podría convertirse al cristianismo. Podría ser flexible, ¿no? Él estaba convencido de que lo sería. Ella sabía lo que era verse marginada, por su pie. Al menos, tenían eso en común. Podría convertirse, ¡claro que sí!

Semana tras semana, iban creciendo en su interior esa clase de sentimientos, aunque luego retrocedían; regresaban al mes siguiente y volvían a retroceder. Hasta que una tarde de primavera, a punto ya de graduarse, por fin se armó de valor y la invitó a unirse al equipo de debate, que él presidía.

Era torpe y estaba nervioso —no estaba acostumbrado a hablar con judíos— y la jugada no le salió bien, porque hacía poco había visto una película de Dana Andrews y le había dado por hablar con el desparpajo con el que había visto hacerlo al actor. Chona estaba de pie junto a su taquilla cuando él se acercó, y cuando se dio la vuelta y lo vio tan cerca, se sobresaltó. Él logró mascullar su invitación y vio cómo los hermosos ojos de Chona bailaban por encima de su hombro, hacia el pasillo, y luego volvían a centrarse en él, notando cómo el corazón le latía con fuerza.

Ella rio nerviosa y dijo:

—Oh, no, no puedo. —Y se escabulló por el pasillo, seguida por la esbelta muchacha que la acompañaba a todas partes.

La observó alejarse, y se sintió destrozado. Un día después, su desolación dio paso a la indignación y finalmente a la rabia. Se había comportado como un buen cristiano. Le había tendido la mano para ponerla a su altura, pero ella estaba demasiado ciega para apreciarlo. Vivía en Chicken Hill, ¡por el amor de Dios! El padre de Chona tenía una tienda de comestibles en la que servía a negros, en tanto que su padre era concejal y pastor presbiteriano. Era un hombre importante. Se había acercado a ella para hacerla sentir a su altura y ella lo había rechazado. Madre mía. Era igual que Norman, el viejo zapatero judío, con toda su maldad y arrogancia. Pensar en ello le revolvía las tripas. Judíos. Era muy probable que Chona y el viejo Norman se burlaran de él a sus espaldas.

El malestar desapareció cuando se fue a la universidad y después a la escuela de Medicina de Penn State, donde se sumergió en un torbellino de biología, cadáveres y estudios clínicos, codo a codo con estudiantes de familias acomodadas de Filadelfia, Pittsburgh e incluso Nueva York. Pero si bien sus compañeros tenían grandes planes para volver a sus grandes ciudades una vez titulados, él no podía imaginarse en otro lugar que no fuera su ciudad natal. Es cierto que llegó a soñar con instalarse en alguna gran ciudad, con trabajar en un gran hospital, con vivir en un apartamento con una criada negra y una esposa rubia y glamurosa. Pero ¿quién habría cuidado de él una vez allí? La absoluta mayoría eran desconocidos: italianos y gente de color, grandes mercados, coches de lujo y familias cuya fortuna se remontaba a varias generaciones atrás. La mera idea le asustaba. Era más seguro quedarse en casa, volver a Pottstown para curar a los enfermos. Incluso sus sarcásticos profesores de la escuela de Medicina, dos de ellos alemanes y otro judío, le habían mostrado respeto por semejante compromiso.

Pero la ciudad natal a la que regresó después de estudiar Medicina, donde los blancos decentes se conocían por su nombre y asistían a la misma iglesia presbiteriana y comían helado en la Heladería Bristol después de la misa de los domingos, se había convertido en una ciudad plagada de inmigrantes. Griegos que conducían camiones, judíos propietarios de edificios, negros que paseaban por Main Street como si fuera suya, rusos, menonitas, húngaros, italianos e irlandeses. Los pintorescos caballos y calesas de su infancia habían sido sustituidos por remolques que transportaban acero; y las granjas lecheras, por aceitosas y sombrías fábricas que echaban humo. Los sábados, Main Street se llenaba de automóviles y no había uno, sino dos semáforos y un tranvía. El encantador Pottstown se había convertido en una ciudad donde nadie parecía conocer a nadie. Aun así, cuando decidió casarse con alguien que su padre aprobaba, una sencilla granjera de la cercana Fagleysville, la boda fue portada del *Mercury* de Pottstown. Fue todo un acontecimiento y algo bueno.

Pero los años pasados reparando piernas rotas y cosiendo dedos cercenados en las manos de los trabajadores de las fábricas le fueron desgastando y sus decepciones no hicieron sino aumentar. Las nuevas fábricas aumentaban la humareda y llegaba sin descanso más gente de fuera. Y cuando la sencilla granjera con la que había decidido casarse resultó ser una mujer perezosa y aburrida cuya única ilusión eran las noches de bingo, las novelas baratas y la tarta de arándanos, cuyos perniciosos efectos resultaban evidentes en su creciente cintura mientras paseaba orgullosa por la ciudad con sus cuatro hijos montada en un flamante Chevrolet, que insistía en que su marido cambiase cada dos años, perdió todo el interés por ella. Había sido testigo de cómo su juventud se desvanecía, su ciudad se desmoronaba, la sangre de los orgullosos fundadores se diluía entre la de los invasores: judíos, italianos, incluso negros que deambulaban por Chicken Hill vendiéndose helados y zapatos unos a otros mientras los blancos decentes se enfrentaban a esos mismos comerciantes judíos y a los inmigrantes italianos que parecían querer adquirirlo todo. Por no hablar de los menonitas con sus caballos y calesas. Y los irlandeses de la compañía de bomberos. Y los griegos que cerraban sus negocios entre susurros en las cafeterías. Y los italianos que daban por saco en la lechería. Y los negros de la colina que preferían trabajar en fábricas a ser criados o conserjes, que era lo que se suponía que tenían que ser. Ahora los judíos estaban comprando casas en Beech Street, planeaban construir una sinagoga más grande, y, lo que era aún peor, contaminaban a los buenos adolescentes cristianos blancos de la ciudad con música negra —jazz— que traía a la ciudad nada más y nada menos que el marido de Chona, otro judío que no poseía una, sino *dos* salas de fiesta. ¿Qué quedaba de Estados Unidos en todo eso? Pottstown era para los americanos. Era la voluntad de Dios. La Constitución lo garantizaba. La Biblia lo decía. ¡Jesús! ¿Dónde estaba Jesús en todo eso? Doc sintió que su mundo se derrumbaba.

Así que unos años después de salir de la escuela de Medicina, cuando unos amigos le propusieron asistir a una reunión de los Caballeros de Pottstown, que se dedicaban a difundir los buenos valores cristianos, aceptó la invitación. Y cuando esa reunión de los Caballeros de Pottstown resultó ser en realidad la de los Caballeros Blancos del Ku Klux Klan, no apreció en ello diferencia. Aquellos hombres eran como él. Querían preservar Estados Unidos. El país había sido un bosque antes de la llegada del hombre blanco. Había que conservarlo. La ciudad, los niños, las mujeres, necesitaban ser rescatados de las manos de aquellos que pretendían contaminar la pura raza blanca a base de ignorancia y suciedad, embarrando las cosas al mezclar el legado puro WASP con el de los griegos, los italianos, los judíos —que habían asesinado a su adorado Jesucristo—, y con el de los negros que soñaban con violar a las mujeres blancas y cuyas lujuriosas mujeres negras suponían un peligro para todo hombre blanco decente y temeroso de Dios. No todos eran malos, claro está. Los Caballeros Blancos se encargarían de decidir quiénes eran los buenos. Porque algunos eran buenos. Doc conocía a varios de ellos.

Las reuniones se parecían más a las de un club de aficionados que a celebraciones de fuego y azufre. Los hombres hablaban de las cosechas y de la pérdida de propiedades, de los retos que entrañaba cultivar y sembrar con mal tiempo, del coste del ganado y del transporte, así como del aumento de los precios. Muchos eran antiguos agricultores, otros trabajaban en fábricas y también había banqueros. Buena gente. Gente de Pottstown. Gente que Doc conocía de toda la vida. Así que cuando Carl se le acercó una tarde, después de una reunión de los Caballeros Blancos, para hablarle del tema de la judía que retenía de forma ilegal al niño negro sordo, le obligaba a trabajar en su tienda y le impedía ir a la escuela, y eso que una buena escuela estaba deseando acogerlo, Doc se interesó de inmediato. Le dijo a Carl que se pasara por su despacho la semana siguiente.

Conocía a Chona, claro está. Cuando él empezó a visitar pacientes, Chona había acudido a su consulta en una ocasión debido a sus desmayos. En aquella visita, ninguno de los dos quiso dejar patente que él había intentado entablar amistad con ella en el instituto, años atrás. Él quiso creer que ella se había olvidado de aquel asunto. *Él* no lo había olvidado, por eso, cuando ella entró en su consulta, su corazón se puso a latir con una fuerza inusitada, porque a ella el paso de los años la había tratado bien. Los hermosos pechos, las estilizadas caderas, los ojos brillantes seguían ahí, junto con el zapato Skrup enfundado en su pie. El estilo del zapato Skrup, observó, había evolucionado hasta convertirse en un ejemplar esbelto y atractivo, mucho mejor que la costosa caja en forma de ladrillo que adornaba su pie, por el que había pagado un dineral y que, justo en ese momento, le dolía. Pero ese era el precio de tener principios, algo por lo que estaba dispuesto a pagar.

En aquella visita, mantuvo la profesionalidad, le recetó unos analgésicos y le dijo que si los espasmos continuaban, volviera a llamarlo; se lo dijo con la esperanza de que lo hiciese. Pero nunca volvió a llamar y él se sintió ofendido de nuevo. ¿Acaso creía ella que por tratarse de un médico local no entendía su caso? Tenía amigos médicos en Reading y Filadelfia. Leía las últimas revistas médicas. De hecho, dos médicos le llamaron desde Filadelfia, semanas después de que ella se marchara, pidiéndole su opinión sobre los desconcertantes desmayos de Chona. ¿Qué había descubierto?, le preguntaron. Lo apreciaban más que ella.

Se mantuvo al corriente de su caso cuando estuvo a punto de morir, se sintió extrañamente aliviado cuando se recuperó, y después se ofendió de lo lindo cuando ella tuvo la desfachatez de escribir al periódico quejándose de que él participase, vestido de Caballero Blanco, en el desfile anual. ¿Cómo se atrevía? Aquellos desfiles no hacían daño a nadie. Eran una celebración de la América real.

Todo lo relativo a ese asunto le irritaba. Pero cuando Carl se presentó en su despacho para decirle que Chona estaba escondiendo a un niño negro de doce años, Doc hizo todo lo posible por mantener una distancia profesional, pues su primo no le caía bien. Carl había sido, hasta cierto punto, un gallito en el instituto, pero hoy en día lo que había sido su firme vientre de futbolista le colgaba por encima del cinturón. Sus antaño esculturales hombros estaban caídos. Su rostro, en aquel tiempo perfectamente afeitado, mostraba el rastro de un bigote mal rasurado. Llevaba puesto un sombrero de fieltro desgastado y una corbata barata con manchas de comida. Aun así, Carl lanzó un hueso que Doc no pudo evitar morder.

—El estado te pagará por examinar al chico negro —dijo Carl. Se sentó en el borde de la mesa de Doc y sacó un paquete de cigarrillos. Doc estaba detrás de la mesa mientras hablaban.

—¿Por qué tienen que examinar al muchacho? —preguntó Doc—. ¿Está enfermo?

—Sordo y posiblemente mudo —dijo Carl, sacando un cigarrillo y encendiéndolo—. El estado quiere enviarlo a una escuela especial. Necesitan el visto bueno de un médico. De eso se trata.

—¿Qué escuela?

—Pennhurst. Tienen una escuela allí.

Doc había estado en la Escuela y Hospital Estatal Pennhurst. Justo al final de la carretera de Spring City. Era un lugar horrible, abarrotado, pero no quiso decir nada al respecto.

—¿Aceptan negros? —preguntó.

—Aceptan a cualquiera que esté loco.

—Sordo y posiblemente mudo no implica locura, Carl.

—¿Te parezco un tablero güija, Earl? —dijo Carl, usando el nombre real de Doc, un signo de familiaridad; y de falta de respeto, pensó Doc con tristeza—. El chico tiene doce años. Hace mucho que no va al colegio. Allí tienen cosas especiales para niños como él. Es mejor que lo que tiene ahora, viviendo en Chicken Hill y trabajando para los judíos de allí. El estado lo quiere. Están gastando mucho dinero haciéndome ir de un lado a otro en su búsqueda. Cada vez que aparezco, nadie sabe nada. Incluso envié a un negro que no fue capaz de sacar nada en claro. Los negros lo esconden allí. Y ella está conchabada con ellos.

—¿Es su hijo? —preguntó Doc.

Carl miró a Doc como si no hubiese entendido sus palabras y luego balbuceó:

—¿Su qué? Está casada, Doc.

—¿Y?

—Sea lo que sea lo que estás pensando, Doc, no quiero saberlo. —Carl le dio una calada a su cigarrillo, pensativo, y luego añadió—: Ahora que lo mencionas, se dicen muchas cosas en esta ciudad. Sobre todo en Chicken Hill. Podría ser.

A Doc se le subieron los colores. Este tipo de conversaciones le hacían sentirse incómodo. Se sentía un poco estúpido. No sabía por qué había sacado el tema.

—Nunca he visto al chico, la verdad —dijo Carl—. Pero por lo que he oído es un negro de color puro. No tiene padre. Su madre murió no hace mucho.

—¿De qué?

—Tú eres el médico —dijo Carl—. Lo único que sé es que el chico se esconde en la tienda, bajo la protección de la judía y de su marido, el tipo del Teatro y Sala de Baile Auténtico Americano. El marido financia todo el tinglado. Puedo hacer que la policía vaya allí contigo si quieres.

—Que lo hagan ellos. No me metas en eso.

Carl frunció el ceño.

—No es muy inteligente irritar a esos negros de Chicken Hill. Ella tiene mucha influencia sobre ellos. El año pasado, por estas fechas, estuvo a punto de morir, enfermó de no sé qué y los de color se pusieron muy nerviosos. Ella es la que escribió la carta sobre nuestro desfile, ¿verdad?

Doc se encogió de hombros.

—¿Quién lee ese estúpido periódico? ¿Y el negro que enviaste? ¿Ahora el estado tiene investigadores negros?

—No. Él es solo chófer. Lleva al superintendente. Recibimos el soplo de que la señora judía estaba escondiendo al niño en el patio de la vecina de al lado, así que le pagamos un par de pavos extra y le dejamos conducir un coche hasta allí y preguntar por los alrededores. Nadie quiso hablar con él. Se escabulló hasta la parte de atrás para mirar en el patio y dijo que allí debía de haber veinte niños. No fue capaz de distinguir a unos de otros y tuvo que marcharse rápidamente. Dijo que los de color se lo olieron. En Chicken Hill todos son parientes, ya sabes, primos y todo eso. Vamos, Doc, mi supervisor está muy molesto. ¿Me entiendes? Examinas al chaval, firmas y lo meten en Pennhurst.

Te pagan por escribir un pequeño informe. Caso cerrado. Pan comido.

—De acuerdo. Escribiré el informe.

—¿No necesitas verlo primero?

Doc se lo pensó un momento. Hacía años que no veía a Chona. No había sido capaz de olvidar a la diosa judía junto a su taquilla en el instituto, aquellos ojos brillantes, aquellos pechos saltarines, los dos jóvenes e inocentes, los prometedores años que tenían por delante. Pero el tiempo había volado. Los dos eran personas de mediana edad. Aunque todavía tenían algo en común. *Zapatos Skrup*. Eso era ya era algo. Tal vez Chona y él, después de todo, se parecían. «Tal vez su marido sea como mi esposa», pensó. «Un perdedor. Un desastre. ¿Por qué no? ¿Cómo serían las cosas entonces?»

Asintió con la cabeza.

—Muy bien, Carl. Iré a ver al chico. Que la policía se mantenga al margen de momento.

11
Se acabó

Eran casi las dos de la tarde cuando la bombilla del techo parpadeó en medio de la Tienda de Comestibles el Cielo y la Tierra, que servía para indicarle a Dodo que alguien iba a entrar. Pero la bombilla tenía su complicación. A veces parpadeaba sola, o el temblor del suelo la hacía saltar. Así que cuando parpadeó la primera vez, Dodo no le hizo caso, porque era primera hora de la tarde, la hora con menos actividad en la tienda. La tía Addie había ido a por hielo. El señor Moshe se había ido al teatro. Pocos clientes entraban a esa hora.

Estaba de pie en la trampilla con escalera que conducía al sótano, con la cabeza casi a ras de suelo, oculto tras la vitrina de la carnicería para que no pudiera verlo nadie que entrara en la tienda. Menos mal, porque cuando la luz parpadeó por segunda vez, vio que la señorita Chona, sentada en una alta silla tras el mostrador, tomó su bastón y se colocó en la parte delantera del mostrador. Cuando la vio caminar unos pocos pasos para llegar al otro extremo del mostrador le daba la espalda a Dodo, pero cuando se dio la vuelta al final y se dirigió al centro de la tienda para saludar al visitante, pudo verle la cara por primera vez. La angustiada mirada de ella hizo que Dodo se quedara paralizado.

La señorita Chona no era una mujer que perdiera la calma con facilidad. A pesar de los extraños temblores y de las ocasionales convulsiones provocadas por su discapacidad, se desplazaba de un lado a otro de la tienda sin problemas, llevando a cabo todo tipo de tareas. Si había que levantar una caja, intentaba hacerlo ella misma. Si había que apilar comestibles o clasificar verduras, se ponía manos a la obra. No le gustaba que la ayudaran, por lo que Dodo había aprendido a mantenerse al margen a menos que se lo pidiera. Únicamente le dejaba hacer un trabajo en el que poder ir a su aire, porque él odiaba quedarse quieto, y era cuando ella se ponía a leer. Dodo nunca había visto a nadie a quien le gustase tanto leer. Se pasaba el día leyendo. Le recordaba a su madre. Pero su madre leía básicamente la Biblia. La señorita Chona leía de todo —libros, revistas, periódicos— y animaba a Dodo a que también lo hiciese. En los últimos cinco meses, gracias a su estímulo, había empezado a gustarle lo de leer, aunque no tanto como ella habría querido. Sobre todo, fingía que le gustaba, para tenerla contenta. Suponía que algún día, cuando fuera mayor, se sentaría a leer uno de los muchos libros que ella le había regalado en lugar de simplemente fingir que lo hacía. Aunque todavía faltaba un tiempo para eso. Prefería trabajar en la tienda y jugar en el patio de la casa de al lado con los hijos de la señorita Bernice. Era el único lugar por el que le permitían pasear libremente. Empezaba a sentirse, en cierto sentido, como un prisionero. No era justo. Lo que él quería era ir libremente de un lado para otro del barrio, como antes. Pero la señorita Chona y la tía Addie se lo habían grabado a fuego en la cabeza. «Quédate cerca. Cuidado con el hombre del estado. Quiere llevarte a una escuela especial. Y tú no quieres que te lleven allí.»

Dodo no tenía ni idea de cómo era el hombre del estado, pero el destello de terror que apareció en los ojos de la señorita Chona al ver a aquel cliente al otro lado del mostrador de la carnicería, le paralizó y de forma instintiva bajó la cabeza unos centímetros hacia el sótano.

Nadie podía verlo desde donde se encontraba a menos que se inclinara por encima del mostrador y mirase directamente hacia la abertura de la trampilla. Él tampoco podía ver con claridad quién estaba al otro lado del mostrador. Pero podía sentirlo, y eso era suficiente. Sentirlo y olerlo. Vibraciones, casi tan efectivas como la vista y el oído. Y lo que estaba sintiendo en ese momento no indicaba nada bueno.

Todavía de pie en la escalera, presionó con el dorso de la mano las tablas del suelo a su izquierda. Reconoció el rebote irregular que provocaban las pisadas de la señorita Chona a medida que se acercaba al centro de la tienda. Tras ella, un sonido desconocido, el extraño clonc, clonc de unos pasos similares procedentes de la entrada de la tienda. Los dos golpes se detuvieron frente a la vitrina de la carnicería, a menos de metro y medio de su cabeza.

Pudo ver la cara de la señorita Chona al otro lado del mostrador de la carnicería. La expresión de alarma en sus ojos mientras hablaba con el visitante, un hombre que llevaba puesto un sombrero de fieltro y un abrigo negro; un personaje inquietante.

Entonces el hombre volteó ligeramente la cabeza un segundo y Dodo pudo ver su perfil. El pánico ascendió por su garganta cuando vio de quién se trataba.

Doc Roberts.

Para los blancos de Pottstown, Doc Roberts tenía el típico rostro moteado que aparecía en las cajas de cereales para el desayuno. El amable y gentil médico rural. Amigo de todos, el partero de confianza, hombre de bien, presbiteriano. Pero para los negros de Chicken Hill, Doc era poco menos que un chiste: «¿Por qué ir a ver a Doc Roberts y pagar para morir?». Para los niños negros del barrio entrañaba un temor especial, tenían pesadillas con él, pues las madres lo invocaban cuando querían asustar a sus hijos para que se durmiesen. Aquellas madres cuyos hijos corrían inquietos más allá de la hora de irse a la cama irrumpían en los dormitorios a oscuras y les advertían: «Si no cerráis los ojos ahora mismo, os llevaré a Doc Roberts», lo que congelaba de inmediato las risitas y las carcajadas. A los niños que se negaban a tragar aceite de hígado de bacalao o alguno de aquellos horribles remedios caseros que se utilizaban para curar resfriados, fiebres y males desconocidos, se les decía: «Tómate esta medicina ahora mismo o iré a buscar a Doc Roberts. El viejo Doc te la dará... en la cárcel», y por el gaznate les bajaba de inmediato el horrible brebaje en cuestión. A Dodo le daban miedo los médicos. Cuando aquella estufa le explotó en la cara, su madre le hizo esperar tres largos y dolorosos días hasta que reunió el dinero para llevarlo en tren a un médico de color en Reading. El médico de color le cubrió la cara hinchada con firmeza y sin ceremonias y le vendó los ojos y las orejas, lo que le dejó indefenso. Cuando le quitaron las vendas, el problema de los ojos fue desapareciendo poco a poco, y Dodo vio llorar amargamente a su madre mientras pronunciaba las palabras «infección» y «médico» ante el tío Nate y la tía Addie. Pero ni ella, ni el tío Nate ni la tía Addie se plantearon la posibilidad de llevarlo a Doc Roberts para ver si mejoraba. Daba la impresión de que Doc Roberts era el problema.

Y ahora se encontraba a metro y medio de distancia, hablando con la señorita Chona.

La señorita Chona había apoyado la mano izquierda en el mostrador y daba con ella golpecitos nerviosos. Doc estaba de espaldas a Dodo, así que no podía leerle los labios. Pero sí podía ver la boca a la señorita Chona y, desde su ventajosa posición, vio cómo la conversación se deterioraba con rapidez, pasando de extremadamente educada a tormentosa.

—Un tiempo maravilloso... Llovió la semana pasada... ¿Tanto tiempo ha pasado?... Instituto... Graduación... Estoy bien —dijo ella.

Pero no era eso lo que su aspecto daba a entender. Tenía la cara pálida y la mano izquierda le temblaba ligeramente. Al darse cuenta de ello, Dodo sintió pánico, pues era la señal de que estaba a punto de desmayarse o, peor aún, de sufrir una de sus convulsiones. Había sido testigo de ello anteriormente y le aterrorizaba. Durante la última semana, había visto sus movimientos débiles y temblorosos, y eso, según le había dicho la tía Addie, era una señal. De hecho, justo antes de que la tía Addie fuese a comprar hielo, no hacía ni veinte minutos, se empeñó en decirle que vigilara con atención a la señorita Chona, que no la dejase agarrar nada y que estuviera atento para que no se cayese al suelo. «No te alejes de ella», fueron sus palabras. Únicamente había bajado al sótano en busca de las cajas de latas porque la señorita Chona había insistido en que lo hiciese. Intentó darse prisa, pero obviamente no había sido lo bastante rápido, pues ahora estaba atrapado en la trampilla que se abría detrás del mostrador y no sabía si dejarse ver, pues no quería que la señorita Chona cayese al suelo mientras él estaba allí abajo. Si algo así ocurría, se vería obligado a lidiar con la ira de la tía Addie.

Justo cuando estaba a punto de asomar la cabeza por la trampilla, la señorita Chona separó la mano izquierda del mostrador y señaló hacia la parte delantera de la tienda, lo que hizo que Doc se diera la vuelta y mirase hacia la puerta principal. En ese instante, con la cara de Doc vuelta hacia otro lado, ella miró a toda velocidad hacia la trampilla y extendió la mano izquierda, con la palma extendida y los dedos separados, como los policías de tráfico, dando a entender: «¡Quédate ahí!», para que no se moviese.

Sintió el impulso de bajar corriendo por la escalera hacia la relativa seguridad del sótano, pero Doc se había vuelto hacia ella de nuevo, y el chico se quedó mirando alarmado mientras la conversación se caldeaba rápidamente, viendo solo los labios y la cara de la señorita Chona desde la trampilla mientras hablaba, con el rostro enrojecido por la ira:

—Marchar en tu desfile... Tu problema... Vergonzoso... Impuestos... Yo también soy norteamericana.

Esto último lo dijo de muy mal humor, señalando a Doc con mano temblorosa. Vio cómo al doctor se le enrojecía la nuca y encorvaba los hombros al responder. Ahora estaban discutiendo, de eso no cabía duda, y el rostro de la señorita Chona, que había mostrado sorpresa cuando se abrió la puerta, ahora estaba tenso debido a la rabia, con las cejas arqueadas mientras proseguía con su diatriba.

—La gente de color... Los negros... No sabes de lo que hablas... La policía.

Vio cómo Doc respondía, moviendo la cabeza mientras gritaba, interrumpiéndola. Estaba a punto de responder, pero justo al abrir la boca para hablar, la señorita Chona palideció, jadeó y puso los ojos en blanco, su cuerpo se agitó violentamente durante un segundo y, de repente, la perdió de vista, su rostro desapareció al otro lado del mostrador de la carnicería. Era como si alguien hubiese tirado de ella desde un agujero en el suelo.

Dodo no necesitó oír nada para saber lo que había ocurrido. El golpe hizo temblar el suelo y Dodo entendió que había caído como un saco de patatas.

Se llevó una mano a la boca de manera instintiva, pues sabía por experiencia que hasta sus más insignificantes balbuceos provocaban ruido; lo había aprendido con el tío Nate, cuando salían de caza. «No hagas ruido. Tápate la boca o espantarás a la presa.» Pero ahora no se trataba de una salida de caza con el viejo rifle del tío Nate, que te tumbaba con el retroceso cuando escupía fuego por el cañón al disparar a un ciervo o a una ardilla. La actual explosión surgió de su interior, cuando el miedo retumbó por todo su cuerpo al notar el temblor del suelo y, durante unos segundos, no fue capaz de recordar dónde se encontraba. Muchos meses más tarde, recordaría el siniestro *golpe* que le cambió la vida y que le atravesó la mano izquierda que tenía debajo de la tabla del suelo, y cómo esa misma mano izquierda le había golpeado la boca con TANTA fuerza que se mordió el labio, aferrándose a la escalera de la trampilla con el brazo derecho, introduciéndolo entre los peldaños. De no haber dispuesto de ese brazo, se habría caído escaleras abajo, pues en ese momento sus piernas cedieron y se sintió abrumado por la misma sensación que había tenido cuando, tres años antes, arrodillado ante la estufa de la casa de su madre, esta estalló, lanzándole fragmentos de hierro caliente contra el pecho, los brazos y la cabeza, que él sintió como un millar de cuchillos, tan calientes que no dejó de sentir frío durante semanas. El dolor de cabeza llegó a ser tan intenso que se convirtió en un ser vivo. El ardor que sentía en los ojos era tan insoportable que sus oídos, eso pensó él, se habían cerrado como mecanismo de defensa. Por eso, cuando le quitaron las vendas, fue tambaleándose de un lado a otro con gafas de sol durante meses, cosa que odiaba. El hecho de que el sonido hubiese desaparecido del mundo le resultó un efecto casi secundario con respecto al verdadero problema: la repentina enfermedad de su madre, cuya vida parecía ir desvaneciéndose a medida que sus oídos, poco a poco, se iban sellando. Después el tío Nate, la tía Addie, ¿y más tarde qué? Tan solo la señorita Chona y sus oídos. A veces oía débilmente algunas cosas. El petardeo del motor de un coche. El caballo del verdulero al pasar tirando del carro. Pero la vista y el oído habían sido sustituidos por la vista y las vibraciones y los ruidos que surgían de su interior. Dentro de su corazón. De ahí que, cuando la señorita Chona cayó al suelo, le dio la impresión de oír cómo su propio corazón se quebraba, como si ese sonido existiera, algo que se rompía, en lo más profundo de su ser, porque una parte de él sabía que nunca volvería a verla del mismo modo, si es que volvía a verla. Se iba..., se iba..., se fue. Igual que su madre. Como sucedía con todas las cosas.

Ese pensamiento les devolvió la fuerza a sus temblorosas piernas y se impulsó hacia arriba, se armó de valor a toda prisa y salió por la abertura de la trampilla, saltó como un gato y se agazapó detrás del mostrador de la carnicería. La parte de delante del mostrador era de cristal. Dodo miró a través de la vitrina en silencio, respirando con dificultad. Lo que vio entre los pies de cerdo, las lonchas de carne, los codillos de jamón, las diferentes partes de vaca y la carne picada que había en la vitrina iba a cambiar su vida para siempre: Doc Roberts, de espaldas a él, estaba agachado sobre el cuerpo tendido en el suelo de la señorita Chona.

Todos y cada uno de los caminos que Dodo había recorrido hasta ese momento, cada cruce, cada desvío, cada movimiento, los había llevado a cabo siguiendo las normas de los adultos que conformaban su mundo y en los que confiaba: su difunta madre, su tío Nate y su tía Addie, su primo Rusty, la señorita Paper, incluso la sombría señorita Bernice, la vecina de al lado. Para el resto del mundo, era un chico de color «lento» o «débil mental», pues no le conocían bien. Las meticulosas instrucciones que había recibido en los meses anteriores por parte de esas mismas personas, entre las que se incluía la señorita Chona, le habían conducido hasta ese punto exacto: «Mantente cerca. Hazte el tonto. No salgas de la tienda. No te aventures más allá del patio de al lado, el de la señorita Bernice. No corras. Finge que no entiendes». Haber hecho lo contrario, comprendió, habría supuesto un desastre para él. La señorita Chona, de hecho, le había repetido esas mismas instrucciones hacía apenas unos segundos, antes de caer al suelo, con la mano extendida. «Quédate ahí», le había dicho. «Quédate ahí. No te muevas. El problema pasará.»

Pero ahora...

Fue pensar en la tía Addie, en su previsible furia —peor aún, en su decepción—, lo que le hizo poner el pie encima del mostrador y saltar por encima.

Solo tenía doce años, así que para él el sexo tenía más que ver con extrañas imágenes que se había formado en la mente, y con cierta curiosidad ocasional por una de las hijas de la señorita Bernice, a la que prefería por razones de las que no estaba muy seguro. Entendía que las niñas eran necesarias, pues algún día se convertirían en mujeres, y él las necesitaría en su vida, como ellas lo necesitarían a él, pero hasta entonces suponían un obstáculo en su búsqueda diaria de canicas, rocas y piedras, para hacerlas saltar sobre la superficie del arroyo que corría por detrás de los patios de El Cielo y La Tierra y de la casa de la señorita Bernice. Las niñas no eran importantes. Pero, por lo que parecía, Doc no estaba de acuerdo, porque le estaba acariciando el pelo e introduciendo las manos por dentro de la ropa a la señorita Chona de una manera que provocaba que el niño no pudiese respirar.

La señorita Chona se había desmayado. No cabía duda de que había tenido uno de sus ataques —apenas duraban unos pocos segundos—, pero después, por lo general, la tía Addie la colocaba de lado, le limpiaba la cara y, al cabo de unos minutos, mejoraba y se incorporaba hasta sentarse. Pero Doc no esperó a que se sentara. Le dio la vuelta y, cuando cesó el ataque, la volteó para que quedara boca arriba. Con un rápido gesto, le pasó la mano derecha por el pecho y lo apretó. Luego la sujetó con la mano izquierda y le apretó el pecho con la otra, trajinando por debajo de la blusa, inmovilizándola mientras le acariciaba el vientre y después la entrepierna, subiéndole el vestido y dejándola con las piernas al aire hasta el muslo, su bota incómodamente expuesta, la blusa arrugada por el punto en el que Doc había pasado las manos con total libertad. Iba a convertirse en un recuerdo que perduraría mucho más tiempo de lo que al chico le habría gustado.

Dodo no recordaba haber gritado. Y, más tarde, cuando le preguntaron al respecto, insistió en que no había gritado, aduciendo que, en caso de haberlo hecho, lo sabría.

—Sé guardar silencio —le dijo a su tía Addie.

Pero eso fue después, mucho después. En ese momento, saltó por encima del mostrador sin pensarlo dos veces y golpeó a Doc, provocando que este chocase contra los estantes de latas y galletas que había detrás de él.

Nunca había tocado a un hombre blanco, en toda su vida, y se sorprendió de lo blando y gordo que sintió el cuerpo de Doc, de la facilidad con la que voló hacia atrás cuando se abalanzó sobre él, apartándolo de la señorita Chona y haciéndolo chocar contra las estanterías, de las que cayeron los comestibles en cascada sobre los tres.

Doc se recuperó y lo apartó de un empujón, pero antes de poder levantarse, Dodo ya estaba de pie y volvió a abalanzarse sobre él como un jugador de fútbol americano. Dodo era delgado pero fuerte, y con su peso y su fuerza inmovilizó a Doc. El chico, a pesar de lo que le dijeron, no recordaba haber golpeado a Doc con los puños, porque la señorita Chona sufrió un segundo ataque justo en ese momento y, aunque normalmente duraban segundos, fue peor que el primero y duró mucho más.

Ver cómo se debatía Chona parece que despertó una nueva fuerza en Doc, y el chico pudo sentirla vibrar y supo que estaba gritando. Dodo hizo caso omiso de los gritos, le mantuvo inmovilizado contra la estantería con la cabeza y los hombros, al tiempo que echaba un vistazo hacia la señorita Chona, que se agitaba ahora vigorosamente, con salvajes espasmos. Sintió unas manos en su cuello. Doc intentaba estrangularlo y Dodo, realmente, se vio luchando por su vida. Sintió la furia de Doc, se zafó de sus manos y le empujó contra la estantería con más fuerza, pero Doc no iba a rendirse y el chico levantó la cabeza justo a tiempo para sentir cómo Doc le golpeaba. De forma instintiva, Dodo le golpeó dos veces, con fuerza, en la cara. La boca de Doc dejó de moverse por un momento y le brotó sangre de los labios. En ese preciso instante, el chico entendió que estaba en serios problemas.

Con el rabillo del ojo, Dodo vio parpadear la luz del techo, indicando que la puerta principal se había abierto, y entonces la tía Addie se abalanzó sobre la señorita Chona. Al mirar a su tía, aligeró su presión sobre Doc, que pudo de ese modo arrojarlo al suelo y arrastrarse hasta la señorita Chona, que se estremecía violentamente, golpeando con la cabeza contra el suelo. La tía Addie colocó una mano bajo la cabeza de la señorita Chona, que tenía la boca abierta. Vio que la tía Addie echaba un vistazo al mostrador y, sin que nadie se lo dijera, Dodo saltó por encima de este, tomó una cuchara y se la tendió a la tía Addie.

—Intentaba ayudar —gritó Dodo.

La tía Addie le ignoró y metió la cuchara en la boca de la señorita Chona mientras Doc se acercaba a ellas. Ambos se acuclillaron junto la señorita Chona, tratando de poner fin a sus espasmos; Doc le colocó las manos bajo la espalda. No daba la impresión de que fuese a parar de dar sacudidas nunca.

La tía Addie, que aún sostenía a la señorita Chona de lado, se volvió hacia Dodo y él vio cómo movía los labios, diciendo con calma:

—Trae agua. Deprisa.

Dodo obedeció.

Tras un buen rato, la señorita Chona dejó de forcejear y se quedó quieta, con los ojos cerrados, como si estuviese muerta, con Addie a su lado y varios vecinos que habían entrado en la tienda y le estaban cubriendo la cara con toallas. Dodo miró con ansia hacia la puerta. Doc se había ido. Se percató de que los vecinos que estaban ordenando las estanterías y apilando los objetos caídos le miraban nerviosos. Varios residentes de Chicken Hill también miraban desde el otro lado del escaparate de la tienda.

La tía Addie le secó la cara a la señorita Chona, le acarició el pelo y le alisó la ropa. Con una rápida mirada le dio a entender a Dodo que estaba furiosa. Él se acercó a ella y le tocó el hombro. Quiso explicárselo, pero ella no quiso atenderle y se puso a hablar con un vecino. Dodo vio cómo movía los labios. ¿Qué estaría diciendo?

Entonces alguien le palmeó en el hombro y señaló hacia la puerta principal.

Alzó la vista.

Doc estaba de vuelta y le acompañaban dos policías. Detrás de los tres hombres, pudo ver a varios vecinos observando atentamente con gesto adusto.

Doc le señaló. Dodo leyó claramente sus labios.

—Ahí está —dijo.

No le quedaba más remedio que echar a correr. Se puso en pie de un salto, entró en la trastienda y salió por la puerta trasera, con un agente de policía pisándole los talones. Atravesó a toda velocidad el patio, esquivando a la solitaria vaca que la señorita Chona tenía para vender leche *kosher,* pero cuando llegó al terraplén del arroyo, en un extremo del patio, entendió que ya no tenía hacia dónde correr. Sin embargo, era un chico rápido y ágil, así que giró sobre sí mismo, se agachó a toda velocidad y esquivó al agente, después esquivó al segundo agente, que venía detrás, y regresó corriendo hacia el edificio. Sabía que no podía volver a entrar. Por eso se dirigió a la escalera de incendios que colgaba de la ventana del segundo piso. Estaba a dos metros del suelo, fuera de su alcance, pero había un cajón que guardaba al pie de la escalera para ese propósito. De un salto, se subió en la caja, agarró un peldaño de la escalera con una mano y luego se impulsó con la otra hacia arriba y ascendió por los peldaños hacia el tejado.

El tejado era plano. Se le ocurrió que tal vez podría correr hasta la fachada del edificio, descender por ella de algún modo —algo en lo que había pensado alguna vez, pero sin intentarlo nunca— y llegar hasta las vías del tren. Conocía todos los recovecos de aquellas vías. Conocía la mayoría de los trenes que circulaban por allí. La policía nunca lograría atraparlo.

Pero cuando llegó al tejado, un tercer policía salió por la puerta por la que se accedía al desván de la tienda y corrió hacia él; estaba a unos diez metros de distancia. Dodo se detuvo en seco, corrió hacia la escalera por la que había subido y miró hacia abajo. Los dos policías estaban subiendo y no eran lentos precisamente. Estaba aterrorizado. Tenía que escapar. Miró a los policías que se retorcían por la escalera, miró detrás al policía que se acercaba por su espalda y miró hacia el patio. Desde aquella altura no parecía estar lejos; no demasiado, en cualquier caso. Podía saltar y cruzar el arroyo para ponerse a salvo. Ya había saltado de trenes, y estos eran bastante altos.

Saltó justo en el momento en que la mano extendida del policía que estaba en el tejado le rozaba el cuello. No llegó a agarrarlo. Pero al tocarlo estropeó su despegue. Dodo sintió que daba vueltas sobre sí mismo y después de arriba abajo. Luego le alcanzó una dulce oscuridad, al tiempo que el silencio que habitaba en el interior de su cabeza estallaba en forma de crujido para volver a apagarse al instante. Y ese silencio sí fue real.

Segunda parte
Atrapado

12
Monkey Pants

Monkey Pants fue la primera persona que Dodo conoció en el pabellón C-1. Estaba tumbado en la otra cuna de la habitación. Un niño más o menos de su edad, a unos veinte centímetros de distancia. Estaba metido dentro de una especie de cuna de acero pegada a la de Dodo, donde este yacía, encogido, tras los barrotes de acero en una calurosa y abarrotada sala en la que había noventa camas. Era el primer golpe de suerte que Dodo había tenido en mucho tiempo.

El niño de al lado era bajito, dolorosamente delgado, blanco y de pelo castaño; tendría unos once o doce años, supuso Dodo. No llevaba bata de hospital, sino un pañal y una camiseta, y se había contraído de una forma que parecía imposible: tumbado de costado, hecho un ovillo, con el cuello y los hombros encorvados, enroscado hasta formar una maraña de manos y pies retorcidos, con una pierna a la altura de la cara —el tobillo rozaba la barbilla— y la otra perdida en una cacofonía de brazos, codos, rodillas y dedos deformados, con una mano fuera de ese maremágnum de miembros sobre el pecho para taparse los ojos. Daba la impresión de que el muchacho había hecho un nudo de su propio cuerpo para esconderse de sí mismo.

Dodo nunca había visto nada igual. Pero como estaba retorcido de forma inimaginable, enroscado como un primate, Dodo lo llamó Monkey Pants, porque parecía un mono sin pantalones. A decir verdad, Dodo nunca llegó a saber su nombre.

Ver a Monkey Pants de aquella guisa fue lo que le devolvió a Dodo la conciencia de la realidad, ya que a la explosión de sufrimiento que se abatió sobre él durante los primeros días en el Hospital Estatal Pennhurst para dementes y débiles mentales, fueron a sumarse las heridas sufridas al caer desde el tejado de la tienda de la señorita Chona. La caída lo redujo a un estado de inmovilidad absoluta. Se rompió los dos tobillos, la cadera y el peroné de la pierna derecha. Permaneció en el hospital de Pottstown, esposado a una cama, con las piernas colgando, durante una semana. Ni siquiera le quitaron las esposas cuando recobró el conocimiento, a pesar de tener las piernas inmovilizadas. Obviamente, los policías estaban furiosos.

Sí le quitaron las esposas cuando llegó en camilla a la oficina de admisiones de Pennhurst, donde lo examinó otro médico.

Llegó sumido en la confusión, ya que lo habían llevado a la sección hospitalaria de la institución, no de vuelta a casa para enfrentarse a la bronca por el desastre que había montado en casa de la señorita Chona. El hecho de que la tía Addie y el tío Nate no estuvieran en el hospital no le puso sobre aviso, porque nunca había estado en un hospital, ni siquiera después de perder el oído. Simplemente, supuso que los blancos del hospital lo estaban preparando para la llegada de sus tíos, que no tardarían en llevarlo de vuelta a casa.

Pero a medida que fueron pasando los minutos tumbado en la camilla, y al no ver a sus tíos por ninguna parte, empezó a impacientarse y le dio por forcejear intentando levantarse de la camilla. Dos celadores lo sujetaron mientras el médico le inyectaba algo que le produjo un consistente mareo y que, en cuestión de segundos, hizo que todo se desdibujara.

El médico midió su estatura, estimó su peso, le movió los brazos, comprobó sus ojos, habló brevemente con Dodo, que no logró entender ni una palabra porque el médico hablaba entre dientes con acento extranjero. De todos modos, aunque no hubiese hablado entre dientes, la niebla en la que estaba sumido hacía imposible que Dodo descifrase lo que le decía el médico. Al médico le llevó media hora declararlo imbécil.

Los celadores le pusieron una bata de hospital y recogieron sus efectos personales, que alguien, seguramente la tía Addie, había empaquetado con sumo cuidado, y entre los que se incluían una camisa, una corbata, algunas cosas pequeñas, zapatos, calcetines y varias canicas que Dodo siempre llevaba consigo a modo de amuleto y que la señorita Chona le había regalado; todo ello lo metieron en una bolsa. Dodo nunca volvió a ver sus pertenencias.

Lo colocaron en una camilla con ruedas y atravesaron dos series de puertas y varios pasillos largos. En ese momento, algo terrible empezó a filtrarse entre la densa niebla que se había apoderado de su cerebro. Su sentido del olfato, siempre fino, se había agudizado aún más desde que perdió el oído, y eso le llevó a captar la ligera sensación de un olor nuevo y terrible, apenas un matiz, como una especie de advertencia, algo muy leve, como un hilito que se soltase de una camisa, cuando se despertó por primera vez; el olor se elevó rápidamente y desapareció, como un duende que, de repente, asomase la cabeza por encima del suelo durante un instante y luego desapareciese. Tan solo un breve atisbo de algo horrible.

Pero ahora, mientras dejaba atrás, tumbado en la camilla, los alegres, pulidos y relucientes suelos de la oficina de admisiones y atravesaba varias series de puertas y pasillos, un túnel subterráneo y una rampa, la alegre atmósfera dio paso a un corredor en penumbra, y aquel olor espantoso empezó a ocuparlo todo, transformándose como si cobrase vida propia. Daba la impresión de brotar de las paredes de granito a medida que la camilla avanzaba, como si fuese musgo o enredaderas que surgiesen del suelo para cubrir las paredes. Aquel olor era algo vivo, respiraba y se apropiaba de las paredes, las ventanas y, en última instancia, de él, pasando de ser un olor fuerte a algo horrible y abrumador. Sintió que se ahogaba. Mientras la camilla recorría los pasillos, doblando una esquina tras otra, creyó que iba a desmayarse, pero el movimiento lo mantuvo consciente. El olor, por otra parte, le invadía una y otra vez, cada vez con más fuerza, transformándose en una vida nueva de la misma manera que crecían sus girasoles en el patio de la señorita Chona. Le encantaba verlos crecer y olerlos. Olían tan bien que, en más de una ocasión, imaginó que era la propia fragancia la que creaba las flores, y no al revés. Aquella fragancia atesoraba maravillosos mensajes. Hermosos. Alegres. Felices. Pero los olores en el hospital transmitían un mensaje diferente. Hablaban de crueldad. Ira. Profunda soledad. Y muerte. Y a medida que la camilla atravesaba aquellos pasillos, Dodo notó cómo se le contraía la boca del estómago y, finalmente, el contenido de su estómago ascendió por su garganta.

Levantó la cabeza y vomitó por encima de la camilla. El vómito cayó sobre los pantalones de uno de los celadores que le acompañaban, lo que provocó que los dos hombres se detuvieran, desapareciesen durante un momento y regresaran con una camisa de fuerza. Lo sentaron —con las piernas aún colgando—, se la colocaron alrededor del pecho y los brazos, apretaron las correas y reemprendieron la marcha. Hicieron rodar la camilla hasta llegar a la esquina más alejada de una amplia sala repleta de camas —el pabellón C-1— y allí lo dejaron.

Intentó incorporarse, pero no podía moverse, así que se tumbó boca arriba, agotado. Sollozó durante un rato y luego se durmió.

Cuando se despertó, giró la cabeza para mirar a su alrededor, lo primero que vio fue a Monkey Pants.

Solo les separaban unos veinte centímetros, y al ver por primera vez a Monkey Pants, retorcido hasta formar un horrible nudo, Dodo volvió a echarse a llorar.

Monkey Pants no parecía inmutarse. Aparentemente impasible, un ojo observaba con indiferencia a través de la maraña de brazos y piernas el llanto de Dodo. Al percatarse de su indiferencia, sintió que estaba siendo cruel, por lo que decidió hablarle a alguien de Monkey Pants y, para empezar, no volver a mirarle.

Dodo tenía las piernas suspendidas y no podía ponerse de lado, pero podía girar la cabeza, así que miró en otra dirección.

No había nadie a ese otro lado, aunque no le resultó tranquilizador. En aquella abarrotada sala había varias hileras de camas, todas, gracias al cielo, vacías, pues era de día y, al parecer, todos se habían ido a otra parte.

Así que se volvió hacia Monkey Pants, que lo miraba con aquel ojo suyo por entre la maraña de brazos y piernas.

Los dos chicos estuvieron mirándose durante un largo rato y, en ese momento, Dodo experimentó su segundo golpe de suerte del día; el primero había sido que lo dejasen en la sala a mediodía, cuando los celadores ya habían llevado a los desafortunados pacientes a la sala diurna. Y es que la enfermera que se encargaba de Monkey Pants, cuya afección, al cabo de treinta años, quedaría definida dentro del laberinto de la terminología médica como «parálisis cerebral», un término torpe e inútil, casi tan inútil como la idea de recluir a un niño con esa clase de problemas físicos en un manicomio donde normalmente se le sedaba todas las mañanas, se había olvidado de él. Cuando Dodo miró fijamente a Monkey Pants a los ojos, pudo apreciar, con total claridad, que se trataba de un niño.

—Monkey Pants —dijo.

El niño solo podía verle con un ojo, el otro se lo tapaba con una mano. Pero el ojo con el que miraba a Dodo se movió ligeramente. Apenas alzó la ceja. Entonces Monkey Pants movió los dedos y dejó a la vista un segundo ojo.

Dodo creyó apreciar algo parecido a una risita en el rostro de Monkey Pants.

No pudo oír nada, pero la maraña de miembros tembló ligeramente. Dodo sabía cómo era una risita agradable.

El hecho de que Monkey Pants se riera de él le irritó, así que volvió a decirle:

—Monkey Pants.

Y esta vez sí lo vio. Con toda seguridad. Monkey Pants bajó la mano y su boca esbozó una retorcida sonrisa. Luego habló.

Su cara se retorcía debido al esfuerzo y Dodo no podía entenderle en absoluto, porque solo era capaz de leer los labios y los labios de Monkey Pants se movían de forma extraña. Pero Dodo se sintió muy agradecido de hablar con una persona viva. Era como si alguien hubiese abierto una ventana y hubiera entrado por ella una ráfaga de aire fresco. No habían permitido que nadie lo visitase en el hospital. Había captado, de los labios de uno de los policías que custodiaban su habitación mientras hablaba con una enfermera, algo relativo a su tendencia a atacar a otras personas. Y aunque no tuvo oportunidad de explicarle a nadie, ni siquiera a la tía Addie, lo que había ocurrido, sabía que cuando en un problema estaban implicados los blancos, el problema adquiría otra dimensión. Si la señorita Chona estuviera allí, lo aclararía todo. Ella le ayudaría a explicarse. La tía Addie y el tío Nate estarían enfadados, pero también le ayudarían. ¿Dónde estaban? Le asaltó entonces el recuerdo de la señorita Chona tirada en el suelo con el vestido remangado, temblando como una loca, y la pelea con Doc Roberts, y el gesto de furia de la tía Addie al verlo huir de la policía, y se sintió totalmente abrumado y volvieron a brotarle las lágrimas.

Le picaban las piernas debido a las escayolas. Le dolía la cabeza. Necesitaba ir al baño y temía mancharse. Tenía una sed atroz. Levantó la cabeza y miró a su alrededor. No había ni un alma. Había camas vacías por todas partes y, en medio de la pared del fondo, una garita acristalada en la que se sentaban los celadores para vigilar a los pacientes. La garita estaba vacía.

Se volvió hacia Monkey Pants y sollozó:

—Quiero irme a casa.

Monkey Pants se movió. El espasmo de brazos y piernas enredados pareció hacerse más intenso cuando, muy despacio y con evidente dolor, apartó el brazo que tenía alrededor de su cabeza, dejando al descubierto una oscura cabellera y un rostro anguloso y apuesto. Su boca volvió a moverse, pero como su rostro se contrajo, Dodo no pudo leerle los labios. Sacudió la cabeza, pues no comprendió lo que decía.

Monkey Pants se detuvo un segundo, reflexionó y luego movió los ojos.

Miró a la izquierda. Miró a la derecha. Miró hacia arriba. Miró hacia abajo.

Dodo, mirándole fijamente, gritó llevado por la impaciencia:

—¿Qué estás haciendo, Monkey Pants?

Mucho tiempo después fue consciente de su buena suerte. Aquel primer día, estuvieron los dos solos en el pabellón, lo que fue un golpe de suerte increíble, ya que su lesión y un diagnóstico erróneo de sus capacidades mentales le habían llevado al pabellón de las llamadas bajas capacidades. Los celadores, cumpliendo con el desfile diario, se habían llevado a todos los instalados en dicho pabellón, un lamentable grupo de seres humanos drogados, noventa hombres en total, a la sala de día, una habitación sin más muebles que dos bancos en los que sentarse para mirar por la ventana durante horas, tirarse excrementos unos a otros y golpearse la cabeza contra las paredes si les apetecía. Aún no habían llegado los dos pacientes asignados para limpiar la sala de orines y heces y pulir el suelo con una pulidora antes de centrar su atención en los dos «bebés», Dodo y Monkey Pants, dos niños entre todos aquellos hombres, para limpiar sus camas y sus desechos corporales, moviéndolos de un lado a otro como trozos de carne. Es decir, estaban solos. Y durante las primeras cuatro horas, Monkey Pants le dio a Dodo una detallada conferencia sobre el fascinante y extraordinario arte de sobrevivir en una de las peores y más antiguas instituciones mentales de Estados Unidos.

Aunque no fue nada fácil. Ver a Monkey Pants dar una conferencia era como ver a un pulpo intentando darle la mano a un lanzallamas. Nada funcionaba como debía. El muchacho se esforzaba por comunicarse. Se le contraía el pecho. Fruncía los labios. Sus extremidades se agitaban de un modo salvaje, con ráfagas espasmódicas; daban la impresión de seguir su propio criterio sobre la dirección que querían tomar. El esfuerzo era titánico, agitaba los miembros, movía la boca siguiendo estallidos ininteligibles, deteniéndose al sentirse agotado, para proseguir justo después de recuperar el aliento... y agotarse de nuevo. Todo esto tuvo lugar varias veces antes de que Dodo dedujese que Monkey Pants intentaba decirle algo importante.

—¿Qué quieres?

Monkey Pants volvió a intentarlo, pero las sacudidas de sus miembros y el movimiento espástico de la cabeza no transmitían nada que tuviese sentido. Así pues, a pesar de sus esfuerzos y de incluso entrecerrar los ojos, Dodo rompió a llorar debido a la frustración y a la desesperación.

—¿Qué te pasa?

Las lágrimas no despertaron la empatía de Monkey Pants. Más bien al contrario, empezó a hacer patente su propia frustración. Contrajo el pecho y sus miembros se retorcieron de impaciencia con una agitación aún mayor, lo que hizo que Dodo se lo quedara mirando asombrado, pues aquellos movimientos transmitían una evidente irritación.

Pero, de repente, Monkey Pants se detuvo. Sus brazos y piernas, que habían estado golpeando los barrotes de hierro de la cuna, dejaron de moverse. Se tumbó boca arriba, juntó despacio sus piernas y sus brazos, los elevó como si fuesen las patas de una araña, y enrolló unos en otros de forma imposible por encima de su cabeza. En esa posición, con las piernas y los brazos retorcidos como *pretzels,* miró fijamente a Dodo, con tanta intensidad que sus ojos parecían faros.

Dodo observó cómo Monkey Pants miraba hacia arriba. Luego hacia abajo. Luego hacia arriba. Luego hacia abajo. Luego a la izquierda. Luego a la derecha. Repitió esos movimientos varias veces. Arriba. Abajo. Izquierda. Derecha. Estaba tratando de decirle algo. Pero ¿qué?

Dodo se cansó del asunto y, justo en ese momento, le vino a la cabeza una canción. No habría sabido decir por qué. La pérdida de audición no había disminuido su amor por la música. De hecho, lo había intensificado. A menudo arrastraba a su tío Nate a un camerino entre bastidores de la sala de baile del señor Moshe, donde había un viejo fonógrafo en el que el tío Nate escuchaba música. Le gustaba colocar las manos en el altavoz del fonógrafo para sentir la música mientras sonaba el disco. Poco importaba que solo pudiera oír una pequeña fracción. El mero hecho de sentirlo encendía la música en su interior. Y cuando a veces el tío Nate dirigía al grupo de trabajadores que limpiaban el teatro del señor Moshe cantando su viejo himno evangélico favorito, «I'll Go Where You Want Me to Go», Dodo desafinaba, para diversión de los demás.

—Conozco una canción, Monkey Pants —dijo—. ¿Quieres oírla?

Sin esperar respuesta, empezó a cantar.

Iré a donde Tú quieras que vaya.
Diré lo que Tú quieras que diga.
Señor, seré lo que Tú quieras que sea.

Monkey Pants se quedó mirando, sin pestañear, con los ojos muy abiertos y las cejas arqueadas. En ese momento, Dodo se sintió reconfortado y un poco menos solo.

De repente, Monkey Pants volvió a agitarse. Tumbado boca arriba, empezó a balancearse, girando a izquierda y derecha, sus delgados y torpes brazos y piernas se movían de manera alocada mientras intentaba separar aún más su cara de sus brazos y piernas. Parecía imposible. Los brazos y las piernas se enroscaban como espaguetis, se separaban y volvían a enroscarse. Pero, con gran esfuerzo, los miembros empezaron a desenrollarse y los brazos se arquearon hacia el techo. Su brazo derecho, en concreto, que parecía moverse por cuenta propia más que cualquier otra parte de su cuerpo, fue el primero en liberarse. Se elevó en el aire por encima de su cara y luego golpeó contra el lado derecho de la cuna, como si fuese una manguera a presión que se hubiese soltado y rociase agua en todas direcciones. El brazo izquierdo le siguió, agarrando uno de los tobillos que parecía querer moverse también por sí solo, empujando lentamente la pierna y separándola de su pecho, apartándola de él. De ese modo, la parte superior de su cuerpo volvió a quedar libre de tobillos, piernas y pies. A continuación, el brazo izquierdo se coló por entre los barrotes de acero de la cuna en dirección a Dodo.

Dodo pudo ver con claridad la cara del muchacho, tumbado boca arriba con la cabeza vuelta hacia él.

Se miraron fijamente y, en ese instante, algo extraordinario tuvo lugar.

Fue como si la magia que había invocado el himno que había cantado Dodo hubiese entrado en aquella estancia. Los dos chicos fueron conscientes de la situación del otro. Se produjo entre ambos una transmisión de conocimiento, de sabiduría, que nadie más allá de ellos podía poseer: supieron que eran niños entre hombres, con mentes extraordinarias atrapadas en cuerpos que no permitían que aflorara ni una milésima parte de los pensamientos y sentimientos que albergaban. Monkey Pants le hizo saber a Dodo que si quería sobrevivir como niño entre aquellos hombres, debía actuar con sabiduría y tenía que atender a lo que iba a decirle.

Dodo se encontró mirando directamente a Monkey Pants, que hizo algo asombroso.

Se llevó una mano temblorosa a la cara y con un dedo se cubrió los labios. Como diciendo «Shh».

Y en ese preciso momento Dodo lo entendió: tenía que hacerse el tonto. Comportarse como un estúpido. No tenía que decir ni una sola palabra. Esa era la única manera.

Dodo sintió movimiento y giró la cabeza para ver qué ocurría a su espalda. Contempló aterrorizado cómo una figura oscura atravesaba la puerta del pabellón, luego otra, cuando varios hombres entraron dando tumbos: figuras corpulentas, con todo tipo de discapacidades, palpándose a sí mismos, algunos de ellos medio desnudos, temblando, cabeceando; ni un solo niño entre ellos. Dodo se volvió hacia Monkey Pants asustado, pero Monkey Pants se había acurrucado de nuevo. Dodo entendió después que aquella era su habitual postura de protección, con la rodilla izquierda cerca del pecho y los brazos retorcidos por encima de la cabeza, la otra pierna levantada por encima del pecho, de modo que el tobillo casi le llegaba a la cara. Dodo sintió el olor a heces frescas procedente de la cama de Monkey Pants y supuso que este había manchado el pañal. Cuando los pacientes se acercaron a él para arremolinarse en torno al recién llegado, para tocarlo y zarandearlo, Dodo comprendió, incluso entonces, que su nuevo amigo ensuciaba el pañal para alejar el peligro, para desviar la atención de Dodo, para ofrecerle a Dodo un atisbo de luz en una tierra de tinieblas. A pesar del olor a mierda y orina, Dodo entendió aquel acto como lo que era: un gesto de afecto y solidaridad. Y por eso estaba agradecido.

13
Vaquero

Moshe se apoyó en la barandilla del pabellón exterior que se alzaba sobre la pista de patinaje de Ringing Rocks y miró a su alrededor con aire distraído y una mano metida en el bolsillo para protegerse del frío. A su espalda, varios patinadores adolescentes que tomaban chocolate caliente se reían, esquivando y lanzando ligeras bolas de nieve que pasaban silbando muy cerca del hombre bajo y rechoncho con sombrero de fieltro, abrigo largo y un puro apagado a medio consumir. Moshe los ignoró.

Le encantaba ir a la pista de hielo de Ringing Rocks, a las afueras de la ciudad. Las rocas que daban nombre al lugar eran toda una atracción turística, una curiosidad geográfica de la Edad de Piedra. Si se golpeaban con un martillo, sonaban en diferentes tonos. La pista de patinaje y la torre con su pabellón se construyeron junto al grupo de rocas para alojar a los turistas. Para Moshe era una liberación subir a lo alto del pabellón y contemplar las montañas que rodeaban el bosque del condado de Berks. Entonaba una *Birkot Hashajar,* una oración matutina que le ayudaba a liberar la mente, despejar la cabeza y disfrutar de un descanso temporal del caos que entrañaba todo lo relacionado con su teatro. Empezó a llevar a cabo esa clase de salidas aconsejado por su viejo amigo Malaquías. Su amigo, que había embelesado a los que estaban en el teatro con sus frenéticos bailes al son de la gloriosa música del gran Mickey Katz, le había escrito en varias ocasiones desde un pequeño asentamiento judío en Janów Lubelski, Polonia, donde por fin había logrado abrir, quién lo iba a decir, una granja avícola, donde vendía huevos y pollos *kosher*. Las cartas de Malaquías transmitían siempre su habitual entusiasmo desbordante, en ellas ensalzaba las virtudes de la vida en el campo y las divertidas existencias de los clientes con los que trataba. Moshe admiraba la capacidad de adaptación de Malaquías tras cada uno de sus fracasos, a pesar de su apego a las viejas costumbres. Las cartas de Malaquías tenían siempre un sencillo toque humorístico, y Moshe siempre intentaba devolverle también el gesto.

Tenía intención de escribirle a su viejo amigo esa mañana y había previsto contarle cosas ligeras, sin excesiva importancia, pues esa era la regla tácita entre ambos: que todo pareciese brillante y alegre. Pero en ese momento Moshe no tenía nada por lo que alegrarse. Su mujer estaba en coma, ingresada en un hospital de Reading. Los médicos no sabían qué hacer con ella. El niño estaba en manos del estado. No quería pensar en ello. Había caído en una espiral horrenda. ¿Cómo era posible?

Miró a los patinadores y dejó escapar un suspiro. Chona había insistido en acompañarle a la pista de patinaje desde que llegó el niño. Formaban una peculiar familia: el comerciante judío, su esposa discapacitada y su hijo negro de doce años subían la colina hasta el aparcamiento en su viejo Packard y se detenían a no más de diez metros de la entrada de la pista, donde no hacía muchos años habían colocado un cartel que decía PROHIBIDO EL PASO A JUDÍOS, PERROS Y NEGROS. Ese cartel ya lo habían retirado, pero cuando iban allí, Chona nunca patinaba. Ni una sola vez. Tampoco permitía que el niño patinase. Ella se excusaba afirmando que el pie le impedía patinar, pero Moshe sabía que ese no era el motivo. Chona podía hacer lo que se propusiera. Podría haberse encargado un patín especial a medida. Marv Skrupskelis habría hecho cualquier cosa por ella, le habría confeccionado uno en un segundo. Y el niño no necesitaba patines. Podía volar por la pista con sus zapatos, era tan atlético. Moshe intentó convencer a Chona de que le dejara patinar, pero ella se negó en redondo. En lugar de eso, le ordenaba:

—Ve a la torre y fúmate el puro.

Él accedía encantado. Subía a la cima y se fumaba su puro tranquilamente, observando desde lo alto cómo su mujer y el niño trepaban por entre las rocas sonoras. Se fijaba en cómo ella golpeaba las rocas con un martillo mientras el niño colocaba las manos sobre ellas para sentir las vibraciones. A Moshe aquello le parecía una tontería, incluso llegó a decírselo, pero Chona no estaba de acuerdo.

—Las rocas son tan viejas como la tierra. Puede oírlas un poco. Son útiles para él —le dijo.

«Útil», pensó Moshe con amargura. «Así pensaba ella. Siempre ayudando a los demás. Y ahora mira. ¿Quién iba a ayudarlos ahora?»

—Todo eso ha quedado atrás —dijo en voz alta, ignorando a los adolescentes que se reían a su espalda y jugueteaban con el extraño hombre de la barandilla, que mordisqueaba un puro apagado y se comportaba como si ellos no estuvieran allí. Una bola de nieve errante aterrizó cerca de sus pies, así que Moshe se acercó a un banco, se limpió los restos de nieve, se sentó, sacó papel y bolígrafo y empezó a redactar su carta a Malaquías.

Garabateó deprisa, con el puro apagado entre los dientes, ignorando el frío que sentía en las manos. No era solo que Chona estuviera en el hospital, escribió. Ni el niño negro internado en el manicomio, que sin duda también era una mala noticia. Se trata del teatro, le explicó. Los tiempos están cambiando. «Tenías razón», escribió. «Los judíos de aquí ya no quieren teatro yidis, ni música yidis, ni diversión alguna. Quieren cosas americanas. Quieren ser vaqueros. Incluso los músicos negros de jazz se han vuelto difíciles. Anoche fue la gota que colmó el vaso.»

Hizo una pausa, pues estaba decidido a contarle a Malaquías con pelos y señales los sucesos de la noche anterior. Lo intentó tres veces, tachó lo que había escrito, dejó de escribir y reflexionó sobre cómo explicar lo ocurrido. Reflexionó durante un rato, ya que no tenía claro cómo proceder, mientras el frío empezaba a abrirse paso por el cuello de su abrigo, pues había olvidado llevarse una bufanda. Metió la mano en el bolsillo en busca de una cerilla para encender el puro, no la encontró, reflexionó un poco más y luego, simplemente, garabateó: «Para que lo sepas, estoy pensando en marcharme».

Fue el incidente de la noche anterior lo que le llevó a plantearse esa posibilidad. Después de dejar a Chona en el hospital, corrió al teatro, llegó a las siete y media —excesivamente tarde, habida cuenta de que abría a las ocho—, y allí se encontró con un lío.

Había contratado a la banda de Lionel Hampton y a la de Machito y sus Afrocubanos para que actuasen dos días. Los Afrocubanos habían sustituido en el último momento al cabeza de cartel original, Louis Armstrong, que tuvo que quedarse en Denver por culpa del mal tiempo. El punto de partida, obviamente, no era el más adecuado. El representante de Armstrong era el poderoso Joe Glaser, de Nueva York. Glaser le había ofrecido un sustituto, pero Moshe, distraído por la enfermedad de Chona y harto de tener que pagar siempre el enorme porcentaje que se llevaba Glaser, lo rechazó y decidió contratar él mismo al sustituto. Llamó a su viejo amigo Chick Webb. Pero, por desgracia, su viejo amigo, el primer negro al que había contratado, el jorobado genio de la música, estaba muy enfermo.

—Contrata a Mario Bauzá y sus Afrocubanos —graznó Webb por teléfono—. Son fantásticos.

Así pues, contrató a los Afrocubanos para honrar al enfermo Webb, porque estaba seguro de que su público de Chicken Hill no tenía ni idea de quiénes eran Mario Bauzá, Machito y los Afrocubanos. Mario era un músico maravilloso y Moshe estaba seguro de que los Afrocubanos serían estupendos. Pero había dado por sentado que los Afrocubanos serían los teloneros y que el grupo de Hampton cerraría como cabeza de cartel. Debería haberlo pensado con especial atención antes de que se presentasen allí los dos grupos. En lugar de eso, cuando la noche anterior iba caminando entre bastidores, vio que las dos bandas estaban enzarzadas en una discusión: la mujer de Lionel Hampton, Gladys, que dirigía la banda de su marido, y Mario Bauzá, que dirigía a los Afrocubanos, se peleaban por establecer quién tocaría el último.

—Nosotros tocamos los últimos —dijo Gladys—. Somos los cabezas de cartel.

—Podéis tocar los primeros —dijo Mario.

—Actúa según la edad que tienes, Mario, no según tu color. Si no, puedes irte a la porra.

—Las damas primero, Gladys —dijo Mario.

Cuando Moshe cruzó la puerta, ambos se volvieron hacia él.

—¡Moshe! —exclamó Gladys—. Será mejor que nos aclares esto.

Moshe se quedó en la entrada del escenario, temeroso de hablar —odiaba los enfrentamientos—, mientras los integrantes de las dos bandas, vestidos ya con traje y corbata, se arremolinaban ansiosos, aferrados a sus instrumentos y fumando nerviosamente, fingiendo que no escuchaban.

Miró la hora en su reloj.

—Son casi las ocho —dijo con resignación—. ¿No podéis solucionarlo vosotros?

Dio la impresión de que se dirigía a ambos, aunque en realidad le estaba hablando a Mario, el más frío de los dos. Mario era tranquilo, tenía cierto aire profesoral. Gladys, en cambio, era un huracán. Era una negra guapa, siempre vestida de punta en blanco, capaz de pelearse con cualquier hombre del mundillo.

En lugar de responder, Mario, un latino elegante vestido con traje azul, pajarita y finas gafas de montura metálica, se acercó al cartel que colgaba de la pared, uno de los pocos que Moshe había conseguido imprimir en el último momento para anunciar el concierto. Apoyó el dedo sobre las palabras «Con Mario Bauzá y Machito y los Afrocubanos». Lo hizo con calma, como un profesor de economía que señalase una ecuación a los alumnos de la clase. Luego dijo:

—Gladys, ¿qué significa esto?

—Significa que sabes leer inglés.

—Significa que somos los cabezas de cartel.

—No, no es así. Pops era el cabeza de cartel —dijo Gladys, utilizando el nombre con el que los músicos se referían cariñosamente a Louis Armstrong.

—Así es —dijo Mario—, y nosotros hemos venido a sustituirlo.

—Mario, podrías mirarte diez veces al espejo y peinarte diez veces, y, aun así, Pops no te devolvería la mirada desde el espejo.

La calma profesoral de Mario se disipó y murmuró en español:

—Tienes razón. Te pareces mucho más a Pops que a mí. Eso es un hecho.

Varios de los afrocubanos que estaban cerca soltaron una carcajada.

Gladys se volvió hacia uno de los miembros de su banda.

—Pedro, ¿qué ha dicho?

El hombre apartó la mirada y dijo entre dientes:

—No lo sé, Gladys.

Gladys se volvió hacia Mario y señaló el escenario.

—¡Muy bien, mierda con patas! ¡Ponte a trabajar!

—¡Ya estoy trabajando!

—¡El contrato dice que somos los cabezas de cartel!

—¿Qué contrato? —replicó ella.

—¿Leíste el contrato, Gladys?

—¡Tocamos en DC el mes pasado con Pops y fuimos los últimos, Mario!

—¡Eso fue en DC! —espetó Mario—. Esto es Potthead... Pottsville...

—*Pottstown* —intervino cortésmente Moshe.

Mario estaba furioso. Miró a Moshe y murmuró en español:

—¡Todo alrededor de este maldito lugar está sumido en la niebla!

Gladys intervino.

—¡Deja de parlotear, pajillero engreído! ¡El público está esperando! ¡Sal de una vez para que podamos ganarnos el pan y seguir nuestra ruta!

El insulto golpeó como un rayo al recatado Mario y pudo apreciarse la rabia en su rostro. Antes de que pudiera responder, Moshe intervino.

—¡Por favor! —dijo.

Ambos le miraron fijamente. Se quedó petrificado, con la vista clavada en las tablas del suelo, deseando desaparecer bajo ellas. Odiaba esa clase de momentos. No tenía ni idea de qué hacer. Ojalá Chona estuviese ahí. ¿Cuántas veces le había ayudado a resolver esa clase de cosas de antemano, le había hablado de los problemas, le había hecho ponerse firme y le había indicado la dirección correcta? Miró al marido de Gladys, Lionel Hampton, con la esperanza de que le echase una mano, pero el gran músico estaba en un rincón alejado junto a sus vibráfonos, que tenían ruedas, listos para salir al escenario. Hampton parecía concentrado en sus mazos, que sin duda necesitaban todo tipo de manipulaciones y ajustes.

—A lo mejor Mario podría tocar el último... esta noche —dijo Moshe con un hilo de voz—. Vosotros podéis ser los últimos mañana...

Gladys giró sobre sus talones y se dirigió al teléfono público antes de que él terminara de hablar.

—Voy a llamar a Joe Glaser —dijo.

Eso lo hizo pensando en Moshe. Si Joe Glaser descubría que había programado a otra banda a sus espaldas, estaba hundido. Respecto a las contrataciones, Glaser era el mandamás. Si traicionaba a Joe Glaser, las lucrativas escalas de las que dependían los teatros pequeños como el suyo —los Louis Armstrong, los Duke Ellington, los Lionel Hampton— desaparecerían.

Él gritó:

—¡Espera, Gladys, por favor! ¡Dame un minuto!

Gladys hizo una pausa y miró hacia atrás, asintiendo con satisfacción al ver que Moshe tocaba gentilmente el codo de Mario y lo conducía por una puerta lateral, alejándose de los demás. La puerta daba a un pasillo que separaba el escenario del salón de baile.

Moshe estaba de espaldas a la pista, con el bullicio de la abarrotada sala zumbando a sus espaldas, y miró a Mario, con el gesto del rostro tensado por la furia.

—Nunca más volveré a tocar en esta ciudad de mierda —dijo Mario.

—Cometí un error, Mario. Lo siento.

—Deberías haber resuelto esta cuestión antes. Ya sabes cómo es Gladys.

—No pude localizarla.

—Esa loca vive colgada del teléfono.

—Estaba en la carretera, Mario. Yo estaba... Mi mujer está enferma.

Mario asintió escuetamente, dio la impresión de relajarse un poco.

—Eso he oído. ¿Qué le pasa?

Moshe suspiró.

«Tiene» no le pareció la palabra adecuada. La gente «tenía» gripe.

—Es un tumor cerebral... o algo así. Los médicos... Hubo una pelea en su tienda... Sufrió un fuerte ataque. Todavía no se ha recuperado.

El gran músico, apretando la trompeta contra el pecho con ambas manos, miró a Moshe durante un largo rato; el color fue regresando poco a poco a su rostro. Entonces, la habitual amabilidad paciente por la que era tan conocido el gran trompetista volvió a verse reflejada en su rostro. Miró su instrumento y tocó las válvulas con los dedos, nervioso.

—Eso son malas noticias, mijo. Las hay por todas partes. Chick también está enfermo.

—Lo sé. ¿Lo has visto?

Mario asintió, frunciendo el ceño y con la mirada clavada en el suelo.

—No está bien, mijo. No está nada bien.

Los dos hombres guardaron silencio durante un momento. Moshe, pensando en el gran Chick Webb, tan cordial y talentoso, aporreando su batería, riendo alegre, gritando a su atronadora banda mientras los asistentes bailaban, su música rugiendo por el gran Teatro y Sala de Baile Auténtico Americano, aportándole algo de luz a la vida de Moshe, a su teatro, a la ciudad y a su mujer. Era demasiado duro y Moshe se encontró enjugándose las lágrimas.

—Lo estoy perdiendo todo —dijo.

Mario suspiró y dijo:

—Empezaremos nosotros.

Moshe se recuperó y se aclaró la garganta.

—Mi primo Isaac dirige los Teatros Seymour en Filadelfia. Le pediré que te programe allí. Lo haremos el año que viene, después de ir al oeste. Entonces podrás venir aquí.

—¿Vas a contratarme a través de Joe Glaser o directamente? —preguntó Mario.

—Como tú lo prefieras.

—No quiero hacer nada con Glaser. Quiero hacer las cosas a través de mi gente —dijo Mario—. Permíteme que te enseñe una cosa.

Moshe estaba apoyado en la puerta. Mario lo apartó suavemente y abrió la puerta tras él. El sonido de una animada charla en español llegó hasta el pasillo. Mario volvió a cerrar la puerta.

—¿Has oído eso?

—¿El qué?

—Eso es español, mijo. Ese es el sonido del futuro. Esta gente no quiere swing. Quieren descarga, ponchando, tanga, guajeos de piano, mamba, afrocubano. El swing no les basta.

Moshe no pudo evitarlo. El promotor que llevaba dentro despertó de golpe y pensó: «¿De dónde ha salido toda esta gente? ¿De Reading? ¿Phoenixville? ¿Dónde puso Nate los carteles?». Se sintió un tanto avergonzado, pues estaba pensando en negocios mientras su mujer estaba en el hospital luchando por su vida. Pero, después de todo, era una oportunidad.

—No sabía que hubiera tantos españoles por aquí —dijo en voz baja.

Mario sonrió.

—Para ti, son españoles. Para mí, son puertorriqueños, dominicanos, panameños, cubanos, ecuatorianos, mexicanos, africanos, afrocubanos. Muchas cosas diferentes. Muchos sonidos diferentes mezclados. Eso es América, mijo. Tienes que conocer a tu gente, Moshe.

Mario abrió la puerta de los bastidores, llamó a su banda y, momentos después, Moshe contempló asombrado cómo los afrocubanos procedían a incendiar el papel pintado de las paredes del Teatro y Sala de Baile Auténtico Americano con los ritmos latinos más salvajes y calientes que Moshe había oído nunca. El público enloqueció, bailando como demonios. Y cuando Mario y los suyos terminaron, los integrantes de la banda de Lionel Hampton subieron al escenario desmoralizados, su música swing no caló en aquellos oídos ya ambivalentes, dejando incluso a los habituales clientes negros clavados en sus asientos, bebiendo, charlando, carcajeándose y riendo, tomándose ese tiempo como una oportunidad para descansar los pies que habían arrastrado toda la semana barriendo suelos, sirviendo café, vaciando cubos de basura y transportando hielo. Era una lección. Y Moshe la entendió en toda su magnitud.

Sentado en la plataforma de la pista de patinaje sobre hielo de Ringing Rocks, justo cuando empezaba a nevar, Moshe volvió a sacar la carta que le estaba escribiendo a Malaquías. «Tienes razón», escribió. «Las viejas costumbres no sobrevivirán aquí. Hay demasiados tipos de personas. Demasiadas formas diferentes. Quizás debería hacerme vaquero.»

Selló la carta y la envió.

Tres semanas más tarde, Moshe recibió por correo un paquete cuidadosamente envuelto en una serie de tres cajas, con papel de periódico en cada una de ellas, y cada caja cuidadosamente atada con un cordel que llevaba una etiqueta en la que se leía: FRÁGIL. Tardó unos veinte minutos en abrirlo, y cuando por fin lo logró, se echó a reír, porque dentro había un diminuto par de pantalones vaqueros hechos de lo que parecía ser una especie de suave tela de algodón, demasiado pequeños para ponérselos, de tamaño infantil, con volantes a los lados y con una diminuta estrella de David cosida en la parte de atrás. Adjunta a ellos había una nota de Malaquías en yidis que decía: «Pruébatelos, vaquero».

Moshe respondió devolviendo aquellos horribles pantalones en un paquete aún más difícil de abrir. Los enrolló en una bola apretada, los metió en una lata metálica de tabaco, llenó la parte superior de la lata con papel de periódico y hojas de maíz, y luego introdujo la lata en otra lata de café más grande que selló con cera. A continuación, entró en el teatro y le dijo a Nate, que estaba en lo alto de una escalera arreglando una de las poleas del telón, que quería cerrarlo con soldadura.

Nate, desde allí arriba, se quedó mirando en silencio un momento y luego dijo:

—¿Qué has dicho que quieres?

—Soldarlo. Quiero enviarlo al extranjero, a mi amigo Malaquías. Es una broma.

—No sé soldar.

—¿Conoces a alguien que sepa?

—Fatty aprendió a soldar en la fábrica Flagg. Él sí sabe. Se pasa el día soldando cosas.

—¿Podrías pedírselo?

Se hizo un largo silencio. Desde el suelo, Moshe observó cómo Nate alzaba la cabeza para mirar fijamente las oscuras sombras de la pasarela de arriba, la red de poleas, cuerdas y varillas metálicas esqueléticas que ocupaban la parte alta del escenario.

—Lo haré.

Moshe dejó la lata en el suelo. El placer que le causó ese absurdo diálogo le alegró el corazón y empezó a pensar con más claridad: en su mujer, en su situación y en la de Dodo, a quien su mujer quería tanto. Por primera vez se le aclaró la mente y llamó:

—Nate, ¿puedes pedirle a Addie que venga al teatro? Quiero hablarle de Dodo.

—¿Por qué?

—Tú sabes adónde lo enviaron, ¿verdad?

Se hizo el silencio. Desde su ventajosa posición, Moshe solo podía ver la suela de los gastados zapatos de Nate, que tenía la cara vuelta mientras trabajaba con la polea en lo alto de las vigas del escenario.

Nate habló despacio y sin transmitir emoción ninguna. Había algo en su inexpresivo tono de voz que no sonaba bien.

—Supongo que podrá hablar con Addie de ello cuando vaya a ver a la señorita Chona hoy —dijo.

—De acuerdo. La traeré aquí. Quiero hablar del asunto. Contigo. Y con ella. Y con mi primo Isaac.

—Está bien, señor Moshe. Ya ha hecho suficiente —dijo Nate—. Ahora está en manos de Dios.

—Pennhurst no es lugar para un niño.

Se produjo un momentáneo silencio en lo alto de la escalera.

—Como le he dicho, señor Moshe, ahora está en manos de Dios.

Moshe se dio la vuelta y se marchó a su despacho, perplejo. «Todavía hay muchas cosas sobre América y los negros», pensó, «que no comprendo.»

Pero si hubiera subido al andamio y se hubiera encaramado a la pasarela del escenario y hubiera visto claramente la cara de Nate, incluso a unos metros de distancia, se habría dado la vuelta y habría saltado del andamio y huido del escenario y del teatro, porque Nate, en lo alto de la escalera y con un martillo en una mano y una llave inglesa en la otra, miraba distraídamente a la pared, con los ojos ardiendo de una rabia oscura y asesina.

14
Diferentes pesos y medidas

Al final de Pigs Alley, en Chicken Hill, frente a una vieja choza destartalada con un cartel en la puerta en el que se leía: CANTINA DE FATTY. CUIDADO. DIVERSIÓN EN EL INTERIOR, el propietario estaba de pie en el porche delantero, con una expresión en el rostro que hablaba de cualquier cosa menos de diversión. Su mirada se posó en una pila de leña cerca de las escaleras del porche. La pila, de casi un metro de altura, estaba formada por una maraña de sillas rotas, listones de madera desechada y ramas de árbol que servían para alimentar la estufa de leña del local. Fatty, con camisa de franela, chaleco gris, pantalones desgastados y un sombrero de copa baja, se acercó a la pila y se sentó encima, con los brazos cruzados, ensimismado.

Eran las dos de la madrugada y en el interior del garito la animación no había cesado. Habitualmente, que el chirriante gramófono hiciese sonar los aullidos de Erskine Hawkins por encima de las risas de los clientes suponía una buena noticia. Pero en ese preciso instante, para Fatty no se trataba de una buena noticia. En absoluto. Allí dentro había un problema. Uno bien grande.

Nate Timblin estaba en la cantina, sentado solo en una de las desvencijadas mesas, bebiendo.

Fatty se apoyó en la pila de leña y maldijo en silencio su suerte. La puerta del garito se abrió. Salió por ella Rusty, con una botella de cerveza en la mano, se sentó también sobre la pila de leña, junto a Fatty, dio un trago.

—¿Sigue a lo suyo? —preguntó Fatty.

Rusty asintió.

—¿Qué está bebiendo?

—Sorbiendo su brebaje, Fatty. Un vaso tras otro. Sabrá Dios cuánto ha bebido ya.

Fatty suspiró y se quedó mirando hacia Pigs Alley, analizando el problema mientras contemplaba el callejón.

—¿Por qué estás tan preocupado? —preguntó Rusty.

—Nate Timblin pasándose de la raya en mi cantina. Eso es lo que me preocupa.

—Deberías haberlo pensado dos veces antes de meterte en este fregado.

Fatty asintió en silencio. Se echó hacia atrás, con la mirada fija en Pigs Alley, y reflexionó con calma, como lo haría un abogado. Era un problema complicado.

—¿Quieres que le pida que deje de beber? —preguntó Rusty.

—¿Acaso vuelan los burros? —replicó Fatty.

—Nate no le haría daño a nadie —dijo Rusty—. Yo nunca lo he visto enfadado. Nunca.

—Y ya te digo yo que no te gustaría verlo enfadado.

—¿Tú sí lo has visto?

Fatty, por lo general de muy buen talante, se molestó.

—¿Quién ha dicho que lo haya visto?

Rusty se encogió de hombros, se puso de pie, subió las escaleras del porche y volvió a entrar. Fatty lo vio alejarse y se lamió el labio superior hinchado, del que hacía poco le habían quitado doce puntos. Fue por culpa de aquel labio roto y del diente que le faltaba —gentileza de su amigo Big Soap— por lo que se había visto metido de pies a cabeza en todo ese embrollo. Si Big Soap hubiese limpiado la manguera como él le había pedido, el inspector no habría sacado de ella el cacahuete. Si el inspector no hubiera sacudido la manguera, no los habrían despedido a los dos. Si no los hubieran despedido, él no habría dejado que Big Soap le partiera la boca. Y si Big Soap no hubiera sido tan imbécil y no se hubiera tomado en serio su invitación, es decir, si no le hubiese partido el labio en dos y no le hubiera arrancado un diente, él no habría ido a Filadelfia y no se habría metido en todo ese lío.

—Maldita sea —dijo—. Necesito amigos nuevos.

Se frotó la mandíbula, intentando de ese modo aclarar sus pensamientos. Le habían partido el labio y le faltaba un diente, y necesitaba que le arreglaran ambas cosas. En Pottstown no había ningún lugar seguro donde pudieran hacerle algo así. Nadie en su sano juicio acudía a Doc Roberts, ni siquiera antes de que aquel malnacido hiciese encerrar a Dodo, el sobrino de Nate. La sala de urgencias del hospital de Pottstown llamaba la atención de la policía, así que también quedaba descartada. Eso dejaba como única posibilidad a Doc Hinson, el médico de color de Reading. Pero Doc Hinson era uno de esos buenos negros estilo Booker T. Washington. No sentía ninguna clase de afecto por la gente de color que frecuentaba las cantinas. Filadelfia era más seguro. Así que se subió a su coche y se dirigió a casa de su primo Gene, donde le esperaban más infortunios.

Gene, cuatro años mayor que él, la persona de la que Fatty lo había aprendido todo siendo niño, era uno de los más llamativos ejemplos de éxito entre la comunidad negra de Pottstown; si no se tenía en cuenta a Chulo Davis, el estupendo batería a quien dispararon y cayó muerto sobre un cuenco de judías mientras tocaba con los Harlem Hamfats en Chicago. Gene, a diferencia de Chulo, puso todas sus aspiraciones en Filadelfia, donde tropezó con una chica negra de la alta sociedad cuyo padre poseía una próspera tintorería en el barrio de Nicetown. El padre murió de un ataque al corazón poco después de que ambos se conocieran y Gene, un hombre brillante y emprendedor, fue consciente como por ensalmo del gran amor que sentía, de lo mucho que su corazón anhelaba, abrumado por la voraz necesidad de hacer suya a una chica que, según le dijo a Fatty, era «todo un chollo». Fatty opinaba que la cara de la chica en cuestión era lo bastante agria como para cuajar la leche de una vaca con solo mirarla, pero como Gene era más feo que pegarle a un padre, hacían buena pareja. Tras la boda, Gene se hizo cargo de la tintorería. Siempre disfrutaba de las visitas de Fatty. Suponían un alivio de las constantes demandas de su mujer relativas a la preparación de su hija para el cotillón de la organización Jack and Jill, donde los negros más pretenciosos se reunían para ir asintiendo aquí y allá mientras hablaban y sostenían con amaneramiento copas de champán barato con sus nudosas manos, acostumbradas a lo largo de los años a apretar el tabaco y a cachetear a los cerdos en el sur, de donde procedían la mayoría de ellos, algo que habían olvidado ahora que disfrutaban de la vida en Filadelfia y se esforzaban por parecerse a los blancos. A Gene esas cosas le volvían loco y varias veces le había pedido a Fatty, que no estaba casado, que se fuera a vivir con él, pues, según afirmaba, en Filadelfia abundaban las mujeres.

Fatty hizo caso omiso de ese consejo, pero cuando le rompieron el labio, Gene se le antojó la opción perfecta. Su plan consistía en ir a casa de Gene, encontrar a alguien que le arreglara la boca, pasar un par de días con su primo y regresar a Pottstown lo antes posible. En vez de eso, resulta que llegó a Filadelfia dos días después de que su querido primo hubiera caído en desgracia.

Gene había comprado una autobomba de agua tirada por caballos a una compañía de bomberos de Filadelfia ubicada justo al final de la calle en la que vivía. La autobomba era una reliquia, una chatarra de la que la compañía de bomberos quería deshacerse, ya que hacía años que habían optado por los vehículos de gas. Gene pagó por aquel cacharro, lo llevó hasta su patio trasero con su viejo camión, llenó el depósito con ciento cincuenta litros de agua, después se le ocurrió acudir a una elegante caballeriza del barrio de Chestnut Hill, y una vez allí, en un arrebato de la típica cordialidad de Pottstown y de parcialidad sureña respecto a los blancos, a la que los habitantes de color de Pottstown estaban muy acostumbrados, ya que muchos de ellos habían pasado la mayor parte de sus vidas ejerciendo de conserjes y criadas, convenció al propietario blanco de que le alquilase uno de sus caballos. Los corceles de la Compañía Ecuestre de Chestnut Hill eran unas criaturas soberbias: caballos de carreras retirados; unos animales preciosos, muy bien criados, que los amantes de los caballos de la clase acomodada de la ciudad habían salvado de la muerte. Estas orgullosas criaturas disfrutaban hasta el día de su muerte de unas vidas fáciles, pues se dedicaban únicamente a trotar por un sendero ecuestre de quince kilómetros de largo, que atravesaba el parque Fairmount, uno de los parques urbanos más grandes de Estados Unidos. La Compañía Ecuestre Chestnut Hill era un club exclusivo, vetado a negros y judíos, por supuesto, así que la idea de que un negro se acercara a la entrada para solicitar entrar en el club y alquilar una de sus orgullosas monturas era simplemente absurda. Pero dio la casualidad de que el domingo por la tarde en que Gene se acercó allí, el propietario de dicha institución, un viejo cuáquero llamado Thomas Sturgis, plenamente consciente de la historia abolicionista y de la relación con los negros de su comunidad religiosa, acababa de recibir una carta de un cuáquero moribundo que le recordaba un glorioso sermón sobre la autosuficiencia de los negros que ambos habían escuchado con deleite de boca de Booker T. Washington, uno de los más destacados líderes de la comunidad negra, en el centro de reuniones cuáquero de la ciudad años atrás. El recuerdo de las palabras de aquel gran líder negro, así como el hecho de que fue su amigo, ahora moribundo, el que le animó a asistir a aquella estimulante conferencia, conmovieron a Sturgis. De ahí que el viejo cuáquero decidiese que, estando en el año 1936, setenta y un años después del final de la Guerra Civil, donde se puso fin a la esclavitud, había llegado el momento de que un buen negro pasase a formar parte de la Compañía Ecuestre de Chestnut Hill.

Sturgis había llegado a dicha conclusión la mañana del día en que Gene, vestido con traje, corbata, bombín y botas de montar (tenía la costumbre de apropiarse de la ropa «perdida» de sus clientes de la tintorería), llegó allí, se anunció como propietario de su propia empresa y declaró que deseaba alquilar un caballo. A los ojos de Sturgis, aquel joven negro, educado y de contagiosa sonrisa, dueño de su propia tintorería, era un ejemplo perfecto del tipo de negro que se necesitaba para romper el hielo, de ahí que Sturgis accediese encantado, convencido de que el Señor le había enviado una señal. Condujo a Gene al establo y señaló un gran caballo blanco.

—¿Le parece adecuado? —preguntó—. Es un palomino.

—Cualquier amigo de Mino es amigo mío* —dijo Gene, aunque la visión del poderoso semental, que medía casi dos metros de altura hasta la grupa, le puso nervioso—. No necesito un caballo tan joven. Me llevaré uno más viejo. O incluso una mula. ¿Tienen mulas?

El viejo cuáquero dejó escapar una risita, pensando que aquel negro tan elegantemente vestido estaba bromeando.

—Las criaturas cuadrúpedas de Dios juzgan con mayor precisión el alma que las criaturas humanas —dijo Sturgis—. El tamaño no marca la diferencia.

—Ciertamente, tiene razón, señor —dijo Gene.

—Tu caballo es, a menudo, mejor juez de tu carácter que tu esposa, o incluso que tus hijos, que son mucho más hábiles en ello de lo que uno podría imaginar —dijo Sturgis—. Aunque no tan agudos como los caballos. Un caballo percibe al instante tu naturaleza.

El hecho de que Gene, un tipo listo que no llegó a terminar sexto de primaria, no se sintiera ni ofendido ni desconcertado por que Sturgis lo tuteara, cosa por la que eran conocidos los cuáqueros, ayudó en el asunto, pues no tenía ni la más remota idea de lo que aquel hombre le estaba diciendo. Pero como sintió próxima la victoria, respondió:

—Y yo siento tu bondad en el escusado —dijo sin ser consciente, hasta que pronunció esas palabras, de que probablemente eran una ofensa, aunque suponiendo acertadamente que el viejo, con toda probabilidad, o no oía bien o no sabía lo que significaba «escusado». Pero para asegurarse, Gene se apresuró a darle la vuelta al asunto y se puso a hablar de su pasado, elogiando de manera más que llamativa la educación que había recibido en la encantadora Pottstown, condado de Montgomery, que describió como una «tierra rebosante de caballos, vacas y sire-

* Juego de palabras fonético: *«pal»* es una expresión coloquial que quiere decir «amigo» o «colega». La pronunciación de «palomino» podría confundirse con *«pal of mino»*, o sea, «amigo de mino». *(N. del T.)*

nas», omitiendo el pequeño detalle de que había nacido en Chicken Hill y de que el único caballo que había tocado en su vida era un jamelgo llamado *Stacy,* que pertenecía a un trapero judío medio ciego llamado Adolph a quien Gene le había robado las ganancias de toda una semana justo antes de huir a Filadelfia cuatro años antes.

Cerraron el trato, pagó lo que correspondía y Gene montó en el caballo y emprendió el sendero ecuestre, disfrutando de las vistas desde lo alto de aquel orgulloso animal. El caballo se conocía el camino de memoria y avanzaron sin incidentes. Cuando el camino empezaba a serpentear, llegando a la entrada del parque, cerca de Nicetown, a solo dos manzanas de su casa, Gene, en un arrebato de entusiasmo, hizo que la criatura se desviase del camino y saliese del parque por la calle adoquinada en dirección al jardín de su casa. Enganchó el caballo a la autobomba de 1865 que acababa de comprarle a los de la compañía de bomberos, cargada con ciento cincuenta litros de agua, e intentó dar una vuelta rápida por la manzana para enseñarles el nuevo juguete a sus vecinos del norte de Filadelfia. El pobre caballo, que no estaba acostumbrado a los arneses ni a las trabas de un carro, se desbocó y echó a correr como loco por la calle adoquinada, volcando la autobomba de costado y lanzando por los aires a Gene, que se rompió tres costillas y se perforó un pulmón. El caballo arrastró el camión volcado media manzana antes de que los transeúntes pudieran acorralarlo. Cuando Fatty apareció por su casa, dos días más tarde, Gene yacía en una cama de hospital, el furioso cuáquero de Chestnut Hill lo había denunciado y nadie se encargaba de regentar la tintorería de Gene, pues su mujer estaba demasiado ocupada con las charlas en torno al cotillón como para atender el mostrador de cualquier negocio. Ella le rogó a Fatty que se quedara un par de semanas al frente de la tintorería, hasta que su hermano pudiera llegar desde Carolina del Norte.

—No puedo hacerme cargo de ninguna tintorería —dijo Fatty—. Mira esto. —Señaló su boca y el diente que le faltaba—. Tengo que arreglarme el diente. ¿Quién le dejaría su ropa a un hombre al que le falta un diente de delante?

La mujer de Gene le hizo un gesto desdeñoso con la mano y, para sorpresa de Fatty, su altanería se desvaneció y se puso muy seria con él.

—No tienes que comerte la ropa, Fatty. Recógela y repártela. Te conseguiré un dentista. Conozco a uno bueno.

—¿No puedes encontrar a otra persona para que lleve el negocio? —suplicó Fatty.

—Nadie podría manejar un negocio mejor que tú —respondió la esposa de Gene—. Gene dice que podrías regentar cualquier tipo de negocio.

Tenía razón. Además de ser el propietario de la única cantina de Chicken Hill, Fatty había convertido su Ford de 1928 en un taxi, repartía hielo con su propia mula y su carro dos veces por semana, talaba los árboles de las casas vecinas, recogía la chatarra del pueblo, regentaba un puesto de hamburguesas y refrescos en la puerta de su garito durante el día, contrataba a un fotógrafo de color de Reading para que hiciese las fotografías de las bodas de la gente de color del barrio y trabajaba en el turno de tres a once de la noche en Flagg con su amigo italiano Big Soap; al menos hasta que este logró que los despidieran a los dos. Fatty siempre tenía algo entre manos.

Le explicó a la mujer de Gene que tenía que volver a casa para hacerse cargo de los diferentes negocios de los que se ocupaba. Pero el hecho de que le ofreciese la posibilidad de quedarse con los beneficios de una semana del próspero negocio de Gene le conmovió, así como la promesa de que el hermano de la esposa de Gene le traería varios litros de aguardiente casero —«del bueno», dijo ella, «no de esa porquería aguada que destilan aquí»— para que se los llevara a casa. Con eso se cerró el trato, pues los conocimientos sobre aguardiente de la esposa de Gene le hicieron entender que, después de todo, tal vez no era tan creída.

Así fue como Fatty se encontró detrás del mostrador de la Tintorería y Lavandería Gene's durante dos semanas antes de volver a Chicken Hill.

En ese momento, le pareció un buen trato. Le cosieron el labio. A grandes rasgos, la mujer de su primo cumplió su promesa.

Encontró un dentista que le reemplazó el diente de oro que le faltaba por uno de madera. Y cuando todo hubo terminado, regresó a Chicken Hill con su Ford de 1928 cargado con cincuenta litros del mejor aguardiente que jamás había probado, suficiente para ir vendiéndolo hasta bien entrada la primavera.

Todo había ido como la seda hasta esa noche, cuando Nate Timblin entró y pidió una copa.

Todavía sentado sobre la pila de leña fuera de la cantina, mientras Erskine Hawkins se lamentaba desde el gramófono, Fatty miró hacia la puerta y sopesó sus opciones. De hecho, se planteó bajar por el callejón hasta la tienda de la señorita Chona, entrar por la puerta de atrás, que estaba abierta —ella nunca cerraba con llave, para qué robarle si te daba lo que querías a crédito y nunca te pedía que pagaras—, y utilizar la cabina de teléfono para llamar a la policía con la intención de que fuesen a su garito. Pensó lo siguiente: hacer la llamada, volver corriendo para avisar a Nate y a los demás antes de que llegara la policía, esconder la bebida en el bosque detrás de la cantina y dejar que los polis hicieran una redada, no encontraran nada y se marchasen. Pero ese plan tenía un gran punto ciego. Conocía a los cuatro policías de la ciudad. Dos eran borrachos, fáciles de sobornar con alcohol. El tercero, David Hynes, era un devoto cristiano de corazón bondadoso que se limitaba a mirar hacia otro lado a menos que te encarases a él. Pero el cuarto, Billy O'Connell, era un granuja que también ejercía de teniente de la Compañía de Bomberos Empire. Fatty había hecho todo lo posible para caerle bien a O'Connell: conseguía cerveza barata con descuento para la compañía de bomberos; en realidad era robada, pero a los bomberos de buen corazón ese detalle les importaba bien poco. Les daba a los bomberos pollo gratis del que sobraba de la cena anual del reverendo Spriggs. Incluso había arrastrado a Big Soap hasta allí y se lo había entregado a ellos, ya que Soap era lo bastante fuerte como para tirar de la manguera de cuero mojada de treinta metros de largo hasta lo alto de la torre de la compañía de bomberos para dejar que se secara después de usarla. Los chicos de la Empire estaban encantados con Big Soap. Les caía bien a todos.

Excepto a Billy O'Connell.

A Billy O'Connell no le gustaba Big Soap, y tampoco Fatty, ni siquiera le gustaba su grupo de bomberos. A Billy O'Connell nadie le caía bien. Fatty nunca había conocido a un irlandés como él. Eso convertía a O'Connell en alguien peligroso.

Fatty se apoyó en la pila de leña, replanteándose la idea. Era jueves. O'Connell no estaría de servicio..., a menos que se diera el caso contrario. Si uno de los otros tres policías se hubiese puesto enfermo, habrían llamado a O'Connell, ya que en la ciudad siempre tenía que haber tres policías de servicio.

Volvió a pensar en el plan. ¿Quién podría saber si O'Connell estaba de servicio?

«Paper lo sabrá», pensó. Esa mujer estaba al corriente de todo. Pero o bien ya estaba durmiendo, o bien retozaba con alguno de los mozos de Pullman. Tuvo que contener un ramalazo de celos. Aquella mujer era un enigma. Si supiese lo que sentía por ella... Se libró a toda prisa de ese sentimiento y volvió a considerar el asunto. Una redada convocaría a los tres policías, ya que cualquier cosa que ocurriese en Chicken Hill conllevaba que apareciesen allí todos los policías. ¿Estaba O'Connell de servicio o no? ¿Merecía la pena sacar a Nate de allí antes de que causara algún estropicio? Lo pensó detenidamente. ¡Sí! Pero entonces recordó que le habían dicho que O'Connell era el policía que había perseguido a Dodo y que lo había llevado a Pennhurst. Supongamos que Nate sabía que O'Connell era el policía que había ayudado a Doc Roberts a enviar allí a Dodo. Si Nate estaba borracho y O'Connell aparecía por la cantina, la cosa no acabaría bien.

«Esta ciudad», pensó apesadumbrado, «es demasiado pequeña.»

Descartó la idea, barajó durante unos segundos la posibilidad de vaciar su garito entrando y anunciando que varios negros de Hemlock Row, un minúsculo barrio negro a las afueras de Pottstown, se dirigían hacia allí muy enfadados con pistolas y bates de béisbol; había oído decir que un tarado de allí, que por lo visto se hacía llamar «Hijo del hombre», iba asustando a todo el mundo. Pero desechó la idea. Los negros de Chicken Hill podrían acabar peleándose con los de Hemlock Row. Eso no estaría bien.

Finalmente, decidió tomar la vía más directa. Se puso en pie, respiró hondo, subió los escalones del porche, entró en el local, se acercó a la pared, bajó el volumen del gramófono y anunció:

—Voy a cerrar pronto. Mañana tengo que trabajar.

—Venga ya, Fatty —dijo uno de los presentes—. Deja que Erskine Hawkins termine.

—Erskine seguirá en esa caja mañana. Tenéis que iros a casa.

Había siete almas en el local, y permanecieron inmóviles, concentrándose en sus bebidas, hasta que vieron a Fatty dirigirse hacia la mesa del fondo, donde Nate estaba sentado en silencio, con una jarra grande de Sangre de Cristo de Carolina del Norte y un vaso medio vacío sobre la mesa ante él. Eso los puso a todos en movimiento. Dieron buena cuenta de sus bebidas y se dirigieron hacia la puerta; excepto Rusty, que se quedó detrás de la barra, una improvisada construcción de tablas y listones de pino.

Fatty se sentó y le hizo un gesto a Rusty para que se uniese a ellos. Rusty se acercó y se sentó mientras Fatty decía:

—Buenas noches, Nate.

Nate tenía la mirada clavada en su vaso. Pasaron unos segundos hasta que apartó lentamente su vidriosa mirada del vaso y se fijó en Fatty. Después volvió a mirar el vaso con un lento movimiento de cabeza.

La mirada de Nate apenas duró un momento, pero fue suficiente. Fatty no pudo evitar clavar la mirada en el suelo, con el vello de la nuca erizado. «Maldita sea», pensó, «¿qué he hecho?» Cuando tenía diecinueve años, Fatty cumplió dos años de condena en la prisión de Graterford por un percance en el que prefería no pensar. Una vez allí, y tras esforzarse de lo lindo por conseguir mejor comida y buen trato, insultó por error a un viejo preso llamado Dirt, el líder de su pabellón, que cumplía cadena perpetua por tres asesinatos. A simple vista, Dirt era poca cosa: un anciano delgado y de aspecto frágil, con gruesas gafas y hombros pequeños, en tanto que Fatty era un joven corpulento y enérgico, ancho de hombros. Fatty no le dio mucha importancia a aquel insulto hasta un par de días después. Estaba sentado a una mesa de la cafetería cuando Dirt, que se había sentado a otra, se puso de pie, se desperezó despreocupadamente, se aproximó a la mesa de Fatty con un tenedor en la mano y le sacó un ojo al hombre que estaba sentado justo enfrente de Fatty sin inmutarse siquiera. Lo hizo con la serenidad propia de un ama de casa que se dispone a amamantar a su bebé.

Fatty estaba sentado lo bastante cerca como para oír con claridad el chasquido del tenedor al clavarse en el ojo de aquel pobre tipo. Nunca olvidaría la calma que apreció en la mirada de Dirt cuando empezó a trajinar con el tenedor; el globo ocular del pobre diablo salió disparado y rodó por el suelo como una canica. Fue una operación limpia y precisa. La determinación de Dirt le estremeció. En cuanto Dirt salió de la celda de aislamiento —y Fatty se percató de que había sido una estancia corta, otra muestra de la influencia y el poder de aquel hombrecillo—, casi cayó de bruces al llegar a la celda de Dirt para disculparse por su leve transgresión. El anciano fue sorprendentemente amable con él.

Le preguntó:

—¿Eres de Pottstown?

—Sí, soy de Pottstown.

—Entonces conocerás a Nate.

—No hay más que un Nate en Pottstown. Todo el mundo conoce a Nate. Está casado con una de mis primas. Todos allí estamos emparentados de alguna forma o manera.

—Nate estuvo aquí hace unos años —dijo Dirt.

Fatty se sorprendió.

—Nunca me ha hablado de eso —replicó Fatty—. Es bastante mayor que yo. Escucha, Dirt, quiero pedirte disculpas...

Dirt alzó una mano y le detuvo en seco.

—Le saqué el ojo a ese tipo porque me quitó algo que me pertenecía. Pero si Nate me quitara algo que me pertenece, no me inmutaría. No me gustaría cruzarme con Nate Timblin ni por todo el queso y las galletas del mundo.

—¿Estás hablando del viejo Nate? ¿Nate Timblin?

—Aquí no lo llamábamos de ese modo. Pregunta por ahí.

Y eso fue lo que hizo Fatty. Aprendió de los presos mayores que el Nate que él conocía —el Nate confiado y tranquilo, el anciano que llegó a Pottstown proveniente del sur, que trabajaba para el señor Moshe en el Teatro y Sala de Baile Auténtico Americano, que iba siempre tras su mujer, Addie, como un perrito faldero, que llevaba a su sobrino Dodo de caza— no podía ser el mismo Nate Timblin que había cumplido condena en la prisión de Graterford. Allí era una leyenda, un mito, mencionar su nombre provocaba espanto. Nadie sabía a ciencia cierta por qué lo habían encerrado, aunque lo que se rumoreaba no era nada bueno. A nadie parecían importarle mucho, por lo demás, las razones o los motivos, excepto en lo relativo a una cuestión: con toda probabilidad, Nate Timblin no era su verdadero nombre. Los prisioneros le llamaban Love.

—Nate Love —le dijeron—, no Timblin. Love era su nombre. Nate Love. Nosotros no lo conocimos como Timblin. Lo vimos en sus papeles. Love. Ese era su apellido, hijo. Nate Love. Dicen que es de Carolina del Sur. Lo que llaman el bajío surcarolino. El hombre más bueno que he conocido; el alma más bondadosa que haya caminado entre los muros de esta prisión. Pero que Dios se apiadase de ti si Nate Love te llamaba por tu apellido, hijo. Si te tenía entre ceja y ceja, no durabas ni una semana.

Cuando Fatty se enteró de eso, volvió a la celda de Dirt y le preguntó:

—¿Conocías bien a Nate?

—Lo conocía muy bien —dijo el anciano.

—¿Qué hizo para que lo encerrasen aquí?

Dirt se encogió de hombros.

—No es lo que hizo para llegar aquí, hijo. Es lo que lleva dentro. Llámalo maldición o demonio. Sea lo que sea, vive en el interior de algunas personas. No hay muchos tipos como ellos en este mundo. Pero Nate es uno de ellos. Tiene esa *cosa* en su interior, hijo, muy adentro. Es una lástima, porque es un buen hombre, mi tipo de hombre. Pero un hombre no puede controlar lo que lleva dentro una vez que se ha desatado, igual que tú o yo no podemos retener una bolsa de la compra si nos atropella un autobús. Hay cosas que están ahí, esperando a soltarse. Así es la vida. Debes mantenerte alejado de ese lado de Nate, hijo. Si tienes la capacidad de desatar ese demonio, te meterás en problemas.

Fatty, sentado frente a Nate en aquella desvencijada mesa, sintió que se le secaba la boca. Tragó saliva mientras observaba a Nate con la mirada fija en su vaso de aguardiente medio vacío. Los ojos de Nate brillaban de un modo inquietante. Entonces Fatty pudo verlo. Vio lo que habían visto los hombres. Nate Love, resplandeciente, como de otro mundo, con sus tranquilos e intensos ojos rebosantes de una rabia forjada al rojo vivo. Fatty tuvo la impresión de estar mirando un volcán sumergido en un lago cristalino. Resistió el impulso de ponerse en pie de un salto y salir corriendo hacia la noche. Se maldijo en silencio, maldijo a Big Soap por haber metido la pata en la fábrica Flagg, maldijo a su primo Gene y a la mujer de Gene y también al hermano de la mujer de Gene, que le dio el aguardiente destilado ilegalmente Sangre de Cristo de Carolina del Norte y, por último, se maldijo otra vez a sí mismo.

—No debería haber traído aquí este aguardiente —dijo en voz alta.

Nate lo ignoró y permaneció sentado, inmóvil, con sus largos dedos aún rodeando el vaso. Fatty miró a Rusty, que también estaba nervioso. Rusty era un hombre grande, fuerte, ancho de hombros y joven, y Fatty no era precisamente pequeño. Pero en aquel momento, siendo testigo de cómo el miedo invadía el rostro del joven Rusty, sintiendo su propio miedo zarandeándole, supo que, aunque ambos se abalanzaran sobre Nate, sería como intentar apagar el incendio de una casa con un vaso de agua.

Fatty decidió no decir nada más. Fue Rusty quien habló. Señaló el vaso medio vacío de Nate.

—¿Cómo va todo, Nate?

Silencio.

—¿Estás bien?

Nate no respondió, tenía la mirada fija en el vaso. Finalmente, Fatty logró encontrar un hilo de voz.

—Nate... Tengo que cerrar pronto.

Los ojos de Nate pasaron lentamente del vaso a la cara de Fatty, y este apartó la mirada. «Dios», pensó. «Lo he conseguido.»

Fatty miró a Rusty, que, gracias a Dios, rompió el hielo de la forma más extraña. El joven Rusty estaba cansado. Se apoyó en la mesa, se llevó las manos a la cara y se frotó los ojos. Rusty atesoraba un aire de inocencia que parecía atraer el aire fresco allí donde estaba. Todos en Chicken Hill querían a Rusty, pues haría cualquier cosa por quien fuera. El simple bostezo, la muestra de su cansancio, eliminó un poco de tensión al momento. La diluyó en cierto sentido, y Fatty decidió guardar silencio para variar. Se alegró de haberlo hecho, porque Rusty se apartó las manos de la cara y prosiguió.

—A mí tampoco me gusta lo que pasó, Nate. No está bien. Dodo no había hecho nada malo. Doc Roberts... no es bueno.

Los ojos de Nate se dirigieron a Rusty. La serena furia de su mirada, que ardía con tanta intensidad que mirarlo era como contemplar el sol, se clavó en el inocente rostro de Rusty y el furioso resplandor se atenuó levemente. Rusty se dispuso a decir algo más, pero mantuvo la boca cerrada; finalmente, balbuceó:

—Quizás haya una forma de salir de esta.

—Así es —añadió Fatty—. Conozco a varias personas en Pennhurst.

Nate le miró a los ojos y Fatty sintió como si el zumbido eléctrico que ocupaba la habitación hubiese disminuido. El cortante filo de rabia de aquel hombre se atenuó, la energía del odio en el individuo que estaba sentado ante él disminuyó mientras acariciaba su vaso, moviendo las manos por primera vez. Entonces Fatty vio que movía los labios y oyó, como en un sueño, que Nate murmuraba algo.

La habitación estaba en silencio. Fatty había bajado el volumen del gramófono y solo el crujido de las desvencijadas sillas y el crepitar de la estufa de leña, en sus últimos estertores ya, llenaban sus oídos, pero no oyó lo que dijo.

—¿Qué has dicho, Nate?

Tanto él como Rusty se inclinaron hacia delante, sobre la mesa, para acercar sus orejas a los labios de Nate, que habló de nuevo, en voz baja, con un tono de voz tan suave que ambos tuvieron que esforzarse al máximo para oír lo que decía. Pero después de hablar. Fatty asintió y declaró:

—De acuerdo, Nate. Ahora te llevaremos a casa.

Los dos se pusieron de pie, colocándose uno a cada lado de Nate, lo agarraron suavemente por debajo de los brazos, lo pusieron de pie y lo acompañaron hacia la puerta. Diez minutos después lo dejaron en la cama sin incidentes, pues no había dicho ni una palabra más. Lo acostaron con la ropa puesta y salieron de la casa a toda prisa, dando gracias a Dios de que Addie no estuviera por allí, ya que pasaba la mayoría de las noches en el hospital de Reading cuidando a la señorita Chona, que se moría, según decían, y esta vez iba en serio.

Cuando ya se habían alejado de la oscura casa y ascendían por la fangosa pendiente hacia Pigs Alley para cerrar el garito de Fatty en aquel callejón, Rusty preguntó:

—¿Has oído lo que ha dicho?

—Sí —dijo Fatty.

—¿Qué quería decir?

—Quería decir lo que dijo.

—¿Y qué es?

—Pesos diferentes significan medidas diferentes. El Señor conoce las dos.

—¿Eso es de la Biblia? ¿Tendría que preguntarle al reverendo Spriggs?

—No, joder —espetó Fatty—. No lo metas en esto.

—Entonces, ¿qué significa?

—Significa que tenemos que sacar a ese chico de Pennhurst o se va a montar una buena.

15
El gusano

A la señora Fioria Carissimi, madre del joven Enzo Carissimi, a quien todos en Chicken Hill llamaban cariñosamente Big Soap, dos personas diferentes le hablaron del jaleo relacionado con el tendero judío y el niño negro sordo. La primera de ellas fue Vivana Agnello, presidenta de la Asociación de Mujeres Voluntarias de la iglesia católica St. Aloysius, ubicada en el centro de Pottstown, donde Fioria iba a misa todas las mañanas. El grupo se reunía dos veces al mes en el sótano de la iglesia para tomar café, cotillear y decidir quién necesitaba ropa en la ciudad. Vivana les comunicó que los judíos habían escondido al niño sordo para que la gente del estado no diese con él y, a cambio, habían cobrado de los negros una especie de rescate por esconder al muchacho, pero que se habían quedado con el dinero y habían llamado a la policía. Lo sabía porque su marido era capataz en la fábrica de estufas Enlevra, que fabricó la estufa que inició todo el asunto tres años antes. La empresa le dio a la familia del chico mil doscientos dólares después de que una de sus estufas explotara y matara a la madre del chico, lo que hizo rico a ese pequeño cabeza de chorlito. Como su madre había muerto, los negros del barrio se aprovecharon de él, le robaron la mayor parte del dinero y se lo gastaron en artículos de pesca y whisky, hasta que uno de ellos le dio lo que quedaba a los judíos de la tienda para que ocultasen al chico, porque lo buscaba el estado, aunque luego lo entregaron de todos modos.

Su explicación parecía tan absurda que podía ser cierta, pero los chismes de Vivana no causaban efecto alguno desde que condenó a Eugenio Fabicelli por haberle vendido su panadería a un judío llamado Malaquías en lugar de a su primo Guido, que tenía intención de comprarla.

—El judío hundió el negocio y se largó de la ciudad —dijo—. Qué estúpido, ese Eugenio.

Ese último comentario, pronunciado en inglés, había provocado cierta disensión entre las mujeres de la St. Aloysius, que por lo general se mostraban comedidas, en parte porque Pia, la hermana pequeña de Eugenio, era una de las presentes en la sala en ese mismo momento. Pia hablaba poco inglés, y aunque el comentario no le impactó en ese momento, una posterior traducción sí causó el previsible efecto, ya que Pia se retiró de inmediato del grupo. Y como era una de las mujeres de la limpieza de la oficina del alcalde, que también era la sede de los departamentos de policía, electricidad y saneamiento, así como el habitual centro de reunión de los padres de la ciudad —un tercio de los cuales afirmaba ser descendiente directo de los pasajeros del *Mayflower*—, por allí corrían la mitad de las noticias útiles de la ciudad, incluida la información sobre valiosos bienes inmuebles que salían a subasta. Muchas de esas comunicaciones las garabateaban en notas que acababan arrugadas en los cubos de basura de las oficinas y que Pia guardaba en sus bolsillos del delantal para llevarlas después a la reunión de mujeres y compartirlas con el grupo; por no hablar de su receta secreta de tarta de calabaza, que, debido a la insistencia de sus compañeras, por fin había prometido compartir. Pues bien, ahora todo eso se había esfumado. Todo. Por un estúpido comentario.

Fioria se tomó la decisión de Pia con calma. No le interesaban las noticias relativas a la ciudad ni la receta de la tarta de calabaza de Pia; de hecho, era la única que sabía que, en realidad, el pastel de Pia era más de calabacín que de calabaza. Fioria tampoco era un miembro exigente del grupo de mujeres de Vivana, pues todo el mundo sabía que Vivana había llegado a ser la presidenta porque su marido, Enrico, afirmaba ser el capataz de la fábrica de Enlevra, e incluso salía de casa todas las mañanas vestido con camisa y corbata para ir a trabajar, pero en cuanto llegaba a la fábrica se colocaba un mono de trabajo sobre su elegante ropa y trabajaba en las calderas como el resto de los inmigrantes. A Fioria le resultaba un tanto desagradable la insistencia de Vivana por hablar en inglés e intentar comportarse siempre como una americana más, animando al resto de las amas de casa a alimentar a sus hijos a base de hamburguesas y Coca-Cola en lugar de *arancini* y *ribollita.* Claro que Vivana era de Génova, donde nadie era feliz, por lo tanto, ¿qué se podía esperar de ella? En cambio, Pia era siciliana y vivía en la misma calle de Chicken Hill que Fioria. Así que mientras Fioria acudía silenciosamente al grupo de mujeres voluntarias, seguía manteniendo relaciones con su buena amiga, y una tarde, menos de una semana después de que enviaran a Dodo a Pennhurst, se encontró en la cocina de Pia observando cómo la mujer más joven cortaba su ingrediente secreto —el calabacín— en trocitos pequeños para hacer su tarta de calabaza.

Fue después de que Pia metiera una de sus tartas en el horno y las dos mujeres se sentaran a tomar café con leche en lata, conversando en italiano sobre el incidente de la tienda de alimentación El Cielo y La Tierra, cuando Pia soltó la bomba sobre Doc Roberts.

—Esa mujer no hizo nada malo al esconder al niño —dijo Pia—. ¿Sigue viva?

Fioria se encogió de hombros.

—Está en un hospital de Reading. En coma. Dicen que si Dios quiere despertará —respondió, cruzándose de brazos.

—¿Tiene hijos? —preguntó Pia.

Fioria decidió actuar con cautela. Era un tema delicado, ya que Pia, nueve años más joven, aún no era madre y había empezado a visitar a médicos americanos en busca de una solución, algo que Fioria no creía adecuado.

—No —le dijo—. Pero si quieres saber mi opinión, te diré que es un modo de vivir más años. Los hijos pueden ser un quebradero de cabeza.

Pia, que parecía haberse molestado sin motivo, preguntó de repente:

—¿Dónde se puede esconder a un niño por aquí? Aquí no hay más que alambradas y mierda de caballo.

Fioria se encogió de hombros. No le gustaba dar pábulo a los rumores.

—Lo único que sé es que la policía fue a llevárselo y los de color se enfadaron y la pobre mujer, no sé bien cómo, se metió en medio. Eso le dijo Doc Roberts al cura en misa.

Al oír hablar de Doc Roberts, Pia enrojeció y se puso en pie. De espaldas a Fioria, tomó la cuchara de madera de la encimera, recogió un poco de calabacín y vertió el contenido con rabia en el cuenco.

—¿Qué te preocupa? —le preguntó Fioria.

—Nada —respondió Pia mientras mezclaba con furia el relleno de la tarta.

—¿La conocías?

—¿A quién?

—A Chona. La mujer judía.

—No la reconocería aunque entrase aquí disfrazada de alce y tirara sal y aceite de oliva por toda la cocina —dijo Pia. Se quedó mirando hacia la puerta, a pesar de que la casa estaba vacía, y luego dijo acaloradamente en siciliano—: *Mi farei controllare in manicomio prima di lasciare che il dottor Roberts mi mettesse le mani addosso. È un verme cattivo.* («Preferiría que me examinaran en el manicomio antes de dejar que el doctor Roberts volviese a ponerme las manos encima. Es un gusano asqueroso.»)

A Fioria le impresionaron sus palabras y activaron en su interior el sentido de alarma. Ahí había un problema. Matteo, el marido de Pia, era yesero, un tipo simpático y extrovertido, excepto en todo lo relativo a su mujer, pues Pia era una joven esbelta y guapa.

Fioria cambió de tema.

—Soy demasiado vieja para los médicos americanos —dijo con celeridad—. Gracias a Dios tuve a mis hijos en Italia. Aquí nunca voy al médico. Es un método rápido para morir.

Pia rellenó la masa, metió el molde en el horno y volvió a sentarse a la mesa enfadada. Luego le dijo en voz baja a Fioria:

—No digas nada. Si Matteo va a la cárcel, ¿qué será de mí?

Fioria cruzó la mesa y dejó caer suavemente la mano sobre el hombro de Pia. Ese gesto la tranquilizó, pues el corazón de una buena mujer es capaz de guardar secretos mucho mejor que cualquier cámara acorazada, y Fioria era una buena mujer. Pero aquella misma tarde, mientras preparaba la cena para su marido y para Enzo, Fioria se vio acosada por un repentino ataque de pánico que le atravesó las sienes a tal velocidad que tuvo que sentarse a la mesa y hundir los dedos en el salero para después chupárselos, algo que hacía en sus momentos de mayor inquietud. «Esta ciudad es demasiado pequeña», pensó, «y el tipo de problema al que se ha referido Pia está muy extendido.» Había oído algún que otro rumor con respecto a Doc Roberts, pero era mejor mantenerse al margen de esa clase de cosas. Aun así, si el marido de Pia se enteraba de lo de Doc... Sintió que se le erizaba el vello de los brazos y se persignó, pensando en su hijo. Enzo conocía bien a Matteo. De hecho, Enzo conocía bien a todo el mundo. Era demasiado bondadoso. Habría hecho cualquier cosa por cualquiera. Ese era su problema.

Le dio varias vueltas al tema en su cabeza. Si Matteo se metía en problemas, Enzo le seguiría de cabeza y también lo haría su amigo Fatty. Y, según pensó con repentina claridad, también lo haría la *polizia*, pues nunca andaban lejos de donde estuviese Fatty. Que su hijo fuese amigo del negro más famoso de Chicken Hill era algo que cada vez le preocupaba más. Habían sido mejores amigos desde la infancia. Cuando ella y su marido llegaron a Pottstown provenientes de Sicilia, doce años atrás, Enzo tenía doce años y no hablaba inglés. Pero Fatty, que vivía a la vuelta de la esquina, hablaba suficiente inglés para los dos. Por lo general, los inmigrantes italianos del barrio eran muy reservados, pero los niños jugaban sin límites y, aunque la mayoría regresaban al seno de sus ancestros cuando se hacían mayores, Enzo y Fatty habían permanecido unidos como dos delincuentes. Jugaban juntos en el equipo de fútbol e incluso entraron a trabajar en la misma fábrica después de graduarse. Y aunque su marido desaprobaba a Fatty, a Fioria le parecía encantador y sus locuras le hacían gracia; como aquella ocasión en que soldó todas las piezas de chatarra que encontró —cucharas, cucharones, latas, barras de acero— a un viejo carro de hielo y lo llevó por la colina tirado por una mula, como si se tratase de un taxi. Hasta su marido se echó a reír cuando lo vio. Además, Fatty era un manitas. Sabía reparar coches y camiones, era buen carpintero y un excelente soldador, y le enseñó a Enzo a hacer todas esas cosas. Y a pesar de que Enzo le había hecho saltar un diente a Fatty en una pelea, rara vez discutían. Fatty incluso había metido a Enzo en el cuerpo de bomberos, convirtiéndose en el primer italiano que lo lograba. Todo un logro.

Pero esto era otra cosa. Enzo acababa de conseguir un nuevo trabajo en la planta de Dohler después de que un problemilla con Fatty le hubiese costado su anterior puesto de trabajo. No necesitaba más problemas. Decidió hablar con él sobre el hecho de meter las narices en asuntos ajenos.

Eran más de las cuatro de la tarde y la fábrica Dohler ya había finalizado su turno, lo que significaba que Enzo no estaba trabajando. Ella sabía dónde encontrarlo.

Se quitó el delantal, apagó la estufa, salió de casa por la puerta principal, pasó por delante de las estrechas casas adosadas de su calle, giró hacia el oeste en el cruce, atravesó un solar vacío lleno de maleza alta y tomó el camino embarrado hacia el garito de Fatty, adonde su hijo acudía todos los días después del trabajo para beber cerveza y escuchar jazz y la retransmisión de partidos de béisbol por la radio junto al resto de los clientes habituales, en su mayoría jóvenes negros.

Varios jóvenes sentados en cajas, bebiendo cervezas cerca de una mesa improvisada, junto a una parrilla con un cartel que rezaba: HAMBURGUESAS A DIEZ CENTAVOS, pudieron ver cómo se acercaba Fioria recorriendo los más de doscientos metros que los separaban, una figura diminuta con una bata de estar por casa que se dirigía hacia donde estaban ellos, muy decidida, las manos entrelazadas a la espalda mientras ascendía la cuesta con rapidez, al estilo italiano, inclinada hacia delante. Cuando Fioria se acercó, vio a cien metros de distancia la imponente figura de su hijo.

A sus veinticuatro años, Enzo medía un metro ochenta y era como un horno de ladrillos. Era uno de los hombres más altos de Pottstown, por lo que resultaba difícil no verlo desde lejos. Estaba sentado en un cajón, encorvado sobre un tablero de ajedrez en el porche de la casa. Al ver el voluminoso cuerpo de su hijo frente al de Fatty, mucho más bajo y fornido, la sangre se le subió a la cara y se puso furiosa.

Ni Fatty ni Big Soap la vieron venir, pero los otros jóvenes negros que estaban en el porche sí, y se apresuraron a levantarse de sus cajas, dejar las cervezas debajo del porche, apagar los cigarrillos, enderezar sus cuellos y sisear: «¡Soap! ¡Soap! Viene tu madre».

Pero ya era demasiado tarde. Cuando Big Soap los oyó y giró la cabeza, vio el dedo de su madre apuntándole directamente a la nariz. Era tan alto que, incluso sentado, era más alto que ella, así que el dedo de su madre le apuntaba a las fosas nasales.

Fioria le siseó en italiano.

—Te vas a meter en un lío —le dijo.

—¿Qué dices?

—¿Qué pasó en la tienda? —le preguntó.

—¿Qué tienda?

—No te metas en eso.

—¿En qué?

—No quiero que tengas nada que ver con lo que pasó en la tienda.

Big Soap miró a Fatty, que permanecía en silencio, y luego puso los ojos en blanco. Big Soap se sintió avergonzado. Pero como él y su madre eran los únicos que hablaban italiano, decidió disimular, hablando tranquilamente en italiano:

—¿Qué es lo que he hecho, mamá?

—¡No te hagas el listo! ¡La policía estaba allí arriba! ¿Estabas tú allí arriba?

—¿Arriba dónde?

—¿Crees que soy estúpida? ¿Qué ha pasado?

—¿De qué estás hablando?

—¡El manicomio! ¿Quieres que te lleven allí?

—¿Qué manicomio? ¡Vengo de trabajar!

A partir de ahí, Fioria perdió los estribos, y ni al día siguiente, ni al otro, recordaría lo que se dijeron. Pero para los jóvenes que los estaban mirando, el torrente de italiano de la madre, seguido de la respuesta a trompicones de Big Soap, supuso un verdadero entretenimiento y no dejaron de resoplar y de ahogar sus risas. Todos se divirtieron menos Fatty, que salió muy despacio del porche y se quedó de pie junto a Rusty, los dos mirando, embelesados, cómo madre e hijo discutían acaloradamente.

—¡Aléjate de la policía o también te llevarán al manicomio! —gritó Fioria.

—No pueden llevarme al manicomio si estoy en el trabajo —dijo Big Soap.

—¿Quién dice que estabas en el trabajo? ¿Sabía la policía que estabas trabajando? ¿Quién quiere hablar de su trabajo con la policía? Acabas de perder un trabajo y ahora vas a perder otro. ¿Por qué? ¡Por hablar con la policía! No hables con la policía. ¡Nunca!

—¿Quién te ha dicho que estuve hablando con la policía?

—¡No te burles de mí! —Fioria señaló a Fatty, luego se volvió hacia Big Soap y exclamó en italiano—: Fatty tiene quince trabajos. Tú tienes uno. ¿Crees que los trabajos crecen en los árboles? No te metas en líos o no tendrás trabajo. ¡La policía envió al niño de color al manicomio! ¡Tú vas a ser el siguiente, por la forma en que hablas! Y no te acerques a ese médico. *Medici americani! Ciarlatani con mani veloci. Una pillola per tutti.* («¡Médicos americanos! Matasanos con manos rápidas. Pastillas para todo.») No te puedes fiar de ellos. Debería decírselo a tu padre. —Y siguió parloteando.

Rusty se inclinó hacia Fatty.

—Fatty, ¿qué es lo que hizo Soap?

—Hiciera lo que hiciese —respondió Fatty, frunciendo el ceño—, no volverá a hacerlo.

Al ver a la señora Fioria despotricar, Fatty se preocupó. La señora Fioria vivía al pie de la colina, cerca de Main Street, justo una calle por encima de Paper. Paper, que lavaba la ropa en un fregadero que daba a Main Street, se enteraba de todo. Básicamente, vivía en su jardín cuando no estaba lavando ropa o rompiéndole el corazón a algún pobre maletero del ferrocarril. Su casa era como el puesto de guardia de Chicken Hill. Estaba al corriente de todas las personas y cosas que subían al barrio. Eso significaba que Paper había visto a la señora Fioria dirigiéndose a su garito, porque no había nada más allá de la maleza que su antro, lo que significaba que la noticia se difundiría en cuestión de minutos. «De hecho», pensó, «ya se habrá extendido.»

Suspiró, observando cómo la señora Fioria increpaba a Big Soap. A Fatty le gustaba la señora Fioria. Era buena persona; incluso podía considerarla una segunda madre. Le había pegado unas cuantas veces con el cinturón siendo niño cuando castigaba a Big Soap; ambos se lo merecían con creces. Pero era blanca. Y si los blancos se acercaban a su garito de Pigs Alley llamaban la atención de la poli. Y los policías no eran buenos para la economía. Si les daba la gana, podían presentarse en ese mismo momento y detenerle por vender hamburguesas y Coca-Cola durante el día. Y si el que se presentaba era Billy O'Connell, qué le impediría escarbar hasta descubrir el aguardiente que había enterrado en el bosque, por no hablar de otros bienes tangibles que había escondido allí, incluida una amoladora de mesa de ochocientos caballos de potencia que había conseguido en la planta de Dohler el año anterior y un par de artículos más que había «encontrado» en algunas de las fábricas cercanas, para venderlos más tarde.

Quería intervenir, pero sabía que no debía hacerlo. En lugar de eso, su mente empezó a buscar soluciones. ¿Cómo volver a la normalidad? Nate se estaba recuperando de su borrachera, con toda probabilidad volvería a ser el mismo de siempre en un par de días. De acuerdo. La mujer de Nate, Addie, estaba incomunicada en el hospital de Reading, junto a la señorita Chona. De acuerdo. Al pobre Dodo se lo habían llevado. Lo tenían en el manicomio de Pennhurst. Llevaba allí dos semanas. Tal vez Nate y Addie se dieran por vencidos con respecto al asunto del niño y dejaran que su adorado Buen Dios, que todo lo resolvía, se ocupara de él. De acuerdo. En cualquier caso, Doc Roberts prefería que las cosas estuviesen tranquilas con los blancos. De acuerdo. No había problema alguno. Todo eso se olvidaría. Tenía que dejar que la señora Fioria gritase y luego las cosas se calmarían. ¿Acaso no era lo más razonable suponer que las cosas se calmarían siguiendo su propio curso?

Para alivio de Fatty, la señora Fioria dejó de despotricar, se dio la vuelta y emprendió la marcha por Pigs Alley. Pero, para su consternación, se volvió de repente y caminó hacia donde se encontraba él, señalándolo con el dedo meñique y hablando con un marcado acento italiano.

—Debería darte vergüenza, Fatty.

Fatty sonrió y extendió los brazos.

—Señora Fioria, no estábamos...

—¡Problemas, problemas, problemas! —exclamó Fioria—. La pobre señora está enferma porque... —Se detuvo, lo miró inquisitivamente y dijo—: ¿Qué le ha pasado a tu boca?

—¿Mi boca?

—Tu diente. ¿Qué ha pasado?

—Oh, tengo uno nuevo.

—Enséñamelo.

Fatty abrió la boca. La diminuta mujer se acercó y miró en el interior, examinando el diente de madera, agarrándole la barbilla y moviéndole la cabeza de un lado a otro antes de soltar las manos y decir:

—Deberían devolverte el dinero.

Detrás de él, Fatty oyó reír a varios hombres, pero a la señora Fioria no le pareció en absoluto divertido. Miraba fijamente a Fatty con las manos en las caderas.

—¿Qué pasó en la tienda? —preguntó.

—No lo sé. Oí que la señorita Chona se cayó...

Pero, de nuevo, la señora Fioria se dejó llevar y volvió a despotricar en italiano:

—*Ti porterò a casa e ti laverò la bocca con sapone di liscivia se hai intenzione di darmi un sacchetto di gomiti, okay? Cucinavo il cibo e vivevo prima che i tuoi primi denti crescessero.* («Te llevaré a casa y te lavaré la boca con jabón de lejía si intentas tomarme el pelo, ¿de acuerdo? Yo ya cocinaba y tenía una vida antes de que te salieran tus primeros dientes.») —Luego retomó el inglés, para terminar diciendo—: ¡No me digas una cosa y luego otra! Señorita Chona esto y señorita Chona lo otro..., ¿qué pasó allí?

Por primera vez, Fatty se percató de que no sabía muy bien lo que había pasado en la tienda. Él no había estado allí. Se encontraba en Filadelfia arreglándose el diente y regentando la estúpida tintorería de su primo. Pero con la señora Fioria mirándole fijamente, se dio cuenta de que tenía que atar cabos de todos modos. La señora Fioria conocía a Bernice, que vivía al lado de la Tienda de Comestibles el Cielo y la Tierra. Si iba a casa de su hermana y le preguntaba qué había pasado, tendría problemas, porque Bernice estaba santificada, había sido salvada por el Señor, lo que significaba que era impredecible. Bernice odiaba el garito de Fatty. Es más, Bernice había ayudado a la señorita Chona a esconder a Dodo del estado, dejándolo jugar en el patio con sus hijos cuando enviaron a aquel negro a buscarlo. Eso convertía a Bernice en cómplice. Y el hombre del estado también era negro. Se lo habían dicho. ¿Quién se había ido de la lengua? En cualquier caso, que la señora Fioria acudiese a Bernice echaría más leña al fuego. De hecho, todo había empezado cuando Nate metió a los judíos en el asunto.

Con la señora Fioria mirándole fijamente, Fatty no tuvo más remedio que decirle todo lo que sabía.

—La madre de Dodo murió.

—¿Quién es Dodo?

—El chico. Se llama Dodo.

—Un momento —dijo Fioria. Señaló con la cabeza a su hijo y Big Soap dejó escapar un suspiro y se acercó. Necesitaba un traductor. Asintió en dirección a Fatty—. Venga —dijo.

Fatty habló mientras Big Soap traducía.

—Dodo es el hijo de Selma...

Y, de ese modo, Fatty Davis, una persona que no acostumbraba a preocuparse por nadie que no fuera él mismo, se puso a contar todo lo que sabía. Hacía tres años, una señora de color llamada Thelma Herring, hermana de Addie, que vivía en Chicken Hill, tenía una estufa Enlevra, hecha en una de las fábricas de Pottstown. La estufa explotó. Nadie sabía por qué. Pero ninguno de los habitantes del barrio olvidaría jamás el día de la explosión. Dodo, el hijo de Thelma, cuyo verdadero nombre era Holly Herring, estaba cerca de la estufa cuando explotó. De algún modo, le afectó a los ojos y a los oídos.

—Se quedó ciego y sordo durante un tiempo —dijo Fatty—. Sus ojos se recuperaron. Pero sus oídos no.

—¿Y la estufa no mató a su madre?

—Ya se lo he dicho, señora Fioria. No.

—¿La compañía de estufas les indemnizó por el accidente?

Fatty se mostró incrédulo.

—¿Saben los perros cuándo llega la Navidad?

Big Soap tradujo sus palabras y la señora Fioria se echó a reír.

—¿Así que no murió?

—No —respondió Fatty—. Pero nunca volvió a ser la misma. Ese año enfermó y murió, eso fue todo. Nadie cobró nada. Los tíos de Dodo lo acogieron. No quería ir a la escuela porque no oía nada. El estado quería enviarlo a una escuela especial, así que sus tíos le pidieron a la señorita Chona que se quedase con él hasta que consiguieran el dinero necesario para enviarlo al sur. Allí tienen familia que podría cuidar de él.

—¿Estás seguro?

—Señora Fioria, ¿le mentiría yo?

—Más te vale que no lo hagas —dijo, agitando una mano con la palma abierta hacia arriba.

Fatty sonrió, pues resultaba evidente que la señora Fioria se estaba enfriando.

—¿Por qué acudió el médico? —preguntó—. ¿Estaba enfermo el niño?

—No lo sé. Doc Roberts no suele tratar a la gente de color.

—¿Cómo sabía el doctor que el chico estaba aquí arriba? Yo vivo aquí y *no* sabía que estaba aquí arriba.

—Lo mantuvieron en secreto.

—¿Cómo se enteró el doctor?

—Alguien se lo dijo, supongo.

—¿Así empezó la pelea en la tienda? —preguntó.

Por primera vez, Fatty parecía desconcertado.

—No hubo ninguna pelea.

Fioria se mostró firme.

—Hubo una pelea. Así es como la señora judía resultó herida.

—Ella no se lastimó en ninguna pelea. Lo juro por Dios.

—Entonces, ¿qué le pasó?

—Bueno... Se cayó... Fue como... No lo sé. La encontraron con la ropa... como si se la hubiesen arrancado.

—¿Se cayó y se rompió la ropa ella sola?

—No estoy seguro, señora Fioria.

Fioria observó a los jóvenes que la rodeaban. A la mayoría los conocía desde niños, a algunos desde hacía más de una década. Algunos habían estado en su salón haciendo alguna chapuza, otros se habían comido su pasta, porque después de servir a su marido y a su hijo, si veía pasar a un niño hambriento, no podía evitar darle de comer. Había algo en esos niños hambrientos que conmovía de la manera más profunda a Fioria Carissimi, que había crecido en un pequeño pueblo siciliano cerca de Palermo donde tan solo una vez al año, en Navidad, podían disfrutar de una cena de arroz con aceite de oliva y carne de verdad. Simplemente, no podía aguantarlo. Su oscura mirada se posó en Rusty, que fumaba nervioso un cigarrillo. Le señaló con el dedo.

—¿Estuviste allí?

—Yo... vi algunas cosas, señora Fioria.

—¿Y?

—Bueno, la señora Addie llegó antes que yo.

Fioria soltó una retahíla de palabras en italiano y Big Soap puso los ojos en blanco.

—Rusty, habla claro de una vez antes de que mate a alguien.

Rusty extendió los brazos para explicarse.

—Lo que vi, cuando entré, fue a la señorita Chona tirada en el suelo con su vestido... Bueno, Addie le estaba arreglando el vestido. Como si estuviera arrugado. Como si alguien hubiera intentado quitárselo.

—¿Estaba el médico allí?

Rusty tragó saliva y guardó silencio durante unos segundos.

—¿Se refiere a Doc Roberts?

—¿Estaba allí o no?

—Salió corriendo cuando yo entré. Volvió cinco minutos después con la policía.

—¿Y el chico?

—Dodo estaba allí —dijo Rusty—. Seguro que estaba. Estaba alterado. Se puso a gritar cosas sobre Doc Roberts mientras los policías lo perseguían. —Y en ese punto, Rusty palideció y dijo—: Señora Fioria, en realidad no vi nada. Se lo juro por Dios. La única persona que realmente vio algo fue Addie. Está en Reading, en el hospital, con la señorita Chona. Puede preguntarle a ella qué vio. Creo que las únicas personas que vieron lo que pasó entre Doc y la señorita Chona fueron Doc y la señorita Chona.

—El chico estaba allí —dijo Fioria—. ¿Alguien le preguntó a él?

—Es sordomudo —respondió Fatty.

Fioria frunció el ceño cuando escuchó la traducción y luego le habló a Fatty en inglés, directamente.

—Sordo —dijo en inglés, señalando sus propios oídos—. Pero mudo... —Señaló a Rusty, Big Soap y Fatty, contando mientras señalaba, diciendo en inglés—: Uno, dos y tres. —Entonces miró al resto de los jóvenes que estaban de pie, agitó un dedo como diciendo: «Cuidado. Os estoy vigilando». Luego se volvió hacia Fatty, dijo unas palabras más en italiano y se fue colina abajo.

La vieron marcharse. Fatty preguntó a Big Soap:

—¿Qué es lo último que ha dicho?

—Nada. Ha dicho que tenemos problemas.

—No me tomes el pelo, Soap. Sé cómo decir problemas en italiano. *Guaio*. Recuerdo esa palabra de cuando nos calentaba el culo en los viejos tiempos. No he oído esa palabra en ningún momento. ¿Me estaba echando la bronca de alguna otra manera?

—No.
—¿Qué ha dicho entonces?
—Ha dicho que Dios observa lo que hacemos.
Fatty suspiró.
—Prefiero que sea Él quien me vigile a que sea ella.

16
La visita

Chona yacía en una habitación privada de la última planta del hospital de Reading, en un ala normalmente reservada para enfermos graves o moribundos. Al parecer, eso era precisamente lo que el caballero de Filadelfia, un rico propietario teatral, había insistido en tener, y había pagado por ello en efectivo.

—Quiero silencio —les dijo a las enfermeras de la planta.

Al parecer, estaba acostumbrado a dar órdenes, lo que provocó cierta animosidad entre las enfermeras. Corría el rumor de que la judía de la 401 vivía en la cercana Pottstown y se había visto involucrada en algún tipo de altercado con las fuerzas del orden. No habían visto a muchos judíos en esa planta, ni tampoco a muchos negros como la cuidadora que se pasaba el día sentada junto a la cama de la enferma, con la cara a menudo hundida en una Biblia. La mujer negra rara vez sonreía. Hablaba con el personal de manera directa y seca. Las enfermeras no tardaron en definirla como arrogante e irrespetuosa. Para colmo, el marido judío de la enferma entraba y salía a horas intempestivas, por no hablar de los negros que iban y venían de la habitación a lo largo del día. Todo parecía un tanto desproporcionado: judíos ricos pagando por habitaciones privadas e inundando de negros la planta del hospital. Este país, murmuraban las enfermeras, se está yendo a la porra.

Addie no estaba al corriente de esas habladurías, al igual que Chona, que durante cuatro días había permanecido en coma y los médicos suponían que del segundo coma ya no iba a despertar. Addie no estaba tan segura. Cada mañana, Chona se agitaba, mascullaba y volvía a verse sumida en la inconsciencia. El primer día, Addie no le dio importancia. Pero al cabo de tres días, sospechó que la mujer que habitaba dentro de aquel cuerpo seguía viva.

Addie se lo reveló a Moshe cuando, al tercer día, se presentó allí con Nate, con quien no había hablado desde el incidente. Los dos hombres, que parecían exhaustos, explicaron que montar y desmontar el escenario para los tres días de representación de *Hamlet*, por parte de una compañía de teatro yidis de Pittsburgh, les había requerido muchísimo tiempo.

—Espero que a la gente le gustara —comentó Addie, con la intención de parecer alentadora.

Moshe ignoró sus palabras y se sentó junto a la cama de su mujer sin decir nada. Estaba hecho un desastre. Tenía la camisa sucia y la chaqueta raída. Las bolsas bajo sus ojos eran tan grandes que podría haber guardado huevos en ellas. Se quedó mirando a Chona durante un buen rato y luego dijo:

—¿Alguna novedad?

—Está intentando sacarlo.

—¿Sacar el qué?

—Eso que hace por las mañanas. Lo hace siempre. —Addie sabía que existía una palabra judía para designarlo, pero no podía recordarla—. Es una cancioncilla. Una oración. Ella está tratando de hacer eso. Todas las mañanas. Desde hace tres días.

Moshe miró fijamente a su esposa, echó un vistazo a Addie y agitó la mano.

—Déjanos un rato a solas —dijo.

Addie y Nate salieron al pasillo. Al notar las torvas miradas de las enfermeras, se dirigieron al hueco de la escalera, bajaron hasta llegar al vestíbulo que daba a la entrada cubierta de césped del hospital, lejos de los oídos y de las miradas de los blancos. Era su primer momento a solas desde el incidente que había tenido lugar cuatro días antes.

—No hay ninguna necesidad de darle falsas esperanzas —dijo Nate.

—Lo he dicho de corazón —comentó Addie—. Sigue viva.

—Deja que sean los médicos quienes se encarguen de esto.

—No iría a un médico de por aquí ni por cien pavos de Navidad —replicó Addie—. Especialmente, si hablamos de Doc Roberts.

—No puedes reparar todos los males del mundo —dijo Nate.

—¿Y eso qué tiene que ver?

Nate señaló con la cabeza hacia el recinto del hospital, los médicos blancos, las enfermeras pulcramente vestidas que pasaban patrullando.

—Si alguien te pregunta sobre lo que pasó en la tienda, te voy a decir cómo tienes que comportarte: di que no estabas allí.

—Pero yo *estaba* allí. Y vi algo. Entré por la puerta trasera y vi lo que vi.

—¿Y qué viste?

—Doc Roberts le estaba rasgando la ropa, la estaba toqueteando como si fuera un trozo de carne.

Nate echó un vistazo al personal del hospital que pasaba, los médicos y las enfermeras los miraban al cruzar el vestíbulo en dirección a la concurrida zona de delante, junto al césped y el largo camino de entrada, donde esperaban los coches. Dos visitantes negros, vestidos como celadores, de pie en el reluciente vestíbulo del hospital de Reading no daban la impresión de ser, precisamente, un signo de bienvenida.

—No digas su nombre cuando estés aquí —dijo Nate—. Es posible que lo conozcan.

—Tendrían que conocerlo... Menudo canalla está hecho.

—Son cosas de blancos. No te metas.

—De no haber sido por él, Doc se habría salido con la suya.

—Doc ya se está saliendo con la suya —dijo Nate—. Se trata de su palabra contra la de un niño de color sordomudo. Lo demás son tonterías.

—¿Es eso lo que ha declarado Doc?

—Según sus palabras, fue a buscar a Dodo y el chico le saltó encima y le atacó. La señorita Chona cayó al suelo y se desmayó debido al jaleo.

—¿Con el vestido por encima de la cabeza? —dijo Addie.

Nate lanzó una acalorada mirada a su alrededor y dijo en voz baja:

—Maldita sea, te vas a meter en un buen lío si sigues dándoles vueltas a las mentiras de los blancos. No te metas. No puedes hacer nada. —Habló con intensidad, pero mantuvo el rostro impasible mientras un nutrido grupo de médicos vestidos de blanco pasaba junto a ellos, riéndose a causa de alguna broma privada.

—¿Por eso estabas en la cantina de Fatty, hace un par de noches, poniéndote tibio?

Nate frunció el ceño.

—No volverá a pasar.

—¿Qué ha dicho Dodo? —preguntó Addie.

Nate guardó silencio. Addie lo miró fijamente, con el gesto endurecido. Ahora le tocaba a ella enfadarse.

—¿No has ido a verlo?

—No.

—¿Por qué no?

—No sé si me dejarían entrar —dijo.

—Dejan entrar a vacas patizambas. Es un manicomio, no una prisión. No te convertirán en celador. Tienen horarios de visita.

—Me da vergüenza ir a ese tipo de sitios —reconoció Nate.

Addie frunció el ceño. Así que se trataba de eso. A las personas que no les gusta compartir su pasado no les gusta tampoco meterse en lugares cerrados. Ni siquiera de visita. No cuando esa misma persona ha estado encerrada antes en uno de esos lugares.

—Carolina del Sur está muy lejos —dijo ella, y luego añadió—: Lo que ocurrió allí no importa. Lo que cuenta es lo que tienes por delante. Aquí nadie te conoce.

—Sería difícil —dijo Nate—, porque cambié de nombre.

Addie no dijo nada. Ese detalle era nuevo.

Le observó doblarse y apoyarse contra la pared. Su alto cuerpo encorvado, los ojos bajos, avergonzado. A Addie le encantaba la suave curva que dibujaba su nariz, las líneas de su mandíbula, la forma en que movía la cabeza cuando miraba hacia abajo, el arco que formaban sus hombros. Le puso una mano a un lado de la cara y frotó suavemente.

—Puedes dedicar tu vida a recordar el daño que te hicieron —le dijo—. Pero olvidarte de ello y seguir viviendo es casi tan bueno como perdonar. No me importa quién eras, ni lo que hiciste, ni siquiera cómo te llamabas entonces. Sé lo que hay en tu corazón. Pareces tan cansado.

Ella le tomó la mano con fuerza y se la llevó al pecho, la colocó sobre su corazón. Nate sintió una oleada de aquel viejo sentimiento, aquel brillo, la luz que ella había prendido en él, y de ese modo el yunque que pesaba sobre su corazón se esfumó.

—Tenía pensado ir. Me tomé vacaciones y todo. Pero no fui capaz —confesó—. Por eso me presenté en el garito de Fatty y me puse en ridículo.

—No eres el primero en este mundo que utiliza el licor para esas cosas.

—Fue peor que eso. Me emborraché con aguardiente casero. Traído del sur, nuestra tierra.

Addie se echó a reír.

—No me extraña que tengas tan mal aspecto.

Nate sonrió con un deje de amargura.

—Me desperté a la mañana siguiente con la sensación de que la banda de música del estado de Carolina del Sur tocaba dentro de mi cabeza. Los vi una vez. Estaba trabajando en una carretera, asfaltando. Podías oír el martilleo de los tambores a un kilómetro de distancia. Cuando doblaron la esquina, debían de ser unos doscientos muchachos de la universidad para negros, aporreando tambores y tocando las bocinas, vestidos como pavos reales. Fue increíble. —Suspiró, luego se frotó la frente y miró a través de las puertas de cristal hacia el tranquilo recinto del hospital—. Esperaba que Dodo fuera a una universidad así algún día, que hiciera algo por sí mismo. Es inteligente. Puede hablar, todavía oye un poco, ya sabes, pequeñas cosas. Tenía una oportunidad.

—¿Por qué has dicho *tenía*?

—No van a dejarlo salir del sitio al que lo han enviado.

—¿Quién dice que no van a dejarlo salir? Tenemos que ir y consultar a alguien.

—Va a ser como lavarle la cara a un gato —dijo Nate.

—¿Y si se lo pedimos al señor Moshe? —preguntó—. Tiene cierta influencia.

Nate negó con la cabeza.

—El señor Moshe no es el de siempre. Apenas es capaz de dirigir sus teatros. —Nate recapacitó durante unos segundos y luego dijo—: Tal vez el reverendo Spriggs. Conoce a muchos blancos.

—No creo que conozca a nadie —se apresuró a decir Addie.

—No le haremos daño a nadie preguntándole —repuso Nate—. Puedo decírselo.

—Déjalo tranquilo —dijo Addie—. Está demasiado ocupado predicando y sacudiendo la Biblia y gritando en la iglesia.

—¿Qué te ha hecho el reverendo?

Addie apartó la mirada, no tenía claro si hablar o no, pues si lo hacía, temía que la verdad sacase a la luz una historia que podría hacer que Nate, en cuanto, hasta cierto punto, recién llegado a Pottstown, pues solo llevaba allí nueve años, se fuese en busca de Earl Spriggs cuchillo en mano, pues ella conocía a Ed Spriggs desde la infancia. Ed Spriggs era una combinación de marginado y paranoico. Fácil de asustar, fácil de comprar, fácil de disuadir, especialmente cuando había por medio el hombre blanco. «Que sintiese la llamada de Dios», pensaba ella, «fue un milagro o una excusa, poco importaba.» Estaba segura de que había sido Ed Spriggs quien había entregado a Dodo al hombre de color del estado. Ed Spriggs era uno de los pocos de Chicken Hill que sabía que la señorita Chona había escondido a Dodo en el patio de Bernice, porque Bernice acudía a su iglesia. Bernice era una mujer dura y difícil, que no se conmovía ni con amenazas ni con tonterías. No le contaba nada a los blancos. Pero los hijos de Bernice también iban a la iglesia de Ed Spriggs, y este, espabilado como era, no habría tenido que preguntarle nada a Bernice sobre quién jugaba en su patio. Solo tenía que preguntarle a uno de sus hijos. Seguro que alguno lo soltó.

—Ed Spriggs no me ha hecho nada —dijo Addie.

—Él y Bernice se dijeron un par de cosas ayer en la iglesia.

—¿Sobre qué?

Nate se encogió de hombros y preguntó:

—¿Bernice ha estado aquí?

—Vino ayer. Vestida como para ir a la iglesia. Debe de haber sido justo después.

—¿Qué se cuenta?

—No la he oído hablar más de diez palabras desde que murió su padre y de eso hace años. Estuvo con la señorita Chona un rato y luego se fue.

—A mí me parece... —empezó a decir Nate, luego hizo una pausa y preguntó—: ¿Cómo sabía Doc Roberts que Dodo estaba en Chicken Hill?

—El hombre de color del estado debe de habérselo dicho.

—¿Y quién le dijo al hombre del estado que Dodo estaba allí?

—Nadie, que yo sepa. La señorita Chona lo escondió en el patio de Bernice con sus hijos cuando el hombre llegó. Yo estaba allí la mayoría de las veces que vino. El hombre del estado ni siquiera miró al jardín de Bernice.

—Tal vez Bernice se lo contó.

Addie frunció el ceño.

—Bernice nunca lo contaría.

Nate habló despacio.

—Paper me contó ayer que Bernice andaba corriendo por su casa azotando a uno de sus hijos, uno que tiene los brazos gordezuelos. Uno de los más pequeños.

—No es asunto de nadie cómo educa a sus hijos —comentó Addie, pero se percató, nerviosa, de que Nate empezaba a pensar por su cuenta. Vio cómo la idea iba calando en él, en su alto cuerpo pensativo. Había llegado encorvado y cansado, con la mirada perdida mientras los médicos y las enfermeras pasaban a su lado, lanzando miradas de desconcierto a los dos negros del vestíbulo. Pero ahora, ante la idea de que el reverendo Spriggs hubiera revelado el escondite de Dodo al estado, el único secreto positivo de Nate, tal vez por el precio de una tarta de café, la entrada de un coche o algún pequeño reconocimiento por parte los blancos, sintió como si una oruga se hubiese desprendido de su capullo y emergiera de él una malvada mariposa.

Nate apoyó el brazo en la ventana, un movimiento lento y delicado que, por lo general, transmitía la impresión de una persona despreocupada que se movía sin prisa, con un propósito amable. Pero el brillo sombrío de sus ojos contenía una suerte de furia latente, lo que le otorgó a aquel lento movimiento el aire de un tigre preparándose para atacar.

Preguntó en voz baja:

—¿Ha venido el reverendo Spriggs a ver a la señorita Chona? —Antes de que ella pudiera siquiera hablar, él respondió a la pregunta—: Por supuesto que no.

Miraba fijamente hacia delante mientras hablaba, sin ser consciente de los blancos que pasaban a su lado. Había algo salvaje en su interior que intentaba desatarse, pataleando justo detrás de sus ojos, a la espera de estallar. Al ver que aquello crecía, Addie se asustó. «El diablo», pensó. Al verle apoyar su largo y musculoso brazo en el cristal de la ventana, pensó durante un segundo que se estaba volviendo loca, pues se sentía agotada debido a la falta de sueño. Nate nunca le había levantado la mano a nadie en los años que llevaban juntos, ni siquiera a Dodo cuando el chico se lo merecía. No podía imaginárselo. Pero se lo habían advertido. Paper había pasado por el hospital el día anterior y le había transmitido una advertencia explícita de Fatty.

—Fatty dice que vigiles de cerca a Nate.

Addie había podido apreciar el nerviosismo en la voz de Paper. Y ahora, al ver a su marido de pie en el vestíbulo del hospital, con aquel anuncio de furia reconcentrada y reprimida en la expresión de su rostro, sintió miedo. Así que dijo:

—El reverendo Spriggs no tiene motivo alguno para venir a ver a la señorita Chona.

—Es un reverendo, ¿no? ¿No visitan a los enfermos?

—Ella tiene su propio reverendo judío. No necesita al reverendo Spriggs.

—Fue a ver al panadero, al señor Eugenio, cuando estaba enfermo, ¿no es cierto? Creo que el señor Eugenio era católico.

—Un reverendo no tiene tiempo para visitar a todo el mundo —dijo Addie, tratando de apartarlo—. Básicamente, ven a gente de su propia congregación.

Nate guardó silencio un momento, y luego dijo:

—Spriggs tiene buena relación con Doc Roberts. Incluso yo lo sé.

—Hagamos lo que me has dicho antes —replicó Addie con celeridad—. No nos metamos en los asuntos de los blancos, cariño.

Nate guardó silencio. Inaccesible.

Addie lo intentó una vez más.

—¿Me harías un favor, cariño? —dijo.

Nate la miró de reojo.

—¿Qué quieres, mujer?

—¡No me llames mujer! ¡Soy tu esposa! —Vio que la rabia en sus ojos daba paso al enfado y al dolor y, en ese momento, Addie supo que aún podía apelar a su corazón. Así que hizo su propuesta—. Acércate a ver cómo le va a Dodo. Tengo algunas cosas para él en casa. Algo de ropa, dulces. Ve a buscar esas cosas, luego ve a la tienda, Paper es quien la regenta ahora, y haz que llame por teléfono a Pennhurst. Es buena hablando con los blancos. Deja que lo arregle para que puedas ir a verlo. Te hará bien.

Nate observó los ojos marrones de su mujer, escrutadores y suplicantes, y luego la mano de ella sobre su pecho, los largos dedos que le limpiaban el sudor de la cara después del trabajo, que le confeccionaban los pantalones, le acariciaban la oreja y le cuidaban como nunca le habían cuidado siendo niño. Y la rabia que lo invadía se calmó.

—No se me dan bien ese tipo de sitios —dijo—. Pero me lo pensaré.

17
La rana toro

La noticia de la hospitalización de Chona y las circunstancias que la rodearon no pudieron llegar en peor momento para la congregación Ahavat Achim de Pottstown. El pequeño templo, construido en lo alto de Chicken Hill por el padre de Chona quince años antes, se había visto trastornado por la llegada de varios miembros húngaros, así como por la aparición de un ser de cuatro patas: una rana toro gigante. A la enorme criatura la encontró una de las nuevas esposas en la *mikve,* o piscina de baño para mujeres. Su marido, un exitoso sombrerero de Budapest llamado Junow Farnok, recién llegado de Buffalo (Nueva York), y que había insistido en que se refirieran a él por su nombre americano de adopción, señor Hudson, se sintió indignado. Se ofreció a donar ciento cuarenta y cinco dólares a la *shul* para la construcción de una nueva *mikve,* exigiendo, eso sí, que la nueva piscina fuera el doble de grande y confortable, y que estuviese construida con el mejor mármol de Carrara, Italia.

Se trataba de una petición insólita para la pequeña *shul,* cuyas arcas contaban con un total de cincuenta y nueve dólares con catorce centavos, sin incluir diecinueve pares de zapatos nuevos de John Keasler y un montón de chatarra, herraduras y trapos, todos ellos donados por un antiguo feligrés, un vendedor ambulante que se había fugado el año anterior con la esposa de un granjero menonita de la cercana localidad de Pennsburg. Se conocieron mientras el vendedor ambulante recorría su habitual ruta de venta. Durante años, regatearon y negociaron el precio de la leche de la mañana y el pan recién horneado y, al parecer, una cosa llevó a la otra. Ella era una mujer grande, de casi metro ochenta, corpulenta como un camión, en tanto que él era tan delgado que parecía el palo de una fregona con pelo. Ella hablaba alemán y él yidis; ninguno de los dos hablaba inglés. Pero el amor es un idioma universal y, antes de marcharse, el hombre legó los ahorros de toda su vida, veintisiete dólares, y también su carrito de vendedor ambulante, junto al total de su contenido, a su amado templo, y acompañó la donación con una carta a su mejor amigo que decía, en parte: «Ten cuidado en Estados Unidos. Un buen polvo puede destrozarte». Y se marchó. La última vez que lo vieron iba camino de Indiana.

Su marcha no perjudicó gran cosa a la *shul*, ya que sus miembros habían pasado de diecisiete familias a cuarenta y cinco en 1936, incluidos los servicios del todavía nervioso pero siempre entusiasta rabino Karl Feldman, un alma bondadosa a quien los feligreses que preferían el yidis seguían llamando cariñosamente, a sus espaldas, Fertzel; y Frabbi los miembros que preferían el inglés. Feldman estaba agradecido por tener trabajo. Sobre sus delgados hombros recayó la cuestión de qué hacer con la nueva *mikve*, pues si bien se le hacía la boca agua ante la perspectiva de recibir una enorme donación en metálico por parte del nuevo y acaudalado feligrés húngaro, que acostumbraba a llevar camisas blancas con el escudo familiar bordado en los bolsillos del pecho, se le olvidó mencionarle que tenían ciertas dudas sobre la procedencia del agua para la nueva *mikve*.

Trataron dicha cuestión en la reunión mensual del *chevry*, el grupo de hombres que decidía asuntos importantes en el templo, a la que asistieron el rabino Feldman; Irv Skrupskelis, el menos malo de los gemelos lituanos Skrupskelis; cinco miembros a los que se les llamaba «losas de carne», pues solían guardar silencio y votar lo que se les pidiese; el nuevo donante, el señor Hudson, que vestía un fino abrigo de cuero, guantes, tirantes, pajarita, sombrero de copa, botas hasta las rodillas y camisa blanca almidonada; y las víctimas habituales de los secuestros para el minyán, pues se necesitaban diez personas para formar un minyán y a menudo solo contaban con ocho. En esos casos, las víctimas eran dos jóvenes inmigrantes austriacos recién llegados a la ciudad, los hermanos Hirshel y Yigel Koffler, captados en la calle cuando volvían a casa del trabajo, tras haber sido contratados recientemente como guardafrenos por el Ferrocarril de Pensilvania. Los exhaustos hermanos Koffler llegaron a la reunión cubiertos de hollín y mugre. Bebieron café y devoraron gigantescas porciones de pastel de café húngaro, y no tardaron en dormirse cuando dio comienzo la habitual charla sobre partidas de cartas y béisbol americano en inglés, que ninguno de los dos hablaba. El rabino Feldman, al que no le gustaban ni los juegos de cartas ni el béisbol, rápidamente cambió la conversación al yidis, tras lo cual la charla se centró en la creciente agitación política que se estaba viviendo en Alemania, donde el presidente Paul von Hindenburg había elegido a un joven austriaco llamado Adolf Hitler como canciller para mantener «bajo control» al partido nazi.

El señor Hudson era un amante de los detalles, por eso interrogó al rabino Feldman.

—¿Sería posible duplicar el tamaño de la *mikve* sin problemas? —preguntó el señor Hudson.

—Por supuesto —respondió el rabino Feldman.

—No parecía tenerlo tan claro cuando se lo pregunté la otra vez —dijo el señor Hudson.

—Oh, no —replicó Feldman—. Nos las apañaremos.

—¿Y qué pasará con la rana?

—¿Qué pasa con la rana? Ya no está, ¿no?

—Está la cuestión de la procedencia de la rana. ¿Cómo llegó a la *mikve*?

—Es muy posible que se le cayese a uno de los chicos —dijo el rabino Feldman.

—Mi esposa me dijo que salió de abajo —dijo Hudson—. De un tubo de desagüe que hay debajo.

El rabino Feldman miró a Irv Skrupskelis y palideció.

—Lo investigaremos —dijo.

—También me dijo algo sobre el agua —prosiguió el señor Hudson—. Una de las mujeres dijo algo.

—¿Del agua?

—Sí. Algo sobre que no había suficiente, o alguna cuestión sobre su procedencia. ¿De dónde viene el agua de la *mikve*?

—¿De dónde viene *toda* el agua? —dijo Feldman, riendo nervioso. Puso los ojos en blanco, pero al señor Hudson no le hizo ninguna gracia.

—Bueno, ¿qué pasa con ese tema? —preguntó Hudson.

—¿Con qué tema?

—El agua. ¿De dónde viene?

—Bueno, en esta parte de la ciudad siempre ha habido problemas para conseguir suficiente agua corriente —dijo Feldman—. Pero la ciudad acaba de construir un depósito en la colina, justo encima de donde estamos; hace un año. Tuvimos que hacer ajustes en el pasado.

—¿Qué clase de ajustes?

Feldman se encogió de hombros.

—Nada importante. Problemas ocasionales —dijo—. Tuvimos que llevar agua a la *mikve* de vez en cuando. No hay demasiada agua por aquí, eso es todo.

El señor Hudson, un hombre delgado, con gafas, se acarició el bigote y frunció el ceño.

—Esto no es Nevada. ¿Cómo puede faltar el agua para una *mikve*?

—Tenemos agua, pero no la *suficiente*.

—¿Cómo es posible?

—A veces..., de vez en cuando, tenemos problemas de suministro de agua —dijo el rabino Feldman.

Esa confesión resultó novedosa incluso para Irv Skrupskelis, que fue uno de los primeros congregantes y había estado presente cuando se construyó la *mikve* original.

—Karl, ¿cómo es posible que no tengamos agua suficiente? O tenemos agua o no la tenemos.

—Tenemos la suficiente..., excepto cuando no la tenemos —dijo el rabino Feldman.

—¿La canalización está rota?

—No.

—¿Qué se supone que significa eso? Recibimos agua de la ciudad, ¿no? —preguntó Irv.

El rabino Feldman negó con la cabeza.

—En realidad —contestó—, hemos sufrido un contratiempo en ese sentido.

Irv enrojeció.

—¿Hay catorce iglesias en esta ciudad y me estás diciendo que nuestra *shul* es la única casa de culto que no recibe agua de la ciudad? ¿Llamas a eso un contratiempo?

Feldman suspiró.

—Cuando se construyó la *shul*, la ciudad no llevaba el agua hasta Chicken Hill. El agua procedía de la red pública y se transportaba hasta aquí en barriles.

—¿No tenemos un pozo?

—No —dijo Feldman—. Hay una granja cerca de la cima de la colina, la granja de los Plitzka, que tenía un pozo. Nos ofrecimos a pagar a los Plitzka por el uso del agua de su pozo, pero se negaron. Así que la administración anterior —no mencionó al padre de Chona por su nombre, pero no hizo falta, todo el mundo sabía que el templo solo había tenido un rabino antes de Feldman— llegó a un acuerdo.

—Esto es nuevo para mí —declaró Irv.

—Funcionó bien durante años —dijo Feldman—. Pero ahora hay un problema con el acuerdo. ¿Por qué? Porque el anterior administrador, el que hizo el arreglo, murió hace cuatro años.

—¿Quieres decir que Yakov, el padre de Chona, no firmó un contrato?

—Qué va.

—¿De dónde viene el agua?

—Bueno... —En ese momento, Feldman palideció—. No está muy claro. Aunque tengo algunas ideas —dijo.

—No te preocupes por eso —dijo Irv—. Lo arreglaremos. Vamos a ir a la ciudad y lograremos un acuerdo para abastecernos del agua de la ciudad. Ahora están instalando tuberías en esta dirección, ¿no es cierto? Para eso está el nuevo depósito en lo alto de la colina.

—No es tan sencillo —dijo el rabino Feldman.

—¿Por qué no?

—Todavía estamos atados a causa del primer acuerdo.

—¿Qué demonios significa eso?

Feldman suspiró.

—Acuérdate, Irv —dijo—, de que el constructor original de nuestro templo, eh..., se fugó con el dinero y nuestro fundador se vio obligado a firmar un acuerdo con otro hombre, un constructor local, que hizo un trabajo maravilloso. Desgraciadamente, el constructor que se llevó nuestro dinero no analizó la capa freática bajo la *shul* para ver si corría agua por allí. Así que cuando se construyó la *shul*, no había agua cerca.

—¿Y?

—Como la ciudad no suministraba agua a esta zona, nuestros problemas con el agua empeoraban durante los largos periodos de sequía. Hicimos varias ofertas al viejo señor Plitzka para comprarle agua del pozo, pero nos rechazó, y un año, durante un largo periodo de sequía, una joven integrante de nuestra *shul*, que sea bendecida con un milagro, pues ahora está enferma, le denunció a la policía, lo que empeoró las cosas. Ella acabó acarreando agua en barriles desde la fuente pública durante un tiempo, o eso me dijeron.

Sus palabras provocaron una triste sonrisa en el normalmente adusto Irv, ya que tanto su hermano como él adoraban a Chona.

—¿Has ido ver a Chona al hospital? —le preguntó a Feldman.

—Todavía no.

—¿A qué esperas?

—Yo... Solo lleva allí cuatro días. Está en Reading.

—Ya sé dónde está.

—Es que mi coche...

Aquí intervino el señor Hudson.

—¿Podemos tratar los asuntos por separado? ¿Qué pasó con el agua?

Irv lanzó una lacerante mirada a Hudson y luego asintió en dirección a Feldman, que parecía aturdido.

—Dinos cómo están ahora las cosas con el agua, Karl.

—Como ya he dicho —dijo Feldman—, después de que Chona disgustara al viejo señor Plitzka, se vio obligada a acarrear el agua para la *mikve* a mano. Eso causó algunas dificultades.

—Por eso vamos a acordar que ahora nos traigan el agua por tubería desde la ciudad —manifestó el señor Hudson.

—Ese es el problema —dijo Feldman. Explicó que el hijo mayor de Plitzka nunca olvidó la ofensa que sufrió su padre, ya que Chona escribió una detallada carta quejándose de la situación al *Mercury* de Pottstown sobre el viejo Plitzka, la policía y el departamento de aguas de la ciudad. El hijo guardó la carta de Chona durante años y la esgrimió en su campaña para el ayuntamiento, afirmando que los judíos de Pottstown «estaban tomando el poder». Salió elegido bajo esa premisa en tres ocasiones—. Cada vez que preguntamos, el ayuntamiento dice que no tiene dinero para tender una tubería de agua hacia nuestra parte de Chicken Hill. Dicen que lo tienen previsto. O que llegará pronto. O que el depósito tiene problemas. Es un retraso tras otro.

—Eso es ridículo —exclamó el señor Hudson—. Podemos contratar a un abogado y obligarles a canalizar la *shul*. Por aquí pasan tuberías de todo tipo.

El rabino Feldman compuso un gesto de duda.

—El viejo Plitzka era muy popular.

—¿Cuál era su nombre de pila? —preguntó Irv.

—Gustowskis.

—¿Ese es el jefe del consejo municipal?

—No —dijo Feldman—. Ese es su hijo. Gus Plitzka júnior.

Irv puso los ojos en blanco.

—Recuerdo al padre. Un viejo y malvado *ferd* (caballo) con tan solo tres dientes delanteros. Por su cara, parecía que tuviese por *hobby* pisar rastrillos. Vendía salchichas de terefá y trigo sarraceno en el mercado del viejo granjero. ¿Carecemos de agua por su culpa?

—Por él no. Por su *hijo*. El presidente del consejo municipal. Gus Plitzka júnior, ya lo he dicho.

—¿Cuánto tiempo hace que Chona escribió esa carta? —preguntó Irv.

—Hace años. Apenas era una niña. Fue antes de casarse con Moshe.

—Para que yo me aclare, ¿en qué sentido está relacionado eso con la rana toro de la *mikve*? —preguntó el señor Hudson.

Irv se volvió hacia Hudson y le dijo:

—¿Podemos dejar de lado un momento el tema de la rana toro? —Luego se volvió hacia Feldman—: La *mikve* funciona bien. O es así o mi mujer lleva seis meses bañándose en saliva. Tenemos agua de vez en cuando. Entonces, esa agua, ¿de dónde viene?

El rabino Feldman suspiró.

—La *shul* no quería armar un escándalo, así que tengo entendido que tomamos el agua del pozo que lleva a la fuente pública, cerca de la Lechería Clover. De hecho, no pagamos a la ciudad por la poca agua que utilizamos.

—Pues paguémosle ahora —dijo el señor Hudson—. Eso se arregla enseguida. Firmaremos un acuerdo.

Feldman volvió a suspirar.

—Va a ser muy difícil tirar adelante ese acuerdo.

—El dinero mueve el mundo —dijo Hudson.

—Este mundo, no —replicó Feldman. Se aclaró la garganta—. Mm... Como el acuerdo es anterior a mi llegada, nunca llegó a obtenerse un permiso para aprovechar el agua del pozo de la fuente pública. Tomamos el agua y ya.

—¿Quién hizo eso? —preguntó el señor Hudson.

Feldman le miró nervioso.

—Estás de broma, ¿no?

—En absoluto.

—Bien, tengo entendido que el rabino anterior pagó a un hombre para que consiguiera una cuadrilla, excavase, conectase una tubería en forma de Y a la canalización del pozo y la volviera a tapar. La conexión está enterrada a metro y medio de profundidad, justo enfrente del edificio de la lechería, entre Hayes y Franklin. De ahí sacamos el agua.

—Lo que resulta evidente es que no tenemos bastante —dijo el señor Hudson.

—Esta ciudad está creciendo, señor Hudson. La central lechera, que se abastece del mismo pozo, ha incrementado su producción. Y el nivel freático está bajando. Así que el pozo se seca de vez en cuando. Por eso a veces se tarda mucho en llenar la *mikve*. Por eso también construyeron el nuevo depósito.

—¿Por eso apareció la rana toro? —preguntó entonces el señor Hudson.

Irv era el más agradable de los gemelos Skrupskelis, pero su amabilidad tenía un límite. Se volvió hacia Hudson y bramó:

—¿Podrías dejar de hablar de la rana un minuto hasta que resolvamos este asunto?

El señor Hudson enrojeció.

—¡Algo así nunca habría pasado en Buffalo!

—Estoy seguro de que por allí arriba todos andan agarraditos de la mano —dijo Irv. Se volvió hacia Feldman—. Karl, acerquémonos a la Lechería Clover. Conseguiremos que nos dejen entrar en el pozo y sacar la Y. Después conectaremos nuestra propia tubería a la misma línea que da servicio a la lechería, la línea que va desde la tubería principal de la ciudad hasta nosotros. Conseguiremos un abogado y lo haremos.

Feldman se aclaró la garganta.

—No es tan sencillo.

—¿Por qué demonios no?

—Vendieron la lechería hará cosa de un mes. Adivina quién es el nuevo propietario.

—¿Plitzka?

Feldman asintió.

Irv recapacitó durante unos segundos.

—Esta ciudad está gobernada por ladrones. Entre él y Doc Roberts... —Sacudió la cabeza—. ¿Es cierto eso que dicen de Doc, que entró en la tienda de Chona? ¿Qué han dicho los negros?

Feldman frunció los labios.

—No conozco a muchos de los negros.

—¿Has hablado con Moshe?

—Todavía no.

—¿A qué esperas?

Intervino Hudson.

—¿De qué estás hablando?

Feldman se volvió hacia él.

—Hubo un incidente... con una mujer de nuestra comunidad, la hija de nuestro fundador, está muy mal. Ha estado enferma durante años. El médico de la ciudad fue a verla. Al parecer, hay algunas dudas sobre su comportamiento.

El señor Hudson puso los ojos en blanco.

—¿Cómo hemos pasado de una rana toro en la *mikve* a esto?

Irv se volvió de nuevo hacia el señor Hudson, y esta vez resultó evidente que la bestia Skrupskelis andaba suelta.

—Escucha, *pisher* (mequetrefe), si mencionas esa rana toro una vez más, te propinaré un *zets* (puñetazo) en la cabeza.

—Contrólate un poco —espetó Hudson—. ¡Mi esposa usa esa *mikve!*

—¡Bueno, pues esa *alt mekhasheyfe* (vieja bruja) podría restregarse perfectamente sus carnes en casa!

—Tómatelo con calma, Irv —dijo el rabino Feldman.

—¿Que me lo tome con calma? Chona está en el hospital y ni siquiera has ido a verla. ¿Has pensado en cómo acabó allí? Estoy oyendo hablar mucho de ese asunto.

—Siempre ha estado enferma.

—No tan enferma. Deberías preguntar.

—¿Preguntar a quién?

—A cualquiera. A la policía, tal vez. ¿Qué te parece?

—¿Qué tendría que preguntar?

El señor Hudson se sintió irritado.

—Resolved ese tema vosotros dos. Mientras tanto, yo mismo iré al pueblo y les pagaré para que pongan una tubería nueva.

—Llévate una imprenta para hacer billetes de veinte y cincuenta —dijo Irv—. Aquí dirigen el cotarro Plitzka y Doc. La policía. El departamento de aguas. Todo se remonta a años atrás. ¿Crees que unos tipos como esos dejarán que un puñado de judíos cave alrededor del negocio de Plitzka? Primero nos multarán y luego nos cobrarán un dineral, si es que llegan a dejarnos excavar.

Se hizo el silencio en la sala. Incluso los austriacos, que no entendían mucho del inglés que se estaba hablando, parecían acobardados.

El señor Hudson se puso en pie y echó andar de un lado para otro, con las manos a la espalda.

—Se trata de un problema jurídico grave —expuso—. Estamos robando agua de una ciudad dirigida por un gentil que odia a los judíos. Podrían demandarnos.

—*Nosotros* no conectamos esa tubería al pozo de la ciudad —dijo Feldman—. La persona que lo hizo falleció. No participó ni un alma de nuestra *shul*. De eso estoy seguro. El difunto padre de Chona me lo dijo él mismo.

—Entonces, ¿quién lo hizo?

A Feldman se le subieron los colores y miró a Irv.

—Hay un negro de aquí involucrado.

El señor Hudson dejó de pasearse.

—¿Un negrata? —preguntó.

Los hermanos Koffler ya estaban despiertos.

—¿Qué es un negrata? —preguntó uno de ellos en yidis.

—Un negro —dijo Feldman en inglés—. Aquí les llamamos negros.

—¿Cuál de ellos? —preguntó Irv Skrupskelis.

—No lo conozco —dijo Feldman—. Pero el... el marido de Chona trabaja con muchos negros. Tal vez él lo conozca.

—¿Sabes cómo se llama? —preguntó Irv.

—¿El marido de Chona? Por supuesto.

—Moshe no, Karl. Me refiero al que cavó la tierra e hizo la conexión con el pozo de la ciudad —dijo Irv secamente—. ¿Quién es?

—Alguien de aquí. Ahora está muerto. Hizo de todo durante años. Era una especie de constructor. Talentoso, como puedes ver por nuestra *shul*. Su nombre era Shad, creo. Shad Davis. Tiene un hijo. Es chatarrero, hace chapuzas y cosas por el estilo para la gente de color de Chicken Hill. Creo que le llaman Fatty —dijo el rabino Feldman.

Los dos hermanos austriacos volvieron a mirarse. Hirshel dijo en inglés:

—¿Fatty?

—Tu primera palabra en inglés —murmuró Yigel con desgana—. Ya era hora. ¿Qué significa?

—Tenemos que trasladar esta *shul* fuera de Chicken Hill —anunció el señor Hudson—. Se acabaron los días de hacer malos tratos con terefá y negros y de nadar con ranas toro. Estamos en 1936. Entrad en la era moderna, caballeros. —Se volvió hacia Feldman—. Dejaré que seas tú quien desentrañe esto. —A Irv le dijo—: Fingiré que no me has insultado. —Se dirigió hacia la puerta y se detuvo—. La señora de nuestra comunidad que está en el hospital... ¿se está muriendo?

El pobre rabino palideció, pues el rostro de Irv Skrupskelis se ensombreció de rabia.

—Lo averiguaré —dijo Feldman.

El señor Hudson asintió y se fue.

Irv se volvió hacia Feldman.

—¿Nos has convocado para escuchar las quejas de ese imbécil?

—¿Debería haberle organizado una cena de bienvenida? —preguntó Feldman.

—Prepárala para que pueda echárselo en cara —dijo Irv. Se quedó mirando la puerta por donde había salido Hudson—. Menudo imbécil. Él y su puta rana.

18
El perrito caliente

Una semana después de ser agredida, Chona se despertó en la cama del hospital con las palabras de la canción-oración *Baruj She'amar* revoloteando por su cabeza como si fuesen mariposas. Más que oírla, sentía la plegaria; las palabras provenían de algún lugar profundo y aleteaban hasta su cabeza como pequeñas motas de luz, pequeños faros que se desplazaban como lo haría un banco de peces, nadando sin descanso para alejarse de una oscuridad que amenazaba con tragárselas. Se dio cuenta de que estaba presenciando una danza que nacía en un lugar fuera del alcance de su vista, un lugar en el que nunca había estado. De repente, sintió los labios secos. La invadió una repentina y avasalladora sed y debió de manifestarlo, porque de algún sitio salió agua. Sintió que le llegaba a la garganta y oyó las palabras de la oración: «Bendito sea Aquel que dio origen al mundo». Se sintió agradecida. Cuando era niña, le encantaba esa oración. La cantaba con su padre cuando lo agarraba de la mano los sábados por la mañana para ir a la *shul.* Siempre obtenía la misma respuesta. Él se reía y decía: «Uno nunca se equivoca cuando le expresa su amor al amo del mundo», y luego le ponía en la mano una canica, una moneda o un pequeño regalo. Maravilloso. ¿Por qué no lo había recordado antes? Entonces sintió que una mano se deslizaba entre las suyas, y supo entonces que estaba viva y que él estaba cerca, en algún lugar, su Moshe. Y en los recovecos de su mente, lejos del lugar consciente donde debería haber estado, y para siempre lejos de donde podría volver a estar, oyó una vez más la dulce trompeta, la encantadora corneta, aquel hermoso anhelo, un mensaje que decía que el amor eterno, para siempre impreso, para siempre grabado, para siempre anotado, el único pedazo de sensibilidad estampado en la vida de aquellos que han tenido la suerte de recibirlo, seguía ahí. También supo en ese momento que no le quedaba mucho tiempo en este mundo, que se estaba muriendo, y que debía decírselo y liberarlo.

Con ese reconocimiento llegó el olor de algo extraño. Algo terefá, prohibido. Un olor inconfundible... y delicioso.

Un perrito caliente.

En alguna parte, en su ensueño, había un perrito caliente. En la habitación. En algún lugar cercano. El aroma era inconfundible. Era tan fuerte, estaba tan presente, que se sintió avergonzada y sucia, porque aquellas dos cosas no iban de la mano: la precoz llamada del universo y el descuidado y feliz trozo de terefá, que su amiga Bernice consideraba el mayor de los manjares de esta vida cuando iban juntas al colegio. Había probado uno en una ocasión. Fue algo delicioso. Ella y Bernice se habían aventurado a ir al destartalado puesto de hamburguesas de Fatty, en Pigs Alley, cuando tenían... «¿Tenía quince años entonces? ¿Fue después de la clase de cocina de la señora Patterson?» Mientras su mente se adentraba en el recuerdo, sintió que el dolor la penetraba y lo rompía todo en pedazos, congelándolo —dolor, auténtico dolor, en la parte media de su cuerpo, en el interior, en algún lugar profundo—, y la débil nube de recuerdos y el aroma se desvanecieron; y muy despacio, poco a poco, abrió los ojos y echó un vistazo a la habitación.

Encontró su mano sobre la de Moshe, que dormía en una silla a su lado. Se había sentado en paralelo a donde ella estaba tumbada, mirando hacia fuera para que su cabeza pudiera estar cerca de la de su esposa, a escasos centímetros, pero estaba profundamente dormido, con la barbilla clavada en el pecho, su mano acunando la de Chona. Tenía un aspecto espantoso, estaba pálido y parecía agotado, y ella se sintió tan extremadamente culpable que quiso gritar: «¿Qué he hecho?». Pero no pudo. El joven que había entrado en el sótano de su padre aquella tarde de noviembre de hacía doce años, divertido e inocente, con los bolsillos llenos de folletos y sin un centavo, siempre encantador y optimista, había desaparecido. En su lugar había ahora un hombre asustado, abatido, de mediana edad. Deseaba golpearse en la cabeza por todas las veces que le había reprendido por ser tan ingenuo, por hacer suyas las pérdidas económicas que provocaban los músicos, que le desollaban con sus borracheras, sus préstamos y sus constantes peleas, y por quejarse en su oído, diciéndole: «¿Por qué haces algo tan estúpido?». El sentimiento de culpa hacía que se sintiese partida en dos, pues ni una sola vez en todos sus años de convivencia él había expresado la más mínima queja o protesta por su gestión de la tienda, que no producía ni un centavo de beneficio, ni por su negativa a mudarse de Chicken Hill o por no haber podido darle un hijo o una hija. Era un verdadero judío, un hombre de ideas e ingenio que comprendía el significado de la fiesta y la música y que sabía que la mezcla de esas cosas significaba la vida misma. Cómo lamentaba ahora, al observar su rostro apesadumbrado incluso mientras dormía, con el labio tembloroso, haber malgastado horas leyendo sobre socialistas y sindicatos y progresistas y política y corporaciones, que no cesaban de pelearse por blandir una bandera sin sentido que proclamaba: «Estoy orgulloso de ser americano», cuando debería haber dicho: «Estoy feliz de estar vivo», e indicar la diferencia entre una cosa y otra, porque la tribu de uno no puede ser mejor que cualquier otra tribu, porque todas, al fin y al cabo, formaban una sola tribu. Se sintió poseída por una sabiduría extraordinaria, que jamás había imaginado posible, y quiso compartirla con él en aquellos primeros —o tal vez últimos— momentos de conciencia. Pero después de ver su hermoso rostro, sintió de nuevo un enorme dolor en el vientre y en la cabeza. Era tan fuerte que sintió como si las arterias le desgarrasen la parte posterior del cráneo, y las pequeñas motas blancas de magia que zumbaban justo delante de la acechante oscuridad, mientras resonaba en su ensueño el *Baruj She'amar,* estallaron y luego revolotearon y fueron engullidas por la oscuridad y el maravilloso y horrible olor del perrito caliente que parecía presionarle la nariz. Agitó una mano en el aire y dijo:

—Deshazte de esa cosa.

Con el rabillo del ojo vio moverse a unas figuras dentro de la habitación.

Se oyó un rápido arrastrar de pies y Moshe se despertó.

Se percató de que ella le estaba mirando y se le iluminó la cara.

—¿De qué tengo que deshacerme? —le preguntó.

—Del perrito caliente —dijo.

Moshe miró en torno de la habitación. Ella hizo lo mismo. Alrededor de su cama estaban el primo de Moshe, Isaac, el rabino Feldman, los gemelos Irv y Marv Skrupskelis, y detrás de ellos Addie, Nate y Bernice. Faltaba alguien.

—¿Dónde está Dodo? —preguntó.

—Vamos a traerlo de vuelta —dijo Moshe.

Pero no fue capaz de escuchar nada más, pues el sufrimiento en ese momento era demasiado intenso para detenerse a pensar en lo que había sucedido en la tienda. Dodo había intentado defenderla, pobrecito, y se lo habían impedido. Vio que Moshe se levantaba de la silla, todavía agarrando su mano, y posaba la otra mano en su cara, tras arrodillarse junto a la cama. Le dijo unas palabras, pero ella no podía oír ni hablar. Sintió movimiento al otro lado de la cama y miró a Addie, que tomó una toalla y le secó el rostro. Bernice estaba detrás de ella y parecía apesadumbrada, cosa que conmovió a Chona, pues Bernice era muy tímida y no la había visto fuera de su casa de Chicken Hill desde que eran niñas.

—¿Te estás comiendo un perrito caliente, Bernice? Eso es hacer trampa.

Era una broma, y Chona se arrepintió de inmediato de haberla dicho, no porque ambas supieran que Bernice no tenía por qué comer *kosher,* sino porque el mero acto de hablar provocó que mil puñales le atravesasen las entrañas. Bernice parecía confusa, y solo cuando Moshe se volvió hacia ella y tradujo sus palabras, Chona se dio cuenta de que había hablado en yidis. Bernice, con su hermoso rostro moreno siempre tan sombrío, con aquella suave piel negra que parecía una armadura inalterable sobre su hermosa nariz y aquellos carnosos labios, sonrió con tristeza. Nada habitual en ella. Era como si una dulce llovizna del desierto hubiera entrado en la habitación y los hubiese bañado a todos.

Bernice, con un torrente de tristeza goteando por su alargado y hermoso rostro, dijo en voz baja:

—No, Chona. No me he comido un perrito caliente.

Fue la última vez que Chona vio a Bernice, pues el dolor era demasiado intenso para mantener los ojos abiertos, así que los cerró. Oyó otro arrastrar de pies y al rabino Feldman cantando, entonando la oración de *Mi Sheberaj* para la sanación, estropeándola con su horrible forma de cantar, y ella quiso darle las gracias y decirle: «Bueno, estás mejorando», aunque no era así, pero agradeció su presencia. Y entonces oyó la voz de Moshe, que habló con firmeza, casi con rabia, y dijo:

—Salid. Por favor. Todos fuera.

Ella oyó más arrastrar de pies y sintió que los cuerpos se marchaban. Estaban solos. Como siempre. Y Moshe sabía qué hacer.

En el pasillo de la unidad hospitalaria de Reading, el extraño grupo de amigos y conocidos bienintencionados se reunió frente al mostrador de las enfermeras. Tres enfermeras blancas les echaron un vistazo y centraron la atención de nuevo en sus historiales. Nadie se tomó la molestia de comentarles si había algún sitio al que pudieran ir, así que se quedaron allí de pie. No había donde sentarse, ni lugar alguno en el que tomar café, ni un amable ministro presbiteriano que les ofreciera palabras de consuelo. Permanecieron de pie, incómodos, como el extraño grupo de estadounidenses que eran, judíos y negros, juntos: Marv Skrupskelis, apoyado en la pared, vestido de obrero, con los puños cerrados metidos en los bolsillos; Irv, recién llegado del trabajo en la zapatería, con su uniforme de vendedor, tirantes y camisa blanca; Isaac, alto, orgulloso, imponente e impecable, vestido con un traje de lana y un sombrero de fieltro negro, con gesto severo teñido de una acentuada tristeza; el rabino Feldman, con las manos nerviosas agarrando un gastado *Sidur* (libro de oraciones). Unos metros más allá estaban Nate y Bernice, alejados el uno del otro, mirando a Addie al final del pasillo, que permanecía nerviosa frente a la puerta de la habitación de Chona, con las manos juntas a la altura del pecho, mirando hacia dentro.

No había nada que hacer salvo hablar, que en momentos como ese es lo único que queda.

El rabino Feldman rozó suavemente el brazo de Isaac y habló en inglés.

—¿Qué tal el viaje desde Filadelfia? —preguntó.

Isaac se encogió de hombros.

—¿Supongo que recibiste mi carta?

—¿Qué carta? —dijo Isaac.

—La que te envié contándote lo de la *shul* y los rumores sobre lo que pasó en la tienda. Queríamos contactar con la poli...

Isaac alzó rápidamente un dedo para hacer callar a Feldman, que se sintió intimidado por aquel desconocido de pecho robusto y bien vestido con rostro pétreo. Nunca antes había visto al primo de Moshe. Solo había oído hablar de él. Un tipo duro. Con el que no se podía jugar.

Isaac se volvió hacia los gemelos Skrupskelis. Habló en yidis.

—¿Quién de ustedes estaba aquí cuando el padre de Chona construyó la *shul*?

Marv guardó silencio y miró hacia otro lado. Era el más gruñón de los dos Skrupskelis y entendía que ningún rico propietario de teatro rumano de Filadelfia tenía el derecho a hablarle como si fuera un cualquiera. Fue Irv quien contestó.

—Estábamos ahí.

—¿Y?

—¿Y qué?

—¿La construyó?

—Por supuesto que lo hizo.

—¿Solo?

Irv se encogió de hombros. No estaba de humor para responder al exigente dueño teatral rumano, pues le estaba aplicando el tercer grado.

Fue Marv quien habló. El rudo lituano respondió con el tipo de gravedad y franqueza que Isaac apreciaba.

—Lo construyó con un hombre de color llamado Shad.

—¿Así que ese hombre de color sabe dónde está conectada la tubería que saca el agua del pozo de la fuente pública? —preguntó Isaac.

—Y nos lo diría, pero está muerto.

Marv asintió en dirección a Bernice.

—Esa es su hija. Es posible que su hermano lo sepa.

Isaac miró a Bernice y luego a Nate, que estaba a su lado. Dio la impresión de ir a decir algo, pero se detuvo. En lugar de seguir el impulso inicial, declaró:

—Voy a hacer todo lo posible para que lo reparen.

Marv se encogió de hombros.

—Allá tú. Doc Roberts, sin embargo, es otro asunto.

—No me suena ese nombre —dijo Isaac.

El rabino Feldman dijo:

—Te escribí sobre él en la carta que te envié.

Isaac no respondió. Ni siquiera miró a Feldman. Para él, era un hombre débil. Los judíos débiles eran una pérdida de tiempo. Los judíos débiles nunca sobrevivirían en América. Ni en ningún sitio. Mantuvo sus ojos fijos en Marv. Los dos hombres se miraron durante un momento. Luego se volvió hacia Feldman y le dijo:

—Ya he dicho que no me suena ese nombre.

—Estaba en mi carta.

—Yo no he recibido ninguna carta. Jamás he oído ese nombre.

El rabino Feldman insistió en que había explicado claramente todo el asunto en su carta y que, con toda probabilidad, esta se había extraviado, pero fue interrumpido por el largo y penetrante aullido de Moshe, que resonó en el pasillo. El grupo se volvió y vio a Addie en la puerta de la habitación de Chona, con la mano en la boca y los hombros encorvados.

El extraño grupo de amigos y conocidos avanzó despacio por el pasillo acompañado por los sollozos de Moshe, que ascendían y descendían por las paredes, rebotando de un lado a otro. La conversación sobre Doc Roberts cayó en el olvido mientras el grupo avanzaba a trompicones, una mezcla variopinta que se movía a lo largo de aquellos cinco metros como si se tratase de quince mil kilómetros; todos ellos eran viajeros lentos, llegados de diferentes lugares, que habían llevado a cabo un viaje lento a través de un país que pretendía ser importante, un país que les había dado mucho, pero que les exigía tanto o más. Avanzaban lentamente, como *fusgeyers,* vagabundos en busca de un hogar en Europa, o bien como los miembros de una tribu *erú* de África occidental que hubiesen descendido de un barco en la costa de Virginia para mirar por última vez hacia el otro extremo del Atlántico, en dirección a su tierra natal, avanzando hacia un destino común, todos ellos —Isaac, Nate y los demás— camino de un futuro de vacuidad estadounidense. Era un futuro que no podían otear por completo, en el que la riqueza de todo aquello que habían traído a la gran tierra de promisión se convertiría, tarde o temprano, en nada; el glorioso tapiz de su historia reducido a una serie de anuncios de televisión de diez segundos de duración, vacaciones sin contenido y eventos deportivos marcados por un banal patriotismo rojo, blanco y azul, en el que los participantes vitorean el deslumbramiento sin tener la más remota idea de las horribles luchas o del orgulloso pasado de sus ancestros, que tan solo habían deseado hacerles la vida más fácil. La historia colectiva de esa triste *troupe* que avanzaba por el pasillo del hospital no tardaría en convertirse en pequeñas manchas en un futuro americano que, llegado el día, mezclaría sin reparos sus orgullosas historias como si fuesen huevos batidos, esparciéndolas entre la población mientras alimentaba al populacho con basura mental en dispositivos que llegarían a ser tan comunes y pequeños como el perrito caliente que la moribunda había creído oler. Porque en el momento de morir, Chona no había olido un perrito caliente, sino el futuro, un futuro en el que los dispositivos que cabían en el bolsillo y hacían montones de ruiditos suponían un peligro mucho más seductor y poderoso que cualquier perrito caliente; unos dispositivos que los niños del futuro reclamarían para sí volviéndose adictos a ellos, unos dispositivos que no harían sino alimentar la opresión que iban a vivir disfrazándola de libertad de pensamiento.

Si aquel grupo de rezagados que deambulaba por el pasillo hubiera visto también *aquel* futuro, todos se habrían dado la vuelta al mismo tiempo y habrían salido corriendo del hospital para desplomarse sobre el césped y sollozar como niños. Así las cosas, se dirigieron como tortugas hacia la habitación de Chona cuando oyeron el aullido de Moshe. No tenían prisa. El viaje era largo. No había ninguna promesa por delante. No había necesidad alguna de apresurarse.

Tercera parte
El último de los Love

19
Los Lowgod

Eran casi las nueve de la noche y llovía a cántaros cuando el viejo Packard dobló la esquina de la carretera embarrada y se detuvo en Hemlock Row, un grupo de casuchas de mala muerte situado a cinco kilómetros al oeste de Pottstown, Pensilvania. Fatty echó un vistazo a través del parabrisas manchado de barro a aquellas casas de aspecto maltrecho, algunas no eran más que cuatro paredes con madera contrachapada y estaño. Después, Fatty frunció el ceño en dirección a Paper, que estaba sentada a su lado. Llevaba un abrigo recio y pantalones, el cabello recogido con un pañuelo y con un gastado sombrero de hule en la cabeza. Estaba sentada con las manos en el regazo, mirando por la ventanilla moteada por la lluvia. En el asiento trasero, el corpulento Big Soap, profundamente dormido, con la cabeza encajada en la esquina de atrás, le impedía a Fatty la visión de una buena parte de la ventanilla trasera.

—Tendría que haber traído mi pistola —murmuró Fatty.

—La pistola no te habría servido de nada —dijo Paper.

—¿Cómo puedo estar seguro de que esos vaqueros no me romperán el parabrisas de una patada? —preguntó.

—Si eres capaz de encontrar un par de botas vaqueras por estos lares, te doy cien dólares ahora mismo —dijo Paper—. No es lo que se estila aquí.

—¿Y qué se estila?

Paper suspiró.

—Voy a entrar. Espérame, Fatty. Sé lo que hago.

Fatty frunció el ceño y golpeó el volante. Estaba nervioso.

Nunca había estado en Hemlock Row, una pequeña aldea de gente negra que la mayoría de los negros de Chicken Hill evitaban. Los negros de Chicken Hill eran, según su propia definición, negros «en movimiento», «en ascenso», «trepadores», «del tipo NAACP, la Asociación Nacional para el Progreso de la Gente de Color»; querían ser estadounidenses. Pero los negros que vivían en esas diminutas cabañas repartidas a lo largo de casi una hectárea de terreno junto a la carretera que se dirigía al oeste, hacia el condado de Berks, no deseaban pertenecer al mundo de los blancos. Eran Lowgod, se decía que procedían de algún lugar de Carolina del Sur y que todos estaban emparentados de algún modo. Nadie sabía quién fue el primer Lowgod que llegó a Hemlock Row ni por qué se estableció allí en lugar de en Chicken Hill, Pittsburgh, Reading o Filadelfia. Fatty había oído rumores de que los Lowgod eran la gente de Nate, aunque nunca se había atrevido a preguntárselo. ¿Por qué habría tenido que hacerlo? Los Lowgod eran taciturnos, desconfiados, impredecibles y muy reservados. Cultivaban sus propias verduras, cuidaban de sus propios animales y llevaban a cabo sus propias reuniones. Caminaban de un modo diferente. Hablaban de un modo diferente. Su lengua era extraña, llena de frases cadenciosas que parecían caer al suelo como gotas de lluvia. A su manera de hablar la llamaban gulá, mitad inglés y mitad africano, plagada de expresiones vudú y cosas que solo los propios Lowgod entendían. Tampoco era buena idea intentar engañarlos. Años atrás, en el garito de Fatty, un corpulento residente de Chicken Hill llamado Bunny Hales se peleó con un pequeño y flaco forastero que afirmaba ser un Lowgod de Hemlock Row. Fatty nunca había visto a alguien moverse tan rápido. El hombre de Hemlock Row luchó con las manos y los pies, utilizando una especie de arte de la patada que hizo que los dientes de Bunny salieran volando de su boca como si se tratase de goma de mascar.

—Si tu chica tuviese intención de ser civilizada, viviría en Chicken Hill —dijo Fatty.

—Su gente está aquí —se limitó a decir Paper.

—¿Le gusta vivir como un mono?

—Déjalo ya, ¿quieres? ¿Te interesa que saquemos a Dodo del manicomio o no?

—Me gustaría llevar algo en el bolsillo que no fuese un pañuelo. Por eso estoy aquí.

—Para ser un tipo que sueña a lo grande, eres un poco corto de miras —dijo Paper—. Si sigues pensando de ese modo, te quedarás en Pottstown el resto de tu vida.

—¿Quién ha dicho que quiera irme?

Paper agarró la manilla, empujó la portezuela y salió a la lluvia. Se dio la vuelta y se inclinó hacia el coche; le habló a través de la puerta abierta, con la lluvia goteando por la estrecha ala de su sombrero y cayendo por delante de sus brillantes ojos oscuros.

—Te llamaré si necesito que entres.

Fatty creyó apreciar un destello de miedo en aquella hermosa mirada y no pudo contenerse.

—Oh, maldita sea —dijo, alargando el brazo hacia la manilla de la puerta—. Voy a entrar contigo. Esos negros amantes del vudú no me preocupan.

—Solo mantente alerta —ordenó Paper. Señaló con la cabeza a Big Soap en el asiento trasero, que estaba profundamente dormido—. Y ese que se quede quietecito. Entrad *solo* si os llamo. Y si entráis, entrad con el sombrero en la mano y una sonrisa en los labios. No digas nada. Esa insolente boca tuya te acarreará más de un quebradero de cabeza.

Cerró de golpe la portezuela del coche, se colocó el sombrero sobre la cabeza y chapoteó en los charcos de barro hasta llegar a una de las casas. Llamó a la puerta principal. Una mano invisible abrió. Paper desapareció y la puerta se cerró tras ella.

Fatty observó la puerta con ansia. Una suerte de niebla se posó en el parabrisas. Puso en marcha el limpiaparabrisas y vio cómo realizaba una pasada lenta y se detenía. Después otra. Luego se detuvo. No sirvió de nada.

Volvió a tamborilear sobre el volante, impaciente, mordiéndose el labio inferior hinchado mientras discutía consigo mismo mentalmente. Entre lo que había ocurrido con Nate dos noches atrás y la aparición de la madre de Big Soap en su local el día de ayer, se estaba hartando de Dodo. ¿Cómo podía uno salir adelante si no dejaba de caerle mierda encima? Con la llegada de Paper a su garito el día anterior, ya sumaban tres desastres seguidos. Ojalá no hubiese aparecido, porque por la ropa de luto que llevaba puesta —vestido y sombrero negro— entendió que venía del funeral de Chona, al que habían asistido todos los habitantes de Chicken Hill menos él.

Se sentó en el porche con aquel bonito vestido negro y se limitó a preguntarle:

—¿Dónde estabas?

Fatty se encogió de hombros. No quería hablar de ello. La muerte de Chona era una tragedia, pero él se había vuelto inmune a ese tipo de dolor cuando era niño, hacía ya mucho tiempo, tras la muerte de su padre. Ese fue el último funeral al que había asistido. Se acabaron para él los espectáculos mortuorios.

—Sabes que no voy a ese tipo de cosas.

—Pareces deprimido, Fatty.

—Pues lo cierto es que me siento bien.

—Deja de fingir y de justificarte —dijo Paper—. Sé que tú y la señorita Chona teníais un pasado común. —Tenía razón, pero ¿quién era ella para hablar de eso? ¿Cómo sabía ella que el padre de Chona había sido uno de los pocos que ayudaron a su familia tras la muerte de su padre? Paper era cuatro años más joven que él. Por aquel entonces era una niña que vivía a seis manzanas de su casa, más allá de la colina; en pocas palabras, eso era como vivir a cien kilómetros de distancia. Ya en aquel tiempo, los chicos hacían cola delante de su casa para llamar su atención. O sea, todo seguía igual.

—Se encargó de que su gente se ocupara de ella —dijo Fatty. Guardó silencio unos segundos y luego preguntó—: ¿Estuvo Bernice?

Paper asintió.

—Ya sabes cómo es Bernice. Estuvo allí, sí. No dijo una palabra. No cantó, cosa que debería haber hecho. Pero fue una ceremonia bonita. Gran parte se hizo en judío, así que no sé lo que dijeron. Pero lo disfruté. Los judíos entierran rápido a sus muertos. No los ponen a enfriar durante días y hacen el tonto como nosotros.

Fatty asintió, frunciendo el ceño.

—¿Y Nate y Addie?

—¿Qué pasa con ellos?

—Ya sabes a qué me refiero.

—Se lo están tomando muy mal. Especialmente Addie.

Fatty guardó silencio, al tiempo que observaba las suaves líneas del rostro de Paper, marcadas por la preocupación. Incluso cuando estaba preocupada, Paper tenía buen aspecto. Había algo en sus modales, tan sinceros y livianos, en la forma en que disfrazaba su dolor de alegría, que siempre le llegaba al corazón; excepto en ese momento, porque ni reía ni sonreía. Quiso ofrecerle unas palabras de consuelo. Sin embargo, lo siguiente que ella le dijo le llevó a entender que no tenía sentido alguno mostrarse blando con ella.

—Addie y Nate se están planteando liberar al muchacho. Y tú vas a ayudarlos.

—¿Por quién me tomas, por Abraham Lincoln?

—Deja de hacerte el tonto. Planean sacar a Dodo del manicomio.

—Claro. Y yo el año pasado vendí mi empresa petrolífera.

—Nate lo ha preparado todo para enviarlo a Carolina del Sur en cuanto lo saquemos.

—¿Lo saquemos..., nosotros?

—Así es. Necesito que me lleves a Hemlock Row esta noche. Yo pago la gasolina.

—¿Hemlock Row? Conozco a unos cuantos vagabundos que duermen en cajas de cartón que no querrían ir allí.

—¿Por qué no?

—Esos negros de piel oxidada van por ahí haciendo vudú, comiendo judías blancas y dándose el lote como locos mientras nosotros estamos aquí hablando. No, gracias.

—Te he dicho que yo pago la gasolina.

—Ahórrate ese dinero.

—Fatty, ¿no te gusta el dinero?

—Guárdate tu pasta. Quien le haya vendido a Nate y Addie la historia de que pueden sacar a Dodo de Pennhurst se ha pasado de listo. Ese lugar está administrado por el estado, Paper. Si Nate y Addie tuvieran sentido común, habrían enviado a Dodo al sur *antes de* que Doc Roberts se comiera viva a la señorita Chona.

—¿Así que sabes lo que hizo?

—¡Me importa un bledo esa bruja!

—Si no te importa nada, ¿por qué estás tan molesto?

—No me gusta la forma en que se comportaron, si eso es lo que me estás preguntando, que hiciesen caso a Doc y culpasen a Dodo por nada.

—Por eso vas a venir conmigo.

Fatty rio entre dientes.

—Que un tren pueda hacer sonar el silbato no quiere decir que vaya a rodar por la vía.

—Vendrás de todos modos.

—Lo siento, Paper.

—Vas a venir porque necesito un hombre que me lleve.

—Hay muchos tipos por aquí dispuestos a hacerlo —dijo Fatty—. Tipos grandes y elegantes con bolsillos enormes llenos de dólares. Te llevarán a donde quieras ir.

—Pero ellos no son tú —declaró Paper. Y aquí Fatty esperaba que ella, cuya gloriosa belleza rompía el corazón de algún incauto al menos dos veces al mes, se riera de su propio comentario. Pero no se rio. En lugar de eso, lo miró directamente con aquellos grandes ojos oscuros que parecían contener todos los cielos azules y las laderas de las montañas que había visto a lo largo de su vida y dijo—: Necesito a alguien en quien pueda confiar.

Eso le desconcertó.

Sentado al volante, Fatty se maldijo. Tenía que confesar que no se diferenciaba de la mayoría de los hombres. Había algo en Paper que les hacía querer arrodillarse. Algo en su forma de ser, una suerte de poder mágico. Incluso siendo niña lo tenía, y cuando Fatty volvió a casa al salir de la cárcel, cuatro años atrás, y la vio por primera vez después de todo aquel tiempo, albergó la leve esperanza de que tal vez ella apreciase que había crecido, que la cárcel le había cambiado para bien. Pero ella ya no estaba allí. Ella también había crecido: la antigua niña mona y descarada se había convertido en una mujer presta a la risa y al cotilleo, que se tomaba la vida con calma, que les daba importancia a las noticias más oscuras, el periódico ambulante más maravilloso del mundo. Y seguía sin tener un hombre. Cuando salió de la cárcel, Fatty habría hecho cualquier cosa para ganarse su atención, algo que, por supuesto, no fue capaz de hacer. Ella no parecía verle; ¿por qué tendría que hacerlo? Por qué alguien tan especial iba a tontear con un expresidiario cuya reputación estaba marcada a fuego por el hedor de la cárcel, alguien que vendía hamburguesas, alcohol y chatarra, cuando por su casa pasaba todas las semanas la flor y nata: trabajadores del ferrocarril y profesores y tipos por el estilo, incluso ricos corredores de apuestas de Filadelfia, tipos que viajaban de un lado para otro y vestían camisas limpias y corbatas lisas todos los días, no ropa de obrero como él. Sabía de un tipo de Baltimore, mozo de la compañía Pullman, que venía todos los meses y le pedía a Paper que se casara con él, prometiéndole que la llevaría a una tierra de escalones de mármol y jazz y swing y más cangrejo hervido del que nadie fuese capaz de engullir. El tipo incluso se presentó una noche en casa de Fatty, riendo y bromeando, un tipo guapo, delgado, de tez clara, piel suave y zapatos relucientes. Fatty tuvo que reprimir las ganas de acercarse a él y darle un puñetazo. Pero el tipo bebía y bailaba blues y gastaba dinero y resultó ser un hombre campechano y divertido. Al final de la noche, Fatty se sintió avergonzado. Entonces entendió que era peligrosamente blando con Paper. Había visto los resultados de esa forma de comportarse en su propio garito y también en Graterford: las peleas, los arañazos, los gritos, los navajazos, las celdas plagadas de historias sobre pobres pringados enamorados y con el corazón partido que iban por ahí con una botella de whisky en una mano y una pistola en la otra y que acababan despertándose condenados a dieciocho años de prisión. Él no quería saber nada de eso.

Y, sin embargo, estaba mirando por el parabrisas hacia la puerta esperando a que apareciese el origen de sus problemas mientras se compadecía de sí mismo, pasándose la lengua por el diente de madera y el labio inferior, aún hinchado por el gigantesco tajo que le había provocado Big Soap. Podría haber dejado que Big Soap le pegara en cualquier lugar del mundo después de hacer que los despidieran. Sin embargo, quiso que lo hiciese frente a la casa de Paper. «¿A quién pretendo engañar?», se dijo.

Miró por el retrovisor a Big Soap, que seguía durmiendo en el asiento trasero.

—¡Soap! —gritó.

Soap se despertó aturdido, frotándose la cara.

—¿Qué pasa?

—Prepárate y presta atención. Las cosas se pueden poner feas.

—¿Por qué estamos aquí otra vez?

—Por culpa de Paper. Tiene un plan para sacar a Dodo.

—¿De dónde?

—De Pennhurst.

—Es una vergüenza. ¿Qué tal le va a Dodo allí?

—Si estuviese comiendo exquisiteces, ¿estaríamos aquí?

—¿Qué ha hecho esta vez?

—Nada, Soap. No hizo nada malo.

—Entonces, ¿por qué lo han mandado al manicomio?

—Se metió en un lío.

—¿Por eso está mi madre tan enfadada?

—No sé por qué está enfadada, Soap. Es tu madre.

—Rusty dijo que Doc Roberts le estaba quitando la ropa a la señorita Chona y que Dodo lo vio.

—No sé lo que vio.

—Murió por eso, ¿no?

—Soap, ¿te parezco un médico? Estuvo enferma mucho tiempo.

—Eso no es lo que dice Rusty.

—Qué sabrá Rusty. Se cayó en su tienda y murió. Eso es

todo. —Pero en su fuero interno, Fatty sentía pena, y justo detrás de la pena, una rabia que hervía a fuego lento. Conocía a Chona de toda la vida—. De todos los blancos del pueblo, ¿por qué tenía que ser ella? —preguntó.

—¿Qué quieres decir?

Fatty no se molestó en responder. Chona no era uno de *ellos*. Ella era la única entre los otros que apagaba el odio que Fatty sentía hacia ellos, por eso estaba resentido con ella. *Señorita Chona*. No la llamaban señorita Chona cuando eran niños. Tan solo era Chona, la mejor amiga de su hermana, la chica rara de la cojera que iba al colegio con Bernice, las dos caminando detrás de él, ignorándole; cosa que en aquel entonces le parecía bien. Pero la vida siguió su curso. Lo metieron en la cárcel después del instituto y, cuando volvió a casa, la suerte estaba echada. Chona se había casado y volvía a ser blanca, y Bernice tuvo todos esos hijos, el Señor la salvó y heredó la casa de su padre; algo que le correspondía a él por ser el único hijo de su padre. Bernice había abierto las puertas de esa misma casa para esconder a Dodo, y fue la única en Chicken Hill que se prestó a ello. Al final, las dos se habían mostrado leales la una con la otra. ¿A quién le había mostrado él su lealtad? Pensar en su amistad le irritaba. No quería formar parte de ningún grupo. Todos eran patéticos. Torpes. Perdedores. Tenía que trazar su propio camino en la vida. ¿De dónde sacar el dinero para vivir sin preocupaciones en este mundo de locos? Tenía que sobrevivir. Así eran las cosas.

Big Soap encendió un cigarrillo y Fatty le observó por el retrovisor. Bajo aquella escasa luz, la cara de Big Soap era apenas una silueta.

—Todo por culpa de una estúpida estufa —dijo Fatty.

—¿Una qué?

—Tiempo atrás, Dodo vivía con su madre en una casita de Lincoln Avenue. Ella tenía una estufa que, no sé por qué motivo, explotó. Dodo perdió la vista. También se le estropearon los oídos. Después de un tiempo, los ojos se recuperaron, pero sus oídos no. Cuando su madre enfermó y murió, dejó de ir a la escuela porque no oía nada.

—¿Por eso todo el mundo le llama Dodo?

—Los nombres no significan nada.

—Si no significa nada, ¿por qué no lo llaman caballo? ¿O coche? ¿O espagueti?

Fatty miró por el parabrisas, asqueado.

—No sé quién es más tonto, Soap. Dodo o nosotros. Ya te aseguro yo que no lo verías aquí fuera, plantado bajo la lluvia, esperando a que esos negros primitivos le preparasen el desayuno.

Se quedó mirando la puerta por donde Paper había desaparecido.

—¿Por qué tarda tanto?

Una vez dentro de la casita de tablones de madera, Paper se encontró en una habitación en la que había varias sillas plegables colocadas frente a una mesa situada en la parte de delante. Encima de la mesa había una máquina de escribir y un juego de tarjetas blancas. Nueve personas, cuatro hombres y cinco mujeres, estaban sentados en silencio mirando hacia la mesa. Volvieron la cabeza para mirar a Paper cuando esta entró, la saludaron con un gesto cuando tomó asiento en la última fila y volvieron a mirar hacia delante en silencio.

Poco después, se abrió una puerta lateral y entró una mujer negra, majestuosa, de grandes ojos negros y suave piel color chocolate oscuro. Iba tan bien vestida que, incluso en una ciudad como Filadelfia, a solo sesenta kilómetros de distancia de allí, un lugar en el que las mujeres de negocios negras vestidas a la moda se paseaban por Broad Street, habría destacado. Llevaba un vestido de cintura caída, con un fajín alrededor de la cadera y una falda que le llegaba hasta los tobillos. Un sombrero de copa adornaba su cuidado cabello, un sencillo amuleto colgaba de su cuello y unos zapatos Mary Jane de doble correa decoraban sus pies. Se movía con aire de reina, y fue caminando a grandes zancadas hacia la parte delantera de la sala, hasta colocarse detrás de la mesa donde estaba la máquina de escribir. Miró a su alrededor.

La visión de esta figura regiamente vestida, de pie detrás de una pequeña mesa frente a un público sentado en sillas plegables, en una destartalada casa de tablas de madera de dos habitaciones a cuatro pasos de la ruta 23 de Pensilvania, con la lluvia repiqueteando en el tejado de hojalata y el viento aullando entre las grietas de las paredes, parecía tan ridícula que Paper tuvo que reprimir el impulso de echarse a reír. Pero sabía que no debía hacerlo. Era Miggy Fludd quien estaba ante ella. Y Miggy Fludd —Fludd era su apellido de casada— era una Lowgod. Y si había una sola persona de color en la tierra, un alma justo por debajo del mismísimo Jesucristo, que pudiera sacar a Dodo de Pennhurst sin la ayuda del hombre blanco, tenía que ser un Lowgod.

Miggy echó un vistazo a la habitación.

—¿Estáis todos listos? —preguntó.

Una mujer de suave aspecto angelical que estaba sentada en la primera fila dijo en voz baja:

—Estamos listos, cariño. Estamos listos.

Las mujeres negras de Chicken Hill formaban una comunidad muy unida. La mayoría trabajaban como criadas para el hombre blanco. Es decir, tenían que bajar de la colina hasta la ciudad cada mañana para lavar la ropa, cocinar, criar a los niños, cuidar de los padres ancianos y permitir que las mujeres blancas disfrutasen de sus privilegios. Pero las mujeres de color de Hemlock Row eran harina de otro costal. Eran Lowgod. A diferencia de las mujeres negras de Chicken Hill, que eran, en su mayoría, serviles y estaban dispuestas a trabajar como asalariadas para los blancos, las mujeres Lowgod no eran buenas sirvientas. Eran distantes y reservadas, espléndidamente bellas, con cuellos largos y brazos enjutos. No sonreían ni rezongaban ni se prestaban a charlas triviales. Sus miradas torvas, sus encogimientos de hombros y sus extraños acentos las convertían en terribles empleadas domésticas, pues su oscura belleza intimidaba a las amas de casa blancas y despertaba las fantasías sexuales de sus maridos. Su piel tersa brillaba con la arrogancia del ébano y provocaba que el llamativo tono rosado de sus jefas blancas pareciera débil en comparación. Tampoco eran especialmente aficionadas al trabajo al aire libre ni a la jardinería, aunque algunas de ellas, cuando se las presionaba, demostraban cierta eficacia. Las mujeres Lowgod, en su mayoría, se dedicaban a lavar ropa. Todas las mañanas iban a pie a por la colada. No era raro ver, una mañana cualquiera, a cinco o seis mujeres Lowgod cargando con enormes bolsas de ropa por la polvorienta Ruta 23 desde Pottstown hasta Hemlock Row, a unos cinco kilómetros de distancia, llevando la colada de las familias prominentes de la ciudad, ya que lavaban y planchaban las faldas con tanto cuidado y precisión que hasta las amas de casa blancas más intolerantes podían soportar sus aterradores silencios y su extraño acento. Las mujeres Lowgod eran famosas por la habilidad que evidenciaban lavando. Estaban muy por encima de la mayoría de las lavanderas de la zona, excepto Paper. Así fue como Paper conoció a Miggy.

Miggy había sido su compañera de trabajo. Las dos lavaban, como un equipo, para el mismo cliente, un ama de casa enfermizamente escrupulosa cuyo marido era el vicepresidente del Banco Nacional de Pottstown. Cuando una no estaba disponible, recurrían a la otra. Con el tiempo, ambas entablaron amistad, ya que el trato fácil de Paper, su maravillosa risa y su desdén por esos seres debiluchos y temblorosos, impulsados únicamente por la testosterona y conocidos como hombres, vencía siempre los reparos de las mujeres más duras y desconfiadas, y Miggy era, además, un alma realmente curiosa. Tenían casi la misma edad, y el afán de Miggy por aprender a leer y la curiosidad que sentía por la vida aparentemente glamurosa de Paper como anfitriona de algunos de los más guapos trabajadores de Pullman, dio como resultado que Miggy se casase con un mozo del ferrocarril, una relación breve que acabó mal, ya que el hombre tenía mal genio y no sabía cómo tratar con una Lowgod, unas mujeres que no se andaban con remilgos. La intervención de Paper le salvó la vida a aquel hombre y, con toda probabilidad, le ahorró a Miggy acabar en la cárcel. Eso fue lo que consolidó la amistad entre esas dos mujeres.

Hacía tiempo que Paper no veía a Miggy, que se había retirado del negocio del lavado hacía tres años por razones que nunca llegó a explicar. Pero cuando Paper le escribió diciéndole que tenía un problema relacionado con Pennhurst, Miggy le contestó: «Tengo la respuesta para ti», y le describió con todo detalle la hora y el lugar al que debía acudir, terminando su carta con una estricta aseveración: «No vengas aquí a juzgar». Paper, que barajó la posibilidad de que Miggy hubiese caído en la prostitución, se llevó a Fatty y a Big Soap consigo como medida de seguridad, porque era consciente de que si un negro de Chicken Hill llevaba demasiado lejos un malentendido ocasional, siempre podía contarse con Big Soap y Fatty para que se ocuparan del asunto de manera discreta o, si llegaba a ser necesario, utilizasen la fuerza para ello.

Sentada en la última fila, Paper observó fascinada cómo Miggy se ponía de pie ante la pequeña asamblea. Sus ojos recorrieron la sala. Se posaron en Paper y pasaron de largo sin hacer gesto alguno de reconocimiento. En lugar de eso, se sentó tras la mesa, acercó la máquina de escribir y las cartas y dijo:

—¿Quién es el primero?

Un hombre alzó la mano.

Miggy le hizo un gesto con la cabeza.

—Adelante.

—Mi hija está enferma. ¿Se pondrá bien?

Miggy se levantó de la mesa, se quitó el sombrero, alzó su regia cabeza para mirar hacia el techo, extendió los brazos y, para sorpresa de Paper, lanzó un largo grito lastimero, con la boca abierta, dejando los blancos dientes a la vista, como si estuviera llorándoles a los dioses. Cerró los ojos y luego, muy despacio, empezó a girar, bailando sin apenas mover los pies, con las caderas contoneándose con facilidad, de manera sensual, los brazos moviéndose de un modo sencillo y natural, curvándolos sobre su cabeza, luego bajándolos a la altura de la cintura, luego lanzándolos hacia delante y hacia atrás como si estuviera remando en una barca. Entonces aceleró, moviendo todo su cuerpo a la vez, las anchas caderas contoneándose sin desplazarse, los ojos cerrados, más rápido, las pulseras y las joyas de huesos y dientes que llevaba repiqueteaban para imponerse al sonido de la lluvia que golpeaba contra el tejado de hojalata; una especie de febril baile de estilo africano, más rápido, más rápido, superrápido. Y en ese momento, el conjunto que formaban pulseras, collares, curvas y pechos se ralentizó, como un tren que empieza a detenerse. Se ralentizó, fue frenando y finalmente se detuvo y, de pie ante ellos de nuevo, regia como una reina, respirando profundamente, vio a la Miggy de antaño, con los ojos cerrados, la cabeza inclinada, tarareando para sí misma. Abrió los ojos, terminada su invocación a Dios, se sentó a la mesa, de nuevo en actitud seria, se acercó la máquina de escribir, introdujo una tarjeta y empezó a escribir.

Cuando terminó de teclear, alzó la tarjeta. El hombre se levantó y se dirigió al frente de la sala. Ella le entregó la tarjeta y él volvió a sentarse. Miggy echó un vistazo a la sala y dijo:

—Siguiente.

Y así prosiguió, bajo la asombraba mirada de Paper. La vieja Miggy Fludd, que apenas sabía leer cuando se conocieron, era ahora una pitonisa mecanógrafa. ¿Quién habría podido imaginárselo?

Todos los allí reunidos tenían preguntas que hacer, que variaban en alcance y forma. «¿Ha vuelto enferma a casa mi madre y no me lo ha dicho?» «¿Va a volver mi marido?» «¿Está saliendo mi mujer con mi mejor amigo?» «¿Por qué mi primo ha sido tan malo conmigo?» Después de cada pregunta, Miggy se ponía en pie, entraba en trance, bailaba una fantástica danza breve, volvía a la normalidad, escribía la respuesta en una tarjeta y se la entregaba a quien había hecho la pregunta.

Cuando satisfizo a las nueve personas que estaban en la sala, se colocó detrás de la mesa con las manos sobre el tablero, como una maestra de escuela, y dijo:

—¿Hemos terminado todos?

Miró a Paper. Nadie se volvió para mirar, pero Paper sintió como si todos los allí presentes la estuviesen mirando. Clavó la mirada en el suelo. «No, Señor», se dijo, «no quiero saber nada de mañana.»

—¿Nadie? De acuerdo. Entonces, adiós —dijo Miggy. Se sentó detrás de su escritorio al tiempo que los presentes se levantaban y, a medida que iban saliendo, cada uno de ellos depositaba unas monedas en el tarro de donativos que había sobre el escritorio.

Pero en ese momento, Miggy se dirigió a un hombre que estaba a punto de salir por la puerta, un hombre delgado y canoso que llevaba un fedora maltrecho en las manos y que lucía unas pequeñas manchas de pelo oscuro en su barba blanca.

—Bullis, ¿puedes quedarte un minuto?

Este se detuvo y se dio la vuelta, de pie junto a la puerta mientras los demás salían de allí para adentrarse en la lluvia.

—¿Qué he hecho ahora? —preguntó amablemente.

Miggy tomó el tarro de las monedas, lo vació sobre su escritorio y las separó despacio.

—¿Cómo te van las cosas, Bullis?

—¿Qué cosas?

—El trabajo.

—Me va bien.

Miggy le acercó todas las monedas.

—Necesito un favor —le dijo.

El hombre miró las monedas. Después las empujó de vuelta hacia Miggy.

—De acuerdo.

Miggy señaló a Paper con el mentón.

—¿Ves esa cosa tan bonita que hay ahí detrás? Cuando esté preparada, te lo contará.

—¿Quién es?

—Una de las que viven en el lado de la ciudad donde está Nate.

El anciano se detuvo un momento y parpadeó pensativo.

—¿Nate todavía está vivo?

—¿Puede contar contigo o no?

—Por supuesto.

—Lo acordaré todo.

—Me parece bien. Estaré por aquí.

Paper se esforzó por encontrar las palabras adecuadas cuando el hombre se marchó. Acabó diciendo:

—Miggy, ¿te pones esa ropa elegante para trabajar?

—Oh no, cariño. Esto no es un trabajo. Es a lo que me dedico.

—¿Leer la buenaventura?

Miggy frunció el ceño.

—Soy un oráculo. Soy una mensajera. La palabra de Dios viene a mí cuando bailo, así doy respuestas a la gente que me pregunta.

—No he visto a ninguno de ellos leer lo que escribes en las tarjetas —comentó Paper.

—La mayoría no sabe leer —dijo Miggy.

—Entonces, ¿por qué escribes sus respuestas?

—Encontrarán a alguien que sí sepa leer. O yo misma se las leeré más tarde. Veo a la mayoría de ellos todos los días.

Paper quiso preguntarle: «¿Y si no les gusta lo que has escrito?». Pero recordó dónde estaba, así que en lugar de eso preguntó:

—¿Qué les das, Miggy?

—Esperanza, querida.

—¿No está ya la iglesia para eso?

Miggy sonrió.

—El año pasado, unos matones de Reading vinieron aquí buscando a un tipo llamado Sanko. Al parecer, ofrecían cuatrocientos dólares por la cabeza de Sanko. Sanko era lo que en nuestro idioma llamaríamos un *twi*, alguien que dice cosas bonitas de la gente, les vende castillos en el aire, les hace sentirse bien con lo que hacen aunque no siempre sea del todo cierto. Alguien capaz de quitarle los cuernos al diablo. Así se ganaba unos dólares. No le hacía daño a nadie. No sé qué les hizo a aquellos matones, a quién le tocó las narices, pero dos de ellos se presentaron en Row vestidos de traje y haciéndose pasar por predicadores. Dijeron que venían a darle el evangelio a Sanko. —Hizo una pausa, terminó de contar las monedas y se las guardó en el bolsillo—. Por eso la tierra está aquejada de problemas, Paper. No podrías encontrar a unos padres, por mucho que buscases, que criasen a su hijo para que fuese un asesino que actuase como si conociese las enseñanzas de Dios. La mayoría de la gente aquí, en Row, ya sintió que Dios había colocado su Mano Santa sobre ellos mucho antes de venir a este país. Tenemos nuestra propia iglesia y nuestra propia manera de hacer las cosas, que se remonta a la forma en que nos criaron en el sur. Saldamos nuestras cuentas contra las penas injustas en la familia. Sabemos cuándo alguien está dando la leche de Dios y no el agua del diablo. Así que esos tipos que buscaban a Sanko se fueron de aquí con los pies por delante. Y nadie de por aquí sabe nada al respecto. Hoy, Sanko sigue yendo por ahí construyendo castillos en el aire y mintiendo. Y yo sigo ejerciendo de oráculo a mi antojo.

Hizo una pausa, ordenando las tarjetas que tenía en el escritorio y la máquina de escribir.

—Eres una buena mujer, Paper. Te debo una por tu amabilidad cuando aquel mozo de Pullman me rompió el corazón. No soy la misma persona de antaño. Lo fui durante los primeros veintisiete años de mi vida.

—No te dije por qué iba a venir —dijo Paper.

—Pero yo ya lo sé. En Pennhurst trabajan unas trescientas personas. Y la mayoría de los trabajadores de color que andan por ahí son de Row. ¿Sabes por qué? La gente de color de Chicken Hill quieren ser algo que no son. Quieren que sus sábanas sean de seda como las de los blancos. Pero pretender saberlo todo y actuar como si fueras mejor de lo que eres somete al cuerpo a una terrible tensión. Te convierte en una piedra en el camino para tu exigencia de justicia. A los Lowgod eso no nos importa. Nosotros, los Lowgod, entendemos que cuando los pacientes de Pennhurst nos tiran su mierda, o mean en el suelo, o nos escupen, es porque no están en paz. Entendemos lo que la mayoría de la gente de esta tierra no entiende: que no puedes recuperar lo que nunca has tenido. Vivir en una tierra que no es la tuya, fingir que lo sabes todo cuando no es así, inventar reglas para esto o aquello para parecer grande, supone una terrible carga para el cuerpo. Esta tierra no pertenece a la gente que la gobierna. Y eso ha hecho que algunos de ellos, los mejores, los más honestos, se hayan vuelto locos. Estamos en el mismo lugar, tú y yo, porque somos de color. Somos forasteras aquí. La cuestión es que nosotros, los Lowgod, vengamos de donde vengamos, de la antigua África, supongo, éramos los *guardianes* de nuestro prójimo. Ese era nuestro propósito. Y seguimos siendo así. Eso es todo lo que sabemos de nuestra historia, la que nos arrebataron antes de traernos aquí. ¿Sabes qué significa Lowgod en nuestro idioma? Pequeño padre. Sabemos que la mayoría de la gente es débil y que la sabiduría es difícil de alcanzar. Así que, para nosotros, las pobres almas de Pennhurst no son difíciles de manejar. Yo misma trabajo allí. Los pacientes no son difíciles de tratar. Los difíciles son los trabajadores. Los doctores y el personal médico. Esos son los difíciles.

—No pretendo estudiarlos —repuso Paper—. Solo estoy buscando...

—Ya sé a quién andas buscando —dijo Miggy—. Y sé cómo sacarlo de ahí.

Acercó su silla a la máquina de escribir, tomó una ficha y miró a Paper sosteniendo la tarjeta en blanco entre sus largos y finos dedos.

—Metieron a tu chico en el pabellón C-1. No es un lugar fácil. Es para lo que ellos llaman funciones inferiores. Los que creen que no pueden alimentarse por sí mismos y cosas así. Tenemos a un Lowgod allí. Bueno, es de Row, digámoslo así. Era uno de los nuestros, pero se descarrió. Se metió en un lío, así que ya no viene por aquí, porque no lo queremos. Es una persona injusta. Y retorcida. Por eso vive en Pennhurst. Pasa allí todo el tiempo. Se ocupa de los peores pacientes. He oído hablar de... Bueno, hay unos cuantos como él en este mundo. En Pennhurst encuentran sitio para gente como él, pues mientras su maldad se vea alimentada de vez en cuando, puede mantener el orden. Nunca saldrá de allí, porque si alguna vez vuelve aquí, le daremos boleta. Tienes que tratar con él para sacar a tu chico libre de polvo y paja.

—¿Nos ayudará?

—Es posible. Tal vez no. Es retorcido. Pero puedo llevar a tu gente hasta él.

—Si es retorcido, ¿cómo vamos a tratar con él?

—Yo no he dicho nada de *cómo* tratar con él. Solo he dicho que tienes que hacerlo.

—No sabemos nada de ese tipo de cosas, Miggy.

—Tenéis a uno de Carolina del Sur viviendo en Chicken Hill. Preguntadle a él.

—¿Quién es?

—No soy tan tonta como para pensar que no lo sabes —dijo—. Bullis, el tipo que acabas de ver, meterá a tu gente dentro. Después de eso, dependerá de ti qué hacer.

Acto seguido, se acercó la máquina de escribir, colocó la tarjeta en el rodillo, tecleó unas cuantas letras, le entregó la tarjeta a Paper y reunió el resto de sus fichas en una pila ordenada.

—Vuelve a verme algún día. Y tráete a ese tipo de la calle con el que piensas casarte. El que te está esperando fuera. Por cierto, será un marido bueno. Tiene buen corazón.

Se levantó de la mesa, se dirigió a la puerta lateral, salió a la oscura noche lluviosa y desapareció tras cerrar la puerta tras de sí.

Se fue tan rápido que Paper se olvidó de preguntarle el nombre del Lowgod que estaba dentro del manicomio. Leyó la tarjeta que tenía en la mano. Había escrito tres palabras: «Hijo del Hombre».

20
La Casa Antes

Gus Plitzka, presidente del consejo municipal de Pottstown, odiaba el día de los Caídos. Todos los años, desde que se tenía memoria, la reunión anual de la Banda de Cornetas de la Sociedad Histórica John Antes se celebraba al mismo tiempo que la reunión del Ayuntamiento de Pottstown. Las reuniones, de hecho, se celebraban con tan solo cinco minutos de diferencia, una tras otra. Primero se reunía el ayuntamiento. A continuación se reunía la sociedad histórica. Se hacían declaraciones, se hacían proclamas. Después tocaba la Banda de Cornetas de la Sociedad Histórica John Antes. A continuación, todo el mundo dejaba sus instrumentos y se servía un almuerzo a base de cerveza y salchichas alemanas, porque en algún sitio había que meter a los alemanes, ya que eran los dueños de casi todo en la ciudad. La banda volvía a tocar. Luego aparecían los camiones de la Compañía de Bomberos Empire haciendo sonar sus campanas y, finalmente, por la tarde, con un montón de arengas y gritos y arrebatos y arranques y proclamaciones, tenía lugar la marcha del día de los Caídos, con todos los miembros del consejo municipal vestidos con trajes de la época de la Revolución abriendo el paso.

Era un guiño a la historia, una apuesta sentimental por el gran John Antes, el mayor compositor de Pottstown. Nadie fuera de la ciudad había oído hablar de Antes, por supuesto, en parte porque compuso sonatas para trompeta que nadie tocaba y, en parte, porque la Banda de Cornetas de la Sociedad Histórica John Antes, integrada por cuarenta y cinco personas —zopencos, criadores de cerdos, fumadores empedernidos, vagos, borrachos, animadoras, marimachos, estudiantes universitarios aburridos y cualquier otro estadounidense blanco del condado de Montgomery que pudiera apretar los labios lo suficiente para emitir un sonido a través de una trompeta—, sonaba como un cruce entre un motor de manivela intentando arrancar en una fría mañana de octubre y un gorila de espalda plateada africano moribundo aullando justo antes de irse al otro barrio. Todo era una suerte de homenaje a Antes, el gran compositor, marido, padre, revolucionario, estadista, saqueador, herrero, maltratador de mujeres, cornetista, saqueador de tumbas indias y, en general, gran estadounidense, que llegó a ser presidente del distrito de Pottstown *y* coronel a las órdenes del gran George Washington, y que, a pesar de todo, encontró tiempo para componer sonatas para trompeta pensadas para bandas de música; imagínense. Después de que concluyera la fiesta, que duraba todo el día, y de que el desfile para celebrar su vida regresase a la Casa Antes, se pronunciaban más discursos, seguidos de un gigantesco asado de cerdo al aire libre, más unos fuegos artificiales que duraban toda la noche; a esas alturas, todo el mundo estaba borracho y se había olvidado por completo del viejo John.

Toda la celebración daba inicio y terminaba cada año en la casa del gran compositor, que era de la época de la Revolución, una estructura de piedra y estuco ya en muy mal estado, medio inclinada, ubicada en el cruce de High Street con Union Street, y parecía custodiar, como si se tratase de una vieja bruja, Chicken Hill, el andrajoso vecindario que se alzaba tras ella, cual primo borracho que se cierne sobre su prima pequeña Mary en Navidad, que acaba de cumplir dieciocho años y, de repente, ha pasado de ser una marimacho con los dientes separados a un lanzallamas. La querida Casa Antes era un tesoro apreciado, admirado y celebrado, el centro del universo para los ciudadanos blancos de Pottstown en el día de los Caídos. También era honrada fielmente por los ciudadanos negros de la ciudad los trescientos sesenta y cuatro días restantes del año, pues les servía de letrina, cuartel general de bebedores de cerveza, escondite donde evitar a la policía, corralito para fugitivos, lugar donde amarrar las mulas descarriadas y picadero sexual de último recurso para adolescentes lujuriosos y enamorados de Chicken Hill, todos los cuales desaparecieron como por ensalmo una semana antes del día de los Caídos, cuando un camión con las palabras «Pottstown. La Historia se construye con HIERROS», con la «S» final tachada —un error del rotulista—, aparcó frente a la casa. Un grupo de hombres bajó del camión y pusieron en marcha la transformación anual. Se izaron banderas estadounidenses. Quitaron los revestimientos de contrachapado de las ventanas, pintaron y repararon los marcos, barrieron la acera, limpiaron con manguera el camino de adoquines, fregaron la casa de arriba abajo y, cuando terminaron, los agotados obreros hicieron lo mismo que todos los años: se quedaron mirando la vieja casa con los brazos en jarras, meneando la cabeza como lo haría una madre que acabase de lavarle la cara a su hijo diez veces para darse cuenta de que, desgraciadamente, seguía siendo feo. Pero la historia americana no está hecha para ser bonita. Es sencilla. Es simple. Es fuerte y veraz. Marcada por la sangre. Y las agallas. Y la guerra.

—El hierro —anunció el alcalde con su habitual alegre fanfarronería al final de las reuniones anuales de 1936 del consejo municipal y la sociedad de Antes— es lo que ha hecho grande a esta ciudad. Fabricamos cañones. Fabricamos armas. Lo nuestro es la siderurgia. La sangre. ¡Las agallas! ¡La gloria! ¡Dios está de nuestro lado! Recordad: ¡la victoria de George Washington aquí, en Pottstown, fue la precursora de la gran batalla de Valley Forge! Nunca lo olvidéis.

Plitzka, sentado a una mesa dentro de la Casa Antes, junto al resto de los miembros del consejo, respondió a ese discurso con un gruñido y una mueca de dolor. El dedo gordo del pie le estaba matando. Estaba hinchado como una albóndiga. Además, tenía dolor cabeza; dos tipos de dolor de cabeza. El primero era un dolor físico. El segundo, no había aspirina en el mundo que pudiese solucionarlo.

Plitzka era el nuevo propietario de la Lechería Clover, les

daba trabajo a veintinueve personas, era el primer miembro de su familia en hacer algo así; si eso no era cumplir con el sueño americano, les decía a sus amigos, ¿qué demonios era? Imagínense. Obviamente, a aquellos amigos que lo conocían bien les gustaba imaginárselo ahogándose, pero esa no era la cuestión. Era el jefe. El mandamás. El dueño y señor.

El problema era que cuando la vida repartió las cartas, a él no le tocaron buenas. Un mes antes, justo cuando estaba cerrando el trato, descubrió que no había calculado bien sus reservas y le faltaban mil cuatrocientos dólares. Desesperado, llamó a su primo Ferdie, que tenía muy buena mano para timar a los tontos y para apostar en el cercano hipódromo de Sanatoga. Ferdie también andaba corto de efectivo, pero le recomendó a Plitzka que acudiese a un «buen amigo» de Filadelfia, que gustosamente le prestó el dinero. El amigo resultó ser un temible mafioso llamado Nig Rosen.

Cada vez que Plitzka pensaba en Rosen, sentía que se le licuaban las entrañas. Le debía mil cuatrocientos dólares más intereses a un auténtico gánster y no tenía de dónde sacar el dinero. Pero en lugar de pasar la jornada maquinando formas de salir de aquel agujero, se veía obligado a malgastar todo un precioso día como un mariscal en el desfile mientras esperaba que los matones de Rosen no hicieran acto de presencia. Ya se habían presentado dos veces en su despacho. Menudo desastre. Sentado a la mesa, con el dedo del pie palpitante, quería echarse a llorar.

Cuando terminó la reunión, se puso a tamborilear con los dedos sobre la mesa mientras los demás miembros del consejo se dirigían a la puerta y los miembros de la banda entraban en la sala portando todo tipo de cornetas. Plitzka se quedó mirando a los recién llegados en busca de Doc Roberts. Esperaba que Doc, que era miembro de casi todas las sociedades históricas de la ciudad y participaba en todos los desfiles, fuera también miembro de la Sociedad Histórica John Antes. Suspiró aliviado al percatarse de su reconocible cojera al otro extremo de la habitación. Entre todos los instrumentos posibles, Doc portaba una tuba.

Plitzka se levantó de la mesa, con el dedo del pie dolorido, y se abrió paso entre los miembros de la banda en dirección a Doc, al que le costaba manejar el instrumento.

—Eh, Doc, mi dedo gordo del pie me está matando —le dijo.

Doc miró a Plitzka y volvió a su instrumento, tanteando las válvulas.

—Pásate mañana por mi consulta —le dijo.

—Está mal. ¿Puedes echarle un vistazo ahora?

Doc se dio la vuelta y observó la atestada antesala.

—¿Aquí?

—Fuera.

—Tengo que tocar.

—No puede esperar.

Doc volvió a juguetear con su tuba mientras Plitzka permanecía detrás de él, impotente. No soportaba a Doc. Un esnob patizambo. Uno de los descendientes del *Mayflower*. Siempre al frente del desfile porque su familia había estado allí desde los indios y todo el rollo. Tocaba la tuba en una banda de trompetas. Los dos se habían enfrentado años atrás, en el consejo municipal, cuando Doc ocupaba un cargo. Plitzka quería gastar setenta dólares en una placa de bronce para celebrar el establecimiento del primer negocio polaco de la ciudad. Doc se opuso diciendo:

—No podemos poner una placa por cada familia que se haya ganado el pan aquí. Los polacos llegaron en 1885; es decir, *después* de la Guerra Civil.

Plitzka nunca olvidó la ofensa y participó encantado en la maniobra para sacar a Doc del consejo, moviendo algunos hilos políticos y logrando que dimitiese.

Doc, por su parte, sentía la misma aversión hacia Plitzka, al que consideraba un arribista, un habilidoso y duro oponente político, además del «nuevo» tipo de residente de Pottstown; es decir, un hombre sin honor. Plitzka suministraba cajas de bourbon a los lugareños a cambio de sus votos. Amenazó a los banqueros locales con prohibir el reparto de carbón en las calles en las que se encontraban sus locales. Incluso los peces gordos de

Hierro McClinton y Acero Bethlehem respondían a sus llamadas. Su casa en el lado oeste tenía un salón del tamaño de un campo de fútbol y un felpudo de bienvenida escrito en inglés antiguo. ¿Cómo era posible que un polaco, de cuya granja familiar en lo alto de Chicken Hill no salían ni pulgas, hubiese conseguido tanto dinero? Pero habida cuenta de lo ocurrido en la tienda judía de Chicken Hill, Doc no necesitaba nuevos enemigos, especialmente en ese momento. Y en particular Plitzka, que era peligroso.

—De acuerdo, Gus —refunfuñó.

Los dos hombres se dirigieron hacia la puerta. Ninguno se fijó en las dos mujeres italianas que recogían papeles y barrían, desplazándose como fantasmas. Pia Fabicelli, la conserje oficial del ayuntamiento, también había acudido a regañadientes, pues la habían apartado de sus tareas habituales en el ayuntamiento para limpiar detrás de los músicos en la Casa Antes. Se había llevado consigo a Fioria para que la ayudase.

Mientras las dos recorrían la sala retirando las tazas de café, las migas de tarta y los envoltorios habituales de las comidas en el ayuntamiento, se dieron cuenta de que Doc y Plitzka se dirigían cojeando hacia la puerta, porque ambos cojeaban, con Plitzka a la cabeza.

Pia le dio un codazo a Fioria y bromeó en italiano:

—Mira. Gemelos.

Fioria rio entre dientes.

—Si metes el dedo en la boca de uno, te morderá el otro.

Retomaron el trabajo mientras Doc seguía a Plitzka al exterior.

Plitzka se sentó en la escalera de ladrillo agrietado de la Casa Antes, se quitó el zapato y el calcetín, y dejó a la vista el dedo del pie. Era espantoso: estaba abultado, rojo y arrugado.

—¿Qué te parece? —preguntó.

Doc se quedó mirando el dedo arrugado.

—Sea lo que sea —dijo—, necesita presión.

—¿No vas a palparlo? Me está matando.

—Necesito mi instrumental. ¿Cómo se te ha puesto así?

—Para eso te necesito a ti.

—No soy capaz de leer la mente, Gus. ¿Te diste un golpe con algo? ¿Con un escritorio? ¿Una silla? ¿Te cayó algo encima?

—No.

—¿Qué has hecho últimamente?

—¿Qué se supone que significa esa pregunta?

—Quizás fuiste a dar un paseo y pisaste algo. O tal vez algo te cayó encima, tal vez en la fábrica, en el trabajo.

—Este *es* mi trabajo —dijo Plitzka secamente—. Yo no trabajo en una fábrica, Doc. Soy el presidente del consejo municipal.

—Gus, dame un respiro. Estoy tratando de entender qué ha pasado.

—¡Me duele!

Doc se sentó en la escalera, un escalón por debajo de Plitzka, y agarró con cuidado el pie por el talón, evitando tocar el asqueroso dedo, con la esperanza de que no oliera a gas mostaza. Dejó el pie en el suelo con cuidado.

—¿Cuándo empezó? El dolor.

—No estoy seguro —dijo Gus—. El mes pasado, mi señora y yo fuimos a los grandes almacenes John Wanamaker's, en Filadelfia. Ella quería subir en ascensor. El aparato se atascó en la quinta planta durante veinte minutos. Creo que empezó entonces.

En parte era cierto. Había hecho esas cosas. Pero en realidad le había empezado a doler el pie esa misma tarde, cuando dejó a su mujer comprando en Wanamaker's y él había caminado cuatro manzanas hasta la taberna del gánster Nig Rosen, en Broad Street. Todo parecía tan inocente. Su primo Ferdie le había dicho que Rosen era un tipo honrado. Limpio. Un buen tipo. Y, al principio, a Plitzka le pareció que era tal y como lo había descrito su primo: con los pies en la tierra, tranquilizador, mientras Plitzka le explicaba la situación.

—Soy hijo de un granjero —le contó Plitzka—. Me abrí camino. Fui barrendero. Empleado. Concejal. Ahora estoy a las puertas. *Así de cerca* de comprar la lechería que proporciona la mitad de la leche a la ciudad. Solo necesito superar este último bache.

Rosen intentó tranquilizarlo.

—Soy dueño de una taberna —dijo—. Sé un poco sobre oferta y demanda. Menos mal que la Ley Seca no acabó con nosotros.

Le entregó a Plitzka los mil cuatrocientos dólares con una sonrisa, con la intención de aplicarle un cinco por ciento de interés mensual y con un apretón de manos. A la semana siguiente, se presentó en el despacho de Plitzka acompañado por dos enormes matones y le exigió un interés del treinta y cinco por ciento a partir de ese día, con lo que el préstamo ascendía ahora a dos mil novecientos dólares. Plitzka se negó.

—¿Parezco estúpido? Es más del doble de la cantidad —dijo—. No voy a pagar.

La amabilidad desapareció del rostro de Rosen y, con total frialdad, se abrió la chaqueta para mostrar una pistola y dijo:

—¿Qué tal si me presento en tu casa y te vuelo la cara con esto?

Y así, sin más, el acuerdo que se suponía que le iba a aupar a los escalones de la realeza de Pottstown se había cerrado en torno a su cuello, estrangulándole. Cuatrocientos veinte dólares más a añadir a sus gastos habituales, incluidas las nóminas, calculadas al centavo. ¿De dónde iba a sacar ese dinero?

Sentado en los escalones, con el dedo del pie tieso de dolor, pensar en Rosen y en aquellos gorilas frente a la puerta de su casa, con su mujer y sus hijos dentro, le puso los pelos de punta.

—¿Así que es por los nervios? —dijo el doctor Roberts.

—Si son nervios, están trabajando horas extras, Doc. Esto parece una trampa para ratones.

—En cuanto acabe el ensayo, antes de irme, me pasaré por mi consulta a recoger algo —dijo Doc.

Plitzka parecía aliviado. Tomó el calcetín y metió el pie con cautela.

—Gracias, Doc. Tú también deberías tomarte algo. Pareces un poco cansado.

—Estoy bien.

Doc se encogió de hombros, tratando de parecer indiferente.

La verdad era que desde que Chona había muerto, hacía ya una semana, tenía los nervios a flor de piel. Nadie cuestionaba su versión de los hechos. Nadie sospechaba. El asunto se había ido acallando en silencio. Pero en la confusión de aquel momento, y sin saber cómo —nunca llegó a saberlo—, le arrebató a Chona un colgante del cuello, una *mezuzá* con una inscripción en un idioma incomprensible. No tenía ni idea de lo que decía ni de cómo había llegado hasta sus manos. No podía haberlo agarrado de manera intencionada, pero no era capaz de recordar cómo había ocurrido. Fue un momento de pasión, eso es todo. Se había dejado llevar. Las mujeres suelen provocar esa clase de efectos en los hombres. Pasa todos los días. Quería devolver esa maldita cosa, pero ¿a quién? Podría haberla tirado, pero eso lo habría hecho parecer un asesinato, y no lo era. Era un hombre decente. Decidió enviarlo por correo, pero temía que alguien pudiera rastrear el remitente y ponerlo al descubierto. En lugar de eso, lo llevó metido en el bolsillo durante el desfile. Su intención era dejarlo en algún lugar cerca de Chicken Hill, donde pudieran encontrarlo, sabiendo que la Casa Antes estaba cerca de la colina. Ponerlo en el suelo y marcharse. Pero ahora había aparecido Plitzka; además, le dolía el estómago. Era por la tensión. Las cosas no habían ido bien desde el accidente. Corrían rumores. Había oído algunos de ellos. ¿Sabría algo Plitzka? Tenía que ser Plitzka, de entre todas las personas de la ciudad: un turbio oportunista, inmigrante de una generación capaz de vender a su abuela por un cuarto de dólar. ¿Habría dicho algo alguien? Y ahora el desfile, justo al pie de Chicken Hill, como quien dice en el patio trasero de las casas de los negros. «No debería haber venido aquí», se dijo.

Mientras pensaba en esas cuestiones, Doc vio a una mujer negra caminando a paso ligero por la carretera, le miró y después continuó su curso, subiendo por el camino de tierra hacia Chicken Hill. Le seguían otros dos negros, hombres vestidos con ropa de trabajo, que le lanzaron miradas suspicaces y luego se apresuraron a seguir adelante.

—Hay muchos morenitos nuevos en la ciudad —dijo Plitzka.

—Sí. —Doc se encogió de hombros. «¿Habría dicho algo alguien?»

—Cada año vienen más negros —dijo Gus—. Son como cucarachas.

Doc se preparó para levantarse con un gesto de dolor y dijo:

—Iremos a la consulta después de ensayar unos cuantos temas.

Estaba a punto de ponerse en pie cuando oyó que decía Plitzka:

—Lástima lo de la judía.

Doc notó que el corazón se le aceleraba de pánico y, de repente, se sintió demasiado débil para mantenerse en pie. Todavía sentado de cara a la carretera, consiguió mascullar:

—¡Qué vergüenza! —Y se puso en pie, ansioso por marcharse.

En ese momento, pasó una pareja de negros y Doc, que ahora estaba de pie, permaneció inmóvil de espaldas a Plitzka. El hombre negro no le miró, pero la mujer se detuvo y clavó la mirada en Doc. No dejaba de mirarlo. Doc sintió un leve vahído. De repente tuvo sed. Necesitaba un trago de agua.

—¿La conocías? —preguntó Plitzka.

—¿Qué?

—Te he preguntado si la conocías.

—¿A quién? ¿A ella? —dijo Doc, señalando a la mujer negra que, de repente, se dio la vuelta para dirigirse hacia la colina.

—A ella no. A la señora que murió.

Doc asintió, todavía mirando hacia la carretera, de espaldas a Plitzka. Se metió las manos en los bolsillos, tratando de mostrarse indiferente.

—Estuvo enferma mucho tiempo.

Oyó que Plitzka decía algo más, pero el sonido de un trompetista calentando dentro de la Casa Antes ahogó las palabras de Plitzka. Había dicho algo sobre «cartas».

—¿Qué dices? —preguntó Doc.

—Cartas. Ella era la que solía escribir cartas al *Mercury* quejándose de nuestro desfile de los Caballeros Blancos. No es por hablar mal de los muertos ni nada de eso, pero esto es América, Doc. Todo el mundo tiene que seguir las reglas.

Doc, con las tripas revueltas, se limitó a asentir.

—¿Qué le ha pasado al chico? —preguntó Plitzka.

Doc quería irse, pero no tenía claro si era lo correcto. «Pero... solo huyen los que se saben culpables», pensó. «No. No he hecho nada malo.»

Decidió volver a sentarse en los escalones para mostrar indiferencia. Bajó al escalón justo debajo de Plitzka y se aclaró la garganta.

—¿El chico? —Intentó sonar indiferente—. Oh, le conseguimos ayuda. Está en Pennhurst.

—Eso es bueno. Al menos recibirá una buena educación.

Doc volvió a mirar hacia la carretera. Pasó otro negro, un hombre. El negro aminoró la marcha, mirándolos de medio lado, y luego se detuvo para mirarlos abiertamente, de frente, a seis metros de distancia. Parecía a punto de gritar algo. Luego, para alivio de Doc, saludó con la mano. Doc hizo algo que rara vez hacía. Le devolvió el saludo.

Plitzka frunció el ceño.

—Algunos de ellos están bien —dijo—. Si se lavaran. ¿Has estado últimamente en Chicken Hill? La suciedad que hay allí, las alcantarillas abiertas... Madre mía.

Doc sintió que se le hacía un nudo en la garganta; tenía miedo de moverse y también de quedarse. ¿Cómo se había metido en ese lío? Allí estaba, sentado al lado de Plitzka, un granjero tramposo de los bajos fondos convertido en matón político. Doc había dedicado su vida al completo a la ciudad. La presencia de su familia en Pottstown se remontaba a más de cien años atrás. Y ahora tenía que sentarse ahí y escuchar las ocurrencias de aquel imbécil. Sintió que la ira se abría paso en su garganta. No pudo evitarlo.

—Hablando de limpieza —dijo—. ¿Conoces el baño del sótano de la Casa Antes? ¿El que votasteis hace tres años para hacerlo público? Hoy he abierto el grifo y salía agua turbia.

—¿En serio?

—Salía directamente del grifo. Lo dejé abierto un par de minutos, pero el agua no se aclaró. ¿La ciudad está tomando agua del embalse de Chicken Hill?

Ahora le tocaba a Plitzka ponerse nervioso.

—No sé de dónde viene el agua.

—El nuevo embalse, que está cerca de tu antigua granja, ¿no suministra agua a la colina?

—No me he leído todos los contratos de la ciudad, Doc.

—Tenéis que investigar eso. Que salga agua turbia de los grifos de Chicken Hill hará que mi consulta esté llena de gente de por aquí, Gus. Y esos no pagan.

—No podemos seguirles la pista a todas las personas de color de Chicken Hill, Doc. Son muchos. ¿Cuántos exactamente? ¿Quién sabe? Tenemos alcantarillas abiertas que llegan hasta Main Street. Cuando las cerramos, cavan nuevas. Debemos arreglar eso antes de crear nuevas canalizaciones de agua. Por otra parte, tiran mierda y basura en las alcantarillas abiertas por todas partes.

—El agua y las alcantarillas son dos cosas diferentes, Gus.

—Chicken Hill es un zoológico, Doc. Créeme. Mi vieja granja está allí arriba.

Doc asintió. Había oído historias sobre la granja de los Plitzka. Cómo habían llegado a un acuerdo con la ciudad en el pasado para suministrar agua al pueblo antes de que se construyera el nuevo embalse. Y que la ciudad seguía pagando a la granja por el agua del pozo. Ahora Plitzka, como jefe de la empresa lechera y propietario de la granja de su familia, cobraba de ambos lados: de la ciudad por el suministro de agua *y*, además, recibía agua gratis de la ciudad para su negocio. Una verdadera historia de triunfo. El típico gánster inmigrante. Sin honor. Sin sentido de la historia.

Doc no pudo refrenarse.

—¿Has subido a ver el nuevo depósito de agua? —preguntó.

—Muchas veces —dijo Plitzka—. Cuando yo era niño, era un estanque.

—¿Alguien de la ciudad ha subido alguna vez a ver esas viejas tuberías? A lo mejor alguna de ellas se ha agrietado y le está entrando barro.

—Si esas tuberías estuvieran agrietadas, habría oído quejas de los vecinos de Chicken Hill —dijo Plitzka.

—¿Por qué tendrían que quejarse los negros? —replicó Doc—. Muchos de ellos siguen teniendo pozos, ¿no es cierto?

—Si lo que quieres es trazar un mapa con cada una de las casas que tiene un pozo ahí arriba, adelante. Es un verdadero laberinto.

La ira de Doc se desbordó. ¿Por qué Plitzka tenía que mostrarse imbécil con todo? Se oyó a sí mismo decir:

—Podrías preguntarles a los negros, Gus. Eres su concejal. Deberías hablar con tus electores.

La cara de Plitzka enrojeció.

—Si lo hiciese, tal vez me contasen lo que han oído decir de ti.

—¿Y qué han oído?

—Lo de esa judía y tú. He oído rumores.

—¿Qué rumores? El chico me atacó.

—No es eso lo que yo he oído.

—Los rumores no demuestran nada.

—Demuestran que la gente puede hablar, eso es todo —dijo Gus con frialdad—. ¿Te planteaste la posibilidad de hablar con el jefe Markus al respecto?

—Ya hablé con él. La mujer sufrió un ataque. Intenté ayudarla. El chico se puso nervioso y me atacó. Es sordo y probablemente mudo. Salí corriendo y llamé a la policía. Redactaron un informe.

—Eso hicieron —dijo Plitzka con aire socarrón.

—Murió de un derrame cerebral, Gus. Eso es lo que dijo también el hospital de Reading.

—Lástima que no hubiese ningún hombre blanco en la tienda cuando ocurrió. Eso lo habría aclarado todo.

—¿El qué?

—Los rumores.

Doc se puso en pie, estaba furioso.

—Pues cuida tú de tu pie —dijo.

—No te pongas así, Doc —repuso Gus—. No pretendía dar a entender nada. Estaba aclarando las cosas. Pretendía llegar a la verdad del asunto. Venga, Doc. Enterremos el hacha de guerra ahora mismo, ¿de acuerdo? El pasado es el pasado. Hoy nos toca desfilar. Somos los dos mariscales, ¿recuerdas?

Le tendió la mano.

Doc suspiró y le dio la mano, sintiendo con ese gesto que su temperamento se calmaba un poco. No era inteligente enemistarse con Plitzka.

—Pásate por mi consulta dentro de media hora y lo arreglaremos antes del desfile. Luego te mandaré a un tipo que te arregle el zapato para que el dedo del pie no te moleste durante un tiempo. Ese dedo no se curará en una semana.

—¿A quién me vas a enviar?

—A un viejo zapatero de la colina. Lo llaman Skrup. Puede hacer cualquier cosa con los zapatos. Incluso puede hacerte un zapato especial si quieres. Trabaja fino.

—¿Estás bien, Doc?

Doc volvió a entrar. Decidió no decirle a Plitzka que Marv Skrupskelis era judío. Y no un judío cualquiera. Marv Skrupskelis era un tipo duro. Dejó que Plitzka lo averiguara por su cuenta.

21
La canica

El pabellón C-1 tenía tres turnos de celadores, que parecían cambiar constantemente, por lo que pasaron cinco semanas antes de que Dodo viese por primera vez a Hijo del Hombre. No lo había visto nunca hasta que lo vio, como suele decirse, porque los primeros días en Pennhurst fueron una explosiva ristra de emociones, desde la tristeza hasta el sufrimiento. Las medicinas nublaron su mente durante largos ratos, y eso le impedía concentrarse. El abrumador olor, el miedo, las siluetas de los cuerpos que se cernían sobre su cuna para mirar, picar de su bandeja de comida, hurgarle en las orejas, sacarle de vez en cuando para hacer esto o aquello, cambiarle la ropa de cama mientras gruñían y maldecían, todo se mezclaba en su conciencia como si fuese una bola de pelo. Parte de la actividad tenía que ver con pacientes curiosos. Otros eran celadores. Debido a las drogas, Dodo no podía distinguir a unos de otros.

Además, el cambio de vivir en su propia habitación en la parte trasera de la tienda de comestibles de la señorita Chona, con cama propia, lámpara, tebeos y avión de cartón que colgaba de una cuerda de la bombilla del techo a verse en un pabellón junto a doscientos hombres, en una institución que albergaba a tres mil almas, supuso tal *shock* para Dodo que podría haber muerto en esos primeros días de no haber tenido las piernas colgando. Curiosamente, la inmovilidad le salvó, porque era un muchacho activo y atlético por naturaleza, con brazos y piernas que no dejaban de moverse. Pero ahora estaba dolorido, drogado e inmóvil, lo cual le permitió que su cuerpo sanase. Mientras lo hacía, aprendió a hablar con Monkey Pants.

La comunicación entre ellos se vio favorecida por su casi total sordera. Oía muy poco, por lo que ninguno de los espeluznantes ruidos de la sala, que hacían casi imposible que los recién llegados pudiesen conciliar el sueño, interrumpía su capacidad de atención. Los gemidos, quejidos, arrullos, eructos, suspiros, gruñidos, gritos, chirridos, carcajadas, cacareos, ventosidades, parloteos y aullidos de sus compañeros le pasaban desapercibidos. Le robaban comida de la bandeja cuando se la dejaban junto a la cama, hasta que aprendió a engullirla de inmediato; después de ese momento, la mayoría le ignoraban y se dedicaban a vagar por la sala como si fuesen fantasmas, hombres en batas de hospital, unos pocos en ropa interior y uno o dos que se arrancaban la ropa y desfilaban desnudos. Aquellos primeros días fueron los más duros, pues los atareados celadores no desperdiciaban su sentido del civismo con los llamados lunáticos. Los que le cambiaban la ropa eran hombres rudos y toscos, que apartaban con impaciencia sus miembros vendados y colgantes, ignorando sus aullidos de dolor y profiriendo lo que parecían maldiciones. Al cabo de unos días, se dio cuenta de que algunos de los que le cambiaban la ropa de cama y le zarandeaban mientras sollozaba patéticamente no eran celadores, sino sus propios compañeros. Su incapacidad para ejecutar incluso las funciones más básicas, como ponerse de lado y rascarse la espalda mientras estaba tumbado con las piernas colgando en una cuna de acero en una sala que olía a rayos, lo sumía en una suerte de trance horrorizado gran parte del tiempo. Pero su cuerpo solo tenía doce años. Quería vivir. Quería curarse. Y Monkey Pants resultó que era un ser curioso, poseedor de algo que difuminó la niebla y la depresión que cubrían la mente de Dodo, arrancándole de las garras del terror que le envolvía desde que entró allí.

Se trataba de una canica. Una canica azul.

Monkey Pants la sacó de debajo de la almohada poco después de que llegara Dodo, y la sostuvo con la mano izquierda, sobre la que parecía tener cierto control y fuerza, a diferencia de la derecha, que parecía casi inútil.

—¿De dónde has sacado eso? —preguntó Dodo.

Monkey Pants respondió curvando el labio.

—¿De dónde?

Y así empezó todo.

En un principio, parecía imposible, porque ninguno de los dos chicos conocía el lenguaje de signos. Pero Dodo podía hablar y Monkey Pants podía oír, y el mero hecho de intentar comunicarse con alguien, con quien fuese, a Dodo le aportaba un poco de luz. Antes de Pennhurst, aparte de ocasionales incursiones en el patio de la señorita Bernice, junto a la tienda, había vivido casi siempre en un mundo de adultos, ignorado por la mayoría de ellos, salvo por el tío Nate, la tía Addie y la señorita Chona. Pero en el caso de Monkey Pants podía afirmar que era el centro de atención de alguien cercano a su edad. Y aunque su comunicación era tosca en un principio, la comprensión tácita de que había mil pensamientos en la cabeza del otro forjó un terreno común.

Monkey Pants era el que más hablaba, ya que era curioso y tenía muchas preguntas, en tanto que Dodo estaba deprimido y le costaba concentrarse. Pero la curiosidad acabó imponiéndose y, tras unos días en los que Monkey Pants se retorcía y gruñía para comunicarse, Dodo tomó el relevo y le interrumpió con muchas preguntas. Al principio, las respuestas, los gestos y las expresiones faciales de Monkey Pants parecían insignificantes y, en varias ocasiones, Dodo rompía a llorar en mitad de su discurso, momento en el que Monkey Pants esperaba pacientemente a que cesaran los llantos y volvía a empezar con una serie de gestos y contoneos. Los gestos eran serios e insistentes y obligaban a Dodo a responder, a pesar de que a menudo no estaba seguro de lo que quería decir su nuevo amigo. Pero tuvieron horas por delante durante esos primeros días y, al final de la primera semana, los dos establecieron algunos modos rudimentarios de hablar.

Las cejas levantadas de Monkey Pants significaban «sí», las

cejas fruncidas significaban «no». «Tal vez» era una ligera elevación del antebrazo izquierdo. El puño izquierdo cerrado y el antebrazo cruzado sobre el pecho significaba «cuidado», «malo» o un improperio. Si ese gesto iba acompañado de un labio más pronunciado, significaba «mucho cuidado», «dolor» o «problema». Los antebrazos cruzados, con la mano izquierda clavando la derecha en el pecho significaban «peligro». Enseñar los dientes significaba «bien» o «sabe bien» o «vale». Monkey Pants no podía controlar sus espasmos, que mantenían su cabeza y todos los miembros de su cuerpo sumidos en una suerte de temblor constante. Tenía la mano derecha enroscada formando un puño cerrado inútil y, de vez en cuando, sufría en las piernas espasmos incontrolables. Pero con esfuerzo podía controlar la mano izquierda, la muñeca izquierda y el antebrazo izquierdo hasta el hombro, lo que le permitía utilizar los cinco dedos, una herramienta valiosa, ya que era la mano que asomaba por la cuna y le hacía gestos a Dodo a través de los barrotes y sacudía la cuna para despertarlo cuando Monkey Pants lo necesitaba.

Fue gracias a esa mano izquierda como se produjo el milagro de la comunicación.

Empezó con la canica. Tras sacar la canica, dejar que Dodo la sostuviera varias veces y exigirle con gestos que se la devolviera, Monkey Pants intentó comunicar algo sobre ella. No tuvo éxito. Dodo, por su parte, respondió con sus propias preguntas, que provocaron nuevos gestos frustrados de Monkey Pants, hasta que ambos se dieron por vencidos. Si hubiera sido cualquier otro tema, Dodo lo habría dejado correr. Pero le encantaban las canicas. Le recordaban a la señorita Chona —que le había proporcionado tantas canicas que había tenido que guardarlas en un tarro— y a sus tíos, a los que echaba mucho de menos. Suponía que los tres estaban enfadados con él por lo que había pasado en la tienda, pues ninguno de ellos había ido a buscarle ni tampoco a visitarlo. Se hizo la ilusión de que tal vez los tres estaban ocupados reuniendo todo tipo de canicas para traérselas como regalo especial y que de ese modo pudiese curarse más rápido y salir de allí. Pero esa ilusión se iba desvaneciendo con cada día que pasaba, de ahí que la mayoría de las noches se durmiese con lágrimas en los ojos.

Solo la canica le mantenía esperanzado, pues a pesar del peso de la culpabilidad, una pequeña parte de él creía que la amable mujer que le había regalado tantas de aquellas preciosas canicas le perdonaría. Así que todos los días Dodo le pedía a Monkey Pants que le mostrara la canica que guardaba debajo de su almohada y le preguntaba de dónde la había sacado. Tras varios cientos de gestos y expresiones amables por parte de su nuevo amigo, Dodo dedujo que a Monkey Pants le habían dado la canica como una especie de regalo de alguien. Pero no pudo determinar de quién. Eso le resultaba frustrante, y una tarde, mientras Dodo hurgaba en busca de respuestas, Monkey Pants se sintió frustrado y giró la cabeza hacia otro lado, aburrido e irritado.

Dodo, aunque no podía oír su propia voz, sabía cómo alzarla, pues las vibraciones de su cabeza se lo indicaban, así que dijo con fuerza:

—¡Deja de hacer el tonto!

Monkey Pants se volvió hacia él, mirándole a través de los barrotes de la cuna, con su cabeza espástica moviéndose de un lado a otro, su expresión dando a entender: «¿Qué quieres que haga? No puedo hacerte entender».

—No hemos terminado —dijo Dodo.

Así que volvieron a empezar, impulsados únicamente por la dolorosa soledad de su existencia: dos niños con mentes inteligentes atrapadas en cuerpos que no cooperaban, enjaulados en cunas como niños pequeños, viviendo en un manicomio, en el que la locura parecía tener vida propia y cargar contra ellos a voluntad. Pero a pesar de lo horrible de su situación, se alegraban con las cosas más insignificantes: un párpado arrugado, una tos errante, un gruñido ocasional de satisfacción o una carcajada cuando uno daba tumbos confundido por la impaciencia del otro, intentando averiguar cómo dar a entender el origen de la preciada canica de Monkey Pants. Fue duro.

Por fortuna, disponían de mucho tiempo y lo aprovecharon bien. Durante las primeras semanas no tenían nada que hacer en todo el día, pues la rutina era la misma. A los pacientes los despertaban a las siete. Cambiaban la ropa de cama, los pañales y las batas de hospital, aunque a veces no. Lavaban a todos los que se podían lavar. Aunque a veces no lavaban a algunos que se podían lavar. A los que tenían movilidad los llevaba al baño un celador. Después del aseo, el desfile de los llamados lunáticos era conducido a la cafetería por dos celadores del turno de día, y luego directamente a la sala de descanso, al final del pasillo, donde permanecían hasta justo antes del almuerzo. A continuación, eran conducidos brevemente al pabellón, luego a la cafetería para almorzar y de nuevo a la sala de descanso hasta la cena. Después de la cena, había una actividad poco frecuente que normalmente consistía en ir de nuevo a la sala de descanso, y luego todos se acostaban a las ocho de la tarde. A los dos niños que estaban en cunas se les daba de comer metidos en ellas, junto con un tercer paciente, un joven que yacía totalmente inmóvil en una cuna en el extremo opuesto de la sala y no dejaba de gimotear, cerca del mostrador de los celadores de día. Por lo general, los dos celadores de guardia se alternaban, uno atendía el mostrador por la mañana mientras el otro llevaba a los pacientes a la cafetería y a la sala de día, y luego cambiaban por la tarde, dejando el mostrador atendido por un celador que, por lo general, dormitaba o leía mientras el otro se encargaba de la pesada tarea de conducir a los pacientes de un lado a otro. El mostrador siempre estaba atendido por un solo celador y, quienquiera que estuviera allí, parecía satisfecho de que aquellos dos chicos se pasaran el día divirtiéndose. No suponían una molestia. Eran una cosa menos que hacer.

Pero los chicos estaban resolviendo un rompecabezas. Y tras la tercera semana, tuvo lugar el gran descubrimiento cuando Monkey Pants señaló con el dedo la escayola de Dodo e hizo varios gestos. Dodo dedujo, erróneamente, que Monkey Pants quería preguntarle qué había pasado y por qué llevaba la escayola, lo que le recordó todo lo ocurrido en la tienda de la señorita Chona y le hizo llorar.

—Quiero irme a casa —gritó.

Monkey Pants le miraba fijamente, con los ojos inmóviles y apariencia impasible. Al ver su reacción, Dodo se enfadó.

—Olvida tu tonta canica, Monkey Pants.

Cerró los ojos, dejándolo fuera.

Monkey Pants se acercó y sacudió la cuna de Dodo. Dodo abrió los ojos.

—¿Qué?

Monkey Pants golpeó cinco veces los barrotes de su cuna.

—Y qué. Sabes contar hasta cinco.

Monkey Pants sacudió la cabeza con insistencia. Volvió a golpear los barrotes de la cuna. Cinco veces. Luego alzó la canica. Luego levantó el pulgar.

Eso despertó el interés de Dodo.

—Hazlo seis veces si eres tan listo. —Monkey Pants frunció las cejas para decir «no» y volvió a dar cinco golpecitos—. ¿Qué quieres, Monkey Pants?

Monkey Pants golpeó una y otra vez, señaló la canica, su boca, y luego metió la mano en la cuna de Dodo y le dio un golpecito con el dedo índice y el pulgar.

Dodo, irritado, espetó:

—¡Eh!

Monkey Pants enloqueció de entusiasmo y se puso a dar golpes con la cabeza en la almohada.

—¿Qué pasa?

Varias sacudidas de «no».

—¿Qué?

La cabeza de Monkey Pants indicó «no». Movió la boca y Dodo, al verle, hizo una conjetura, sabiendo que los sonidos vocálicos se parecían, pensando que había dicho «Eh», así que replicó:

—¡Eh tú!

Más gestos entusiastas y salvajes por parte de Monkey Pants.

—¿Eh? —dijo Dodo.

Sí. Monkey Pants asintió.

—¿Eh, qué?

No. Monkey Pants sacudió la cabeza.

—¿Solo eh?

Sí. Asintió.

A Dodo le costó un día entero, con Monkey Pants haciendo pantomimas, gruñendo, rechinando y señalando, en darse cuenta de que Monkey Pants no estaba asintiendo «sí» a «Eh», sino a «A», la primera letra del alfabeto, lo que finalmente aclaró señalando a uno de los celadores sentado en su puesto comiéndose un albaricoque.

—¿Tu pulgar significa «A»?

Monkey Pants señaló al hombre y alzó la mirada, lo que significaba «¡sí!», y asintió con la cabeza salvajemente. Era un gran avance. La primera letra del alfabeto.

Dodo tardó dos días más en darse cuenta de que la letra B también era el primer pulgar. También lo eran las letras C, D y E.

A partir de ahí, el resto de la fórmula de una mano de Monkey Pants se desplegó con rapidez.

El pulgar representaba las letras que iban de la A a la E.

El siguiente dedo representaba de la F a la J.

El dedo corazón, de la K a la O.

El cuarto dedo, de la P a la T.

El meñique cubrió las seis últimas letras, de la U a la Z.

Veintiséis letras del alfabeto. Cinco dedos. Cinco por dedo. Seis para el meñique. Dodo se había agotado en el proceso de descubrimiento, pues les había llevado varios días yendo adelante y atrás, utilizando la palabra «albaricoque» como punto de partida. Pero tras unos pocos días estuvo seguro del código. Lo comprobaron y lo volvieron a comprobar utilizando varias palabras: «comida», «pastel», «helado» y, por supuesto, «canica», una palabra que a Dodo le interesaba especialmente. Cuando descifró esa palabra tres veces y a ambos les quedó claro que controlaban su nuevo idioma, Dodo declaró:

—Monkey Pants, ¡eres muy listo!

Monkey Pants agitó la mano con impaciencia, pues se moría de ganas de hablar. Empezó a agitar de nuevo la palma y los dedos del uno al cinco, haciendo señas a Dodo para que se diera prisa en descifrar las letras que había deletreado. Empezó preguntándole a Dodo su nombre en su lenguaje de signos, pero Dodo hizo caso omiso, pues aunque él también estaba emocionado, antes que nada estaba la pregunta que había prendido la chispa su amistad. Así que ignoró los dedos extendidos de Monkey Pants y preguntó impaciente:

—¿De dónde has sacado la canica?

Monkey Pants puso los ojos en blanco y deletreó con paciencia mientras Dodo pronunciaba las letras. Levantó el dedo corazón.

—¿K?... ¿L?... *¿M?*

Alzó la mirada. Sí. Luego levantó el segundo dedo.

—¿H?... *¿I?*

Alzó la mirada. Sí.

—I.

Cerró los ojos.

—¿Nueva palabra?

Alzó la mirada. Sí.

Monkey Pants empezó a deletrear el resto. Los ojos de Dodo observaron con atención los dedos de Monkey Pants y sus labios se movieron mientras este deletreaba.

—M.I. M.A.D.R.E.

Fue agotador, pero el enigma quedó resuelto. Dodo suspiró feliz y preguntó:

—¿Dónde está?

Pero Monkey Pants no respondió. En lugar de eso, sus ojos se desviaron hacia algo más allá de Dodo y luego los abrió de par en par, asustado. Cerró el puño y cruzó ambos antebrazos sobre el pecho, el signo de «peligro».

Dodo miró a su espalda cuando una sombra cruzó la ventana y bloqueó la estéril luz durante un momento, luego recorrió el borde de su cuna hasta sus pies. Dodo miró a Monkey Pants, pero este se había dado la vuelta, había colocado las rodillas a la altura de su cara y su cuerpo había adoptado una postura encorvada, posición que Dodo sabía que significaba que Monkey Pants tenía miedo.

Dodo miró a los pies de su cuna y vio una figura delgada y oscura que le miraba fijamente.

Era un hombre negro, alto y apuesto, de piel muy oscura y con una extensa marca en la frente, la cicatriz de una vieja herida de algún tipo. Tenía la piel lisa y las manos largas y huesudas. Sus gruesos brazos y hombros llenaban su uniforme blanco de celador, así como su ancho pecho, que se marcaba justo debajo. Era un hombre fuerte, de eso no había duda, y su rostro estaba presidido por una sardónica sonrisa que parecía proclamar: «Ya estoy aquí y todo va a ir bien». Sus ojos, de mirada profunda, transmitían tranquilidad, pero había algo tras ellos, un ansia y un salvajismo latentes que despertaron un terrible miedo en Dodo, pues era un niño que vivía de la vista y de las vibraciones.

—¿Eres el chico nuevo? —preguntó aquel hombre.

Dodo permaneció en silencio, fingiendo que no le había entendido.

—¿Sabes leer los labios? Eso es lo que me han dicho, que lees los labios.

Dodo no movió un solo músculo.

El hombre extendió una mano enorme y acarició la frente de Dodo. Era el primer gesto amable que había experimentado en semanas. En otra situación, Dodo habría llorado de alegría ante la primera mano que no lo volteaba, lo giraba de un lado a otro y gruñía de disgusto después de limpiarle las sábanas sucias; pues si bien ya habían descolgado una de sus piernas y se estaba curando, la otra seguía enyesada. Los celadores blancos parecían tener miedo de tocarle, y eso le dolía, porque era un niño para el que el tacto era muy importante. Estaba hambriento de caricias cariñosas. Pero hubo algo que le aterrorizó en la suave caricia de la mano de aquel hombre, una caricia que descendió por su mejilla, le cruzó el pecho, bajó por el ombligo y se acercó a la pelvis antes de alejarse muy despacio.

—¿Cómo te llamas? —Dodo se encogió de hombros.

El hombre sonrió.

—No importa —dijo, pasando su gran dedo por la cabeza de Dodo—. Ya nos ocuparemos de eso. —Con una rápida mirada por encima del hombro hacia el puesto de los celadores, que estaba vacío, agarró de repente la pierna buena de Dodo por el muslo, lo levantó del colchón con una mano, retiró la bata de hospital con la otra mano y observó su trasero suave y liso—. Eres lindo como un pavo real, muchacho. —Después bajó la bata muy despacio—. Bonito como un pavo real. —Luego se fue.

En cuanto el hombre se dio la vuelta, Monkey Pants empezó a zarandear su cuna con su mano fuerte, la izquierda, los dedos gesticulando de un modo eléctrico, los ojos muy abiertos debido al terror.

—¿Quién es? —preguntó Dodo.

Monkey Pants deletreó despacio.

H.I.J.O. D.E.L. H.O.M.B.R.E.

M.A.L.O.

M.U.Y. M.A.L.O.

22
Sin su propia música

Moshe jamás habría imaginado que tuviese que cerrar la tienda de alimentación El Cielo y la Tierra. Hacerlo le resultó más difícil que revisar las cosas de Chona en su dormitorio, porque cerrar la tienda implicaba tener que bajar al sótano, y allí encontró un pequeño barril y una cuchara de madera que reconoció al instante. Ella estaba batiendo mantequilla en ese barril cuando él entró en el sótano doce años antes, con mil problemas en la cabeza y un mundo lleno de deudas. Ella era la única persona capaz de recordar aquel primer momento. Cuando se asomó al interior del barril y vio que estaba lleno de juguetes diminutos, canicas y otras fruslerías que ella había reunido a lo largo de los años para dárselos a Dodo y a los demás niños del vecindario, se sentó en una caja que había al lado y rompió a llorar.

Nate y Addie estaban allí ayudándole a limpiar, aunque en el otro extremo de la habitación, pues el plan de Moshe era alquilar el primer piso y seguir viviendo en el apartamento de arriba. Nate y Addie trabajaban en silencio mientras él sollozaba, pero no dijeron nada; ellos también sufrían. Ninguno de los dos había dicho ni una sola palabra sobre el hecho de que Dodo estuviese en Pennhurst. Moshe sospechaba que se sentían culpables por la muerte de Chona, porque había sido idea de Nate que él y Chona se hiciesen cargo de Dodo. Moshe no estaba resentido con ellos, porque el niño había supuesto una alegría para su mujer, y así se lo habría dicho, en aquel justo momento, si su corazón hubiese albergado la fuerza suficiente como para permitirle hablar de tales asuntos. Aun así, se sintió aliviado al saber que estaban con él en ese momento, porque eran las únicas personas a las que él quería cerca. Las caras nuevas de la *shul* le resultaban extrañas. El mundo había cambiado.

En cuanto a lo ocurrido en la tienda, Addie había compartido con él los detalles de lo que había visto aquella tarde. La versión que Doc había ofrecido de lo ocurrido, afirmando que el chico negro había atacado a Chona y esta había perdido el conocimiento, lo complicaba todo, pues Moshe estaba seguro de que el chico no había hecho tal cosa. Sin embargo, poner en duda la versión de Doc era nadar a contracorriente, ya que eso centraría la atención en las quejas de Chona sobre la relación de Doc con el Ku Klux Klan. Ni los fundadores de la ciudad ni los miembros de la policía querían hablar de esas cosas. A ninguno de los dos estamentos les gustaban demasiado Moshe ni sus negocios. Protestar era atraer demasiada atención no deseada, y posiblemente más policía. Sus únicos aliados eran los integrantes de la *shul*, pequeña e impotente, y la gente de color, y en espacial Nate, que sentían terror de la policía. En los últimos años, había observado que, cuando de vez en cuando llamaban a la policía para sofocar algún disturbio en el teatro, Nate parecía volatilizarse. Sospechaba que Nate había tenido algún problema en el pasado. No le molestaba, porque bajo el carácter aparentemente tranquilo de Nate, Moshe percibía una solidez de hierro no muy distinta de la de su primo Isaac. Sabía que aquel tipo de porte era una ventana abierta a un corazón atribulado, forjado por los problemas y las injusticias del pasado. A Moshe no le hacía ninguna gracia que Nate, que era su mejor amigo en la ciudad, tuviera esa clase de problemas. Creía que, de algún modo, él podría ser la causa de sus problemas, y esa idea le inquietaba aún más.

Sentado en una caja, Moshe no les puso freno a sus sollozos, pero en ese instante sintió un repentino dolor en el pecho, que le hizo doblarse por la mitad y toser durante unos segundos, sin aliento. No tardó en pasársele. Alzó la vista y vio a Addie, de pie en el otro extremo del sótano, mirándole preocupada.

Nate, que estaba desmontando una estantería en el rincón más alejado, también interrumpió su trabajo. Ninguno de los dos se movió para consolarlo. En aquel momento, pensó que rara vez había tocado a ninguno de los dos. Su mujer sí hacía esas cosas. Su mujer no tenía miedo de abrazar a Addie o de tomar de la mano a un Nate reticente para enseñarle algo, o bien de abrazar a Dodo o de abofetear juguetonamente a una clienta en la cara o en el brazo o de pasarle un brazo por encima del hombro a una mujer o de tomar en brazos a un niño negro que lloraba. Esas cosas estaban casi prohibidas en ese país, pensó. Chona nunca había seguido las reglas de la sociedad estadounidense. No vivía como la mayoría de la gente. Para ella, el mundo no era una vitrina en la que admirar esto y no tocar aquello, sino un lugar donde cada acto suponía una oportunidad de *tikún olam,* de mejorar el mundo. La pequeña mujer con el pie malo era todo corazón. Era grande. Moshe era medio metro más alto, pero ella era mucho más grande. Él solo era un hombre que organizaba espectáculos musicales. Un promotor. Un hombre sin su propia música. Le dolía el pecho.

Oyó a Addie decir:

—¿Se encuentra bien, señor Moshe?

—En plena forma —dijo, enjugándose las lágrimas. Dejó a un lado el barril lleno de juguetes y regalos y continuó clasificando cajones, cajas, objetos decorativos y latas viejas. Después de un rato, se volvió hacia Nate, que estaba vaciando unos papeles viejos en un cubo de basura, y le dijo:

—Aquí no hay nada que debamos conservar. Pero quizás haya algunos objetos que te gusten.

Nate asintió, en silencio, tirando los papeles y agarrando una escoba.

—¿Has ido a ver a Dodo? —preguntó Moshe.

Nate negó con la cabeza y empezó a barrer. Addie, que trabajaba cerca de la pared del fondo, habló:

—Lo veremos dentro de una semana.

—¿Se ha arreglado el tema?

Addie miró a Nate.

—Estamos trabajando en ello.

—Arreglaré el asunto.

Nate, a modo de respuesta, se retiró a un rincón alejado del sótano con su escoba, dejando a Moshe y Addie solos.

—Tiene que hacer las cosas a su ritmo —dijo Addie.

Moshe asintió. Nate no le había hablado mucho en los últimos días, ni siquiera durante la *shivá*. Recordó que lo último de lo que había hablado con Nate fue cuando este le sugirió que invitase a algunos de los fabulosos músicos que habían tocado en el Teatro y Sala de Baile Auténtico Americano para que actuasen en el funeral de Chona. El dolor de Moshe en aquel momento era demasiado grande para considerar siquiera tal sugerencia. Pensó que, más adelante, le pediría a uno de los grandes músicos que pasaban por su salón que compusiera una canción para Chona, o quizás montaría una cena en su honor e invitaría a algunos de sus clientes de Chicken Hill, aunque eso suponía un verdadero problema, porque casi todos los negros de la colina eran clientes suyos. Ni siquiera fue capaz de encargarse de la *shivá*. Fue Feldman quien lo hizo. El entierro y los siete días de *shivá* fueron un caos. Los pasó en gran parte durmiendo en el sillón de su casa mientras algunos de los integrantes de la *shul* iban a charlar y a comer con Isaac, y Nate y Addie se encargaban de todo. El tiempo pasó y ella se fue. Sin más. Y su ausencia significaba mil mañanas carentes de cualquier promesa que alguna vez hubieran formulado.

Tras un rato más de empujar cajas y empaquetar trastos, se sentó y dijo:

—Ya he tenido bastante.

Estaba sin aliento y sentía una opresión en el pecho.

—Ya lo acabamos nosotros —dijo Addie.

Recogió el barril de Chona y se disponía a subir con él cuando oyó el ruido de un coche que se acercaba rugiendo a la tienda. Desde la pequeña ventana del sótano, Moshe vio el pulido acero de un sedán negro y los brillantes neumáticos de banda blanca. Oyó el ruido de unas fuertes pisadas en la tienda, dirigiéndose hacia la parte de atrás y las escaleras que conducían al sótano. Desde lo alto de la escalera, oyó la voz familiar de su primo Isaac.

—¿Moshe?

—¿Qué haces aquí, Isaac?

—Ven a ver esto.

Moshe se asomó a la escalera. No tenía ganas de ver nada. Comprobó que el familiar bombín de Isaac tapaba la luz de arriba. Vio una cara detrás de Isaac, pero no pudo distinguir sus rasgos.

—¿Qué pasa? —preguntó impaciente en yidis.

Oyó una risita. Entonces, desde lo alto de la escalera, le arrojaron un objeto, una toalla o un trapo de algún tipo. Le cayó en la cara. Se la quitó de un tirón, irritado.

Era cuero o algún tipo de tela..., un par de pantalones. Unos pantalones pequeños de molesquín. De tamaño infantil. Con una estrella de David en la parte trasera. Entonces oyó risas y una voz, conocida y alegre, habló en yidis desde lo alto de la oscura escalera:

—No tuve tiempo de envolverlos —dijo Malaquías—. Así que los traigo yo mismo.

Tras el primer estallido de júbilo y los primeros gritos de alegría, seguidos de un breve llanto por parte de Moshe, los tres —Isaac, Moshe y Malaquías— se fueron a la trastienda para tomar té caliente en vasos mientras Nate y Addie seguían trabajando en el sótano. Moshe apenas podía creer que su viejo amigo estuviera allí, sentado ante él.

—¿Cómo es posible que hayas llegado tan rápido? —preguntó.

Malaquías parecía perplejo.

—El *SS Normandie*. Cinco días. Un barco muy rápido.

—¿Cómo te enteraste de lo de mi mujer?

Malaquías miró a Isaac, que se encogió de hombros. Moshe se enjugó los ojos.

—Querido primo —dijo—, no era necesario. No tengo dinero para pagar semejante regalo.

—Él no pagó mi billete —dijo Malaquías—. Lo compré con mi dinero.

Moshe se incorporó.

—¿A qué te dedicas que puedes cruzar el Atlántico con tanta facilidad? ¿Te has convertido en carterista?

—Ahora todos los carteristas están aquí, en América. No en Europa.

—¿Cómo volverás a casa?

—Estoy en casa —dijo Malaquías.

—Pero no te gusta estar aquí. Lo has dicho muchas veces.

Malaquías guardó silencio durante unos segundos y luego respondió:

—Me gusta vivir. Hay problemas en casa, amigo. ¿No lees los periódicos judíos?

Moshe volvió a sentir una opresión en el pecho cuando dijo:

—Mi madre... —Una vez más, sintió tal presión y tal tristeza que no supo discernir si el dolor procedía de su corazón o de su espíritu abatido. Tosió y tragó saliva, y se tomó un momento para recuperar el aliento. Miró a Isaac, cuyo rostro severo, iluminado por el alegre reencuentro que había tenido lugar hacía unos instantes, volvió a ensombrecerse de tristeza, pues Isaac no tenía madre. La madre de Moshe los había criado a ambos.

—No vendrá. Piensa lo mismo que tú de América. Piensa que esta tierra es sucia.

—Yo pienso algo parecido —dijo Malaquías.

Isaac frunció ahora el ceño, pues la conversación había dado un giro inesperadamente oscuro. Los tres habían estado hablando en yidis, pero Isaac habló ahora en inglés.

—Necesito hablar con las personas que te ayudan —dijo.

—¿Sobre qué?

—Sobre lo que pasó aquí.

—Isaac, agua pasada no mueve molino. Lo hecho hecho está.

—Sí, claro. Pero igualmente me gustaría hablar con ellos.

—Cuando te vayas, tendré problemas.

—No habrá ningún problema, primo. Solo quiero charlar con ellos. Darles las gracias. ¿Andan por aquí?

—Vendrán más tarde —mintió Moshe, pero Isaac lo conocía demasiado bien, así que se limitó a levantarse y dirigirse a las escaleras del sótano.

Moshe habló a su espalda.

—No hay nada que hacer, Isaac. Ya no estamos en Europa. Aquí somos libres.

Pero el bombín de Isaac ya estaba bajando las escaleras.

Nate vio primero los relucientes zapatos, luego los pantalones de traje arrugados, que se movían con la agilidad y la confianza de un hombre seguro de sí mismo. Apoyó la escoba contra la pared cuando apareció el resto del hombre, vestido con un elegante traje gris.

Isaac se detuvo al pie de la escalera, con los zapatos relucientes sobre el suelo de tierra, con una mano en la barandilla, y miró a Nate, que salió a su encuentro. Addie no dejó de trabajar. Siguió moviendo cajas y embalando objetos mientras los dos hombres, el poderoso dueño de teatro con el traje impecable y el negro alto con la gorra irlandesa y la camisa blanqueada por el sudor, se quedaban uno frente al otro.

—No tuve la oportunidad de hablar contigo en el hospital —dijo Isaac—. Y me evitaste en la *shivá*.

Nate se encogió de hombros.

—¿Estabas en la tienda cuando ocurrió?

Nate miró a Addie y luego de nuevo a Isaac.

—No.

Isaac miró a Addie por encima del hombro de Nate.

—Me pregunto si quienquiera que estuvo allí podría llegar a contar lo que vio —dijo Isaac. Miró a Nate mientras hablaba, aunque ambos sabían que se dirigía a Addie.

—No sería sencillo —dijo Nate.

—Escucharía atentamente a quien pudiese hablar de ello —dijo Isaac.

—Si no le importa, vamos a mantenernos al margen de ese territorio. No nos va mal cuando hacemos las cosas por nuestra cuenta.

Isaac metió la mano en el bolsillo, sacó un grueso fajo de dinero y se lo tendió. Se dio cuenta de su error al instante, porque Nate sonrió con amargura.

—Creo que es duro vivir en un mundo donde la palabra de un hombre no vale un comino cuando hay dinero de por medio —dijo Nate—. Puede quedarse con todos sus billetes, señor. No vamos a contar lo que hemos visto. Tiene mi palabra.

—Esto es una muestra de agradecimiento —dijo Isaac—. Por cuidar de mi familia.

—Ya nos han dado las gracias.

—A todo el mundo le va bien un poco de dinero.

—La última vez que acepté dinero de un desconocido me costó once años. Así que, si no le importa, puede quedarse con eso.

—Pero yo no soy un extraño.

—No he dicho que lo fuera. Usted es un jefe.

—No mando más que tú.

Nate sonrió con un deje sombrío.

—Usted y yo somos forasteros en esta tierra, señor. El señor Moshe me habló un poco de cuando eran niños, de cómo se criaron ustedes dos, de todos los problemas que tuvieron que afrontar hasta llegar a este país. Creo que esa lucha los hizo fuertes en algunos aspectos y débiles en otros. Y creo que ha hecho al señor Moshe fuerte en cosas que usted no lo es, y débil en cosas que usted no lo es. Todo se equilibra. Yo solo soy un pobre hombre de color que conoce su camino. Pero en caso de poder elegir, si Dios lo permitiera, elegiría el camino del señor Moshe antes que el suyo o el mío, porque su camino es el correcto. No hay mucha gente por aquí como él, o su esposa; Dios bendiga su alma. Han sido buenos con nuestro Dodo. Así que puede guardarse su dinero.

—No *todo* —dijo Addie con la mirada fija en el dinero desde el otro extremo de la habitación.

Nate se volvió hacia ella y le indicó que no con el índice, moviéndolo de un lado a otro, luego miró de nuevo hacia Isaac.

—Como ya le he dicho, estamos bien.

—Voy a dejarlo aquí, en la barandilla.

—Y ahí es donde lo encontrará mañana por la mañana. Y a la mañana siguiente. Hasta que venga a buscarlo —dijo Nate.

Isaac tensó el cuerpo.

—No seas tonto.

—Puede llamarme como quiera, no puede hacerme daño. Y todo su dinero no puede sacar a nuestro hijo de donde está ahora.

—Yo creo que sí. Con algo de tiempo. Puedo hacer unas llamadas. Conozco a algunas personas. Puedo conseguirte un abogado.

—Si no le importa, tenemos nuestras propias ideas sobre cómo sacarlo.

—No seas ridículo. Un abogado podría sacarlo. En esta tierra, las leyes importan.

—Las leyes de los blancos —replicó Nate en voz baja—, en cuanto sales de la sala, aparece otro blanco y la ley es como *él* dice que es. Y aparece el siguiente y la ley es como *él* dice que es. Así que, por mucho dinero que gastase en Dodo, cuando Doc Roberts y los suyos se enterasen de lo que su hombre hubiese acordado, echarían mano de otras reglas y se asegurarían de que Dodo volviese a ese lugar y no saliese nunca de allí. O peor aún, lo enviarían a la cárcel. Entonces tendríamos que recurrir de nuevo a usted con la mano tendida, y todo se repetiría una y otra vez. La ley en esta tierra es lo que el hombre blanco dice que es, señor. Simple y llanamente. Así que malgastaría sus dólares con nosotros. Ya estamos en deuda con el señor Moshe. Tenemos que pagarle lo que él y su señora ya nos dieron.

—¿Y qué os dieron?

—Si puede usted nombrar a otro hombre en esta ciudad capaz de hacer lo que él y su señora hicieron por nosotros, encontraré un fajo de billetes tan grande como el que tiene en la mano y se lo daré a usted directamente. ¿Conoce a alguien?

Isaac frunció el ceño. No estaba acostumbrado a hablar con personas tan arrogantes, sobre todo tratándose de un negro. Por otra parte, Moshe confiaba en Nate más que en ningún otro. Había visto con sus propios ojos al negro larguirucho de pie junto a la ventana del hospital mientras Moshe y los demás se reunían sollozando alrededor de la cama de Chona. Había visto a Nate de espaldas a ellos, secándose las lágrimas. «Es como yo», pensó Isaac con amargura. «Sufre sus penas en privado.»

Miró hacia arriba, donde se oía charlar a Moshe y Malaquías, y habló en voz baja para que sus palabras no traspasaran el suelo de madera, pues si Isaac podía oír lo que decían, ellos podrían oírle a él.

—Soy un patriota —dijo—. Amo este país. Ha sido bueno conmigo.

—Me alegro por usted, entonces.

—Moshe es un hombre honesto. Chona... Ella tenía... sus propias opiniones. Escribía cartas a los periódicos sobre cosas de las que no tenía por qué hablar. Era buena persona. Una mujer amable. No debería haber muerto.

—Nosotros pensamos lo mismo —dijo Nate.

—Tengo ciertas preguntas sobre Doc Roberts.

Nate miró a Addie, que se dio la vuelta y siguió barriendo.

—¿Qué pasa con él?

—¿Qué podría hacer ahora?

—No creo que haga nada. Mientras no venga por aquí, no será una molestia para nosotros. Solo una persona, aparte de Dodo, vio lo que hizo. Y esa persona no le contó a nadie, excepto al señor Moshe, lo que vio. No sé si Doc sabía que lo estaban viendo. Había otros alrededor que acudieron a la tienda a toda prisa, justo después de que el lío terminara. Yo llegué bastante rápido, alguien vino a buscarme. Los policías habían hecho saltar a Dodo del tejado cuando llegué. Todo el mundo se fue muy rápido. La gente pensó que se trataba de los problemas de siempre y se olvidaron del asunto. Ya no tienen la tienda El Cielo y la Tierra para comprar, eso es todo. Y perdieron a una amiga. Pero rezarán por la señorita Chona como es debido. Y eso es todo.

—¿Estaba viva cuando llegaste?

—Sí, lo estaba. Se había desmayado, pero seguía viva. Sonrió un poco antes de que se la llevaran. Preguntó por su marido. Y por Dodo.

Nate se quedó mirando al suelo. Y aunque estaba a varios metros de distancia, Isaac sintió algo que no había apreciado antes en aquel hombre alto y espigado. Algo que sí había experimentado en su propio corazón. Una rabia silenciosa, ardiente y absoluta.

—¿Puedo preguntarte, entonces, por Bernice?

Nate guardó silencio unos segundos.

—¿Qué pasa con ella?

—¿Sigue viviendo aquí al lado?

—Ha vivido ahí toda su vida. Ella y sus hijos.

—¿Ella y Chona estaban unidas?

—Muy unidas. Fueron juntas a la escuela de niñas.

—¿Querrá hablar conmigo?

Nate se encogió de hombros.

—No habla con nadie. Pero ayudó a la señorita Chona escondiendo a Dodo allí cuando el hombre del estado vino para llevárselo.

—Eso significa que también estás en deuda con ella. Porque al ayudar a Chona, te ayudó a ti.

Nate asintió.

—No necesito que averigüe mis deudas por mí. Por eso voy a enviarle a hablar con ella, ya que está ahí agitando sus billetes. Tiene un montón de hijos. Seguramente, le vendrá bien un poco de ayuda. Dígale que le envía Nate. Eso podría ayudar. Le he hecho algunos favores de vez en cuando, arreglando cosas y demás. Su padre era albañil. Construyó el templo de la colina.

—Ahora iré a hablar con ella.

—Tenga en cuenta que a Bernice no le gusta mucho hablar.

—No voy a hablar —dijo Isaac—, voy a escuchar.

23
La Biblia de Bernice

Fatty y Big Soap se habían adentrado en la espesura del bosque, detrás del garito. La cabeza de Fatty estaba metida dentro del capó de un descapotable de aspecto antiguo cuando Rusty salió por la puerta trasera del garito y gritó:

—¡Fatty, tu hermana ha venido a verte!

—¿Qué hace ella aquí?

—A mí no me preguntes —respondió Rusty, acercándose para mirar más de cerca.

—Dile que estoy ocupado. Tengo que ver si esta cosa funciona. Creo que es un modelo Gran Chadwick Seis.

—¿Tiene alguna relación con un Gran Tontorrón? —preguntó Rusty, señalando con la cabeza a Big Soap, que estaba debajo del coche lijando el bastidor con un cepillo de alambre. Solo se le veían los pies.

—Si es un Chadwick Seis, sacaremos dinero por él. Esos modelos los fabricaban aquí mismo, en Pottstown —dijo Fatty.

—¿Ese pedazo de chatarra? —preguntó Rusty dando un paso atrás para observar el asiento roto, los neumáticos reventados y el viejo faro de gas donde debería estar el claxon—. ¿De dónde lo has sacado?

—Derribaron una vieja casa en Bartelow Street, donde vivía uno de los peces gordos que dirigía la compañía Neapco. Encontré esto en la parte de atrás.

—¿Lo encontraste? ¿No pertenecía a la casa?

—Lo liberé, Rusty. Del bosque. Soap y yo. Mi plan es venderlo. A saber qué podemos obtener por algo así. ¿Qué quiere Bernice?

—Es tu hermana, Fatty —dijo Rusty. Luego se dirigió de nuevo hacia el bar.

Fatty se bajó del chasis y dejó las herramientas en el suelo. No estaba muy seguro de que el coche fuera un Gran Chadwick Seis. Nunca había visto uno, ni siquiera en una fotografía. Pero había leído en algún sitio que solo se fabricaron unos pocos miles a principios del siglo XX. La compañía había quebrado hacía dos décadas y, aunque el coche no tenía ninguna insignia que él pudiera distinguir, si por casualidad el coche *era* un Gran Chadwick, bueno... ¡Sería un golpe de suerte! Ese dinero sería una bendición. Dinero para salir de la ciudad.

Encontró a Bernice sentada en el banco del porche, llevaba puesto uno de sus sombreros para ir a misa y tenía las manos cruzadas sobre el regazo. Para su sorpresa, estaba sola, ya que solía ir acompañada de uno o dos de sus hijos cuando salía de casa, muy de vez en cuando, sobre todo para ir a la iglesia.

—¿Vas a una parrillada? —le preguntó, saliendo al porche y sentándose en un cajón.

Bernice frunció el ceño. No tenían una relación especialmente íntima. Hacía años que no conversaban durante más de cinco minutos. Su disputa sobre la propiedad de la casa paterna había dado como fruto una insatisfacción general que duraba desde hacía años. Le molestaba que su otrora hermosa hermana hubiera dejado que su vida se fuese al garete y hubiese tenido hijos con cualquier Tom, Dick o Harry que se le hubiese puesto por delante. Tres padres. Ocho hijos en el último recuento, o eso había oído decir. Vivían a unas pocas manzanas de distancia. Pero podrían haber sido centenares de kilómetros.

—No te vi en el funeral de Chona —dijo ella.

—Para mí era la señorita Chona.

—No digas tonterías —replicó Bernice. Echó un vistazo al patio del garito: la chatarra, la maleza alta, la madera amontonada, las piezas de coches, el andrajoso puesto donde hacía hamburguesas y las vendía todas las tardes, el cartel en la maltrecha puerta principal que decía CANTINA DE FATTY. CUIDADO. DIVERSIÓN EN EL INTERIOR.

Señaló el cartel.

—¿Te estás divirtiendo?

—Bernice, no te enrolles.

—¿Qué?

—Que vayas al grano.

—Tienes que salvarte.

—Hasta luego —dijo Fatty disgustado. Se puso en pie y se dirigió hacia los escalones del porche.

—Tengo algo para ti —dijo ella—. Te gustará.

Esas palabras detuvieron a Fatty en lo alto de la escalera, con la mano en la barandilla.

—¿Ahora te dedicas a hacer tu propio dinero sin necesidad de una imprenta?

—Solo piensas en eso.

—¿Papá me dejó dinero? —preguntó.

Bernice frunció el ceño. Esa era una cuestión delicada. Su padre, Shad Davis, había estado ahorrando para que fueran a la universidad, pero había muerto antes de tiempo, dejándoles tan solo la casa en la que vivían.

—Tienes que olvidarte de eso —contestó.

—No me aferro a ello, precisamente —dijo Fatty—. Han pasado quince años.

—Si hubieses ido a la universidad, habría funcionado. Había algo de dinero para empezar.

—Bueno, mi plan actual es mejor. Voy a mudarme a Hollywood para hacer películas.

—¿Mejor que dar buena cuenta de todas las botellas de alcohol que te caen en las manos?

—Yo no bebo alcohol. Lo vendo.

—Eso es peor.

—Cuando abras una escuela de equitación para amantes de la Biblia, llámame, ¿de acuerdo?

—No puedes juzgarme por seguir el sendero de Dios.

—Me alegro de que sigas algún sendero. Porque ni tú ni Jesús gastasteis el camino para ir desde aquí a Graterford cuando me tocó recoger mis dientes del suelo.

—Mamá se estaba muriendo.

—¿Dejaron de hacer lápices y papel durante esos años, también?

—Fuiste tú quien se metió en eso. Y te envié una Biblia.

—¿Por qué no haces algo útil, Bernice? ¿Para qué has venido a molestarme con todas estas tonterías? Todo eso forma parte del pasado. Quedó atrás. ¿Qué quieres?

—Te he dicho que tengo algo para ti —dijo.

—Si no es dinero, no me interesa.

—Es valioso —dijo.

—¿Dónde lo conseguiste, al acabar la escuela?

Bernice, cuya calma estaba acercándose a su límite, frunció los labios.

—Eres como los blancos —replicó—. Debe de ser una carga terrible fingir que lo sabes todo.

—Date prisa en volver a casa, Bernice. Y no pares a comprar pan.

Fatty bajó del porche y caminó unos pasos. Al hacerlo, oyó —o creyó oír— que ella murmuraba un número. Eso le detuvo. Dio media vuelta y puso el pie en el último escalón.

—¿He oído bien? —preguntó.

—Has oído bien.

—Si dijiste cuatrocientos dólares, me suena a truco barato.

—No estoy aquí para hacer trucos. Jesús es mi salvación.

—Si no fueras mi hermana, te sacaría del porche de un empujón.

—No estoy aquí por mí. Para que lo sepas. Estoy ejerciendo de misionera.

—Hazlo en otro sitio. Además, no tienes cuatrocientos dólares. Si tuvieras esa cantidad de dinero, habrías colocado a los niños y te estarías enrollando con cualquier cosa que fumase por aquí.

—No tengo que ir a ningún sitio para conocer a mi Salvador.

—¡Escucha lo que estás diciendo, Bernice!

Bernice suspiró.

—Tengo una pregunta. Y en cuanto me respondas, dejaré lo

que te he traído y volveré a mis asuntos. Y no quiero verte más ni tener nada que ver contigo, porque he vivido demasiado y tú eres demasiado desagradable. Sé que soy una mujer dura. He cometido algunos errores en la vida. Pero no soy peor que esas otras madres que rezan «Señor, haz que mi hijo sea sabio y bueno», cuando en realidad quieren decir «Haz que este hijo mío tenga más poder y dinero que yo». Yo no hago eso con mis hijos. Eso es lo que nuestro padre nos hizo a nosotros. Él construyó cosas. La iglesia judía, muchas casas y edificios y otras cosas. Trató de construirnos a nosotros también. Pero no pudo terminar. Tal vez no nos estaba construyendo de la manera correcta antes de dejar esta vida. Tal vez por eso somos como somos ahora.

—¿Qué demonios me estás contando?

—¿Quién nos ayudó cuando papá murió?

—Que alguien te traiga la compra, te ayude a acarrear agua y te acompañe al colegio de vez en cuando no le convierte en tu amigo.

—¿Por qué hay tanta maldad en tu corazón?

—Mira quién habla. En dos años, no has cruzado una palabra con nadie. No estoy contra la gente de Chona, Bernice. Son buenas personas.

—Pero no tuviste la decencia de dejarte ver por el funeral.

Fatty puso los ojos en blanco.

—Si quieres un muro de las lamentaciones, usa ese montón de leña de allí. No tengo ni idea de cómo se despiden los judíos de sus muertos.

—Yo tampoco. Pero fui.

—Si quieres humillarte con los judíos de por aquí porque nos dieron unas monedas en el pasado, adelante. Les pagaste de sobra escondiendo a Dodo del estado. Eso supone complicidad, por cierto. Alguien se lo contó todo al hombre del estado. Podrían haberte pillado por culpa de ese bocazas, sea quien sea.

—¡El predicador de mi iglesia!

—¿Snooks? ¡Estás mintiendo!

—Te estoy diciendo lo que a Dios le complace.

—Snooks no es tan estúpido.

—El reverendo Spriggs. Deja de llamarle Snooks —dijo Bernice.

—Llamaré a ese cabeza de chorlito como me dé la gana. No me lo creo.

—Él mismo me lo dijo. Me lo confesó el domingo pasado después de misa. Dijo que al hombre de color del estado le habló sobre Dodo. No era su intención, pero, al parecer, el hombre de color no quería saber nada de Dodo. Su trabajo consistía en bailarles el agua a los grandes jefes del estado. Así que cuando lo enviaron a buscar a Dodo, para él no fue más que un plato extra de judías blancas y de sopa. No tenía intención de atrapar a nadie. Condujo el gran coche del estado y pasó el día sin hacer nada. No le importaba atrapar a Dodo más de lo que a ti y a mí nos importaría arrancar una pulga de un perro y tragárnosla. Cada vez que lo enviaban a buscar a Dodo, primero llamaba al reverendo Spriggs. Luego el reverendo Spriggs me llamaba a mí. Y yo iba a casa de Chona y escondía a Dodo donde no pudieran encontrarlo. Jugó en mi patio durante mucho tiempo y el estado nunca lo pilló. Doc se cruzó con él por accidente. No iba con nadie del estado cuando fue a la tienda. Que Doc viniera solo ese día fue toda una sorpresa.

Fatty sintió que se le calentaba la cara. La simple mención de Doc Roberts le enfureció. Se pasó la lengua por los dientes.

—¿Has venido hasta aquí para hablarme de esos granujas? Me importa una mi... —Y en ese momento cambió de idea, porque Bernice estaba santificada y seguía siendo su hermana, así que lo dejó de lado—. Me alegro de que el hombre de color del estado colaborase con el reverendo Spriggs. Pero no le debemos nada a él ni al reverendo Spriggs. ¿Qué nos debemos los unos a los otros en Chicken Hill, Bernice? No tenemos nada. Nunca tendremos nada. Todo lo bueno de esta ciudad está *fuera* de aquí. A la señorita Cho...Chona la veía de vez en cuando. Pero de ella cuidaba su propia gente. No les debemos nada. Ellos no nos deben nada.

—No había un ellos y un nosotros. Éramos un nosotros. Estábamos *juntos* aquí, en Chicken Hill —dijo Bernice.

—Deja de engañarte, hermanita. Esos días quedaron atrás. Los judíos de por aquí quieren estar en la sala grande, con los blancos. Todo lo que tienen que hacer es entrar en la habitación y colgar su sombrero en el perchero. Intenta hacerlo tú, a ver qué pasa.

—Chona no era como ellos.

—De no haber estado lisiada, habría sido como ellos.

—Algo no debe de estar bien en tu interior, Fatty, si permites que esa clase de malos pensamientos aniden en tu corazón.

Fatty frunció el ceño. Odiaba esa clase de conversaciones.

—Ya te he dicho que la señorita Chona era buena. No volveremos a encontrar a nadie como ella, eso seguro.

Bernice guardó silencio durante un largo rato. Parecía estar barajando lo siguiente que iba a decir. Después asintió.

—Realmente, no tienes nada para mí, ¿verdad? —dijo Fatty.

Bernice, por primera vez, sonrió. Y, durante unos segundos, los años parecieron borrarse y bajo el sombrero que llevaba a la iglesia, la postura remilgada y la fortaleza de silencio tras la que se atrincheraba su hermana, pudo ver a la Bernice de antaño, aquella chica alta y hermosa que cantaba como un pájaro.

—Tengo algo que darte. Pero antes quiero hacerte una pregunta. Cuando éramos pequeños, trabajaste mucho con papá. Cuando trabajaste con él, ¿colocasteis alguna tubería de agua?

—Cavábamos para hacer de todo. Pozos. Tumbas. Colocar tuberías. Papá hacía de todo.

—¿Conducciones de agua?

—Colocamos dos o tres por lo menos.

—¿En Chicken Hill?

—Supongo que sí.

—¿Alguna cerca de Hayes y Franklin?

—No me lo recuerdes. Allí hay un pozo de unos cinco metros de profundidad.

—¿Está cerca de la fuente pública, en el solar donde todo el mundo toma agua?

—Sí. Papá la puso para la iglesia judía, creo. No sé por qué ese pozo es tan profundo. Creo que la capa freática corre por debajo de ese pozo. Hay una bomba en el fondo. Instalar eso fue horrible. Hace mucho tiempo. Yo era joven.

—¿Podrías encontrar el lugar?

—Claro que puedo. Está en el solar cercano a la Lechería Clover, no lejos de la fuente pública. El pozo está tapado. El ayuntamiento colocó una tapa de alcantarilla de hormigón encima y es muy posible que esté cubierto de hierba y chatarra. Pero está ahí. Las tuberías pasan por debajo de la tapa, a unos dos o tres metros de profundidad; tal vez cuatro. Creo que son cuatro, aunque no lo recuerdo con exactitud.

Bernice se puso de pie.

—Estupendo.

Abrió su bolso y sacó un gran sobre marrón que parecía contener un libro y lo depositó con suavidad sobre el banco donde había estado sentada.

—Esto es para ti.

—¿Qué es?

—Es un regalo.

—Si es una Biblia, llévala a la tienda y que te devuelvan el dinero. Conservo la última que me diste.

—La Biblia no tiene nada de malo —dijo—. Su mensaje es bueno.

—¿En ese sobre hay cuatrocientos dólares?

—Mira en lo que te has convertido, escoria inmunda. No. Ahí *no* hay cuatrocientos dólares.

—¡Entonces es una Biblia!

Pero ella ya se estaba alejando, recorría el camino embarrado, avanzando a toda prisa.

Al verla marchar, Fatty se enfadó tanto que tuvo que reprimir las ganas de tirarle el paquete a la cabeza mientras ella tomaba el atajo que descendía hacia la colina, con el sombrero meciéndose entre la maleza, perdiéndose de vista.

No tocó el sobre marrón, lo dejó en el porche toda la tarde. Allí seguía cuando abrió el garito por la noche. Solo cuando los clientes empezaron a llegar, profiriendo sus habituales insultos y gritos, tambaleándose por el porche mientras en la gramola sonaban los discos de Erskine Hawkins, se lo llevó a la parte de atrás, a la escalera, y allí, bajo la escasa luz de una bombilla desnuda, fuera de la vista de los clientes, rasgó el envoltorio de papel marrón.

Tenía razón. Era una Biblia. Y no había cuatrocientos dólares en ella. Había quinientos. Y un sobre con una carta de dos páginas.

Leyó rápidamente la primera, echó un vistazo a la segunda y encontró cuatrocientos dólares más pegados con cinta adhesiva. Arrancó los cuatrocientos dólares de la segunda página tan rápido que no se dio cuenta de que había roto parte de la hoja.

—Alabado sea Dios —dijo.

Salió corriendo hacia la entrada del antro, riendo sin ser consciente de que la segunda página, que contenía el resto de la carta, caía al suelo. Más tarde, se arrepintió de haberse dejado llevar por las prisas.

24
El niño pato

El pastel de boniato era el cebo. Todo el mundo en la colina sabía que Paper lo preparaba como nadie. Así que reunir a Nate, Addie, Rusty y Fatty alrededor de la mesa de su cocina dos días después de visitar a Miggy en Hemlock Row resultó sencillo. Pero convencer a Miggy, que trabajaba en Pennhurst, a diez kilómetros de distancia, fue más difícil.

Llegó la última, en autobús, pero cuando entró en su casa, Paper no encontró ni rastro de la elegante y bien vestida adivina de Hemlock Row. En su lugar, se presentó una asistenta sanitaria pulcramente ataviada: vestido, zapatos y medias blancas. Se movía con el aire de una profesional, desprendiendo una tranquila confianza, hasta que su mirada se posó en Nate, sentado a la mesa tomándose un café.

Se quedó paralizada en la puerta.

—No me dijiste quién vendría, Paper —dijo.

—Miggy, aquí somos familia.

Miggy dudó unos segundos más y luego tomó asiento junto a Fatty, en el extremo opuesto de la mesa.

—Más vale que este pastel merezca la pena —dijo.

—La merece —dijo Paper, sacando rápidamente el pastel caliente del horno, al tiempo que se puso a charlar para suavizar el ambiente—. Miggy trabaja en Pennhurst —les dijo a los demás—. También ve el futuro.

—¿Puedes ver el mío? —preguntó Fatty.

—No, pero podría dejarte ciego.

Fue como si de repente hubiese caído un barril de sardinas

del techo, porque la sonrisa de Fatty desapareció. A Paper le pareció apreciar que una leve sonrisa se dibujaba en los labios de Nate mientras Fatty se recostaba en la silla, acobardado.

—Preferiría que no lo hiciera, señorita —dijo.

Miggy se rio entre dientes.

—No me refiero a ningún hechizo, cariño. Bebo extendiendo el meñique. Cada vez que bebo, dejo ciega a la persona que tengo a mi derecha. ¿Sirves café con este pastel, Paper?

Paper rio entre dientes mientras se daba la vuelta para sacar varias tazas del armario. Miggy respiró hondo, extendió las manos para admirarse las uñas, se aclaró la garganta y, finalmente, dijo con frialdad:

—No voy a ser tan tonta como para imaginar que se acuerda de mí, señor Nate.

—No eras más que una niña que no levantaba un palmo del suelo en aquel entonces, pero sí, me acuerdo de ti. Y de tu padre también. He oído decir que murió —dijo Nate.

—Siempre le caíste bien. Nos hiciste un gran servicio en el Row —dijo Miggy.

—No tiene sentido hablar de eso ahora —repuso Nate—. Agua pasada no mueve molino. Estoy más que pagado.

Fatty sintió que un ligero carámbano le atravesaba las tripas y, de repente, se puso a pensar en Graterford, recordó a Dirt, su antiguo compañero de celda, diciéndole: «No traicionaría al viejo Nate ni por todo el oro del mundo». ¿Qué era lo que había hecho Nate en Hemlock Row? ¿Por qué le habían pagado?

Habría profundizado aún más en ese pensamiento de no haber sido porque Paper dejó los pedazos de pastel cortados delante de cada uno de ellos, diciendo:

—Miggy, te hemos pedido que vengas...

Miggy la interrumpió.

—Los motivos no son asunto mío —dijo—. No quiero saberlo. Porque cuando el hombre blanco se sienta a la mesa establece sus hipócritas leyes, se queda con la parte buena, se come la grasita, en tanto que tú y yo tenemos que quedarnos con la seca verdad. Termine como termine esta comida, cuando se recoja la mesa, uno o más de nosotros saldrá de allí con hambre. Solo vengo a hablar de mi vida. Hablo de lo que me pasa desde que sale el sol hasta que vuelve a descansar. En mi vida, todo va junto. Y si hay algo de mi vida que puedas aprender y que pueda ayudarte en cualquier causa, sea la que sea, pues mejor, porque vivo en una tierra que no me quiere. Mi trabajo es intentar vivir bien, lo que para mí significa venir aquí después del trabajo a comer un trozo de pastel de boniato, que me apetece, con una vieja amiga y parte de su gente. —Cortó un pedazo de pastel—. Ahora bien, mientras estoy comiendo este pastel, si se me ocurre hablar de mi trabajo, nadie va a poder decirme después que planeé alguna tontería injusta de forma artera para perjudicar a tal o cual parte del buen estado de Pensilvania. Y si yo le dijera a alguien lo que puede o no hacer en un lugar en el que resulta que gano unas monedas cada semana por mis servicios, no hay ninguna ley que lo prohíba, que yo sepa. Esa es la verdad y así intento vivir. Es como toda la gente temerosa de Dios debería intentar vivir.

—Totalmente de acuerdo —dijo Paper—. ¿En qué trabajas?

—Soy limpiadora —dijo Miggy—. Limpio cosas. Limpio mi casa. Limpio fuera y dentro de mi casa. Limpio el jardín, la cocina y todo tipo de cosas. En el trabajo, limpio camas, sábanas y personas. Sobre todo personas. Sobre todo hombres. No me gusta trabajar con mujeres. Algunas de ellas son más desagradables que los hombres. Te tiran cosas, sus desperdicios y todo eso. Los hombres no molestan, la verdad.

Alzó con cuidado el trozo de pastel, se lo acercó a la cara y lo observó.

Fatty perdió la paciencia.

—¿Vas a escribir un sermón sobre esa cosa antes de comértela? —preguntó.

Paper le lanzó una gélida mirada a Fatty.

—No le hagas caso, Miggy. A veces los pensamientos se abren paso hasta su boca.

—No pasa nada. —Se volvió hacia Fatty—. Es mi pastel, cariño. ¿Estás en contra de que me lo coma como quiera?

—En absoluto. Pero me va a dar la risa si tengo que quedarme aquí esperando a que nos digas qué tenemos que hacer..., lo que Paper quiere que hagamos.

—¿Es solo Paper la que quiere que se haga?

Fatty guardó silencio. Sintió la mirada de Nate clavada en él. Se aclaró la garganta.

—Estoy aquí porque Paper me pidió que viniera —dijo.

—Y yo estoy aquí para comer pastel —dijo Miggy—. Y lo haré exactamente como me plazca. —Se metió el pedazo de pastel de boniato en la boca, masticó despacio, tragó y siguió hablando—: Ahora bien, existe la comprensión masculina y la comprensión femenina. Existe la comprensión de los blancos y la comprensión de los negros. Y luego está simplemente la sabiduría. Todos los niños que respiran por primera vez en esta tierra darán un puñetazo en el aire y no golpearán nada. Pero todos los niños nacen con voluntad. Yo no fui una niña especialmente voluntariosa ni especialmente inteligente. Me criaron en el Row. Soy una Lowgod. Nos criaron para que creyésemos que para que un niño sea justo, debe sentir amor por las cosas que conllevan conocimiento. Antes de ir a Pennhurst, lavé ropa, así fue como conocí a Paper. Cuando me cansé de lavar, trabajé durante un tiempo para una familia blanca en Pennsbury. El padre era juez. Su esposa era perezosa y de voluntad débil. Ambos estaban acostumbrados a lo fácil y lo injusto. Un padre injusto criará a un hijo injusto, lo que supone una trampa para la rectitud. La verdad es que yo crie a su hijo más que ellos, pero no durante mucho tiempo. Porque si yo criara a un hijo, le enseñaría a amar lo que amo y a odiar lo que odio. Por eso la gente de color de Hemlock Row no son buenos jornaleros. Estamos demasiado cerca de la tierra. Tocamos con demasiada frecuencia el tambor de la tierra de origen. Incluso nuestra iglesia es diferente. No cantamos con un piano. Cantamos las viejas canciones y bailamos en círculos, y no cruzamos los pies cuando bailamos, porque esa clase de baile es mundano. No sé por qué hacemos las cosas así. Es una de las muchas cosas que nos han transmitido los ancianos. Pero nos convierte en gente extraña, incluso para algunos de los nuestros, como vosotros en Chicken Hill.

»Los Lowgod básicos del Row tienen todos la misma sangre. El mismo padre y la misma madre desde hace muchos años, cuando llegamos a esta tierra. No sé por qué los Lowgod llegaron al Row desde Carolina del Sur, ni quiénes se casaron con quiénes y todo lo demás, porque a los ancianos no les gusta hablar del ayer. Pero solo hay dos familias en Row. Los Lowgod y los Love. Sobre todo los Lowgod. Los Love... —Y aquí lanzó una rápida mirada a Nate—. No quedan muchos Love.

Una vez más, Fatty rememoró sus tiempos en Graterford. «Nate *Love*», le había dicho Dirt. Nate era un *Love*, de la familia Love. No pudo evitarlo.

—¿Qué pasó con los Love? —preguntó. Le daba miedo incluso mirar a Nate.

Miggy negó con la cabeza.

—Esa es una historia que desconozco por completo. Los Lowgod y los Love no son tan diferentes. Son de naturaleza parecida. Avanzan en línea recta. No van por caminos secundarios ni trazan curvas. Si un Lowgod está contigo, está contigo. Si no, no. No pueden hacer otra cosa. Buscan la verdad, porque temen a Dios más que tú. Se lo han metido en la cabeza. Así que si te encuentras en el otro lado, avergüénzate. No te irá bien si tienes que tratar con ellos. —Cortó otro trocito de pastel, lo levantó, lo miró, después miró a Fatty para ver si tenía alguna otra pregunta y, una vez convencida de que no tenía ninguna, prosiguió—: Voy a Pennhurst por esto: una señora del Row, llamada Laverne, fue contratada para hacer un poco de esto y un poco de lo otro. Corrió la voz de que buscaban a gente que hiciera lo mismo que ella, así que fui y me contrataron. Ya había unos cuantos Lowgod trabajando allí. Los blancos no son alérgicos a la gente de color, no para aquello que quieren que hagamos. ¿Dije que limpiaba? He estado limpiando desde ese día hasta hoy. Pero *qué* limpio. Esa es la cuestión. —Echó un vistazo a la habitación y continuó—. Pennhurst es una ciudad. Treinta y cuatro edificios repartidos por ochenta hectáreas. Tiene su propia central eléctrica. Su propia granja. Su propia policía. Tiene su propio ferrocarril, casas, corrales, fábrica de ropa, animales de granja, tractores, camiones, vagones, salas; de todo. Es más grande que Hemlock Row y Chicken Hill juntos. Parece limpio y bonito por fuera. Pero por dentro... Bueno, ahí es donde el diablo hace su trabajo. —Dejó el tenedor y le dio un sorbo al café—. No puedo decir que en estos últimos años haya salido un solo día de Pennhurst sin desear que el Buen Dios pusiera su dedo sobre el lugar y lo convirtiera en polvo y se llevara a las pobres almas que están allí y las alojase en su corazón, porque muchas de ellas son las mejores personas que uno quisiera conocer. Su enfermedad no está en sus mentes, ni en el color de su piel, ni en la desesperación de su corazón, ni siquiera en el dinero que puedan o no tener. Su enfermedad es la honestidad, porque viven en un mundo de mentiras, gobernados por quienes renunciaron a todo lo bueno que Dios les dio por dinero y viven en tierras robadas, arrebatadas a personas cuyos espíritus bailan a nuestro alrededor como fantasmas. A veces oigo al hombre rojo gritar y cantar en mis sueños. Es mi castigo por ser un oráculo. Para los que están encerrados en Pennhurst es demasiado. La verdad los ha vuelto locos. Y, por eso, son castigados.

»Lo que he visto no es digno de verse. No tiene que ver con la suciedad, ni con los tipos que van desnudos corriendo y golpeándose la cabeza contra la pared, ni siquiera con el olor, que se te queda en la nariz para el resto de tu vida. Un perro que vive en un patio sujeto con una cadena está mejor que cualquier pobre alma de las que viven en Pennhurst. No has visto el sufrimiento hasta que has visto a cuarenta personas adultas dando vueltas en una habitación todo el día, durante años, arañando la pared para echar un vistazo por la ventana. O has visto a un hombre adulto y educado orinando en un radiador mientras finge ser locutor de radio porque tiene miedo de decirle a un celador que quiere ir al baño, o a una adolescente seduciendo a un asistente adulto, mostrándole sus partes íntimas, para conseguir que le dé un cigarrillo. He visto a mujeres encerradas solas con camisas de fuerza durante días, tan apretadas que cuando les quitan la camisa, les quedan las marcas durante el resto de sus vidas, que a veces no es tanto tiempo.

»En las salas, los celadores lo dirigen todo. Pueden inmovilizar a un paciente todo el tiempo que quieran, durante horas, días o incluso semanas, siempre que anoten en el diario exactamente cuánto tiempo han estado inmovilizados. Retuvieron a una pobre mujer durante seiscientas cincuenta y una horas y veinte minutos. Resulta que conozco a esa mujer, y si yo estuviera al cargo, les pondría la camisa de fuerza a los que lo hicieron y le daría a *ella* la llave. Y si yo no fuera una mujer temerosa de Dios, le daría a esa mujer un poco de mi propia suciedad corporal para que se la arrojara a los que le hicieron eso, junto con todo lo que se le ocurriera, porque algunos de esos celadores son malvados. Algunos de ellos tienen que ser conscientes de lo que hacen. Porque muchos de esos pacientes no olvidan.

Miggy hizo una pausa y miró a su alrededor.

—¿Os he dado algo en lo que pensar?

Paper asintió.

—Así es. Pero... nosotros...

—¿Necesitáis oír más sobre mi vida?

—Sí. Cuéntanos más sobre tu... ¿Puedes hablarnos de los *niños* de tu vida?

—No tengo ninguno.

—¿Y de otros niños que tal vez hayas visto? O conocido.

—No se trata de los niños, cariño. Sino de los médicos. La mayoría son extranjeros. No se entiende nada de lo que dicen. Pasan por las salas de vez en cuando, recomiendan tal o cual medicina, anotan algunas cosas en un bloc y se van. Un mes después desaparecen y llega otro médico que no sabe lo que ha hecho el primero. Nadie es castigado por nada. Hay mulas en Hemlock Row que viven mejor que la gente de Pennhurst. —Y aquí ella suspiró y luego dijo—: Pero queréis saber cosas de los niños.

—Sí —dijo Paper.

Miggy asintió.

—Muy bien. Os hablaré de un niño que conocí. Pero primero dame otra porción de ese pastel.

Después de recibir su segunda porción de pastel, Miggy se lo acercó, pero en lugar de comérselo, se sentó, juntó los dedos y prosiguió.

—Había una vez un niño pequeño, un chico blanco muy simpático, de unos once o doce años. Graznaba como un pato. No hablaba ni una palabra. No sé cuál era su problema, pero era un niño inteligente, más allá de que graznaba como un pato. No hizo nada malo en la verde tierra de Dios de lo que yo fuera testigo, aparte de temblar y temblar cuando caminaba y de no saber hablar correctamente. Creo que sus padres pensaron que no podían hacer nada por él, lo dejaron allí y nunca volvieron. No fueron a visitarlo ni una sola vez en todo el tiempo que estuvo allí.

»Bueno, eso no le gustó y, después de un tiempo, montó un escándalo por tener que estar allí. Antes de que se diese cuenta, lo bajaron de los pabellones más altos a lo que llaman los pabellones bajos. V-1, 2 y 3. Y finalmente C-1. Los pabellones V son malos. Pero el C-1 es el peor. Las cosas van de mal en peor ahí abajo. Fue de lo peor a lo atroz cuando llegó al C-1.

»Era un niño inteligente, rápido y divertido. Le gustaba sonreír. Me encariñé con él y le echaba un vistazo cuando me encontraba en la C-1 trabajando y limpiando. Al principio, estaba bien. Pero después de unas semanas, vi que algo andaba mal. Alguien había estado con él. Yo no trabajo en el turno de noche y solo me enviaban al C-1 una vez a la semana, por las mañanas, pero siempre le echaba un vistazo y lo veía cuando me acercaba a él. Ahora es por la mañana, porque no trabajo por la noche, pero vi que tenía miedo de un celador. Cada vez que ese hombre se le acercaba, se encogía. Empezó a correr detrás de mí.

»Conocía a ese tipo, a ese celador. Lo conocía bien. Es un

tipo duro. Así que traté de mantenerme a una distancia prudencial. Pero el chico lo estaba pasando tan mal que, después de un tiempo, no pude soportarlo más. Así que le dije al tipo: "Ten cuidado. Te estoy vigilando. Recuerda, veo el futuro. Y tu futuro no es brillante".

»¿Por qué hice eso? El tipo me hizo la vida imposible. Era un Lowgod. Uno de los nuestros. Lo conocía desde que era un niño. Ahora es un hombre adulto. Un joven grande y fuerte. Se hace llamar Hijo del Hombre. No me molestaré en decir su verdadero nombre, porque es una desgracia para sus padres y una vergüenza para los suyos. Es un hombre apuesto, un tipo guapo. Podría salirse con la suya con todas las chicas que quisiera. Pero su mente es retorcida.

»Me hizo la vida imposible. Puso a los blancos en mi contra, mintiéndoles de una manera y de otra, porque a él se le da bien hablar. Y un día, cuando le dije que dejara en paz al chico, se me acercó sigilosamente, mientras estaba en el cuarto de las escobas, se me acercó, me agarró con fuerza y me dijo: "Si vuelves a abrir la boca, te clavaré un cuchillo en la garganta. Haré que el viento silbe a través de tu cuello".

»Bueno, me solté. Había algo diabólico en él cuando me tocó. Algo que había arraigado en su ser con mucha fuerza y me dio miedo. Era inútil quejarse o decírselo a los blancos. Allí es él quien controla las cosas. Los jefes blancos lo adoran por su tamaño y su lengua, porque es un diablo de voz suave. Pero cuando no miran, maneja a los pacientes y a los otros celadores como una banda. Trabaja en los turnos de tarde y noche, a veces en ambos, porque allí es el rey. Tiene el control de esa sala. Todos los pacientes hacen lo que él dice, los blancos y los de color. Se traicionan unos a otros por él. Roban por él. Le temen, y deberían temerle, porque puede hacerles perder el control o, peor aún, hacerles perder el control para que se hagan daño, se ahorquen, etcétera. Es una especie de brujo. Se atreve a llamarse Hijo del Hombre. Hijo del diablo es lo que es.

En ese momento, se volvió hacia Nate.

—Me pregunto si es voluntad de Dios que todo esto te interese. Tal vez esta sea la razón para hacerte volver. ¿Vuelves a casa?

Nate miró a Addie.

—Estoy en casa —dijo.

Después de hacer una pausa y beber un poco de agua, con el pastel todavía intacto, Miggy prosiguió.

—Los pacientes de Pennhurst me quieren cuando me ven, porque los entiendo. Son como todo el mundo. Quieren vivir. Quieren ser felices. Quieren tener amigos. Y cuando se trata de seguir los impulsos de la naturaleza, el amor y esas cosas, se muestran reacios, pero no tanto. Ese hombre malvado y podrido se interesó por el niño pato de la peor manera posible. Tuvieron que internar al niño en el hospital por lo que le hizo ese bribón retorcido. Lo destrozó por dentro, y cuando el niño se curó, siguió insistiendo en él para que los blancos tuvieran la excusa de enviar al niño de vuelta a la misma sala, para poder destrozar a ese pequeño retoño un poco más.

»Bueno, resultaba insoportable. Pero que yo hablase con médicos y enfermeras sobre esas cosas resultaba menos efectivo que hablar con esa pared de ahí y que llegase a escucharme. Así que recé por él, y a que no os podéis imaginar qué pasó, pues que unas semanas después el pequeño niño pato desapareció.

Y aquí miró a Nate y empezó a cortar su segundo trozo de pastel. Lo cortó cuidadosamente en varios trozos y luego dijo:

—Si fueras un ratón y hubiera un gato cerca y quisieras salir, ¿tomarías esta ruta de aquí? —Y señaló un pequeño surco en un trozo de pastel que había cortado—. ¿O esta ruta de aquí? —Y señaló una abertura cerca de una segunda pieza al otro lado de su plato—. Creo que *querrías* ir por ahí —dijo con cuidado, señalando con el tenedor el pedazo original—. Pero como ese camino está bloqueado, tal vez querrías ir por aquí.

Pasó el tenedor por encima de los pedazos y los desplazó un poco, dibujando una especie de mapa.

—Para salir por aquí —dijo, señalando—, hay que pasar por aquí, por aquí y por aquí. Así que eso no sirve. Entonces, ¿adónde iría el ratón? Sabiendo que el gato está cerca y que no tiene mucho tiempo antes de que el gato lo cace, y sabiendo que no hay más que una salida, que es esta —señaló la parte superior de su plato—. Esta es la salida. ¿Qué va a hacer? Tiene que moverse.

Pensó durante unos segundos.

—Bueno, el ratón *podría* comerse este gran trozo de pastel, y este trozo, y este trozo, pero para cuando llegase aquí, aquí, y aquí, el resto de los ratones estarían encima de él, siguiéndolo, haciendo ruido, porque hay mucha gente en el país del pastel, un montón de otros ratones que también quieren salir, además del gato. Tu ratón no puede volar. No puede ir por encima..., *pero...*

Entonces colocó el tenedor en línea recta desde su gran trozo de pastel hasta la corteza, pasando sobre varios de los trozos de pastel cortados para representar edificios, donde indicó una salida.

—Si el ratón pudiera cavar un túnel desde el gran trozo de tarta de aquí, podría trazar una línea recta hasta la puerta de salida. De ese modo, llegaría libre a su casa en un periquete.

Dejó el tenedor, miró a Nate, se cruzó de brazos y apoyó los codos sobre la mesa. Con las manos cruzadas delante de la cara, habló despacio.

—Hay túneles por todo Pennhurst. Kilómetros de túneles. Los usaban antiguamente para transportar comida y suministros e incluso carbón desde la vieja central eléctrica durante el invierno. La mayoría de ellos no se ha utilizado en años. Grandes túneles vacíos. Muchos. Y corren en todas direcciones.

Deslizó el plato con los trozos de pastel alejándolo de ella y prosiguió.

—Movieron cielo y tierra intentando encontrar al patito cuando desapareció. Lo buscaron por todas partes. No lo encontraron. Alguien dijo que habían oído graznidos procedentes de lo que podría ser un túnel bajo el pabellón C-1, por donde tal vez había escapado el niño. Pero nadie sabe a ciencia cierta si realmente *hay* un túnel debajo del pabellón C-1, porque es uno de los edificios más antiguos, alejado de los edificios principales. Dicen que el chico *podría haber* escapado por ahí, porque se rumorea que *si hay* un túnel bajo el C-1, este debe de conducir al patio del ferrocarril, que se utilizaba antiguamente para transportar carbón al viejo horno. El viejo horno está justo al lado del pabellón C-1. Ya no lo usan. Construyeron un nuevo edificio para el horno en el lado oeste de las instalaciones. Así que podría haber huido en esa dirección, si es que hay un túnel allí. Pero ¿quién sabe? Nadie en ese hospital lo sabe. Quienquiera que construyera esos túneles hace tiempo que desapareció. Tendrías que ser un alma valiente, necesitarías que Dios te diese aliento, para *pensar* siquiera en recorrer uno de esos viejos túneles.

Suspiró y dio un sorbo a su café.

—Nunca encontraron a ese chico. Lo buscaron durante un tiempo y luego dijeron: «Bueno, probablemente esté muerto, se haya extraviado o lo hayan asesinado, quién sabe». O...

Hizo una pausa y en su rostro se dibujó una sonrisa socarrona.

—Le di muchas vueltas —siguió contando—. Me puse a pensar. Dije: «¿Cómo puede un niño que ni siquiera sabe hablar, que grazna como un pato, averiguar cómo salir de esos túneles?». Alguien dijo: «Probablemente tenga un mapa». Pero nadie ha hecho nunca un mapa de esos túneles. Construyeron los túneles hace cien años, cuando Pennhurst era nuevo. Luego añadieron nuevos edificios, de uno en uno, un túnel aquí, otro allá, cerrándolos, abriéndolos en un punto u otro, los túneles van en todas direcciones. La mayoría están cerrados, según me han dicho, excepto los que están cerca del edificio de administración. ¿Cómo podría un niño conocer esos túneles? Imposible.

»Pero *si conociera* los túneles —señaló hacia el pastel—, sabría que el túnel que hay bajo *ese* edificio —señaló el trozo más grande del pastel— cruza la sección norte de Pennhurst, donde están el edificio administrativo y el hospital. Y el túnel bajo *este edificio* —señaló de nuevo— te permitiría salir a una alcantarilla en el lado oeste, donde no hay más que bosques y nadie puede escapar de allí porque se ha intentado muchas veces. Y *este* —señaló a la esquina más alejada, donde estaba su tenedor— es el pabellón C-1, donde estaba encerrado el niño, que en caso de existir algún túnel, le llevaría hasta *aquí* —señaló al borde de su plato, indicando una salida—, el patio del ferrocarril.

»*Podría* haber salido por ahí. A la vía del tren. Luego tendría que haber caminado tres kilómetros por la vía hasta la carretera y allí tendría que haberlo recogido un carro o un coche o un caballo. O tal vez, incluso, se montó en uno de los vagones de tren que transportan mercancías dentro y fuera del hospital una vez a la semana.

Se encogió de hombros.

—Pero ¿cómo podría hacerlo? No era más que un niño. Y tendría que conocer muy bien esos túneles.

—¿Quién podría conocer esos túneles? —preguntó Fatty.

Miggy se encogió de hombros.

—Entonces, ¿por qué desperdicias aire hablando de ellos? —dijo Fatty.

—Por los huevos.

—¿Qué?

—Los huevos.

—¿Qué tienen que ver los huevos con los túneles?

Miggy miró a Fatty durante un largo rato y sonrió con serenidad.

—Esa es la diferencia entre la gente de color de Chicken Hill y nosotros, los del Row. Creemos en Dios como vosotros. Depositamos nuestra esperanza en Jesús como vosotros. Pero en el Row, estamos conectados por un pasado en el que hemos sido entrenados para creer, nos guste o no. Cuando vamos a la iglesia, rezamos no solo a Dios, sino a los que vinieron antes que nosotros, de una tierra muy lejana, que nos hablan de maneras que no entendemos, pero en las que seguimos creyendo. Para nosotros, todo en la vida, todas las criaturas y cosas de Dios, está conectado. Aquí, en Chicken Hill, solo gritáis y chilláis.

Se volvió hacia Fatty.

—Los huevos están totalmente relacionados con los túneles. Todo tiene que ver con todo.

Pasaron varios minutos antes de que Miggy prosiguiese con su relato, pues había decidido que necesitaba un poco más de café caliente, que Paper le sirvió al instante. Tras unos cuantos sorbos en silencio, con la cabeza echada hacia atrás y los ojos cerrados, respiró hondo y continuó.

—En Pennhurst preparan su propia comida —dijo Miggy—. Tienen una granja. Los pacientes trabajan en ella. Cultivan verduras de todo tipo: maíz, quingombó, patatas. Lo único que no pueden producir son huevos. Huevos significa gallinas. Huevos para tres mil personas supondrían demasiadas gallinas para un hospital estatal. No puedes tener gente que cuide de las gallinas cuando también debes vigilar a esa gente. Es decir, los huevos tienen que traerlos de fuera.

»Hay una granja de huevos a unos tres kilómetros al norte de Pennhurst. Todos los días, esa granja envía un carro lleno de huevos al hospital. Cuatro mil huevos. Son muchos huevos. El hombre que los distribuye usa una mula y un carro. Lleva huevos y café caliente a todas las salas del hospital. Los pabellones están muy alejados unos de otros —dijo, señalando con el tenedor los trozos de pastel que tenía en el plato—. Los edificios principales de aquí —señaló—, donde está la seguridad y todo lo demás, se encuentran a tres kilómetros de distancia de donde están los pabellones inferiores. Los edificios más nuevos, la administración y el hospital, tienen cocinas completas, neveras frigoríficas y todo lo necesario para calentar la comida y cocinar grandes cantidades. Pero los pabellones inferiores no tienen cocinas que puedan calentarles la comida por la mañana. Solo para el almuerzo y la cena. Por la mañana, el personal quiere lo mismo que la gente de los edificios nuevos: huevos calientes *y* café caliente. No quieren huevos fríos ni café frío ni las gachas frías que sirven a los pacientes. Quieren desayunar huevos calientes *y* café.

Alzó el tenedor y lo clavó en el trozo de pastel que había en el borde del plato.

—Pabellón C-1 —dijo—. Ese es el pequeño reino de Hijo del Hombre. —Luego continuó—. El tipo que lleva los huevos de la granja a Pennhurst es negro. Un Lowgod. Lleva huevos calientes y café a todos los edificios de la parte baja de Pennhurst a las seis de la mañana. Son catorce edificios. Imagináoslo. Unos siete kilómetros de subir y bajar altozanos, yendo escaleras arriba para llegar a esa cocina, escaleras abajo para llegar a aquella. ¿Cómo llevar los huevos revueltos y el café caliente a los edificios de los catorce edificios estando tan separados? Un coche no podría ir tan deprisa por los caminos, doblando esquinas, subiendo escaleras hasta el segundo piso en este pabellón y saliendo en el siguiente. Ni siquiera el día más soleado, con la carretera más despejada, un coche podría hacerlo. ¿Y en invierno, cuando hay nieve? ¿Todos esos edificios? ¿Toda esa distancia? Lleva haciéndolo treinta y seis años. ¿Cómo lo hace tan rápido? Necesitarías que Dios te diese un empujoncito para moverte tan rápido. O túneles. Eso es lo que pienso.

Nate habló.

—¿Lo conoces?

Miggy se encogió de hombros y dijo con frialdad:

—He dicho que hablaría de mi vida, no que iría a la cárcel por vosotros. Pero creo que es posible que alguien de aquí lo conociese hace uno o dos días.

Miggy miró a Paper y dejó que asimilara sus palabras, luego continuó.

—He oído *decir* que Hijo del Hombre abusó tanto de mi amiguito graznador que alguien se compadeció de él, lo puso en manos del hombre que lleva los huevos en su carro y este lo llevó por uno de los túneles que hay bajo el pabellón C-1, donde acecha el Hijo del Hombre, hasta el patio del ferrocarril. Y una vez allí, algunos de los ferroviarios, judíos sindicalistas a los que les gusta armar jaleo, lo subieron a uno de los trenes de mercancías a Nueva York con un saco de papel lleno de comida y veinte dólares. Dicen que ese chico ha estado viviendo en la ciudad de Nueva York como un pato desde entonces.

—¿Y qué sabemos de ese tipo del que has hablado? —preguntó Nate—. ¿Sigue allí?

—Hijo del Hombre todavía está allí, lamento decirlo. Y aunque últimamente no paso por sus dominios, he oído decir que un nuevo niño ha llegado a su pabellón hará unas tres semanas. Un niño negro. Sordo y tal vez mudo. No sé si puede hablar o no. Pero oí que el niño se lastimó de alguna manera. Lo tuvieron con las piernas en alto. Me han dicho que ya está mejor. Que se ha curado. Le han quitado las escayolas, por lo que he oído. Pero, dadas sus circunstancias, eso no es bueno para él.

El silencio se extendió por la habitación. Finalmente, Nate habló.

—¿Has terminado con el pastel? —le preguntó a Miggy.

—Sí —respondió.

Nate deslizó el plato y se quedó observándolo. Era un diagrama. De edificios, carreteras y caminos. Lo estudió detenidamente y luego cerró los ojos, como si pretendiese memorizarlo.

—Cómete ese pastel o dámelo —dijo Paper—. No lo eches a perder.

—No tiene desperdicio —dijo Nate con los ojos aún cerrados. Cuando los abrió, se dirigió a Miggy—. ¿Dijiste que el Hombre de los Huevos lleva los huevos a todos los pabellones?

—A todos.

—¿El Hombre de los Huevos le lleva a Hijo del Hombre sus huevos?

—Sí, le lleva sus huevos.

—¿Cómo le gustan los huevos?

—¿A quién?

—A Hijo del Hombre. ¿Cómo le gustan los huevos?

—No lo sé. Tendrías que preguntárselo a él.

—No lo conozco —dijo Nate.

—Poco importa —repuso Miggy—. Él sí te conoce.

25
El trato

La rubia secretaria con los labios pintados de un rojo vivo que estaba sentada al mostrador de recepción del Teatro Blitz de Filadelfia, en Broad Street, pensó que se trataba de un sindicalista. De lo contrario, habría echado a aquel judío de mediana edad vestido con un mono de trabajo en cuanto lo vio entrar. Se había sentado erguido en el sillón de felpa de la sala de espera de la oficina, tocándose el sombrero con dedos gruesos y callosos. Tenía que ser un representante sindical de alguna clase, pensó, porque no parecía una persona agradable. Los trabajadores no sindicados solían sonreír y mostrarse obsequiosos, contentos por el trabajo, impresionados por la bonita sala de espera, el sofá de cuero y las pulidas mesas de café. Los miembros sindicales, en cambio, eran hombres arrogantes, vestidos de obreros, que se sentaban en los brazos de los sofás, fumaban y charlaban; chusma todos ellos, demasiado listos para sí mismos. Este hombre en concreto era más de ese segundo tipo. Se presentó como Marvin Skrupskelis, luego deletreó su apellido como si ella no fuese capaz de escribirlo correctamente, lo cual era cierto, ya que lo escribió como Scoopskalek, pero él echó un vistazo a sus garabatos y la corrigió. Dijo que no tenía cita con el señor Isaac Moskovitz, pero que necesitaba verlo. La secretaria llamó al señor Moskovitz únicamente porque creyó que *podría* tratarse de un representante del sindicato. Y aun así, Isaac no respondió, se limitó a colgar de inmediato, lo que significaba que estaba irritado y que ella debía decirle a quienquiera que fuera que se largase. Ella apartó la mano del timbre, y estaba a punto de echarlo, cuando Moskovitz abrió la puerta de su despacho, se acercó al hombre, le estrechó la mano y le dijo:

—Por aquí. —Y le indicó la puerta que conducía al ascensor.

Al abrir la puerta, le dijo a su secretaria:

—Volveré dentro de un rato.

Tras cinco minutos de viaje en coche, montados en el pesado Packard negro de Isaac y circulando por Broad Street, Marv le dedicó una larga mirada al primo de Moshe, aquel tipo alto y estridente que de vez en cuando aparecía por Pottstown para aconsejar a su manso primo cuando este estaba metido en algún lío. Observó cómo Isaac conducía con soltura su pesado automóvil negro a lo largo de Broad Street. Parecía una versión más vieja y consistente del propio Moshe, aunque sin su sonrisa; pero, a diferencia de Moshe, no era amable, pues entendía que era una pérdida de tiempo.

—¿Cómo encontraste mi despacho? —preguntó.

—Está en la guía. ¿Preferirías que hubiese ido a tu casa?

—Eso habría sido lo más adecuado.

—No sabía si sería bienvenido allí.

—No he dicho que lo hubieses sido. He dicho que deberías haber ido a mi casa, no a mi despacho.

—Solo para aclarar las cosas —declaró Marv—, ¿eres uno de esos rumanos locos dueños de teatros que saben un montón de chorradas inútiles, como que las mariposas tienen el sentido del gusto en las patas?

—Solo para aclarar las cosas, ya sabes, ¿verdad?

—Soy lituano. —Marv resopló y luego permaneció callado, mirando por la ventanilla mientras Isaac conducía despacio, con cuidado.

Isaac miró a Marv. Había visto a Marv en la *shivá* de Chona. ¿O se trataba de su hermano gemelo? No podía distinguirlos. Fuera quien fuese, se quedó allí un buen rato y dijo más bien poco. Isaac fue al grano.

—¿En qué lío se ha metido Moshe esta vez?

—No ha hecho nada. Vive bien. Que es más de lo que puedo decir de algunos de nosotros en este país.

—¿Así que quieres volver a tu tierra de origen?

—Me gusta estar aquí. Los políticos intentan degollarte con una mano mientras saludan a la bandera con la otra. Luego te cobran impuestos. Les ahorras la molestia de llamarte sucio judío.

Isaac rio entre dientes.

—¿Tienes hambre? ¿Quieres comer? ¿Necesitas algo? Has recorrido un largo camino.

Marv miró por la ventanilla, sus ojos marrones observaron las casas adosadas mientras el sedán las dejaba atrás a toda velocidad.

—Es blando, tu primo.

—Dime algo que no sepa.

—Hago zapatos —dijo Marvin.

—Lo recordaré la próxima vez que mis juanetes se hinchen como la levadura para saludarme.

—Hago zapatos de todas clases —dijo Marv—. Tengo clientes que vienen de lejos. De Reading. Baltimore. Incluso de Nueva York.

—Tienes un hermano gemelo, ¿no?

—Lo tengo.

—¿Eras tú al que vi en la *shivá*? ¿O era el otro?

—Probablemente el otro.

—¿Dónde estabas tú?

Marv se puso tenso.

—No recuerdo haberte visto el día que estuve. Y me pasé el día entero. O yo o mi hermano. Uno de nosotros estuvo allí todos los días. Tú controlas la asistencia a las *shivás*, ¿verdad?

Guardó silencio durante un momento, mientras Isaac asimilaba la reprimenda, luego continuó.

—Un tipo vino a verme la semana pasada. Tenía un problema en un dedo del pie. Necesitaba un zapato. Lo había enviado Doc Roberts. ¿Te acuerdas de él? —preguntó Marv.

—¿Por qué debería preocuparme por ese *kucker* (cagón)?

—Porque este tipo podría exprimir a Doc.

—¿Cómo lo sabes?

—Que un hombre no calce zapatos brillantes y no sepa contar cuentos de hadas con imágenes no significa que carezca de ingenio. El tipo se llama Plitzka. Gus Plitzka. Dirige el cotarro en Pottstown.

—¿Qué es lo que dirige?

—Todo. El ayuntamiento, la depuradora de agua, la policía. Reparte cartas de dos barajas. Trató de comprar una lechería y se quedó corto. Le pidió prestado dinero a un tipo llamado Nig Rosen. Un hombre de negocios de aquí. ¿Tal vez conozcas a Rosen?

Isaac asintió sin dejar de conducir el gran sedán entre el tráfico.

—Puedes llamarlo así, pero ¿a quién pretendes engañar? Lo suyo son los préstamos y la bencedrina. Mejor no jugársela. ¿Cómo sabes de él?

—Pinacle.

—¿Qué?

—No todos los judíos de Pottstown se chupan el dedo esperando limosnas de la Sociedad Judía Alemana. Pinacle. Juego todas las semanas en Reading. Apuestas considerables. Un par de jugadores de Reading trabajan para Rosen.

—¿Y?

—Pasan por Pottstown todas las semanas para apretar a Plitzka. Le debe mucho dinero a Rosen. Le pidió prestado para cerrar el trato de la lechería. La lechería obtiene el agua de su antigua granja, pero la granja no tiene agua.

—¿Y?

—Nuestro templo de Chicken Hill se abastece de un pozo que bombea agua para una fuente pública. Ese pozo está seco y sé a ciencia cierta que el agua de Plitzka procede del nuevo depósito. Así que no está pagando por su agua. Si el estado supiera que no paga por el agua y que, al mismo tiempo, dirige el departamento de agua de la ciudad, se harían cargo de la situación. La ciudad necesita agua. Las fábricas la necesitan. Así que es vulnerable. Habida cuenta de que dirige la ciudad, quizás alguien podría presionarlo, para que él pudiese presionar a Doc Roberts.

—Ese gentil nunca confesará haber violado a una judía.

—No la violó. Intentó violarla.

—Poco importa. Le arrancó la ropa. Eso es suficiente. ¿Cuál sería el objetivo?

Marv habló en yidis.

—*Yoysher* (Justicia).

—¿Pretendes reírte de mí?

—Chona me caía bien.

Isaac lo pensó detenidamente y luego respiró hondo.

—Religión y política. Eso no es bueno para los negocios.

—Así que no harás nada. ¿La vida de un judío no tiene valor alguno?

—Ahórrate el sermón, amigo.

—¿Qué vas a hacer?

—Si lo que necesitas es que Irene Dunne vaya a tu ciudad y cante canciones durante toda una semana, a un precio más que aceptable, puedo conseguirlo. Si necesitas que Cab Calloway cante *hi de hi de ho* en el teatro de Moshe, puedo arreglarlo. Pero hacer tratos con bobos que se meten con los políticos por unos cuantos malvaviscos y cigarrillos en una ciudad que no conozco, eso está fuera de mi alcance.

—Así que no harás nada.

Isaac escogió con cuidado sus palabras.

—Yo no he dicho eso. Deja que Rosen se quede con Plitzka. A lo mejor, si está tan ocupado presionando a Plitzka deja de presionarme a mí para que meta a sus fulanas en mis programas. Nadie quiere ver a la policía involucrada en esto. Nadie quiere al estado o a los federales. Nadie quiere hablar de impuestos. Nadie quiere problemas. Nadie quiere pagar. Olvídate de las tonterías de los vaqueros. Para que las cosas funcionen en este país, no le tiras a nadie agua a la cara. Guardas silencio. Haces tratos. Deja en paz a Rosen y a Plitzka. Tal vez tropiecen con una alcantarilla y caigan juntos. Necesito ayuda con otra cosa.

—¿Qué clase de ayuda?

Isaac suspiró. Volvió a mirar a Marv, giró el volante y condujo el sedán fuera del bulevar atestado de gente hasta una calle lateral de casas adosadas. Acercó el sedán a la acera, tiró del freno de mano y se volvió hacia Marv.

—Lo que Chona quería —dijo— era que la *shul* sobreviviese. Si destapas el problema del agua con Plitzka, destapas la *shul*. Por eso no tiene sentido presionar a Plitzka.

—¿Y qué hacemos?

—Deja que Plitzka arregle su propio problema de agua en la lechería. Yo me encargaré del problema del agua para el templo. Está en marcha, así que el templo no será responsable. Solo necesito tu ayuda con una cosa para hacer que la solución se presente por sí sola. Nada más.

—¿Qué?

—Necesito dos hombres, judíos, que puedan maniobrar un tren para mí. Hombres del sindicato.

—Un sindicalista no puede conducir un tren. El Ferrocarril de Pensilvania es el que controla los trenes.

—No hablo de *controlar* o *conducir*. Solo tienen que estar allí. Dos de ellos. Trabajando.

—¿En qué tren?

Isaac miró por el retrovisor y luego por la ventanilla a un coche que pasó a toda velocidad, seguido de un caballo y de un carro.

—El chico de color de Chona, el que lo vio todo, está en Pennhurst. Hay un tren de mercancías que lleva carbón y harina a Pennhurst todas las semanas. Necesito dos hombres en ese tren para que se hagan cargo del chico cuando salga del manicomio. Yo me encargaré del resto.

—¿Que se hagan cargo de él, dónde?

—Dondequiera que el tren deje su carga. El chico estará allí cuando lleguen.

—¿Quién lo llevará allí?

—De eso no te preocupes. Llegará.

—¿Y adónde tienen que llevarlo?

—Que lo suban al tren. De todo lo demás me encargo yo. ¿Podrás encontrar a dos judíos de confianza?

—Por supuesto. Es probable que haya unos cuarenta judíos en la zona de Reading trabajando para el ferrocarril.

—¿Cuánto crees que costará?

—¿Para ti? Nada.

—¿Estás de guasa?

Marv negó con la cabeza.

—Los judíos del ferrocarril son todos sindicalistas. Leen los periódicos, cantan canciones, están locos. Están obsesionados con todo eso de la justicia americana para todos y cada uno de nosotros. Saben quién era Chona, las cartas que escribió, las locuras que hizo. Los negros no eran los únicos a los que alimentaba gratis. La mitad de los clientes de su tienda eran trabajadores del ferrocarril, especialmente los fines de semana. La tienda de Chona era la única que abría los domingos en Pottstown. Puedo conseguirte a diez judíos sindicados que trabajan en el ferrocarril.

—Solo necesito dos. ¿Cuánto te costará conseguírmelos?

—Ya te he dicho que será gratis.

—Nada es gratis.

—Yo me encargaré de ello.

—¿Cómo?

—Todo el mundo necesita zapatos.

—Estás bromeando, ¿verdad?

—¿Te pregunto yo cómo llevas tu negocio? Ofrece un soborno a un sindicalista y te escupirá a la cara. Saben que puedo despilfarrar dinero como tú. Pero si ofreces tu oficio, tu trabajo, lo respetarán. Honran los principios.

Isaac enrojeció debido a un brote de vergüenza. Principios. Durante todos los años en que fue un *fusgeyer,* cuando él y Moshe eran niños, y huían de los soldados para salvar sus vidas y se morían de hambre, eso fue lo único de lo que Moshe nunca se libró. Nunca odió a nadie. Siempre fue amable. Era capaz de dar hasta su última migaja. Y aquí en América se había casado con una mujer que era de su misma cuerda. Amabilidad. Amor. Principios. Eso es lo que dirige el mundo. «Una negativa no es un no. Es solo el comienzo de una negociación», solía decir Moshe. Era un negociador maravilloso. Podría haberse hecho rico aquí en América con todo su talento. En cambio, estaba en una ciudad de mierda, su esposa había muerto... Isaac tragó saliva y se mordió el labio.

Oyó a Marv preguntar algo.

—¿Qué?

—El agua —dijo Marv—. ¿Qué pasa con el agua? ¿Quién va a arreglar el problema del agua? ¿Estás seguro de eso?

—El tema del agua ya está en marcha —respondió Isaac—. Que esos hombres estén allí cuando el chico salga del manicomio. Esa es mi parte del trato.

—¿Y Plitzka?

—Tal vez él y Nig Rosen terminen en una urna en algún lugar. ¿A quién le importa?

—¿Cuándo quieres que lleguen los hombres? ¿En qué tren?

—Solo hay un tren al día que vaya a Pennhurst, según me han dicho —dijo Isaac—. Ya te informaré del día en cuestión. Ten a tus chicos preparados. ¿Y me harías un favor?

—Tal vez.

—La próxima vez, ven a mi casa. Mi secretaria es una gentil con la boca muy grande.

Marv sonrió satisfecho.

—Lo que hagas en tu intimidad es cosa tuya.

Isaac frunció el ceño.

—No todos podemos ser como Moshe —dijo.

26
El trabajo

La tarde siguiente, Fatty estaba trabajando en el motor del Gran Chadwick Seis y Big Soap le observaba por encima del hombro. Fatty colocó la última bujía en su sitio y luego cerró la tapa del distribuidor.

—Este no es un Gran Chadwick —anunció.

—¿Cómo lo sabes?

—Estas piezas son de un Ford —dijo—. El distribuidor de un Ford no encajaría en un Chadwick Seis. La tapa del Ford es más pequeña. Móntate. Yo conduzco.

Big Soap saltó al asiento trasero y Fatty se sentó en el del conductor. Giró la llave y el viejo motor se puso en marcha, expulsando una nube de humo negro.

—Dale caña —gritó Big Soap. Dio dos palmadas, ¡plas!, ¡plas!, y dijo alegremente—: ¡Llévame a casa, Charles!

—Muy gracioso. No tira. —Fatty apagó el motor y miró por el retrovisor para comprobar cómo Soap se relajaba en la parte trasera y estiraba uno de sus largos brazos sobre el respaldo del asiento—. Soap, ¿quieres ganar algo de pasta?

—No, Fatty. Quiero vagar por la tierra repartiendo amor y alegría. *Por supuesto* que quiero ganar algo de pasta.

—Tengo un trabajo.

—¿Qué habría que hacer?

—Conectar una tubería de agua en Chicken Hill.

—¿Es ilegal?

—En realidad, no. Lo único que haríamos sería sacar una vieja tubería de otra y conectarla a la canalización de agua de la ciudad. Todo el mundo paga por el agua municipal. Así que, técnicamente, no es ilegal. Pero tenemos que hacerlo de noche.

—Si se trata de conectarse a la red de la ciudad, ¿por qué no lo hacen los del ayuntamiento?

—¿En Chicken Hill? ¿Estás de broma?

—¿Cuánto habría que cavar? —preguntó Big Soap.

—No mucho. Solo hay que quitar una tapa, bajar, desconectar una tubería y conectarla a otra canalización. Luego habría que volver a colocar la tapa.

—Conectar canalizaciones de agua corriente es un trabajo en el que te mojas.

—¿Quieres ganar dinero o no?

—Para que lo sepas, Fatty, estoy ganando un buen dinero en la fábrica Dohler.

—¿Cuánto ganas?

—Tres dólares con cincuenta centavos a la semana.

—¿Y qué haces ahí? ¿Rellenar urnas?

—Enciendo los hornos.

—¿Van a subirte pronto el sueldo?

—Cuando estén listos.

Fatty asintió, dando golpecitos en el vetusto salpicadero del coche. «Ese es el problema», pensó amargamente. A Big Soap lo despidieron de un trabajo, lo contrataron en otro, su madre le echó la bronca delante de sus amigos, los irlandeses de la Compañía de Bomberos Empire le obligaban a subir treinta metros de manguera mojada a lo alto de su torre mientras ellos se sentaban a beber cerveza, y él seguía encantado de trabajar por nada. El muy imbécil.

—Ganarás diez veces esa cantidad en tan solo tres horas. Y añadiré a Rusty al grupo.

—Si has pensado en Rusty, es que el trabajo no debe de ser fácil.

—¿Quieres participar o no?

—No has hablado de cantidad alguna.

—Treinta y cinco dólares para ti.

Big Soap dejó escapar un silbido.

—Eso me suena a robo. ¿Se trata de un banco?

—¿Te parezco un ladrón? Es un simple trabajo de fontanería, Soap. Abrir una alcantarilla, bajar por un pozo, desplazar una válvula en «Y» y conectar la cañería a la canalización de quince centímetros que va al depósito. Salimos. Cerramos la tapa del pozo. Y eso es todo. Lo he hecho cientos de veces.

—¿Para qué casa es?

—No es para ninguna casa. Se trata del solar que hay en Hayes con Franklin. Donde está la fuente pública.

Big Soap frunció el ceño.

—¿No es ahí donde está la Lechería Clover?

—Justo enfrente de la Lechería Clover.

—¿Es para ellos?

—No.

—¿Para quién es, entonces?

—No puedo decírtelo. Pero van a pagar mucho dinero. ¿Quieres el trabajo o no?

Big Soap se lo pensó unos segundos.

—Treinta billetes son muchos billetes. ¿Cuánto tiempo necesitaremos?

—Un par de horas.

—No parece muy difícil. ¿Para qué necesitas a Rusty?

—Refuerzos. La tapa del pozo es de cemento viejo. Si la rompemos, Rusty podría arreglarla para que se pareciese a la original. Es bueno con el mortero y el cemento.

—Se necesita agua para mezclar el cemento, Fatty.

—Usaremos agua de la tubería con la que estamos trabajando.

—¿Cómo mezclaríamos el cemento?

—Tengo esa vieja hormigonera a gas detrás del garito.

—¿Ese pedazo de chatarra? No habrá modo de ponerla en marcha de noche. Suena como un megáfono. Despertará a todo el barrio.

—También tiene una manivela.

—Que funciona bien si eres Tarzán.

—Rusty la engrasará. Él sabe cómo arreglar esas cosas. O usaremos una carretilla. Rusty puede colorear el cemento para que se parezca al que usan los del ayuntamiento.

—No podremos empujar esa hormigonera por la colina si está llena de cemento, Fatty. Pesa demasiado.

—Rusty mezclará el cemento mientras tú y yo arreglamos las tuberías; eso si la tapa se rompe cuando la arranquemos, lo que probablemente no pasará porque tendremos cuidado, ¿de acuerdo? Será pan comido.

—¿Seguro que Rusty se apunta?

—¿Crees que te lo diría si no fuera así?

Big Soap, sentado en el asiento trasero del coche, asintió, miró al cielo azul, ensimismado, y luego dijo:

—Fatty, la puerta principal de la lechería está en Franklin Street.

—Tiene dos puertas más en el lado que da a Hayes Street.

—Empiezan a trabajar a las cuatro de la mañana.

—Es el fin de semana del día de los Caídos, Soap. El desfile de Antes. Discursos, barbacoa, cerveza, fuegos artificiales. Todos los negocios de la ciudad están cerrados.

—Poco importa. Seguro que tienen un vigilante en la lechería y que estará atento.

—El vigilante estará en la Casa Antes divirtiéndose con el desfile y los fuegos artificiales, como todo el mundo. Lo conozco. Es de color —dijo Fatty.

—Entonces *no irá* al desfile —dijo Big Soap—. No conozco a nadie de color que vaya a ese desfile.

—Me refiero al reverendo Spriggs.

Big Soap se detuvo un momento, pensativo, y luego dijo:

—Snooks es tu pastor, ¿no?

—No es *mi* pastor —dijo Fatty—. Es *el* pastor.

—No sabía que Snooks trabajaba de vigilante —dijo Big Soap—. El padre Vicelli dirige nuestra iglesia a tiempo completo.

Fatty hizo un gesto con la mano como para restarle importancia.

—Cada vez que en esta ciudad se necesita a un negro para que se quede en las celebraciones y coma y parezca feliz, llaman a Snooks. Ese es su verdadero trabajo.

—No parece un mal trabajo —dijo Big Soap. Miró por encima del hombro de Fatty—. Oh oh.

Fatty se volvió para seguir la mirada de Big Soap y vio a Paper en la parrilla delantera del coche, con los brazos en jarras.

Verla de pie entre los trastos de su jardín, con su vestido amarillo mecido por la brisa y la luz del sol bañando su rostro moreno y suave, le hizo sentirse como en una habitación llena de malvaviscos calientes. Sentía el corazón tan ligero como el de un niño de cuatro años.

—Ven aquí —dijo ella, haciéndole señas con impaciencia.

Para bajarse del descapotable tuvo que ponerse de pie sobre el asiento, pasar por encima del parabrisas hasta el capó y saltar. Aterrizó al lado de Paper, ella le agarró por el codo y le hizo girar para que quedaran de espaldas a Big Soap.

—¿Nunca has oído hablar del pájaro que madruga? —dijo ella.

—No. Pero sí he oído hablar del gusano que se retuerce.

—Se suponía que ibas a ir a ver a Nate esta tarde para averiguar a qué hora tenías que llevarlo a Hemlock Row. Quiere ponerse ya en marcha. Esta noche.

Fatty sintió un repentino impulso de confesar, de decirle a Paper que había aceptado otro trabajo, uno que implicaba una buena cantidad de dinero con escaso riesgo, que le proporcionaría a él —quizás incluso a ellos, si es que *había* un ellos, que él esperaba que lo hubiera— algo de dinero de verdad.

—¿Esta noche? —exclamó—. Esta noche tengo cosas que hacer.

—¿Qué clase de cosas?

—Me ha salido un trabajo.

—Lo que tengas que vender en tu garito puedes hacerlo mañana. Está todo preparado. Tienes que bajar al teatro. Primero, Nate necesita que le ayudes a trasladar unos tambores y cosas del desfile a la Casa Antes.

—Pensé que tenía que llevarlo a Hemlock Row. Nadie dijo nada sobre ofrecerme a acarrear algodón para el desfile de Doc Roberts. Y nadie dijo nada de que yo tuviese que hacer todo eso hoy.

—Tú síguele el juego, ¿quieres? Son solo unos cuantos tambores y cosas del desfile.

—Nate podría recurrir a mucha gente para que le echase una mano. ¿Por qué quiere que lo haga yo?

—Porque eres el único en la colina que dispone de algo lo suficientemente grande como para llevar todos los instrumentos de una sola vez en poco tiempo. Si no, tendría que pasarse todo el día llevando y trayendo esas cosas. No dispone de todo el día. Tiene que ponerse en marcha esta noche.

—¿Por qué?

—Miggy lo ha acordado todo con el Hombre de los Huevos. *Esta noche.*

—¿Por qué los blancos no pueden transportar sus propias cosas para su desfile? ¿Son alérgicos al trabajo?

—Ve allí y pregúntaselo tú mismo a Nate.

—Dile que no puedo ir, Paper.

Paper se apoyó en el capó del coche, evidenciando frialdad, y alargó la mano para tocarle la cara con suavidad.

—Pórtate bien, Fatty. Sé que puedes hacerlo.

A modo de guiño a la comunidad judía, la Sociedad Histórica John Antes le permitía todos los años al Teatro y Sala de Baile Auténtico Americano de Moshe el privilegio de almacenar en su vasto sótano su amplio surtido de tambores y material que utilizaban para el desfile anual del día de los Caídos, así como para el espectáculo de fuegos artificiales. Diecisiete redoblantes, ocho tamtams, cuatro enormes bombos, dieciocho arneses para tambores, estandartes, carrozas, dos camiones de bomberos en miniatura, material para las tarimas y demás parafernalia para los dignatarios del desfile, entre los que se encontraban Doc Roberts y varios miembros del ayuntamiento.

Por lo general, la ciudad enviaba un camión para recoger los bártulos. Pero ese año no se presentó ningún camión. En lugar de eso, la petición de los tambores llegó a través de un chico de instituto que llevó una nota a Moshe pidiendo que le trajeran el equipo.

Moshe no estaba en el teatro cuando llegó la nota. Estaba en casa y no se encontraba bien. Así pues, la nota se la entregaron a Nate, que no sabía leer, y este se la entregó a Addie, que sí sabía, quien acompañó al mensajero a casa de Moshe para que le entregase la petición, y luego regresó al teatro, donde Nate estaba entre bastidores preparando la actuación del fin de semana de la gran cantante de blues Sister Rosetta Tharpe.

—¿Qué ha dicho? —preguntó Nate.

—Se durmió al instante. No se encuentra bien. Así que no lo molesté —dijo Addie.

—Solía perder el culo para intentar complacer a los blancos de por aquí —dijo Nate—. De todos modos, cumpliremos. Llevaremos los tambores y las cosas allí. Me dará tiempo de llegar a Hemlock Row esta noche.

—Olvídate del desfile —dijo Addie—. Tenemos nuestros propios asuntos de los que ocuparnos. Que hagan un desfile de pacotilla.

—Me dará tiempo.

—¿Quién traerá las cosas de vuelta cuando acaben el desfile y los fuegos artificiales?

Nate le hizo un gesto con la mano.

—Les llevará toda la noche cerrar la Casa Antes. Traeré los tambores y las cosas de vuelta aquí por la mañana.

—No podrás hacerlo si la policía te está persiguiendo.

—No me van a pillar. Porque ya habré regresado.

Addie guardó silencio. Había disimulado sus temores por todo lo acordado durante la reunión de la noche anterior con Miggy, pero a medida que se acercaba el momento de la partida de Nate, se había ido poniendo más nerviosa.

—Quizás sea mejor dejar a Dodo en manos de Dios —dijo.

—*Está* en manos de Dios —repuso Nate—. Por eso he quedado con el Hombre de los Huevos en Hemlock Row. Le diré lo que quiero. Le pagaré unos cuantos séqueles y dejaré que se encargue del resto. Volveré a medianoche. Así que si se enteran de que el chico ha huido y la policía viene a buscarlo aquí, no lo encontrarán. Me encontrarán a mí en la cama. No voy a salir a buscarlo, cariño. Solo voy a encontrarme con el Hombre de los Huevos. El resto se lo dejaré a él y a Miggy. No tienes de qué preocuparte.

En ese momento, Addie se dio cuenta de que en realidad no había ningún plan trazado que ella conociera. Fatty había accedido a llevar a Nate a Hemlock Row para reunirse con Bullis, el Hombre de los Huevos, a cargo de Miggy. No podía recordar qué más había oído en la reunión de la noche anterior aparte de eso, porque Miggy se expresaba mediante parábolas, y la idea de dejar a Dodo a merced de aquel... *pagano* Hijo del Hombre le revolvía las tripas, por no hablar del secreto de Nate, su Nate... Siempre había sabido que tenía un secreto. Decía que era del sur. Carolina del Sur era su hogar, según le había dicho. Pero ¿Hemlock Row? Decidió que hablaría con él de esa cuestión más adelante, porque ahora había otros problemas que afrontar. Nate, su Nate, no iba a entrar en ese hospital, con Dodo o sin Dodo.

—Algunas de las cosas que se hablaron anoche me han dejado un poco trastornada —dijo.

—Hablaremos de eso cuando acabemos con lo que tenemos entre manos.

—Solo para quedarme tranquila: tú no vas a entrar en ese lugar, ¿verdad?

—No quiero entrar ahí —dijo Nate con desdén.

Quiso gritarle que más le valía no entrar allí, pero el ruido de las herraduras que avanzaban por Main Street hacia el teatro interrumpió sus pensamientos. Se dio la vuelta para echar un vistazo y murmuró:

—Oh, Dios...

Fatty, el único negro de la colina capaz de idear en muy poco tiempo un artilugio lo bastante grande como para transportar toda la parafernalia de un desfile de trescientas cincuenta personas, subió a la acera en un carro tirado por una mula. A su lado estaba Big Soap, sonriente.

—¿Taxi? —preguntó Fatty alegremente.

Addie puso los ojos en blanco.

—Son solo unas pocas manzanas —dijo Fatty.

A Nate no le hizo gracia, pero condujo a Fatty y a Big Soap hasta la puerta del escenario del teatro, donde entre los tres apilaron a toda prisa la parafernalia del desfile en el carro, lo ataron con cuerdas y se pusieron en marcha. Fatty y Nate iban delante. Big Soap montó en la parte trasera del carro, mirando hacia atrás, con las piernas colgando.

Mientras avanzaban a trompicones, con Big Soap fuera del alcance del oído, Fatty trató directamente el tema problemático.

—Nate, ¿tienes que encontrarte esta noche con el Hombre de los Huevos en Hemlock Row?

—Así es. Quiero salir a las siete.

—¿No podría ser otra noche?

—¿Qué sucede?

Fatty miró a su alrededor para comprobar si alguien podía oírle, aunque estaban encima del carro y fuera del alcance de todos.

—Me ha salido otro trabajo —dijo.

—¿Y?

—Es para esta noche. No es más que un trabajito. ¿Podría llevarte a Hemlock Row un poco antes? Tal vez a las cuatro. ¿Te parece bien?

—¿A qué hora me recogerías después?

—Tarde. A medianoche más o menos.

Nate frunció el ceño.

—De acuerdo. Siempre que esté de vuelta por la mañana.

—¿Tienes algún lugar en el que esperarme en el Row hasta tan tarde?

Nate sonrió satisfecho.

—No te preocupes por mí.

—Lo siento, Nate. Estoy en un aprieto. Necesito la pasta de ese trabajo. Es mucho dinero. Pero puedes contar conmigo.

Sonó falso incluso mientras lo decía. Así que cuando el carro se acercó a la Casa Antes, al pie de Chicken Hill, Fatty miró más allá del viejo edificio, tres manzanas más arriba, a la Lechería Clover, y decidió confesar.

—Nate, ayer recibí una nota de mi hermana.

—Me alegra que volváis a hablaros.

—Alguien me pasó algo de dinero a través de ella. Quieren que desentierre la tubería de agua frente a la Lechería Clover. Ahí debajo hay una conexión en Y que conecta la iglesia judía con el pozo de la fuente pública. Voy a desengancharla y a conectarla a la canalización de agua de la ciudad desde el depósito. El pozo de la fuente pública debe de estar secándose.

Nate asintió.

—Todos los manantiales debajo de la colina se están secando. Hay demasiados pozos. Hoy en día, el agua del grifo sale turbia. ¿Cómo sabes lo de las tuberías de Chicken Hill?

—Cuando era pequeño, ayudé a mi padre a colocar muchas de ellas. Entonces no era legal, pero así es como se hacían las cosas. Solo pasaban tuberías por donde podían. Supongo que no quieren tratar con el ayuntamiento para arreglarlo.

—No quieren pagar a los ladrones, eso es lo que pasa. ¿Quién te envió la nota?

—No lo sé y Bernice no me lo dijo. Pero era mucho dinero. Y decía algo más en la nota, pero yo... perdí una parte.

—¿La perdiste?

—Había una segunda página. La rompí por accidente. Encontré una parte, pero el resto cayó detrás de mi garito y, cuando volví a buscarla, estaba toda mojada. No pude descifrar lo que decía.

—¿Nada de nada?

—Era algo sobre la gente del ferrocarril. Trabajadores sindicados..., judíos... y el tren de Pennhurst. Pero no sé a qué se refería.

Nate meditó un momento y sonrió antes de hablar.

—El señor Isaac es el que está moviendo los hilos.

—¿Quién?

—El señor Moshe tiene un primo llamado Isaac. Es un tipo con mucho dinero de Filadelfia. Hombre de teatro. El mismo negocio que el señor Moshe pero más grande, tres veces más. Pero todo es para bien. ¿Había dinero en esa nota para la gente del ferrocarril?

—Había cuatrocientos dólares extra pegados a esa nota en esa página sobre los hombres del ferrocarril. No sé para qué eran.

—¿Era todo el dinero que había ahí?

—No, claro. Había quinientos dólares para el tema de la tubería de agua, además de los cuatrocientos dólares para los ferroviarios.

Nate guardó silencio durante un largo rato mientras se oía el clop, clop de los cascos de la mula resonando en la calle. Finalmente dijo:

—Vas a tener que entregarme esa parte. Sé que es mucho dinero, pero no es para ti. Es para Dodo.

«¡Y una mierda!», es lo que Fatty habría querido decir. Y lo habría dicho de haber estado con cualquier otro; es decir, si no hubiese sido Nate Timblin.

Cuando llegaron a la Casa Antes, Nate bajó del carro, se colocó a un lado y se dirigió a Fatty, que seguía en el asiento del conductor.

—Ve a casa, toma esos cuatrocientos dólares y llévaselos a Addie al teatro ahora mismo. Que Soap te acompañe. Yo descargaré esto de aquí.

—Eso es mucha pasta, Nate.

—Déjalo correr, hijo. Te explotaría en la cara de un modo u otro. Alguien está pagando por un servicio. Tu trabajo consiste en entregar el dinero.

—¿Y cuál es el servicio?

—De eso me ocupo yo —dijo Nate—. Después de entregarle el dinero a Addie, ocúpate de tus asuntos aquí esta noche. Yo iré a Hemlock Row por mi cuenta. Llevaré la mula y la carreta a tu casa cuando termine aquí.

Si cualquier otro hombre de Pottstown le hubiera exigido los cuatrocientos dólares que parecían haberle caído del cielo y le hubiera dicho que se fuera a casa a buscarlos y que, encima, se los llevase a su mujer, Fatty le habría dicho que se largara con viento fresco, o bien lo habría agarrado del cuello y le habría dado una patada en el trasero justo antes de echar a correr. Pero Nate Timblin no era un hombre cualquiera. Fatty hizo exactamente lo que le ordenó.

27
El dedo

Dodo se despertó con la sacudida de la cuna y alzó la vista para ver a Monkey Pants mirándole fijamente. Su mano izquierda, que Monkey Pants podía mantener firme y que utilizaba sobre todo para comunicarse, señalaba a Dodo, y su boca se movía.

—Más tarde —dijo Dodo.

El día anterior le habían quitado la última escayola. Sacaron a Dodo de la cama y lo llevaron a una habitación donde le entregaron unos calzoncillos y unas zapatillas de hospital, y le enseñaron su taquilla, donde no había nada dentro y de la que solo tenían llave los celadores. Lo colocaron en la fila de hombres que iban a la cafetería, luego a la sala de descanso, de vuelta a la sala brevemente, después a la cafetería para comer, donde se desplomó, pues sus piernas aún estaban débiles por falta de uso, así que lo enviaron de vuelta a su cuna en la sala, relativamente vacía, donde se había quedado dormido y pasó la tarde y la noche con Monkey Pants. Se alegró de estar lejos de los hombres.

Monkey Pants quería saber cómo era el resto del pabellón. El baño, la sala de descanso, la cafetería. Pero Dodo no estaba de humor para hablar. La enormidad de aquel lugar volvió a conmoverle al caminar por entre los internos generales. La desolada soledad del lugar no solo le desagradó, sino que empezó a corroerle por dentro. Podía sentirla. Los pacientes, algunos de los cuales eran amables, le hablaban —podía leer sus labios— como los hombres les hablan a los niños, pero se sentían impotentes cuando aparecían los celadores. Todo era impredecible y los pacientes más amables eran los que peor lo pasaban. Durante las comidas, cuando Dodo apartaba la cara de las gachas de su bandeja para leer una conversación, unas manos se apoderaban de su comida. Allí reinaba un orden jerárquico. Los pacientes más capaces se encargaban de todo, los menos capaces se quedaban solos. El movimiento constante —hablar, charlar, morder, empujar, hacer tratos y robar periódicos y cigarrillos— resultaba enloquecedor. Se veía obligado a sentarse en el suelo de la sala de día, porque sentarse en un lugar en el que habitualmente se sentaba otra persona hubiese provocado que esta se enfadase con él y lo maldijese. El flujo constante de preguntas de sus compañeros, a muchos de los cuales no podía entenderlos porque tenían trastornos del habla o sus gestos eran inconcretos, dificultaba la lectura labial. Varios le hablaban como si tuviese algún tipo de problema mental. Otros pretendían discutir con él asuntos de gran complejidad. Todos parecían pensar que no había ninguna razón para que estuviesen allí. Un hombre dijo:

—Aquí todos son enfermos mentales menos yo. Me falla el sistema nervioso. ¿Tú tienes afectado el sistema nervioso?

Otro le dijo:

—Llegué aquí por error, porque estudiaba en la escuela nocturna.

Otro, un hombre blanco, declaró:

—No puedes estar enfermo, hijo. Cuando era negro, nunca enfermé.

Aquella conversación le asustó. Cuando apareció Hijo del Hombre, todos los que estaban en la sala se pusieron de pie. Varios pacientes le evitaron, pero la mayoría, sobre todo los más capaces, se reunieron a su alrededor. Destacaba por encima de ellos por su uniforme blanco, una especie de mesías de ébano que destilaba poder, de pie entre el rebaño de rechazados por la sociedad, que se movían a su alrededor mientras él iba de un lado para otro, como los seguidores de Moisés. Incluso el segundo celador, un hombre blanco, parecía estar de acuerdo con Hijo del Hombre. Dodo se alejó todo lo posible de él, enterrándose en una esquina, pero en la sala de descanso no había modo de esconderse. Notó que Hijo del hombre le observaba y, cuando Dodo cruzó la mirada con él, Hijo del Hombre le guiñó un ojo. Aquella atención y el constante pulido del suelo con algún tipo de desinfectante de fuerte olor le provocaban un tremendo dolor de cabeza.

Pero Dodo no podía transmitirle esa clase de cosas a Monkey Pants. Aquel día estaba demasiado agotado y confuso. Además, por primera vez, ahora que el dolor de sus piernas había remitido, empezó a sentir algo aún más doloroso: culpa. Pensó en las muchas cosas que había hecho mal. De vez en cuando, robaba trozos de chocolate en la tienda de la señorita Chona. Le había quitado una canica a una de las hijas de la señorita Bernice en su patio. ¿Por qué había hecho esas cosas? ¿Por qué había herido a la señorita Chona? ¿Por qué el tío Nate y la tía Addie no habían ido a visitarlo? «Por mi culpa», pensó. «Me porté mal. Ataqué a un hombre blanco. Estoy en la cárcel. Voy a estar aquí de por vida.» Ignoró el frenético movimiento de manos de Monkey Pants y miró hacia otro lado hasta que finalmente se rindió.

Permanecieron tumbados un buen rato y, cuando por fin miró de nuevo hacia Monkey Pants, lo vio tumbado boca arriba, mirando al techo, con la boca abierta y las piernas en posición fetal pegadas al pecho. Tenía un aspecto extraño, como si le costara respirar. Dodo se incorporó.

—¿Qué te pasa, Monkey Pants?

Monkey Pants no le escuchaba. Miraba fijamente al techo, respirando con grandes bocanadas. Dodo pensó que podría estar sufriendo un ataque, porque sabía cómo eran, ya que había visto a la señorita Chona tener varios de ellos. Monkey Pants también había sufrido varios ataques desde que Dodo llegó. Eran breves, más frecuentes que los de la señorita Chona, pero igualmente aterradores, pues hacían que Monkey Pants se agitara y se levantara de la cuna, como si una mano lo empujase por la espalda hasta formar un arco, con el cuerpo curvado hacia arriba, el vientre y la pelvis elevándose en el aire, subiendo y bajando varias veces, seguidas por un extraño giro de piernas y brazos, como si tuviesen un motor independiente; su cuerpo, en definitiva, se retorcía de forma tan horrible y la cuna se sacudía con tanta violencia que el suelo temblaba. Aquellos episodios solían llamar la atención de varios de los celadores y también de una enfermera cargada de medicinas o pastillas, que parecían calmarle y le proporcionaban largas horas de sueño irregular. Monkey Pants odiaba aquellas medicinas y, muchas veces, Dodo le vio fingir que se tragaba la ristra de píldoras que constituían su dosis diaria para luego escupirlas en cuanto el celador se daba la vuelta.

Mientras lo observaba, la respiración de Monkey Pants pareció ralentizarse, como si los espasmos hubiesen desaparecido. Después se volvió hacia Dodo y asintió con la cabeza, dándole a entender que se encontraba mejor. Pero Dodo ya se había visto sumido en la nube de la depresión.

—Cometí un error, Monkey Pants —dijo—. Por eso estoy aquí.

Las cejas fruncidas de Monkey Pants compusieron un «no».

—De no ser por mí, la señorita Chona no se habría hecho daño.

Monkey Pants frunció un «no, no, no», pero Dodo negó con la cabeza.

—Sí, sí, sí. No digas lo contrario.

Monkey Pants extendió el dedo para expresar algo. Dodo lo ignoró.

Entonces sacó la canica, que siempre llamaba la atención de Dodo.

—¿Qué?

Observó cómo Monkey Pants componía una T.

—¿Qué más?

O

—¿Qué más?

Siguió así hasta deletrear T.O.C.A.

M.I.

D.E.DO.

—¿Por qué? —preguntó Dodo con impaciencia.

La sonrisa de decepción de su amigo fue demasiado. Así que Dodo alargó la mano y las puntas de sus dedos índices se tocaron. Entonces Monkey Pants volvió a mover el dedo.

—Estoy seguro de que no puedes sostenerlo así —dijo Dodo.

Monkey Pants dejó escapar una risita y Dodo entendió lo que significaba: «Estoy seguro de que puedo».

—De acuerdo —dijo—. A ver quién aguanta más.

Monkey Pants sacó el dedo de la cuna. Un desafío.

Dodo lo aceptó y los dos niños se agarraron los dedos a través de los barrotes de sus cunas. Cinco minutos. Diez minutos. Pero a Dodo se le cansó el brazo y lo retiró.

—No es justo. Tú puedes apoyar el brazo en la cama.

Monkey Pants se encogió de hombros.

De repente, la tristeza, la culpa y el dolor desaparecieron, todo gracias al reto, y Dodo volvió a ser un niño. Se tendió del lado derecho, apoyó el puño izquierdo bajo la cabeza para sostenerse y metió la mano derecha entre los barrotes de la cuna, con el primer dedo hacia fuera, y dijo:

—Otra vez.

Monkey Pants correspondió y compitieron de nuevo, tocándose los dedos. Cinco minutos. Diez minutos, veinte. Treinta. Mientras aguantaban, Dodo empezó a hablar, porque Monkey Pants necesitaba su mano izquierda para hablar, lo que significaba que Dodo era libre de hablar por los dos. Le contó a Monkey Pants cómo era la sala de descanso, y el baño, y la extraña celadora que tenía hipo todo el día, y el paciente que dijo que una vez fue negro. Tenía el brazo tan cansado que quería dejarlo, así que siguió charlando, con la esperanza de que su charla cansara a Monkey Pants, pero aguantó.

Al cabo de una hora, Dodo se rindió y soltó el dedo.

Un destello de dientes blancos y una risa procedente de la cuna de Monkey Pants le hicieron fruncir el ceño.

—Estás haciendo trampa. Estás acostado de espaldas.

Monkey Pants hizo un gesto para que hiciese lo mismo.

Así lo hizo, tumbándose sobre su espalda y ofreciéndole el dedo derecho al dedo izquierdo de Monkey Pants.

—Luchemos.

Aguantaron así veinte minutos. Cuarenta minutos. Una hora. Dos horas. Llegó la cena. El empleado que traía las bandejas de la cena, divertido por el juego que vio en marcha, dejó las bandejas y volvió a recogerlas más tarde, con la comida sin tocar. Los dos chicos le ignoraron, ya que su lucha de voluntades se había desatado. Monkey Pants ensució su cama. Dodo hizo lo mismo. Los celadores se dieron cuenta y pasaron a la cama de al lado. No fue nadie más. Los dos chicos se agarraron los dedos con fuerza. Ninguno de los dos estaba dispuesto a rendirse.

Llegó la noche y con ella el cambio.

En un principio aguantaron, como los hombres que imaginaban ser, pero a medida que los pacientes entraban desde la sala de descanso e iban de un lado para otro, para finalmente instalarse en sus camas, el nuevo turno de celadores atenuó las luces del techo y la sala quedó en penumbra, tan solo estaban encendidas las luces de la garita de los celadores. La mayoría de los hombres se tumbaron en sus camas con dificultad e intentaron dormir.

Aun así, los chicos resistieron.

Dodo ya no podía ver el dedo de Monkey Pants, pero sí distinguir la forma de su brazo a la luz del puesto de los celadores. La sala tenía forma de U, con camas a ambos lados y la garita de los celadores se encontraba en el centro, de modo que aquella luz proyectaba un resplandor inquietante a ambos lados de la sala. Pero la luz solo llegaba hasta la mitad del suelo, lo suficiente para que Dodo pudiera distinguir el delgado brazo blanco de Monkey Pants, pero no mucho más.

La mayoría de los hombres dormían ya, pues hacía una hora que se habían acostado, y varios de ellos roncaban, dedujo Dodo al reconocer las familiares jorobas que ascendían y descendían sin cesar. La somnolencia se apoderó de él con fuerza y no pudo mantener la cabeza erguida, así que se tumbó y echó la cabeza hacia atrás en la almohada, mirando al techo, con el brazo extendido, tocando a Monkey Pants. Se dio cuenta de que no podría aguantar mucho más. El sueño le estaba venciendo. Monkey Pants también estaba cediendo. Finalmente, el dedo de Monkey Pants se separó del suyo, luego se recuperó y volvió a ofrecérselo, y Dodo lo aceptó, pues estaba a la altura del desafío. Era el mejor. Pero el dedo de Monkey Pants volvió a caer.

—Vamos, te voy a ganar —susurró, alargando el dedo. Pero Monkey Pants no respondió al gesto.

Dodo se tumbó boca arriba, luchando contra el sueño, satisfecho. Agotado, alzó la cabeza para mirar con aire victorioso a su amigo y asegurarse, pero en la penumbra no podía ver a Monkey Pants ni su brazo. Había triunfado.

Entonces, la luz que provenía del mostrador de los celadores cambió de repente y vio movimiento a los pies de su cuna. Dodo se olvidó por completo de su victoria. Allí estaba él, vestido con su reluciente uniforme blanco de celador, sonriendo, con los dientes visibles en la penumbra y la silueta de su mano y su cara contra la luz que se reflejaba en la garita de los celadores.

Hijo del Hombre.

—Eh, Pavo Real —dijo.

Las dos cunas estaban separadas por unos escasos cinco centímetros. Dodo sintió que el terror le oprimía la garganta cuando Hijo del Hombre alzó el borde de su cuna y la separó de la de Monkey Pants, sin hacer ruido, y luego se deslizó por el espacio que quedaba entre ambas, impidiéndole ver a Monkey Pants. Era como si hubiesen colocado un muro entre él y la única sensación de seguridad que había conocido en aquel lugar.

Con un rápido movimiento, Hijo del Hombre abrió los cerrojos de ambos lados de la cuna de Dodo y deslizó los barrotes hacia abajo.

Dodo se incorporó con rapidez, pero las piernas le flaqueaban y uno de sus brazos golpeó contra el suelo. Dodo abrió la boca para gritar, pero una mano le cubrió la boca y la nariz y apretó, aplastándole la cara con tanta fuerza que sintió que podía romperle la nariz. Hijo del Hombre se llevó un dedo a los labios dándole a entender que guardase silencio.

Con un resuelto movimiento, empujó la cabeza de Dodo, lo agarró, lo volteó de un costado, colocó una almohada en su cabeza y se la apretó contra la cara. Con una mano sujetando la almohada, Hijo del Hombre levantó de un tirón la bata de hospital de Dodo, dejando su trasero al aire.

Dodo se retorció y opuso resistencia, pero Hijo del Hombre

era fuerte y vigoroso. Dodo le pateó las piernas, pero aquel hombre le apoyó una rodilla en la pierna de abajo y le levantó la otra sin demasiado esfuerzo.

Entonces Dodo sintió que una especie de bálsamo frío corría entre sus nalgas y luego experimentó una explosiva ráfaga de dolor, aunque solo durante un segundo, pues en ese mismo instante el suelo empezó a temblar y la rodilla que le sujetaba las piernas se apartó rápidamente, porque Hijo del Hombre se había dado la vuelta y habría aflojado el agarre. Algo le había distraído.

Apartó la almohada de su cara y Dodo pudo sentir con precisión que el suelo de la sala temblaba, más fuerte que nunca, como si se tratase de un terremoto. Alguien encendió las luces de golpe y se produjo un rápido revuelo en la sala cuando varios pacientes se incorporaron y empezaron a graznar. Otros ya estaban fuera de sus camas y deambulaban confusos. Hijo del Hombre caminó entre ellos, ignorándolos, enfurecido, arrancándose la chaqueta blanca de celador y utilizándola como toalla para limpiarse la cara y la cabeza, que, para sorpresa de Dodo, tenía cubierta de heces humanas.

En la cuna de al lado, Monkey Pants se retorcía sin control, sometido a toda una serie de espectaculares convulsiones, retorciendo salvajemente piernas y brazos, con la boca abierta; como no podía ser de otro modo, gritaba, supuso Dodo, pero de manera voluntaria, porque con su mano buena, la izquierda, sostenía lo que quedaba de los excrementos que le había arrojado a Hijo de Hombre, impactando en su cabeza y manchando también la chaqueta y los pantalones de Hijo de Hombre. Sus convulsiones y sus gritos habían despertado a todos los pacientes de la sala y convocado al resto de los celadores.

Dodo vio cómo dos de esos celadores corrían hacia la cama de Monkey Pants e intentaban meterle una cuchara en la boca, pero les resultó imposible, pues sus convulsiones estaban en pleno apogeo. Al cabo de varios segundos, el ataque cesó y Dodo volvió a tumbarse en la cama.

Un empleado se dispuso a cambiar las sábanas de Monkey

Pants. Pero Hijo de Hombre se lo impidió. Ahora que las luces estaban encendidas, Dodo pudo leer los labios de Hijo del Hombre.

—Déjalo —dijo—. Yo lo cambiaré.

Sus compañeros se hicieron a un lado y estaban a punto de regresar a su garita, cuando apareció un joven médico blanco. Dodo no fue capaz de entender todo lo que dijo, pero captó lo esencial, pues Hijo del Hombre y los otros dos celadores se mostraron repentinamente sumisos. El médico observó que las cunas de Dodo y Monkey Pants habían sido separadas y parecía querer saber el motivo. Observó que habían bajado el lateral de la cuna de Dodo y preguntó si a esa hora se le suministraban medicamentos. Cualquiera que fuese la explicación ofrecida por Hijo del Hombre no pareció satisfacer al médico. Indicó que había que limpiar a Monkey Pants y que había que volver a colocar las dos cunas juntas, ya que la de Dodo estaba ahora apoyada en la cama del pobre paciente del otro lado. El médico examinó a Monkey Pants y, con celeridad, le pidió algo a uno de los celadores, luego examinó a Dodo de manera sucinta y declaró que, como ya estaba curado, debían trasladarlo a una cama por la mañana. Dio otras instrucciones que Dodo no entendió. Pero cuando el médico dejó de hablar, Hijo del Hombre ya había abandonado la sala.

El médico volvió a examinar a Monkey Pants, esta vez con más atención. Monkey Pants no había dicho nada. Permanecía inerte, inspirando y espirando de forma rápida y superficial. Un celador regresó con una bandeja de medicamentos, el médico le administró una inyección a Monkey Pants y este dio la impresión de recuperarse. Se removió en su cuna con normalidad, somnoliento, antes de cerrar los ojos y verse vencido por el sueño. El orden se había restablecido. Las luces se apagaron de nuevo.

Pero Dodo no podía dormir. Le aterrorizaba que Hijo del Hombre regresara. Luchó contra el sueño. Le horrorizaba la posibilidad de despertarse y que Hijo del Hombre volviera a visitarle de nuevo y le provocase aquel dolor extremo. No sabía qué hacer. Una vez más, sin poder evitarlo, se vio asaltado por el sentimiento de culpa. «Me porté mal», pensó. «Mal, mal, mal. Me quedaré aquí para siempre.»

El sueño, a pesar de todo, se imponía de nuevo y, a medida que iba ganando terreno, el terror de Dodo aumentaba. Empezó a preguntarse si ya estaba dormido o no, y como no era capaz de saberlo, aumentó su terror. Comenzó a sollozar. Estaba condenado.

Sabía que hablar después de que se apagaran las luces podía atraer la atención de alguien enfadado, tal vez incluso del mismísimo Hijo del Hombre, pero no pudo evitarlo. Dijo entre sollozos:

—Monkey Pants.

Sintió un suave golpecito en los barrotes de su cuna. Estaba tan agotado que no podía ponerse de lado. En lugar de eso, tumbado boca arriba, extendió un brazo a través de los barrotes de la cuna hacia la oscuridad y barrió el aire con la mano a ciegas. Una vez. Dos veces. Hasta que sintió un brazo. Luego una muñeca. Luego un dedo. Un dedo. El dedo de antes.

Se aferró al dedo.

—Gracias, Monkey Pants.

Permaneció así, con los dedos entrelazados, hasta dormirse.

Cuando se despertó a la mañana siguiente, su brazo seguía extendido por la rendija de la cuna. También Monkey Pants tenía el dedo extendido. Estaba tumbado boca arriba, con la boca abierta, el brazo aún asomado por la rendija de la cuna y el dedo extendido en señal de amistad y solidaridad.

Pero el resto de Monkey Pants había desaparecido.

28
El último de los Love

Anna Morse, propietaria de la Funeraria Morse, había pensado muchas veces en marcharse de Linfield, Pensilvania, desde el fallecimiento de su marido, hacía ya tres años. Dirigir una funeraria era demasiado trabajo y le había resultado imposible encontrar buenos empleados. Solo la gestión del edificio, una extravagante estructura de ladrillo a las afueras de la ciudad que también albergaba el apartamento en el que vivía en la planta de arriba y lo que ella llamaba el «taller» —el depósito de cadáveres— en la planta baja, suponía un quebradero de cabeza. Los obreros blancos se negaban a trabajar para una mujer de color. A los obreros de color les guiaban otras ideas, pues tenían la esperanza de enamorarse y disfrutar de un futuro con dinero. Por ese motivo, cuando necesitaba reparaciones en su edificio, recurría siempre al hombre que había trabajado con ellos, Nate Timblin. Nate era un encanto. Fiable. Sólido. No le importaba la hora, no le importaba el trabajo, él siempre acudía a su llamada. El hecho de poder contar con él era la razón por la que había decidido mantener su negocio en Linfield.

Así pues, estuvo encantada de complacer a Nate cuando llamó el sábado por la tarde del fin de semana del día de los Caídos para pedirle que lo llevara a Linfield, que estaba justo al norte de Hemlock Row, a visitar a un amigo. Hemlock Row estaba a solo un kilómetro y medio de Pennhurst y Anna adivinó al instante sus intenciones. Quería visitar a su sobrino. Había leído los periódicos. ¿Un niño de color de doce años, sordo, atacando a una mujer blanca? Tenía sus dudas. Pero todos los palos les caían siempre a los negros. Lamentó que aquello les hubiese ocurrido a Nate y Addie, dos de las mejores personas de Chicken Hill.

Tardó veinte minutos en llegar a recogerlo. Anna estaba de buen humor, porque nadie, hasta el momento, había decidido morirse ese fin de semana, aunque se barajaban cuatro posibilidades: dos de ellas en Chicken Hill, una en Royersford y otra en Reading. La de Reading era la que más le preocupaba, porque estaba a unos treinta kilómetros de distancia y la única funeraria para gente de color del condado estaba en Reading, y quien contactaba primero con la familia de luto solía llevarse al muerto. Pero Anna conocía al pastor de Reading y al médico local de color, y además tenía una prima allí que la había invitado a pasar el fin de semana del día de los Caídos y había decidido aceptar. Sería demasiada casualidad que el futuro cliente muriera mientras ella estaba en Reading; respondería a la voluntad de Dios. Pero una molesta gotera en su edificio la obligó a replanteárselo. El agua se filtraba a través de la pared del cuarto de baño del segundo piso y la noche anterior habían aparecido goteras en el techo de la sala de estar. Era inaceptable. La mera idea de que pequeñas gotas de agua cayesen sobre la cabeza del difunto durante un velatorio le ponía los pelos de punta. Pensaba pedirle a Nate que echara un vistazo al baño.

Nate se mostró inusualmente silencioso cuando se sentó a su lado en el reluciente Packard mientras recorrían High Street de Pottstown en dirección sur, hacia Linfield.

—¿Has estado ocupado? —le preguntó.

—Un poco —contestó Nate.

—¿Puedo ayudarte en algo? —dijo Anna, con la voluntad de evitar el tema de su sobrino.

—Ahora me estás ayudando.

Anna no quiso insistir. De todos modos. Nate no era demasiado hablador. El silencio era consustancial a su persona. Así que ella dijo:

—¿Necesitas que te traiga de vuelta?

Nate negó con la cabeza.

—Voy a pasar la noche en el Row. Volveré por la mañana.

Ella quiso preguntarle dónde iba a alojarse en el Row, porque conocía a casi todas las familias de allí. Pero, en lugar de eso, vio una oportunidad.

—Nate, tengo una gotera. Creo que viene del cuarto de baño de arriba. El agua cae en la sala que está justo debajo. ¿Tendrías un rato para echarle un vistazo?

—Por supuesto. Lo miraré ahora mismo, antes de irme.

—¿Te importa si te dejo solo? Ya sabes dónde está todo. Quería ir a Reading. Mi prima y su marido están preparando un pavo.

—Claro. Caminaré hasta el Row cuando acabe. Está muy cerca.

—No te dan miedo los muertos, ¿verdad?

—No.

—Hay un catre en el almacén, sobre el pequeño vestíbulo de la sala de observación. El almacén donde guardo las cosas. Puedes dormir allí si quieres.

Nate negó con la cabeza.

—Tengo un sitio donde quedarme.

—¿Seguro que no puedo ayudarte en nada?

—Veré lo de la gotera ahora y luego seguiré mi camino.

Ella asintió, satisfecha.

—Nate, cuando estés listo para ganar dinero de verdad, vuelve y trabaja para mí. Te pagaré lo suficiente para que te compres un coche.

Nate asintió distraídamente, sin dejar de mirar por el parabrisas hacia las granjas por las que pasaban.

—No necesito un coche —dijo.

Trabajó en casa de Anna hasta casi las siete. Primero subió al tejado para limpiar las hojas de los canalones que desbordaban y luego reparó la pequeña mancha del cuarto de baño y del techo de la sala de abajo. Sabía dónde Anna lo guardaba todo y el trabajo le resultó sencillo. Trabajar le tranquilizó y le dejó tiempo para pensar. No tenía prisa. Había llegado pronto, pues Miggy le dijo que se reuniera con ella a las once y media, después de su turno, y Hemlock Row estaba a solo veinte minutos a pie. No habría tenido dónde esconderse en el Row durante cuatro horas si llegaba pronto.

Cuando terminó, Nate devolvió las herramientas y entró en la sala de velatorio vacía. Se dirigió al vestíbulo de la parte trasera, donde Anna almacenaba los cadáveres que esperaban los servicios funerarios. Siempre tenía uno o dos, como a ella le gustaba bromear, «tirados por ahí». Encontró dos féretros abiertos, ambos de hombres, que yacían en reposo a la espera de la visita de sus familiares; los ataúdes alineados como vagones de ferrocarril, uno detrás del otro. El más cercano era el de un hombre de mediana edad a quien le habían cruzado las manos con cuidado sobre el pecho. Sobre ellas yacía una camisa de conserje nueva, pulcramente doblada, con una etiqueta impresa para la ocasión sobre el bolsillo que rezaba: «Herb's Diner, en honor de nuestro Ted S. Culman». El segundo era un hombre más joven, de diecisiete o dieciocho años. Nate los observó durante un rato, después pasó junto a ellos camino de un armario que había en la parte trasera, seleccionó unas cuantas cosas y se dirigió al Row.

Miggy lo conduciría hasta el Hombre de los Huevos y se marcharía. Así lo habían acordado. Pensó en ello mientras caminaba por la oscura carretera de dos carriles en dirección a Hemlock Row. Miggy quería que estuviese allí a las once y media en punto. No antes. Ni después. De ahí debía llevarlo a ver al Hombre de los Huevos, llamado Bullis, que según le había dicho acudiría a una granja cercana a las cuatro de la mañana a por sus huevos; lo que, para Nate, significaba que el tipo tenía que salir de la cama a las tres para poder llegar a tiempo a la granja. Pero ¿dónde estaba exactamente? ¿Era un hombre de Hemlock Row, un Lowgod? Esperaba que no. En el Row había unos cuantos Lowgod que podrían estar buscándolo. Si lo descubrían, no sería agradable. Miggy le aseguró que nadie le vería entrar o salir de su casa. Pero ¿y si se acobardaba? ¿Y si ella ya había corrido la voz sobre él? «Nate Love está vivo. No está en la cárcel. Tampoco está en el sur. Está en Chicken Hill.» Le había dado muchas vueltas al asunto. ¿Por qué iba a arriesgarse Miggy a ayudarle?

Avanzó a trompicones, inseguro. No le gustaba el plan.

Eran las dos y media cuando Miggy, aún vestida con la ropa blanca del hospital, por fin se puso en pie y se apartó de la ventana principal de su casa en el Row. Abrió la puerta, descolgó la linterna del gancho del porche, y la cerró. Miró por la ventana otros diez minutos y se dio por vencida. Se dirigió a la puerta trasera, salió de la casa sin hacer ruido y avanzó por la hilera de casas hasta llegar a la que hacía cuatro, donde podía verse la luz de una bombilla desnuda a través de la ventana. Llamó a la puerta trasera y le respondió un anciano de barba blanca y rostro sombrío.

—No va a venir, Bullis —dijo ella.

—Menos mal —repuso Bullis.

—¿Crees que se ha perdido por el camino?

—Lo que espero es que alguien le haya pegado un tiro —dijo Bullis.

—Esa clase de pensamientos no va a llevarte a ningún sitio.

—¿Qué clase de pensamientos se supone que debería tener?

—Hiciste un trato.

—Con esa joven y bonita amiga tuya a la que llamas Paper. No haré ningún trato con él. No voy a perder mi trabajo por él... o por ese joven malvado que está en Pennhurst.

—¿Alguna de las predicciones que he hecho para ti ha salido mal alguna vez, Bullis?

Bullis frunció el ceño y luego dijo:

—Me he callado lo de Nate. No le he hablado a nadie de él. No le he dicho nada a nadie, y pongo a Dios por testigo. Pero la verdad es que me alegro de que no venga.

—Ayer estuve hablando con Hijo del Hombre —comentó Miggy—. No se lo tomó a bien.

—Deberías alejarte de él.

—¿Puedes esperar cinco minutos más? —preguntó Miggy.

—No, no puedo. Dijiste a las once y media. Son casi las tres. Tengo que ir a la granja. Ya llego tarde.

Cerró la puerta y Miggy se dio la vuelta para volver a casa. «Algo va mal», pensó.

Para Bullis, el camino desde Hemlock Row hasta la granja donde recogía el carro y los huevos solía durar unos treinta minutos, pero llegaba tarde, así que atajó por el maizal del granjero, con cuidado de no dañar los tallos ya crecidos, pues su jefe se daría cuenta y no le haría ninguna gracia. Llegó a las tres y diez. No estaba mal. Se tardaban cuarenta y cinco minutos hasta Pennhurst con el caballo tirando del carro donde llevaba los huevos y la cafetera. El caballo, llamado *Titus,* era un appaloosa que, a sus catorce años, estaba casi ciego, pero *Titus* era muy fiable. Conocía el trabajo y el camino, y los dos se llevaban bien.

Bullis encontró al caballo en su establo, le echó un poco de heno, le dejó comer y luego lo condujo desde el establo hasta el gallinero, un edificio largo y rectangular que apestaba a mierda de gallina. La puerta estaba cerrada con una aldaba para mantener alejados a los zorros y otras alimañas, y el carro estaba aparcado en medio del edificio. Bullis metió a *Titus,* le ciñó los arneses y se dirigió a toda prisa a por los huevos, que el día anterior había embalado cuidadosamente en montones. Los apiló en el carro sobre las estanterías preparadas al efecto, unos encima de otros.

Trabajó deprisa, pero al cabo de unos minutos se dio cuenta de que el gallinero estaba extrañamente sumido en el silencio. Los gallos, que por lo general empezaban a cantar a esa hora, estaban callados. Oyó cómo revoloteaban varias palomas en las vigas, y los cerdos del corral cercano se habían arremolinado cerca de la esquina, junto al pasto. Todo inusual. ¿Acaso iba a llover?, pensó, o ¿se había enfadado Miggy con él y le había hecho vudú? ¿Sería capaz?

Intentó dejar de lado esos pensamientos mientras se subía al carro, agarraba las riendas y gritaba:

—¡Arre!

Titus se volvió hacia la puerta y avanzó varios metros cuando Bullis tiró de las riendas y dijo:

—Joder, *Titus*... Se me ha olvidado una cosa.

En la punta del carro había una gran cafetera plateada que contenía agua caliente para el café, que él sacaba de un calentador de agua de la carbonera cada mañana de camino a los pabellones inferiores. El viaje a la caldera era la primera parada de cada mañana. Ponía el café en su sitio y vertía agua caliente humeante del gigantesco calentador de agua, y durante los cinco minutos que tardaba en llegar a los primeros pabellones dejaba que el café se fuese preparando para que estuviera en su punto cuando llegaba. Tenía mucho cuidado de limpiar el filtro todos los días, porque el agua caliente del calentador a veces contenía ceniza y arenilla. No debía usar agua caliente del calentador, pero ¿quién podía apreciar la diferencia en Pennhurst?

El viejo vertió el contenido del filtro en el corral de los cerdos y se dirigió a la bomba del pozo, al otro extremo del gallinero, para limpiarlo. Al llegar a la bomba del pozo, Bullis oyó que *Titus* relinchaba y daba un bufido de sorpresa, pero lo ignoró. Tenía que darse prisa. Lavó el filtro, volvió a colocarlo en la cafetera, trotó hasta el almacén donde el dueño de la granja guardaba los granos de café molido, llenó el filtro con café recién molido, luego se subió al carro e hizo que *Titus* continuase el camino.

El caballo parecía inquieto, intranquilo. Bullis quería empujarlo para que se desplazase más deprisa, pero el viejo corcel no parecía estar por la labor.

—Vamos, *Titus* —dijo—. Yo también soy viejo.

Pero *Titus* iba a su ritmo.

Al llegar a las enormes puertas de hierro forjado de Pennhurst, Bullis saludó al guardia y se dirigió hacia los pabellones inferiores, guiando al caballo por el serpenteante sendero de un solo carril. Cuando llegó a los pabellones inferiores, a un kilómetro y medio de la entrada principal, se topó con otra puerta y saludó a un segundo guardia antes de pasar, luego siguió el camino que descendía por una pendiente hasta el gigantesco horno de carbón. Se detuvo fuera, conectó una manguera a la espita de uno de los gigantescos calentadores de agua que había en el lateral, llenó la cafetera de humeante agua caliente y volvió a guiar a *Titus* por el sendero. Pero en lugar de girar hacia los pabellones inferiores, continuó por detrás del pabellón V-1, donde el camino serpenteaba hacia la vía del tren y, desde allí, se apartaba de la vista de ambos pabellones. Condujo el caballo y el carro hasta unos matorrales desde los que partía un sendero poco frecuentado, cubierto de cardos y maleza, que atravesaba el bosque. No tuvieron que adentrarse demasiado. Unos tres metros más adelante, el sendero se arqueaba en dirección a una ligera colina que descendía hacia el patio del ferrocarril, donde se encontraba la cochera. *Titus,* a pesar de estar casi ciego, atravesó los matorrales con facilidad, haciendo que el carro traquetease ligeramente. Cuando llegaron al borde de la pequeña cresta, fuera de la vista tanto del tren como del pabellón que tenían detrás, Bullis saltó del vagón, se adentró en los matorrales, sacó de ellos dos largas tablas y las colocó junto a las ruedas del carro. Desde ahí, condujo con cuidado el caballo sobre unas viejas vías de ferrocarril en desuso, retiró los tablones de madera y los puso fuera de la vista, condujo unos metros más, desmontó del carro y apartó varios arbustos y cardos, dejando al descubierto una gruesa y vieja puerta de madera con bisagras de correa oxidadas.

El túnel.

Un antiguo túnel ferroviario, utilizado en la época en que el Ferrocarril de Pensilvania descargaba directamente el carbón de los vagones en el viejo horno cerca de los pabellones inferiores, ahora un campo de maleza vacío entre los pabellones V-1 y C-1. Deslizó la puerta hacia atrás, encendió la linterna y condujo el caballo hasta el interior. *Titus* se abrió paso por el cemento, sorteando los baches, en el suelo se veían de vez en cuando las vías, que habían sido cubiertas con cemento. Bullis volvió a notar que *Titus* ralentizaba el paso y se alarmó. ¿Tanto pesaba el carro lleno de huevos y café?

—Está bien, *Titus*. Aligeraremos la carga muy pronto.

Titus siguió adelante, pero daba evidentes muestras de cansancio. Bullis lo miró, preocupado. El día anterior el caballo había estado bien. «¿Cabe la posibilidad», pensó Bullis de nuevo, «de que Miggy me haya hecho vudú?» Nunca había visto a *Titus* tan cansado; parecía exhausto. Si *Titus* se desplomaba y moría en aquel túnel, ambos estarían acabados. Perdería el trabajo y a un amigo.

¿Le habría hecho Miggy vudú? Ella no hacía esas cosas, ¿verdad? Ni por culpa del maldito... No quiso pronunciar siquiera su nombre. Eso daba mal fario. En lugar eso, dijo en voz alta:

—¿Miggy no te habrá hecho vudú, eh, *Titus*?... ¡Arre!

Titus respondió, tirando con fuerza al doblar una curva cerrada en el oscuro túnel, y finalmente llegaron a la primera puerta. Allí abajo solo había tres puertas, cada una de las cuales conducía a los sótanos inferiores de los pabellones V-1, V-2 y C-1. Se dirigió a los dos primeros pabellones sin incidencia alguna, pues los celadores siempre parecían ansiosos por alejarse de sus pupilos y a veces intentaban charlar con él. Como él nunca lo hacía, no tardaban en llevarse los huevos y el café al interior, vertiendo el café de la cafetera gigante en las cafeteras más pequeñas que llevaban consigo, y Bullis se dirigía a su siguiente parada.

Pero en la última sala, cuando saltó del carro y se dirigió a la puerta para llamar, se detuvo un momento, ligeramente asustado.

Bullis conocía a Hijo del Hombre. Había oído rumores sobre él, muchos de ellos inquietantes. Pero Bullis no prestaba atención a esas cosas. Era un anciano que vivía en un mundo de calamidades. Se limitaba a repartir huevos. Aun así, cuando dejaba la carga en el C-1, siempre lo hacía rápido. Hijo del Hombre nunca hablaba gran cosa y Bullis esperaba que ese día fuera más de lo mismo.

Pero cuando llamó y la puerta del sótano se abrió y el rostro liso y apuesto de Hijo del Hombre se perfiló en el resplandor,

Bullis entendió que no iba a ser un día normal. Hijo del Hombre sonreía. Nunca lo había visto sonreír.

—Buenos días —dijo Hijo del Hombre.

Bullis farfulló un saludo, sacó una cuña de madera del bolsillo y la deslizó bajo la puerta para mantenerla abierta. Luego se acercó al carro para agarrar una caja.

Hijo del Hombre retiró la falca y cerró la puerta, sellando la luz del sótano y dejando el túnel iluminado solo por la linterna del carro de Bullis. Tenía la cara extrañamente inclinada, dejando a la vista sus relucientes dientes blancos.

—Es un buen truco, viejo, lo de traer tu carro para ayudar a escapar a alguien.

—¿De qué estás hablando? —preguntó Bullis, tratando de sonar agresivo.

—Miggy estuvo en mi sala anoche, hablando de malas maneras y preparando una bolsa para un muchacho.

—Yo no sé nada de ningún muchacho ni de ninguna bolsa.

—En este túnel no están permitidos los caballos. Ni tampoco las personas. Lo sabes, ¿verdad? No tendrías que estar aquí.

—No me digas cómo tengo que hacer mi trabajo, hijo. Llevo haciéndolo desde antes que nacieras.

—No soy tu hijo, viejo.

—No seas maleducado, chico.

Hijo del Hombre sonrió.

—No deberías hablarle así a Hijo del Hombre.

Bullis se pasó la lengua por los dientes, irritado.

—Algún día, cuando aprenda a escribir, imprimiré unas tarjetitas y me haré llamar Al Capone y las repartiré por ahí. Entonces tendré un nombre elegante como el tuyo. Mientras tanto, ¿puedes apartarte de mi camino, por favor?

Bullis dio un paso hacia la puerta para abrirla empujando, pero Hijo del Hombre se lo impidió.

—Podrías ir a la cárcel por sacar a alguien de un hospital público —dijo—. Durante muchos años.

—No tengo años —dijo Bullis. Suspiró—. Hijo, solo soy un viejo que pretende que un dólar pase de un bolsillo a otro.

—¿Y qué pasa con mi bolsillo?

—¿A qué te refieres?

—En mi bolsillo solo hay pelusa.

—No estoy aquí para limpiar tu bolsillo.

—Este es mi pabellón.

—¿Este edificio tiene tu nombre?

—Dale todas las vueltas que quieras al asunto, viejo, pero voy a sacarte a patadas de este túnel.

Bullis se enfureció y sintió que la sangre le subía a la cara.

—¡No me vas a sacar de ningún sitio, sucio canalla! No sabes lo que es el respeto, hablándole de ese modo a un anciano que es como tú. Ahora aparta tu flaco culo de en medio. —Se dio la vuelta, cogió una caja de huevos y, empujando al joven, abrió la puerta de par en par con el pie y entró.

Al hacerlo, sintió que algo duro le golpeaba el cráneo, y sus rodillas cedieron. Cayó de lado contra el marco de la puerta y la caja salió volando hacia el interior de la sala. Los huevos salpicaron el suelo.

—¡Mis huevos!

Intentó ponerse en pie, sintió que algo volvía a golpearle en la cabeza y cayó al suelo. Se dio la vuelta sobre su espalda y pudo ver lo que le había golpeado. Un calcetín con algo dentro, que esta vez cayó en su cara. Alzó los brazos para cubrirse, pero el joven era fuerte. Inmovilizó a Bullis en el suelo con las piernas y se sentó sobre su pecho, sin dejar de golpearlo con el calcetín y hablando tranquilamente, como si fuera un padre que azota a un niño.

—¡Viejo! —¡Pum!

—¡Negro! —¡Pum!

—¡Tarado! —¡Pum!

—¡Cabrón..., has entrado en mi casa! —¡Pum! ¡Pum ¡Pum!

Bullis supo entonces que Miggy le había hecho vudú, pues mientras el deslumbrante dolor inundaba y atravesaba sus terminaciones nerviosas, se apoderó de él la humillante conciencia de que el joven celador lo estaba golpeando como si fuera un paciente, utilizando un calcetín porque no dejaba marca. Entre los destellos cegadores de dolor, vio por encima del hombro del joven un par de pies que salían de repente del armario empotrado del carro, todavía aparcado en el túnel y visible a través de la puerta abierta. El armario, que estaba debajo de los estantes que contenían los huevos, medía unos sesenta centímetros de alto y cubría la longitud del carro; es decir, metro y medio. Era práctico, pero rara vez lo utilizaba. Era lo bastante grande para guardar guadañas, palas y aperos de labranza. Lo bastante grande para que cupiera un hombre dentro. Lo bastante grande, incluso, para un fantasma.

El fantasma que salió de allí no era un fantasma de aspecto normal. Era un hombre negro, maduro, con un rostro marcado por un tranquilo silencio y unos ojos que encerraban un huracán en su interior. Era un rostro que Bullis no había visto desde hacía treinta años, pero que, a pesar del tiempo transcurrido, aquel rostro, envejecido ahora pero todavía tallado con un sombrío propósito, le resultó reconocible al instante.

—¡Ya me había olvidado de ti! —gritó Bullis.

El fantasma no respondió. En lugar de eso, se movió como una ráfaga de viento, entró rápida y hábilmente en la estancia y agarró por la muñeca a Hijo del Hombre cuando la estaba alzando para asestar otro golpe.

—¡Ojalá lo hubieses hecho! —dijo Nate.

Hijo del Hombre miró por encima del hombro y se topó con los ojos de Nate. Lo que vio le dejó helado, y así se quedó, como una estatua, con la muñeca derecha sujeta por una mano que parecía de hierro, y la otra mano fuera de su campo de visión. No podía ver lo que había en la mano derecha de Nate, pero lo supo al instante. Aun así, no se movió de encima de Bullis, con la mano derecha sosteniendo el calcetín en alto, como una antorcha, una extraña Estatua de la Libertad, la antorcha sostenida con la ayuda de un hermano negro —«Dame tu cansancio, tu pobre... anhelo de ser libre»—, y sintió todas esas cosas, porque los ojos que lo miraban no transmitían odio o ira, sino más bien empatía y dolor. Hijo del Hombre miró a Nate a los ojos y vio bajo aquellos dos remolinos de calma iridiscente el pasado de su dueño, su propio futuro y el de la comunidad que ambos habían dejado atrás; vio incluso las razones de todo ello. La visión le aturdió y, por un momento, se sintió cegado por una gran luz.

Nate, por su parte, había soportado el duro viaje en carro apretando los dientes. Quería que los ancianos de su pasado le hablaran mientras cabalgaba, porque estaba aterrorizado. No le asustaba ser descubierto, sino encontrarse en una posición en la que alguien pudiera desatar el maligno veneno que guardaba en su interior. Había pasado toda su vida adulta huyendo, desde que tenía trece años, más o menos la edad de Dodo, porque él también tenía trece años cuando sufrió su propio accidente, su propia explosión. No provocada por una estufa, sino por un padre que había arrastrado a su familia desde la peligrosa Carolina del Sur hasta la tierra prometida de Pensilvania, únicamente para descubrir que, a pesar de vivir en Hemlock Row entre los pacíficos Lowgod, la justicia y la libertad tenían tan poca vigencia en esa nueva tierra como en la que habían dejado atrás. El hombre blanco los despreciaba en Pensilvania tanto como lo había hecho en Carolina del Sur. La diferencia radicaba en que el hombre blanco del sur expresaba su odio en términos claros y concisos, en tanto que el hombre blanco de las nuevas tierras ocultaba su odio tras historias de conocimiento y bravuconería, con falsas sonrisas de sinceridad e historias sobre Jesucristo y otros sinsentidos que lanzaba a su paso como si fuese confeti en el desfile de Pottstown. Vivir sin medios, sobrevivir sin esperanza, depender de Dios hasta para las cosas justas. Hijo del Hombre. Hijo del Hombre era mejor que el padre de Nate, que había quedado destruido tras mudarse al norte, lo que, por otra parte, provocó el suicidio de su madre, y entregó a su propio hijo a la beneficencia después de ordenarle que trajera una sierra de corte transversal y caminara con él hasta el bosque para cortar un árbol. El niño tomó entonces cartas en el asunto. Y todo fue en vano, porque allí la temeraria vida de un niño abandonado que había perdido a sus padres se convirtió en el último legado de los Love, una de las mejores familias de Carolina del Sur, porque Nate era el último Love de Hemlock Row que había ido al norte para vivir entre los Lowgod, que, en cualquier caso, se olvidaron de él y lo obligaron a llevar una infancia de mendicidad y robos. Y cuando, siendo ya adulto, sus años de ganarse la vida haciendo sufrir a cualquier ser humano cobrando un precio por ello se vieron interrumpidos por una estancia en la penitenciaría, que le fue impuesta por el asesinato de un despreciable violador y ratero que, de otro modo, habría sido abatido por algún hombre justo, fue como si ese asesinato se convirtiera en la única posible redención para Nate, si es que podía existir tal cosa, pues llegó a albergar la esperanza de que tal vez Dios llegase a perdonarle y a encontrar un propósito para él. Cuando salió de la cárcel y conoció a Addie, que sumergió la mano en su maltrecho y dolorido corazón, lo vació de todo mal y volvió a llenarlo de amor y sentido, ya no tuvo duda alguna. Ella limpió sus pecados. Pero ahora iba a perderlo todo. No era su intención, pero sabía que iba a ser así.

—No es culpa tuya —le dijo Nate a Hijo del Hombre.

Y, tras esas palabras, hundió profundamente el cuchillo de cocina que sostenía con la mano derecha en el corazón de Hijo del Hombre.

Cuando aquel hombre cayó al suelo, Bullis oyó en la lejanía el silbido del tren matutino que traía el carbón y las provisiones. El fantasma que tenía frente a sus ojos, con el cuchillo ensangrentado aún en la mano, habló con calma.

—Estoy aquí porque he venido a buscar a un chico que está arriba —dijo—. Tú vas a llevarme hasta él. No podemos perder tiempo.

—No voy a subir.

—Tú sirves el café, ¿no?

—Se lo entrego aquí. En el sótano.

—Pues hoy no. Hoy vas a llevarlo arriba. Y si alguien te pregunta le dices que soy tu ayudante.

29
Esperando el futuro

El inicio del desfile se retrasó por dos motivos. En primer lugar, el camión de la Compañía de Bomberos Empire se averió justo delante de la Casa Antes, bloqueando el paso del desfile. En segundo lugar, los disfraces eran un desastre, lo cual casi le hizo perder el juicio a Hal Leopold, director del desfile. Leopold era muy detallista. Era el encargado del té de las damas y el responsable de todas las celebraciones de Pottstown. También horneaba la mejor tarta de café de la ciudad y tenía su propio servicio de *catering*. El lamentable estado de los trajes de la época de la Revolución le provocó algo parecido a un ataque. Iba de un lado a otro inspeccionando a los participantes del desfile, y se indignó al ver que cuatro de los diez participantes de los que él se encargaba, entre ellos Gus Plitzka y Doc Roberts, llevaban abrigos británicos rojos, con ribetes del mismo color y con forro y botones blancos, en lugar de uniformes con ribetes de color beis, forro blanco y botones azules.

—Estáis hechos un desastre —exclamó, tocando el abrigo de Plitzka con el dedo—. Gus, llevas un abrigo británico con ribetes rojos, forro blanco y botones blancos. Eso significa una chaqueta británica de estilo Pensilvania. Y Doc, ¿por qué vais de británicos? Somos el Ejército Continental, amigos. Llevamos casacas *azules*. No rojas. El Ejército Continental también lleva tricornios azules, no sombreros rojos de soldado británico. ¿En qué bando estáis?

—Me he puesto lo que me dieron —dijo Doc.

Estaba agotado. Plitzka y él habían corrido a su consulta para que le pusiera una inyección en el dedo del pie a Plitzka que le calmase el dolor, y luego habían vuelto a toda prisa para descubrir que ya habían repartido los uniformes. Además, dichos uniformes, por lo general planchados, limpios y reparados, se encontraban en mal estado. Las fajas y los cinturones de cuero, que solían estar inmaculados, estaban rotos y andrajosos. Las polillas se habían comido los bordes de los abrigos. Los fusiles, siempre brillantes y con la madera pulida, estaban oxidados y con la madera mohosa.

—¿Quién cuida de estas cosas? —le preguntó Plitzka a Leopold.

Leopold frunció el ceño.

—El sastre judío. Cómo se llama, ¿Druker? Él hace los uniformes.

—¿También hace las fundas, las hebillas y los rifles de nuestros uniformes? —preguntó Doc—. Porque mira esto —dijo, señalando el cuero áspero y el deslucido mosquete—. Están hechos una pena.

Leopold negó con la cabeza.

—No, de eso se encargan... los locos esos. Los hermanos Skrup. Ellos se encargan del cuero, las fajas, los botones, los zapatos, los rifles... Todo eso. Pero este año no lo han hecho.

A ninguno de los tres hombres se le ocurrió pensar que los judíos de la ciudad se hacían cargo, almacenaban, confeccionaban y reparaban de manera totalmente gratuita los trajes y la parafernalia. Tampoco se le había ocurrido a nadie que el pequeño contingente de judíos alemanes angloparlantes, siempre tan bien dispuestos y que participaban de vez en cuando como miembros de la Banda de Cornetas de la Sociedad Histórica John Antes, no estaban presentes allí, y tampoco Avram Gaisinsky, aquel judío ruso tan dotado para la corneta y que siempre traía consigo a sus cuatro hijos, Todrish, Zusman, Zeke y Elia, que también sabían tocarla. Eran una familia extraordinariamente musical.

—Como mínimo, los instrumentos están en buen estado —dijo Doc.

—Moshe se encarga de guardarlos —dijo Leopold—. Se le da bien.

—¿A quién te refieres? —preguntó Plitzka.

—Ya sabes, Moshe —respondió Leopold—. El tipo del teatro. Su mujer murió hace un par de meses, ¿verdad? La atacó el chico de color que enviaron a Pennhurst.

Se produjo una incómoda pausa y Doc apartó la mirada.

—Estáis hechos un asco —declaró Leopold—. Tenéis que arreglaros. Sois los mariscales del desfile. Quitaos las chaquetas rojas. Y Doc —dijo, negando con la cabeza—, no puedes llevar un fajín púrpura de general de división del Ejército Continental *y* un sombrero y un abrigo rojos de soldado raso británico. Deshazte del abrigo. Cómprate un sombrero nuevo. Cámbialo por uno de los chicos. Tenéis que ir de azul, amigos. Son mariscales del desfile. *Nada de rojo.*

—¿Podrías llamar a un chico para hacer el cambio? —preguntó Doc.

—Doc, si quieres ser famoso o importante, tendrás que morir en el momento adecuado. Si no, acostúmbrate a solucionar tus problemas. Encuentra tú al chico en cuestión. Tengo un millón de cosas que hacer. Tenemos que poner en marcha el camión de bomberos.

Y, tras decir eso, se marchó.

Gus observó cómo Doc se apoyaba en un poste telefónico cercano para descargar el peso de su pie malo. El viaje en el coche de Doc hasta su despacho y la reprimenda de Leopold les habían aportado un motivo para estar algo más unidos, así como el dedo malo del pie de Gus, que, gracias a Doc, ya no palpitaba sino que simplemente le dolía. Gus sintió lástima por él.

—Siéntate bien, Doc —dijo—. Dame tu abrigo. Voy a buscar abrigos azules para los dos.

Doc se quitó el abrigo rojo y se sentó en el banco que había detrás de la Casa Antes, aliviado.

—Consígueme también un sombrero, si no te importa.

Plitzka salió cojeando en dirección al camión de bomberos, donde varios hombres estaban reunidos alrededor del capó del motor, trajinando de manera frenética. Se fijó en varios muchachos que formaban un grupito y vestían uniformes azules del Ejército Continental, pero sus abrigos eran al menos dos tallas más pequeños que la suya o la de Doc.

Divisó a otro grupo de adolescentes más grandes a diez metros de distancia, y estaba a punto de dirigirse hacia ellos cuando un hombre vestido con un traje gris apareció de la nada y le pasó el brazo por encima del hombro.

—Oye, Gus, estás en el equipo equivocado. ¿Por qué vas de rojo?

El hombre era grande, y Plitzka sintió el peso de su brazo, y el bíceps rígido y duro contra su cuello. Hablaba con acento extranjero. Plitzka supuso que era ruso. Probablemente judío. Malditos judíos. Matones. Sintió cómo le crecían la rabia y el miedo en las tripas.

—Quítame el brazo de encima.

El brazo de aquel hombre parecía un bloque de madera. Apartó el pesado brazo muy despacio.

—El señor Rosen me ha pedido que te dijera que se siente solo —dijo.

—Dile que se compre un perro.

—Ya tiene uno. Yo. ¿Quieres verme los dientes?

Gus miró nervioso a su alrededor. Nadie parecía reparar en ellos dos. El grupo de hombres que estaba cerca del camión de bomberos, colina abajo, retrocedió de repente cuando la máquina rugió y expulsó una nube de humo negro por el tubo de escape. Acto seguido, estalló una ovación y empezaron las prisas para recoger los instrumentos, los trajes, los sombreros y las pancartas.

—Tendré su dinero la semana que viene —dijo Gus.

—Eso mismo dijiste la semana pasada. Y la anterior.

—¿Qué quieres que diga? Estoy sin blanca.

—Yo también. Qué casualidad.

—No hay modo de sacar agua de una piedra —dijo Gus.

El hombre asintió y le dio una palmada en el hombro a Plitzka. Su mano era tan grande que sintió como si un yunque lo golpeara.

—Hablando de agua —dijo el hombre—, tengo sed. —Dirigió su mirada hacia Chicken Hill—. ¿De dónde viene el agua potable de por aquí?

Gus sintió que la rabia se abría paso en su pecho.

—No te atreverás.

El hombre se encogió de hombros.

—Se te ha acabado el tiempo, Gus.

—Vete al infierno.

—Hablando de esa manera, no vas a conseguir muchos apoyos.

—¡Te he dicho que no tengo el dinero!

La expresión de aquel hombre, de serena consideración, no varió en ningún momento. Asintió muy despacio, con tristeza. No tenía mal aspecto. Parecía, pensó Gus, más bien apesadumbrado.

—Hablaremos más tarde, Gus. Quizás en casa. Esta noche. Después del desfile.

—Llamaré a la policía.

—¿Cómo sabes que no soy policía? —preguntó el hombre, y dicho esto, se bajó el ala del sombrero y se escabulló junto al camión de la Compañía de Bomberos Empire, giró por High Street y se esfumó entre la multitud.

Plitzka sintió que la bilis le ascendía por la garganta. Oyó que Hal Leopold le llamaba.

—¡Gus! ¡En formación!

Se dirigió hacia la parte delantera del desfile, frotándose la frente, nervioso. «Tengo que encontrar la manera», pensó. Ya estaba casi al frente del grupo cuando recordó que Doc le estaba esperando en la parte trasera de la Casa Antes.

Al pasar frente a la Casa Antes, vio que varios chicos de instituto se colocaban en fila con uniformes del Ejército Continental. Hizo un último esfuerzo para conseguir un abrigo azul de uno de los más altos ofreciéndole cincuenta centavos y su abrigo rojo a cambio; finalmente, lo consiguió.

Se dirigió a la parte trasera de la Casa Antes, donde Doc estaba de pie, impaciente, con el abrigo rojo en la mano.

—¿No has podido encontrar un abrigo azul para mí? —preguntó Doc.

Gus estaba distraído. ¿A quién podía importarle en ese momento el dichoso abrigo azul? ¿Y si aquel tipo había ido realmente a su casa? ¡Su mujer! ¡Sus hijos!—. Toma —le dijo Gus, quitándose el abrigo—. Quédate con el mío. Podrás ser estadounidense. A mí no me importa ser británico. —Le tendió el abrigo azul.

Doc tomó el abrigo. Luego, en una decisión que iba a alterar para siempre su ya tensa y retorcida vida de pueblerino estadounidense, cambió de opinión y se lo devolvió a Plitzka.

—Al diablo con eso —dijo—. Seré británico. Además, tu abrigo es demasiado pequeño para mí.

—¿Estás seguro, Doc? ¿No quieres ponerte el abrigo azul?

—Rojo, azul..., ¿a quién le importa? —dijo Doc—. No es más que un maldito desfile. ¿En qué se diferencian?

Resultó que sí existía una gran diferencia. Una diferencia radical.

El matón que trabajaba para Nig Rosen no esperó a que Gus pudiera echarle un buen vistazo. Giró a la derecha por Washington Street y se dirigió hacia Chicken Hill, mientras la cabecera del largo desfile pasaba por High Street detrás de él. Estaba distraído. Eran casi las cinco de la tarde y aún no había oscurecido. Iba a tener que esperar durante horas a que terminara el desfile y luego encontrar un lugar seguro para plantarle en la cara al pobre Gus Plitzka los nudillos de latón que llevaba consigo. No daría problemas. Pero tenía que descansar. Estaba cansado. Había tomado el tren desde Reading, y esa noche había una partida de pinacle en Reading con mucho dinero en juego; que ahora tendría que perderse.

Avanzaba por la calle ensimismado. Se llamaba Henry Lit. Tenía treinta y cuatro años, era un judío ruso de Kiev, exboxeador y jugador empedernido. Como muchos en ese mundillo,

Lit era un hombre amable al que no le gustaba la violencia, en gran parte porque sabía cuánto daño podía hacer, así como el coste, ya fuese financiero o de otro tipo, que suponía reparar lo que estuviera roto. No le entraba en la cabeza por qué alguien llegaba a ser tan estúpido como para pedirle dinero prestado a Nig Rosen. Pero las órdenes eran las órdenes, y en lo que a Nig respectaba, cumplía siempre a rajatabla. En el cruce de Washington y Beech, Henry se quitó la chaqueta y se la echó al hombro. De hecho, tenía mucha sed. Observó a un negro corpulento seguido de un hombre blanco, enorme y barbilampiño, que acarreaba un puñado de herramientas y tubos. El blanco parecía un judío sefardí, de pelo oscuro y mirada melancólica, de ahí que Lit gritase en yidis cuando pasó el hombre:

—¿Hay alguna fuente de agua por aquí?

Big Soap se detuvo, desconcertado, y luego contestó en italiano.

—No le entiendo.

Lit se recompuso a toda velocidad y le hizo la misma pregunta en inglés. Big Soap no paraba de moverse.

—Por allí. —Señaló con la cabeza lo que parecía ser un solar vacío cubierto de maleza calle abajo—. En el centro hay una fuente al aire libre.

—Gracias. ¿El desfile volverá a pasar por aquí? —preguntó Lit.

—Después hay fuegos artificiales y un asado de cerdo —dijo Big Soap por encima del hombro— y cerveza gratis. Quédate por aquí.

Lit asintió y siguió adelante mientras Big Soap se apresuró a alcanzar a Fatty, que había empezado a ascender por la colina y se dirigía hacia la Lechería Clover.

—¿Qué quería? —preguntó Fatty.

—Pensó que yo era judío.

Fatty estaba irritado.

—Debería cobrarle al señor Moshe por dejarle a Nate que use mi carreta y mi mula. Esta mierda pesa mucho.

—¿Cómo lo sabes? Soy yo el que carga con ello.

—Y yo el que cuido de ti. ¿Hablaste con Rusty?

—Vendrá a las siete. ¿Quieres llevar algo? —dijo Big Soap.

Fatty lo ignoró.

—Es posible que tengamos que volver y ayudarle a transportar el mortero hasta aquí, sin mi maldito carro, pues se lo ha llevado Nate.

Los dos habían ido a echar otro vistazo a la luz del día a la fuente, a la tapa de alcantarilla sobre el pozo, y a esconder algunas herramientas y otras cosas para el trabajo. Lo escondieron todo en un rincón del solar vacío, ya que nadie se aventuraba por allí porque estaba lleno de chatarra. Los dos pasaron por delante de la lechería, para comprobar que, como Fatty había predicho, ese día estaba cerrada, y luego subieron la colina hasta el solar que había detrás, lleno de maleza y cajas rotas y basura. Pasaron por delante como si se dirigiesen a la manzana siguiente, pero, en el último momento, se metieron entre la maleza alta del solar y escondieron la pala, las llaves inglesas, el barreno, la roscadora de tubos, los tubos cortos y dos válvulas debajo de una caja vieja. Después regresaron a la calle, recorrieron la extensa manzana y retomaron el camino trillado que llevaba hasta el centro del solar, donde se encontraban el pozo y la fuente, y se unieron a cinco personas que esperaban pacientemente en fila con barriles y cubos para sacar agua.

—No había contado con esto —dijo Fatty, echando un vistazo a la fila y al sol, en lo alto del cielo—. Hace calor.

Los dos esperaron su turno y, cuando llegaron a la fuente, Fatty se inclinó con las manos ahuecadas mientras Big Soap abría la espita. Mientras estaba inclinado, estudió la parte superior del pozo y vio lo que necesitaba ver.

Una tapa de alcantarilla de mortero. En el borde, un viejo agujero para introducir una palanca.

Perfecto.

Intercambiaron sus posiciones y Fatty pasó a bombear. Volvió a echar un vistazo, en esta ocasión a la base de la fuente y a la tapa de alcantarilla de mortero que cubría el pozo, al tiempo que seguía bombeando y charlando con la gente que hacía cola, pues Fatty conocía a casi todos los vecinos de Chicken Hill. Desde allí, caminaron hasta la esquina y ascendieron la colina en dirección a la casa de Fatty.

—Nos ha visto mucha gente —dijo Big Soap.

—No te preocupes. Por la noche, nadie viene a buscar agua —dijo Fatty—. A las nueve, este lugar estará desierto. No habrá ningún negro tonto a la vista.

Tenía razón. A las nueve de la noche, allí no había ni un solo negro. Pero había muchos blancos. La Banda de Cornetas de la Sociedad Histórica John Antes, que había empezado un par de horas tarde el inicio del desfile, se retrasó otra hora más cuando llegó al extremo más alejado de la ciudad, ya que el camión de la Compañía de Bomberos Empire petardeó varias veces y acabó deteniéndose de nuevo. En esta ocasión, sin embargo, dejó espacio para que la gente del desfile pasase rodeándolo, si bien el petardeo asustó al caballo de una familia menonita que había llegado a la ciudad en calesa para disfrutar del desfile. La pobre bestia estaba atada a un parquímetro y el ruido provocó que se desbocara, rompiera la brida y echara a correr al galope, tirando de la calesa de la familia. El desfile se vio interrumpido por los gritos de «¡Caballo salvaje!», mientras el granjero y otros hombres acorralaban al aterrorizado animal, que galopó de una calle atestada de gente a la siguiente. El incidente ocupó cuarenta minutos. Cuando finalmente el desfile se puso de nuevo en marcha y regresó a la Casa Antes, ya eran las ocho. La mayoría de las alegres voluntarias que habían estado despiertas desde el amanecer preparando el cochinillo asado se habían marchado para ver los fuegos artificiales desde sus casas. Tardaron otra hora más en volver a guardar las cornetas, los disfraces y los tambores en la Casa Antes, bajo la atenta mirada de Leopold, que estaba agotado y se puso en plan alemán con todo el mundo, gritando que todo debía estar bien ordenado en el vestíbulo de la Casa Antes para recogerlo por la mañana; lo cual enfadó a las pocas almas bondadosas que intentaron mostrar buena fe quedándose y que, debido a eso, también se marcharon. Lo que más deseaban los asistentes al desfile era poder disfrutar de la cerveza; y después del desfile, de hecho, era cerveza lo que más necesitaban.

Plitzka se marchó en cuanto llegaron a la meta.

—Tengo que irme a casa —le dijo a Doc—. Mi señora quiere que esté allí cuando empiecen los fuegos artificiales.

En realidad, su mujer era lo último en lo que estaba pensando. El pánico se había apoderado de él, convencido de que el hombre de Rosen había ido a su casa. Por un momento, pensó en llamar a la policía mientras se marchaba, pero no lo hizo. Decidió llamar a su primo Ferdie. Si iba a acabar en una urna, al menos Ferdie debía saber que era culpa suya.

Gus dejó su abrigo en el interior de la Casa Antes, perfectamente doblado en el sitio que le correspondía, tal como Leopold había exigido, y se retiró a toda prisa.

Doc, en cambio, decidió quedarse. Quería una cerveza. Se la había ganado. Había trabajado duro para quedar bien con el indeseable de Plitzka y el desfile le había dejado de mejor humor. No había ninguna necesidad de irse corriendo a casa. Porque en cuanto llegase, su mujer le incordiaría con algún problema económico. Además, su suegra había venido a la ciudad para ver los fuegos artificiales. No había prisa tampoco por verla. Todavía vestido con el traje rojo del ejército británico, tomó un vaso de una mesa de pícnic cercana, lo llenó y se sentó en el banco que había detrás de la Casa Antes junto con otros voluntarios que seguían allí, la mayoría de ellos bomberos, que ya tenían cervezas en la mano.

—Brindo por los camiones de bomberos y los caballos salvajes de Estados Unidos —dijo, alzando su vaso y haciendo reír a los voluntarios—. Que Dios bendiga a esta maldita ciudad. —Echó un buen trago. Estaba muy contento. Adoraba Pottstown.

Fatty, de pie en el solar vacío, a dos manzanas de distancia, oyó las risas del patio trasero de la Casa Antes y no le gustó lo más mínimo. No tenían tiempo que perder. Había aceptado el dinero de su hermana, fuera de quien fuese. Cuando tomas el dinero de un hombre, tienes que hacer el trabajo. Era hora de ponerse en marcha. Podía ver las brillantes luces de los faroles de la Casa Antes y oír las risas, pero el solar se hallaba a oscuras, al igual que la lechería de enfrente, y el vigilante de la lechería —el reverendo Spriggs— no estaba a la vista, como había sospechado. Probablemente estaba en el asado de cerdo bromeando con los blancos y bebiendo cerveza gratis.

Fatty y Big Soap se dirigieron a la fuente, que estaba a un metro y medio de altura, conectada a una tubería que sobresalía justo por debajo. Big Soap llevaba la palanca consigo. En la oscuridad, Fatty se tumbó en el suelo y tanteó a ciegas el perímetro de mortero de la tapa de la alcantarilla en busca de la muesca. La encontró y guio el extremo de la palanca hasta ella.

—Vamos, Soap —dijo—. Haz palanca. Es fácil. La tapa es vieja.

Big Soap se movió muy despacio. La tapa de mortero se levantó un par de centímetros, luego otro par, pero al descolocarse del agujero se partió en dos y cayó al fondo del pozo con un fuerte chapoteo.

—¡Cristo bendito, Soap!

—No puedo hacer magia. La he levantado despacio, como me has dicho.

Se colocaron al borde del pozo, mirando hacia la negrura. Fatty encendió una linterna, se tumbó y enfocó la luz hacia dentro. El pozo era circular, con las paredes de piedra cubiertas de musgo de las que goteaba agua. Calculó que había unos cuatro metros hasta el fondo. Una tosca escalera estaba sujeta al lateral del pozo. En el fondo podía verse una vieja bomba, así como las piezas de hormigón.

—Suerte que el hormigón no ha caído en el agua —dijo.

—¿Qué hacemos? —preguntó Big Soap.

—Tenemos que hacer otra tapa —dijo Fatty.

—¿Ahora?

—Paso a paso. Llevemos a cabo el trabajo. Nos preocuparemos de cubrir el agujero después. Tal vez aparezca Rusty.

Bajaron los dos, Fatty con una linterna en la mano. Dos tuberías salían de una conexión en la parte inferior de la bomba. Fatty pudo ver que la tubería original que alimentaba el grifo de arriba bajaba hasta la bomba, volvía a subir y estaba conectada a las tuberías de la lechería y la *shul*. También pudo ver por dónde pasaban antes las tuberías de la fuente y de la lechería. Las habían cortado y tapado y las habían conectado a una nueva tubería de dieciocho centímetros procedente del depósito de la ciudad, dejando solo la tubería de la *shul* conectada a la antigua bomba del pozo.

—Alguien en la lechería ha estado trasteando aquí —dijo Fatty—. Mira esa conexión. Esto no debería estar aquí. Se supone que la lechería obtiene el agua del viejo pozo de Plitzka, no de la conducción de la ciudad. Están consiguiendo agua gratis, Soap. Mucha.

Se arrodilló en el fondo del pozo y colocó la mano alrededor de la bomba para palpar el acuífero.

—No siento nada, Soap. El acuífero se ha agotado. Este pozo está seco como la mojama.

—Tal vez el agua sube cuando llueve.

—No llames a la tormenta. Vamos a ello.

Se pusieron manos a la obra a toda prisa, arrastrando las llaves inglesas, los barrenos, las sierras de mano y las tuberías hasta el agujero. Todo estaba en calma y, con la linterna, podían ver bastante bien. Poco después de empezar, el estruendo y las repentinas luces de los fuegos artificiales iluminaron aún más el lugar durante unos segundos. Como estaban en el centro de la parcela, rodeados de maleza alta, se hallaban fuera de la vista de los transeúntes. El estrépito de los fuegos artificiales les inyectó adrenalina y trabajaron incluso con mayor celeridad.

Primero tuvieron que sacar agua de la gran tubería del depósito. Cerrarla era imposible. Tendrían que empalmarla. Fatty tomó un tubo corto con una válvula cerrada y le dio a Big Soap el barreno manual con una broca de latón.

—Cuando empiece a girar sobre esa tubería, el agua saldrá disparada —dijo—. No sé cuánta presión tendrá exactamente, pero es una tubería de dieciocho centímetros. Es una tubería grande, Soap, y seguramente la presión también será grande, así que saldrá mucha agua. Sigue girando el barreno y no pares. Dale a la manivela hasta que la broca atraviese la tubería al completo. Cuando lo hayas hecho, no la saques. *Retrocede. Dale la vuelta,* ¿de acuerdo? Si no, lo romperás. Yo atornillaré este tubo con la válvula y detendré el agua.

—De acuerdo.

—Tienes que hacerlo rápido. Va a salir bastante agua.

—De acuerdo.

Big Soap tomó el barreno manual y golpeó la tubería dos veces para asegurarlo, como un jugador de béisbol que se preparase para batear, y se inclinó para darle a la manivela. Pero Fatty lo detuvo.

—Una vez que empieces, no dejes de darle a la manivela, Soap. O nos ahogaremos aquí.

Big Soap asintió. Le dio a la manivela durante quince segundos, veinte segundos, luego ambos oyeron un ruido sordo, seguido de un pequeño goteo, acto seguido un potente chorro de agua que derribó a Fatty.

El agua salió disparada con la fuerza propia de la manguera de un camión de bomberos, chocando contra los muros de piedra y volando en todas direcciones, pero solo Fatty cayó al suelo. Big Soap se las apañó para mantenerse en pie, con los pies plantados con firmeza en el suelo, a horcajadas sobre la bomba, aunque ahora sobre medio metro de agua que ascendía con rapidez, pues el agua salía con fuerza; les llegaba hasta la cintura.

—¡Date prisa, Soap!

Big Soap, que seguía a horcajadas en el agujero del suelo donde estaba la bomba del pozo, se apoyó en el barreno, apretó los dientes y giró la manivela mientras el chorro le salpicaba la cara. Taladraba con la cabeza gacha, los robustos brazos en tensión, el agua embistiéndole la parte superior del cráneo, quemándole la cabeza y entrándole a borbotones por la nariz y la boca.

—¡Vamos, Soap!

Big Soap se inclinó. El chorro de agua le tiraba el pelo hacia atrás. Fatty estaba a su espalda, ligeramente protegido, con la cabeza apoyada en el omóplato del gran hombre. La fuerza del agua era tal que tuvo que apoyarse en la pared con la otra mano para no caerse. Se vio obligado a proteger la tubería que sujetaba la válvula y la llave inglesa. El agua le llegaba a las axilas cuando sintió que la espalda de Big Soap se relajó y le oyó gritar por encima del siseo del agua:

—Lo tengo.

—¡Entonces, apártate!

Fatty alargó la mano para enroscar el accesorio, pero la presión del agua era tan grande que a los dos les costó encajarlo en la tubería y enroscarlo. Cuando lo lograron, la válvula cerrada en la tubería aguantó y, de inmediato, el agua se detuvo y, una vez más, el pozo quedó en calma, sumido en el silencio.

A Fatty el agua le llegaba hasta el cuello mientras sujetaba a Big Soap por los hombros. Pero ambos estaban vivos y se sentían agradecidos.

—Eres todo un hombre, Soap. Un hombre de verdad.

—Fatty, no vuelvas a pedirme que haga algo así. No por unos miserables treinta dólares. Ni siquiera por cien.

—Vale. Acabemos de una vez.

Se sumergieron en el agua para terminar el trabajo, pero el resto fue fácil. En media hora, cortaron la tubería de la *shul* de la bomba del pozo y, con una extensión de tres cuartos, la fijaron a la tubería del depósito que alimentaba tanto la fuente como la lechería; y, sin más, terminaron. La *shul* disponía de agua corriente. Del depósito. Gratis.

Subieron por la escalera y se sentaron en el borde del pozo, empapados y exhaustos. Solo entonces Big Soap recalcó lo obvio.

—Tenemos que cubrir esta cosa. ¿Dónde está Rusty?

Fatty estaba pensando en lo mismo, pero había temido expresarlo.

—No debe de haber encontrado el mortero. Le dije dónde estaba.

—Recuerdo que ayer comentó que pensaba pasarse por el arroyo que hay cerca del embalse para coger arena —dijo Big Soap.

—¿Para qué?

—Dijo que sería bueno usar arena del arroyo para colorear el mortero por si rompíamos la tapa del pozo.

—Bueno, pues la hemos roto, maldita sea. ¿Ahora dónde está?

Fatty se lo pensó un momento. Metió la mano en la boca del pozo, donde colgaba la linterna, y apagó la luz. El pozo quedó a oscuras.

—Muy bien. Tenemos que darnos prisa. Iré al garaje a por mortero y tablas. Tú baja al teatro y trae la carretilla para mezclarlo. Probablemente esté en la carreta donde la dejó Nate. No vayas por la Casa Antes. Toma Hale Street o Washington Street. Mejor aún, ve por el viejo molino de John Reichner. Es el camino más rápido. Si ves a Rusty, dile que venga rápido, con o sin arena del arroyo. Mezclaremos el mortero que tenemos. No quiero que nos metan en la cárcel por las tonterías de Rusty.

Tomaron distintas direcciones mientras el último cohete de la Casa Antes se elevaba sobre sus cabezas y emitía un último resplandor.

Cuando el último cohete surcó el cielo, Doc, completamente borracho, aulló de alegría.

—¡Todo es un sueño! —gritó—. Qué grande es Estados Unidos. Esta maravillosa tierra de oportunidades. Dadnos a vuestros pobres. A los que ya no puedan más. A los débiles. Y les daremos trabajo. Y hogares. Y negocios. Les haremos hombres. Y mujeres. Y ellos —eructó ruidosamente— *¡nos reemplazarán!*

Los hombres de la Compañía de Bomberos Empire, que junto a unos pocos rezagados eran los únicos que quedaban allí, se echaron a reír. No estaban acostumbrados a ver a Doc Roberts borracho. Tenía su gracia.

Estaba sentado a una mesa de pícnic y, al oír las risas, miró a los bomberos que se guiñaban los ojos. Conocía a muchos de ellos, pues los había tratado. Algunos le caían bien, a otros los despreciaba. En su mayoría eran irlandeses, sin estudios, buenos para ciertas cosas, pensó, aunque en términos generales eran unos inútiles. La gente nueva de la ciudad. Inmigrantes. Lo ensuciaban. No iban a la ópera ni a eventos hípicos. No sabían nada de historia. Iban al cine y a los combates de boxeo y se pasaban el día bebiendo. Campesinos. No entendían de libros, ni de medicina, ni de poesía ni de mujeres. Eran como manchas de vino en el blanco mantel americano, eso es lo que eran, mierdas extranjeras en medio del brillante esplendor de lugares como Londres y París, que querría haber conocido, tendría que haber conocido, podría haber conocido de haberlo querido. Europa. Tierra de artistas, música y mujeres. Mujeres hermosas.

Y luego el rostro de Chona, la hermosa adolescente, de pie junto a su taquilla, su muñeca blanca y desnuda rebuscando en el interior, con aquellos preciosos ojos que casi le hicieron perder la razón. Chona, cuyo excepcional cabello oscuro y su preciosa cojera hacían que su galope de jinete y sus mugrientos zapatos parecieran toscos en comparación. Chona, que se casó con un desaliñado propietario teatral, una belleza floreciente sumergida en la penumbra de aquella mugrienta tienda. ¿Quién se había creído para rechazarlo de aquella manera en el pasado? ¿Quién se había creído para rechazarlo de nuevo, años después, cuando no era más que una dependienta en una tienda que servía a negros? ¡Una judía!

—¿Acaso ella no sabía quién *era* yo? —rugió.

Se hizo un breve silencio cuando los irlandeses dejaron de reír y se miraron unos a otros.

—Vete a casa, Doc —dijo uno de ellos.

—Tranquilo, Doc...

Doc despertó de su ensueño el tiempo suficiente para darse cuenta de que era hora de irse.

—Este país —declaró— se está hundiendo. —Dio un trago a su cerveza—. Buenas noches, América.

Y tras esas palabras, se alejó en dirección a la colina en lugar de bajar por High Street.

Su casa estaba a solo nueve manzanas, pero decidió atajar por la colina. Había un solar vacío allí donde estaba la fuente, frente a la Lechería Clover, donde el ladrón polaco Plitzka ganaba dinero, y si pasaba por allí, eliminaría cuatro manzanas de su camino. Conocía la colina como la palma de su mano.

—¿No estás yendo en dirección contraria, Doc? —oyó que gritaba uno de los bomberos.

Doc siguió caminando, tambaleándose un poco, sin atender a la pregunta con un gesto de desagrado, sin mirar atrás.

—Hijo, yo ya conocía al dedillo esta ciudad cuando tú ni siquiera eras un destello en los ojos de tu madre.

Avanzó con aquellas risas todavía resonando en sus oídos. Al hacerlo, sintió algo pequeño y duro en el bolsillo y metió la mano. El colgante de la *mezuzá*. El que, de algún modo, había llegado a sus manos durante... lo que pasó... en la Tienda de Comestibles el Cielo y la Tierra. Lo había llevado consigo a la Casa Antes para tirarlo en la colina. Perfecto. Lo tiraría en el solar cuando estuviera fuera de la vista de los bomberos. Sacó el puño que sujetaba la *mezuzá* y siguió hacia delante. Ascendió colina arriba. Arriba, arriba, arriba, hacia Chicken Hill.

Henry Lit, el matón de Nig Rosen, se despertó con el último estallido de los fuegos artificiales. Se había quedado dormido detrás de una pequeña iglesia baptista a unas pocas manzanas de la Casa Antes. En un principio, pensó que se lo había perdido todo. Pero cuando bajó por la colina y se detuvo en la esquina para poder ver desde arriba la plaza situada detrás de la Casa Antes, lo que vio le hizo suspirar de alivio. A la tenue luz de los faroles que había en la mesa estaba Plitzka, borracho como una cuba, todavía con la chaqueta roja, sosteniendo una cerveza y gritando algo. Perfecto.

Observó con asombro cómo Plitzka subía hacia él por la colina. Al acercarse el abrigo rojo, Lit se volvió y se apoyó en la pared de un viejo cobertizo, escondiéndose para que no lo viera Plitzka, que pasó tambaleándose, se abrió paso por el camino de grava y entró en el solar vacío donde estaba la fuente en la que Lit había saciado antes su sed. Estaba seguro de que era Plitzka porque llevaba el abrigo rojo y cojeaba, cosa de la que se había dado cuenta antes. Lit esperó hasta que vio que la chaqueta roja se adentraba en el solar, entonces se quitó los zapatos y, con ellos en la mano, avanzó despacio por el sendero detrás de Plitzka, con la esperanza de no pisar cristales rotos.

No fue necesario que guardara silencio mientras se acercaba a él, porque el hombre tarareaba suavemente. Lit dio dos o tres pasos y decidió no esperar más. Los trabajos difíciles había que hacerlos lo antes posible. No tiene sentido pensárselo dos veces. «Acaba de una vez», se dijo. «Es parte del trabajo. En Estados Unidos, todo el mundo trabaja.»

Dio cuatro pasos en el solar. Podía ver claramente el abrigo rojo de Plitzka a la luz de la luna, a tres metros de distancia. Era un faro, una luz.

«Dadme a los que ya no puedan más, a vuestros pobres, a vuestras masas apiñadas que anhelan ser libres...»

Mientras Lit trotaba, sujetando los zapatos con la mano izquierda, metió la mano derecha en el bolsillo y sus dedos se enhebraron en unos nudillos de latón. Lo hizo con un solo movimiento.

El hombre ni siquiera le oyó hasta que Lit estuvo a dos pasos de distancia. Volvió la cabeza justo a tiempo para encontrarse con el puño de Lit —¡pum!—, que le golpeó la mandíbula con fuerza.

Lit oyó el crujido y sintió cómo se rompía el hueso; en cuanto que viejo boxeador, sabía que le había roto la mandíbula. Le había hecho daño. Sabía lo que se sentía. No había necesidad de hacer más. Vio caer hacia atrás el abrigo rojo, pero eso fue todo, mientras giraba sobre sí.

Era hora de marcharse.

Lit se dio la vuelta y se alejó trotando con rapidez, y durante el resto de su vida, lo que le quedaba de vida —que no era tanto—, se preguntaría por qué oyó un gran chapoteo tras la caída de Plitzka. Porque allí detrás había una fuente. No un estanque. Él había visto la fuente.

Más tarde, cuando Nig Rosen le dijo:

—¿Cómo conseguiste que Plitzka devolviese la pasta tan rápido?

Lit respondió:

—Le di un puñetazo, le rompí la mandíbula y cayó en una especie de estanque.

Rosen dijo:

—No te falta imaginación, Henry. Yo lo vi. Vino aquí y la mandíbula la tenía bien. Hablaba por los codos, suplicando. Y no dijo nada de ningún estanque.

Doce centímetros.

Si Fatty se hubiese molestado en alumbrar con su linterna unos doce centímetros más abajo, habría visto el extraño zapato que sobresalía del agua en el fondo del pozo y el reluciente colgante de la *mezuzá* que brillaba a su lado, aún con su cadena, colgando de una roca que sobresalía de las paredes de piedra, la *mezuzá*, ya libre del puño que la había agarrado y luego vuelto a soltar al caer el cuerpo. Habría visto los pantalones y el faldón rojo británico del abrigo que flotaban en el metro y medio de agua que había sobre la vieja bomba, ahora inservible, y la tapa de alcantarilla rota en el fondo del pozo. La bomba no estaba conectada a nada. Y, por desgracia, el hombre tampoco. Su mujer no le quería. Sus hijos no le echaban de menos. El pueblo no iba a erigir una estatua en su honor. Todos los mitos en los que creía cristalizarían para formar una mitología aún mayor en años venideros y se convertirían en armas de guerra utilizadas por políticos y malhechores para matar a escolares indefensos por docenas, de modo que unos cuantos hombres ricos que creían en la misma mitología que Doc pudieran comprar islas que albergaban más riquezas de las que la ciudad de Pottstown tenía o tendría jamás. Yates gigantescos que navegarían por el mundo y contaminarían las aguas y los cielos, propiedad de hombres que creaban grandes empresas que fabricaban armas de gran poder en fábricas que empleaban a trabajadores pobres, armas que se vendían lo bastante baratas como para que los pobres pudieran comprarlas y matarse entre ellos. Cualquier hombre podía comprar una y entrar en una escuela y matar a una docena de niños y profesores y a cualquier otra persona lo bastante estúpida como para creer en toda esa mitología americana de esperanza, libertad, igualdad y justicia. El problema siempre fueron, y seguirían siendo, los negros y los pobres, y los tontos blancos que sentían lástima por ellos.

Así que resultó la mar de apropiado que un negro y un blanco tonto lo enterraran.

Fatty no tenía ni idea de lo que había en el pozo cuando él y Big Soap se reunieron allí aquella noche para hacer una nueva tapa de alcantarilla. De todos modos, esa era la menor de sus preocupaciones.

—¿Cómo hacemos una tapa de alcantarilla? —le preguntó Big Soap.

—Simplemente colocamos los tablones en la parte superior del pozo. Los encajamos entre las piedras y vertemos el mortero encima. Dejaremos que la hierba lo redondee. El círculo ya está ahí. Sirve de molde.

—Es como un disco de hockey —dijo Big Soap.

—¿Un qué?

—Hockey. Lo juegan en las Olimpiadas.

—¿Alguna vez has visto jugar al hockey?

—No, pero algún día lo veré.

—Soap, ¿podemos poner las tablas de una vez en su lugar?

Big Soap bajó por la escalera hasta que su cabeza quedó a la altura de la boca del pozo, encajaron varios tablones, utilizando la palanca en el último de ellos para que el suelo quedara firme. Luego mezclaron el mortero utilizando la carretilla y el agua de la fuente y lo vertieron.

La tapa de alcantarilla de mortero quedó perfecta. Luego le echaron un poco de tierra encima para que no pareciera tan nueva.

—¿Deberíamos dejar una pequeña cuña para la palanca en la tapa? —preguntó Big Soap.

—¿Por qué no?

Clavaron un trozo de madera en el mortero recién vertido para crear un agujero. Fatty decidió esperar unos minutos a que se secara el mortero antes de extraer el trozo de madera para mantener firme el agujero de la palanca. Ahora era seguro estar allí. Era la una pasada de la madrugada.

—Tendríamos que irnos, ¿no? —preguntó Big Soap.

—¿Por qué? Esperemos a que se seque un poco. Si viene alguien, solo verá a dos tipos sentados en un solar en mitad de la noche. Esperando.

—¿Y a qué estamos esperando?

—Estamos esperando el futuro, Soap, esperando el futuro.

Epílogo: La llamada

Hirshel Koffler, de veintidós años, y su hermano Yigel, de veinticuatro, llevaban tan solo seis semanas en Estados Unidos cuando los contrataron como guardafrenos del mercancías del Ferrocarril de Pensilvania conocido como el Tanker Toad, *que transportaba carbón desde Berwyn, Pensilvania, hasta el hospital de Pennhurst. Para esos dos exferroviarios austriacos, refugiados judíos, Estados Unidos era un país lleno de sorpresas. Como cabe suponer, el idioma les resultaba incomprensible. Después estaba el tema de la comida, que no era* kosher *y a veces les parecía deliciosa. Y, por último, el humo de las grandes fábricas mientras la gente se desplazaba en masa por los pueblos y ciudades. Pero nada de lo que habían experimentado en aquellas primeras semanas les resultó tan extraño como la situación en la que se encontraron aquel fin de semana del día de los Caídos de 1936: vieron a un negro alto y larguirucho sentado en una esquina de su vagón de mercancías vacío con un niño lloroso en brazos mientras el tren salía de Pennhurst en dirección a Berwyn. En una tierra de sorpresas y misterios, ese fue para ellos de lo más llamativo.*

No hablaron con el hombre, pues las órdenes del jefe del sindicato, Uri Guzinski, habían sido muy claras en ese sentido. Uri era judío, también ferroviario, oriundo de Polonia, llevaba diecisiete meses en Estados Unidos, y a pesar de que Uri era parco en palabras y su inglés no era muy bueno —aunque lo hablaba mejor que los dos hermanos juntos—, siempre se mostraba amable con ellos. Incluso les dio su fiambrera aquella mañana, ya que se trataba de una extraña festividad ameri-

cana y la tienda kosher cercana a su pensión en Berwyn estaba cerrada. «Día de los Caídos», lo había denominado Uri. ¿De los caídos por qué motivo?, se preguntaron. Aun así, no verbalizaron sus dudas, porque las indicaciones de Uri aquella mañana, cuando subieron al tren de las cinco y veinte para su primer viaje a Pennhurst, habían sido explícitas y en yidis: «Subid a los negros al tren, dejadlos en Berwyn y entregádselos a los mozos de carga de Pullman».

Ni Hirshel ni Yigel tenían idea de quiénes eran los mozos de carga de Pullman y temían preguntar. Tampoco estaban seguros de lo que quería decir con «fiambrera», pues había pronunciado esa palabra en inglés. Pero Uri era el jefe. Así que, mientras el Tanker Toad entraba lentamente en el patio ferroviario de Berwyn a las seis y cinco de la mañana, con el amanecer cerniéndose sobre el glorioso cielo de Pensilvania, los dos miraron ansiosamente hacia la ventanilla de la torre de señales en busca de Uri y lo vieron saludando con la cabeza a dos negros altos e impecablemente vestidos con camisa blanca, corbata, zapatos lustrados y sombreros típicos de los mozos de carga de Pullman, que se encontraban en el extremo más alejado del patio de carga.

Los dos negros se dirigieron al vagón de mercancías, entregaron a Hirshel y a Yigel un sobre sin mediar palabra, echaron una mirada furtiva a su alrededor, y luego acompañaron al negro alto y al joven a través de las vías hasta la cercana terminal de pasajeros, donde el Sandy Hill de las seis y catorce se dirigía a la estación de la calle Treinta de Filadelfia.

No tenían ni idea de quiénes eran aquellos dos pasajeros, y nunca lo sabrían, pero cuando abrieron el sobre, encontraron cuarenta dólares por su «trabajo en el sindicato» y una nota con las palabras: «Venid a verme para unos zapatos nuevos gratis». Estaba firmada por «M. Skrup», con una dirección de Pottstown.

Mientras veían alejarse el tren, Yigel, con la fiambrera en la mano, le dijo a su hermano en yidis:

—¿Te acuerdas de aquel minyán?

—¿A quién te refieres?

—El de Pottstown. En la shul. Donde se pelearon por la rana que encontraron en la mikve...

Hirshel se rio y asintió.

—¿Crees que este regalo viene de ahí? —preguntó Yigel.

Hirshel se encogió de hombros.

—¿Por qué tendría que venir de ahí?

—Allí hablaban de negros.

Hirshel hizo un gesto con la mano para negar lo que decía.

—No seas estúpido. Hay miles de negros en este país, Yigel. ¿Por qué tendría que venir ese dinero de ahí?

Pero esa también era una de las muchas maravillas de Estados Unidos. Porque el regalo procedía indirectamente del minyán de aquella shul. *La promesa de los zapatos gratis, por supuesto, corrió a cargo de Marv Skrupskelis, cuyo hermano gemelo, Irv, se encontraba en aquella reunión. El dinero era del primo de Moshe, Isaac, que lo puso en manos de Bernice, que lo puso en manos de Fatty, que lo puso en manos de la mujer de Nate, Addie, que se lo pasó a su marido, que puso un poco en manos de Paper, que llevó ese poco a dos de sus amigos, mozos de carga de Pullman, que se las arreglaron con Uri para que se reuniera con los dos y los transportaran, de unos mozos de Pullman a otros, de Berwyn a Filadelfia primero, y luego al* General Lee, *un tren expreso que iba al sur, dentro de un coche cama Pullman de primera clase para viajar de vuelta a Charleston, Carolina del Sur. El hogar de Nate.*

Nate no volvería a ver a Addie. Estaba seguro de ello. Y mientras el tren salía de Filadelfia hacia el sur, Nate se convenció de ello. Él no merecía lo que ella tenía para darle. Pero la fortaleza y la razón del amor tienen muchas estaciones, y un día ella volvería a él. Por aquel entonces, él no lo creía. Pues estaba convencido de que él era el último de los Love.

No habría más.

En cuanto a Dodo, el recuerdo de los brazos del tío Nate acunándolo, alzándolo de la cama en el pabellón y cargando con él al cruzar el sótano, el viaje en carro lleno de baches hacia el aire libre de la libertad, la sensación de ser alzado en brazos por los dos guardafrenos judíos, que lo trataron con la delicadeza de un bebé, mientras el tío Nate subía al vagón de mercancías, se desvanecería. Al igual que el viaje en tren hasta Charleston, en un coche cama de primera clase con mozos de carga Pullman que lo cuidaron durante todo el trayecto, dándole de comer arroz, jamón, pollo, pastel y helado; todo lo que le vino en gana. Todo eso también se desvanecería. Porque la neblina de las drogas tardó semanas en desaparecer, y los recuerdos de Pennhurst y de los tristes sucesos que le llevaron allí causaron el estampido de obuses estallando en su cerebro, lo cual, dada su discapacidad, no le habría molestado tanto. Porque el hecho fue que, después de Pennhurst, se acabaron los sonidos para él. No los necesitaba. Ahora tenía su propio sonido. Era un sonido que cantaba para él a través de lo que veía, de lo que olía y de lo que tocaba de la hermosa Carolina del Sur. Y a medida que fueron pasando los años en su granja —comprada con trescientos dólares, gentileza de un judío de Filadelfia, propietario de varios teatros, llamado Isaac, que un día, junto a su primo Moshe y varios otros propietarios de teatros judíos, crearía un campamento en las montañas de Pensilvania para niños discapacitados como él, llamado Campamento Chona, un campamento que duró hasta mucho después de que todos y cada uno de aquellos inmigrantes judíos hubiera muerto—, el niño se convirtió en un hombre que cultivaba sus campos y ordeñaba sus vacas y asistía a la iglesia tres veces por semana; un hombre que aprendió a «gritar bailando» sin cruzar las piernas; un hombre que enseñó a sus hijos a reparar un tejado o una silla, a hervir carne en ollas de hierro y a caminar a través del musgo español en verano; un hombre que vio a sus hijos aprender de su tío abuelo Nate a construir un molino tirado por caballos para moler caña de azúcar, y de su tía abuela Addie a trillar arroz y moler harina, y de su amada esposa a cultivar azaleas y sus girasoles favoritos, girasoles de todos los tamaños y colores. Así que la vida que había llevado en Pensilvania se borró de su mente, de su corazón y de su memoria.

Y aun así...

Por mucho que lo intentó, no pudo borrar el recuerdo de la mujer de pelo negro brillante, ojos centelleantes, risa fácil y canicas mágicas; no pudo olvidar a aquel amigo que le tendió el dedo y lo sostuvo en la oscuridad como un faro, toda la noche hasta que salió el sol. El recuerdo de aquel dedo, de aquel dedo blanco y solitario, tendido en señal de amistad y solidaridad, brillaba en su memoria como una estrella resplandeciente. El recuerdo perduró hasta el final de su plena y fructífera vida, de modo que cuando murió ya no era el Dodo de Pottstown, sino Nate Love II, padre de tres niños y dos niñas. Después de todo, Nate no fue el último de los Love. Hubo más. Le rodearon el día de su muerte, sus hijos y los hijos de estos. Murió el 22 de junio de 1972, el mismo día en que el hu-

racán Agnes arrasó de la faz de la tierra gran parte de Pottstown, justo un día después de que un viejo judío llamado Malaquías el Mago desapareciera para siempre de las colinas del sudeste de Pensilvania.

Y mientras se desvanecía en el sueño eterno, rodeado de sus seres queridos, a pocos metros de los girasoles y el musgo estival que le habían ayudado a borrar el tumultuoso recuerdo de sus primeros doce años de vida, pronunciaría tres palabras en sus últimos estertores que fueron para siempre un enigma para todos los que le conocieron y le amaron y le rodearon en sus últimos momentos de vida, excepto para alguien que no estaba allí, que estaba mucho más allá de todos ellos, viviendo ahora en la tierra donde los cojos caminaban y los ciegos podían ver, que le esperaba incluso en ese momento mientras ascendía hacia arriba, ansioso por escuchar las noticias de las muchas aventuras que le habían ocurrido desde que se separaron. Era a él a quien llamaba, no a ellos.

Le dijo...

—Gracias, Monkey Pants.

AGRADECIMIENTOS

Este libro comenzó como una oda a Sy Friend, director jubilado del campamento de verano Variety Club Camp for Handicapped Children de Worcester, Pensilvania. Como muchas obras de ficción, acabó transformándose en otra cosa. Trabajé en el campamento durante cuatro veranos mientras estudiaba en el Oberlin College. De eso hace más de cuarenta años, pero las lecciones de Sy sobre inclusión, amor y aceptación —impartidas no con amabilidad condescendiente, sino mediante hechos que mostraban a los destinatarios el camino hacia la verdadera igualdad— me han acompañado toda la vida. Con ese espíritu, quiero darle las gracias a toda la familia del Variety Club: a los difuntos Leo y Vera Posel, que donaron el terreno para el campamento en los años treinta; al difunto fideicomisario del campamento Bill Saltzman, que insistió en que me convirtiera en consejero cuando solicité un trabajo como friegaplatos a los diecinueve años; a mi amigo y antiguo consejero Vinny Carissimi, que más tarde se convirtió en un brillante y luchador abogado de Filadelfia que me sacó a mí y a muchos antiguos miembros del personal del campamento de varios horribles líos legales; habitualmente, gratis. Y, por supuesto, a Sy y su marido, Bob Arch, que ahora están jubilados y viven en Lake Worth, Florida. Sy trabajó en ese campamento desde los dieciséis años hasta su jubilación, tres décadas después (1950-1979). Nunca he conocido a una persona más brillante y compasiva. Era un hombre esbelto y apuesto, que iba de un sitio para otro a toda velocidad y que se deslizaba por el campamento como un espíritu, vestido con unas zapatillas de deporte blancas y limpias, pantalones cortos y camiseta de golf, con un cigarrillo siempre entre los dedos y la melodía de alguna fascinante ópera en la cabeza, pues le encantaba ese género. Conocía el nombre de todos los campistas y a menudo también el de sus padres. Estaba décadas adelantado a su tiempo. Su personal parecían miembros de las Naciones Unidas, mucho antes de que la palabra «diversidad» resonara en Estados Unidos. Todos estábamos mal pagados y trabajábamos demasiado. Pero las lecciones que aprendimos de Sy nos enriquecieron. Muchos de sus antiguos empleados destacaron en diferentes campos.

Los niños le querían con una extraordinaria intensidad. Cada noche, a la hora de acostarse, hacía sonar en los antiguos altavoces del campamento una grabación rayada de una corneta, seguida de un amable «Buenas noches, chicos y chicas». Y si te detenías frente a las hileras de cabañas, que no tenían aire acondicionado —se negó a que los administradores instalaran aire acondicionado, aduciendo: «Necesitan sentir el aire. Que vivan. Están dentro de sus casas todo el año»—, casi podías oír los murmullos de los noventa y un campistas, los niños tumbados en sus literas, las palabras que resonaban por toda la hilera de oscuras cabañas: «Buenas noches, tío Sy».

Durante el resto del año trabajaba como director del distrito escolar de Filadelfia, pero en verano era una leyenda para los niños del campamento. Uno de mis campistas, Lamont Garland, que ahora tiene cincuenta y cinco años, un chico nacido y criado en el norte de Filadelfia, que nunca permitió que el hecho de depender de por vida de las muletas, a causa de lo que entonces se denominaba parálisis cerebral, le impidiera trabajar para la Compañía Eléctrica de Filadelfia durante veinticinco años antes de su jubilación en 2014, me contó hace años una historia sobre Sy que nunca he olvidado. Lamont, que hoy vive en Columbia, Carolina del Sur, me contó esta historia de cuando tenía siete u ocho años. Por aquel entonces, estudiaba en la Widener Memorial School de Filadelfia, que ha ofrecido una admirable educación a niños discapacitados de Filadelfia durante los últimos ciento dieciséis años. Estábamos sentados en el porche de una de las cabañas del campamento, un mediodía de verano, y me dijo, sin venir a cuento:

—El tío Sy vino una vez a Widener.

—¿Por qué?

—No lo sé.

—¿Trabajaba allí?

—No. Simplemente apareció. Estábamos en una asamblea, en el auditorio, una mañana, y se presentó allí.

—¿Y qué pasó?

—Nos pusimos en pie y le ovacionamos.

Le dejo a usted, querido lector, que se imagine aquel auditorio abarrotado hace más de cuarenta y cinco años; el conglomerado de muletas, sillas de ruedas y niños con todo tipo de discapacidades estallando en una estruendosa ovación. Los que podían estar de pie, supongo, se pusieron de pie, y el resto se dejó llevar por el habitual rugido de alegría del que yo siempre era testigo cuando Sy ponía el campamento patas arriba con algún acontecimiento especial que él, o algún miembro del personal, había ideado para convertirlo en el deslumbrante carnaval de la vida; un acontecimiento que cada uno de nosotros recordaría durante el resto de su existencia. Los gritos, los aplausos, los alaridos, los vítores, los aullidos, las muletas que se agitaban en el aire, la magnífica cacofonía de seres humanos en sillas de ruedas, algunos con gafas especiales, otros con audífonos, haciendo señas y gestos, los guiños y risitas y gruñidos de placer, las muecas y sacudidas de cabeza y los aullidos emocionados de los que no tenían capacidades «normales». Es imposible describirlo.

Pero todo se reduce a lo mismo.

Amor. Por un hombre. Así como por el único principio que rigió su vida: la igualdad.

De ahí surge este libro.

EL AUTOR

Lambertville, Nueva Jersey,
diciembre de 2022

11 AÑOS

La Lego película de Phil Lord y Christopher Miller
(*The Lego Movie*, 2014)

Desde mi limitada aunque preciosa experiencia como padre juraría que hay una pinza de años, entre los nueve y los once, donde las reglas que han regido tu pequeño mundo empiezan a tambalearse. Es como si el cerebro y el corazón se enfrentaran a pensamientos y emociones que no son capaces de reconocer, así que están obligados a inventarse nuevas soluciones. Nuevas respuestas para nuevas preguntas. Uno no deja de ser un niño, pero al mismo tiempo parece que se está convirtiendo en otra cosa más grande, más excitante, también más inquietante. Si hasta la fecha uno había tratado de seguir dichas reglas, en ese lapso de años descubre que bien puede mejorarlas, bien puede inventar otras nuevas o bien puede decidir dejar de jugar y dedicarse a hacer otra cosa (lo de saltárselas a la torera lo dejaremos para la adolescencia). Sea como sea, algo está ocurriendo. Como si fuera un set de Lego, los peques se dan cuenta de que el mundo también es maleable, que se puede deconstruir y volver a construir para convertirse en algo totalmente nuevo. En términos cinematográficos dicha diferencia —dicha extrañeza fascinante— podría marcarse entre la forma que se comportan los muñecos de *Toy Story* (1995), siempre regidos por el sentido de la aventura en su vertiente más clásica, y la locura total que rige el comportamiento absurdo y anárquico de los juguetes de *Pánico en la granja* (2009). La fantasía se está disparando y, si nos la lleváramos al cine de animación navideño, valdría decir que uno se ha cansado de vivir *Una Navidad con Mickey* (1983) y ahora lo que quiere es una *Pesadilla antes de Navidad* (1993). Yo creo que ese es el momento perfecto para ver *La Lego película*.

A nadie se le escapa que hacer un film basado en un juego/juguete es una operación pura de mercadotecnia. Lo que no quita que a lo largo de la historia reciente tengamos diabluras la mar de disfrutables como *El juego de la sospecha (Cluedo)* (1985) o *Masters del Universo* (1987), así como otras espantosas: todos los *Transformers* de Michael Bay, por ejemplo. Así que sí, *La Lego película*, si nos ponemos estrictos, es un anuncio de cien minutos de duración. Ahora, es el mejor anuncio de un juguete que se haya hecho nunca (y si lo dudáis, echadle un ojo a *Playmobil: La película* [2019]). La clave, como siempre, está en el guion: una filigrana de herencia post-*Matrix* (1999), que sabe imbuirse a la perfección del sentido ontológico de la construcción y deconstrucción de personajes, espacios y acciones con piezas Lego, para trazar un *pathos* narrativo y estético donde la aventura, el *thriller*, las *set pieces* de acción y la comedia más disparatada se desatan a un ritmo frenético para total alucine del espectador. Por eso *La Lego película* es una de las cintas de animación más inteligentes y divertidas de los últimos tiempos: porque es capaz de reinventarse en cada secuencia, casi en cada plano, aprovechando precisamente la morfología mutable de un juego cuyo espíritu básico es que, si cambias una pieza de sitio, obtienes un juguete completamente distinto.

Es pura posmodernidad cinematográfica aplicada al cine de animación para toda la familia. Sus autores, Phil Lord y Christopher Miller, han hecho de la *mixtape* referencial multicultural un campo de juego divertidísimo donde los factores reconocibles —en la película aparecen personajes de *Star Wars, Harry Potter* o DC Comics, siendo Batman una de las estrellas principales— se entremezclan para generar una narrativa tremendamente excitante en lo visual y brutalmente divertida en su continua sucesión de gags y líneas de diálogo. Lord y Miller, que producirían posteriormente las asombrosas *Spider-Man: Un nuevo universo* (2018) y *Los Mitchell contra las máquinas* (2021), son conscientes de que, a estas alturas, ya parece estar todo dicho o contado. Así que abordan a las bravas la película como si ellos mismos fueran niños jugando con el set de Lego más grande y caro del mundo: todo se destruye para no dejar de reinventarse. Hacen que su héroe sea el protagonista más anodino de la historia del cine: Emmett (Chris Pratt), un pagafantas sin amigos que, básicamente, se dedica a seguir las normas prefijadas haciendo de cada día un clon del anterior. Mismo trabajo, mismo programa de televisión, mismo café (carísimo), misma canción en la radio: «Everything is awesome!» («¡Todo es fabuloso!»).

Emmett, que no ha tenido una idea propia en toda su vida (bueno, una sí: el sofá de dos pisos), será el destinado a acabar con una dictadura orwelliana organizada por el tirano dueño del mundo (Will Ferrell), cumplir la profecía recitada por una versión Lego de un sosia de Gandalf (Morgan Freeman), conquistar a la chica que le gusta (la novia de Batman, nada menos) y derrotar a la horda de robots-esqueletos liderados por un policía dos-caras (Liam Neeson). Una aventura loquísima de pies a cabeza que, sin embargo, no deja de resultar una metáfora brutal de nuestra propia existencia: nosotros también vivimos vidas monótonas y repetitivas, vemos los mismos programas de televisión, escuchamos las mismas canciones, tenemos los mismos trabajos aburridos. Y ni siquiera tenemos el valor de Emmett para intentar cambiarlo. Pero es que, además, en su último y apocalíptico giro, *La Lego película* se destapa como un film que es puro metacine. En su clímax descubrimos que todo lo que hemos estado viendo no ha sido más que el juego de un niño al que su padre le prohíbe tocar los Lego. La jugada es tan bestia que te tira de la butaca. Lord y Miller ponen de manifiesto la necesidad (y el placer) ya no solo de saltarse las reglas, sino de reivindicar el juego como lo que realmente es: un juego. Poniendo en primer lugar y por encima de todo que no hay nada más sagrado que la imaginación desbordante de un niño. No sea que se nos vaya a olvidar y nos convirtamos en adultos aburridos cuya única fijación sea la de poner Super Glue en nuestros sets de Lego de *Star Wars*.

12 AÑOS

¿Dónde está la casa de mi amigo? de Abbas Kiarostami (*Khane-ye doust kodjast?*, 1987)

Ahmed (Babek Ahmed Poor) se ha llevado por error a su casa el cuaderno de deberes de su compañero de clase y amigo Mohamed Reda Nematzadeh (Ahmed Poor). Es terrible, algo gravísimo, porque el profesor ha amenazado con expulsar del colegio a Mohamed si no lleva los deberes hechos a la mañana siguiente. Ahmed trata de explicárselo, sin éxito, a su madre, que simplemente parece no querer escucharle. También se lo dice a su abuelo, quien básicamente le despide de malas maneras, mientras le cuenta a otro anciano cómo su padre le daba una paga cada semana y una paliza cada quince días y, si bien a veces se olvidaba de darle el dinero, nunca se olvidaba de darle la paliza. El mundo de Ahmed queda así retratado desde el principio de la película con una falla abismal entre los adultos y los niños. La dramática anécdota de partida es un pequeño apocalipsis para el joven, quien no solo no encuentra ningún tipo de ayuda por parte de los mayores, sino que además estos o bien le ignoran o bien le recriminan su actitud o bien directamente acaban castigándole. Ahmed decidirá saltarse todas las advertencias paternales e ir andando solo al pueblo de su amigo, aún sin saber dónde vive, para poder devolverle el cuaderno.

¿Dónde está la casa de mi amigo? es una de las películas más bellas que se hayan hecho nunca sobre la infancia y la amistad. El cineasta iraní Abbas Kiarostami, uno de los autores más importantes del cine contemporáneo, arrancó su carrera centrando su mirada en la infancia —sus cortometrajes son todos magníficos: *El pan y la calle* (1970), *La hora del recreo* (1972), *Two Solutions for One Problem* (1975), etcétera— en un cruce límpido y emotivo entre la mirada documental y el cine neorrealista. Kiarostami siempre toreaba en las entrevistas las preguntas sobre su educación cinematográfica, asegurando que no había visto más de cincuenta películas en toda su vida. Aunque si bien es cierto que hay algo tremendamente instintivo y profundamente personal en su manera de narrar historias, también lo es que en sus primeras cintas uno es capaz de reconocer tanto la huella del maestro italiano Roberto Rossellini, tratando de hallar la verdad dramática a través de imágenes lo más sinceras posibles, como la del director indio Satyajit Ray, adecuando la mirada subjetiva del niño protagonista en un contexto naturalista cada vez más hostil.

Cineasta sutil, austero y lírico a partes iguales, Kiarostami ejecuta sobre *¿Dónde está la casa de mi amigo?* un bucle dramático continuo: el del joven Ahmed preguntando sin parar..., bueno, pues que dónde está la dichosa casa de su amigo. De ahí que la película de Kiarostami sea un ente en continuo movimiento que, sin embargo, no parece avanzar un milímetro en su resolución. Por más que vemos a Ahmed correr sin parar a través de calles, bosques y colinas en zigzag, ni su amigo ni su casa parecen estar más cerca que al principio del relato. La aventura de Ahmed es una odisea en toda regla, no porque su trayecto esté trabado por desafíos insalvables, sino simplemente porque nadie se toma el más mínimo interés en querer ayudarle. Da lo mismo: la tenacidad del joven es inquebrantable. Empujado por lo que él cree que es lo correcto, seguirá buscando, corriendo y preguntando sin parar para intentar hallar a su amigo y darle la libreta. A medida que avanza el día y el relato se va volviendo más agónico, Kiarostami, que es tan tenaz en su dirección como el joven protagonista lo es en sus pesquisas, mantiene intacta su posición frente a la narración: siempre poniendo la cámara en la distancia adecuada, alejándose lo suficiente como para no hacer injerencias melodramáticas inservibles, pero acercándose lo necesario para que la historia no deje de convertir en cómplice del drama vivido al espectador. Al igual que Rossellini, el director iraní creía que el cine no debía ser nunca egoísta, haciendo de la humildad una ética universal. Es entonces, una vez haces reconocible una dramática de la forma más creíble posible —sometiéndola bajo tu dirección a una mirada concreta y no dispersa—, cuando esta será capaz de envolver al espectador, trocando un mundo ajeno en uno propio, creando una verdad a partir de la ficción.

Al final, Ahmed no encuentra la casa de su amigo, ni siquiera con la ayuda de un viejo aldeano al que tampoco la gente parece hacerle ya ningún caso. La noche engulle el poblado y Ahmed debe regresar a casa, aceptando la derrota. Castigado en su habitación, y mientras empieza a desatarse una tormenta que abre puertas y ventanas, Ahmed copiará sus deberes en la libreta de su compañero. Es un momento tremendamente lírico: en el exterior del hogar el viento empieza a volverse huracanado, mientras en el interior el joven no deja de trabajar con ahínco en sus libretas. Hay algo ahí también del milagro de la transformación de Robert Bresson: tras ver ochenta minutos de película-bucle, por fin esta parece encontrar una salida. Al día siguiente, Ahmed le dará la libreta a Mohamed con una pequeña flor entre sus páginas. Un gesto dramático mínimo que alcanza una belleza absoluta, pura epifanía cinematográfica.

¿Dónde está la casa de mi amigo? sería la película que lanzaría a Abbas Kiarostami a la fama internacional, el primer eslabón de una trilogía metacinematográfica —la conocida como Trilogía de Koker— que completarían las cada vez más complejas y sorprendentes *Y la vida continúa* (1992) y *A través de los olivos* (1994). Kiarostami se alejaría así definitivamente del neorrealismo para convertirse en uno de los directores clave de la era contemporánea, habiendo tejido un discurso cinematográfico que lo coloca entre lo más coherente y brillante del cine moderno.

13 AÑOS

La diligencia de John Ford (*Stagecoach*, 1939)

André Bazin, padre de la crítica cinematográfica moderna, dijo de *La diligencia* que «El arte se encuentra en ella en perfecto equilibrio: es su forma ideal de expresión». Hoy, ochenta años después de su estreno, no se puede mitificar más el calado de su legado, la belleza de su arte, la importancia de su existencia. Pero lo cierto es que en 1939 poca gente (o casi ninguna) apostaba por ella. La producción de *La diligencia* siempre estuvo pensada como un wéstern de serie B en una época en la que ya a nadie le interesaba ni hacer ni ver wésterns. Pero a John Ford sí que le apetecía. Así que pagó dos mil quinientos dólares por un relato de Ernest Haycox, *Stage to Lordsburg*, que a la vez le robó ideas —sin dar crédito por ellas— al cuento *Bola de sebo* de Guy de Maupassant, donde se describen las relaciones de un grupo de personajes que viajan en el interior de un carruaje en el contexto de las guerras prusianas. El guionista era Dudley Nichols, quien ya había escrito para Ford *La patrulla perdida* (1934) y *El delator* (1935), entre otras, y que acababa de escribir para Howard Hawks *La fiera de mi niña* (1938). Nichols transformó las ideas de Maupassant y Haycox en un libreto magnífico, haciendo de *La diligencia* el primer gran wéstern psicológico de la historia, con una definición de personajes tremendamente rica y detallada, además de una imponente aventura física que llega a su apogeo en la bárbara persecución final de ocho minutos y cuarenta y ocho segundos de duración, con los indios de Gerónimo atacando la diligencia.

Cuando John Ford encaró el rodaje de *La diligencia* tenía cuarenta y cuatro años y ya era todo un veterano en Hollywood. A sus espaldas, además de un Óscar por *El delator*, tenía dos de los mejores wésterns —que es lo que aquí nos interesa— hechos nunca en la etapa muda: *El caballo de hierro* (1924) y *Tres hombres malos* (1926). Y por delante, bueno, tenía toda la historia del cine aún por conquistar. Porque John Ford es el mejor creador cinematográfico que ha existido en nuestra galaxia y *La diligencia* fue una de las muescas más importantes que realizó a la hora de imprimir su leyenda. Aunque le conocía desde hacía años, esta fue la primera película en la que trabajó con John Wayne como actor principal, asentando una relación tanto profesional como paternofilial que se traduciría en algunas de las mejores cintas de la historia, ya nombremos *El hombre tranquilo* (1952), *Centauros del desierto* (1956) o *El hombre que mató a Liberty Valance* (1962). Otra forma de contarlo sería decir que Pappy Ford estuvo torturando en los rodajes a Duke Wayne durante treinta y cuatro años seguidos —«¡Si no sabes qué hacer, limítate a levantar las cejas y fruncir el ceño!», le gritaba Ford—, lo que no quita que jamás dejaran de quererse y respetarse. *La diligencia* también fue la primera película rodada por John Ford en Monument Valley, un desierto de altos cerros en la frontera entre Utah y Arizona, habitado entonces únicamente por indios navajos y cuyos montículos de arena y piedra parecen puños que atraviesan la extensa corteza terrestre. Siempre he pensado que Monument Valley tiene algo de planeta muy lejano, con sus inabarcables espacios abiertos y su topografía agreste, aún por conquistar. Un espacio inmutable, inclemente, sacrosanto. Normal que a Ford le pareciera lo mejor del mundo localizar en ella a su pequeña diligencia —una minúscula cápsula espacial en el desierto—, conteniendo en su interior a toda una metonimia de la civilización.

En la diligencia, que va de Tonto a Lordsburg, viajan una prostituta (Claire Trevor) a la que la Liga de la Virtud acaba de echar de la ciudad, un médico profundamente alcohólico (Thomas Mitchell, que ganó el Óscar), una dama sureña embarazada (Louise Platt), un tahúr (John Carradine), un banquero que ha robado su propio banco (Berton Churchill) y un tratante de licores (Donald Meek). Además, claro, del conductor de la diligencia (Andy Devine) y del *marshal* que la protege (George Bancroft). Pero el protagonista real es Ringo Kid (John Wayne), aunque este no se presenta hasta que la película está realmente avanzada. Ford era un maestro del clasicismo, pero sin dejar nunca de ser tremendamente moderno. Por eso puso la cámara en lo alto del carro a la hora de cruzar el río, en una toma subjetiva superagresiva. Por eso encuadró el galope de los caballos indios en contrapicado, como si las pezuñas fueran a patear la cámara. Por eso convirtió en leyenda a Yakima Canutt, el especialista que hacía de indio y saltaba de grupa en grupa a sesenta kilómetros por hora para después dejarse caer al suelo y que la diligencia le pasara por encima. Y por eso, finalmente, cuando llega el duelo entre Ringo y los asesinos de su padre y hermano, John Ford decide no enseñar el tiroteo, mostrando en su lugar a Dallas, quien escucha doliente los disparos...

Orson Welles dijo haber visto cuarenta veces *La diligencia* antes de dirigir *Ciudadano Kane* (1941). Una película que deslumbra en sus interiores —angostos espacios de luz milimetrada atrapados en plano fijo— y arrasa en sus exteriores —caminos polvorientos a la carrera que parecen eliminar el terreno físico del antes y el después—; que es sutil y brillante en esa sinfonía de pequeños gestos que realizan sus protagonistas, generalmente captados en primeros planos de miradas que los describen mucho mejor que cualquier línea de diálogo. Y en medio de todo ello un John Wayne de treinta y un años, cuya primera aparición se muestra ligeramente desenfocada, probablemente porque ni la cámara se creía lo que estaba viendo. Wayne llena la pantalla cada vez que aparece en ella: a veces solo le falta hacerse un cigarro, a veces simplemente mostrar media sonrisa. Si hay una película para iniciarse en el wéstern, si hay una película para adentrarse en el arte de John Ford, si hay una película para comenzar a conocer el misterio y el romance y la aventura y la belleza del cine, esa es sin duda *La diligencia*.

14 AÑOS

Clueless (Fuera de onda) de Amy Heckerling
(*Clueless*, 1994)

Esto dicho hoy igual suena raro, pero antes de los años noventa es prácticamente imposible encontrar cine *teen* protagonizado íntegramente por chicas. Y esto es bestia porque la década de los ochenta fue la era dorada del cine *teen* pero, claro, siempre con la mirada masculina como protagonista: *Rebeldes* (1983), *Los Goonies* (1985), *Cuenta conmigo* (1986), *Jóvenes ocultos* (1987), *No puedes comprar mi amor* (1987), *Un gran amor* (1989), etcétera. Y eso sin entrar en éxitos de tetamen en videoclub como *Porky's* (1981) o *Los albóndigas en remojo* (1984). A las chicas en los ochenta, básicamente, les quedaban *16 velas* (1984) y *Dirty Dancing* (1987) para verse protagonistas. Ni siquiera John Hughes, ese gran retratista de la juventud ochentera, fue capaz de equilibrar la movida de género en su icónica *El club de los cinco* (1985), logrando lo más difícil —demostrar que importa poco quién seas por fuera, porque al final todos nos parecemos por dentro—, pero fracasando en lo más obvio —al querer convertir al personaje de Ally Sheedy, la chica gótica, en una ridícula princesa en el último giro de la película.

Pero algo cambió en los noventa. Algo que hizo que a día de hoy existan películas como *10 razones para odiarte* (1999), *Thirteen* (2003), *Chicas malas* (2004), *Juno* (2007), *Rumores y mentiras* (2010) o *Súper empollonas* (2019). Os diría que la mecha quizás la prendieron *Thelma y Louise* (1991) mandando a la mierda a todos los hombres del planeta Tierra mientras se despeñan por un barranco. Pero como no es que la película de Scott me vuelva precisamente loco, prefiero de largo ponerme del lado de Amy Heckerling y su deliciosamente divertida relectura de *Emma* (1815) de Jane Austen en *Clueless (Fuera de onda)*. A Heckerling, que sabía tanto hacer reír —*Las vacaciones europeas de una chiflada familia americana* (1985), *Mira quién habla* (1989)— como adentrarse en el meollo del retrato generacional —*Aquel excitante curso* (1982)—, le costó lo suyo sacar adelante un proyecto escrito, producido, dirigido y protagonizado por mujeres. La 20th Century Fox dijo que se retiraba de la película a no ser que se cambiara el guion y se ampliara el papel protagónico de los hombres: «¡Demasiadas mujeres! ¡Mujeres por todas partes! ¡Eso no le va a interesar a nadie!». Así que Heckerling se llevó su proyecto a Paramount, donde sí vieron con buenos ojos el asunto y el resto ya es historia del pop.

Película-amalgama de buena parte de la estética derivada de la MTV: imágenes montadas siguiendo el patrón de acordes del *soundtrack* —Coolio, Supergrass, Radiohead, Counting Crows, etcétera—; reivindicación de series de animación como *Beavis y Butt-Head* y *Ren y Stimpy*; cultura vital de centro comercial; adoración por las supermodelos de la época (sale el VHS de Cindy Crawford para estar en forma)... Y, claro, como protagonista tenía a una bombástica Alicia Silverstone, que había pasado de ser una desconocida a estar en los televisores del todo el mundo gracias al videoclip de Aerosmith «Cryin'» tan solo un año antes. *Clueless* celebraba el *american way of life* desde el privilegio de ser rico en Beverly Hills en el siglo XXI, pero manteniendo el mismo tono pícaro, sexi e ingenuo de la campiña inglesa del siglo XIX. Por poner un ejemplo paradigmático, si los niños pijos protagonistas del culebrón *teen* de mayor éxito en los noventa, *Sensación de vivir* (1990), eran una panda de adolescentes insoportables hasta el bofetón, cuyo mayor problema era mantener el tupé estable mientras conducían sus descapotables, las protagonistas de *Clueless* se esmeran en hacer de su modo de vida un accidente divertidísimo.

La mayor preocupación de Cher (como la de Emma) es asegurarse de que la gente esté emparejada o, peor aún, que esté *clueless*, fuera de onda, pasada de moda. Desde su mansión de Beverly Hills, con su ropero interminable —Silverstone acabaría donando todo su vestuario a obras de caridad—, viviendo con su padre (un fantástico Dan Hedaya) y su hermanastro (Paul Rudd veinte años antes de ser Paul Rudd), Cher se esmera en tratar de hacer mejor la vida de sus amigas yendo a comprar ropa cara a Rodeo Drive y buscándoles pareja sea como sea, quieran o no quieran. Se trata de una sátira maravillosa no tanto de ser joven en los noventa como de los noventa en sí mismos, y donde la nota narrativa predominante es la continua voz en *off* de la protagonista: «Mi madre murió en un accidente de liposucción». *Clueless* hace de la estupidez y la inmadurez herramientas de humor superlativo, logrando que espectadores de todo el mundo (y de mucho menos dinero) se tronchen con las andanzas de sus protagonistas. Obviamente, buena parte del mérito de todo esto lo tenga la propia Alicia Silverstone, absolutamente irresistible en su papel de torpe casamentera y, finalmente, objetivo romántico inesperado. Hoy, veinticinco años después de su estreno, sigue siendo un clásico del cine juvenil intachable y una de las puertas del tiempo más divertidas para asomarse a los noventa. Veinte años después, las pop *stars* Iggy Azalea y Charli XCX vistieron de *Clueless* su videoclip «Fancy» (2014), dejando bien claro que el impacto que produjo la película en toda una generación de jóvenes ha quedado para siempre fijado en la historia de la cultura pop.

15 AÑOS

Tiburón de Steven Spielberg (*Jaws*, 1975)

Aunque parezca increíble, cuando *Tiburón* se distribuyó en cines recibió una calificación de «apta para todos los públicos». Era un eslabón más de su asombrosa campaña de *marketing*, una de las más bestias que había existido nunca y que acabó por convertir la película de Steven Spielberg en el primer *blockbuster* oficial de la historia del cine. La película costó nueve millones de dólares y recaudó más de cuatrocientos millones en todo el mundo. La industria del séptimo arte dio un vuelco cuyas consecuencias aún vivimos ahora. El conocido como «nuevo cine americano» se partió por la mitad: de las películas para adultos se pasó a las películas para toda la familia. Se vendieron camisetas, gorras, toallas, juguetes, collares de tiburón. La película contó con la distribución más grande en salas hasta la fecha. También con la campaña comercial más costosa en televisión (setecientos mil dólares). Funcionó: los brutales éxitos en taquilla de *El Padrino* (1972) y *El exorcista* (1973) quedaron en nada frente al bombazo de Spielberg. Los adolescentes norteamericanos tenían dinero en los bolsillos y *Tiburón* hizo que se lo gastaran en ver la película en las multisalas que empezaban a proliferar en los centros comerciales del país. Y si *Tiburón* nos hizo besar la lona del cine independiente, dos años después llegó el *knock out* absoluto: George Lucas estrenaba *La guerra de las galaxias* (1977) y amasaba más de setecientos millones en taquilla. No habría ya barco lo suficientemente grande para poder escapar.

Spielberg tenía veintisiete años cuando encaró el rodaje de *Tiburón*. Llevaba a sus espaldas tres *TV movies* notables —*El diablo sobre ruedas* (1971), *Algo diabólico* (1972) y *Savage* (1973)— y un primer largometraje para cines ciertamente simpático como es *Loca evasión* (1974). Para su nueva película decidió adaptar el *best seller* homónimo de Peter Benchley, basado en un escualo gigante que aterroriza a la población de Amity Island, un paraíso costero que, básicamente, vive del turismo de playa. Benchley fue también autor del guion inicial, que acabaría siendo reescrito constantemente a medida que el rodaje se alargaba y complicaba. La película se dividía en dos partes diferenciadas: la primera hora presentaba los intentos fútiles de un jefe de policía, Brody (Roy Scheider), por cerrar las playas tras la aparición del primer cadáver de una joven devorado por el animal, frente a la negativa del alcalde y los comerciantes de la isla; la segunda era directamente la caza del tiburón a cargo de Brody, el biólogo marino Hooper (Richard Dreyfuss) y el cazatiburones Quint (Robert Shaw), un irlandés borracho, pendenciero y mal hablado a quien las malas lenguas comparaban con John Ford.

Se suele decir que el éxito artístico de *Tiburón* se debió, principalmente, a su mala suerte. Los tres tiburones neumáticos que se construyeron para la película se averiaban de forma constante: el agua salada corroía su superficie, los agrietaba, la piel se les hinchaba, se producía electrólisis en el mecanismo... Todo ello obligó al director de *En busca del arca perdida* (1981) a tomar una decisión drástica: el tiburón no se iba a ver más allá de cuando fuera estrictamente necesario. En sus propias palabras: «La película pasó de ser una cinta de Ray Harryhausen a una de Alfred Hitchcock». Y es precisamente la ausencia del tiburón, al que no vemos con claridad hasta la segunda mitad del film, lo que mejor le sienta a una película donde el suspense se vuelve agónico por momentos. A Spielberg le basta una aleta y la deslumbrante banda sonora de John Williams —inspirada en la composición de Bernard Herrmann para *Psicosis* (1960)— para crear el terror más absoluto. En uno de los mejores momentos de la primera mitad, cuando el tiburón da caza a un niño en una colchoneta, la cámara adopta un montaje picado que combina la reacción de la gente en el agua frente al plano general de Brody desde la playa. Todo pasa muy rápido y todo da mucho miedo. Vemos agua batida, vemos sangre, vemos gente correr despavorida. Del tiburón, ni un solo plano. Así que la mala suerte quizás ayudó, pero el talento de Spielberg para narrar destacó como de otra galaxia.

Pero aún hubo más problemas. Spielberg quería alcanzar la máxima veracidad posible, así que se emperró en rodar en el océano Atlántico en vez de en un tanque de agua, lo que provocó que el mal tiempo, las avionetas, otros barcos y las cámaras mojadas interrumpieran una y otra vez el rodaje. El equipo técnico llamaba con sorna a la película *Flaws* («defectos») en vez de por su título original, *Jaws* («mandíbulas»). Si el día era bueno, de las doce horas de filmación conseguían cinco tomas buenas. Si era malo, ninguna. Los costes de la película se duplicaron. Necesitaron cien días más de rodaje de los previstos. Y, sin embargo, nada de eso se traduce en las imágenes absolutas que acabó poseyendo la cinta. Si en la primera mitad del film ya hay gestos gloriosos —como el momento en el que Hooper descubre un bote roto con un cadáver, todo ello iluminado desde el fondo marino con el uso de linternas—, la segunda mitad parece el resultado de que John Ford y Alfred Hitchcock se hubieran juntado para adaptar *Moby Dick* (con Quint como el desquiciado capitán Ahab). La amenaza totémica que representa el tiburón está marcada por esos barriles amarillos que no dejan de aparecer en la superficie del agua; por los ataques continuos del monstruo marino al barco Orca, mientras este no deja de desvencijarse; por el momento íntimo y confesional de los tres tripulantes en el interior del barco enseñándose las cicatrices y con Quint relatando el aterrador incidente en el USS Indianapolis, para acto seguido sufrir el último y definitivo ataque del tiburón, el cual devora a Quint y al barco por igual...

Uno acaba por entender por qué *Tiburón* funcionó como funcionó. Y a tenor de la reacción que tuvieron mis hijos cuando se la puse (su primera película de terror, pero, ey, ¡es para todos los públicos!), puedo asegurar que la película mantiene todos sus logros indemnes casi cuarenta años después de su estreno.

16 AÑOS

Criaturas celestiales de Peter Jackson (*Heavenly Creatures*, 1994)

En 1954 Nueva Zelanda se vio consternada por un crimen atroz. Dos chicas jóvenes, Juliet Hulme, de quince años, y Pauline Parker, de dieciséis, habían asesinado a Honorah Rieper, la madre de Pauline, rompiéndole el cráneo a pedradas. Las dos chicas eran amigas inseparables desde que se conocieron en la escuela femenina de Christchurch; sobre ellas corrían rumores de una aventura amorosa escandalosa, dado que en esa época y lugar la homosexualidad era básicamente tratada como un trastorno mental. Juliet estaba enferma de tuberculosis y Pauline tenía osteomielitis. Juliet venía de una familia adinerada, mientras que la familia de Pauline tenía que alquilar habitaciones de su casa para poder llegar a fin de mes. Básicamente, solo se tenían la una a la otra; salían a jugar juntas a diario y, cuando Juliet enfermó y tuvo que ser hospitalizada, se escribían cartas continuamente, relatándose sus vidas en un mundo mágico situado en un hipotético Cuarto Mundo llamado el «Reino de Borovnia», donde habitaban buena parte de sus ídolos de la época como el tenor norteamericano Mario Lanza o estrellas de Hollywood como Orson Welles y James Mason. Hubiera relaciones sexuales o no de por medio, tanto da: lo cierto es que ellas se querían con locura. Cuando la madre de Juliet decidió ponerle fin al asunto mandando a su hija a Sudáfrica, la madre de Pauline se negó a dejar que su niña la acompañara. Ese día las chicas decidieron matarla. Tras el suceso ambas fueron detenidas y declaradas culpables, pero, al ser menores de edad, no se les pudo aplicar la pena capital. Estuvieron encarceladas cinco años y fueron liberadas bajo la promesa de no volverse a ver nunca jamás. Juliet regresó a Inglaterra y se cambió el nombre por el de Anne Perry, con el que se convirtió en una afamada escritora de cuentos de terror y misterio. Por su parte, Pauline también se cambió el nombre (por el de Hilary Nathan) y se retiró a vivir a un convento católico. Ninguna de las dos se casó o tuvo hijos. Nunca se volvieron a ver.

En 1994 el realizador neozelandés Peter Jackson era básicamente conocido como el director de cine gore más célebre del mundo. Su trilogía de comedias bizarras —*Mal gusto* (1987), *El delirante mundo de los Feebles* (1989) y *Braindead: Tu madre se ha comido a mi perro* (1992)— se había convertido en un éxito loquísimo de videoclub (inolvidable la portada del VHS de *Mal gusto)* y tenía encandilada a la crítica de cine que entonces se practicaba en los cada vez más en auge fanzines independientes. En concreto, *Braindead* era una película tremenda, divertidísima, ultragore: con sus mono-rata, sus natillas vomitivas, su bebé zombi, su protagonista armado con un cortacésped y los miles y miles de litros de sangre falsa que bañaban un desmembramiento continuo hiperbólico de trozos más o menos humanos. Vaya fiesta. Así que os podéis imaginar la conmoción que produjo en el Festival de Venecia de ese año que Jackson presentara a competición *Criaturas celestiales*, la película en la que adaptaba el caso Parker-Hulme. El mundo estaba tan poco preparado para ello como cuando, siete años después, estrenó la película que todo el mundo decía que era imposible de realizar: *El Señor de los Anillos: La Comunidad del Anillo* (2001). Casi nadie se creía lo que veía en pantalla: Jackson, ayudado por su esposa y guionista Fran Walsh, había cogido la trágica historia de las jóvenes enamoradas y la había despojado de todo el realismo sucio sensacionalista de los *true crime* para erigir una película de un romanticismo exacerbado donde la fantasía se va apropiando poco a poco de todos los elementos del film. El presidente del jurado de Venecia ese año era David Lynch, quien decidió otorgar el León de Plata al mejor director del certamen a Peter Jackson por su impresionante película.

En 1971 el realizador francés Joël Séria ya había adaptado el caso Parker-Hulme a la gran pantalla en una cinta de terror culto a reivindicar desde ya mismo: *Mais ne nous délivrez pas du mal* (1971). Pero la idea de Jackson no era acercarse al terror, sino a la fantasía. Ya desde su mismo título, *Criaturas celestiales* retrata a sus protagonistas desde la devoción. El aislamiento y la incomprensión que viven las jóvenes es también una metáfora de la adolescencia como fenomenología donde uno tiene que aguantar todas las presiones de la vida adulta sin ni siquiera haber llegado a ella. Así que Jackson no ve a Pauline y Juliet (increíbles Melanie Lynskey y Kate Winslet, ambas en su primer trabajo en el cine) como dos asesinas, sino como dos jóvenes a las que la sociedad rechaza y, por eso, deciden inventarse un mundo donde poder ser felices. Un mundo de flores y barro donde todo es posible, desde que Orson Welles sea un príncipe enajenado que va arreando hachazos a diestro y siniestro hasta, sobre todo, que el mundo sea un sitio donde las chicas puedan disfrutar de su amistad y contacto, libres de todo prejuicio. La cámara de Jackson se vuelve loca persiguiendo a las jóvenes arriba y abajo del plano, encuadrando esa felicidad en continuo movimiento, y ellas llenan la pantalla con sus sonrisas, sus caricias y sus besos en fuga. No se me ocurre mejor película para coronar la adolescencia. Bueno, quizás *Supersalidos* (2007), pero eso es ya otra movida...

17 AÑOS

Adventureland de Greg Mottola (2009)

El mejor verano de nuestras vidas es algo que más que vivirlo, lo recordamos. Por eso cuando directores consagrados se ponen a hacer películas sobre su propia adolescencia, las cintas adquieren esa extraña estructura elíptica, condensando la emoción allí donde más duele, convirtiendo todos los recuerdos, tanto los buenos como los malos, en memorias esencialmente tristes. Después de todo, si algo nos enseñó *Del revés* (2015) fue precisamente que la tristeza forma parte indisoluble de la belleza. Las *coming-of-age movies* nos han dado algunas de las mejores muestras de cine de los últimos años. Paul Thomas Anderson reviviendo el verano en el que se enamoró de una chica mucho mayor que él en *Licorice Pizza* (2021), James Gray adentrándose en su infancia suburbial siendo descendiente de inmigrantes en *Armageddon Time* (2022), Steven Spielberg buscando las raíces de su cinefilia en *Los Fabelman* (2022)... Pero si ha habido un cineasta que ha sabido atrapar en ámbar la esencia del pasado así como la propia erosión del tiempo en nuestras vidas, ese sin duda ha sido Richard Linklater. Tanto *Movida del 76* (1993) como *Todos queremos algo* (2016) y, por supuesto, esa película-río —tan obsesionada con el crecimiento real de sus protagonistas que su rodaje se alargó más de una década— llamada *Boyhood* (2014) funcionan a ese doble nivel: el de la captura de las emociones vividas en un tiempo concreto de nuestras vidas así como su representación fílmica siguiendo los vericuetos caprichosos de la memoria.

El cineasta Greg Mottola intentó crearse un camino como autor con su interesantísimo debut en el largometraje, *The Daytrippers* (1996), pero como la película no acabó de funcionar tuvo que poner su talento al mejor postor. Normal que su filmografía bascule entre lo anodino (no voy a citar ejemplos) con algún que otro *hit* incontestable del tamaño de *Supersalidos* (2007), otro *coming-of-age* brillante, en este caso más volcado en la comedia verbalmente desenfrenada (produce Judd Apatow, escriben Seth Rogen y Evan Goldberg), cuyo éxito en taquilla le sirvió a Mottola para poder levantar *Adventureland*, ya no solo su mejor película, sino uno de los títulos más bellos, divertidos, emocionantes y delicados que nos haya dado el cine en el siglo XXI.

Adventureland abre sus puertas con el «Bastards of Young» de The Replacements y, a partir de ahí, la música no dejará de sonar, siendo un pilar estético básico de la obra: las canciones de Lou Reed, David Bowie, Hüsker Dü, Big Star, The Cure... son a la vez signos de puntuación emocionales como parte intrínseca del recuerdo revivido. De ahí que no solo se escuchen, sino que también se vean (en camisetas, pósteres, vinilos). Mottola escribe y dirige el que también fue el mejor verano de su vida, enamorado de la chica más increíble del parque de atracciones donde trabajó, aunque el parque real se hallara en las afueras de Nueva York y el cinematográfico en un Pittsburgh que parece ser el puerto donde van a encallarse y a agonizar tanto los aprendices de lenguas eslavas como los futuros poetas romántico-trágicos.

James (perfecto Jesse Eisenberg pre *La red social* [2010]) y Em (perfecta Kristen Stewart post-*Crepúsculo* [2008]) se conocen trabajando en Adventureland, un parque de atracciones decadente y cochambroso donde cualquiera de los visitantes puede acabar perdiendo un zapato (con el pie dentro) si no tiene cuidado. Él necesita dinero para irse a estudiar periodismo a Nueva York; ella, que es mayor, ya vive en la ciudad, pero necesita el dinero igualmente para evitar quedarse embarrada en el espantoso hogar paterno, donde una madrastra con peluca no deja de hacerle la vida imposible. En casa de él las cosas no van mucho mejor: el padre afronta su reconversión laboral dándole a la botella y a la madre ha dejado de importarle cuánto quiere a su hijo para empezar a preocuparse por cuánto le cuesta su hijo. Así que ambos, como todos los jóvenes, están solos. Pero ni siquiera se tienen el uno al otro en exclusividad. Ella está torpemente enamorada del imbécil casado que lleva el mantenimiento del parque (Ryan Reynolds); a él le tira los trastos la chica católica y sexualmente adornada como un árbol de Navidad (Margarita Levieva).

Así, mientras *Adventureland* se mece en el suspense de si estaremos ante un *Breve encuentro* (1945) o ante *Un gran amor* (1989), Mottola va imprimiendo sus imágenes con el mejor lenguaje cinematográfico posible: una magnífica combinación emocional de planos largos (cuando sube el drama) y planos cortos (cuando la comedia es la que manda), donde la sensibilidad del relato se traduce en latidos de la propia cámara (moverse/estarse quieta). El mejor ejemplo lo encontramos cuando los protagonistas se dan el primer beso y Mottola pasa de los planos fijos del interior del coche a ponerse la cámara al hombro para seguir a los protagonistas —con el estatismo para retratar la intensidad romántica creciente; con el movimiento para acelerar la vibración del momento— y atraparlos en un beso que representa al mismo tiempo el mejor momento de tu existencia, el mejor recuerdo de tu pasado y, cuando haya pasado el tiempo necesario, el instante más delicadamente triste de tu vida.

18 AÑOS

Elephant de Gus Van Sant (2003)

El 20 de abril de 1999 los estudiantes Eric Harris, de dieciocho años, y Dylan Klebold, de diecisiete, entraron armados hasta los dientes en la escuela preparatoria de Columbine, de la que eran alumnos de último curso: llevaban una escopeta de corredera (veinticinco disparos), una carabina (noventa y seis disparos), una pistola semiautomática (cincuenta y cinco disparos) y una escopeta recortada de dos cañones (doce disparos), además de múltiples explosivos caseros. A las 11:19 a. m. se inició el tiroteo. Doce estudiantes y un profesor fueron asesinados. Otros veintisiete alumnos resultaron heridos. A las 12:08 p. m. Harris y Klebold se suicidaron, disparándose en la cabeza en la biblioteca de la escuela. Tres años después el cineasta norteamericano Michael Moore realizó el tremendamente popular (y oscarizado) documental *Bowling for Columbine* (2002), en el cual rastreaba las posibles causas de la masacre, mientras no dejaba de preguntarse cómo era posible que unos chicos pudieran hacerse con tal cantidad de armas con tanta facilidad y cómo en el resto del país el debate podía centrarse en estupideces como qué música escuchaban y a qué videojuegos jugaban los jóvenes asesinos.

La cinta de Moore no está nada mal, pero lo que hizo Gus Van Sant fue de otra galaxia. Y es importante entender esto: hasta 2002, año del inicio de su Trilogía de la muerte, conformada por *Gerry* (2002), *Elephant* y *Last Days* (2005) —algunos la llaman tetralogía y le añaden, de forma bastante acertada, *Paranoid Park* (2007)—, Van Sant era un icono del cine *indie* norteamericano que sabía moverse con la cintura de Magic Johnson entre los proyectos rasgadamente personales, esas perlas llamadas *Drugstore Cowboy* (1989) y *Mi Idaho privado* (1991), y los trabajos de encargo para los grandes estudios, como *Todo por un sueño* (1995) o *El indomable Will Hunting* (1997). Pero la vida de Van Sant cambió el día que descubrió el cine del realizador húngaro Béla Tarr: «Fue exactamente lo que necesitaba ver en ese momento de mi vida». De Tarr hablaré largo y tendido dentro de unos años, así que solo apuntaré que la fascinación de Van Sant por los planos-secuencia de *Armonías de Werckmeister* (2000) y *Sátántangó* (1994), donde el tiempo pasa a convertirse en un ente físico dada la extrema duración de las tomas y la narración parece alcanzar su mínimo nivel dramático al básicamente ser todo planos de seguimiento, acabaría por dar forma a la arquitectura estética de toda su trilogía (o, repito, tetralogía). Lo que más vemos en *Gerry*, *Elephant* y *Last Days* es gente andando. Quizás anden por el desierto, quizás por los pasillos de un instituto, quizás perdidos por el bosque. Pero eso es lo que hacen todos: andar. Concretamente, andar hacia la muerte.

Flashback. En 1989 el cineasta *underground* británico Alan Clarke ya hizo un mediometraje brutal llamado *Elephant* cuyo objeto estético básico era seguir a gente andando en Steadicam y cuyo tema principal era la muerte. Producida por Danny Boyle y filmada en dieciséis milímetros, el elefante en la habitación de Clarke era una película sin diálogos donde se escenifican dieciocho asesinatos en Irlanda del Norte. A veces la cámara seguía al asesino, a veces a la víctima; luego llegaban los tiros y finalmente un plano fijo del cadáver, y se pasaba al siguiente asesinato. A Van Sant se le mezclaron en la cabeza la violencia en crudo del film de Clarke y los *travellings* en arabescos infinitos de Tarr, y acabó por tejer su propio elefante, el de la posesión de armas y las masacres cometidas por adolescentes en los EE. UU., en una de las películas más bellas y demoledoras del nuevo siglo.

Elephant se planificó con jóvenes actores no profesionales conviviendo en comunidad durante semanas antes de empezar a rodar. Van Sant y su operador de cámara Harris Savides ya habían trabajado en *Gerry* el juego extremo de construir una película basada en el movimiento estático: los actores no dejan de moverse, pero dicho movimiento no les lleva a ninguna parte. Aquí no habría vacío dramático, dado que *Elephant* es una película que narra una tragedia, pero la forma de acercarse a ella pasaría de lo individual —todos los personajes perseguidos por la cámara se presentan a través de intertítulos— a lo colectivo —no conocemos realmente a nadie, pero se dibuja a la perfección ese colectivo existente en toda escuela—, haciendo un parón a media película para que conozcamos (un mínimo) a los asesinos. En términos estrictamente temporales, *Elephant* es una filigrana deliciosa. La primera hora de película se basa en quince minutos de narración real construida a modo de puzle en bucle, destinado a converger en el primer disparo. Luego viene el *flashback* al día anterior a la matanza en casa de los asesinos y, finalmente, llega la matanza, donde la película recoge a todos los personajes presentados anteriormente para enfrentarlos a la barbarie. Lo dije antes: *Elephant*, con esos planos flotantes que son puro deleite esteta, es una cinta de una belleza desbordante, pero su terrorífico tercer acto —donde la brutalidad de los asesinatos se acumula hasta amortiguar la sensibilidad del espectador— también la convierte en un film demoledor. Más si contamos que Van Sant ni siquiera se molesta en darle cierre y deja al asesino jugando al «Pito, pito, gorgorito» con sus próximas víctimas. De ahí el lugar privilegiado de *Elephant* en el cine contemporáneo (Palma de Oro en Cannes incluida): la película de Van Sant es una de sus cumbres éticas y estéticas.

19 AÑOS

La cosa (El enigma de otro mundo) de John Carpenter (*The Thing*, 1982)

En 1982 no había en Hollywood realizador más hawksiano que John Carpenter. Su brutal *Asalto a la comisaría del distrito 13* (1976) era una *exploitation* en toda regla de *Río Bravo* (1959). Su magnífica *1997: Rescate en Nueva York* (1981) vestía de aires *Mad Max* lo que en realidad era un wéstern de rescate, solo que en vez de a John Wayne teníamos a Kurt Russell con parche pirata y en vez de a comanches teníamos a tribus urbanas con mallas, chupas de cuero y la cara pintarrajeada. Los protagonistas de Carpenter son una versión cínica y descreída de los profesionales de Howard Hawks: cumplirán con su deber con eficacia expeditiva, pero no esperes de ellos ningún heroísmo gratuito. Se hace lo que se tiene que hacer porque tampoco es que se pueda hacer otra cosa. Pero más allá incluso de los personajes, el contexto y los aromas wéstern, la filiación hawksiana de Carpenter pasa por el destilado absoluto de una narración que cuenta lo que tiene que contar sin enredarse en zarandajas. Carpenter y Hawks son de los que liman el hueso del relato eliminando toda la grasa y todo el cartílago: su cine es puro hueso y nervio, no sobra ni falta nada y, para colmo, todo está contado de la mejor forma (clásica) posible. Su estilo se basa en la transparencia: lo que importa es la historia narrada y nadie te la va a saber contar como Carpenter o Hawks. Y, pese a todo esto, Universal pareció tantear a todos los directores del NCA antes que a Carpenter para que dirigieran el *remake* de *El enigma de otro mundo* (1951), la película que dirigió Christian Nyby (que fue montador habitual de Hawks), pero cuya autoría siempre se concede al director de *Río Bravo*.

El inesperado taquillazo de *Alien, el octavo pasajero* (1979) aceleró las cosas: parecía que el público estaba más que preparado para una ciencia ficción sangrienta, con alien inclemente a los mandos. Entre los fans de la película estaba el propio Carpenter, quien estaba convencido de que incluso podía mejorar la escena de la película de Ridley Scott en la que el alien le reventaba el pecho a John Hurt. La suya sería más sorpresiva, más terrorífica, más gore. En Universal acabaron por fiarse del director; al fin y al cabo, *La noche de Halloween* (1978) también había sido un éxito rotundo en taquilla. Por lo que le pasaron el guion que había escrito Bill Lancaster —hijo de Burt Lancaster—, en el que devolvía al alienígena su condición metamórfica, tal y como figuraba en la novela original de John W. Campbell Jr., *Who Goes There?*, que sirvió de base para el film de Nyby. *La cosa* iba a ser una *survival movie* claustrofóbica y lovecraftiana: doce hombres atrapados en una estación científica en la Antártida, sin capacidad alguna de comunicarse con el mundo exterior y que iban a verse atacados por una de las criaturas más letales de toda la historia del cine de terror. Una fiesta absoluta del *body horror* analógico en un film paranoico donde cualquiera podía ser el enemigo y cualquiera podía ser la siguiente víctima. Un miniapocalipsis abordado de manera extremadamente realista, con una criatura que adopta formas inconcebibles y masacra de forma gore y cruenta a sus protagonistas.

A mí siempre me ha costado mucho creer en Dios, pero no me ha costado nada creer en John Carpenter. Es hasta insultante la seriedad y profesionalidad absoluta con la que aborda todas sus películas. ¿Que el villano es un coche demoníaco? Sin problema: *Christine* (1983). ¿Que el demonio va a resurgir de un tanque de líquido fluorescente? Ahí nos tiramos: *El príncipe de las tinieblas* (1987). Desde el minuto cero de todas sus películas, Carpenter marca a fuego (o a hielo, como en *La cosa*) la atmósfera de la misma: música, imágenes, ritmo, personajes, conflicto dramático-terrorífico. Los productores siguieron tocando las narices y no dejaron que el propio Carpenter compusiera el *soundtrack* de la película. Nada que el director no pudiera solucionar fichando a Ennio Morricone, quien hizo un *score* tan brillante (joder, es Morricone) que Tarantino llegó a usar los descartes para la oscarizada banda sonora de *Los odiosos ocho* (2015). Los ejecutivos querían, además, una superestrella como protagonista (Nick Nolte, Jeff Bridges), pero Carpenter ahí se puso firme: John Ford tenía a John Wayne, Akira Kurosawa a Toshiro Mifune, Ingmar Bergman a Max von Sydow. Carpenter tenía a Kurt Russell y él —y solo él— iba a ser su R. J. MacReady.

El toque de genio de *La cosa* iba a ser, precisamente, la dichosa cosa. Esa criatura anamórfica y multiforme que el maestro del maquillaje y los efectos especiales Rob Bottin iba a construir a base de esculturas, marionetas, animatrónica, látex, vísceras, plástico, chicle, fuego y hemoglobina a cascoporro. El resultado es increíble. *La cosa* es una muestra de horror cósmico que desafía a todo el cine de terror que se había visto antes, así como a todo el que se vería después. Carpenter tensa el suspense hasta la asfixia —por ejemplo, en la imborrable secuencia de los análisis de sangre— para luego hacerlo explotar en un festival de carne mutada y mutilada —cada vez que la cosa hace acto de presencia—, que aboca al espectador al fascinante espectáculo del horror puro.

Y aunque parezca increíble, *La cosa* fue un fracaso. Tuvo que competir en cartelera con *E.T., el extraterrestre* (1982), que se había estrenado dos semanas antes, y con *Blade Runner* (1982), que se estrenó el mismo día. El público le dio la espalda. La crítica la maltrató. El mismísimo Christian Nyby dijo «si hubiera querido ver una carnicería, me habría ido a un matadero». Universal canceló la franquicia prevista. A Morricone le dieron el Razzie a peor banda sonora del año. Hoy en día ya nadie le discute a *La cosa* nada de nada pero, aun así, permitidme dejarlo por escrito: *La cosa* es la mejor película de terror de la historia del cine. En febrero de 2022 proyecté la película de Carpenter en un cine de Madrid con todo el aforo vendido. Más de trescientos jóvenes llenaban la sala y tensaban el silencio de la proyección para acabar estallando en aullidos apagados de horror en los momentos más tremendos de la película. Así me sentí yo cuando la vi con diecinueve años. Así se sentían ellos en ese momento, cuarenta años después de su estreno.

20 AÑOS

Retrato de una mujer en llamas de Céline Sciamma (*Portrait de la jeune fille en feu*, 2019)

Las historias de amor cuando uno tiene veinte años o salen extraordinariamente bien o acaban terriblemente mal. También cuando tienes setenta, claro. El amor duele y eso no hay Dios que lo evite. Ni siquiera el cinematográfico. Pero lo que sí ha hecho el cine y muy bien ha sido captar esa esencia, colmada de belleza pero regada en tragedia, que son los amores imposibles. Cuando uno ve una película siempre hace un pacto íntimo con la misma: creerse todo lo que te va a contar como si ello fuera verdad (que no real; eso es otra historia). Por lo tanto, es el deber de los cineastas el intentar que esa verdad le llegue de la forma más pura al espectador. Sin trampas, sin subterfugios, sin excesos, sin paja ni grasa. La escritora y directora francesa Céline Sciamma es una de las creadoras modernas más importantes que ha dado el cine precisamente por ello: muy poca gente ha sido capaz de crear imágenes donde la esencia de la emoción retratada llega al espectador en un grado de pureza tan absoluto que uno poco puede hacer más que rendirse a sus escenas y dejarse barrer por las emociones que le desbordan. Historias de amor que te agarran el corazón y te lo destrozan sin compasión ha habido unas cuantas a lo largo de la historia del cine. Y cuando lo hacen tan bien como *Retrato de una mujer en llamas*, entonces las llamamos obras maestras. Por citar las primeras cinco que me vienen a la cabeza: *Breve encuentro* (1945) de David Lean, *Carta de una desconocida* (1948) de Max Ophüls, *La edad de la inocencia* (1993) de Martin Scorsese, *Los puentes de Madison* (1995) de Clint Eastwood, *Deseando amar* (2000) de Wong Kar-Wai.

Como todas las películas citadas, *Retrato de una mujer en llamas* —cuarto largometraje de Sciamma como directora— retrata el proceso de enamoramiento de una pareja condenada a la fatalidad desde su mismo arranque. Estamos en la Bretaña del siglo XVIII. Marianne (Noémie Merlant), una joven pintora, recibe el encargo de realizar un retrato matrimonial de Héloïse (Adèle Haenel), a quien su madre ha programado un matrimonio concertado. El retrato estaba pensado en un principio para celebrar el matrimonio de su hermana, pero esta decidió librarse de él por la vía radical: antes muerta que casada sin amor. La retratada no debe saber que la están retratando, así que la retratista deberá pasar mucho tiempo con ella, observándola, midiéndola, capturándola en su mente, para luego en soledad tratar de reproducir sus rasgos en el lienzo. Por eso esta es una película sobre la mirada, sobre cómo una mira a la otra y cómo la otra, sin miedo alguno, le devuelve la mirada. Céline Sciamma logra algo tan difícil que, cuando suena el arpegio correcto, se te estremece hasta el último centímetro del cuerpo: retrata el proceso de enamorarse de otra persona y de que esa persona, al mismo tiempo, se enamore también de ti. Y lo hace, claro, con miradas, con pasión comedida, con momentos de turbidez y estupor —maravilloso el instante en el que pintora y modelo se definen a partir de sus tics involuntarios—, atrapando en el plano, muchas veces sin cortes, fragmentos a lo Bresson de manos que se rozan, agarran y sueltan, con miradas que se mantienen y parecen prenderse como ese vestido que coge fuego mientras un coro de chavalas canta «Fugere non possum», latín para «no puedo escapar».

Enamorarse parece un juego de niñas, pero ay de las niñas que se enamoran perdidamente cuando la vida tiene otros planes pensados para ellas. Ahí, *Retrato de una mujer en llamas* pinza a la perfección con otras películas simétricas en su tiempo: la danza juvenil del deseo carnal y emocional que es *La vida de Adèle* (2013) de Abdellatif Kechiche y la sublimación del melodrama maduro *sirkiano* que cristaliza en *Carol* (2015) de Todd Haynes. Pero la película de Sciamma es algo más que la representación de un amor desde que nace hasta que se deshace. *Retrato de una mujer en llamas* es también la ejecución estética de cómo se recuerda ese amor. Prácticamente toda la película es un *flashback* (un recuerdo) que nace de un lienzo en blanco en el que el carboncillo está a punto de trazar sus primeras líneas negras para luego ir construyendo la historia desde la memoria, con pocos diálogos (y todos de mujeres: aquí los hombres sobran), que además parecen estar inventándose sobre la marcha. Normal que moviéndonos en el territorio del sueño se nos cuele el fantástico por las costuras. El mito de Orfeo y Eurídice toma cuerpo fantasmático en la película, recordándonos que incluso el amor más bestia —aquel que nos lleva al inframundo para recuperar a nuestra persona amada— también puede fracasar —por nuestra propia torpeza al girar la cabeza antes de tiempo—. Así, Héloïse se desvanece delante de Marianne, engullida por una oscuridad que por terminante que parezca no podrá jamás vencer al recuerdo. Y sé que es triste aferrarse a la remembranza cuando esta es lo único que queda de un amor perdido. Por eso puede que Sciamma decida en el último plano de la película permitir que Marianne vea por «primera última vez» a Héloïse, siendo bañada por *Las cuatro estaciones* de Antonio Vivaldi, precisamente la melodía que esta le enseñó al piano cuando aún jugaban a enamorarse. Héloïse rompe a llorar en plano fijo y, con ella, todos nosotros también.

21 AÑOS

El hombre de la cámara de Dziga Vértov (*Chelovek s Kino-apparatom*, 1929)

Llevo leyendo y escribiendo sobre películas desde que tenía doce años, pero puedo asegurar, sin ninguna duda, que el grueso de mi educación cinematográfica se gestó entre los dieciocho y los veintitrés años (los años universitarios, claro). De igual forma que hay un momento en la vida en el que debes arremangarte y meterle mano a Fiódor M. Dostoievski, Marcel Proust, Virginia Woolf y Roberto Bolaño, lo mismo tienes que hacer con el cine y sus vanguardias. Andréi Tarkovski, Michelangelo Antonioni, Ingmar Bergman, Chantal Akerman, Kenji Mizoguchi, Pier Paolo Pasolini, Rainer Werner Fassbinder... Cuanto más tarde los metas en tu vida, más te costará hacer de ella un sitio mejor. A los grandes cineastas no hay que tenerles miedo, al contrario: hay que tenerles como amigos. Y si bien es cierto que la experiencia vital de cada uno cambia en función de la edad —no es lo mismo ver a John Cassavetes a los veinte que a los cuarenta—, nuestra relación íntima e irremplazable con el cine siempre se verá recompensada al adentrarse en esos mundos en principio tan ajenos, aunque a la postre tan cercanos que el visionado de dichas películas ya nos acompañará el resto de nuestra vida como pequeños hitos. Tener veinte años es la hostia: es el momento exacto en el que se equilibran las ganas de hacer cosas con tener el tiempo necesario para hacerlas.

Los años veinte del siglo pasado también fueron la caña. El cine ya no andaba en pañales, sino que estaba innovando a lo bestia tanto con las historias que contaba con cómo las narraba. Hace cien años exactos, cineastas de todo el mundo hicieron del arte cinematográfico pura vanguardia: el *slapstick* norteamericano, el expresionismo alemán, el impresionismo francés, el naturalismo escandinavo, el surrealismo, el cine abstracto y el montaje psicológico soviético (también conocido como efecto Kuleshov). Entre estos últimos se encontraba Denis Abramovich Kaufman, que pronto (y atraído por el futurismo) se cambiaría el nombre por el de Dziga Vértov («Gira, peonza» en ucranio). Hoy es difícil de creer, pero durante muchos años el nombre de Vértov se hallaba enterrado bajo el peso de sus cineastas coetáneos: Kuleshov, Pudovkin, Dovzhenko y Eisenstein. De hecho, el propio director de *El acorazado Potemkin* (1925) se refirió a la labor de Vértov como «puro trabajo de cámara sin sentido», al alejarse del «montaje de atracciones» que él mismo había acuñado (en los años veinte se publicaban manifiestos estéticos cada fin de semana). Lo cierto es que Vértov tenía su propia teoría cinematográfica: la del Cine-Ojo (Kinoki), donde buscaba conseguir la objetividad máxima de las imágenes retratadas, renegando del uso de guion, actores o decorados y privilegiando el montaje por encima de la puesta en escena. Para Vértov, la cámara veía mejor que el ojo humano. Y su cine (documental) era pura visceralidad poética: no existía regla formal, temporal o lógica a seguir. Si acaso, un propósito político: utilizar la cámara para retratar la lucha de clases y ver y mostrar el mundo desde la revolución proletaria (y que les den a los burgueses).

El hombre de la cámara se rodó a lo largo de tres años en las ciudades de Odessa, Moscú y Kiev, sin guion, sin actores, sin decorados. Los años veinte eran también la época de las sinfonías urbanas —*Berlín, sinfonía de una gran ciudad* (1927) de Walter Ruttmann, *París que duerme* (1925) de René Clair, *A propósito de Niza* (1930) de Jean Vigo—, de las que la película de Vértov sería la representación más absoluta. El cineasta era un tercio científico, un tercio artista y un tercio prestidigitador, y en su obra se aprecia tanto el futurismo de Boccioni como el cubismo de Picasso, además de unas ganas tremendas de darle una patada al cine melodramático, del que aseguraba que era el opio del pueblo. *El hombre de la cámara* es ensayo, teoría y praxis cinematográfica. En ella se usan todos los elementos que poseía el cine para poder expresarse: exposición doble, cámara rápida, pantalla partida, pantalla múltiple, fotogramas congelados, cámara lenta, plano holandés, *travelling*, barrido, metraje representado en inversión, animación en *stop-motion*, todo tipo de trampantojos visuales. Era Griffith más Méliès más Murnau más Eisenstein (aunque tanto este como el aparato comunista se molestaran, asegurando que a Vértov le importaba más la forma que el fondo). Y todo ello en una película rapidísima —de hecho, cuatro veces más rápida (más de mil setecientos planos la componen) que las películas de su época—, que hace un uso ultramoderno del metalenguaje cinematográfico. En *El hombre de la cámara* un hombre con una cámara sigue a un hombre con una cámara; vemos a los espectadores de una sala de cine ver la película que estamos viendo nosotros mismos; vemos a una montadora (en la imagen más increíble de la película) cortar, ordenar y pegar rollos de celuloide que, inmediatamente, se proyectan en nuestra pantalla. Igualmente, las rimas por montaje son deslumbrantes: nacimiento de un bebé / funeral por un difunto; mujer poniéndose una enagua / cámara a la que cambian la lente; borracho tirado en el suelo / cámara que filma al borracho tirado en el suelo. Vértov tenía razón: la cámara es mucho mejor que el ojo humano. Seguramente por eso la retrata en plano detalle, y en el mismo reflejo de su lente podemos ver la cámara que la está grabando. El cineasta hace al mismo tiempo película, crítica y autocrítica y, como dijo David Bordwell, «no es solo una parte esencial de la vida, sino que muestra un camino para trascender nuestra visión de esta».

22 AÑOS

Bajo el peso de la ley de Jim Jarmusch (*Down by Law*, 1986)

En la vida hay películas que se alinean para golpearte en el momento exacto. Cada persona es distinta, cada película es diferente, pero cuando la combinación cinéfilo-existencial cuadra, vaya, no hay cosa que se le compare. Con veintidós años yo ya había visto películas de Jim Jarmusch. *Dead Man* (1995) era un sueño de William Blake viviendo un wéstern narcotizado por los *riffs* de Neil Young y la fotografía en blanco y negro de Robby Muller. *Noche en la tierra* (1991) escondía su poesía bajo mitología cinematográfica descarada (Cassavetes, Kaurismäki) y te hacía creer que la Tierra no era un lugar real, sino la suma de unos cuentos contados por unos amigos una noche cualquiera, encerrados en una taberna de Lavapiés (Madrid) o del barrio chino (Barcelona). Pero fue a los veintidós cuando vi *Bajo el peso de la ley*, en un glorioso treinta y cinco milímetros, en el desaparecido Cine Méliès. Fue en una sesión doble junto con *Extraños en el paraíso* (1984), segundo largometraje del cineasta de eterno tupé blanco. El tortazo de felicidad que me llevé aún me cosquillea de tanto en tanto.

El cine de Jim Jarmusch podría parecerse a muchas cosas, pero, en realidad, solo se parece a sí mismo. Para él, el arte cinematográfico bebe tanto de las películas de Sam Fuller y Robert Bresson como de la poesía de Walt Whitman y del punk de The Clash. Jarmusch no cree en la acción argumental, dado que lo suyo son los intersticios, los recodos dramáticos, allá donde aparentemente no pasa nada y, sin embargo, pasamos la mayor parte del tiempo. Al director de *Paterson* (2016) no le interesa casi nada la realidad: lo suyo es moverse (o quedarse quieto) en un espacio mental estrictamente artístico, donde es más sencillo que la poesía pueda surgir encapsulada en miradas, gestos y extraños momentos de comunión vividos por esos protagonistas que acumulan tantas derrotas en su haber que ya ni siquiera saben a qué demonios puede saber una victoria. De ahí que el deleite surja de algo tan sencillo como ver andar a Tom Waits bajo la noche de Nueva Orleans, en una esquina cochambrosa que parece surgida de una pintura de Edward Hopper. O (de nuevo) a Tom Waits improvisando en una celda angosta un parte meteorológico como en sus tiempos de DJ radiofónico, a petición de su compañero preso, un John Laurie con rostro de cura rural. La epifanía bressoniana es tan mínima que parece inexistente: pero ahí está, en la voz ronca del músico de Pomona mientras cuenta cómo la presión barométrica está bajando a la vez que las nubes se van amontonando unas encima de otras.

Bajo el peso de la ley es cine negro de la misma forma que *Solo los amantes sobreviven* (2013) es cine de vampiros o *Dead Man* es un wéstern: distintos trajes para contar una misma historia o, mejor dicho, una misma ausencia de historia. Jarmusch mantiene la iconografía básica del género para luego desnudarlo de toda acción reconocible. Hay cadáveres en maleteros, pero nadie sabe ni quién demonios son ni cómo han llegado hasta ahí. Hay aparatosas fugas de prisión, pero no vemos nada de ellas: pasamos de la conversación entre los presos sobre la posibilidad de la misma a verlos correr libres por el alcantarillado. No sabremos nada de los protagonistas después de lo sucedido; al fin y al cabo, tampoco es que supiéramos mucho de ellos antes de que todo empezara. Porque *Bajo el peso de la ley*, como todo el cine de Jarmusch, principalmente es una película sobre cómo perder el tiempo con el mejor estilo posible.

Y aun así es divertidísima. Porque a Jarmusch le gustará deshuesar a los géneros de todo nervio y cartílago adherido al relato, pero aún le gusta más plagarlo todo de un humor absurdo delicioso, sostenido por la ironía de colocar a personajes serios en situaciones estrambóticas. En *Bajo el peso de la ley* los personajes de Waits y Laurie —tipos secos y duros como sus nombres, Zack y Jack— están encerrados en una celda por crímenes que no han cometido. Junto a ellos va a parar Roberto (Roberto Benigni), todo candidez, todo amor, todo humor superlativo, aunque él sí es culpable de asesinar a un hombre tras dejarlo seco de un certero lanzamiento con la bola 8 del billar. El contraste no puede ser más abrupto; tampoco más armónico: dos arquetipos del cine negro de Don Siegel obligados a compartir escasos metros cuadrados con un *Looney Tune* que solo chapurrea unas pocas palabras en inglés. Normal que te tronches.

La belleza de las imágenes en blanco y negro capturadas por Jarmusch y Müller en *Bajo el peso de la ley* extrae su fuerza de algo que parece obvio, pero que no tantos cineastas saben hacer: poner la cámara en el sitio justo. Porque Jarmusch no es que maneje muchos elementos en el encuadre, sino que los pone en su lugar adecuado. Así, las imágenes —ya sean en movimiento (en los *travellings* de izquierda a derecha al arranque de la película) o en planos fijos (que son la inmensa mayoría)— van calando en ti hasta que te desarman por completo. Al final de la película, de nuevo en plano fijo, Roberto baila con Nicoletta (Nicoletta Braschi) cerca del foco mientras al fondo de la imagen vemos a Jack y Zack mirándolos sonrientes. Es un plano-emblema de la filmografía de Jarmusch. Que, si te sacude en el momento justo, te hará fiel a su cine para el resto de los días.

23 AÑOS

Ichi the killer de Takashi Miike (*Koroshiya 1*, 2001)

Si la ultraviolencia desmadrada, cachonda y amoral fuera un arte, *Ichi the killer* sería *La Gioconda* del cine. Es cierto, películas salvajes ha habido siempre: desde la adaptación de Sade filtrada bajo una necrótica crítica al fascismo a cargo de Pier Paolo Pasolini en *Saló o los 120 días de Sodoma* (1975), pasando por los *rape & revenge* de los años setenta con títulos tan bestias como *Thriller – A Cruel Picture* (1973) de Bo Arne Vibenius o *La última casa a la izquierda* (1972) de Wes Craven, hasta llegar al conocido como «nuevo extremismo francés» de los 2000 con títulos como *Martyrs* (2008) de Pascal Laugier o *Al interior* (2007) de Alexandre Bustillo y Julien Maury, aunque su película-emblema bien podría ser *Irreversible* (2002) de Gaspar Noé.

Pero Takashi Miike es otra mandanga bien diferente. Cineasta japonés estajanovista (cuando cumplió sesenta años llevaba más de ciento diez películas realizadas), era amante de los relatos cerriles de género impío: películas de samuráis (chambara), fantástico (kaidan-eiga), *noir* (yakuza-eiga), cine de monstruos (yokai films), terror (j-horror), etcétera. Además, era un reconocido admirador del cine de David Lynch y Quentin Tarantino, con el que llegó a colaborar en *Sukiyaki Western Django* (2007). Si Miike se hizo un nombre entre los fans acérrimos del fantástico fue por su capacidad de llevar la violencia conocida un par de pasos más lejos de lo que nadie se había atrevido nunca. Su primer gran *hit* internacional, la aterradora *Audition* (1999), alcanzaba su cenit con una sesión de tortura a cargo de una jovencísima asesina armada con agujas larguísimas, en una de las secuencias ya icónicas de la historia del cine de terror moderno: *kiri-kiri-kiri-kiri.*

En 2001 Miike estrenó la friolera de ocho largometrajes. ¡Ocho! Y, entre ellos, hay algunas de las mejores películas de su carrera: *Visitor Q*, *La felicidad de los Katakuri*, *Family* y, claro, *Ichi the killer*. Adaptación del violentísimo manga homónimo de Hideo Yamamoto (otro que tal baila en cuestión de pulir los detalles gráficos más bestias posibles) a cargo de Sakichi Sato —a quien la gente recordará por hacer de Charlie Brown en *Kill Bill Vol. 1* (2003)—, la película de Miike cristalizaba en un pandemónium gore y ultraviolento capaz de quemar cejas y pestañas a cualquiera que se atreviera a asomarse a tal descalabro de palizas, mutilaciones, torturas inhumanas y, en definitiva, el arte de convertir el asesinato más inclemente en un retruécano con el que resulta muy difícil no morirse de risa.

En *Ichi the killer* no hay héroes ni villanos: todos los protagonistas son imbéciles de cabo a rabo y el noventa por ciento de ellos son además psicópatas malnacidos. El supuesto héroe de la historia, Ichi (Nao Ômori), es un sadomasoquista con el cerebro hecho un cacao que al mismo tiempo que se excita viendo y propinando violencia extrema no puede evitar sentirse culpable: por eso cuando asesina disparatadamente a sus enemigos (hombres, mujeres, niños) con las cuchillas que lleva en sus talones no puede parar de llorar y gritar. Su antagonista, Kakihara (un enorme Tadanobu Asano), es una especie de Joker yakuza, con las comisuras de la boca cortadas de forma que su sonrisa le llegue hasta las orejas, capaz de colgar en el aire a un pobre desgraciado con ganchos agarrados a su espalda, tirarle encima aceite hirviendo y luego practicar el noble arte de clavarle en la cara afiladísimos palillos japoneses de acero.

Takashi Miike no concede indulgencia alguna ni a sus protagonistas ni al espectador. Pero sí muchas risas macabras. Esta película no podría verse ni a mil kilómetros de distancia si tuviera una aproximación realista al *horror vacui* de sus desmadrados crímenes. Pero *Ichi the killer* está planteada como una comedia bárbara; joder, si los títulos de crédito surgen del esperma eyaculado por Ichi tras excitarse viendo cómo un yakuza le pega a una prostituta. Eso no significa, claro, que esta sea una película para todos los públicos. En absoluto. Esta es una película para un público exquisito capaz de llorar y gritar (como Ichi) de risa ante la carnicería más burra que yo haya visto en una gran pantalla. Y es que además lo recuerdo a la perfección: Festival de Sitges, año 2002, Cine Retiro. Allí, seiscientos energúmenos como el que firma esto aullamos y aplaudimos cada acto de barbarie de *Ichi the killer* en una de las sesiones más emblemáticas que yo recuerde del festival. No sé el resto, pero yo tenía veintitrés años.

24 AÑOS

Cleo de 5 a 7 de Agnès Varda (*Cléo de 5 à 7*, 1962)

Cuenta la leyenda que Agnès Varda, mientras estaba preparando *Lions Love* (1969), visitó The Factory para reunirse con Andy Warhol. Su película experimental iba a jugar con la imagen de la era *hippy* mientras volcaba imágenes abstractas que igual representaban cuadros de Magritte como momentos espontáneos de caos que filmaría simultáneamente con tres cámaras de treinta y cinco milímetros. La película contaba ya con la participación de la cineasta experimental Shirley Clarke, pero aún necesitaba actrices-icono del *hippismo* y es ahí donde Warhol podía proporcionarle los contactos adecuados. El artista de pelo blanco recibió a Varda encantado: era admirador absoluto tanto de la *nouvelle vague* como de Jacques Demy (marido de Varda) como, claro, de la propia cineasta, de quien aseguraba que su película *Cleo de 5 a 7* era una obra maestra. Un fan de la abstracción y la provocación como Warhol, que en *Sleep* (1964) había filmado durmiendo durante cinco horas a una pareja y que en *Empire* (1964) había rodado sin cortes durante ocho horas el Empire State Building, no pudo evitar decirle a Varda: «Claro que yo la habría rodado de 5:00 a 7:00 exactamente».

Pero Warhol se equivocaba porque Warhol a veces tenía gracia y otras veces no decía más que chorradas, mientras que Varda en vida y obra siempre pareció encontrar aquello que buscaba. En *Cleo de 5 a 7* Agnès Varda sigue los pasos de Cleo (Corinne Marchand), una joven cantante y modelo que está a la espera de saber los resultados de unos análisis que le dirán si tiene cáncer o no. Varda tenía dos objetivos claros: hacer coincidir el tiempo interno del relato (el cinematográfico) con el externo (el real), de 5:00 a 6:30, y aplicar en él las técnicas del cine documental al mismo tiempo que vehicular la ficción narrativa de la obra. El productor le había dicho que no tendrían mucho dinero y que, a ser posible, hiciera algo como lo que había hecho Jean-Luc Godard en *Al final de la escapada* (1960). Al reducir el tiempo total de la obra a solo un par de horas el presupuesto se había ajustado muchísimo: no hacía falta buscar muchas localizaciones ni usar muchos actores ni buscar vestuario extra. Y a Godard no hacía falta mentárselo: Varda lo conocía a la perfección y había rodado un cortometraje el año anterior con él y su entonces pareja Anna Karina llamado *Les fiancés du pont Mac Donald o Méfiez-vous des lunettes noires* (1961). El corto aparecería dentro de la película cuando Cloe acude a un cine con la amiga que trata de animarla en vano.

Pero hay mucho más. A Agnès Varda no se le podía pedir que hiciera una película «como Godard» porque ella no solo formó parte activa de la *nouvelle vague*, ojo, siendo la única mujer (y la única feminista) en un grupúsculo de egos masculinos notables —Godard, Truffaut, Rivette, Chabrol, Rohmer, etcétera—, sino que además fue precursora del movimiento con una película que se adelantó cinco años a las obras de sus colegas: *La Pointe Courte* (1955). En dicho film Varda cuadra dos estéticas para las dos narraciones que presenta, siguiendo el patrón de *Las palmeras salvajes* de William Faulkner. En una estaba inventando buena parte de la estética que sería el sello de la *nouvelle vague* y en otra era mucho más cercana al neorrealismo italiano «sin que nunca hubiera visto una película del mismo», dice una simpatiquísima Varda en *Varda por Agnès* (2019). Así que la cineasta no tenía mucho que aprender de Godard y sí, por ejemplo, de Alain Resnais, que fue el montador de esta primera película.

Cleo de 5 a 7 es una de las películas-monumento de la *nouvelle vague* y, precisamente, lo que menos me interesa de ella son ciertos tics estéticos de la misma: repeticiones, barridos de cámara, aceleraciones. Creo que es mucho más potente esa mirada documental que atrapa el París de los sesenta de una forma directa y sin trucos de ningún tipo. Ver andar a Cleo por las calles de París entre escaparates, bares, gente común que o bien se queda mirando a la actriz o bien directamente a la cámara y gente extraordinaria que se zampa unas ranas vivas para alegría del respetable. La agonía de Cleo se exacerba por una multitud de señales mortuorias que la van golpeando a medida que avanza el tictac de los muchos relojes que también se ven en la película. Ficción y realidad, mentira y verdad, representación y naturaleza urbana. La película encapsula el tiempo en capítulos señalados en pantalla: «*Chapitre* IV. *ANGÈLE de 17h.18 à 17h.25*». Pero ni por esas *Cleo de 5 a 7* es agónica: como mucho sería una película hipocondríaca. Varda construye una película de pura luz, quizás sea por todos esos espejos y reflejos, quizás porque no hay nada más bonito (ni más propio de la *nouvelle vague*) que ver a alguien moverse, en coche o a pie, por las calles de París mientras suena la música de Michel Legrand (que se lo digan a Jacques Rozier y su *Adieu Philippine*, rodada el mismo año que la película de Varda).

En 2017 Agnès Varda trató de reunirse con Jean-Luc Godard para que apareciera en su película *Caras y lugares*. El cineasta francés le dio plantón y la directora, visiblemente afectada, le llamó «rata» a cámara: «Te quiero. Pero eres una rata». ¿Por qué hizo tal cosa Godard? La hija de Varda, Rosalie, se lo explicó a Carlos Reviriego en una entrevista: «Jean-Luc sabía que, si aparecía en la última secuencia de la película, le robaría la película entera. Dejaría de ser la última película de mi madre para convertirse en la última aparición de Godard». Varda, Godard, Truffaut, Resnais, Chabrol, Rivette, Rohmer, Demy, Rozier. Tenían poco más de veinte años cuando cambiaron la historia del cine. Ahora todos yacen ya muertos. Yo tuve la enorme suerte de poder estar con algunos de ellos. Y guardo bien a salvo en mi corazón el paseo que me di junto a Agnès en San Sebastián el año que el festival le dio una Concha de Oro honorífica. ¡Qué mujer tan increíble!

25 AÑOS

La red social de David Fincher (*The Social Network*, 2010)

La red social se abre con una joven pareja discutiendo en el interior de un bar. Él, Mark Zuckerberg (Jesse Eisenberg), habla en múltiples direcciones apuntalando un trastorno obsesivo compulsivo que no resta un ápice ni de brillantez ni de insolencia a lo que dice; ella, Erica Albright (Rooney Mara), trata de seguirle el ritmo —«a veces dices dos cosas a la vez y no estoy segura de a cuál debo prestar atención»— reprimiendo las ganas de darle un bofetón cada vez que escupe una imprecación. Inaudito: no solo comparten un mismo espacio cercano, sino que se ven, se tocan, se aguantan. Aunque a duras penas: después de que él le recrimine ir a la Universidad Pública de Boston, ella le manda a hacer gárgaras, a freír espárragos..., a la mierda, vaya.

La red social se cierra con Mark Zuckerberg completamente solo en el despacho de sus abogados después de que su último amigo haya abandonado la sala tras demandarle por seiscientos millones de dólares. Tiene el ordenador abierto y está mirando la página de Facebook de Erica. Le pide amistad y espera. Refresca la página. Refresca la página. Vuelve a refrescar la página. Entre el minuto cero y el minuto ciento veinte el mundo ha cambiado radicalmente. Antes nos conocíamos en los bares, ahora nos filtramos a través de las redes sociales. Antes la amistad implicaba un intrincado conjunto de emociones a ir delineando, limando y puliendo con los años. Ahora la amistad significa hacer clic. El futuro (ya presente) no nos ha traído ni coches voladores ni viajes temporales ni máquinas que curen todas las enfermedades con un simple escaneado. Pero lo que sí nos ha traído es una nueva forma de comunicarnos sin tampoco tener que dejarnos la piel en ello. Antes teníamos un puñado de amigos, ahora podemos tener millones (Mark Zuckerberg en 2017 tenía dos billones de amigos en Facebook). Nunca habíamos estado tan en contacto con nuestro alrededor y, por supuesto, nunca habíamos estado tan solos. Es uno de los grandes fracasos del mundo interconectado en el que vivimos: pudiendo estar intercambiando experiencias enriquecedoras con gente que vive más allá de lo que nuestro propio conocimiento concibe, lo que hacemos es insultarnos los unos a los otros, descargarnos películas y series por Torrent y compartir memes de Nicolas Cage o de Julio Iglesias (muy a favor de los memes de uno y de otro). Tiene gracia cómo Mark Zuckerberg no consiguió ser uno de nosotros: lo que hizo fue convertir a todo el mundo en alguien como él. Vuelve a apretar la tecla F5.

La universidad de 2003, año en el que transcurre la película escrita por Aaron Sorkin y dirigida por David Fincher, no tiene tampoco mucho que ver con la universidad americana que el cine nos había enseñado hasta entonces. Los jóvenes de *Desmadre a la americana* (1978), *Aquellas juergas universitarias* (2003), *Las reglas del juego* (2002), *La revancha de los novatos* (1984), *Regreso a la escuela* (1986)... básicamente solo querían una cosa (ya-tú-sabes) y no era precisamente aprobar las asignaturas. El capitalismo aupado por las nuevas tecnologías había calado fuerte en los *millennials* y todos querían crear una *start-up* que los hiciera multimillonarios de la forma más rápida y cómoda posible (¿y quién no?). A Mark Zuckerberg le rompió el corazón Erica Albright, así que se encerró en su habitación, la puso a caer de un burro en su blog y luego creó Facebook.

Desde que empieza hasta que acaba *La red social* vemos a Mark pisotear tanto a quien cree que puede medirse con él —la humillación de los gemelos Winklevoss (Armie Hammer por partida doble digital) es casi el *running gag* de la película— como a sus propios amigos, caso del cofundador de Facebook Eduardo Saverin (Andrew Garfield), cuya defenestración empresarial es el verdadero clímax dramático del film. Pero la construcción de este viaje hacia la soledad rodeada de efímeros amigos virtuales no se parece en nada a las tradicionales películas de Hollywood donde un joven idealista pierde sus principios al obsesionarse con el triunfo (fama, sexo, dinero). En absoluto. Ya hemos dicho que el protagonista carecía de ideales. En realidad, la genialidad de *La red social* estriba en lo excitante y desolador que es ver cómo Mark Zuckerberg se sale con la suya sin tampoco mostrar demasiado interés en ello. Porque para Zuckerberg el resto de los humanos somos todos idiotas.

En el fondo, lo que nos cuenta *La red social* va mucho más allá de cómo un joven con un cerebro privilegiado y las habilidades sociales de una jeringuilla usada inventó una de las puertas al futuro de la comunicación. Lo realmente importante tanto para Sorkin como para Fincher es retratar el proceso de automutilación social que su protagonista atraviesa para poder lograr sus objetivos. No trata sobre perder el alma o sobre vender tus principios morales, porque jamás queda claro que Zuckerberg tuviera ninguna de las dos cosas: él es el mismo imbécil al principio y al final de la historia. Y lo fascinante de *La red social* es que prácticamente te obliga a simpatizar tanto con su genio como con su impasibilidad y su arrogancia desmedida. Hay ahí una adoración del monstruo a la que se entregan en invencible triunvirato artístico las frases lapidarias escritas por Sorkin, la cinética cinematográfica abocada a la atracción por el abismo de Fincher y el desparpajo a la hora de disparar líneas de un Jesse Eisenberg histórico. Añade a la ecuación la fascinante banda sonora de Trent Reznor y Atticus Ross y ya tienes el *Ciudadano Kane* (1941) de nuestro tiempo (Joan Pons escribió que era más *Eva al desnudo* [1950]: la comparación me parece igual de válida).

26 AÑOS

Haz lo que debas de Spike Lee (*Do the Right Thing*, 1989)

Ya lo rapea Chuck D en «Fight the Power», tema escrito por Public Enemy explícitamente para *Haz lo que debas* a petición del propio Spike Lee: «*'Cause I'm Black and I'm proud / I'm ready and hyped plus I'm amped / Most of my heroes don't appear on no stamps / Sample a look back you look and find / Nothing but rednecks for 400 years if you check*» («Porque soy negro y estoy orgulloso, / estoy listo y emocionado, y además estoy amplificado. / La mayoría de mis héroes no aparecen en ningún sello. / Echa un vistazo hacia atrás y te darás cuenta: / no hay más que paletos blancos durante cuatrocientos años, chequéalo»). Es exactamente de lo que se queja Buggin Out (Giancarlo Esposito) en la película: ¿por qué no puede poner Sal (Danny Aiello) a un hombre negro en la «galería de la fama» que decora la pared de su pizzería? Y qué que Sal sea italoamericano y por eso le guste colgar fotos de Sinatra, Loren, Pacino y De Niro. Pero en la pizzería Sal's Famous solo entra gente negra a comer pizza, joder, está en el maldito centro de Brooklyn, en el barrio de Bedford-Stuyvesant. Así que no le costaría nada poner una foto de Martin Luther King o de Malcolm X.

La queja de Buggin Out es un mero catalizador. El odio racial anda agitado en Brooklyn en el día más caluroso del año. Por más que el DJ predicador míster Señor Love Daddy (Samuel L. Jackson) trate de suavizar los ánimos pinchando *funky* y salsa (también se debe a su público puertorriqueño), lo que bate cabezas es el hiphop que atrona desde el *loraco* de Radio Raheem (Bill Nunn), imponente conciencia andante que parafrasea al falso párroco asesino de *La noche del cazador* (1955), no sea que el calor abrase los ánimos y el odio acabe por ganar al amor. Pero no parece que el odio lleve las de perder: no solo hace mucho calor atendiendo al sudor de los protagonistas, también la cosa está que arde en los colores elegidos por el director de fotografía Ernest R. Dickerson para la película —rojos, amarillos, ámbar; nada de verdes o azules—, así como en la infinidad de planos aberrantes (con el eje inclinado que desestabiliza la imagen volviéndola inestable, incómoda) que llegamos a contemplar. Las referencias son explícitas. Dickerson se inspiró en los vívidos colores de las películas de Michael Powell y Emeric Pressburger —*Narciso negro* (1947), *Las zapatillas rojas* (1948)— y en las angulaciones que Jack Cardiff impuso en el rodaje de *El tercer hombre* (1949). Antes de que se cambiara el título a *Haz lo que debas*, la película se llamaba *Heatwave* (*Ola de calor*).

Era el tercer largometraje del realizador afroamericano Spike Lee y se presentó en la competición oficial de Cannes de 1989. Lee había escrito el guion en dos semanas con dos hechos clave en mente: el asesinato de Michael Griffith en una pizzería de Howard Beach (Queens) en 1986 y el secuestro, violación y paliza de Tamara Brawley en 1987, cuando solo tenía quince años. Ambos eran negros; sus agresores, blancos. Del mismo color que todos los críticos que protestaron contra la película porque consideraban que esta podía llegar a incitar disturbios en las calles. Pero los disturbios no los crean las películas: los crea el odio racista. El 3 de marzo de 1991 cuatro policías propinaron una paliza demencial a un joven negro indefenso y ya esposado. Se llamaba Rodney King y un jurado declaró a los policías inocentes. Ahí sí que hubo disturbios: sesenta y tres muertos, más de dos mil heridos. El 26 de febrero de 2012 Trayvon Martin, joven (negro) de diecisiete años, fue tiroteado por un guardia de seguridad (blanco) mientras regresaba a casa de su prometida. El guardia se llamaba George Zimmerman y fue declarado inocente en el juicio correspondiente. Ahí nació el hashtag #BlackLivesMatter. El 25 de mayo de 2020 el policía Derek Chauvin (blanco) mató a George Floyd (negro) asfixiándolo (durante más de ocho minutos) con su rodilla, apretada contra el cuello del detenido cuando estaba ya inmovilizado. Chauvin sí fue juzgado y declarado culpable.

Pero volvamos a la película. En ella, treinta años antes del #BlackLivesMatter, unos policías blancos asfixian a Radio Raheem frente una multitud que suplica que se detengan. Ha sido un día largo y sofocante. Buggin Out casi la lía cuando un ciclista (blanco y con camiseta de Larry Bird) le mancha sin querer sus Jordan nuevas. Pino (John Turturro) lleva toda la jornada soltando soflamas racistas sin parar, dedicando bastante más tiempo a su odio que a hornear la masa de las pizzas. Spike Lee evita sermonear, pero, sin embargo, no evita la corrección política; por eso su pedagogía no escatima en toques incendiarios. Todo el mundo odia a todo el mundo y así lo pone en escena en un continuo de brutales monólogos a cámara: los blancos odian a los negros, los negros odian a los puertorriqueños, los puertorriqueños odian a los coreanos, los coreanos odian a los judíos. Spike Lee baja la cámara para encuadrar en ligero contrapicado a todos sus protagonistas. Serán gente de la calle, pero Lee les da toda la dignidad que merecen. Al final, Mookie (interpretado por el propio director) decide que ya está harto y lanza un cubo de basura al escaparate de la dichosa pizzería en la que trabaja. La violencia se desata: peleas, saqueos, incendios. Mookie le ha salvado la vida a Sal con ese pequeño gesto: ha dirigido la rabia contra el local y no contra su persona; pero ya qué más da todo. La idea es hacer de este un mundo mejor. Que a los cuarenta no te encuentres con algo peor que a los veinte. Y ese fracaso circula de generación en generación seas de la raza que seas.

27 AÑOS

Sábado noche, domingo mañana de Karel Reisz (*Saturday Night and Sunday Morning*, 1960)

Al *free cinema* británico se le ha referenciado precipitadamente, y en más de una ocasión, como si fuera una «*nouvelle vague* británica». El error es aceptable: sus respectivas películas emblema —*Sábado noche, domingo mañana* de Karel Reisz y *Al final de la escapada* (1960) de Jean-Luc Godard— son del mismo año. Pero lo cierto es que, aunque ambos movimientos coinciden en el tiempo (de hecho, el *free cinema* es algo anterior), la nueva ola del cine británico tenía bastante más que ver con el tánatos del neorrealismo italiano que con el eros de Godard y compañía. A los franceses les preocupaba mucho más la forma que el fondo, haciendo de su estética un principio moral, mientras que para los británicos la tilde iba en el fondo, convirtiendo sus principios morales en una estética, la del realismo social *british*, cuyo impacto se alargaría a lo largo de las siguientes décadas —Ken Loach, Mike Leigh,

Stephen Frears— hasta llegar a nuestros días. Si en la *nouvelle vague* lo que se buscaba era matar al padre cinematográfico, en el *free cinema* al que se quería matar era al padre real (el biológico). Los cineastas franceses, crecidos y protegidos por *Cahiers du cinéma*, transmitían la felicidad propia de quien es joven y se dedica a ver, escribir, rodar y criticar películas. Los cineastas británicos, crecidos y protegidos por *Sight & Sound*, algo más mayores de edad, estaban tan cabreados con todo y con todos que a su propio manifiesto del movimiento lo llamaron «Angry Young Men». Porque así era: John Osborne (dramaturgo, productor y figura paternal del *free cinema*), Tony Richardson, Karel Reisz, Lindsay Anderson, Lorenza Mazetti, Jack Clayton y hasta Joseph Losey (norteamericano que había emigrado a Londres huyendo de la caza de brujas del macartismo)... estaban todos más que cabreados. Por eso el estudiante al que da vida Malcolm McDowell en *If...* (1968) coge una metralleta y empieza a matar profesores. Por eso el universitario frustrado que es Richard Burton en *Mirando hacia atrás con ira* (1959) se autodestruye en su miseria arrastrando con él a aquellos que más le quieren. Por eso el chaval atrapado en un reformatorio clasista con el rostro y las piernas de Tom Courtenay en *La soledad del corredor de fondo* (1962) no deja de correr sin tener clara la dirección que tomar: pesa más la urgencia de la huida que la certeza de la llegada. Y luego está el currante de Albert Finney en *Sábado noche, domingo mañana*.

Superados los veinticinco, uno deja de ser estudiante para ser clase trabajadora. A no ser que tu familia sea rica y el único trabajo que tengas que hacer en tu vida sea ir al cajero automático a sacar dinero. Pero como el noventa y cinco por ciento de los mortales somos pobres, lo que nos toca es currar.

Demasiado mayor para vivir de tus padres, demasiado joven como para agrietarte en la mecedora de casa, el chaval-no-tan-chaval ya acude de lunes a viernes a un trabajo de mierda para así tener dinero que quemar el fin de semana. He ahí lo que importa. Lo sabes tú, lo sé yo y también lo sabe Arthur (un imponente Albert Finney que irrumpe en la historia del cine tirando puertas a patadas), cuyo trabajo en una fábrica metalúrgica no puede ser más monótono y absurdo. Tanto da: de algo hay que vivir, joder, de algo hay que beber. Y todo ese tiempo perdido tiene un único objetivo claro: entrar en el *pub* y tomarse una buena pinta. En su calendario solo hay tres días: lunes-viernes, sábado y domingo.

Sábado noche, domingo mañana fue adaptada a partir de su propio (y buenísimo) libro por el escritor Alan Sillitoe, el mismo autor de la novela que daría pie a *La soledad del corredor de fondo*. El director de esta, Tony Richardson, fue quien produjo la película de Karel Reisz, todo ello bajo el paraguas de Woodfall Film Productions, la empresa que John Osborne creó para dar voz e imagen a los *angry men* del *free cinema*. Así que todo quedaba en familia. Y basta con echar un vistazo rápido a la película de Reisz para entender a la perfección el movimiento: a través de un rebelde sin causa que patea calles y bares (que son calles y bares de verdad, no decorados) y de una mirada documental que se deposita tanto sobre las caras como sobre los lugares, se representa el conflicto social existente en un Londres donde aún se pueden ver los agujeros de bala de la Segunda Guerra Mundial.

Arthur, según como se mire, cae hasta mal: su hedonismo parece una mezcla rara de existencialismo regada con machismo. Deja embarazada a su amante, una mujer mayor casada y con un hijo, mientras tontea con una joven virginal cuyo sueño es tener una casa con lavabo propio. ¿Cuántas horas más de fábrica tendrán que pasar para poder pagar algo así? ¿Me preocupo por el tema (tremendamente tabú entonces) del aborto o me dedico a sacudir mi frustración disparando mi escopeta de balines por la ventana? ¡Toma, uno en el culo de mi insoportable vecina! La diferencia de clase es una losa que no deja de aplastarte. Quizás por eso Arthur sea peor de lo que en realidad es: porque va aguantando los problemas un día tras otro hasta que llega el sábado por la noche y por fin los puede ahogar bien adentro, en el fondo del vaso. Pero a todo sábado noche —Dios (el que sea) lo sabe— le toca su correspondiente domingo por la mañana. Y así semana tras semana.

28 AÑOS

Rojo oscuro de Dario Argento (*Profondo rosso*, 1975)

El declive de los géneros cinematográficos norteamericanos clásicos en los años sesenta —cine negro, terror, *thriller*, wéstern— hicieron que estos vivieran en Europa una reformulación de lo más excitante (en lo artístico) y exitosa (en taquilla): polar francés, fantaterror, poliziesco, *spaghetti western* y, claro, el cine *giallo*. Aunque la paternidad del *giallo* se la tendríamos que otorgar tanto a Alfred Hitchcock con *Psicosis* (1960) como a Michael Powell con *Peeping Tom* (1960), el primer *giallo* como tal sería esa maravilla llamada *La muchacha que sabía demasiado* (1963) del maestro Mario Bava (título muy Hitchcock, por otra parte). Ahí ya estaban todos los rasgos del género: mirada subjetiva, pasión por el fetichismo (especialmente las armas afiladas), crímenes atroces maravillosamente coreografiados, mezcla de misterio con terror, uso de colores vivos (rojo, verde, azul), importancia seminal de unas bandas sonoras alejadas de los estándares del género, etcétera. Los *gialli* llevaban la iconografía del terror al extremo del deleite esteta, haciendo de la violencia una fiesta de la crueldad, siempre contada con una elegancia tan estilizada como libidinosa. Hubo muchos *gialli* buenísimos: *Todos los colores de la oscuridad* (1972) de Sergio Martino, *Una lagartija con piel de mujer* (1971) de Lucio Fulci, *El ojo del laberinto* (1972) de Mario Caiano, *Contrato de sangre* (1976) de Pupi Avati, *Bahía de sangre* (1971) de Mario Bava (que también sería un precedente del *slasher*)... Pero si hubo un director que se especializó en el género e hizo de él uno de los movimientos cinematográficos más potentes de la segunda mitad del siglo XX, ese fue el cineasta romano Dario Argento. Argento arrancó su carrera siendo crítico cinematográfico. Según él, el más importante de toda Italia. «Mirar películas, escribir, leer: no habría hecho otra cosa», dejó escrito en sus memorias. Con poco más de veinte años se coló en la habitación de hotel de John Huston —«en la puerta había una montaña de botellas vacías»— para poder entrevistarle; poco después estaba escribiendo junto a Bernardo Bertolucci el argumento base de *Hasta que llegó su hora* (1968) de Sergio Leone. El mismo Leone obligó a los jóvenes aprendices de cineastas a ver *Centauros del desierto* (1956) para luego explicarles a gritos que la película era una obra maestra «¡por la atmósfera!». Quizás esos gritos se le metieron bien adentro en la cabeza, porque si en algo es maestro Argento, además de en matar a mucha gente de forma muy truculenta, es en la categórica construcción de atmósferas en sus filmes. Y de todas sus películas es posible que *Rojo oscuro* sea su mejor trabajo, aunque en el corazón de los fans del terror esta siempre ande reñida con *Suspiria* (1977), realizada un par de años más tarde. Dario Argento siempre ha vivido el cine de una forma total, por eso Dario Argento es uno de los nuestros.

Rojo oscuro se abre con una sesión de espiritismo en un teatro de butacas y cortinas rojas. La médium descubre en la sala a un asesino/a, por lo que queda fuertemente afectada. Poco después será bestialmente asesinada en su apartamento, primero con una pequeña hacha para cortar carne, luego siendo degollada por el cristal de su ventana. Desde la calle, Mark (David Hemmings, nueve años después de *Blow-up* [1966] y, en cierta manera, retomando el mismo personaje) ve lo que ocurre y corre a salvarla. Llega tarde, claro, el/la responsable ha huido del lugar del crimen con sus ojos maquillados, sus guantes y su gabardina, todo de color negro. Mark se obsesiona con el crimen y se dispone a descubrir al asesino/a con la ayuda de una periodista, Gianna (Daria Nicolodi, pareja y musa de Argento en aquellos años).

Al igual que en sus primeras películas, conocidas como la Trilogía de los animales —*El pájaro de las plumas de cristal* (1970), *El gato de las nueve colas* (1971) y *Cuatro moscas sobre terciopelo gris* (1971)—, en *Rojo oscuro* se cruza el suspense propio del policíaco con crímenes vertidos desde el cine de terror más macabro. Pero si en aquellas películas la investigación se perdía en meandros anodinos, ganando fuerza, precisamente, en la coreografía espectacular de unos asesinatos tremebundos, es en *Rojo oscuro* cuando Argento logra trasladar toda su imaginería audiovisual al pleno de su película. El recargamiento de *travellings*, *zooms*, planos detalle, cortes rápidos y angulaciones que rompen el punto de vista natural, así como el uso del *rock* progresivo de Goblin para acompañar las imágenes y la determinación de la cámara para encuadrar el horror de forma frontal —incluso abriéndose al absurdo, como en la secuencia del asesinato con una marioneta—, convierten *Rojo oscuro* en una orgía de imágenes y emociones absoluta. Es la semiótica de la imagen al servicio de un esteta del crimen gutural. Porque el movimiento de cámara, que empieza en Alfred Hitchcock y acaba en Brian De Palma, pasa obviamente por Dario Argento.

29 AÑOS

La mamá y la puta de Jean Eustache (*La maman et la putain, 1973)*

El 3 de noviembre de 1981 se encontró en su apartamento de París el cadáver del director francés Jean Eustache. Se había disparado en el corazón pocos días antes de cumplir cuarenta y tres años. En la puerta había dejado una nota: «Llame fuerte, como para despertar a un muerto». En su película *La mamá y la puta*, donde los parisinos de los años setenta hacen de la tertulia (en cafés, en camas, en coches) una necesidad, el protagonista suelta en un espasmo: «Yo no me tomo el suicidio en serio. Ni más ni menos que la muerte». Eustache —junto a Maurice Pialat, Philippe Garrel y Chantal Akerman (cito los más significativos)— formaría parte de la órbita post *nouvelle vague*, la generación de cineastas franceses que seguiría cronológicamente a Godard, Truffaut, Varda y compañía y que debió lidiar con las heridas sin cerrar que dejó tras de sí la revolución estudiantil Mayo del 68.

Si la *nouvelle vague* había supuesto una ruptura radical con las formas precedentes de hacer cine, la generación de Eustache iba a ser aún más extremista: tras la derrota del ideal romántico solo quedaba el erial de la amargura y la crudeza del hedonismo. Ellos iban a ser los cineastas que debían capturar el regreso a la falsa normalidad una vez la esperanza había sido exterminada, y cada uno decidió hacerlo a su manera. Garrel y Eustache eran los más románticos del grupo, nada que ver con la conciencia extrema de Akerman y el pesimismo vital a lo Bergman de Pialat. Pero si Garrel buscó extremar las ideas de Godard respecto a narración y puesta en escena, Eustache se fijó la meta exactamente contraria: nada mejor para derrocar a la *nouvelle vague* que usar sus mismos escenarios, actores y motivos (las mismas armas, en definitiva), pero con un uso del lenguaje claramente opuesto. Su película iba a ser de formas clásicas, privilegiando el primer plano y el plano-contraplano, más cerca de Bresson que de Renoir, situándose entre el respeto y el insulto, tan banal como profundo, e ideológicamente no muy separado del anarquismo de derechas de Louis-Ferdinand Céline.

La mamá y la puta está protagonizada por tres jóvenes a punto de dejar de serlo: en la frontera entre los veinte y los treinta, donde lo que ganas un día lo puedes perder al siguiente y viceversa. A esa edad la insolencia no es comparable con la de la adolescencia: cuando uno deja de ser un crío es insolente por temerario; cuando uno entra en la madurez, la insolencia destila la amargura del primer tiempo perdido. Alexandre (Jean-Pierre Léaud) es un *flâneur* —un «paseante»— hedonista sin un duro encima al que jamás veremos trabajar (ni nada que se le parezca) y que aboga por el amor libre para así poder acostarse con dos mujeres sin perder a ninguna de ellas: Marie (Bernadette Lafont), la pareja actual de Alexandre y con quien comparte apartamento, y Veronika (Françoise Lebrun), una enfermera que supera el aburrimiento de los días en bares y camas ajenas reivindicando su pleno derecho a follarse a quien quiera cuando quiera. Léaud está sublime (y guapísimo), recién salido de *El último tango en París* (1972), y su verborrea infinita está tan maravillosamente escrita por Eustache que uno le acaba perdonando que en su discurso se cuele una clara misantropía entre citas a Jorge Luis Borges y a Sacha Guitry. Repito: aún tienen veinte, no treinta, por lo que es normal que hablen como si lo supieran todo aunque tropiecen con más de una incongruencia.

El cine de Eustache fue como su vida: tristemente breve. Era demasiado excéntrico y arrogante como para arroparse a un tiempo del que se sentía enemigo. Su amargura se traducía en un torrente de palabras que acabarían por construir una película de una solidez inusitada. Su implicación con la obra era absoluta, de un calado profundamente íntimo y, precisamente por ello, de una visceralidad arrogante, bárbara. No es una autobiografía, pero prácticamente. Y la mirada que deposita sobre la juventud es simétrica a su actitud: radical, incómoda, soberbia. Pero ni todo el ruido ni toda la furia de *La mamá y la puta* son capaces de esconder la herida interior de la película. La fragilidad extrema que acaba por desbordar a estos protagonistas que no dejan de filosofar alrededor de un colchón tirado en el salón (solo hay una edad para dormir en un colchón en el salón), y cuya búsqueda de la felicidad se traduce en asumir los mismos roles burgueses que llevan tres horas insultando.

La película se presentó con gran escándalo en el Festival de Cannes de ese año. La presidenta del jurado, Ingrid Bergman, la odió profundamente. Diálogos como este: «¿Qué has hecho esta tarde? / He ido a follar o a que me follaran, como prefieras» hicieron que los críticos la insultaran sin pudor. La otra película francesa a competición ese año era *La gran comilona* (1973) de Marco Ferreri. Al final todos los sueños se convierten en pesadillas. La muerte de Eustache convirtió a *La mamá y la puta* en una película de culto instantánea. También en una película maldita. Perseguida y codiciada por cinéfilos de todo el mundo durante décadas. No está mal recordarlo hoy, que todo el cine es a golpe de clic.

LOVE
HATE

30 AÑOS

Corazón salvaje de David Lynch (*Wild at Heart*, 1990)

Los que estuvieron allí cuentan que cuando Bernardo Bertolucci, presidente del jurado del Festival de Cannes de 1990, dijo el nombre del ganador de la Palma de Oro, «David Lynch por *Corazón salvaje*», los abucheos se comieron a los aplausos, con el crítico Roger Ebert como máximo acicate de los «*boooooos*». La ceguera de la prensa en Cannes con el cine norteamericano es tan notoria como hereditaria: ya se sabe que la estupidez se contagia con mucha mayor facilidad que la inteligencia. El ser humano es irremediablemente entrópico, además de aburridamente previsible. Pero volvamos a Lynch que, lo creas o no lo creas, en 1990 era una de las personas más populares del planeta Tierra. *Terciopelo azul* (1986) había sido un *hit* de autor incontestable, capaz de configurar los márgenes y estilemas de un sello que ya se iba a erigir como único y totémico. Pero lo de *Twin Peaks* (1989) fue el acabose: Lynch le había lanzado una bomba envenenada a la televisión pública norteamericana y esta acabó por convertirse en un fenómeno mundial sin parangón. El cineasta se adelantaba diez años al nacimiento de la nueva edad dorada de las series de TV —*Los Soprano* (1999), *A dos metros bajo tierra* (2001), *The Wire* (2002), *Perdidos* (2004)...— y lo hacía con la mejor serie de todos los tiempos (para más dudas, ver su tercera temporada, emitida en 2017: es lo mejor que le ha pasado al siglo XXI). Lynch se había ennoviado con Isabella Rossellini, soberbia actriz y modelo que, además, era hija de dos tótems de la historia del cine: Roberto Rossellini e Ingrid Bergman. Helmut Newton y Annie Leibovitz se peleaban por sacarles fotos. Los fans le enviaban orejas falsas por correo. Raffaella de Laurentiis se extrajo el útero y se lo envió como regalo. Él, mientras tanto, seguía escribiendo su tira cómica «The Angriest Dog in the World» para *Los Angeles Reader*, hacía comerciales de Calvin Klein, exponía sus pinturas en galerías del Soho (para escándalo de pintores y marchantes). Eran tiempos felices.

Corazón salvaje fue el fruto cinematográfico de aquellos años de felicidad personal, encumbramiento artístico y notoriedad pública. Lynch, al que le suele llevar años desarrollar proyectos, escribió el guion en tan solo seis días. Le ayudó bastante que Barry Gifford, el autor de la novela original, *Wild at Heart: The Story of Sailor and Lula*, sea un escritor de los que cincelan imágenes y esculpen diálogos: el *american gothik* le servía de perfecto corsé a Lynch para elaborar una *road-fuck-movie* (en esta película se folla más que se viaja) plagada de personajes anómalos en situaciones cada vez más bizarras. En el libreto de prensa del film había una frase que decía algo así como «Elvis y Marilyn en busca de Oz». Y sí es cierto que Sailor —Nicolas Cage homenajeando al Marlon

Brando de *Piel de serpiente* (1960) con chaqueta, precisamente, de reptil— escupe las frases como si fuera el Rey y hasta se marca un magnífico «Love Me» en una discoteca; y que Lula —Laura Dern en una interpretación histórica, mezcla de desorbitante ferocidad sexual y quebradiza fragilidad emocional— sacude al viento su felicidad rubia con la misma ingenuidad y tristeza que Norma Jean. Y del maravilloso mundo de Oz, pues lo que quieras: brujas (malas y buenas), el asfalto de la carretera como trasunto del camino de baldosas amarillas, un perro majísimo (que se lleva una mano humana para la merienda), «cántame "Love Me Tender" o, por lo menos, "Over the Rainbow"», Lula juntando tacones tras la violación verbal de Bobby Perú (Willem Dafoe como si fuera un Errol Flynn podrido hasta los incisivos).

Veamos un poco al detalle esa escena-total porque sirve para definir a la perfección el estilo Lynch de pervertir y enloquecer nuestra mente como libidinosos y espantados espectadores. Lula está tumbada en la cama del motel de Big Tuna con un *negligé* como única ropa. Bobby Perú, el lobo feroz con el apellido «como el país», llama a la puerta y se cuela subrepticiamente con un desagradable juego de palabras sobre si orinar en un sitio o en otro. Plano largo de la habitación con Lula tapándose su desnudez y Bobby posmicción dispuesto a devorar a su presa. Bobby sonríe y muestra los dientes más desagradables de la historia del cine. El plano se va haciendo progresivamente más corto y la acción más angustiosa mientras Bobby le exige a Lula que le pida que la folle: «*Say "Fuck me"*». Lula se estremece de miedo, le suplica que se vaya, se echa a llorar. «*Say "Fuck me"*», se divierte Bobby, mientras le pellizca un pezón en plano detalle. De forma inexplicable, Lula parece excitarse: lo sabemos por los dedos de su mano, que se alargan como cuando alcanza el orgasmo con Sailor. «*Fuck me*», susurra. Bobby se aparta rápido como si todo fuera la peor broma del mundo: «*Someday, baby, I will*».

Corazón salvaje es así un paisaje por una Norteamérica en herrumbre imparable, plagada de *freaks* que se introducen cucarachas por el ano y asesinos con aparatosas prótesis ortopédicas cuya excitación sexual va directamente ligada a la ultraviolencia que desatan. El único hombre bondadoso de toda la cinta —no olvidemos que Sailor ha asesinado a un tipo con sus propias manos, reventándole el cráneo contra el suelo— es Johnny Farragut (Harry Dean Stanton), quien, como no podía ser de otra manera, morirá de forma horrible: con el corazón roto y en las manos —como patas de araña— de Juana (Grace Zabriskie), la hermana de Perdita Durango (Isabella Rossellini). Pero el personaje más vil de una película que continuamente está a punto de incendiarse (sus signos de puntuación siempre son cerillas prendiéndose) es, sin duda alguna, Marietta, la madre de Lula, cuya actriz Diane Ladd es también la madre de Laura Dern en el mundo real. Lynch sonríe mientras da una calada. En otro de los momentos-totales de la película, Lula para el coche en la carretera, harta de escuchar noticias cada vez más escabrosas. Le ruega a Sailor que le ponga música. En un plano-grúa sin cortes, mientras suena «Slaughterhouse» de los heavyatas Powermad, Lula y Sailor bailan enloquecidos, lanzando patadas de karate al aire. Mientras la cámara sube para atrapar esa Norteamérica enloquecida y aun así bellísima que es el Oz lynchiano, la música *heavy* da paso a una composición de Richard Strauss. Los amantes se abrazan, se besan, se quieren o, mejor dicho, se aman con el corazón salvaje.

31 AÑOS

Antes del atardecer de Richard Linklater (*Before Sunset*, 2004)

Hay una historia tristísima detrás de la trilogía *Before...* de Richard Linklater: *Antes del amanecer* (1995), *Antes del atardecer* y *Antes del anochecer* (2013). Permitidme que os la cuente. Veréis, Linklater conoció a una chica en 1989 en Filadelfia llamada Amy. Estuvieron andando y hablando toda la noche. Luego hubo unas pocas llamadas por teléfono... y nada más: perdieron el contacto. En 1995 Richard Linklater realizó *Antes del amanecer* como recuerdo de aquella noche. Pero en el fondo tenía la misma esperanza que Jesse (Ethan Hawke) cuando escribió un libro contando su noche con Céline (Julie Delpy): la única razón para escribir dicha obra (para hacer dicha película) era que ella se enterara y que así pudieran volver a encontrarse cuando él presentara el libro en París. Amy no se presentó al estreno de *Antes del amanecer*. Tampoco a la de *Antes del atardecer*. No fue hasta 2010, cuando ya estaba preparando *Antes del anochecer*, que una amiga de Amy contactó con él y le contó lo sucedido. Amy había muerto en un accidente de moto el 9 de mayo de 1994, solo un par de semanas antes de que Linklater, Hawke y Delpy arrancaran con el rodaje de *Antes del amanecer*. Tenía veinticuatro años.

Jesse y Céline se conocieron en un tren rumbo a Viena cuando tenían poco más de veinte años. Juntos pasaron el mejor día de sus vidas. Un día tan bueno que, en el fondo, ensombrece a los que vinieron luego. Eran jóvenes, guapísimos, un mar de dudas, emociones, aspiraciones: tenían todo el futuro por delante (lo cual es una frase más terrible que esperanzadora). Pero se lo creyeron demasiado. Antes del advenimiento de la tecnología o te intercambiabas los teléfonos de casa de tus padres para llamarte o te dabas la dirección postal para escribirte por carta; si no, nada de nada. Ellos se lo jugaron a todo o nada a seis meses vista en la misma estación donde se despiden. Y la ruleta de la vida les dio la espalda. Él fue, pero a ella se le murió la abuela y no pudo ir. Jesse se pateó Viena, viéndola en cada esquina; ella se quedó con la duda de si él había ido o no. Con la duda de si esa noche había sido tan importante para él como para ella.

Nueve años después Jesse publica un libro —*This Time* [Esta vez]— contando su noche con Céline. Lo que más desea es que ella aparezca en la librería Shakespeare and Company de París, donde se presenta el libro. Ella lo hace. Y Linklater, que, como Welles y Ford, es «un cineasta del cuándo» —palabra de Andrew Sarris—, nos presenta los cuerpos de Jesse y Céline envejecidos en tiempo real para vivir un nuevo extracto de su vida en común. Solo que está vez será mucho más corta, porque *Antes del atardecer* —como *Cleo de 5 a 7* (1962), película que viste a los veinticuatro años—

ocurre prácticamente en tiempo real. Jesse tiene que coger un avión en menos de ochenta minutos, lo que les da a los protagonistas un margen realmente corto para reavivar su amor, si es que eso es posible (pero cómo no va a ser posible: ¿no habéis visto cómo se miran desde el primer minuto?).

Las tres películas de la trilogía me parecen soberbias y, de hecho, me planteé meter las tres en este libro, una a los veinte, otra a los treinta y otra a los cuarenta, siguiendo la propia evolución de las películas y de la edad que tienen Jesse/Hawke y Céline/Delpy en ellas. Pero lo cierto es que *Antes del amanecer* me supera con su romanticismo desbordante de quien encuentra su primer amor. Probablemente porque sé que el primer amor no es el que acaba permaneciendo: la ingenuidad y la falta de experiencia suelen terminar cargándoselo, o si no todos estaríamos casados (es un decir) con nuestra pareja de la universidad. Y *Antes del anochecer* me desgarra como si fuera una película de Ingmar Bergman, mostrando una amargura a los cuarenta que no me apetece mucho mirar dos veces, no sea que vaya a reflejarme en ella y me acabe desvaneciendo en moléculas.

Pero, ay, *Antes del atardecer* es la película perfecta. Incluso con ese arranque tan de los últimos Woody Allen. Hora y media de planos secuencia donde los no-tan-jóvenes (pero aún guapísimos) enamorados hablan y hablan sin parar mientras pasean por París, toman café en un bar, se mueven en barco, en coche, a pie subiendo unas escaleras en silencio absoluto. ¡Qué silencio! ¡Aún lo puedo escuchar, como si estuviera sucediendo hoy mismo! Después de no parar de hablar durante toda la película, cuando llega el momento de la verdad ambos se quedan sin palabras. Es el silencio ultratenso de antes de la batalla. Y, joder, no hay batalla más importante que la del amor. En medio de la imparable verborrea, Jesse y Céline hablan de muchas cosas, pero sobre todo hablan de sí mismos. De qué habría pasado si se hubieran reencontrado hace nueve años. «Yo estaba bien hasta que leí tu maldito libro», dice ella. A medida que los minutos corren y se estrecha la soga —mira, *La soga* (1948), otra película en tiempo real— las palabras se vuelven no más graves, pero sí más serias. Ella está a punto de acariciarle en el coche cuando él le describe lo triste que es su matrimonio. Un gesto que duele como un manotazo, precisamente por quedarse colgado en el aire. Pero ambos persisten. Él le pide que le toque una canción con la guitarra, porque Céline no ha escrito un libro, pero sí le ha compuesto una canción. Y en el apartamento, en un juego de plano-contraplano soberbio, ella empieza a imitar a Nina Simone: «Cariño, vas a perder ese avión».

32 AÑOS

Taxi Driver de Martin Scorsese (1976)

He visto tantas veces *Taxi Driver* que creo que la conozco mejor que a muchos de mis amigos. No sé si todo el mundo tiene una película seminal en su historia personal (ojalá que sí y ojalá que sea buenísima), pero en mi caso, sin duda, se trata del sexto largometraje de Martin Scorsese. *Taxi Driver* fue la primera película que me llevó a interrogarme sobre quién había detrás de las imágenes que estaba viendo, la que me suscitó preguntarme qué significaban las formas en las que se mostraban dichas imágenes. El ralentí del plano detalle de los ojos de Travis Bickle (Robert De Niro) mientras conduce su ataúd de metal por las calles de Nueva York. El montaje fragmentado de Travis mientras ensaya una y otra vez con sus armas delante del espejo: «*Are you talking to me?*». La voz en *off*, tan de Bresson, que va repitiendo lo que el taxista va anotando en su diario, esa crónica de la desesperación que solo puede resolverse en un estallido de violencia sin precedente alguno en la historia del cine. La mirada subjetiva de Travis observando camellos, proxenetas y prostitutas; el taxista como un hombre que siempre está rodeado de gente, pero que nunca logra conectar con nadie. La luz metálica que capturó Michael Chapman (director de fotografía) con su cámara, convirtiendo las calles de Nueva York en un inframundo resudado, tan hostil como morboso, de una crudeza atenuada, latente, sacudida por la bruma y los esputos de vapor que salen del alcantarillado. La música de Bernard Herrmann, la última que compondría antes de fallecer, una *suite* jazzística interrumpida por vientos agresivos: el carácter de Travis calcado en el pentagrama. Más planos detalle, esta vez de la caligrafía de Travis, convirtiendo su letra casi en un intertítulo de Jean-Luc Godard. Y la sangre, claro, la sangre vertida por la escalera, el pasillo, la habitación, la cama, el sofá. Retratada de forma frontal, lateral y cenital. Con la fotografía degradada para que el rojo fuera aceptable, para que no le cayera una clasificación X y se cargara la exhibición de la película. Por eso la sangre en *Taxi Driver* es aún más desagradable: el tratar de quitarle realismo la convierte en un líquido execrable.

Pero a esas preguntas llega uno mucho más tarde. En el tercer, quizás el cuarto visionado. Uno debe despegarse de las imágenes para poder analizarlas. Y es terriblemente difícil despegarse de las imágenes de *Taxi Driver*. La conexión con la película es brutal porque es imposible no ya conectar, sino dejar de identificarse con la soledad absoluta que vive su protagonista principal. Y todos, en algún momento de nuestra vida, nos hemos sentido igual que Travis Bickle: solos, perdidos e incomprendidos. Paul Schrader, guionista de la película, definió a Travis a través de su propia experiencia cayendo en el agujero de la depresión: alcohol, prostitutas, paseos nocturnos en coche. Cuando estuve con Schrader en 2016 le pregunté si era verdad lo que había escrito el historiador y experto en el cine americano de los setenta Peter Biskind sobre que escribió el guion con una mano mientras en la otra sostenía un revólver descargado. «*Peter Biskind is full of shit.*» Schrader tenía dos referentes: John Ford y Robert Bresson. De ahí que Travis sea un descendiente bastardo de Ethan Edwards, el amargo protagonista de *Centauros del desierto* (1956): un soldado derrotado que busca durante años a su sobrina, secuestrada por los indios (¿nadie se preguntó por qué Sport [Harvey Keitel] lleva una cinta india en el pelo en la película?). Pero si Ford le dio la clave argumental, Bresson le dio la forma: repetición (práctica con las armas), fragmentación (el cuerpo de De Niro encuadrado por todas partes y desde todas partes), transformación (éxtasis de violencia liberadora a modo de malsana epifanía). Un mantra que Schrader lleva repitiendo sin parar en su carrera como director, desde *American Gigolo* (1980) a *El maestro jardinero* (2022).

Pero volvamos con Travis, un Robert De Niro estratosférico, histórico, imbatible. Travis con su corte de pelo *mohawk*, armado hasta los dientes, con el cerebro al rojo vivo, harto de todo y de todos. Travis siendo rechazado por su chica-ángel (Cybill Shepherd), tras él invitarla en su primera cita al único lugar que conoce que no sea la cafetería de los taxistas: un cine porno. Travis, que lleva por igual a pasajeros que le cuentan cómo van a matar a su mujer, que le dejan el asiento lleno de manchas de semen y sangre, que le tiran el dinero arrugado con desprecio. Travis, que se debate entre matar al político que representa ese mundo al que a él no le está permitido entrar o liberar a Iris (Jodie Foster), su chica-prostituta, una joven menor de edad a la que un proxeneta explota y engaña sin ningún escrúpulo. En *Malas calles* (1973), primera gran obra maestra de Scorsese, Charlie (Keitel) ponía su dedo encima de la llama de una vela para comprobar cuánto podía aguantar. Travis pone directamente el puño encima del fogón de la cocina. Ha perdido definitivamente la cabeza y, sin embargo, estamos todos ahí, con él, mientras sigue preguntándole al espejo: «*Are you talking to me?*».

33 AÑOS

Two Lovers de James Gray (2008)

Leonard (Joaquin Phoenix) tiene treinta y tres años, pero sigue trabajando como chico de los recados en la tintorería de su padre. Su prometida lo abandonó y él trató de suicidarse; ahora dice odiar las cicatrices que atraviesan su muñeca. Debe tomar pastillas a diario porque tiene trastorno bipolar y ha ido a parar a su antigua habitación, en la casa de sus padres. La estancia se le queda pequeña, la casa le oprime; incluso Brighton Beach, el barrio de Brooklyn donde vive, parece un patio de recreo carcelario en tonos grises que no ofrece la menor esperanza. Cumplida la edad de Jesucristo parece que uno tenga que tener encarrilada la vida —matrimonio, hijos, trabajo serio—, cuando lo normal es o bien estar completamente perdido o bien estar tratando de huir de ella. Al arrancar la película, Leonard, en completo silencio, se tira a la bahía.

Para cuando James Gray presenta *Two Lovers* en el Festival de Cannes —una de las mayores epifanías que yo haya tenido nunca en dicho evento— ya se había ganado el amor de la cinefilia de medio mundo. Cada película que había realizado era mejor que la anterior: *Cuestión de sangre* (1994), *La otra cara del crimen* (2000), *La noche es nuestra* (2007); todas ellas ancladas en el mejor cine negro contemporáneo, ese *neonoir* cuyas reglas habían fijado entre los sesenta y los setenta gente como Don Siegel, Arthur Penn, Robert Altman y Francis Ford Coppola. Un cruce de cine clásico —con un respeto absoluto por los códigos del género— con el cine moderno de herencia europea (Jean-Pierre Melville a la cabeza), donde los más bien silenciosos protagonistas acumulan dobleces morales y la puesta en escena es, al mismo tiempo, detallista y sensual, abrupta cuando conviene, pero mayormente muy estilizada. Gray maneja el suspense creciente de las intrigas recargando el melodrama a base de envenenar los lazos de sangre de sus personajes, mientras los lanza a un mundo violento donde solo parece poder salvarles su entereza y compromiso.

Pero el protagonista de *Two Lovers* flaquea. Es un niño grande, más que un joven adulto, repleto de debilidades, de dudas, de miedos. Balbucea más que habla, sonríe a espasmos y suele bajar la mirada cuando tiene que hablar con alguien. Sobra decirlo, pero lo diré: Joaquin Phoenix está increíble, a la altura del Marlon Brando de *La ley del silencio* (1954). Para acabar de complicar las cosas, en su camino se cruzarán dos mujeres. La primera, Sandra (Vinessa Shaw), es el sueño de todo suegro: educada, cariñosa, paciente y de buena familia. La segunda, Michelle (Gwyneth Paltrow), es el sueño de todo adolescente: fogosa, libertina, divertida e imprevisible. La primera se enamora de él, aceptándolo tal y como es. «Yo quiero cuidarte», le dice. La segunda está absurdamente enamorada de un imbécil del trabajo, casado y con hijos, que la lleva a la ópera, a restaurantes caros y le paga el piso vecino al de Leonard. Él, siguiendo el absurdo patrón humano de afanarse en perseguir aquello que no tiene y de desdeñar lo que le viene dado, se enamora de la rubia. A Leonard no le gusta su vida y Sandra no parece más que la prolongación lógica de esta. Con Michelle, sin embargo, se reinventa: es más simpático, más duro, más seductor. Delante de ella es otra persona, una capaz de bailar en discotecas, de follar en azoteas, de darse a la fuga de una vez por todas.

La historia, tan antigua como la vida misma, ya se la habíamos leído a Fiódor Dostoyevski en su *Noches blancas* (o visto en las adaptaciones cinematográficas de la novela a cargo de Luchino Visconti y Robert Bresson), pero en manos de Gray parece que es la primera vez que nos la estén contando. En *Two Lovers* cada secuencia posee el peso dramático justo, la puesta en escena más exacta que uno se pueda echar a la cara. Cuando Leonard y Michelle se encuentran en la azotea, la cámara les sigue mientras las columnas de ladrillo rojo no dejan de dividir el espacio, separándolos y volviéndolos a juntar continuamente en el plano. Gray está representando la imposibilidad de la comunicación entre ambos: él le quiere declarar su amor, ella no deja de hablarle de su amante. En otro momento, Leonard pone un CD de ópera tras contarle Michelle su pasión por la misma. Al final, acabará haciendo el amor con Sandra, que se presenta de improviso en su casa, mientras la ópera no deja de sonar. Gray no les concede tregua a los amantes, ni siquiera en su mayor momento de intimidad, escena en la cual planea sin cese la presencia de la tercera en discordia.

El final de *Two Lovers* es aterrador. Jugando siempre con el patio de vecinos que separa a los protagonistas (la sombra de Hitchcock también está presente en la película), Leonard planea su huida sin remisión del hogar paterno, del trabajo estable, de una esposa cándida que lo querrá el resto de su vida. Pero todo sale fatal: «Ha abandonado a su mujer, dice que se va a casar conmigo». Casi podemos oír cómo se rompe el corazón de Leonard; el ruido es ensordecedor, insoportable. Es la destrucción absoluta de la ilusión, del enamoramiento, de la libertad. Los planos finales de la película son tristísimos. Leonard está rodeado de felicidad —amigos, familiares, futura prometida— y, sin embargo, la derrota es absoluta. Las películas no solo hay que verlas, sino también pensarlas y la mejor manera para ello es escribiéndolas. Volviendo a ver / pensar / escribir *Two Lovers* vuelvo a sentir esa pulsión, emocional e intelectual, tan íntima y tan poderosa que solo te dejan las obras maestras. Y *Two Lovers* de James Gray puede ser la gran obra maestra del siglo XXI.

34 AÑOS

Psicosis de Alfred Hitchcock (*Psycho*, 1960)

En el año 1959 a Alfred Hitchcock le ofrecieron dirigir la primera película de James Bond. El director británico acababa de estrenar *Con la muerte en los talones* (1959) y los productores de la United Artists querían, básicamente, clonar la actitud tan frenética como festiva de dicha cinta para lo que se presumía iba a ser una saga cinematográfica de éxito. Hitchcock lo rechazó: no tenía sentido adaptar la novela de espías de Fleming cuando él mismo acababa de hacer algo así como la película de espías definitiva. Así que fue Terence Young quién finalmente realizaría *Agente 007 contra el Dr. No* (1962) (por cierto, que a Hitchcock la novela que le ofrecieron adaptar era *Operación Trueno*). Por lo que Hitch se centró en su próximo proyecto: una pequeña película de terror de la novela de Robert Bloch, *Psycho*. La idea era alejarse del glamur y la estética de sus últimos grandes éxitos, todos ellos obras maestras: *La ventana indiscreta* (1954), *El hombre que sabía demasiado* (1956), *Vértigo (De entre los muertos)* (1958) y la propia *Con la muerte en los talones*. Adiós al cinemascope y al Technicolor, a Grace Kelly y a James Stewart, a Mónaco y San Francisco. Bienvenido sea el blanco y negro duro y sin matices, el rodaje rápido y directo, las carreteras y los moteles de mala muerte. *Psicosis* iba a ser filmada con un equipo pequeño, al igual que los capítulos de su magnífica serie para televisión *Alfred Hitchcock presenta...* (1955). Una película con un concepto claro, subvertir la seguridad y la familiaridad del hogar norteamericano, con una escena clave sobre la que pivotaría toda la película —el asesinato en la ducha de la protagonista (Janet Leigh) a los cuarenta minutos de arranque de la cinta— y con todo un catálogo de perversiones destinado a aterrorizar a los incrédulos espectadores del momento: robo, infidelidad, asesinato, travestismo, taxidermia, esquizofrenia. Nunca en la historia del cine se había hecho una película tan terrorífica, tan audaz en su aproximación al horror más puro. Tampoco Alfred Hitchcock había hecho antes una película de terror.

A Hitchcock se le conocía como «el rey del suspense», no «el rey del terror». En su filmografía abundaban los psicópatas: los jóvenes protagonistas de *La soga* (1948), el asesino de mujeres en *El enemigo de las rubias* (1927), la pérfida ama de llaves de *Rebeca* (1940), el maquiavélico Farley Granger en *Extraños en un tren* (1951)... Pero el misterio, la amenaza y el crimen siempre se adentraban en un campo más psicológico que físico. Hitchcock creaba terror sin adentrarse de lleno en el género, mirándolo desde latitudes limítrofes. Eso iba a cambiar. *Psicosis* iba a dar miedo, mucho miedo, tanto por lo inesperado de sus acciones como por lo brutales de las mismas. El terror de *Psicosis* no venía del campo de lo paranormal, no lo provocaban monstruos mutados ni personajes míticos de la literatura de terror gótica, sino que provenía de las manos suaves de un joven apocado (Anthony Perkins), capaz de asesinarte en la ducha vestido con las ropas de su madre muerta y disecada mientras atruena la lluvia de violines, violas y violonchelos escrita para la ocasión por el maestro Bernard Herrmann.

Que Hitchcock asesinara a su protagonista en el primer tercio de la película y, en consecuencia, tirara por tierra toda la trama del robo del dinero perpetrado por la misma ya era un sopapo en toda regla a la confianza del espectador en las reglas del suspense clásico. Pero la perversión de *Psicosis* no se queda solo en sus grandes momentos de terror —como el brutal asesinato en plano cenital del detective Arbogast (Martin Balsam)—, sino también en mínimos gestos rápidos capaces de helar el espinazo del espectador. Veamos dos de ellos. En la cena a base de sándwiches fríos que Norman Bates le ofrece a Marion Crane en el motel, se escoge como escenario una angosta habitación repleta de pájaros disecados (disecados como la propia madre de Norman). En la conversación, él se muestra tímido y nervioso, casi un niño delante de una mujer que claramente le impresiona. Entonces ella le dice que igual debería internar a su madre en el asilo. Clic. La cara de Bates se transforma. Hitchcock acorta el plano. Perkins se inclina hacia adelante y, ahora, habla serio sin que le tiemble la voz. Todo ha cambiado en un microsegundo. Todo se vuelve terriblemente incómodo. Aún no sabemos que Bates está loco de remate ni que va a asesinar a Marion minutos más tarde, pero la presencia del mal ya ha quedado subrayada.

El segundo gesto que me subyuga de *Psicosis* es cómo Alfred Hitchcock varía ciento ochenta grados la empatía del espectador respecto a Norman Bates. Muerta Marion Crane, Bates limpia y envuelve el cadáver en una secuencia silenciosa larguísima, interminable. Puede que Hitchcock quisiera darle tiempo al público para recuperarse frente a lo ocurrido o, probablemente, solo buscara prolongar el estado de mal cuerpo que ha provocado. Bates marcha a los pantanos y hunde el coche en una ciénaga. Pero justo cuando este está a punto de desaparecer, repentinamente, se detiene. Clic. Hitchcock acaba de invertir el suspense. Acaba de poner al espectador del lado del asesino. Porque el espectador quiere que ese coche se hunda. Llevamos demasiado tiempo viendo cómo Bates trata de desembarazarse del cadáver como para que ahora todo quede arruinado. Un segundo después, el coche se hunde, y todos respiramos aliviados. Ya no podrás seguir siendo espectador nunca más. Ahora eres cómplice de un asesinato macabro. Hitchcock ha jugado contigo como ha querido y has perdido. Hay un terror que te hace feliz —el del miedo que se queda en la pantalla— y hay otro que te perturba mucho más —el que te hace partícipe del mismo—. Por eso *Psicosis* no solo da miedo, sino que también te pone un mal cuerpo del que te lleva días recuperarte.

La película fue un éxito brutal. Hitchcock había comprado todos los ejemplares publicados de la novela hasta agotar sus existencias en las tiendas. Había prohibido a los cines que dejaran entrar a los espectadores una vez empezada la película. La sorpresa tenía que ser absoluta. El director había pagado la película hipotecando su propia casa. Le costó ochocientos mil dólares; recaudó más de treinta millones. El séptimo arte ya nunca volvería a ser igual. Hitchcock les había abierto la puerta a la violencia, a la sexualidad, a la perversidad, y el futuro del cine norteamericano se iba regodear en todo ello.

35 AÑOS

Arrebato de Iván Zulueta (1979)

Arrebato es el triunfo de lo extraño, incluso de lo extraordinario, sobre las posibilidades de lo real. Un triunfo que, por otro lado, se lo lleva todo por delante: los cuerpos de los actores protagonistas al ser devorados por la cámara de ocho milímetros; nuestra seguridad como espectadores al enfrentarnos a lo irreconocible; la España vieja por la España nueva; incluso la propia carrera de su realizador, el director vasco Iván Zulueta, que pasaría el resto de su vida encerrado en la mansión familiar de San Sebastián, peleándose con los fantasmas del cine y con la heroína. Da igual cuántas veces uno vea *Arrebato*: la fascinación y turbación que provoca la película permanecen inalterables. Zulueta se propuso realizar una cinta capaz de representar, precisamente, esa alucinación sin límites a la que te abocas cuando las imágenes se apoderan de ti. «¿Cuánto tiempo te podías quedar atrapado mirando este cromo?», le pregunta Pedro P. (Will More) a

José Sirgado (Eusebio Poncela) mientras pasan las páginas de un cuaderno de cromos añejo de *Las minas del Rey Salomón* (1950). «Años. Siglos. Toda una mañana. Imposible saberlo. Estabas en plena fuga. Éxtasis. Colgado en plena pausa. A-r-r-e-b-a-t-a-d-o.» En esta secuencia clave de la película, Iván Zulueta captaba la esencia caníbal del cine en doble metáfora con tirabuzón: utiliza cromos para hablar de la heroína y nos describe lo indescriptible, el poder que tienen las imágenes para dejarnos colgados en plena pausa. Todos los que estamos enganchados al cine lo sabemos: vivimos en un continuo arrebato.

Cuando se rodó *Arrebato*, el mismo año que se firmó la Constitución española, Franco llevaba tres felices años muerto. Era verano de 1978 y el pequeño equipo de rodaje, comandado por un Iván Zulueta de treinta y cinco años en aquel momento, trabajaba de sol a sol rodando todo lo que podían, todo lo que se les ocurría. (A los treinta y cinco uno empieza a esprintar, no sea que los cuarenta le alcancen antes de tiempo.) El guion se reescribía continuamente y Zulueta, ya heroinómano, no dejaba de crear y recrear escenas, tratando de acercarse a esa esencia cinematográfica que en sí misma es puro cine de terror pese a que la película no deje de ser una declaración de *amour fou* en toda regla. Pero no me refiero a un amor terrenal, sino a un amor superior, tan desesperado como abrasivo: el amor que convierte a la necesidad en adicción, al creador en obra y, a la postre, al propio sentimiento en desesperación. Cine de terror, repito: *Arrebato* es en sí misma una película de vampiros, no de chupasangres, sino de chupaalmas. Sus personajes viven secuestrados —arrebatados— por la heroína, por el cine, por la dependencia para con el otro. Todos son drogadictos, todos follan con todos, todos se necesitan con desesperación, acaso porque todos están tremendamente solos. Y cuando uno tiene treinta y cinco años sabe ya perfectamente que la necesidad es más poderosa que la razón. Por eso Pedro P., sosia del propio Zulueta, no puede dejar de grabar y revelar imágenes, aunque los fotogramas rojos no paren de crecer, no paren de comerse su realidad para convertirla en velado fotográfico.

Zulueta era hijo de padres aristócratas. Su familia pertenecía a la alta burguesía donostiarra gracias al dinero que le llegaba de intereses azucareros en Cuba. Su padre, Antonio de Zulueta y Besson, llegaría a ser director del Festival Internacional de Cine de San Sebastián. Años más tarde el director de *Un, dos, tres... Al escondite inglés* (1970) se fundiría buena parte del patrimonio familiar metiéndoselo por las venas, pero de joven su posición le permitió viajar a Nueva York y entrar en contacto con Andy Warhol, la psicodelia y el *pop art*. Normal que cuando regresara a España a finales de los sesenta fuera el tipo más moderno y libre del país. Sus cortometrajes de carácter experimental —*Ágata* (1966), *Frank Stein* (1972), *Mi ego está en Babia* (1975), *Leo es Pardo* (1976), etcétera—, buena parte de ellos presentes en *Arrebato* como las películas de Pedro P., poseían una audacia insólita en la historia de nuestro cine. Había que retroceder hasta los tiempos del maestro José Val del Omar —o aún más lejos, a los de Segundo de Chomón— para poder catalizar dicha estética. El franquismo había dejado nulo espacio para la experimentación, así que, una vez superado, el cine español estaba despertando a lo bestia, aún despegándose del moho de la época: *El desencanto* (1976) de Jaime Chávarri, *¿Quién puede matar a un niño?* (1976) de Chicho Ibáñez Serrador, *El asesino de Pedralbes* (1978) de Gonzalo Herralde, *Bilbao* (1978) de Bigas Luna. Parecía que otro cine español, más radical y vanguardista, era posible. Pero lo cierto es que en 1979 la verdadera película-fenómeno en nuestro país era *Los bingueros* de Mariano Ozores y poco podía hacer la pesadilla alucinada de Zulueta frente al tándem imparable de Andrés Pajares y Fernando Esteso. *Arrebato* duró dos semanas en cartelera para luego desaparecer. El aura de film de culto fue creciendo durante décadas a su alrededor mientras el cineasta se convertía en nuestro particular Bartleby, renunciando a volver a dirigir y encerrándose en la casa de sus padres para inflarse a metadona. En *Ivan Z* (2004) el cineasta Andrés Duque grabó a la bestia enjaulada en la que se había convertido Zulueta: un sexagenario enfundado en batín azul que vivía enterrado entre sus propios recuerdos. En un momento del documental, Zulueta coge el álbum de cromos de *Bambi* (1942) y le enseña a Duque los mismos, deteniéndose en su tamaño, en el corte de sus ángulos, en la belleza de sus imágenes. El arrebato seguía ahí, indemne, pertinaz, feroz. Zulueta moriría cinco años más tarde. En los treinta años que pasaron entre *Arrebato* y su muerte, Zulueta solo hizo dos piezas cortas para sendas series de RTVE: *Párpados* (1989) y *Ritesti* (1993). Sumándolas no llegan a una hora de metraje.

36 AÑOS

Blonde de Andrew Dominik (2022)

En su seminal *Historia del Cine* el escritor, crítico y ensayista Mark Cousins sitúa a la actriz Florence Lawrence (1886-1938) como la primera víctima del *star system* hollywoodiense. Se la conocía como «La chica de Biograph», «The Motion Picture Girl» o «La chica de las mil caras» antes de que ningún otro actor fuera realmente conocido —hablamos de 1910— y Carl Laemmle, futuro fundador de los estudios Universal, decidió que iba a ser un buen recurso publicitario hacer correr la voz de que su máxima estrella había muerto. Funcionó. Para cuando se desmintió la noticia, Lawrence era la mayor estrella de Hollywood. Pero no duró mucho: en 1914 sufrió un aparatoso accidente rodando *The Pawns of Destiny* y su carrera se vio trágicamente truncada. No llegó a recuperarse nunca y, para cuando llegó el sonoro, ya solo era una extra más entre la multitud. El 28 de diciembre de 1938 decidió que ya había sufrido bastante y se quitó la vida ingiriendo veneno para hormigas.

Norma Jean Mortenson nació el 1 de junio de 1926; moriría, como Marilyn Monroe, víctima de una sobredosis de pastillas (la versión oficial) el 5 de agosto de 1962. Tenía treinta y seis años y era la actriz de Hollywood más conocida (y deseada) del mundo. Todos los hombres que controlaban la industria —productores, directores, guionistas, actores, etcétera— cercenaron a Norma Jean, la que leía a Chéjov y a Wilde, la que abandonó su carrera para aprender actuación en el Actor's Studio, la que no dejaba de quejarse en los rodajes porque sus personajes no tenían ninguna profundidad, y dieron forma a Marilyn Monroe, la rubia tonta y casquivana, la que cantaba que los diamantes eran los mejores amigos de una chica en *Los caballeros las prefieren rubias* (1953), la diana sexual fácil de conseguir, incluso para un idiota redomado como es el protagonista de *La tentación vive arriba* (1955). La triste historia de Marilyn quedó escrita en negro sobre blanco por el experto en biografías Donald Spoto, pero la obra realmente devastadora sobre la actriz y cantante vendría de una de las mejores escritoras norteamericanas modernas: Joyce Carol Oates y su *Blonde*, donde creaba una ficción sobre la vida de Marilyn a partir de conocidísimos hechos reales. Ese brutal libro es la base de partida de esta *Blonde* dirigida por Andrew Dominik e interpretada por Ana de Armas.

En 2022, el mismo año en el que Baz Luhrmann daría forma, por la deliciosa vía de batir y centrifugar imágenes y canciones, al biopic del otro gran trágico icono pop de la cultura norteamericana en *Elvis*, *Blonde* se estrenaba en el Festival de Venecia entre arrullos de la crítica que lee la historia del cine como una historia de las formas de este entre los berridos de quien solo ve en las películas lo que pasa dentro de ellas. Andrew Dominik. Cuatro largometrajes de ficción en veintidós años. Un director que se toma su tiempo para decidir qué, cómo y por qué va a hacer lo que va a hacer. Normal que su *Blonde* sea un ejercicio artístico radical e inconformista, que se tire sin paracaídas a probar todo aquello que sea cinematográficamente posible, generando imágenes y secuencias que no dejan de luchar por aprehender la iconicidad de las instantáneas de Marilyn Monroe para luego llevarlas un par de (salvajes) pasos más adelante. El mecanismo que usa Dominik para recrear las míticas fotografías de la actriz y convertirlas en *action cinema* a veces nos lleva al trampantojo de Rohmer en *La inglesa y el duque* (2001) y a veces a la deforestación de las formas plásticas de *Del revés* (2015). Creando poesía a través de lo macabro, de lo violento, de lo horrible, cristaliza un retrato de Marilyn —siguiendo al pie de la letra las muchas letras de Oates— como el de un ángel vapuleado, violado y asesinado. Una mujer que solo quería que el mundo la viera tal cual era, pero a la que la sociedad se emperraba en considerar una rubia de bote con un par de buenas tetas.

Por todo ello, *Blonde* es una película tristísima en su corpus dramático pero fascinante en sus formas. Formas mutantes, extrañas, salvajes, obscenas y en ocasiones lynchianas, aunque solo sea por cómo Dominik usa el *score* compuesto por Nick Cave y Warren Ellis para la ocasión. Ana de Armas está increíble recibiendo los golpes, transformándose por la vía desesperada de Norma Jean a Marilyn para así poder escapar de la cruda realidad de orfanatos, abortos, palizas machistas y abusos sexuales de los más altos cargos de poder del país. Es en su cuerpo, en su rostro, en su sonrisa y sus lágrimas donde las imágenes por momentos experimentales de *Blonde* se vuelven carne. Por eso, aunque esta sea una obra de ficción, parece mucho más real que cualquier otra. El misterio Marilyn quedó fijado para la eternidad, pero una cosa está clara: treinta y seis años son muy pocos años para dejar esta vida. Más que a la amargura que deja tras de sí el visionado de *Blonde*, merece la pena agarrarse a la rabia de que, aunque vivamos en un mundo injusto, hay que seguir peleando con uñas y dientes para tratar de hacer de él algo mejor. Lo dijo *Pierrot, el loco* (1965): «La vida es quizás triste, pero siempre bella».

37 AÑOS

El bueno, el feo y el malo de Sergio Leone (*Il buono, il brutto, il cattivo*, 1966)

En 1966 el *spaghetti western* o *western all'italiana* estaba en pleno apogeo. A su manera, Sergio Leone se había inventado un género, por más que existieran wésterns europeos desde la época del cine mudo, al convertir en un éxito absoluto *Por un puñado de dólares* (1964), su primera entrega de la conocida como Trilogía del dólar. Con el wéstern americano agonizando, Leone fue el responsable de resucitar «el mito del mito» (palabras de Alberto Moravia), cogiendo las reglas del género y, no sin respeto, revolcándolas en una ciénaga de sangre, barro y orín del que surgiría un nuevo tipo de antihéroe, más crudo, cínico y expeditivo, destinado a enfrentarse a un nuevo tipo de aventuras, más violentas, nihilistas y socarronas. En los EE. UU. directores como Gordon Douglas, Sam Peckinpah y Monte Hellman ya habían extremado las formas del wéstern hacia un paraje desencantado donde el crepúsculo se convertiría en camposanto, pero en Europa, principalmente en Italia y España, la fiesta acaba de empezar y ya había más muertos por metro de celuloide que en todas las películas de William Wyler juntas. A *Por un puñado de dólares* le siguieron títulos tan festivos y sanguinarios como *La muerte tenía un precio* (1965) del mismo Leone, *El retorno de Ringo* (1965) de Duccio Tessari, *Yo soy la revolución* (1966) de Damiano Damiani, *Django* (1966) de Sergio Corbucci, *El día de la ira* (1967) de Tonino Valerii, *Cara a cara* (1968) de Sergio Sollima, *Si te encuentras con Sartana... reza por tu muerte* (1968) de Gianfranco Parolini y *El gran silencio* (1968), también de Corbucci, de la que hablaré más adelante. ¡Por citar unas pocas! ¡Y son todo peliculones! ¡Y ni siquiera hemos llegado a los setenta! Es increíble que el eurowéstern siga aún a día de hoy siendo tan ignorado por la crítica cinematográfica.

Leone era un artista en crecimiento. *La muerte tenía un precio* cogía las ideas de *Por un puñado de dólares* y las llevaba al extremo, tanto en el arte de su puesta en escena como en el trasiego de su narrativa. Pero con *El bueno, el feo y el malo* —cuyo título original iba a ser *Los dos magníficos harapientos*— iba a llegar aún más lejos: los tiempos se dilatarían hasta la extrema unción, los silencios resonarían más que los cañonazos y la coreografía de primerísimos primeros planos y planos detalle de ojos y pistolas (marca Leone) serían el signo de puntuación constante en una película cuya audacia en la escritura audiovisual se convertiría en una de las leyendas del género. Si las dos películas precedentes eran rancheras silbadas con arreglos de guitarras eléctricas, el cierre de la Trilogía del dólar iba a ser una ópera bufa, una comedia hiperviolenta narrada en un contexto tremendamente dramático, el de la guerra de Secesión norteamericana. El guionista Luciano Vincenzoni ya había trazado en la magnífica *La gran guerra* (1959) de Mario Monicelli una comedia de tintes picarescos con la tragedia desbordada de la Primera Guerra Mundial como escenario. Ahora se trataba de trasladar dicha idea a un wéstern sucio y polvoriento, donde tres protagonistas —un bueno no tan bueno, un feo no tan feo y un malo malísimo— sin ningún tipo de ética o ideal superior, y mucho menos en la contienda bélica que los rodea, van a la caza de un tesoro oculto enterrado en un cementerio. Más que el juego del gato y el ratón, los protagonistas parecen ratas que tratan de devorarse las unas a las otras. Rubio (Clint Eastwood) deja maniatado y sin caballo a Tuco (Eli Wallach) en el desierto; Tuco obliga a Rubio a caminar bajo un sol inclemente durante decenas de millas, llevándolo al borde de la muerte; Sentencia (Lee Van Cleef) le da una paliza terrorífica a Tuco en un campo de concentración del Ejército de la Unión usando a un coro de presidiarios para tapar los gritos de dolor. La tragedia de la guerra en la que se mueven los tres protagonistas está presente desde el minuto uno al minuto ciento ochenta de la cinta. Son innumerables los cadáveres, soldados heridos y tullidos, así como los continuos disparos y cañonazos que aparecen en la película. En ocasiones, son una injerencia tristísima en la historia —el hospital improvisado por los frailes—; en otras, obligan a los protagonistas a tomar parte en ella, como, por ejemplo, en la impresionante batalla por conquistar un ridículo puente que les cuesta la vida a innumerables soldados y que nos ofrece uno de los momentos más bellos del film. Aquel en el que el comandante yanqui le pide al médico que le mantenga un poco más con vida para poder escuchar cómo Tuco y Rubio vuelan el puente (un puente que Leone hizo explotar por los aires con tanta dinamita que fue un milagro que nadie saliera herido).

El maestro Ennio Morricone, verdadera alma del *spaghetti western* (son incontables las partituras que llegó a escribir para el género), entregó una de sus composiciones más recordadas para *El bueno, el feo y el malo*. Creó un *leitmotiv* de dos notas (la y re) para identificar a cada uno de los protagonistas según el instrumento que sonara: una flauta soprano para Rubio, una ocarina para Sentencia, un coro a modo de voces de coyote para Tuco. Y fundió sus composiciones precedentes en la Trilogía del dólar —la trompeta mariachi de *Por un puñado de dólares* y el sonido de las agujas del reloj de *La muerte tenía un precio*— para fusionarlas en la inconmensurable pieza para *il triello* (juego de palabras entre «duelo» y «trío/tres») final en el cementerio de Sad Hill. Leone, que ponía la música de Morricone en el set ya no solo para crear una determinada atmósfera, sino también para medir cómo debía discurrir la narración, logra en la secuencia final una de las cumbres de su arte. Un baile de planos (generales) y miradas (en detalle) a diestro y siniestro mientras atrona la fanfarria de Morricone que, tras minutos de tensa y agónica espera, acaba en un tiroteo mortal de apenas unos segundos. Normal que *El bueno, el feo y el malo* sea la película favorita de Quentin Tarantino.

38 AÑOS

Mi noche con Maud de Éric Rohmer (*Ma nuit chez Maud*, 1969)

De todos los cineastas surgidos en la *nouvelle vague*, sin duda fue Éric Rohmer —incluso por encima de François Truffaut— el que más se aplicó a la visión del cine defendida por el crítico, teórico y padre de *Cahiers du cinéma*, André Bazin. De ahí que en la obra de Rohmer haya una preocupación notable por diferenciar la representación ficcional de la realidad de lo que vendría a ser mostrar la realidad tal cual es. Rohmer, como Bresson, creía en el cine más allá del lenguaje cinematográfico y, como Hawks, se aplicaba en buscar esa mirada transparente donde el estilo del cineasta consistía, precisamente, en que de forma consciente fuera una renuncia a la apariencia del estilo. Por eso Rohmer se preocupa mucho más por las apariencias que por las formas, porque a él le interesaba plasmar la realidad ontológica del cine, atrapar su esencia pura, buscando una objetividad cinematográfica donde la reproducción fiel de la realidad sirviera para desnudar la complejidad del comportamiento humano. De ahí que en la obra del cineasta francés sean tan importantes los espacios en los que se encuadra la acción, el tiempo que transcurre en la imagen y la naturalidad con que sus personajes expresan sus pareceres sobre la vida mientras esconden sus emociones de la misma. Porque él entendía el cine como un arte esencial de lo real, y la realidad siempre anda escondida detrás de las apariencias. Saber captar esa esencia agazapada a través de la transparencia de la puesta en escena es lo que definiría toda su obra, desde *Le signe du lion* (1962) hasta *El romance de Astrea y Celadón* (2007).

Mi noche con Maud fue el cuarto de los seis «Cuentos Morales» de Éric Rohmer. El resto irían así: (1) *La panadera de Monceau* (1963), (2) *La carrera de Suzanne* (1963), (3) *La coleccionista* (1967), (5) *La rodilla de Claire* (1970) y (6) *El amor después del mediodía* (1972). Seis películas que primero fueron texto escrito (leerlas es un absoluto placer) para posteriormente ser transformadas en arte cinematográfico. Todo el ciclo suele versar sobre un mismo patrón argumental: un narrador masculino pivota sobre dos mujeres que tienden a la antítesis de pareceres y carácter, acercándose primero a su ideal femenino, dejándose luego seducir por la segunda para, finalmente, regresar a la primera y más segura opción. Mínimas variaciones y distintos arreglos para una misma sinfonía: aquí Rohmer se acerca a la obra de Yasujirō Ozu post *Principios de verano* (1951). Si el cineasta japonés mostraba de qué manera la tradición acaba por destruir el corazón de las familias, el francés buscaba retratar las debilidades (¿la hipocresía?) del hombre, subrayando con tinta invisible las contradicciones existentes entre lo que uno dice y lo que uno hace. Más o menos lo que lleva haciendo el maestro coreano Hong Sang-soo los últimos veinte años, el Éric Rohmer de la generación *millennial*.

Nadie se escapa del patrón moral rohmeriano, ni siquiera Jean (Jean-Louis Trintignant), un ferviente católico, apasionado de las matemáticas y la filosofía, que dice renunciar a la santidad cristiana por no ser capaz de ceder a sus impulsos humanos más básicos. Él está enamorado de un ideal acorde a su ética vital: una joven (rubia, flaca, devota y de apariencia virginal) a la que solo ha visto en la misa de las doce. Por eso Rohmer lo encierra a lo largo de una noche con Maud (Françoise Fabian), un volcán en erupción que planea arrasar con sus, por momentos, más endebles principios morales. Maud es un atentado en toda regla al discurso protojansenista del hombre (por algo se pasa media película negando que es jansenista): es una mujer divorciada, madre soltera, liberada sexualmente, de melena negra azabache, bebedora y fumadora que no duda en desnudarse bajo las sábanas porque le molesta mucho dormir con arrugas en el camisón. Es impagable la cara de Trintignant cuando ella se cambia de ropa para tumbarse en la cama —situada estratégicamente en el corazón del salón— melena al viento y piernas desnudas. Rohmer capta a la perfección el detalle de cómo toda la perorata conservadora que el protagonista no ha parado de soltar durante el encuentro se le atraganta hasta dejarle prácticamente mudo.

Rohmer no solo desnuda a Maud (sin enseñar nada, lo cual es mucho más tórrido que si lo hiciera), sino también las mentiras de Jean. Al final, dormirán juntos en la misma cama y, en el único momento de debilidad (¿de sinceridad?) de Jean, se abraza a ella y la besa... para rechazarla acto seguido.

Si alguna vez un protagonista se ha merecido una colleja, ese ha sido Trintignant en *Mi noche con Maud*. Al final la vida separa a los amantes imposibles y acaba concediéndole a Jean lo que de él la vida reclama: la joven pacata acaba convirtiéndose en su mujer y madre de su hijo. Pero en el último gesto de la película, cuando años después se reencuentran con Maud en una playa, la ahora esposa juega con la arena entre las manos tras haber reconocido a Maud como la esposa de un antiguo amante fallecido. Rohmer, sin explicitar nada, te está dando a entender que quizás la chica devota no era tan devota como parecía. Y que, en el fondo, se merecen el uno al otro. Y con ese sabor amarguísimo en la garganta, entran los créditos finales.

39 AÑOS

In the Mood for Love (Deseando amar) de Wong Kar-Wai (*Fa yeung nin wah*, 2000)

El señor Chow (Tony Leung) y la señora Chan (Maggie Cheung) se quieren tanto que no se atreven ni a tocarse. Su amor empezó como un juego triste y ahora es tan delicado, tan íntimo y tan absoluto que la sola idea de poder cristalizarlo en otra cosa les aterra total y terriblemente. Amar y no ser amado es horrible, pero aún es peor amar, que te amen y, sin embargo, no poder hacer nada con ello salvo, quizás, sufrir con elegancia y en silencio mientras miras cómo va desapareciendo. El señor Chow y la señora Chan se lo repiten continuamente en la película: «No vamos a ser como ellos». Por «ellos» se refiere a sus infieles parejas: la señora Chow y el señor Chan, cuerpos y voces sin rostro, personajes no figurativos, segmentados, casi más ideas (terribles, crueles, egoístas) que personas de carne y hueso. Ellos sí se aman con lujuria, entendemos. El pecado es de ellos, pero la culpa la cargan sus engañadas y abandonadas parejas. Y a ver qué hacemos ahora con tanta mentira y con tanto tiempo libre. Así, el señor Chow y la señora Chan juegan: mientras se cruzan en escaleras, pasillos, calles lluviosas, deciden empezar el juego del amor por la vía de la imitación. Se convertirán en sus parejas infieles, recrearán su historia de engaños y lascivia, en un continuo ensayo que no hará más que hacerles daño, cada vez más y más daño... Porque el que juega al juego del amor acaba irremediablemente enamorándose. Imagínate si encima te mueves por habitaciones y pasillos a cámara lenta, con la deliciosa música de Shigeru Umebayashi o con las canciones que cantaba Nat King Cole en castellano para el público filipino: «Aquellos ojos verdes», «Quizás quizás quizás», «Perfidia», «Te quiero, dijiste». Imagina que las paredes, los coches, las telas, los objetos son todo colores cálidos: rojos y ocres, tenues verdes y ámbares maravillosamente captados con las cámaras que operaban Christopher Doyle, Ping Bin Lee y Kwan Pun-Leung. Así, a base de prueba y error, el señor Chow y la señora Chan se quedan atrapados en su propia trampa. Pero es una trampa deliciosa porque los momentos que están conviviendo en ella van a ser los mejores de sus vidas. Y si no rompen ese encanto y convierten su amor idílico en un amor físico es porque eso acabaría con todo: con la trampa, con el juego, con ellos mismos. Así que siguen ensayando, siguen caminando, siguen comiendo (que se come, bebe y fuma mucho en la película). Y así seguirán hasta que el dolor pueda más que el placer. Pero primero tendrán —esto también— que ensayarlo: «No creí que te fueras a enamorar de mí. Yo tampoco. No volveré a verla». Y las manos de Chow/Leung y Chan/Cheung se separan en un ralentí borroso que duele como si te arrancaran el corazón.

Y ya solo nos queda verla a ella llorando (en *travelling* lateral) completamente rota, desconsolada, ahogándose en el abismo de a quien se le escapa el amor de su vida. Mientras él, por fin tocándola, trata de consolarla: «Solo era un ensayo».

Deseando amar de Wong Kar-Wai es una de las películas más bellas y más tristes de la historia del cine. Y su belleza, por mucho que nos duela, debe mucho a la tristeza que habita en ella. La película de Kar-Wai plantea la posibilidad de un amor surgido de una infidelidad a una edad en la que tanto hombres como mujeres queremos saber qué narices hacer con el amor que tenemos en ese exacto momento de nuestras vidas. A ver dónde lo ponemos, no sea que la estemos fastidiando y nos pasemos el resto de nuestra vida recordando la posibilidad de aquello que pudo ser. Que ser feliz es magnífico, pero la realidad es que la felicidad es efímera y la capacidad que tenemos los seres humanos para mortificarnos supera la de cualquier otra raza de la galaxia.

Tony Leung tenía treinta y ocho años cuando protagonizó *Deseando amar*; Maggie Cheung, treinta y seis. Su historia de amor ocurre en Hong Kong en 1962. Pero, tal y como nos la muestra el maestro Wong Kar-Wai, esta historia no parece que se esté viviendo: más bien parece que se esté recordando. Por eso, los momentos escogidos para ser narrados están tan aislados entre sí, por eso se tiende tanto a ver una acción repetidamente, por eso muchas de las imágenes no son claras, sino borrosas, vistas a través de transparencias, reflejos (hay miles de espejos), cortinas... *Deseando amar* no podía salir bien para la pareja protagonista porque su propia forma cinematográfica adquiere la puesta en escena de un recuerdo ya lejano. De ahí ese movimiento magmático de los personajes; también de ahí esa diferenciación entre secuencias perfectamente bien delineadas —cuando ella se queda atrapada en el cuarto de él y deben pasar las horas en silencio, juntos— y otras que son solo fragmentos misteriosos en los que no sabemos qué es lo que realmente ocurre. Porque así funciona la memoria: siempre caprichosa, siempre sin consideración. Recordemos que en el relato japonés en el que se inspiró Wong para hacer su película los protagonistas acaban suicidándose. Aquí simplemente se separan, crecen, se reproducen y desaparecen. Y el único rastro que nos queda de ellos son unas palabras dichas a una piedra, para que así algo (más que alguien) sepa la verdad sobre lo sucedido.

Deseando amar es un milagro absoluto. Más si tenemos en cuenta que Wong es un cineasta que rueda sin guion y va entendiendo el tipo de película que quiere hacer en el mismo momento en el que la está rodando. Es un milagro, repito: quince meses de rodaje les llevó acabar la filmación. Porque Wong necesita ver el material rodado para empezar a entender qué es exactamente lo que quiere contar. Todo se prueba y se estudia y se tantea en el rodaje, pero la película real se decide en el montaje. Así se hace una obra maestra. Tuvo secuela espiritual, *2046* (2004), que a mí me parece magistral.

40 AÑOS

Maridos de John Cassavetes (*Husbands*, 1970)

No es lo mismo ver *Maridos* a los veinte que a los treinta que a los cuarenta. Cuando uno es joven, al margen de lo brutal de algunos sucesos, se queda sobre todo con el libertinaje de las acciones, con ese retrato de la amistad desatada y, al mismo tiempo, fuertemente atenazada por los lazos que te impone el alcohol. Con veinte años uno bebe para desinhibirse, para troncharse, para romper un poco las cosas viejas y formar parte de algunas cosas nuevas. Por eso con veinte años *Maridos* te parece una versión un tanto sombría de *Resacón en Las Vegas* (2009). Diez años más tarde la cosa cambia: la amargura empieza a ganarle terreno a la comedia ebria. El patetismo se hace paladeable, la violencia resulta intragable, el machismo es directamente vomitivo. Los gestos se reconocen como algo lo suficientemente cercano como para incomodarte o alegrarte, pero esquivas la sacudida dramática con los pocos pelos que te quedan.

A los cuarenta *Maridos* te parece directamente una película de terror. La supuesta gracia que le veías a las borracheras de tres amigos en continua huida se convierte en un grito desesperado. Un aullido (muy *beat*) que te hiela la sangre, mezcla de rabia, miedo, euforia y tristeza absoluta. Por eso Cassavetes oprime tanto a sus personajes en el plano, poniéndoles el foco a dos dedos del rostro. Años más tarde los teóricos se desharán en elogios hablando de la semiótica de la imagen del cuerpo representado y fragmentado, pero yo creo que si Cassavetes encierra en el plano rostros (agrietados, salvajes, luminosos, heridos) es porque usa la cámara cinematográfica como si fuera un aparato de rayos X capaz de aprehender la psique de sus personajes. Y cuando digo «psique» me refiero a todo el amor y todo el odio, a toda la felicidad y toda la tristeza, a todas las derrotas y a alguna que otra victoria que anidan en lo más íntimo del alma. La verdad que se extrae de las películas de John Cassavetes es la verdad absoluta del comportamiento humano: una imagen nada agradable, nada cómoda, nada fácil de cómo somos y cómo nos comportamos. Como Ingmar Bergman pero sin metafísica y cambiando la fría exactitud de los planos del maestro sueco por el caos hipercontrolado de imágenes y diálogos que parecen improvisados y, sin embargo, están escritos hasta la última coma. Cuando uno cumple cuarenta solo piensa en huir, porque parece que fugándose logrará dejar todas las responsabilidades atrás, aunque en realidad lo que se está haciendo es tapar los problemas viejos con problemas nuevos. De eso va *Maridos*: de esa fuga a ninguna parte, cuando aún te quedan fuerzas para correr.

La película arranca con unas fotos de una fiesta y con imágenes en movimiento de un funeral. Tres amigos: Gus

(John Cassavetes), Harry (Ben Gazzara) y Archie (Peter Falk) entierran al cuarto que, al estar de cuerpo presente, solo hemos podido conocer a través de las primeras instantáneas. Los tres han pasado la frontera de los cuarenta y no tienen ganas de volver a su casa a seguir como si nada hubiera pasado, así que deciden volver a ser niños de nuevo: echan carreras por las calles de Nueva York, se burlan de sí mismos en el metro, juegan al básquet en una cancha y se echan unos largos en una piscina. Y luego ya a beber. No a beber de cualquier manera, sino a beber mucho, a lo Cassavetes (que se lo llevó una cirrosis hepática), no para alcanzar ninguna gracia psicotrónica a lo Lowry o a lo Schulberg, sino para expulsar a la serpiente que llevan dentro. La primera (larguísima) secuencia con barra libre de cerveza, algo fordiana en su extraña lírica pero sumamente inestable con esa cámara a ras de mesa, ya es una película dentro de la propia película. Un lamento por el amigo perdido que acaba en agria trifulca cuando los colegas se dedican a increpar a una mujer que no es capaz de cantar como ellos quieren.

Pero no nos perdamos, porque esta película se llama «Maridos» y no «Amigos»: no solo va de hablar de la amistad cuando peinas canas o de jugarte en el casino de turno la bolsa o la vida. Nuestros tres antipáticos y aun así aparentemente divertidos protagonistas son todos hombres de familia, sumando juntos tres mujeres y ocho hijos. Hemos podido ver incluso el interior del hogar de Harry: una secuencia de una violencia extrema, con su mujer amenazándole con un cuchillo y este respondiendo con golpes, tanto a ella como a la madre de ella. Su necesidad de fuga es tan grande que Nueva York se les queda demasiado pequeña y deciden coger un avión e irse a Londres. Allí juntos siguen dando miedo, pero por separado aún es peor. Harry llora delante de la chica que ha conseguido llevarse a la habitación. Gus entabla un extraño juego en la cama, entre la pelea y el sexo, con una mujer tan alta como frágil. Archie insulta con brutalidad a una chica asiática que se ha atrevido a besarle: «¡Primero pides una Coca-Cola y luego me besas!». ¿Pero qué coño quieres, Archie? El plano que impone Cassavetes devora el rostro de la actriz mientras se deshace en lágrimas.

Maridos no es una película nada fácil, por dos razones bien claras: porque la vida es de todo menos fácil (y Cassavetes ha sido uno de los mejores retratistas a la hora de cazar todo el ruido y la furia de la existencia humana) y porque nadie dijo nunca que el cine tuviera que ser fácil. Las buenas películas suelen serlo, pero las grandes películas suelen ser todas difíciles (además de imperfectas). Y Cassavetes tiene unas cuantas de esas: *Faces* (1968), *Una mujer bajo la influencia* (1974), *Noche de estreno* (1977), *Corrientes de amor* (1984). Al final de *Maridos* solo dos de los amigos regresan a casa. Terminada la fuga, queda el remordimiento y tratar de abrazar la rutina del hogar como la única vía real para alcanzar algo mínimamente parecido a la calma. Quién sabe, quizás hasta la felicidad.

41 AÑOS

En tierra hostil de Kathryn Bigelow (*The Hurt Locker*, 2008)

Momento histórico el del 2 de febrero de 2010, cuando en la 82.ª entrega de los Premios Óscar, Barbra Streisand abría el sobre con el nombre del ganador (o ganadora) del Óscar a mejor director (o directora). Estaban nominados James Cameron por *Avatar*, Lee Daniels por *Precious*, Quentin Tarantino por *Malditos bastardos*, Jason Reitman por *Up in the air* y Kathryn Bigelow por *En tierra hostil*. Ganó Bigelow. La primera vez en la historia de los Óscar que una mujer ganaba el premio a mejor dirección. Repito: año 2010, ochenta y dos ediciones. Y aún hay más. A día de hoy —escribo esto en diciembre de 2022— únicamente ha habido otras dos directoras ganadoras: Chloé Zao por *Nomadland* en 2020 y Jane Campion por *El poder del perro* en 2022. Solo tres mujeres en noventa y cuatro ediciones de los premios. Los números cantan que da gusto. El gran perdedor de esa noche fue el director James Cameron, cuya *Avatar* había quemado las taquillas a lo largo y ancho de todo el globo terráqueo, mientras que la película de Bigelow era la cinta oscarizada con menor recaudación realizada en toda la historia de los premios. Cameron y Bigelow habían estado casados y fue precisamente el director de *Titanic* (1997) el que había animado a Bigelow a realizar *En tierra hostil.* La misma noche de la gala el propio Cameron dijo que puestos a apostar quién iba a ganar, él jamás apostaría en contra de Kathryn Bigelow. *En tierra hostil* acabó ganando seis de los nueve óscares a los que estaba nominada, incluyendo mejor película. Otro récord conseguido: la primera vez que el Óscar a mejor película iba a parar a un film dirigido por una realizadora. Bang, bang.

El concepto «The Hurt Locker» («El cajón herido»), título original de la película, hace referencia al término coloquial con el que los militares denominan situaciones problemáticas o de inminente violencia en un conflicto bélico. El guion, escrito por el periodista Mark Boal, que había estado integrado en Irak en un escuadrón de artificieros, poseía una estructura episódica que renegaba de los enlaces narrativos entre secuencias. El cine bélico estaba cambiando tras las dos guerras del Golfo Pérsico (1990 y 2003) por la sencilla razón de que la imagen cinematográfica debía combatir ya no solo contra la imagen televisiva de la guerra, como había ocurrido en Vietnam, sino con una aún más directa: la que los propios soldados grababan y subían a páginas de video en la red. De alguna manera, el cine debía responder con aún más dosis de imagen cinematográfica porque nada podía superar la imagen en crudo de la realidad rodada *in situ* en pleno conflicto bélico. Solo se me ocurre una excepción: *Redacted* (2007) de Brian De Palma, que es capaz de apropiarse del lenguaje digital grabado con móviles para crear un discurso terrorífico y antibelicista sobre el odio y el horror que habita en toda guerra. Pero, claro, es que estamos hablando de Brian De Palma.

Así que el remedio de Kathryn Bigelow —como también hicieran Ridley Scott con la brutal *Black Hawk Derribado* (2001) o Michael Bay con *13 horas: Los soldados secretos de Bengasi* (2016)— para superar la imagen visceral y *amateur* que nos llegaba de la guerra a través de internet fue el de potenciar todas las herramientas del lenguaje cinematográfico en aras de crear la tensión más inclemente posible. Toda imagen narrada necesita de su particular puesta en escena —y no de otra— para funcionar; por eso *En tierra hostil* funciona tan rematadamente bien: porque cada secuencia posee la distancia, el tempo y la forma exactas para que todo funcione como una, ejem, bomba de relojería.

Lo dice una frase del corresponsal de guerra Chris Hedges al arrancar la cinta: «El ímpetu de la batalla es una potente y muy a menudo letal adicción, porque la guerra es una droga». Y ese subidón adrenalínico, esa batalla química, es la que Bigelow va a intentar replicar únicamente con las herramientas del cine en su película. Por eso la directora corta los planos de forma superrápida, mezclando un angular inusitadamente —incluso chifladamente— ancho (100:1) con otro radicalmente más corto y clásico, de dieciséis milímetros. Las imágenes pasan a velocidad supersónica delante de los ojos del espectador: vemos trozos de cables, metal, plástico, sudor, piel, pinzas. En ocasiones la imagen es tan rápida que, más que verla, la sientes. Al final, un clic. Si todo acaba bien, el corte es intrascendente, casi anodino; la vida sigue igual. Si todo acaba mal, llega el ralentí en una definición extrema de la imagen. Vemos (y escuchamos) a la perfección cómo se levanta el polvo, cómo se retuerce el metal, cómo las piedras son empujadas en una nube de tierra y metralla, cómo le revienta la cabeza al artificiero. Y nada más. Elipsis y a la siguiente secuencia de alta tensión.

No ayuda a mantener un buen ritmo cardíaco el hecho de que el protagonista de la película, el sargento William James (Jeremy Renner, convirtiéndose en estrella de la noche a la mañana), esté peligrosamente cerca de abrazar la locura, algo que probablemente debería restarle realismo a la película, pero que gracias tanto a la cuidada relación que establece con sus compañeros, el sargento JT Sanborn (Anthony Mackie) y el especialista Owen Eldrige (Brian Geraghty), como a la intensísima interpretación de Renner no solo no trastabilla la credibilidad, sino que llega a lograr que el espectador empatice con lo que parece ser una atracción insana hacia la muerte. Normal que las secuencias finales, cuando ya está en casa con su familia y el máximo desafío al que se enfrenta es el de comprar unos cereales, sean aún más incómodas y angustiosas que las vividas en el campo de batalla.

42 AÑOS

Annie Hall de Woody Allen (1977)

Si contamos *What's Up, Tiger Lily* (1966), donde Woody Allen se apropió de una película japonesa cambiándole los diálogos en el doblaje americano para que todo fuera deliciosamente absurdo, *Annie Hall* se trataría de su séptimo largometraje como director. Fue su película del cambio: hasta entonces se había dedicado en exclusiva a la comedia, bebiendo del cine de los hermanos Marx, de Jerry Lewis, de Charles Chaplin. Él había empezado en la *stand up comedy*, primero en bares y teatros, luego en televisión. Su retórica enarbolaba con inteligencia y rapidez un humor afilado tremendamente culto donde las frases arrancaban desde la cotidianidad, en buena parte confesional, y terminaban dándose la vuelta a sí mismas, por lo general ridiculizando el sinsentido de la existencia. Es imposible no llorar de risa con *Toma el dinero y corre* (1969) o *El dormilón* (19793). Pero en *Annie Hall* Woody Allen dio su paso de gigante. Había cumplido cuarenta años, se había divorciado dos veces y se estaba empezando a quedar calvo (lo explica perfectamente en el monólogo de arranque de la película). Allen era un adorador pertinaz del cine de autor europeo y a partir de *Annie Hall* no es que fuera a renunciar a la locuacidad imparable de Groucho Marx (también citado en el monólogo), pero sí iba a abordar temas más serios, principalmente los conflictos que surgen en las relaciones de pareja y la clara imposibilidad de encontrar la felicidad en esta vida en la que aún necesitamos los huevos (referenciando el monólogo que hay al final de la película).

Más adelante, su pasión cinéfila acabaría desbarrando: *Interiores* (1978) era demasiado Ingmar Bergman y *Recuerdos* (1980) era demasiado Federico Fellini. Pero en *Annie Hall* encontró la medida exacta para canalizar tanto la ruptura de la cuarta pared y las ensoñaciones, irrumpiendo en el relato real (a lo Bergman), como la puesta en escena de todo su imaginario vital y cinematográfico, si es que ambos se pueden llegar a separar, mezclando ficción clásica con metalenguaje cinematográfico (a lo Fellini). De ahí todas esas secuencias a modo de *flashback* donde Alvy Singer (Allen) recuerda su infancia, introduciéndose él mismo en sus propios recuerdos, con magníficos momentos, como uno en el que sus compañeros de clase explican qué ha sido de ellos u otro de una fiesta en casa de sus padres, esta vez acompañado por Annie (Diane Keaton) y Rob (Tony Roberts). De ahí también la escena en la que interrumpe a desconocidos por la calle para preguntarles cuestiones existenciales; en la que rompe un plano dirigiéndose a la cámara explícitamente; o —la mejor de todas ellas— en la que en una discusión en la cola del cine le demuestra a un profesor pedante que no tiene ni idea de las teorías de Marshall McLuhan..., metiendo al propio

McLuhan en el plano para corroborarlo. La audacia como narrador de Allen anda disparada en todo momento y eso es tremendamente importante señalarlo porque a Allen siempre se le ha valorado mucho más por ser un gran escritor que por ser un gran director. Si bien es cierto que con los años, especialmente en su obra del siglo XXI, su puesta en escena ha ido ganando en pereza, en los años setenta y ochenta es realmente bárbaro el cómo, dónde y por qué sitúa la cámara para plantear una secuencia. En *Annie Hall*, además, contando con la maestría de Gordon Willis —recordemos: director de fotografía de *El Padrino* (1972)— tras la cámara.

Pero dejémonos de tecnicismos (aunque sea difícil, porque... ¿os acordáis de cuando introduce una pantalla partida entre las dos familias paternas y estas empiezan a dialogar entre ellas mientras comen? Esta película es un no parar) y adentrémonos en el romance. *Annie Hall* es una de las comedias románticas más bellas y tristes que se hayan hecho nunca. Un regalo inigualable que se dieron mutuamente Woody Allen y Diane Keaton: él escribiéndola, ella interpretándola. Como personaje, Annie Hall es una de las protagonistas femeninas más bien escritas e interpretadas de la historia del cine. Frente a ese Pigmalión desastroso que es Alvy Singer —a quién Allen no dudaría en volver a lo largo de muchísimas películas, poniéndole otros nombres: del Isaac de *Manhattan* (1980) al Harry de *Desmontando a Harry* (1997)—, Annie es todo libertad, simpatía y autenticidad. Si Alvy está obsesionado con la muerte, Annie está enamorada de la vida. Viste como quiere, canta como quiere, avanza por la vida como quiere. Alvy conduce la narración, pero es Annie quien la secuestra continuamente. Annie es la película: Alvy solo nos la está contando. «La-di-da, la-di-da, la-la».

Dejadme cerrar con una escena preciosa de *Annie Hall* (una de tantas). Tras una de sus rupturas con Annie, Alvy está teniendo un romance que, siempre desde su perspectiva, es completamente ridículo. Porque toda la existencia humana es ridícula a los ojos de Alvy (a los ojos de Allen). Entonces recibe una llamada aterrorizada de Annie: necesita que vaya a su casa enseguida. Él no entiende qué pasa, pero deja a la chica en la cama y va corriendo a ver a Annie. «Hay una araña en el cuarto de baño»: es la araña una metáfora preciosa de lo que nos necesitamos los seres humanos aun sin reconocerlo. De esa fragilidad máxima que define nuestras relaciones, nuestras historias de amor, nuestra escasa capacidad para aceptar la vida tal y como se nos viene dada. Por eso, aunque no dejemos de reír mientras la vemos, *Annie Hall* es una película tremendamente triste: porque incluso con toda la metaficción vertida por Allen, transpira una verdad sobre las relaciones humanas en la que es imposible no verse reflejado. El amor empieza, el amor se termina. Y luego no hay nada más.

43 AÑOS

Los siete samuráis de Akira Kurosawa (*Shichinin no samurai*, 1954)

1954 fue el año en el que se estrenaron *Johnny Guitar* de Nicholas Ray, *La ley del silencio* de Elia Kazan, *Las diabólicas* de Henri-Georges Clouzot, *La ventana indiscreta* de Alfred Hitchcock, *Ha nacido una estrella* de George Cukor, *La condesa descalza* de Joseph L. Mankiewicz, *La strada* de Federico Fellini, *Senso* de Luchino Visconti, *Filón de plata* de Allan Dwan, *El intendente Sansho* de Kenji Mizoguchi, *La sal de la tierra* de Herbert J. Biberman, *Sabrina* de Billy Wilder, *Siete novias para siete hermanos* de Stanley Donen, *Japón bajo el terror del monstruo* de Ishirō Honda, *20.000 leguas de viaje submarino* de Richard Fleischer, *Samurái* de Hiroshi Inagaki, *Te querré siempre* de Roberto Rossellini, *Veracruz* de Robert Aldrich, *Obsesión* de Douglas Sirk, *Carmen Jones* de Otto Preminger, *Ulises* de Mario Camerini, *Robinson Crusoe* de Luis Buñuel, *Tierras lejanas* de Anthony Mann, de nuevo

Mizoguchi con *Los amantes crucificados* y, claro, *Los siete samuráis* de Akira Kurosawa. Todas ellas obras maestras. Y esto lo digo por si esta noche, a tus (por ejemplo) cuarenta y tres años, estás tirado en el sofá sin dejar de buscar qué narices ver en la plataforma de *streaming* de turno. Niego la nostalgia como herramienta clara de supervivencia y jamás ha salido de mi boca un *ranciofact* como «ya no se hacen películas como las de antes»..., ¡pero es que hay más buenas películas en 1954 que en todo lo que llevamos de siglo XXI! Vale, ahora sigamos con lo nuestro.

En 1954 Akira Kurosawa tenía cuarenta y cuatro años y ya era el más célebre de todos los cineastas japoneses. Eso significa que era el favorito del público, que acudía en masa a sus estrenos tras el éxito brutal de *Rashomon* (1950), pero no tanto de los críticos, que seguían achacándole que era «el más occidental de los directores japoneses» (a los críticos habría que exterminarlos de tanto en tanto). A Kurosawa, es cierto, le pirraba el cine de John Ford y Howard Hawks. Era un fan devoto tanto del wéstern como del cine de gánsteres. Él creía en el poder de la cámara invisible y rehuía de todo manierismo ridículo. Y también debía estar hasta el kimono de que siempre le anduvieran lanzando a la cabeza la grandeza del cine de Mizoguchi: «Yo sí sé hacer creíble a un samurái y no Mizoguchi: lo suyo son las mujeres y los mercaderes» (su mal genio era ampliamente conocido).

Con *Los siete samuráis* Kurosawa dio forma al primer gran film de acción de la historia del cine. Probablemente también a la primera película donde un grupo de gente dispar se juntan para lograr una violenta acción en común; le seguirían *Los cañones de Navarone* (1961), *Doce del patíbulo* (1967), *13 asesinos* (2010), *Rogue One* (2016). Así que sí, quizás Kurosawa bebió mucho del wéstern americano, pero cualquier deuda que pudiera tener fue devuelta con creces: el *remake* de la misma en clave wéstern en *Los siete magníficos* (1960), Sergio Leone releyendo *Yojimbo* (1961) en clave *spaghetti* en *Por un puñado de dólares* (1964), George Lucas copiándole hasta las cortinillas de transición de *La fortaleza escondida* (1958) para *La guerra de las galaxias* (1977). Kurosawa le pidió al guionista Shinobu Hashimoto una historia donde quedara capturado el sentido ontológico de la vida samurái y este respondió con una pieza trágica en repetición continua con la venganza como motor principal. Kurosawa la desechó. Años después Masaki Kobayashi hizo con ese libreto una de las mejores películas de la historia del cine: *Harakiri* (1962).

Hashimoto y Kurosawa cogieron todo el dinero que la productora Toho pudo darles y se marcharon a rodar al monte. Construyeron hasta cinco pueblos idénticos, dibujaron perfiles dramáticos de los ciento un aldeanos, rodaron en orden cronológico para así mantener el *pathos* latente. Las condiciones eran nefastas: un frío horrible, tormentas de nieve, aire huracanado. Aun así, estuvieron rodando durante año y medio, complicando todavía más los factores ambientales: siete bombas de agua no dejaban de lanzar lluvia cinematográfica sobre los cada vez más catatónicos actores.

El resultado es una película increíble, inagotable. Doscientos minutos de narración límpida, rapidísima, con personajes tremendamente bien definidos abocados a unas escenas de acción nunca vistas antes en una pantalla de cine. Los siete samuráis protagonistas se dividen en dos grupos: por un lado, Toshiro Mifune (que parece salido de un *anime*, con su espada gigante y su gestualidad fuera de órbita) y, por el otro, el resto, encabezados por Taskasi Shimura (que parecen salidos de un kabuki). Fue aquí cuando Kurosawa empezó a filmar con distintas cámaras rodando al mismo tiempo: es impresionante cómo captura la acción mientras esta cobra vida con distintos protagonistas a distinta distancia de foco, y todo está perfectamente señalado. Esa capacidad *felliniana* de atrapar con la cámara a un gran grupo de personajes, estando todos y cada uno perfectamente situados en el plano, da lugar a algunas de las composiciones más bellas de la película. Orson Welles le robaría muchas de estas ideas para su *Campanadas a medianoche* (1965).

El gran tema de *Los siete samuráis* es el deber, pero su gran razón es la humanidad. Kurosawa delinea a la perfección el carácter cobarde de los aldeanos, que son capaces de ayunar para darles su poca comida a los samuráis, pero al mismo tiempo esconden a sus mujeres por si estos se aprovechan de ellas. Los bandidos aparentemente son el eje del mal y ya está, pero cuando estos son masacrados, desarmados por unos campesinos enajenados, ahí la ética pasa de ser objetiva a subjetiva, metiendo el gusano de la culpabilidad en el espectador. Y los samuráis son increíbles, puros héroes: generosos, valientes, leales, inteligentes y grandes compañeros. La muerte de cada uno de ellos se siente como una estocada en el pecho. Cada catana clavada en un montículo de arena es una lágrima deslizándose por tu cara. Desde la honorabilidad y templanza de Kambei (Shimura), protagonista y al mismo tiempo narrador —cuando habla a los demás, nos habla a nosotros—, pasando por la letalidad y elegancia de Kyuzo (Seiji Miyaguchi) —impagable su escapada nocturna y regreso entre árboles y niebla, cargando con un rifle del enemigo— y finalizando, claro, con Kikuchiyo (Mifune), el más desarrapado y exagerado, el más chillón y descarado: sus enemigos le temen, los niños le adoran y encima se pega media película luchando con el culo al aire. Él, que ni siquiera es samurái, sino campesino. El más valiente e insensato de todos ellos. De ahí que su muerte sea el momento más bello y triste de la película.

44 AÑOS

Bright Leaves de Ross McElwee (2003)

Empezar a fumar es lo más fácil del mundo; dejarlo, una gesta titánica, tiránica. Yo empecé a fumar tarde, primero porque no me gusta hacer lo que me dice la gente (*aka* dejarme llevar por las presiones sociales) y, segundo, porque soy un cabezón numantino como mi abuelo Terencio Calvo Calvo, el mismo que se arruinó por emperrarse en invertir todo su dinero en carbón porque (según sus palabras) ese iba a ser el combustible del futuro y no otro. Así que entre los dieciséis y los veintidós rechacé todos los cigarrillos que me ofrecían amigos, conocidos, novias. Y cuando ya nadie empieza a fumar, entonces empecé yo. Con veintitrés años y sin venir a cuento voy y acepto un Ducados de un chaval al que apenas conocía. La madre que me trajo.

El cineasta norteamericano Ross McElwee es uno de los principales referentes contemporáneos de lo que en su día se denominó como cine directo, una línea de trabajo (una filosofía más bien) dentro del cine documental surgida en los años cincuenta, que buscaba un nuevo realismo cinematográfico, recuperando la idea del *Kino-Pravda* de Dziga Vértov, la cual iba a la caza de la imagen-verdad, cambiando los impulsos estetas de los cineastas por una objetividad libre y espontánea. Como casi todos los movimientos cinematográficos, lo que buscaba el cine directo (también podría haberse llamado «cine *pur*», como el movimiento francés de los años veinte y treinta) era alejarse de los artificios y manierismos de un cine adocenado y manipulador (entiéndase: Hollywood). Cámaras ligeras, equipos de audio portátiles, iluminación natural, un equipo de rodaje que podía consistir en una sola persona: el director. El cine directo iba a influir tanto en el *free cinema* como en la *nouvelle vague*, pero también se podría decir que todo el fenómeno de videos en YouTube del siglo XXI es una variante más cruda del cine que en su día hacían D. A. Pennebaker, los hermanos Maysles, Richard Leacock y, ya en Europa, el maestro Jean Rouch.

Las películas de Ross McElwee son una mezcla de diario fílmico y ensayo cinematográfico figurativo que sirve como disparador de metáforas. No están lejos de las autobiografías fílmicas de Alain Cavalier o de los retratos etnográficos de Raymond Depardon. En *Bright Leaves* el objeto a estudiar es el tatarabuelo del propio McElwee que, al parecer, sirvió de modelo para el personaje de Gary Cooper en *El rey del tabaco* (1950) de Michael Curtiz: un terrateniente que perdió todas sus plantaciones de tabaco y murió en la ruina, mientras que su contrincante se convertía en uno de los hombres más ricos del país. Tratando de ahondar en la raíz de la verdad de lo sucedido, McElwee va trazando rutas paralelas que le sirven para explorar tanto su propia vida en el momento de la filmación —principalmente la relación con su hijo, Adrian McElwee— como el retrato de un país devorado por el consumo de tabaco. En un momento clave del documental un profesor le dice a McElwee, mientras lo mueve por un falso decorado cinematográfico en un *travelling* apañado con una silla de ruedas y dos abrazaderas, que su objetivo siempre ha de ser el de trascender las imágenes y, una vez logrado esto, saber qué hacer con ellas. McElwee jamás ha dejado de trascender porque jamás ha dejado de buscar, partiendo de lo prosaico para alcanzar la lírica, de lo ajeno para llegar a lo íntimo: *Sherman's March* (1985), *Time Indefinite* (1993), *Photographic Memory* (2011). Sus películas son además el documento de cómo evolucionó la relación con su hijo, el ya citado Adrian McElwee, una historia con trágico final al fallecer el joven con tan solo veintisiete años el pasado 2016.

La Organización Mundial de la Salud declaró en 2008 al tabaco como «la principal causa en el mundo de muerte evitable». Cinco millones de muertes anuales. En el siglo XX el tabaco mató a más gente que todas las guerras de la época juntas. En *Bright Leaves* McElwee graba a muchísimas personas fumando: a jóvenes, adultos, ancianos; incluso a enfermos terminales, precisamente, por su adicción al tabaco. Una joven pareja no deja de prometer que al día siguiente lo dejará para, al final, volver a aparecer fumando en cámara. Un exfumador aparece brevemente en el documental para decir que cambiaría a la mujer más guapa del mundo por poder fumarse un solo cigarrillo. La opulencia de la herencia del contrincante del tatarabuelo de McElwee solo es comparable a la devastación que deja tras de sí el cáncer del tabaco.

Si te apetece dejar de fumar, ver *Bright Leaves* es un buen comienzo. Lo dije al principio de todo: dejar de fumar es de las cosas más difíciles que existen. Por eso me apetecía poner esta película en este libro en esta edad en particular: porque, por fin, a los cuarenta y cuatro años conseguí dejar de fumar.

45 AÑOS

Centauros del desierto de John Ford (*The Searchers*, 1956)

Desde la más rotunda oscuridad, una puerta se abre, un cuadro dentro del cuadro. Vemos a Martha (Dorothy Jordan), solo una silueta negra que avanza hacia el exterior de la casa mientras la cámara le sigue en un suave *travelling*. Martha se desliza hacia la derecha y se lleva la mano a la frente para cubrirse los ojos del sol. Otea en el horizonte la llegada lejana de un jinete cuyo rostro no vemos. Es Ethan Edwards (John Wayne), el padre cinematográfico de Travis Bickle, de John Rambo, de Freddie Quell, de Jake Van Dorn, de tantos y tantos antihéroes trastornados hijos de su madre que acabarán poblando el cine más allá de *Centauros del desierto*. La cinta es, para muchos, el mejor wéstern de la historia del cine; para otros tantos, la mejor película de John Ford.

Pero esto no siempre fue así. En el momento de su estreno un sumamente cabreado Lindsay Anderson escribía: «Ahora, ¿qué va a hacer Ford, director de directores, con un héroe como este?». Ethan Edwards asesinaba —por la espalda y en plano medio sin vérsele la cara, tal y como mata en la película a Futterman y sus compinches— al héroe romántico que John Ford había estado dibujando hasta la fecha, por lo general con el rostro de John Wayne o de Henry Fonda: *La diligencia* (1939), *El joven Lincoln* (1939), *Las uvas de la ira* (1940), *Pasión de los fuertes* (1946), *La legión invencible* (1949) y un etcétera de obras maestras que hacen de Ford (lo he dicho tantísimas veces, también en este libro) el mejor director de la historia del cine. Pero Ethan Edwards no es un héroe. De hecho, tampoco es un antihéroe. Está ahí: a medio camino entre el amor (a su cuñada) y el odio (a los asesinos de la misma). Durante su odisea a lo largo de cinco largos años nunca acaba de quedarnos claro si, o bien busca a Debbie (Natalie Wood) para encontrarla y asesinarla por haberse convertido en la esposa del jefe indio responsable de la muerte de Martha, o bien lo hace para rescatarla y traerla a casa sana y salva. Su determinación es mucho más poderosa que su ética. Ethan jamás desfallece en su búsqueda pero, mientras cabalga, no deja de mostrar pruebas vívidas del odio y la rabia que anidan en el alma de un soldado confederado que jamás aceptó rendirse: dispara a los ojos de un cadáver indio, mata a los búfalos para que los comanches no tengan alimentos, se burla de la esposa india de su compañero centauro Martin Pawley (Jeffrey Hunter), desata una mirada que es puro odio sobre unas chicas blancas a las que el ejército ha rescatado de los apaches y está a punto de matar a Debbie cuando por fin la encuentra. Anderson tenía razón: ¿qué podía hacer John Ford con un héroe así?

Permítaseme un *flashback*. Es de noche y Scar (Henry Brandon) y su tribu están a punto de atacar la casa de Martha y su familia. Lucy, la hija mayor, no entiende qué ocurre y cuando lo descubre, Ford lo subraya con un plano tremendamente inusual en su cine, casi de película de terror, un movimiento de aproximación a su rostro desencajado. Es exactamente el mismo movimiento que ejecuta sobre el rostro de John Wayne —cómo está John Wayne, por Dios— cuando ve a esas chicas blancas enloquecidas tras convivir durante años con los comanches. Ford está emparejando el miedo de Lucy a que la violen y asesinen los indios con el desprecio de Edwards ante aquello en lo que se han convertido esas pobres chicas inocentes.

Ethan Edwards es un personaje terrible, de una complejidad inusitada en el wéstern de los años cincuenta y que, quizás, encontraría sus raíces en *Río Rojo* (1948) de Howard Hawks o en *Colorado Jim* (1953) de Anthony Mann. Pero que la rama no nos dé en la cara y nos despiste sobre qué nos está contando John Ford. Scar y sus hombres son unos salvajes, unos violadores, unos secuestradores, unos asesinos. Pero ¿qué es lo que hace el ejército cuándo descubre su campamento? El erial de cadáveres que nos muestra Ford es espantoso. Cuando además nos revela el cadáver de Look, la esposa india de Martin Pawley, la conmoción es absoluta. «¿Por qué tenían que matarla los soldados? ¡Ella nunca hizo daño a nadie!» Ethan, de hecho, aunque acabe abrazando a Debbie y llevándola a casa, en realidad es un fracaso como *searcher*. Su larga peregrinación tratando de encontrar a Debbie no tiene nada de romántico: el único sentimiento que lo impulsa a seguir buscando es un odio que envuelve su corazón como si fuera alambre de espino. Y, pese a ello, Ford ni siquiera le concede la capacidad de expiar su rabia. Cuando por fin encuentren a Debbie y a Scar, será Martin Pawley quien acabe con el indio responsable de exterminar a su familia.

Lo único que hace Ethan es sacar el cuchillo y arrancarle la cabellera al cadáver. Gesto, por otro lado, que Ford tiene la elegancia de no mostrar. Porque entre las muchas maravillas de esta película se halla el hecho de que Ford ejecuta elipsis por doquier: no vemos morir a Lucy, no vemos a Ethan encontrar su cadáver, no vemos morir a Brad (Harry Carey Jr.); ni siquiera vemos el ataque de los indios a la casa o el de los soldados al campamento indio. Ford únicamente nos deja ver las huellas del odio inclemente que se profanan unos y otros en una espiral infinita de violencia que solo acabará cuando uno de los dos bandos esté totalmente aniquilado.

Al final de *Centauros del desierto* la puerta se cierra dejando fuera, ya para siempre, al desclasado y renegado de su protagonista. Él se agarra el brazo: quizás le duela, quizás Wayne se acordó en ese momento del gesto mítico de Harry Carey padre, el protagonista de tantos wésterns mudos de Ford. Pero el portazo que le da la vida jamás acabará por tapar la tremenda historia de amor negado que existe entre ambas puertas, la de apertura y la de cierre, la de Martha y la de Ethan. Una historia de amor únicamente perceptible en sus miradas, en cómo el hermano pregunta ingenuo por qué se han quedado tantos años en esa tierra, en cómo ella acaricia la casaca de Ethan (de hecho, Ford acompaña con la cámara a Martha con la casaca cuando la guarda en la habitación, remarcando la importancia del gesto con una sutileza maravillosa). Ahí anida el odio desatado de Ethan: Scar ha violado y asesinado al amor de su vida, un amor que él nunca llegó a disfrutar, y ha secuestrado a la que podía haber sido su hija. Tanto dolor y tanta pena solo pueden caber en las botas de Ethan Edwards.

46 AÑOS

En el cuarto de Vanda de Pedro Costa (*No quarto da Vanda*, 2000)

Cuando el cineasta portugués Pedro Costa terminó su tercer largometraje, *Ossos* (1997), rodado íntegramente en el barrio lisboeta de Fontainhas, se dio cuenta de que esto no podía seguir así. Fontainhas es un barrio marginal, habitado por emigrantes caboverdianos que o bien se dedican a la chatarra o bien a vender por la calle o bien a chutarse heroína desde que amanece hasta que anochece. Y él había invadido la vida del barrio con la falsa maquinaria del cine: camiones de rodaje, asistentes de producción, horarios prefijados, etcétera. *Ossos* fue un éxito en su país —normal, es una película bellísima—, pero Costa no se perdonó la cobardía de querer filmar un espacio sin atreverse a involucrarse de lleno en él. Recordó entonces las palabras de Truffaut, quien decía que para hacer cine hay que estar o un poco loco o ser muy ingenuo, y decidió dar un paso salvaje en su carrera cinematográfica. Adiós a las grandes producciones —entiéndase la escala de lo que estamos hablando—, adiós a los grandes equipos técnicos y artísticos, adiós a los horarios, adiós al guion, adiós a las analógicas de treinta y cinco milímetros. Costa se compró una pequeña cámara digital Panasonic y se fue a vivir totalmente solo a Fontainhas. Su nueva cámara, particularmente pequeña y manejable, estaba pensada para llevarla en la mano, en movimiento. Costa la fijó al trípode y no volvió a moverla prácticamente nunca. Siguiendo la rigurosidad máxima de sus maestros Danièle Huillet y Jean-Marie Straub, los planos empiezan y acaban en sí mismos y duran lo que tengan que durar. Luego «corten» y a otra cosa.

Dos años estuvo viviendo Pedro Costa en Fontainhas, convirtiéndose en un zombi más de un barrio en demolición. La topografía de Fontainhas atrapada por la cámara de Costa no posee un valor global como tal, sino que este reside en la suma de muchísimas partes fragmentadas. Su cámara no distingue entre interior y exterior, usa siempre luz natural y nos va ofreciendo planos tanto del barrio como de sus habitantes, siguiendo una poética de la fragmentación heredera clara del arte de Robert Bresson. Porque Costa, como gran cineasta que es, cree en Bresson por encima de todas las cosas: de ahí que las acciones se repitan en *En el cuarto de Vanda* —diálogos tristes, jeringuillas, paredes que caen, *bulldozers*, toses, cigarros liados con papel albal, mecheros que no encienden, etcétera—, pero que no vengan condicionadas por un rigor estético, sino por una mera condición vital. *El cuarto de Vanda* es la sinécdoque de Fontainhas entero, con yonquis en la más absoluta miseria que van desapareciendo, engullidos por la muerte, o que aún permanecen como en un *impasse*, atrapados entre dos mundos: el de un futuro de pladur que será más una cárcel en vida que otra cosa —como nos enseñará la futura *Juventud en marcha* (2006)— y el que se está destruyendo. De las tres horas que dura la película, prácticamente un tercio está dedicada a registrar dicho proceso de demolición, mientras que el ruido de las obras se cuela constantemente a través de todos los planos de la cinta. El díptico formado por *En el cuarto de Vanda* y *Juventud en marcha* es uno de los grandes picos artísticos del *slow cinema*, que es como se ha venido llamando al cine de vanguardia de los últimos cuarenta años, donde el tiempo narrativo de la película es notoriamente más lento que en el cine comercial (aunque a Costa le haga más bien poca gracia dicho término).

Costa grabó infinidad de horas con su cámara digital a lo largo de los dos años que convivió con Vanda, con sus hermanas Lena y Zita, con Paulo el Muletas y demás cuerpos tournerianos que aparecen en la película. El propio cuarto de Vanda, de únicamente seis metros cuadrados (Costa tenía solo uno para filmar), iluminado como si fuera una pintura de Georges de la Tour, acaba fundiendo a personas con objetos y viceversa. Tiene que ver, de nuevo, con la fragmentación, porque toda la cinta acaba pareciendo un bodegón donde cada uno de los objetos retratados posee un valor infinito: los mosquitos, la llama de una vela, los colchones mugrientos, las cajas apiladas, las bolsas reutilizadas, las jeringuillas colgando del brazo como si fueran *piercings* mortuorios...

Al no distinguir interior y exterior, al haber sido derruida toda intimidad, al haberse ganado el cineasta la confianza impúdica de sus personajes —que no acaban de creerse protagonistas—, *En el cuarto de Vanda* va mucho más allá de un mero documental sobre la drogadicción, la gentrificación y la vida miserable. Para empezar porque, aunque todo en la película es real, Costa la construye como una ficción, un milagro a la altura de Joris Ivens o Robert J. Flaherty. Pero mucho más importante es que Costa, como también Pasolini y Buñuel, entiende el cine como un acto de resistencia. No hay conmiseración en sus imágenes y sí muchísima dignidad. Costa no hace cine político a partir de los panegíricos del cine social: hace cine político a partir del trabajo formal que ejecuta con su cámara. Si hay dimensión moral es porque sus protagonistas andan desbordados de la misma. Costa solo la capta de la forma más honesta posible.

47 AÑOS

Los odiosos ocho de Quentin Tarantino (*The Hateful Eight*, 2015)

No hay wéstern nevado malo, a las pruebas me remito: *El día de los forajidos* (1959) de André de Toth, *El gran silencio* (1968) de Sergio Corbucci, *Condenados a vivir* (1972) de Joaquín Romero Marchent, *Los vividores* (1971) de Robert Altman. Hasta nieva un poco en la mejor de todas ellas: *Centauros del desierto* (1956). Curiosamente, Quentin Tarantino, realizador de memoria enciclopédica, sí llegó a citar la película de Marchent durante la promoción de *Los odiosos ocho*, aunque por su título internacional: *Cut-Throats Nine* (en su día el distribuidor americano no se molestó en contar a los protagonistas de *Condenados a vivir* o la habría llamado *Cut-Throats Eight*). En fin, que estaba claro que tanto los degolladores de Marchent como los odiosos de Tarantino eran tipos despreciables, obligados a convivir juntos un mínimo de tiempo en las condiciones atmosféricas más adversas.

El referente absoluto de Quentin Tarantino era, claro está, *La cosa* (1982) de John Carpenter. Al igual que en ella, iba a encerrar a sus protagonistas en una cabaña, impedidos de salir al exterior por una fuerte ventisca, e iba a sembrar la sospecha de la traición entre sus participantes. Adentrando así la película en un terreno muy propio de Agatha Christie, con Samuel L. Jackson dando vida a una versión negra, sagaz y cabrona de Hércules Poirot. Las conexiones con Carpenter no acaban ahí. Al igual que en *La cosa*, el protagonismo —al menos en la primera parte de la película— iba a caer sobre los hombros de Kurt Russell, inolvidable R. J. MacReady en el film de Carpenter, que aquí daba vida a John Ruth «el Verdugo», un cazarrecompensas que se dirige en diligencia a Red Rock para llevar a la horca a Daisy Domergue (Jennifer Jason Leigh), entrega por la que recibirá diez mil dólares. Y por primera vez en la filmografía de Quentin Tarantino la película iba a tener una banda sonora original, dado que hasta la fecha todas sus películas usaban como música incidental *mixtapes* de temas clásicos que el propio director elegía de su amplísima colección de vinilos. El compositor elegido fue el maestro de maestros, Ennio Morricone, quien tras leer el guion le preguntó a Tarantino cuándo empezaban a rodar. «El rodaje ya ha finalizado», le dijo Quentin con una sonrisa. «*Impossibile. Impossibile. Devo fare una composizione per il mio amico Giuseppe.*» Morricone se refería a Giuseppe Tornatore y su película *La correspondencia* (2016). Por suerte tanto para todos los *tarantinófilos* como para los *morriconenianos*, al final se entendieron de una forma de lo más sencilla: el mítico compositor, sin ver un solo fotograma de la película, recuperó piezas descartadas de la banda sonora de *La cosa* y las volvió a arreglar en tres versiones distintas —solo cuerdas, solo trompetas y con orquesta completa—. Curiosamente la oscarizada banda sonora de Morricone (el único premio de su carrera) no suena a wéstern, sino a *giallo*: una composición de ritmo cadencioso, sombría y amenazante, con campanillas fantasmáticas y sonidos graves que anuncian la llegada del mal. Y es que el autor de los *scores* para *El bueno, el feo y el malo* (1966), *Los despiadados* (1967) o *El halcón y la presa* (1967), por citar los primeros eurowéstern que me vienen a la cabeza, no consideraba *Los odiosos ocho* un wéstern, sino un film de aventuras.

Quentin Tarantino no había dejado de crecer, ni como escritor ni como cineasta, desde que se lanzara a la dirección en 1992 con *Reservoir Dogs*. Sin dejar de ser nunca el Afrika Bambaataa del cine de explotación (sus películas son un continuo robo/homenaje a cintas fuera de los márgenes del Hollywood más *mainstream*), Tarantino había ido puliendo las formas, exquisitas, sensuales e hiperviolentas de su cine hasta llegar a unos grados de depuración fetichista máxima, como bien prueba la excelente *Érase una vez en... Hollywood* (2019). Fan de la estructura novelística, con secuencias perfectamente delineadas e intertituladas, ya desde la citada *Reservoir Dogs* —con quien *Los odiosos ocho* comparte la idea de encerrar a sus personajes en un único escenario aislado— el cineasta demostró su buen hacer a la hora de construir las películas como si fueran puzles, moviéndose hacia adelante y hacia atrás indistintamente para poder encontrar las piezas que faltan. A Tarantino los años le han sentado de maravilla, realizando un cine cada vez más complejo y rico en sus diálogos y más elegante y fascinante en su puesta en escena. Es cierto que es difícil superar el valor icónico de ciertos momentos de *Pulp Fiction* (1994) —baile, Ezequiel 25:17, reloj, *le*

Big Mac—, pero es igualmente cierto que *Jackie Brown* (1997), *Malditos bastardos* (2009) o *Érase una vez en... Hollywood* dan buena prueba de la madurez de un cineasta que ha erigido una obra tremendamente personal a base de fagocitar su extrema cinefilia.

Como todas las recién citadas, *Los odiosos ocho* también se construye como una película hecha de películas —encuentro en la caravana, relato de la tortura y asesinato del hijo del general sudista, envenenamiento y muerte de John Ruth— con una escalada de tensión en continuo movimiento de acordeón y brutales explosiones de violencia donde el placer del exceso tarantiniano convierte lo grotesco en algo tremendamente divertido, ya sea por la vía del vómito, ya sea por la vía de reventarle la cabeza a balazos al falso cantinero. Tarantino rodó *Los odiosos ocho* con una cámara Ultra Panavision de setenta milímetros y lentes resistentes a temperaturas bajo cero, iguales a las que se utilizaron en *Ben-Hur* (1959). El formato ancho de la película resulta desopilante —sobre todo teniendo en cuenta que en un noventa por ciento esta transcurre en interiores— y convirtió la experiencia de su visionado en salas en un viaje en el tiempo en toda regla (y eso que la mayoría de los cines del planeta ya no tienen proyectores analógicos). Tanto da. *Los odiosos ocho* privilegia la mirada de un cineasta que cede la puesta en escena al servicio del suspense global de la obra y a la entrega absoluta de sus intérpretes: Samuel L. Jackson, Kurt Russell, Walton Goggins y una increíble Jennifer Jason Leigh, capaz de secuestrar toda la acción con una simple sonrisa diabólica.

48 AÑOS

El salario del miedo de Henri-Georges Clouzot (*Le salaire de la peur*, 1953)

«Cucaracha» es una palabra bastante más bonita y grimosa que «cafard» (en francés), pero ni de lejos queda tan bien como «cockroach» (en inglés), con esa lucha de «ces» y «kas» haciendo sudar tinta digital al primer «cock». «Cockroaches» suena como un gruñido, mientras que «cucarachas», por eso de que en castellano hablamos todos con la boca bien abierta, tiene algo de celebración en su repugnancia. Las cucarachas son lo primero que vemos en *El salario del miedo*, la película más tensada e irrespirable de toda la historia del cine. El arquetipo de *thriller* agónico del que gente como David Fincher, Christopher Nolan o los hermanos Safdie han apuntado en sus libretas todos y cada uno de sus gestos, de sus ritmos, delineando a la perfección qué queda dentro y qué queda fuera del encuadre. Un niño desnutrido, sucio y con el pito al aire juega con cucarachas en un pueblo guatemalteco de mala muerte llamado Las Piedras (en realidad, la película se rodó en la Camarga francesa, pero qué más da). Al realizador francés Henri-Georges Clouzot siempre se le comparó con Alfred Hitchcock, sin embargo, esta secuencia parece dirigida por Luis Buñuel (ahora que lo pienso, a Peckinpah también le chiflaba Clouzot: cucarachas, hormigas, escorpiones). Y hablando de Hitchcock: él fue el primero en intentar hacerse con los derechos de la novela de Georges Arnaud *Le salaire de la peur*, pero el autor francés prefirió que su libro se adaptara en casa. Al año siguiente, Hitchcock quiso hacerse con los derechos de *Las diabólicas* de Pierre Boileau y Thomas Narcejac, pero Clouzot se le volvió a adelantar y de ahí surge otra de sus maravillas: *Las diabólicas* (1955). Clouzot no solo era considerado el Hitchcock francés, sino es que encima le robaba los proyectos.

El salario del miedo —repito, aunque usando otras palabras— es la mejor representación artística del suspense en la historia del cine. Un viaje agónico en el que dos camiones destartalados deberán cruzar una carretera que se desmorona por momentos, cargados con una tonelada de nitroglicerina que, al más mínimo movimiento, podría explotar y adiós muy buenas. Pero espera, porque para llegar a ese punto de la película el majadero de Clouzot tarda una maldita hora. Una hora que es un puro deleite para aquellos que abrazan la imagen cinematográfica en su vertiente más experimental. En la primera parte de *El salario del miedo* únicamente obtendremos una foto global del escenario y unos personajes a los que tampoco llegaremos a conocer demasiado. El contexto será lo que defina sus caracteres. La fotografía en blanco y negro de Armand Thirard filtra el asfixiante calor que achicharra el pueblo, creando amplias imágenes de situación donde el color blanco es el ochenta por ciento del plano. El espectador se ahoga en ese calor a través del color. Las Piedras es una cárcel sin rejas: sus habitantes hacen que la peor calaña parezca Louis Vuitton. No sabemos cómo han llegado a ese lugar, pero sí vemos cómo son incapaces de abandonarlo. Sin dinero, sin futuro, sin ganas de otra cosa que no sea beber en la cantina y tocarle el culo a la hija del dueño (Vera Clouzot). En su —brutal, tremendo, bestial, obra maestra absoluta— *remake* de 1977 a cargo de William Friedkin, *Carga maldita* (1977), este era el principal cambio: en dicha cinta sí se nos presenta a los futuros conductores de los camiones (un asesino, un terrorista, un estafador y un ladrón) en su lugar de origen. Clouzot prefiere que los conozcamos a las bravas: los sienta en el volante y coloca un haz de luz en el salpicadero para que podamos ver con todo lujo de detalles cada gota de sudor, cada mancha petrolífera, cada expresión de terror absoluto... Según cómo reaccionen al camino del infierno al que se están enfrentando, así quedarán retratados para la eternidad.

Una vez arranca la carrera de camiones, la película es ya imparable. Nos hemos alejado de la zona Resnais/Antonioni y nos lanzamos de cabeza a los autos-locos-con-nitroglicerina. La película se convierte en un videojuego, con la salvedad de que aquí, si no pasas de nivel, explotas, y de ti no quedará más que ceniza volatilizada flotando en el aire. Los niveles: (1) carretera de uralita sin bajar la velocidad; (2) el saliente de madera podrida; (3) roca gigante en el camino; (4) charco de gasóleo creciente. La tensión se dispara a mil por hora, el miedo cobra forma a través de rostros contraídos y planos detalle agobiantes (ruedas que giran lentamente, uñas que rascan el metal) y los conductores —Luigi, Bimba, M. Jo y

Mario (un Yves Montand de treinta y dos años que luce como el Bogart cincuentón de *El tesoro de Sierra Madre* [1948])—se van viniendo abajo uno tras otro. Es una barbaridad. La secuencia en la que Mario debe cruzar el estanque de petróleo con Jo gritando debajo de él... es una barbaridad. Qué imagen la de Jo y Mario embadurnados en veneno negro. Y también qué imagen la de la escupidera de fuego desafiante ante el término de la noche, a la espera de tragarse la maldita nitroglicerina. Porque si te va mal en la vida no dudes que siempre habrá alguien dispuesto a pagarte por ella para demostrártelo.

49 AÑOS

Nubes pasajeras de Aki Kaurismäki (*Kauas pilvet karkaavat*, 1996)

Tengan la edad que tengan, lo cierto es que a los protagonistas de las películas del cineasta finlandés Aki Kaurismäki las cosas no les suelen ir muy bien. A *La chica de la fábrica de cerillas* (1990) la maltratan sus padres y la deja embarazada un imbécil que la toma por prostituta. El suicida de *Contraté un asesino a sueldo* (1990) tiene que pagar a un matón para que le asesine tras demostrar bastante poca maña en el arte de quitarse la vida... para luego cambiar de opinión y pasarse toda la película huyendo de él. Al protagonista de *Un hombre sin pasado* (2002) unos canallas le roban la maleta y la identidad al darle una paliza brutal que le provoca una amnesia total. Así es el cine de Kaurismäki: una obra plagada de perdedores natos a la que en la ruleta de la vida les suele salir siempre negro cuando ellos lo apostaban todo al rojo.

Inicialmente *Nubes pasajeras* fue concebida como una continuación de *Sombras en el paraíso* (1986), algo así como el *Malas tierras* (1973) de Kaurismäki, con la excepción de que en la película del finlandés la torpe pareja protagonista no para de encontrarse y desencontrarse según les va soplando el caprichoso viento de la vida. La muerte del actor Matti Pellonpää de un infarto a los cuarenta y cuatro años impidió la secuela como tal, pero Kaurismäki reimaginó cómo sería dicha pareja unos años más tarde manteniendo como protagonista a su fiel colaboradora Kati Outinen y sustituyendo a Pellonpää por otro actor fijo tanto en sus filas como en las de su hermano Mika Kaurismäki: Kari Väänänen. En *Nubes pasajeras* los protagonistas forman un matrimonio de mediana edad en el que, de un día para otro, ambos se ven despedidos de sus respectivos trabajos. Ellos, que se profesan amor absoluto y que tras comprarse su primera televisión están todo lo felices que pueden estar unos personajes de Kaurismäki (que no es mucho), ven cómo el restaurante en el que trabaja ella se va a pique mientras que él saca la carta más baja en la baraja de despidos de la compañía. Las nubes podrán ser pasajeras, pero cuando arrecia la tormenta te cala hasta los huesos.

Como en todas las películas de Kaurismäki, en *Nubes pasajeras* las desgracias se van acumulando sin que a los protagonistas les cambie el semblante. La educación bressoniana del finlandés fija la inexpresividad emocional de sus intérpretes a una austeridad marcada en la escala de planos, dando como resultado que incluso frente a las calamidades vividas exista un mínimo de humor agazapado entre las imágenes. Se tiene que sonreír frente a la desgracia porque el absurdo es tan grande y tan injusto que prácticamente no te queda nada más que hacer. Cuando parece que él ha encontrado trabajo como conductor de autobuses de largo recorrido y marcha feliz con su camisa recién planchada y su almuerzo en un calcetín... regresa al cabo de unas horas completamente borracho y derrotado: «No he pasado el examen médico. Estoy casi sordo del oído izquierdo. Me han quitado el carnet de conducir. A partir de ahora solo podré conducir coches de juguete». Acto seguido se desploma contra el suelo. Kaurismäki crea comedia allí donde solo hay un drama abisal, ya que, según su particular filosofía existencial, hay que reírse de la vida porque la vida no se merece otra respuesta que no sea una gran carcajada.

La belleza agazapada tras sus planos silenciosos y sostenidos es precisamente que no importa cuántas veces les golpee la vida o cuántos vasos de vodka se vayan a ventilar en una noche particularmente cruel: el corazón que poseen sus protagonistas es de una tenacidad sin límites. El amor que se profesa la pareja es tan grande como la amistad y el compañerismo del resto de tristes desamparados que deambulan por la película. De nuevo, la suerte jamás parece jugar a su favor —como cuando en el casino deciden apostar por un todo o nada y se quedan con la nada más absoluta—, pero la mano amiga de quien no tiene otra cosa que ofrecer que no sea la misma mano de carne y hueso que te está ofreciendo, siempre existirá.

Puede que la vida sea un continuo río de calamidades y puede también que las oportunidades vayan menguando a medida que uno va cumpliendo años, pero Kaurismäki siempre encuentra refugio en la humanidad desbordante que poseen sus personajes. Por eso, por amargas que puedan parecer, sus películas siempre acaban resultando deliciosamente divertidas y con una belleza vital y un amor interno que ya querrían para sí la mayoría de los cineastas europeos que disfrutan revolcándose en el dolor y la miseria ajena. Por eso el finlandés siempre parece decirnos que, aunque no la vemos, la esperanza está ahí, a la vuelta de la esquina. Que en cuanto sople un mínimo de viento a favor desaparecerán esas malditas nubes que nos han emborronado la existencia. Por eso ese plano final, con la pareja mirando al cielo y sonriendo mientras su nuevo restaurante está lleno hasta los topes, es uno de los *very happy end* más bonitos de todo el cine de los años noventa. Y por eso siempre hay que lanzarse a ver las películas de Aki Kaurismäki: porque uno siempre sale de ellas mucho más feliz de lo que ha entrado.

EXPLOSIVES

50 AÑOS

Driver de Walter Hill (*The Driver*, 1978)

Antes de debutar como director con *El luchador* (1975), Walter Hill ya se había bregado en la pintura con algunos de los directores que más admiraba. Había escrito para Sam Peckinpah *La huida* (1972) y para John Huston *El hombre de Mackintosh* (1973). Había sido asistente (no acreditado) de Peter Yates en *Bullitt* (1968) —otra película *ultracool* de coches persiguiendo a coches— y asistente (sí acreditado) de Norman Jewison en ese festival de pantallas partidas que es *El caso de Thomas Crown* (1968). Quizás por eso escribió *Driver* con Steve McQueen —protagonista de tres de las cuatro películas que acabo de citar— en la mente: porque nadie en la historia del cine ha conducido con más estilo un coche (¡o una moto!) que el actor de *Bullitt*. Una lástima, McQueen le dijo a Walter Hill lo mismo que le contestó a Spielberg cuando le ofreció ser el protagonista de *Encuentros en la tercera fase* (1977): nanay, ni de coña, paso palabra. Un cáncer se llevaría al actor epítome de la masculinidad dos años más tarde, con tan solo cincuenta años. Y es que a veces la vida es una mierda. El papel finalmente fue a parar a manos de Ryan O'Neal, actor fetiche de Peter Bogdanovich, que contaba en su *curriculum vitae* con una de las películas más exquisitas de la historia del cine como es *Barry Lyndon* (1975) de Stanley Kubrick.

Pero me he salido de la carretera: volvamos con Walter Hill. Si buena parte del cine *neonoir* norteamericano de los años setenta aglutinaba en un solo género los códigos de los géneros restantes, en el cine de Hill todo lo que tocaba nos llevaba irremediablemente al wéstern. *El luchador* era el retrato de un vaquero, con el rostro ajado de Charles Bronson, que vendía sus puños en vez de sus pistolas. *Driver* cambiaba los caballos y las praderas por los coches y las carreteras. En *The Warriors: Los amos de la noche* (1979) las bandas callejeras toman la forma de indios a la caza (navajos, comanches y cheroquis). En *La presa* (1981) un séptimo de caballería de tres al cuarto se ve atrapado y masacrado por los indígenas (*rednecks* con muy malas pulgas) de los pantanos de Luisiana. Y así podríamos seguir hasta llegar a los wésterns puros de Hill que, obviamente, también los tiene: *Forajidos de leyenda* (1980), *Gerónimo, una leyenda* (1993), *Wild Bill* (1995), el piloto de *Deadwood* (2004), *Dead for a Dollar* (2022).

Finalizado el guion, Hill se lo envió a Raoul Walsh para que el maestro le diera el visto bueno. Se lo habría enviado a John Ford, su director favorito, pero este había muerto en 1973. *Driver*, que puede ser la película más europea de un director genuinamente americano, es decir, alguien que canaliza desde la violencia todo conflicto dramático presente en la obra, surge sin duda de la devoción de Hill por el cine polar en general y por Jean-Pierre Melville en particular. Si en *El silencio de un hombre* (1967) el samurái al que daba vida Alain Delon hablaba poco, el conductor de *Driver* iba a hablar aún menos (es un decir: nadie puede hablar menos que Delon en la película de Melville, aunque O'Neal solo pronuncie trescientas cincuenta palabras en toda la película). Treinta años después, Nicolas Winding Refn recogió el testigo e hizo hablar aún menos a otro Ryan (Gosling) en *Drive* (2011): ciento dieciséis palabras. Obviamente Refn, como Quentin Tarantino o Edgar Wright, era fan absoluto de la película de Walter Hill y *Drive* es la mejor prueba de su amor.

En *Driver* ni los personajes ni la ciudad llegan a tener nombre. Son únicamente símbolos: *The Driver* (O'Neal), *The Detective* (Bruce Dern), *The Player* (Isabelle Adjani), *The Connection* (Ronee Blakley), etcétera. Hill renuncia a contarnos nada de ellos, así que básicamente se definirán por aquello que hacen en la película. El conductor conduce, el policía persigue, la jugadora juega con ambos. Si O'Neal no pronuncia palabra, Dern no para de hablar. El futuro actor de *Nebraska* (2013) da vida a su detective como si de una serpiente se tratara. El personaje de Adjani es el más misterioso de todos; de hecho, lo es tanto que hasta la propia actriz, que venía de trabajar con Truffaut y Polanski y que con *Driver* debutaría en Hollywood, reconoció que nadie la entendía y acabó por repudiar la película.

Una pena, porque *Driver* es una auténtica maravilla, un cuadro de Edward Hopper en movimiento. No llega a los límites de la locura absoluta de las *car-chase movies* a lo *60 segundos* (1974) de H. B. Halicki, pero es la misma pista de carreras. Las tres secuencias con automóvil —las persecuciones inicial y final de la película, más una prueba de conducción donde destrozan un Mercedes Benz 280SE (W108)— son una orgía para la mirada del fetichista cinematográfico. Una planificación ultradetallada, perfectamente dibujada, filmada y editada, converge en unas imágenes que son puro *thriller* en vena, pero que te dejan en el paladar el sabor metálico del mejor cine negro. El resto de la película también está muy bien, claro, pero si te acercas a ver *Driver* para hacer de tu vida algo mejor, es con las persecuciones con lo que más disfrutarás. Y cumplidos cincuenta años ya toca disfrutar, joder.

51 AÑOS

Grupo salvaje de Sam Peckinpah (*The Wild Bunch*, 1969)

Ya en sus títulos de crédito, con esos niños que juegan a ver cómo las hormigas devoran a los escorpiones, *Grupo salvaje* parece una pesadilla pergeñada por Luis Buñuel a la que Sam Peckinpah iba a condimentar con una riada de tiros y sangre nunca vista antes en la historia del cine. Una imagen metafórica tremendamente poderosa que ya deja claro al arranque de la cinta el aciago porvenir de sus protagonistas: cuatro viejos vaqueros con el rostro de William Holden, Ernest Borgnine, Warren Oates y Ben Johnson, sostenidos por su profesionalidad, pero inevitablemente aprisionados en una espiral de violencia a la que ellos mismos se han lanzado sin pensárselo demasiado. La secuencia tras los créditos tampoco puede ser más definitoria. Su atraco al banco disfrazados de soldados confederados acaba en una carnicería demencial. Era una trampa: los hombres del ferrocarril liderados por un excompañero de armas y juergas (Robert Ryan) les estaban esperando y en el cruce de disparos, rodado con múltiples cámaras a distintas velocidades, las bajas civiles son un mal menor, tanto para unos como para otros. El paisaje tras la batalla es desolador, con los perseguidores saqueando los cuerpos inertes como si fueran animales carroñeros de la peor calaña.

Peckinpah tenía cuarenta y tres años cuando dirigió *Grupo salvaje*, pero parecía mucho mayor que su estrella principal, William Holden, que tenía cincuenta y uno. Los excesos de una vida pegada a la botella le obligaban a inyectarse vitamina B12 en la pierna cada mañana para seguir funcionando. Tenía un carácter de mil demonios y una arruga en el rostro por cada juerga corrida. Su carrera en Hollywood iba camino de superar a Orson Welles en sus discusiones con los ejecutivos de las *majors* y llevaba cuatro años en el dique seco: la agria mutilación a la que los estudios sometieron a su anterior película, *Mayor Dundee* (1965), lo había llevado al ostracismo y, si hacemos caso a sus biógrafos, a las puertas del suicidio. En el 69, además, a nadie parecían importarle ya los wésterns. John Ford había certificado su muerte en *El hombre que mató a Liberty Valance* (1962) y, en la década de los sesenta, el género por antonomasia del cine norteamericano se había llenado de escenarios tristes, personajes desesperados y acciones salvajes: *Río Conchos* (1964) de Gordon Douglas, *El último atardecer* (1961) de Robert Aldrich, *El valle del fugitivo* (1969) de Abraham Polonsky, incluso *El gran combate* (1964) del propio John Ford. Y, por si fuera poco, encima estaban todos esos cineastas italianos pasándoselo pipa mientras convertían el wéstern en un lúdico nido de víboras donde el romanticismo natural del género había dado paso a la amoralidad, la suciedad y el júbilo de la matanza descontrolada. Con tal panorama parecía que no había sitio para alguien como Peckinpah, un director al que sostenía la misma tradición y profesionalidad que otorgaba a sus protagonistas. Así que, si había que hacerse sitio a tiros, él lo haría sin problema.

En esa obra cumbre del género que es *Duelo en la Alta Sierra* (1962), poseedora de uno de los mejores finales de la historia del cine, Peckinpah ya había dejado claro que él se sentía perfectamente cómodo encarnando a viejos pistoleros en una última misión suicida. Treinta años antes de *Sin perdón* (1992), Peckinpah ya le había señalado a Clint Eastwood cuáles debían ser las principales señas del wéstern crepuscular. En *Grupo salvaje*, sin embargo, ya no iba a quedar nada de esa aura romántica que aún envolvía los gestos cansados de Joel McRea y Randolph Scott en la citada cinta. Los protagonistas de la que acabaría siendo su película-emblema en cuanto a rasgos dramáticos y estéticos eran vaqueros tan viejos y desclasados como los de *Duelo en la Alta Sierra*, solo que aquí las acciones que guiaban su camino no pesaban tanto por el compañerismo como por la avaricia. Y tampoco es que supieran ya hacer nada más. Al fin y al cabo, llevaban tanto tiempo huyendo y disparando que ya eran incapaces de recordar un pasado que no estuviera envuelto en sangre y alcohol. Pyke, Dutch, los hermanos Gorch son como el propio Peckinpah: profesionales desplazados por el devenir de un mundo que ya ni entienden ni tratan de comprender.

El paseíllo antes de la matanza final de *Grupo salvaje* es, sin duda, una de las imágenes más icónicas que ha dado el cine. El momento fue improvisado en el mismo rodaje. Peckinpah tenía a sus protagonistas carcomiéndose la conciencia en un prostíbulo, regateándole unos míseros pesos a una sufrida prostituta. Habían dejado tirados a Ángel (Jaime Sánchez) en manos del sádico general Mapache (Emilio Fernández) y este lo había torturado para algarabía del pueblo (de nuevo, los niños riendo y bailando ante la violencia). «Let's go. / Why not». Los cuatro salvajes, armados, recorrían el pueblo hacia su última batalla. La que de verdad importaba. Quizás no habían llevado una vida ejemplar, pero su muerte iba a estar a la altura de las circunstancias: con la sonrisa de loco de Ernest Borgnine dispuesto a hacer sonar las trompetas del apocalipsis. La barbarie al ralentí de tiros, muertos, gritos y sangre a chorros que Peckinpah capta con sus muchas cámaras (grababa a lo Kurosawa, del que era gran fan) es un pandemónium glorioso. El último gesto del *Grupo salvaje*, al final, es tan violento, crudo y demencial como el resto de la película, pero ahora nuestros antihéroes por fin parecen luchar por algo que entienden: por su propia dignidad, por sentirse humanos en un mundo sin humanidad. Porque ya no piensan seguir huyendo más, porque ya está bien de tanta tontería. «Si se mueven, mátalos.»

52 AÑOS

¿Quién puede matar a un niño? de Narciso Ibáñez Serrador (1976)

Hace bien poco, preparando un episodio del programa *Tarde de perros* sobre *¿Quién puede matar a un niño?*, le pregunté a mis padres qué recuerdos tenían de *Historias para no dormir* (1966), la icónica y rompedora colección de películas cortas de terror que Chicho Ibáñez Serrador escribía, dirigía y presentaba —en la deliciosa y maliciosa línea de *Alfred Hitchcock presenta...* (1955)— los viernes por la noche en Televisión Española, cuando toda la televisión en España se reducía a un único canal. Me costaba encajar en la cabeza cómo en la España en gris —más que en blanco y negro— de Franco había impactado con tanta fuerza esa colección mutada de cuentos de Ray Bradbury y Edgar Allan Poe (entre otros). Además de fascinar por el lado de la ciencia ficción y del terror, esas cintas contenían metáforas destructivas sobre la España de la dictadura. Mi madre me dijo que, como en la casa de mi abuelo en el pueblo (Ólvega, Soria) no había televisión, se arreglaban y se iban todos al bar de la plaza a ver qué nueva pesadilla les entregaba ese joven emigrado de la Argentina (aunque nacido en Uruguay) en colectiva homilía. La imagen me fascinó porque, en sí misma, era puramente cinematográfica —de hecho, José Luis Garci la retrató en *You're the One (Una historia de entonces)* (2000), cuando medio pueblo se apiña en un bar para ver *Gunga Din* (1939) de George Stevens— y porque explicaba tremendamente bien el poder que había tenido el cine (que había tenido la televisión, que había tenido Chicho), hoy en día diluido ante tanta oferta multiplataforma, que ha convertido el visionado de películas y series en un *zapping* onanista continuo donde, paradójicamente, cuanto más consumimos, menos vemos.

Pero yo venía aquí a hablar de *¿Quién puede matar a un niño?*, segundo y último largometraje de Chicho para la gran pantalla y una de las cumbres del terror de nuestra cinematografía. Fíjese el lector que le llamo «Chicho», como si fuera un familiar o un amigo: tal fue la presencia continua del maestro en nuestra televisión a lo largo de las décadas que acabó por convertirse en un miembro más de nuestra familia, de todas las familias.

En su primer largometraje, *La residencia* (1969), Chicho nos habla al mismo tiempo del terror clásico —de Henry James al cine gótico—, del terror del momento —el que se hacía en España, el delicioso fantaterror— y del que empezaba a despuntar en Italia, el *giallo*. ¡Ojo!, un año antes de que Dario Argento debutara con *El pájaro de las plumas de cristal* (1970). Por su parte, *¿Quién puede matar a un niño?* parecía predecir el terror del futuro. Su historia sucede a plena luz del día, con un sol asfixiante que hace que los protagonistas no dejen de sudar en toda la película. La fotografía, obra de José Luis Alcaine, es de un naturalismo extremo: convierte la anécdota argumental (niños matando adultos sin ningún tipo de explicación previa) en algo vívidamente realista, ergo mucho más aterrador. A ello habría que sumar sus largos silencios, su banda sonora a modo de canción de cuna diabólica —donde el compositor Waldo de los Ríos fusilaba sin piedad al Krzysztof Komeda de *La semilla del diablo* (1968)— y ese juego con el suspense que combina el terror en fuera de campo con la imagen directa del horror brutal. No es lo mismo ver una habitación vacía desordenada y con rastros de sangre en el suelo que ver cómo unos niños desnudan el cadáver de una mujer en la capilla de una iglesia. Aquí Chicho, decidiendo qué mostrar y qué no, también está jugando como si fuera un niño más.

Por eso *¿Quién puede matar a un niño?* conecta sin problema el terror clásico ultramoderno —*Los pájaros* (1963), *The Wicker Man* (1973)— con esa voluntad de hacer irrumpir el horror en escenarios diurnos, que tan bien han mostrado recientemente cineastas como Ari Aster con *Midsommar* (2019) o M. Night Shyamalan con *Tiempo* (2021), aunque la película de Shyamalan que mejor conectaría tanto con Hitchcock como con *¿Quién puede matar a un niño?* sería uno de sus títulos más menospreciados: *El incidente* (2008). En la primera nos atacan los pájaros, en la segunda los niños, en la tercera la propia naturaleza. Sea como sea, los adultos nos lo merecemos. Chicho lo repitió hasta la saciedad y así lo indicó con cero sutilezas en los créditos iniciales de la película, plagada de imágenes documentales de niños muertos y/o moribundos sufriendo las consecuencias de la violencia generada por los adultos. Nosotros, los mayores, somos los principales asesinos. Y asesinamos tanto por ignorancia como por desidia como —no nos engañemos— por falta de vergüenza.

Chicho no volvería a hacer más largometrajes para cine, algo de lo que siempre se arrepentiría —el condenado *Un, dos, tres... responda otra vez* lo tuvo treinta años secuestrado— porque, para cuando pudo volver, ya ningún productor quiso pagarle sus pesadillas. Lejos quedaban los tiempos en los que *La residencia* le arrebataba el premio a mejor película en el festival de turno a *El diablo sobre ruedas* (1971) y un apesadumbrado Steven Spielberg aceptaba el cariño y los consejos de Chicho, tanto sobre el oficio como sobre el negocio (yo pensaba que esto era leyenda urbana, pero Andrea G. Bermejo me lo ratificó como maravillosa verdad). Pocos años más tarde Spielberg arrasaría con *Tiburón* (1975), otra de terror diurno, convirtiéndose en uno de los directores más importantes del cine contemporáneo, mientras Chicho y su obra vivirían un continuo homenaje a través de un buen puñado de cineastas fans del género de nuestro país —Alex de la Iglesia, Jaume Balagueró, J. A. Bayona, Paco Plaza, Nacho Vigalondo—, pero sin volver a dirigir. Cuando recibió el premio Goya honorífico por toda su carrera en 2019, desde su silla de ruedas, pidió por favor hacer una última película. Moriría el 7 de junio de ese mismo año.

53 AÑOS

Te querré siempre de Roberto Rossellini (*Viaggio in Italia*, 1954)

Jacques Rivette escribió en abril de 1955 en *Cahiers du cinéma*: «Me parece imposible ver *Te querré siempre* sin experimentar de pleno la evidencia de que el film abre una brecha, y todo el cine debe pasar por ella bajo pena de muerte». Qué preciosidad de frase. Y qué taxativos eran los jóvenes *cahiers*. Como cuando Truffaut dijo que a los críticos que no les gustaba *Johnny Guitar* (1954) se les debería prohibir hablar de cine el resto de su vida. A Gonzalo de Lucas le leí una vez que la gran aportación de la Cinémathèque a los futuros artífices de la *nouvelle vague* fue que, como el centro no tenía dinero suficiente, no subtitulaban las películas. Así, liberados de los subtítulos, los espectadores debían fijarse mucho más en las formas cinematográficas. Y eso debieron de hacer porque, según cuenta la leyenda, de entre los asiduos que ocupaban las pocas butacas de la Cinémathèque todos acabaron dirigiendo. (Más o menos, y cambiando cine por *rock*, lo que ocurrió en el primer concierto de los Sex Pistols: los pocos chavales que los vieron acabaron todos formando su propia banda, como Siouxsie, Joy Division, Billy Idol.) Rivette también dejó escrito que «con la aparición de *Te querré siempre* todas las películas han envejecido súbitamente diez años». Vamos con ella.

Roberto Rossellini tuvo que inventarse el neorrealismo italiano en *Roma, ciudad abierta* (1945) al tener que dar forma a un nuevo realismo que hiciera justicia a la Europa en ruinas post Segunda Guerra Mundial. Rossellini retrató el horror, la crueldad y la devastación de forma directa, sin sentimentalismos, cruzando una mirada realista de carácter prácticamente documental que resultaba al mismo tiempo sensible e intimista. Pero tras *Alemania, año cero* (1948) Rossellini sintió que ya había llegado al extremo de un estilo que se había convertido en moda y se embarcó en un proyecto de cinco películas que, entre 1949 y 1954, realizó con Ingrid Bergman como protagonista (y coautora, aunque nunca se la acreditó como tal), entonces pareja del cineasta tras un sonado romance que criticó hasta el Vaticano al estar ambos casados en el momento de su *affaire*. Las películas fueron: *Stromboli* (1950), *Europa '51* (1952), *Te querré siempre* (1954), *Ya no creo en el amor* (1954) y *Juana de Arco* (1954). Y como bien dijo Rivette, cambiaron el cine tal y como se conocía hasta el momento.

Rossellini nos mete en *Te querré siempre* —tan amargo como romántico título que nada tiene que ver con el original *Viaggio in Italia*— con la película ya arrancada. En un coche en marcha vemos circular por una carretera polvorienta camino de Nápoles a nuestros protagonistas, el matrimonio

Joyce: Katherine (Ingrid Bergman) y Alexander (George Sanders). Su viaje tiene un objetivo claro: encontrar comprador para una propiedad que un familiar les ha legado al morir. Es la primera vez que están solos desde que se casaron y lo cierto es que no tienen mucho de qué hablar. Ambos se acusan de aburrirse en su respectiva compañía. De entrada, Katherine es fría, casi inalcanzable, mientras que Alexander y su constante flema irónica se hacen directamente inaguantables. Sus problemas burgueses se acentúan cuando se estrellan con la realidad que les envuelve: la pareja que los acoge no se prodiga más que amor, las costumbres locales exasperan a un hombre que no consigue ni que le pongan otro vaso de vino, ella asiste entre fascinada y horrorizada a los restos de una civilización desaparecida en el Museo Arqueológico de Capodimonte, en el Cementerio Fontanelle, en las ruinas de Pompeya. Rossellini obra el milagro de fundir el interior —lo que sienten unos personajes hastiados y extasiados— con el exterior —la cartografía física y emocional de un Nápoles donde los vivos conviven con los muertos—, hasta que el espectador, más que verlo, lo siente como una sola cosa.

En *Te querré siempre* a los protagonistas se les junta la crisis de la mediana edad y la crisis que sufre en algún momento toda pareja porque cuando no tienes nada que hacer y sí mucho tiempo para pensar es cuando más se enredan los miedos y las emociones. Es una tragedia en sí misma, pero Rossellini, fiel a su elegancia e inteligencia, no retuerce la dramática. Más bien al contrario: en su película, como ocurrirá en unos años con el cine de Michelangelo Antonioni, parece que no pase nada. Rossellini hace un uso admirable del tiempo, que mezcla por igual secuencias aletargadas (comidas, siestas) como acciones bruscas (visita al museo, la multitud que se agolpa frente al coche); y del espacio, mostrando en todo momento cómo el entorno cambia la manera de comportarse (de sentir) de los personajes. Fue el gran José Luis Guarner quien dijo que en *Te querré siempre*, de igual forma que se fusionan lo externo y lo interno, también se confunden los planos subjetivos con los objetivos.

El amor, si es que ha existido de verdad alguna vez, se agrieta y avinagra a medida que se suceden los celos y las horas. Ella recuerda a un viejo amor y cita tal cual el texto que cierra *Dublineses* de James Joyce (por algo se apellidan así). Él viaja a Capri a ver si encuentra una fuga a su medida, pero sus flirteos no sirven para nada más que para resaltar lo patético de la situación. Al final la vida (Rossellini) les pondrá frente a un espejo terrorífico: los amantes abrazados y arrasados por la lava del Vesubio, cobrando forma irreal delante de sus ojos. Ella se derrumba. Incluso a él, al que no le ha temblado el cigarrillo en toda la película, se le ve agitado. La muerte ha estado presente a lo largo de toda la cinta como un elemento de belleza amenazantemente insoslayable y, finalmente, se les ha aparecido con toda la tristeza y toda la belleza del mundo. De la nada surge el amor petrificado: un espejo frente al que los protagonistas se derrumban, abriendo así esa grieta que decía Rivette al principio del texto. Al final de la película un milagro reconciliará a los protagonistas, empujados por una muchedumbre fanática de su propia iconografía, pero lo cierto es que el verdadero milagro es la película en sí misma.

54 AÑOS

Sátántangó de Béla Tarr (1994)

En los estertores del comunismo en Europa del Este, una decrépita granja comunal se enfrenta a su disolución. El largo día arranca entre mugidos de vacas despistadas, con dos amantes que ni siquiera se aman ni respetan pero que se despiertan juntos porque tampoco hay nada más que hacer y con un viejo médico alcohólico sin licencia que parece observar todo desde su ventana sin que, en realidad, sea capaz de ver nada de nada. La herrumbre de la humanidad se confabula para trazar míseros planes —robar el dinero de la paga mensual, huir a cualquier parte— cuando llega el mensaje de que se ha visto a Irimiás (Mihály Víg, el músico que escribe las partituras para Tarr) camino de la granja. Irimiás, el aparecido, el resucitado, el profeta. Un charlatán populista con el rostro de Jesucristo y el amor justo para quererse a sí mismo y despreciar al resto. Tiene su propio perro de dos patas: Petrina, un canalla de la misma calaña pero la mitad de sesera. La noticia de su inminente llegada conmociona a los borrachos de la granja, que se entregan al tango satánico, engullendo licor de pera mientras se frotan las carnes en desuso los unos contra los otros. La nueva utopía será aún más miserable que la vieja, pero ellos qué van a saber. En esa maldita granja las únicas que se salen con la suya son las arañas, omnipresentes y aun así invisibles, tejiendo paciente e interminablemente su infinita tela que, como la nieve de Joyce, atrapa por igual a todos los vivos y todos los muertos.

Siete horas y veinte minutos dura *Sátántangó*. Nada mal, teniendo en cuenta que la novela de László Krasznahorkai de la que parte no llega a las trescientas páginas. El cineasta húngaro Béla Tarr, una de las puntas de lanza más brillantes del cine de vanguardia moderno y padre de buena parte de la estética que ha regido las *slow movies* del siglo XXI —preguntadle si no a Gus Van Sant de dónde surge su Trilogía de la muerte: *Gerry* (2002), *Elephant* (2003) y *Last Days* (2005)—, erigió en *Sátántangó* su particular catedral cinematográfica. Narrada en doce episodios, sigue la estructura del libro de Krasznahorkai (aquí también guionista) que, a su vez, sigue los doce pasos del tango: seis adelante, seis atrás. La película de Tarr es un alambicado juego de *travellings* de extrema duración —circulares, de seguimiento, frontales, subjetivos... Un no parar— que buscan tanto encuadrar la realidad (que no el realismo) por la vía de la abstracción como jugar a esculpir el tiempo a lo Andréi Tarkovksy. La extrema duración de los planos de Tarr, tanto fijos como en movimiento, hacen de *Sátántangó* una de las experiencias estéticas más radicales y, al mismo tiempo, porosas de los últimos cuarenta años (antes citaba a Van Sant, pero podéis meter en el mismo saco también al filipino Lav Diaz y al portugués Pedro Costa). Radical porque, obviamente, enfrentarse a una película de la exigencia de *Sátántangó* supera los límites de lo estético para entrar en conflicto con lo puramente físico. Y precisamente de esa radicalidad es de donde surge la porosidad: la película de Tarr, un cineasta que suele pensar el cine como si fuera música, deja multitud de espacios para que el espectador habite en ellos sin desviar nunca su atención. Porque puede que Tarr no busque que una imagen sea bella en sí misma, pero eso no quita que su cine contenga una belleza aplastante.

Tarr dijo una vez, a propósito de su film *El caballo de Turín* (2011), que su cine, si hablaba de algo, era del insoportable peso de la existencia. Vaya, que la vida no es que sea difícil, es que es una mierda. Los protagonistas de *Sátántangó* lo saben, porque por más idiota que uno sea, hay cosas de las que no puede evitar darse cuenta, por más que trate de embotar sus sentidos con todo el orujo que exista en el país. Pero qué más dará. En *Sátántangó* el tiempo se mece al mismo compás con el que tejen sus telas las arañas. No son hombres y mujeres: son alimañas, son estúpidos, son borrachos. Son lo que son porque la vida no les ha dejado ser otra cosa. Schmidt, Kráner, Halics, Futaki. Arañas que acumulan tristeza en un viaje cíclico de lo malo a lo peor y vuelta a empezar.

Del sueño comunista no queda más que porquería. La pequeña Estike no tendrá tampoco muchas luces, pero tiene las suficientes para ver que todo lo que le rodea es horrible; acaba tragando matarratas sin que tampoco sepamos si es que está harta de todo o es que no se le ocurre otra cosa que hacer. Tarr pinta de determinismo su existencialismo, lo que hace que *Sátántangó* sea inevitablemente fatalista: una gran tristeza retratada en blanco y negro que también teñiría *Armonías de Werckmeister* (2000), *El hombre de Londres* (2007) y *El caballo de Turín* (2011). Tarr es un retratista inmisericorde de la tristeza. Y puestos a pintarla, mejor hacerlo como Van Gogh o como Pieter Brueghel el Viejo. El último paso de *Sátántangó* es el más triste de todos. Dos policías aburridos, dos burócratas cuyo paso por la vida será flácido y melifluo, redactan y corrigen la confesión de Irimiás echando pestes de sus desgraciados apóstoles mientras la cámara de Tarr no deja de girar sin cortes en derredor. Es el final del tango satánico. Sin respuestas, sin soluciones. Al final no queda nada.

55 AÑOS

El Padrino de Francis Ford Coppola (*The Godfather*, 1972)

Cuando Robert Evans, entonces director de producción de Paramount Pictures, eligió a Francis Ford Coppola para adaptar a la gran pantalla el *best seller* de Mario Puzo *El Padrino*, sabía que se la estaba jugando. Coppola, a sus treinta años, no era nadie. Un joven barbudo más en los setenta cuyas películas habían sido todas un fracaso económico: *Ya eres un gran chico* (1966), *El valle del arcoíris* (1968), *Llueve sobre mi corazón* (1969). Dennis Hopper y Arthur Penn habían abierto las puertas al nuevo cine americano, pero este aún debía consolidarse con películas inmaculadas en lo artístico, más que rentables en taquilla. Polanski lo había conseguido con *La semilla del diablo* (1968); Bogdanovich también con *La última película* (1971). Ahora era el turno de Coppola, un aplicado estudiante cinematográfico, cuyo amor por los géneros clásicos (melodrama, musical, cine negro) era parejo a la atracción que le producían los grandes autores europeos, con Fellini y Godard a la cabeza.

Coppola, que en principio no estaba nada interesado en el cine de gánsteres, sabía que el talento no era nada sin trabajo y riesgo. Así que se dejó la piel en la preparación de la película. Se encerró con Puzo en un hotel y durante semanas escribió (prácticamente) un libro sobre un libro. Tenía claro que la gran historia de *El Padrino* era una tragedia protagonizada por la ascensión y caída de Michael Corleone (Al Pacino): el hijo tímido, calmado, responsable. El que decide irse a la guerra para no tener nada que ver con los negocios de su padre. El resto de los hermanos no le ponían fácil la herencia a Don Vito (Marlon Brando): Sonny (James Caan) era puro nervio, demasiado impetuoso e impredecible; Fredo (John Cazale) era todo vicio y debilidad, un niño roto; mientras que Tom Hagen (Robert Duvall) era adoptado y Connie (Talia Shire) era una chica, así que no contaban (siguiendo el estricto clasismo/machismo italoamericano). Pero Michael no quiere saber nada del tema: se lo dice bien claro a su novia, Kay (Diane Keaton), en la boda de Connie que abre el film. La adopción forzada de Michael por las tinieblas, dejándose por el camino el alma mientras no cesa de amasar poder, viendo cómo uno a uno todos los miembros de su familia van muriendo...: ahí sí que había algo que a Coppola le interesaba contar. Michael iba a ser su particular Macbeth del mismo modo que *El Padrino* iba a ser el *Ciudadano Kane* (1941) del nuevo cine americano. Aquella película en la que el resto del cine futuro se vería obligado a reflejarse, siendo, claro, *El Padrino: Parte II* (1974) la única que iba a sobrevivir a dicha comparación.

Coppola se rodeó del mejor equipo posible para ello: Gordon Willis en la fotografía, Nino Rota en la música y Dean

Tavoularis en la dirección artística. Eran apuestas más que seguras. Willis había sido la luz y el movimiento en *Klute* (1971), Rota era el compositor de Fellini y Visconti, Tavoularis venía de trabajar con Antonioni en *Zabriskie Point* (1970). Donde de verdad tuvo que arriesgarse fue en el reparto, a la postre uno de los mejores de los anales del cine. Coppola, prácticamente, se inventó a Pacino, Caan y Duvall. Y tuvo que pelear con todas sus fuerzas para que Paramount aceptara a Marlon Brando, a quien obligaron a hacer una prueba de *casting* que ya es historia. Brando, con algodón en los carrillos, betún en el cabello y convirtiendo su voz en un susurro taimado y ronco —como cuentan que hacía el capo de la mafia Frank Costello—, lo bordó.

Si la trilogía al completo de *El Padrino* es una ópera trágica, su primera película es un cadencioso vals teñido en sangre. Una melodía de atmósfera neoclásica, con variaciones insólitas —todo el viaje de Michael a Italia y su romance con Apolonia— y brillantes *set pieces* que cruzan el suspense a lo Hitchcock —la cena de Michael con Sollozzo—, la violencia a lo Peckinpah —el brutal asesinato de Sonny— y el montaje psicológico a lo Eisenstein —la matanza final, montada en paralelo al bautizo del hijo de Connie—. Es absorbente la delicada atención que impone el cineasta a cada uno de los múltiples detalles que pueblan la película, tan meticuloso a la hora de explicar la receta de los espaguetis de Clemenza como llenando de agujeros el cuerpo de Sonny; tan exigente a la hora de medir el levísimo *zoom* sin cortes que abre la película sobre el rostro del funerario Bonasera como la abrupta cámara en mano que sigue por la casa a Connie, quien trata de escapar de las palizas de su marido. *El Padrino* respira cotidianidad veraz a través del retrato pulcro de una familia de inmigrantes: los vemos casarse, comer, hacer negocios, bailar. Pero dicha cotidianidad siempre viene acompañada de una violencia tan brutal como puede ser el despertarse con una cabeza de caballo en la cama. Lo bello y lo atroz se combinan en armonía en una película perfectamente punteada por la icónica melodía de Nino Rota.

El Padrino costó seis millones de dólares (Brando solo cobró cincuenta mil por su actuación, aunque el porcentaje que le tocaba de taquilla lo hizo rico) y acabó recaudando más de doscientos millones. Ganó tres óscares: mejor película, mejor actor (Brando) y mejor guion adaptado. El nuevo cine americano ya tenía su tótem. Los directores-autores pasaron a ser las estrellas intocables de la industria. El *film noir* se convertía en film *neonoir*, y gánsteres y detectives fueron cayendo por las salas con un puñado de películas maravillosas: *Malas calles* (1973) de Scorsese, *Un largo adiós* (1973) de Altman, *Chinatown* (1974) de Polanski, *La noche se mueve* (1975) de Penn. Y la mejor de todas ellas: *El Padrino: Parte II*. Enseguida hablamos de ella.

56 AÑOS

El Padrino: Parte II de Francis Ford Coppola
(*The Godfather Part II*, 1974)

Tras cambiar la historia del cine (del mundo) con *El Padrino*, Coppola se había convertido en el mejor director del momento, mientras que el nuevo cine americano no dejaba de producir éxitos incontestables. Un año después de *El Padrino*, William Friedkin estrenaba *El exorcista* (1973), recaudando más de cuatrocientos millones en taquilla. El mismo año de *Serpico* de Sidney Lumet, de *Malas tierras* de Terrence Malick, de *Un largo adiós* de Robert Altman, de *Cuando el destino nos alcance* de Richard Fleischer. El cine americano era una fiesta.

En 1973 las secuelas no estaban en absoluto bien vistas, pero los ejecutivos de la Paramount no dejaban de llamar a Coppola: querían una continuación de las andanzas sangrientas de los Corleone. Sin embargo, ¿cómo se supera una película como *El Padrino*? Quedaba parte de la novela de

Puzo por adaptar, toda la referente a la llegada de Vito a los EE. UU., que había sido cortada de mutuo acuerdo por director y escritor para la primera entrega. Pero eso no era suficiente. Así que Coppola y Puzo volvieron a reunirse y escribieron toda una nueva trama que seguía los pasos de Michael Corleone tras el baño de sangre que lo había coronado como el capo absoluto del crimen organizado en Nueva York. Y el enfoque de Coppola no pudo ser más acertado. *El Padrino: Parte II* no iba a ser una película de gánsteres: iba a ser un melodrama. La amarga historia de un hombre que no dejaba de amasar poder a medida que se iba quedando brutalmente solo. Ahí aparecía la devastadora rima: la película mostraría en paralelo cómo Vito Corleone (un impresionante Robert De Niro) se ganaba el respeto de su gente, mientras su familia iba creciendo, ejecutando la violencia sobre aquellos que oprimían a su comunidad. Mientras que Michael, cegado por el ansia de poder y en venganza continua contra todo y contra todos, destruía por igual a sus enemigos, a sus socios y, finalmente, a su propia familia.

Al igual que en la primera película, *El Padrino: Parte II* arranca con una fiesta. Pero Coppola quiere dejar claro desde el principio que ya es todo distinto. Si en la boda de Connie la familia se presentaba unida y feliz, en el bautizo de Anthony —el hijo de Michael y Kay, celebrado en Las Vegas, donde los Corleone se han trasladado a vivir— todo es un desastre. Connie se enfrenta a su hermano, desafiándole con un novio pazguato; la mujer de Fredo se emborracha, poniéndole en evidencia; el sucesor de Clemenza, Frankie Pentangeli (Michael V. Gazzo) no parece conseguir audiencia con el Padrino por más que insiste; y, al finalizar la velada, unos sicarios ametrallan la habitación de Michael y Kay.

Nunca los Corleone habían tenido tanto poder y dinero; tampoco nunca habían estado tan separados. No queda nada de la inocencia de Michael en la primera película. Aquí, su gesto severo se mantiene durante toda la obra, llegando a estallar de forma terrorífica en la secuencia en la que abofetea a Kay tras su confesión de haber abortado. Ya no es Macbeth: es Ricardo III. Ya no es Charles Foster Kane, sino George Minafer, el arribista y, a la postre, desgraciado protagonista de *El cuarto mandamiento* (1942).

El Padrino: Parte II no solo es mejor que *El Padrino* porque potencie sus componentes dramáticos hasta llevarlos a la devastación más absoluta. Lo es también porque Coppola planifica y ejecuta las secuencias con una maestría imperturbable. Toda la película está plagada de secuencias imborrables, conjuntando con una elegancia e inteligencia de otra galaxia el perfecto sentido de la puesta en escena sobre el material dramático tratado. Ejemplos claros: el asesinato de Fanucci a cargo de Vito tras la persecución por las azoteas de Little Italy, la nochevieja en La Habana con Michael dándole un beso mortuorio a Fredo —«Sé que fuiste tú. Me rompiste el corazón»—, la conversación entre Tom y Pentangeli hablando de los caídos en desgracia en la vieja Roma (¡cómo está Robert Duvall en la secuencia!), el sangriento asesinato de Don Ciccio a manos de Vito en Sicilia...

Pero nada como la traición, condena y muerte de Fredo. Pocos relatos se me ocurren más tristes en la historia del cine. El duelo continuo entre John Cazale y Al Pacino en la película no deja más que secuencias asombrosas. Como la de la terraza de La Habana, cuando Fredo confiesa que siempre se ha sentido inferior: «Mamá me decía que no era hijo suyo, que unos gitanos me habían dejado en un cubo de basura».

O la del espectáculo BDSM donde Michael descubre que su hermano le ha traicionado y se lleva la mano al rostro, tapándose el dolor brutal que lo consume (casi el único gesto humano de Michael en toda la cinta). O la del abrazo que se dan frente al cadáver de su madre mientras Michael mira a su guardaespaldas, recordándole que Fredo ya puede morir. O la de la matanza final, esta vez con menos cadáveres que en la primera parte, pero con una carga dramática infinitamente superior. Tanto Michael como Fredo están filmados en plano general. Michael observa a su hermano desde las vitrinas de su despacho; Fredo reza un Ave María mientras pesca. Ambos planos —el de Michael bajando la cabeza y el de la barca ya sin Fredo (la ejecución se realiza fuera de campo)— son las mejores (y más tristes) de toda la carrera de Francis Ford Coppola. Aún habría una tercera entrega de las desventuras de la familia Corleone: *El Padrino: Parte III* (1990), notoriamente inferior a sus películas precedentes, pero aun así poseedora de destellos indudables de la genialidad de su director.

57 AÑOS

El piano de Jane Campion (*The Piano*, 1993)

Tras años sin ver nada de Jane Campion, me quedé realmente impresionado al ver en el Festival de Cine de Venecia de 2021 su magnífica *El poder del perro*, una adaptación pluscuamperfecta de la novela homónima de Thomas Savage. Fue como un chispazo en la mente del crítico, también un latigazo a mi amor propio. ¿Cómo hasta ahora no me había dado cuenta de la importancia que poseen los paisajes, los escenarios naturales, en la obra de Campion? Porque al igual que ocurre con las montañas en los wésterns de Anthony Mann o con la selva en las películas de aventura y desesperación de Werner Herzog, la fisonomía topográfica de las localizaciones en las películas de Campion influyen de forma directa ya no solo en el acondicionamiento de la trama (eso es algo más obvio), sino en el propio carácter de sus personajes. No se puede entender al Phil Burbank (Benedict Cumberbatch) de *El poder del perro* sin verle bañarse en los lagos y cabalgar por las estepas que rodean su hogar. Uno no se puede adentrar en la mente compleja y sadomasoquista de Ruth (Kate Winslet) en *Holy Smoke* (1999) sin entender que el desierto que la rodea forma parte inherente de su reino de deseo y locura. Y, claro, uno no puede entender la abrasiva dramática interna, la necesidad imperiosa de conectar con alguien, que tiene Ada McGrath (increíble Holly Hunter, expresándose toda la película únicamente con la mirada), deslocalizada de su vida en un mundo extraño, remoto y enfangado, con la única compañía de su hija pequeña Flora (Anna Paquin) y su piano, cuyas teclas le hacen tanto de cuerdas vocales como de punto de fuga hacia ese lugar donde nos lleva la música que amamos y donde nos encontramos tan deliciosamente protegidos.

Jane Campion nació en Wellington (Nueva Zelanda), pero su cine poco tiene que ver con el de sus coetáneos Martin Campbell —*Goldeneye* (1995)— o Vincent Ward —*Navigator, una odisea en el tiempo* (1988)— y sí más con el de aguerridas y sensibles directoras modernas —Sally Potter y su *Orlando* (1992), Margarethe von Trotta y su *Hannah Arendt* (2012), Marleen Gorris y su *Antonia* (1995)—, capaces de situar a la mujer en el epicentro de sus historias, siempre con un fuerte posicionamiento feminista, algo que no pocas veces se le ha reprochado desde la crítica cinematográfica más rancia, en especial en lo que se refiere a la representación del deseo sexual y su apasionada puesta en carne. Las protagonistas de Campion, ya desde sus primeros cortometrajes —*Peel* (1982), *Passionless moments* (1985)—, son mujeres arrinconadas por la sociedad (patriarcal, claro), cuya sensibilidad e inteligencia son continuamente despreciadas por aquellos que les rodean. El juego de la dominación, tanto emocional como sexual, toma en el cine de Campion un cariz imprevisible, capaz de acabar devorando a cualquiera de los integrantes de sus vehementes argumentos.

En *El piano*, a Ada su padre la ha casado por conveniencia con un apoderado colonizador de la salvaje Nueva Zelanda (Sam Neill), viéndose así relegada de todo: su casa y hogar, su país natal, su familia, su cultura. Le quedan su hija, que se mueve en ese terreno entre el sueño, el juego y la realidad tan habitual en quien todavía no ha cumplido diez años; y su piano, demasiado grande y demasiado pesado para ser transportado a través de la jungla y cruelmente abandonado a la orilla de la mar. La tristeza se la come más aún que el fango donde se le traban los pies, la falda acampanada. La solución llegará de la mano de Baines —un Harvey Keitel que andaba imparable en los noventa: *Reservoir Dogs* (1992), *Teniente corrupto* (1992), *Smoke* (1995), etcétera—, un británico emigrado que vive entre los maoríes lo suficientemente cómodo, alejado de la civilización, como para que ahora alguien le venga a tocar las tatuadas narices. Parece imposible porque él es salvaje, torpe, bruto y tiene unas manos que parecen nudos de castaño, mientras que ella es inteligente, culta, pequeña y blanca como las teclas de su piano. Y va de teclas la cosa: Baines recupera el piano y promete devolvérselo, tecla a tecla, a cambio de clases particulares. Tan particulares como que él lo que quiere es quererla, aunque sea tocándole un círculo minúsculo de piel escondido dentro de un agujero en el calcetín. Campion fuerza los límites del romance a lo Emily Brontë para que una historia de prostitución —tecla de piano por piel de mujer— se convierta en una tórrida historia de amor y deseo. Las clases de piano no pueden ir mejor: a falta de pocas teclas ya se están agarrando los culos desnudos con fuerza para síncope del mentecato marido repeinado. Todo acabará abruptamente en un hachazo, algo de lo que Campion había estado avisando mientras el metraje andaba despreocupado: en las sombras chinescas, en la tala de la leña, en cómo el marido cornudo agarraba el hacha junto a la pequeña Flora. La testigo parlanchina y juguetona que desencadenará/resolverá la tragedia.

Con una banda sonora impecable a cargo de Michael Nyman, la película de Campion se presentó en el Festival de Cannes de 1993, alzándose con la Palma de Oro de ese año en *ex aequo* con *Adiós a mi concubina* de Chen Kaige (otro bello retrato de un personaje femenino peleando por su libertad). Era la primera vez que una mujer ganaba la Palma de Oro. La segunda (y, por ahora, última) fue en 2021 cuando la realizadora francesa Julia Ducournau ganó el certamen con *Titane*. *El piano* ganó tres Óscar —mejor actriz (Hunter), mejor actriz de reparto (Paquin) y mejor guion original (Campion)—, pero perdió en mejor dirección y mejor película frente a Steven Spielberg y su *La lista de Schindler* (1993).

58 AÑOS

Videodrome de David Cronenberg (1983)

La mejor película de David Cronenberg tardó años en materializarse. La idea original para la misma le surgiría cuando estaba empezando su carrera como director. El proyecto entonces se llamaba *Network of Blood* (*Canal de sangre*, magnífico título) y giraba en clave melodramática sobre cómo un hombre empieza a recibir una extraña señal en la televisión. La escritura del argumento fue pervirtiéndose mientras evolucionaba: la señal empezó a incluir programas prohibidos (sexo BDSM, violencia, contenidos *snuff*) a los que solo podían acceder previo pago un puñado de ricos. Así que se podría decir que Cronenberg fue el inventor de las plataformas de *streaming*. El guion acabó desechándose: «Tuve que dar marcha atrás porque se convirtió en algo tan extremo que resultaba demasiado para una película».

En 1983 Cronenberg ya había prostituido nuestra carne sin remisión en varias ocasiones. En *Vinieron de dentro de...* (1975)

había mutado el novelón de J. G. Ballard, *Rascacielos*, metiéndonos en el cuerpo unos gusanos que disparaban nuestro apetito sexual. En *Rabia* (1977) le insertó a la protagonista, la estrella del porno Marylin Chambers, un pene-aguijón en la axila con el que poder convertirse en una vampira sáfica en la Norteamérica de los setenta. En *Cromosoma 3* (1979) puso en práctica la «psicoplasmosis»: crear mutaciones en el cuerpo para así poder eliminar las emociones reprimidas. Y, bueno, en *Scanners* (1981) básicamente lo que hizo fue ponerse a reventar cabezas. Su nueva película, *Videodrome*, iba a ser ya no solo la que más lejos iba a llegar en los postulados de la «nueva carne», sino también la más abiertamente sexual y violenta —«No pienso en ella como una película violenta; trata sobre la violencia como tema», dijo Cronenberg—, además de su mejor película hasta la fecha (y una de las mejores películas de terror/ciencia ficción de la historia del cine). Cronenberg había llevado el *body horror* a su máxima expresión.

Videodrome sigue la historia de Max Renn (James Woods), ejecutivo de una televisión de Toronto especializado en programas polémicos donde la pornografía *soft* y la violencia gratuita son el pan de cada día. Cuando descubre una emisora pirata llamada Videodrome, que básicamente emite torturas y asesinatos, decide explotarla, aunque a cada nuevo visionado empieza a experimentar todo tipo de alucinaciones. De momento no parece importarle, sino que más bien le excita: ve el programa con su nueva pareja, Nicki (Debbie Harry, líder del grupo Blondie y persona que más ha molado en la faz de la Tierra), y ella se engancha tanto que acaba marchándose para actuar en el mismo.

Carne, sexo, ondas televisivas, VHS. Todo fetiche, todo

vicio. La «nueva carne» surgirá de la fusión de todo ello, una metamorfosis inducida como metástasis a través de una señal que te joderá el cerebro a base de bien tras consumir horas y horas de imágenes ingentes. Tienes cincuenta y ocho años, pero no has flipado igual en toda tu vida. La emisión de Videodrome provoca tumores en sus espectadores, convirtiendo así lo estrictamente anodino e inmaterial en realidad física horrífica. A Renn le aparece una vagina gigante en la tripa y él aprovecha para guardar allí una pistola. La misma pistola será capaz de conectarse a sus venas, nervios y tendones, haciendo que la vieja carne quede obsoleta y la nueva carne sea tan desagradable como mortífera. La televisión de panza gorda deforma su pantalla cada vez más, hasta que la boca de Debbie Harry es capaz de succionar al propio Renn dentro de ella. En el circo de los horrores mutantes de David Cronenberg sexo, violencia y tecnología analógica follan, abriéndose caminos por lugares realmente insospechados. En uno de los finales que sí llegó a escribir pero nunca a rodar, todos los protagonistas de la película se ponían a copular con flamantes nuevos órganos sexuales mutantes. Larga vida a la nueva carne.

Videodrome es uno de los puntos de no retorno en el cine de Cronenberg. Si has llegado hasta aquí, se acabó, estás perdido, tienes un nuevo órgano en el cuerpo que te va a hacer adorar a Cronenberg el resto de tu vida. Probablemente en tu autopsia, a lo *Crimes of the Future* (2022), cuando te abran en un *show* performático operado por Leah Seydoux, encuentren ese órgano con el nombre de David Cronenberg tatuado en él. Pero es que puntos de no retorno —esas películas que llevan a tal extremo sus postulados que ya nadie puede superarlas, y mira que Julia Ducournau lo intentó tremendamente bien en *Titane* (2021)—, Cronenberg tiene unas cuantas. Con *Crash* (1996) llegó al límite de la fusión psicosexual con el metal desgarrado de los accidentes automovilísticos. Con *El almuerzo desnudo* (1991) eliminó de una vez por todas los límites de la adaptación cinematográfica de novelas inadaptables. En *Un método peligroso* (2011) ya no necesitaba ondas catódicas, solo palabras precisas, para joderte la mente y dejarte en estado catatónico. Los confines de la obra de David Cronenberg encierran un paisaje de fascinación y horror único en el mundo del cinematógrafo. Atrévete a venir a verlo. Aquí se vive de puta madre.

59 AÑOS

Los puentes de Madison de Clint Eastwood (*The Bridges of Madison County*, 1995)

Entre 1992 y 1997 no hubo mejor director sobre la Tierra que el cineasta norteamericano Clint Eastwood: *Sin perdón* (1992), *Un mundo perfecto* (1993), *Los puentes de Madison* (1995), *Poder absoluto* (1997). De hecho, creo que fue Steven Spielberg quien dijo que Eastwood daba esperanzas al resto de los directores porque sus mejores películas las había empezado a hacer superados los sesenta años. Eastwood, que en los sesenta y los setenta había sido el máximo icono de la virilidad masculina en el cine gracias a sus colaboraciones con Sergio Leone —*Por un puñado de dólares* (1964)— y Don Siegel —*Harry el Sucio* (1971)—, en 1995 y tras haber arrasado en los Óscar con *Sin perdón*, sorprendió a todo el mundo construyendo el melodrama romántico más delicado y emocionante que nos había ofrecido el cine desde los tiempos de Max Ophüls y su *Carta de una desconocida* (1948). En la era dominada por el romance adolescente de *Titanic* (1997), Eastwood escogía como protagonistas de su doliente historia de amor a una ama de casa cercana a los cincuenta años y a un fotógrafo de sesenta y cinco. Y aquí sí que las lágrimas iban a desaparecer en la lluvia.

Partamos del hecho de que la novela *The Bridges of Madison County* de Robert James Waller es un *best seller* (y a la vez un libro espantoso). El responsable de convertir el libro en un guion cinematográfico fue alguien de las escasas aptitudes dramáticas de Richard LaGravenese, el mismo que firmaría chuflas como *Posdata: Te quiero* (2007) y *Agua para elefantes* (2011). Para acabar de liarlo todo, se decidió que Bruce Beresford la dirigiera y Robert Redford la protagonizara. La cosa pintaba mal tirando a fatal, así que el productor, Steven Spielberg, aprovechando que Beresford estaba de viaje por Europa buscando a una actriz que le convenciera, le ofreció el trabajo a Eastwood. Este solo había dirigido un melodrama en toda su carrera y había sido un fiasco: *Primavera en otoño* (1973). Lo suyo eran los wésterns y los policíacos, aunque cuando había probado a experimentar algo diferente le habían salido cosas de la importancia de *El aventurero de medianoche* (1982) o *Bird* (1988), probablemente —junto a *Sin perdón* y *Million Dollar Baby* (2004)— sus mejores películas.

El primer cambio que hizo Eastwood fue definitivo. El hombre no debía ser el protagonista: esta era la historia de Francesca (Meryl Streep). Ella sería la narradora, toda la acción se vehicularía con su presencia y todas las decisiones dramáticas vendrían tomadas por su persona. Ella es quien le pone la mano en el cuello a Robert (el propio Eastwood), dando así inicio a su relación física, porque lo que viene a ser enamorarse, se enamoran desde el momento en el que él le pregunta por el puente Roseman. También es ella quien decide poner fin a su relación, quien decide al final de la película no bajarse del coche pese a estar solo a unos pocos metros de su verdadero amor, que se está calando en lágrimas y lluvia, en una de las imágenes más dolorosas del cine de Clint Eastwood.

En 1995, Meryl Streep ya era la diosa de la interpretación que todos conocemos —había ganado dos de sus tres óscares— y aun así verla interpretar a Francesca es una experiencia que te gira la piel. Es brutal su italiana inmigrante que no deja de transpirar por el calor, que se ruboriza cuando ese hombre le acaricia la rodilla sin querer, que le besa y le abraza como si no hubiera un mañana porque es que en realidad no habrá mañana que valga, que se abre la bata dejando su desnudez al viento para que se le refresque un poco la carne, hecha al punto justo de la tentación. Por otro lado, a mí ese jinete pálido de Eastwood no me puede engañar, que me sé su obra mejor que la tabla de los elementos y, además, sitúa su película en Winterset (Iowa), lugar de nacimiento de John Wayne. Su Robert Kincaid no es un fotógrafo, sino un vaquero. Por eso llega cuando sale el sol, en la más completa soledad, y se marcha de igual manera, cuando cae la tarde bajo la lluvia, tras haberlo revuelto todo a su paso. Por su parte, Francesca —que tiene demasiado corazón—, entre hacer daño a su familia y hacerse daño a ella misma, elige lo segundo. Ahora, una vez muerta, que dejen que sus cenizas reposen donde les dé la real gana.

Adoro *Los puentes de Madison,* pero solo puedo verla una vez cada cinco años porque la tristeza que me deja en el cuerpo es algo insoportable. Porque me recuerda que, si tenemos suerte, viviremos muchos años, pero que, si tenemos mucha suerte, igual tendremos cuatro días —solo cuatro días— que serán los mejores de nuestra vida. Y esto Eastwood nos lo cuenta sin un solo amaneramiento, en un relato despojado de cualquier aderezo ornamental, con la sencillez, elegancia, tristeza y amargura que tienen las mejores rancheras (aunque Eastwood sea un hombre más de *jazz*): «Y, en el último trago, nos vamos». La narración en *flashback* (no olvidemos que esta es una historia de fantasmas: sus protagonistas están más que muertos cuando arranca la película) posee el mínimo toque lírico para que la poesía nos alcance únicamente por la fuerza que expresan sus acciones. Joder, que es una película en la que el ochenta por ciento de la historia transcurre en una cocina. Todo el amor, toda la pasión, todo el dolor y todo el desgarro en una mesa, dos sillas, dos copas de brandi. *Los puentes de Madison* no va de planos bonitos, sino de emociones intensas: es tan sencilla que abruma, es tan simple que desborda. Cualquier otro director habría hecho una «peli de tarde» con estos dos protagonistas. Y, sin embargo, Eastwood nos dio una de las mejores películas de la historia del cine.

60 AÑOS

All That Jazz (Empieza el espectáculo) de Bob Fosse
(*All That Jazz*, 1979)

A Bob Fosse se le paró momentáneamente el corazón en 1975. Preparaba los ensayos de *Chicago*, su nuevo musical para Broadway, donde el coreógrafo, bailarín, escritor, productor y director era la figura más relevante del momento (sus nueve premios Tony así lo atestiguan). Fue solo un susto, pero un susto lo suficientemente categórico como para que, a sus cuarenta y ocho años, se planteara seriamente que la muerte andaba cerca, husmeando entre todas las copas, cigarros y Dexedrinas que lo rodeaban día sí y día también. Pero de todas sus adicciones —entre las que habría que incluir su agitada vida sexual—, la más poderosa era sin duda su estajanovismo creativo, su maníaca devoción por el trabajo, su vocación suicida por poner en escena todas aquellas danzas, bailes, caderas y piernas que andaban de *plié* en *plié* por su cabeza. Cuando la muerte estira la soga, sin embargo, da igual lo insondable que sea tu intelecto: la necesidad apremia, como si llevaras brasas en el bajo vientre. Fosse se asomó a su propio fin y, en vez de esconderse, comer ensaladas y hacer *jogging* matutino, decidió salir a torear con una copa de *bourbon* por capote y un cigarrillo en inestable perpendicularidad a su sonrisa de sátiro. No se había pasado la infancia entre vodeviles y tugurios, ligas y tacones, *swing* y *jazz*, para amedrentarse ahora que llegaba su gran (y último) baile. En 1969 la psiquiatra suiza Elisabeth Kübler-Ross redujo a cinco las emociones básicas que experimenta el ser humano ante la certeza de la muerte, las cinco etapas de todo duelo: negación, ira, negociación, depresión y aceptación. Bob Fosse prefirió llamarlas *All That Jazz.*

En los años setenta el cine norteamericano vivía su particular *nouvelle vague.* Aplicaba a sus géneros clásicos buena parte de la técnica de vanguardia (y la tecnología de guerrilla) con la que los europeos habían cambiado la historia del cine en la década anterior. El *film noir*, en su variante de películas de gángsteres, nos entregó *El Padrino* (1972) de Francis Ford Coppola y *Malas calles* (1973) de Martin Scorsese; en el terror, William Friedkin y Steven Spielberg nos tumbaron con *El exorcista* (1973) y *Tiburón* (1975); la ciencia ficción se convirtió en el género favorito del planeta gracias a *La guerra de las galaxias* (1977) de George Lucas y *Superman* (1978) de Richard Donner... y en el musical solo hubo un amo y señor del género: Bob Fosse. El cineasta, nacido en Chicago, subvirtió la alegría y la armonía natural de los musicales clásicos, pervirtiéndolos a base de sexualidad libidinosa y un ritmo marcado, al margen de los compases musicales, por cómo se enlazaban las imágenes en la moviola. El musical en Fosse, al contrario que en maestros del género como Stanley Donen —con el que trabajó en distintas ocasiones— o Vincente Minnelli, no estaba regido por planos largos donde los bailarines podían lucir su gracia, talento y agilidad sin corte alguno, sino todo lo contrario. Casi como un precursor del videoclip de los años ochenta, el cine de Fosse era todo corte, imagen, corte, imagen, corte, imagen y vuelta a empezar, siguiendo siempre el ritmo de los compases, del baquetazo al *charles*, del si-do del trombón, de cómo levantaba la pierna Ann Reinking o de cómo giraba la mirada —con sus ojos enormes y sus pestañas como toboganes— Liza Minnelli.

La perversidad era algo natural en el corpus dramático del creador de *Chicago*. Basta comparar dos películas de temática sensiblemente familiar como *Sonrisas y lágrimas* (1965) de Robert Wise y *Cabaret* de Fosse —ambas con el auge de la barbarie nazi como telón de fondo— para que queden claras sus abruptas diferencias. Frente a la felicidad y la ingenuidad en la que vive la adinerada nobleza del film de Wise, en *Cabaret* solo se muestra el lado más nihilista y hedonista de la condición humana. Si en *Sonrisas y lágrimas* todo es pacato e impoluto y el objetivo final es unir a la familia en un único corpus indestructible, en la película de Fosse todo es sexualidad, vicio y *carpe diem* (los censores le cascaron una calificación X en su primer visionado).

En *All That Jazz* Fosse ya no tenía tiempo para tonterías: esa película iba a ser su particular *8 y ½* (1963), de ahí que fichara al director de fotografía de Federico Fellini, Giuseppe Rotunno, para encuadrarla e iluminarla. El cineasta se abría en canal para mostrar tanto su talento como sus miserias (y sus tripas) en plano detalle, adoptando al actor de *Tiburón* Roy Scheider, quien, en un trabajo memorable, se convirtió en Fosse de botas a perilla de mosquetero. La película es tan rápida y fascinante como turbadora y voluntariamente suicida, muestra absoluta del milagro de la coreografía *a la Fosse* —qué pasote el momento del baile hipersexualizado, con los productores sudando tinta china— y de un catálogo detallado de los muchos vicios y alguna que otra virtud del cineasta. Si de Fellini heredó la mirada modernista de poner en escena un imaginario vital y cinematográfico, de Ingmar Bergman tomó prestada la negociación con la muerte, aquí encarnada por una jovencísima Jessica Lange vestida de blanco virginal. Si en *El séptimo sello* (1957) Bergman ponía a jugar al ajedrez a Max von Sydow frente a la muerte, en *All That Jazz* Fosse trata de ligársela, siendo, paradójicamente, la única mujer que se le resiste. «*Bye, bye, love; bye, bye, happiness*», canta Roy Scheider adaptando el clásico folk de The Everly Brothers, en un *soul show* discotequero en el que el cineasta se despide de mujeres, hija, amigos, público: «*I think I'm gonna die*» («Creo que voy a morirme»). Aunque, bueno, no fue inminente: aún le dio tiempo a hacer otra película, *Star 80* (1983). Sin embargo, siete años después el corazón de Fosse bajó el telón y este, como su protagonista, como todos algún día, acabó en una bolsa de plástico. Tenía sesenta años.

61 AÑOS

Aguirre, la cólera de Dios de Werner Herzog
(*Aguirre, der Zorn Gottes*, 1972)

A una vista de buitre, sobre el nuevo cine alemán de los años sesenta y setenta podríamos asegurar que, si Rainer Werner Fassbinder era el más visceral, Alexander Kluge el más teórico y Wim Wenders el más cinéfilo, estaba claro que Werner Herzog era el más romántico. Herzog recogía del cine clásico americano el sentido de la aventura que impregnaba el *pathos* de la obra de Raoul Walsh y la convertía en una gesta enloquecida, un desafío físico y psicológico que coqueteaba y le metía mano a la locura. De todos ellos, Herzog parecía ser el menos interesado en las formas cinematográficas: a él lo que le atraía era capturar con su cámara de treinta y cinco milímetros (robada de la universidad) imágenes legendarias que fueran capaces de desafiar el raciocinio humano. De ahí que no le gustara que, por ejemplo, la crítica comparara su film *El enigma de Gaspar Hauser* (1974) con la película de

François Truffaut *El pequeño salvaje* (1970). Herzog, a través de su obra, nos ha enseñado todo tipo de mundos desconocidos, pero jamás ha sido un cineasta didáctico, sino pasional. Podía ser hijo de Murnau en lo fílmico, sin embargo, en el corazón, su padre putativo era Carl Theodor Dreyer.

Esa búsqueda de lo imposible (de la locura) caracterizaría buena parte de lo mejor de su obra: de *Signos de vida* (1968) a *Fitzcarraldo* (1982), de *Donde sueñan las verdes hormigas* (1984) a *Teniente corrupto* (2009), de *La soufrière* (1977) a *Grizzly Man* (2005). Herzog tenía que experimentar en su propia carne los padecimientos extremos de sus protagonistas, al fin y al cabo en la vida real ya se había comido un zapato por una apuesta y había atravesado media Europa caminando para visitar a una moribunda Lotte H. Eisner. Sus protagonistas —sordos, ciegos, conquistadores enloquecidos, niños salvajes— son todos seres sufrientes, víctimas bien de sus pesadillas bien de su arrogancia. Y a Herzog le gustaba forzarlos hasta que su resistencia reventara. «La gente a la que se ve en peligro en la película realmente lo estaba cuando lo rodé», le dijo a Michel Ciment, refiriéndose a *Aguirre, la cólera de Dios*. De ahí que sus producciones fílmicas acaben convirtiéndose en pesadillas catárticas: nadie como Herzog para hacer bueno aquello de que una película no es más que un documental sobre el rodaje de la misma. Y ahora súbeme este barco a lo alto de esa montaña.

Las imágenes que abren *Aguirre, la cólera de Dios*, tercer largometraje de ficción del director, son de una belleza y un lirismo absoluto. Los cielos y montañas del Machu Picchu son encuadradas en formato 1:37-1, porque aunque esta será una película que se va a desarrollar en su mayor parte en sentido horizontal, lo que predominará serán las verticales que dividen la pantalla, lo que le aportará un sentido pictórico a las imágenes, potenciando así el sentido onírico de una obra que acabará retorciéndose hacia la pesadilla. La música compuesta por Popol Vuh —mezcla de coros espectrales (grabados en un melotrón) y de sintetizador Moog— nos empuja en esa dirección irreal. Todo lo que vamos a ver en la película parte de la búsqueda histórica de El Dorado por parte de una expedición española a través de la selva peruana, pero todo está tergiversado porque a Herzog no le interesaba la realidad como tal, sino el poder capturar la esencia pura (la fiebre) tanto de personajes como de paisajes. De ahí todos esos planos con Klaus Kinski mirando con sus ojos de iguana directamente a cámara, todos esos paisajes selváticos envueltos en bruma plagados de detalles aberrantes: un caballo que se hunde en el río, un barco en lo alto de un árbol, cuatrocientos monos danzando en una balsa. La cámara de Herzog se adentra en el corazón de las tinieblas de personajes y espacios para extraer una verdad que poco tiene que ver con lo real. La realidad de Herzog pertenece únicamente a la cristalización en imágenes que surge de confrontar al ser humano con sus principios más básicos mientras es derrotado por una naturaleza inclemente (la de la selva, pero también la suya propia). Sin *Aguirre, la cólera de Dios* no existiría ni *Apocalypse Now* (1979) de Francis Ford Coppola ni *El nuevo mundo* (2005) de Terrence Malick ni *Z, la ciudad perdida* (2016) de James Gray.

Rodada en orden cronológico para así dejar constancia física del fracaso de la gesta que se retrata, *Aguirre, la cólera de Dios* dejó anécdotas para publicar varios libros. Casi todas ellas ligadas a su protagonista principal, Klaus Kinski, que llegó a disparar a miembros del equipo, a exigir despidos a diestro y siniestro y que terminó provocando que Herzog le amenazara de muerte: «Te mataré y luego me suicidaré». No existe un solo director en la Tierra que hablara bien de Kinski después de trabajar con él (Joaquín Romero Marchent le llegó a expulsar de un rodaje a puñetazos). Sin embargo, acabó haciendo cuatro películas más con Herzog, todas buenas —o, mejor dicho, buenísimas—: *Woyzeck* (1979), *Nosferatu, el vampiro de la noche* (1979), *Fitzcarraldo* (1982) y *Cobra verde* (1987). A Herzog le atraía tanto la locura humana que, probablemente, no encontró mejor representación de ella que en la del psicótico actor polaco.

62 AÑOS

Tarde de perros de Sidney Lumet (*Dog Day Afternoon*, 1975)

El 22 de agosto de 1972 Sonny Wojtowicz y Salvatore Naturale, dos excombatientes de Vietnam, entraron en la sucursal del banco Chase Manhattan situado en Brooklyn con intención de robarlo. Debía ser algo rápido: quince minutos como máximo. Pero todo salió fatal y acabaron reteniendo durante catorce horas a los empleados, mientras en el exterior se montaba un circo de cuidado: policía nacional, FBI, medios de comunicación, así como decenas de fanáticos y curiosos que se agolpaban a las puertas del banco, a la espera de que Sonny, que no paraba de salir para negociar el rescate de los rehenes, volviera a aparecer. Al final todo acabó o muy bien o muy mal, según los ojos del que mire, al ser Salvatore abatido y Sonny detenido. Le cayeron veinte años de cárcel, de los que cumplió cinco. *Los Angeles Times* publicó que cometió el atraco para costear la operación de cambio de sexo de su pareja.

El guionista Frank Pierson escribió la historia de lo que acabaría siendo *Tarde de perros* tras leer un artículo en *Life Magazine*, «The Boys in the Bank» (que durante mucho tiempo sería el nombre provisional de la película), firmado a dos manos por P. F. Kluge y Thomas Moore. Warner se hizo con los derechos y contactó con Sidney Lumet, que venía de estrenar un taquillazo como *Asesinato en el Orient Express* (1974), para dirigirlo. A la hora de solicitar actores, en los años setenta, todos los productores de Hollywood lo tenían claro: Al Pacino, Robert De Niro o Dustin Hoffman (incluso a veces los confundían). Pacino venía de barrer con todo tras haber estrenado consecutivamente los dos *Padrinos*, pero estaba exhausto. Había trabajado con Lumet un par de años antes en el film-canon de polis infiltrados *Serpico* (1973), pero cuando el director le llamó le dijo que no se veía con fuerzas, que necesitaba descansar sí o sí. «Okey, Al, no hay problema, ahora llamo a Dustin Hoffman». Pacino aceptó. Y se llevó con él a John Cazale, su hermano Corleone.

Sidney Lumet fue uno de los cabezas de lanza de lo que se vino a llamar la «generación de la televisión», es decir, aquellos cineastas que a mediados de los años cincuenta empezaron a trabajar en la televisión para luego dar el salto al cine: Arthur Penn, Robert Mulligan, Delbert Mann, John Frankenheimer, etcétera. Más que un movimiento estético, cada cineasta tenía su propio estilo: lo que todos compartían era una manera concreta de trabajar heredada de los rodajes propios de la televisión, más ligeros y más rápidos. El estilo de Lumet era termita y terrorista. Siempre moviéndose en los amplios márgenes del *film noir* —misterio, *neonoir*, policíaco, judicial, *thriller*, carcelario, cine de atracos...—, pero siempre inoculando una mirada realista y nada complaciente de la realidad sociopolítica del momento. Lumet estuvo cincuenta años en activo: debutó en el cine en 1957 con *Doce hombres sin piedad* y se despidió en 2007 con *Antes que el diablo sepa que has muerto*. A mí me gustan más que la Capilla Sixtina de Miguel Ángel.

Por eso es normal que *Tarde de perros* parezca cualquier cosa menos la película de atracos que nos prometía el póster. Porque el atraco no dura ni un cuarto de hora. Todo es un desastre desde el minuto cero: el tercer atracador huye asustado del banco, casi no hay dinero en la caja fuerte, la policía se presenta alertada por el humo procedente de la quema inútil de unos registros, el teléfono del banco no para de sonar y sonar, las empleadas no quieren quedarse encerradas en la cámara acorazada porque tienen que ir al baño. Sonny empieza a sudar. Porque también hace un calor que te cagas. Estamos en mitad de agosto en Brooklyn y la policía va y les corta el aire acondicionado (en realidad hacía frío en el rodaje y Lumet tenía que ponerle hielo en la boca a Pacino para que no le saliera vaho cada vez que rodara en exterior).

Sidney Lumet consideraba a Carl T. Dreyer el mejor director de la historia del cine, pero en realidad él era mucho más práctico y prefería dejar la filosofía en los márgenes del celuloide, así que lo que hacía era rodar como Ford: pocas tomas pero exactas, y tratar de captar la realidad como si esta fuera improvisada, un poco a lo Cassavetes. A Lumet lo que realmente le interesaba de *Tarde de perros* no era el atraco tirando a desastroso: era ese Sonny convertido en estrella mediática cada vez que salía a la calle. Eran los medios de comunicación convirtiéndose en alimañas para poder hacer de Sonny un héroe, un mártir, un sádico, un homosexual chiflado. El año siguiente Lumet haría una película exclusivamente sobre el cáncer televisivo, adelantándose veinte años a la crítica de la telebasura de los años noventa en *Network, un mundo implacable* (1976). Mientras el atraco sucedía, en Florida se estaba celebrando el Congreso Nacional Republicano con Richard Nixon repartiendo abrazos y banderitas. Las dos caras de América: perdedores (proletariado sin trabajo que se ve obligado a robar un banco) y ganadores (políticos corruptos que condenan al país a una guerra sin sentido) en una misma calurosa tarde de perros. Fuera del banco vemos a todos los grupos sociales que llevaban años manifestándose en defensa de los derechos civiles increpar a la policía y animar a Sonny. «¡Attica! ¡Attica! ¡Attica!», grita Sonny, en referencia a los cuarenta y tres presos fallecidos cuando la Guardia Nacional entró en el penal de Attica (Nueva York) para frenar una rebelión.

Hablaba antes de la Capilla Sixtina. Pues bien: la Capilla Sixtina, la pirámide de Keops y el templo de Abu Simbel, el templo mayor de Tenochtitlán y la Gran Muralla China no me gustan tanto como me puede llegar a gustar Al Pacino en los años setenta. Una fuerza de la naturaleza interpretativa, cambiando de ritmo y registro con una facilidad pasmosa, que en *Tarde de perros* se va al otro extremo de lo logrado con Michael Corleone: se elimina la contención, se desata el fulgor, la pasión, la rabia y la desesperación. Cada vez que sale a la calle parece un *stand-up comedian*; dentro del banco se nos echa a temblar. Funciona a empujones de ilusión, y finalmente se nos viene abajo cuando debe hablar con sus dos esposas: la madre de sus hijos y su verdadero amor, una chica transexual que desea realizarse una cirugía de reasignación de género. Hablar de la transexualidad en el cine de los setenta ya era algo rarísimo —antes era imposible hacerlo incluso de la homosexualidad: el código Hays lo prohibía— pero hacerlo con la naturalidad y sensatez de *Tarde de perros*, un taquillazo de la Warner nominada a seis Óscar, era algo insólito. Lamentablemente y por muy adelantada que fuera a su tiempo, el único Óscar que se llevó a casa *Tarde de perros* fue el de mejor guion adaptado. Aunque, al menos, ese año (1975) el Óscar a mejor película se lo llevó otro film muy avanzado para la época y con una temática de candente actualidad: *Alguien voló sobre el nido del cuco*.

63 AÑOS

A quemarropa de John Boorman (*Point Blank*, 1967)

Si lo pienso bien, creo que la primera vez que me fijé en el espigado cuerpo coronado con el rostro huesudo de Lee Marvin fue cuando, en *Los sobornados* (1953) de Fritz Lang, su personaje le arroja café hirviendo a la cara a la actriz Gloria Grahame. Su amenazante presencia cobraba sentido en lo sádico de sus actos. Lee Marvin, como Sean Connery o Michael Caine, fue uno de los últimos actores clásicos. Antes de que el Actors Studio convirtiera a los actores en divas histéricas, antes de que la psicología de los personajes valiera más que su presencia física en el cuadro, ahí estaba Lee Marvin, un verdadero hijo de John Wayne (con quien acabaría peleándose por un filete), capaz de vestir de gánster —*Código del hampa* (1964)—, de soldado —*Uno Rojo: División de choque* (1980)— o de vaquero —*Los profesionales* (1966)—, pero resultando siempre el mismo tipo huraño y letal al que era mejor no buscarle las pulgas. Ver a Lee Marvin moverse por el plano en *A quemarropa* es la constatación clara de cómo un actor puede expresar solo con su cuerpo muchísimo más que recitando a gritos a Molière en un escenario.

Se suele apuntar que el cine negro clásico encontró su camino de no retorno cuando Orson Welles realizó *Sed de mal* (1958). Todo lo que seguiría después ya no sería *film noir*, sino *neonoir* o *postnoir* (depende del crítico al que leas; yo mismo me hago un lío al escribir sobre el tema). Como en el resto de los géneros, la renovación venía de filtrar los códigos formales que habían revolucionado los nuevos cines europeos, pero en el caso del cine negro los directores norteamericanos, en vez de acercarlo al realismo, decidieron irse al otro extremo. La estilización de la violencia haría que los tiempos clásicos se aceleraran, se retorcieran sobre sí mismos, se volvieran marcadamente más agresivos. La ya citada *Código del hampa* de Don Siegel, donde coincidían los protagonistas de *A quemarropa* —Lee Marvin y Angie Dickinson—, es un gran ejemplo. Pero también películas de la dureza de *El negro silencio del dolor* (1961) de Allen Baron, *Bajos fondos* (1961) de Samuel Fuller o, si me apuras, hasta *El coleccionista* (1965) de William Wyler. El *film noir* estaba padeciendo las contracciones que acabarían por parir el *thriller* de los años setenta. Pero antes de todo eso llegó John Boorman libre y salvaje, dispuesto a mezclar sin agitar psicodelia, asesinatos y esa cosa tan rematadamente sexi que exuda *A quemarropa*.

Los primeros cinco minutos de la película ya anuncian la ruptura: un *flashback* dentro de un *flashback* con un hombre retorciéndose por el suelo, tratando de hacer la digestión de dos tiros recibidos a bocajarro. Esta es la historia de esa traición, la de Mal Reese (John Vernon) a Walker (Lee Marvin). No solo le lía para dar un golpe ridículo en la prisión de Alcatraz, sino que encima le roba el dinero, le roba a la chica y le dispara, dejándole medio muerto, medio vivo. El resto de la película no será tan agresiva formalmente como esa batidora de imágenes y sonidos que es el prólogo de *A quemarropa*, pero sí mantendrá fija esa voluntad *godardiana* de repetir imágenes y sonidos continuamente, yendo hacia atrás y hacia adelante, jugando con el ralentí visual y la superposición sonora, creando rimas asintóticas por doquier y, en definitiva, haciendo de *A quemarropa* el primer *film noir* (o *neonoir*... ¡o *postnoir*!) cubista.

Boorman, que era británico y venía de realizar una especie de *remake* de *¡Qué noche la de aquel día!* (1964) cambiando a The Beatles por The Dave Clarke Five en *Catch Us If You Can* (1965), le metió un mojo importante a su primera película americana. Líneas rectas cortando imágenes oblicuas, juegos de espejos que multiplican rostros y objetos, perspectivas imposibles, formas y colores pop... En el fondo, *A quemarropa* es tan sexi como violenta. Una película que quiere ser moderna sin saber realmente cómo serlo: por eso lo intenta todo, en ocasiones consiguiéndolo, en otras estrellándose. Pero ahí está la inteligencia y la audacia de la película: que hace de sus exageraciones, estilo. Y, en medio de todo ello, el silencioso samurái herido pero de rostro pétreo de Lee Marvin se enfrenta a una mafia que ha adquirido la forma de una empresa capitalista. No hay nada de romántico en esta aventura, ni siquiera la meliflua historia de amor entre los personajes de Marvin y Dickinson: él quiere que le devuelvan su dinero (lo repite continuamente) y ella quiere que la dejen en paz unos y otros.

A quemarropa pasó a formar parte indisociable de mi vida el día que decidí robarle a la película el título (en castellano) para ilustrar los videoensayos que empecé a hacer con Verónica Melguizo en SensaCine en el año 2019. No ha habido un solo día en el que me haya arrepentido de ello. Porque *A quemarropa* significa mucho más que su propia definición hermenéutica —disparar de cerca, hacer las cosas sin previsión—: para mí es el significado de quien se entrega con todo, sin miedo y a las bravas, a hacer algo que le apasiona más que nada en el mundo. Que no sabes si saldrá tremendamente bien o terriblemente fatal, pero que merece la pena intentarlo. Porque, da igual la edad que tengas, la vida siempre se encargará de ponerte a hacer cosas que no te gusten. Así que, mientras puedas elegir, no dudes en luchar por lo que realmente quieres. Sea lo que sea. No dudes jamás en vivir la vida a quemarropa.

64 AÑOS

Una luz en el hampa de Samuel Fuller (*The Naked Kiss*, 1964)

¡Vaya arranque tiene *Una luz en el hampa*! ¡De los más brutales de la historia del cine negro! El *jazz bebop* suena de forma extradiegética, como si sonara un vinilo en la habitación contundentemente alto para así tapar la ruidosa pelea que se está allí viviendo. Mientras, vemos en un primer plano subjetivo dicha pelea entre una prostituta (Constance Towers) y su proxeneta. Él está borracho; ella lleva falda, sujetador y tacones de aguja. El plano-contraplano que impone Samuel Fuller hace que el espectador encaje los golpes como el protagonista: directamente en su rostro. «*Kelly, please, I'm drunk*», suplica él («Kelly, por favor, estoy borracho»). Pero el primer plano desencajado de Kelly no da opción a respiro. La cámara en mano se retuerce a cada nuevo bolsazo: el director de fotografía Stanley Cortez ató la cámara al operador mientras Fuller insistía en que Towers golpeara al objetivo sin ningún remilgo. Mientras el *jazz* sigue atronando la violenta escena, el proxeneta agarra el pelo de Kelly ¡y se lo arranca! La protagonista luce calva y más cabreada que nunca. (Fuller contó en sus memorias que Tower no dudó en afeitarse la cabeza para la escena, aunque eso es totalmente falso; a Fuller, como a Ford, le gustaba imprimir la leyenda.) Siguen los golpes. El proxeneta cae al suelo. Ella coge un sifón y se lo vacía en la boca. Él apenas puede respirar. Entonces le mete la mano en el bolsillo, le arranca la cartera y saca ochocientos dólares. «*Eight hundred dollars, you parasite!*» («Ochocientos dólares... ¡serás parásito!»). Pero Kelly es honrada: solo le coge los setenta y cinco que le debe, y le tira el resto a la cara. Se guarda los billetes en el sujetador. Se pone de pie, le mete una última patada en el riñón, deja el sifón en la mesilla y va a mirarse al espejo. La cámara se sitúa como si fuera el propio cristal en un bellísimo plano medio imposible. Ella se recoloca la peluca y, justo en ese momento, el *bebop* da paso al *score* melódico de Paul Dunlap mientras aparecen sobreimpresionados los títulos de crédito: *The Naked Kiss*. ¡Así se empieza una película!

El cine de Samuel Fuller no se andaba con chiquitas, ni tampoco con sutilezas. El cineasta pertenecía a una nueva generación de directores que introducirían la violencia, física y moral, de forma tremendamente expeditiva en el cine norteamericano de los años cincuenta y sesenta: Robert Aldrich, Don Siegel, Nicholas Ray o Phil Karlson. Ya fuera dentro del cine bélico con *Casco de acero* (1951); en el wéstern con *Cuarenta pistolas* (1957); reformulando el cine negro —donde más a gusto se encontró—, con películas de gánsteres como *Bajos fondos* (1961); o adentrándose en los rincones más oscuros del alma humana con *Corredor sin retorno* (1963). En dicho contexto surge *Una luz en el hampa*, desinflado título español para el mucho más bizarro *The Naked Kiss*, que vendría a ser la expresión utilizada para designar los besos de un pervertido.

Y vaya catálogo de perversión nos ofrece la película de Fuller: aborto, extorsión, prostitución e incitación a la misma, pedofilia, asesinato. Treinta años antes de que David Lynch nos contara que bajo la apariencia idílica de las poblaciones norteamericanas del medio oeste existían todo tipo de demonios ocultos con forma humana, Fuller ya estaba retratando cómo dicho paraíso rural no era más que un pozo infecto de hipocresía y criminalidad. Tras su demoledor arranque, *Una luz en el hampa* nos traslada a una de esas pequeñas poblaciones donde la anodina cotidianidad parece ser la regla imperante. Una elipsis de dos años nos sitúa a Kelly —ya con su cabello crecido— llegando a la misma, donde decide ejercer por última vez de prostituta. Se acuesta con el jefe de policía del pueblo para luego retirarse a un hospital infantil donde los niños con discapacidad acaban por adorarla. Ella quiere una nueva vida, pero la vida no parece quererles dar segundas oportunidades a aquellos que ya han flaqueado en su moral. Las sombras del *film noir* se vuelven aún más asfixiantes en los claroscuros del *film neonoir*. Kelly se enamorará del multimillonario del pueblo, un tipo extraño y reptiliano (Michael Dante, perfecto acierto de *casting*) cuyas dulces palabras parecen ir en una dirección contraria a la de su inquietante rostro. Él es un benefactor puro, un dandi que recorre el mundo mientras no para de repartir miles de dólares entre los desafortunados de la Tierra; en realidad es un monstruo con piel de carnero que pretende utilizar a Kelly para disfrazar sus perversiones.

Fuller mueve la dramática de la película como Charlie Parker soplaba el saxofón: a instantes de ingenua y bella calma le siguen momentos abruptamente violentos. De una sesión de canto en el hospital pasamos a una nueva paliza, esta vez con Kelly sacudiendo a la dueña de un burdel que pretende reclutar como prostituta a una de sus compañeras enfermeras. Fuller, apoyado a la perfección por Cortez, atrapa y asfixia a los protagonistas con su cámara (normal que a John Cassavetes le gustaran tanto sus películas), realiza reencuadres dentro de un mismo plano de un expresionismo que te tira al suelo o cambia sutilmente la iluminación de un decorado sin corte para que del sueño se pase a la pesadilla, sin que a uno le dé tiempo a pensar dos veces en qué demonios acaba de pasar. Resulta curioso cómo buena parte de la crítica de la época siempre señalaba las impurezas del director de *Yuma* (1957), haciendo hincapié en su falta de conciencia social o política. Increíble. Solo en *Una luz en el hampa* tenemos a una de las protagonistas más potentes del cine negro (la interpretación de Towers es de otra galaxia), una crítica durísima a la América biempensante y un retrato social tremendamente moderno de los horrores ocultos de la civilización occidental. Fuller, con su obra, tendía un puente a dentelladas entre el clasicismo de la edad dorada de Hollywood y el cine moderno de los años setenta. Que no se nos olvide.

65 AÑOS

S21: La máquina roja de matar de Rithy Panh (*S21, la machine de mort khmère rouge*, 2003)

Entre 1975 y 1979 el Régimen maoísta de los Jemeres Rojos, encabezados por el dictador Pol Pot, sumió a Camboya en un horror sin límites. Se calcula que la ruralización forzada de las zonas urbanas camboyanas y el traslado de su población a centros de detención para ser sometidos a interminables sesiones de trabajos forzados y tortura, que culminaban por lo general en asesinatos masivos, acabó con la vida de un cuarto de la población del país. En cifras: cerca de dos millones de hombres, mujeres y niños fueron impunemente asesinados en uno de los genocidios más terroríficos vividos en el mundo moderno. A las más de veinte mil fosas comunes descubiertas en 1995 se les puso el nombre de Campos de la Muerte.

El realizador camboyano Rithy Panh, en una obra que encontraría su simetría en la del chileno Patricio Guzmán con la dictadura de Pinochet en Chile, ha dedicado su vida a construir aquellas imágenes de la barbarie de su país que nadie jamás se atrevió a filmar, en un mecanismo de reconstrucción de la memoria cuya película base en la historia del cine sería *Shoah* (1985) de Claude Lanzmann. En las diez horas que dura la película de Lanzmann se busca encontrar las raíces de ese odio inhumano que convirtió la Alemania del III Reich en una auténtica máquina de matar personas. Y digo «máquina» porque eso es lo que hicieron los nazis: la mecanización del asesinato en masa, como si se tratara de una cadena de montaje del exterminio humano. *Shoah* trabaja sobre imágenes ausentes, pero también sobre imágenes precisas y dos niveles de crueldad: el de los nazis genocidas y el del pueblo llano que convivió cómplice con el horror como si tal cosa.

Rithy Panh no tiene imágenes que ofrecer de la barbarie, así que decide construirlas sobre su ausencia con los protagonistas que las vivieron. Años más tarde dirigirá otra bestialidad de las que te hielan la sangre y te hacen perder toda esperanza en la humanidad: *La imagen perdida* (2013), en este caso utilizando la animación para poner en escena el horror del relato de los supervivientes. Pero en *S21: La máquina roja de matar* el mecanismo performático es aún más extremo. Panh reúne a supervivientes del genocidio y los sienta a la misma mesa que los soldados que los humillaron, torturaron y asesinaron. No hay en ese encuentro nada de redentor. Ni siquiera un mínimo sentimiento de expiación. Si el cine ha buscado durante buena parte de su existencia ponerle rostro a la maldad humana, en la película de Panh lo consigue y el resultado no puede ser más desolador. Las caras de los genocidas son folios en blanco. Parecen arrepentidos, pero solo de palabra. «Hacíamos lo que nos ordenaban» es el mantra que no dejan de repetir.

Así que Panh recrudece la experiencia y pone en marcha a los torturadores. Los sitúa en la misma escuela donde estaban las cárceles y les hace representar una absurda función en la que repiten su día a día amenazando, pegando, violando y asesinando a sus invisibles detenidos. Ver a unos soldados que, según cuentan, tenían entre catorce y veinticuatro años en el momento de los hechos mimetizar sus actos de barbarie en espacios vacíos, hablando a gritos a la nada más absoluta, volviendo a entrar en un trance de odio insensible e inhumano... es una de las constataciones más terroríficas de que vivimos en un mundo absurdo que, en cualquier momento y sin haber aprendido nada de nuestras heridas del pasado, puede volverse de una crueldad inimaginable. En su último cuarto, cuando los asesinos explican el mecanismo final de matanza e incineración de cadáveres, la película se convierte casi en algo insoportable de ver, ya no digamos de asimilar.

De una forma parecida a lo que ocurría con la escalofriante (y más cuestionable éticamente) *The Act of Killing* (2012) de Joshua Oppenheimer con los escuadrones de la muerte indonesios, la cámara de Panh hace una suerte de exorcismo radical al mismo tiempo que traza un intento de reconstrucción de la memoria histórica de un país que ha sido asolado por la ignominia. Un testimonio futuro de un pasado espantoso que debería servirnos a todos los que existimos para que no permitamos que algo así vuelva nunca a suceder en ninguna parte del mundo. Ya sabemos que el ser humano es idiota y el odio no deja de regenerarse generación tras generación, así que, ya que no podemos confiar en nosotros mismos, qué necesario es que haya cineastas como Rithy Panh, que mantengan la llama de la memoria viva en nuestras vidas. Una de las mayores sorpresas que me he llevado a medida que he ido cumpliendo años es descubrir que aquellas cosas que creía obvias cuando era joven ahora las encuentro tremendamente necesarias. Quiero decir, que, cuando tienes veinte años, piensas que cuando tengas cuarenta todo irá mucho mejor porque tu generación —culta, sensible, empática— estará al mando de la situación, y que cuando tengas sesenta podrás vivir tranquilo de una maldita vez. Pero no es así. No es así ni de coña. Por lo que es una alegría que las películas sean imperecederas y no cambien nunca. Y que títulos como *Shoah* o *S21* sigan siendo más importantes que nunca. Esas son las únicas herramientas que poseemos para evitar una futura barbarie: cultura, educación y amor.

66 AÑOS

El gran silencio de Sergio Corbucci (*Il grande silenzio*, 1968)

El 21 de febrero de 1965 el activista y líder religioso Malcolm X era asesinado de un tiro en el pecho mientras se encontraba en el estrado dando un discurso en una reunión de la Organización de la Unidad Afroamericana en Manhattan (Nueva York). El 9 de octubre de 1967 el guerrillero revolucionario argentino Ernesto «Che» Guevara fue torturado y fusilado por la milicia boliviana en colaboración con la CIA. Ambos tenían treinta y nueve años. Y ambos asesinatos fueron clave para que uno de los realizadores más prolíficos, violentos y conspicuos del cine de explotación italiano construyera el guion de la que acabaría siendo su mejor película. Me refiero, claro, a esa cumbre del eurowéstern que es *El gran silencio* y al gran Sergio Corbucci, «¡El segundo mejor director del *spaghetti western*!», como le presenta Marvin Schwarz (Al Pacino) en *Érase una vez en... Hollywood* (2019).

Desde pequeño te dicen que los wésterns son cosas de

padres, pero yo siempre he creído que son cosas de hijos, hijas, padres, madres, abuelos y abuelas. Y si todos se juntan alrededor de la televisión en navidad para ver *Johnny Guitar* (1954), esa familia permanecerá unida de aquí a la eternidad. *El gran silencio* no es un wéstern como tal, sino un *spaghetti western*, lo que en palabras de Alberto Moravia vendría a decir que no es un mito, sino el mito de un mito. Pero incluso dentro del canon ético (profundamente amoral) y estético (intensamente sucio y perverso) impuesto por Sergio Leone, una película como *El gran silencio* se acaba por alejar de todos sus referentes para precipitarse como una joya roma cuyas pérfidas intenciones menoscaban la credibilidad del espectador pasivo que piensa que el cine tiene que ser como las series de televisión: siempre igual.

Veámoslo un poco más en detalle. Por un lado, Sergio Corbucci tenía ya callo en lo que venía a ser rodar *spaghetti westerns* con abundancia de cuerpos agujereados como protagonistas. Su respuesta a *Por un puñado de dólares* (1964) de Leone fue incluso una película mejor, *Django* (1966), aunque sí copiara muchos gestos de la primera: un protagonista silencioso, misterioso, expeditivo, torturado a mitad de película y cuya venganza convierte el pueblo en un camposanto. Corbucci, que igual te hacía un péplum que una película con Bud Spencer y Terence Hill, podía rodar cuatro películas al año con facilidad, así que se hartó de *spaghetti*: *Joe, el implacable* (1966), *Los despiadados* (1967), *Salario para matar* (1968), por citar los mejores. Pero *El gran silencio* era otra historia. De hecho, era tan extraña ¡que ni siquiera parecía de Corbucci! Su protagonista, Silencio (Jean-Louis Trintignant, ¡en un wéstern!), era mudo, al haber sido degollado de niño por el mismo hombre que asesinó a sus padres. En vez de un colt lleva una pistola militar automática, una Mauser C96 a la que se llama «Palo de escoba» por su empuñadura de madera. Los paisajes áridos de Almería eran aquí sustituidos por los parajes nevados de las dolomitas italianas, aunque únicamente para las escenas de montaña. Para hacer creíble Snow Hill, el pueblo completamente cubierto de nieve protagonista situado en Utah en la ficción, Corbucci y su equipo debían regar con nata líquida y crema de afeitar el suelo cada día de rodaje. Además, *El gran silencio* tenía en su interior una inusitada historia de amor, entre Silencio y Pauline (Vonetta McGee), una viuda de raza negra, cuando todo el mundo sabe que los *spaghetti* no son películas donde abunden ni las historias de amor ni los protagonismos femeninos. La escena de cama que rodó Corbucci con ellos dos es de lo más bonito que hiciera nunca el director de *...Y si no, nos enfadamos* (1974). Vamos, que lo único que parecía tener de *spaghetti El gran silencio* era la maravillosa banda sonora de Ennio Morricone y el hecho de que fuera un film fuertemente izquierdista.

Y aun así lo que más conmociona de *El gran silencio* es su demencial final. ¡Ojo, *spoilers*! (¡y lo dice ahora, con sesenta y seis años!): cuando el villano al que da vida Klaus Kinski (Triguero en la versión italiana, Loco en la española) y sus secuaces asesinan con absoluta impunidad a Silencio, Pauline y, de paso, a todos los rebeldes protagonistas de la película. Ahí estaba la huella de Malcolm X y del Che Guevara. Una matanza sin igual en toda la historia del wéstern. Quiero decir, sí, vale, en *El Álamo* (1960) muere mucha más gente, pero no lo hacen con la crueldad y la saña con la que Loco/Triguero destroza las manos de Silencio, primero, y luego lo funde a balazos. Es terrorífico. De hecho, fue tan terrorífico que los productores obligaron a Corbucci a rodar un final alternativo (un *final feliz* de credibilidad inexistente: se puede encontrar en YouTube, aunque sin audio) para su distribución internacional. Nunca se llegó a usar. *El gran silencio* es la inconmensurable película que es, en buena parte, porque tiene el final más crudo del eurowéstern. Y eso que Joaquín Romero Marchent no estuvo lejos de semejante barbarie en su obra cumbre, *Condenados a vivir* (1972), curiosamente, otro wéstern nevado desesperado, como *El día de los forajidos* (1959) de André de Toth. Algo tiene la nieve que cuando cae sobre el wéstern acaba empapada en sangre.

Siempre se dice, y con razón, que el *spaghetti western* nace del saqueo de Leone a las ideas de Akira Kurosawa en *Yojimbo* (1961). Un robo que se acabaría extendiendo en gravedad cuando George Lucas hiciera lo mismo con *La fortaleza escondida* (1958), de nuevo de Kurosawa, y su *La guerra de las galaxias* (1977). Si hasta Ferdinando Baldi reprodujo *Zatoichi* (1962) en su *El justiciero ciego* (1971). Así que algo de karma hay cuando, en esta ocasión, fueron los samuráis los que les robaron a los vaqueros italianos y convirtieron a Silencio en un samurái mudo en la serie *Oshi samurai: Kiichi Hôgan* (1973) del gran Hideo Gosha y donde aparecía Shintarō Katsu, el Zatoichi original.

67 AÑOS

Círculo rojo de Jean-Pierre Melville (*Le cercle rouge*, 1970)

A sus cincuenta y tres años, Jean-Pierre Melville —maestro del cine polar francés, subgénero del *film noir* surgido en Francia en la posguerra— sabía perfectamente que el mejor atraco (en términos cinematográficos) era aquel que resultaba modélico en su ejecución pero un desastre en su desenlace. Ejemplos sublimes: *Atraco perfecto* (1956) de Stanley Kubrick, *La jungla de asfalto* (1950) de John Huston, *Rififí* (1955) de Jules Dassin. Él mismo había facturado ya unos cuantos, desde *Bob el jugador* (1956) a *Hasta el último aliento* (1966). Pero fue con *Círculo rojo* donde Melville —tres años antes de morir prematuramente por culpa de un infarto— logró hacer orfebrería del subgénero en la perfecta planificación y ejecución de un robo asombroso como epicentro y verdadera razón de ser de la película que, a la postre, iba a resultar resumen, corolario y culminación de un estilo.

Antes de ponerse a escribir *Círculo rojo*, el samurái Melville nos había entregado la película definitiva de la resistencia francesa en la Segunda Guerra Mundial: *El ejército de las sombras* (1969). Así que con su nueva película iba a regresar al policíaco protagonizado por tipos duros, serios, silenciosos y tremendamente profesionales que no le tienen miedo ni a nada ni a nadie. No iba a poder contar con su actor fetiche, Jean-Paul Belmondo, porque habían acabado a tortas y la idea de contar con Lino Ventura también se fue al traste al hartarse el actor de la meticulosidad de Melville en el rodaje de *El ejército de las sombras*. No pasa nada: si no tenías a Pacino, pedías a De Niro; si no tenías a Belmondo, pedías a Alain Delon. Al fin y al cabo, el actor de mirada azul ya había bordado al protagonista del mayor éxito hasta la fecha de Melville, esa barbaridad llamada *El silencio de un hombre* (1967) que había convertido al prototípico samurái de Akira Kurosawa en un felino con gabardina, sombrero y pistola.

Así que Delon iba a ser Corey, un expreso que acaba de salir de la cárcel y ya se está metiendo en líos: roba a su jefe, se carga a un sicario en los billares —maravilloso plano cenital de la jugada—, deja que un delincuente se meta en su maletero a saber con qué intenciones. El susodicho polizón es, nada más y nada menos, que Vogel, el hombre más buscado de Francia, al que hemos visto fugarse saltando por la ventana de un tren en marcha. No tiene la cara de Lino Ventura, sino el gesto al borde del estallido del italiano Gian Maria Volontè. Otro intérprete con el que Melville acabaría regular porque el cineasta no quería actores (y aún menos histriones), sino modelos, como les ocurre a Robert Bresson o Nicolas Winding Refn. Rostros pétreos, cuerpos rígidos, muchos cigarros: cuando un actor importa más por cómo te aguanta el plano que por lo que tenga que decir. Volontè se quejaría e incluso llegaría a marcharse del rodaje sin avisar, a pesar de que la doma que le impuso Melville nos ofreció una de sus mejores caracterizaciones. Pero espera, que falta el tercero. El expolicía alcohólico con el cuerpo demacrado de un Yves Montand otoñal. Su presentación en pleno *delirium tremens* es de lo más bestia que haya filmado Melville. Ratas, serpientes y escorpiones se precipitan sobre su cama en un cuarto expresionista sin ventanas y con maletas como armarios. Lo conocemos en su peor momento para así poder despedirnos de él en el mejor. Su nombre es Jansen.

Círculo rojo arranca con una (¿falsa?) frase de Buda Gautama que viene a decir que tarde o temprano acabaremos todos encontrándonos para medirnos las fuerzas. Pero lo cierto es que Melville hacía ya tiempo que solo tenía que medirse consigo mismo. Porque mientras el resto de los maestros del polar —Julien Duvivier, Henri-Georges Clouzot, Louis Malle, Alain Corneau— irían evolucionando con los años, probando otros géneros, más fantásticos o más románticos, Melville, como buen samurái, seguiría erre que erre, depurando un estilo al que él ya había dejado en su más estricto esqueleto. La mejor prueba de ello es el asombroso atraco de *Círculo rojo*: veintisiete minutos de puro cine que mezclan la pasión profesional de Howard Hawks con el afilado suspense de Alfred Hitchcock y la dignidad recuperada de los caídos a lo Raoul Walsh. Una secuencia larga y tensa, con una puesta en escena escandalosa, en la que no se pronuncia un solo diálogo. Su contemplación es una experiencia casi fetichista, puro voyerismo, el placer absoluto del que mira la ejecución de un delito con plena impunidad (¡si hasta las máscaras que llevan los ladrones son alucinantes!). En el gesto definitivo del atraco, Jansen libera el rifle del trípode y dispara a hombro partido. Diana. Y mientras sus compañeros roban, él se limita a sacar la petaca y olerla. Luego la guarda sin haber bebido una sola gota y desaparece tras echar un último vistazo a su perfecto disparo.

68 AÑOS

El hombre que mató a Liberty Valance de John Ford (*The Man Who Shot Liberty Valance*, 1962)

Los críticos no solemos ponernos de acuerdo al respecto de cuándo empezó el cine moderno como tal. ¿Fue con la *nouvelle vague* y *Al final de la escapada* (1960) de Jean-Luc Godard? ¿O quizás cuando Fellini rompió con el neorrealismo (como Dylan con el folk) en *La dolce vita* (1960)? ¿Y si fuera con la desaparición de Anna en *La aventura* (1960) de Michelangelo Antonioni? ¿O quizás un poco antes, con Alain Resnais e *Hiroshima, mon amour* (1959)? ¿Pero no habíamos quedado que la invención del cine moderno vino con Roberto Rossellini y sus enamorados rotos de *Te querré siempre* (1954)? Ni yo mismo sabría deciros dónde está el punto de corte. Pero hay una cosa que sí tengo clarísima: *El hombre que mató a Liberty Valance* de John Ford —que también podría haberse llamado *El asesinato de Liberty Valance* o *El suicidio de Tom Doniphon*— es el último de los wésterns clásicos. Y si es el último de los wésterns clásicos eso significa que también es el último film clásico como tal, porque hubo una época ya olvidada en la que wéstern era sinónimo de cine, en la que la gente iba al cine a ver wésterns. Y el mejor director de este género (ergo el mejor director de la historia del cine; no pararé hasta que me matéis) era John Ford. Así que si alguien tenía que matar al wéstern (al cine en sí) ese era él. Y lo hizo con una de las mejores películas de la historia. Quién sabe, quizás la mejor.

El caballo de hierro atraviesa lo que un día fue un desierto llevando en sus tripas al senador Ransom Stoddard (James Stewart) y a su esposa Hallie (Vera Miles). Regresan a Shinbone, que rima con Tombstone, el pueblo donde se conocieron y donde ya todo ha cambiado, aunque nadie parece ser especialmente feliz por ello. La prensa local, el *Shinbone Star*, anda revuelta: que un senador venga a un entierro es noticia y de las gordas. ¿Pero quién es ese Tom Doniphon (John Wayne) cuyo cuerpo se halla metido en una caja rancia y austera y a quien el cobarde del carpintero (entre otras profesiones) se ha atrevido a quitarle las botas, las cartucheras y las espuelas? Bueno, cartucheras no, que hace ya años que Tom no llevaba pistolas. La historia que cuenta Ransom Stoddard (tras pedir permiso a Hallie: al fin y al cabo, es ella la que toma todas las decisiones importantes en la película) es la historia de cómo el Oeste se convirtió en un reflejo del Este; de cómo la civilización, la ley, la democracia y la educación llegaron a la frontera para llevarse por delante a los pistoleros que le habían dado forma. Pistoleros como Liberty Valance (Lee Marvin), un sádico juerguista a sueldo de los ganaderos que lleva su libertinaje en el propio nombre. Pero también es la historia de Tom Doniphon, un vaquero de la estirpe del

Ethan Edwards de *Centauros del desierto* (1956), del Jimmy Ringo de *El pistolero* (1950), del Wes McQueen de *Juntos hasta la muerte* (1949), del Glyn McLyntock de *Horizontes lejanos* (1952), del Thomas Dunson de *Río Rojo* (1948). Stoddard será pues el narrador de una función que, en forma de *flashback*, construye un wéstern fantasmático, prácticamente expresionista, con jóvenes protagonistas que tienen el cuerpo y el rostro de actores de cincuenta años. A un millón de kilómetros de Monument Valley, el escenario natural donde Ford había rodado tantos y tantos wésterns magníficos, en un estudio de Hollywood donde hasta los cactus parecen de cartón, la cinta recupera personajes e historias de antiguas películas fordianas, como *La diligencia* (1939) o *Pasión de los fuertes* (1946), para ahora deconstruirlos y enterrarlos a todos, con la insondable belleza que posee la tristeza más absoluta, en una caja de pino sin lustre alguno.

Y es que *El hombre que mató a Liberty Valance* es una de las películas más tristes de toda la historia del cine, aunque, paradójicamente, es también una de las películas más divertidas de John Ford, quien, sabedor de la tragedia que tenía entre manos, no deja de suavizar el film con engarces divertidísimos (según contó Andrew Sarris: Andy Devine, que da vida al orondo y cobardica *sheriff* Apleyard, tuvo que hacer turnos dobles para suplir las ausencias de Ward Bond y Victor McLagen, ya que la parca iba sesgando la *troupe* fordiana de forma inclemente). La historia de un hombre, Tom Doniphon, que pierde aquello que más ama (Hallie) a manos de lo que más detesta: un *tenderfoot*, un recién llegado como Ransom que viene a traer ley y orden al Oeste. Y lo hace únicamente por ella. Porque, como afirmó Joseph McBride, Ransom quiere un montón de cosas (educación, democracia, orden, etcétera), pero Tom solo quiere a Hallie. Y aun así la dejará ir, perdiéndola para siempre, simplemente porque ella se lo pide. Las imágenes de Tom quemando su casa —que había pintado de rosa: algo que nos perdemos porque Ford se empeñó en rodar en blanco y negro cuando ya nadie lo hacía—, con la mirada perdida de un John Wayne en la cumbre, nos vuelven a bañar en esa belleza tristísima que inunda esta barbaridad de película. «*When the legend becomes fact, print the legend*» («Si la leyenda se convierte en realidad, publica la leyenda»), dice el jefe del *Shinbone Star*. Pero como dijo Peter Bogdanovich, Ford no nos muestra la leyenda: nos revela los hechos. Porque nosotros somos como Tom: también acabaremos perdiendo (si amas, pierdes). Pero gracias a John Ford, al menos, quedará nuestro recuerdo.

69 AÑOS

Viridiana de Luis Buñuel (1961)

«Hay que decir que soy perezoso, pero cuando trabajo, trabajo bien.» Esto les dijo don Luis Buñuel a André Bazin y a Jacques Doniol-Valcroze en una entrevista para *Cahiers du cinéma* en 1954. Y en esas mismas páginas aseguró que «es natural que tenga más tendencia a ver y a pensar en una situación desde un punto de vista sádico o sadiano que desde una perspectiva, digamos, neorrealista o mística». Pocos cineastas ha habido en la historia del cine de la perversidad e inteligencia de Luis Buñuel. Y pocas películas ha habido en la historia del cine de la lascivia y la irreverencia de *Viridiana*. Las cartas del tute fornicador, la cámara vaginal, el vestido de la novia muerta, la comba del ahorcado. Fue palma de oro en Cannes en 1961 (*ex aequo* con una película que ya nadie recuerda: *Una larga ausencia* de Henri Colpi) para escándalo de la dictadura franquista, el Vaticano y, en general, las gentes de bien que tanto se esfuerzan siempre en que el mundo vaya lo peor posible. *Viridiana* es una película para ver mucho antes de cumplir los sesenta y nueve, pero sé que a Buñuel le habría hecho gracia entrar en esta casilla. Por cierto, por conectar con el año 44, fue al director de *Tristana* (1970) —cómo le gustaba esa película a Hitchcock...— al que le leí que, puestos a fumar, lo mejor era fumar tabaco negro español. Igual que le leí a Garci decir que los mejores *margaritas* los preparaban en la Coctelería Boadas de las Ramblas de Barcelona (el aragonés era más de Dry Martini). Y, qué le vamos a hacer, uno siempre tiende a imitar a sus héroes, así que elígelos con cuidado.

Buñuel no era un hombre de formas, sino de ideas. ¡Y qué ideas! No soportaba el cine-tesis, pero tampoco soportaba el cine artístico. De hecho, ni siquiera es que viera muchas películas. Siempre me acuerdo de Nick Cave cuando dijo que hay gente que escucha canciones y gente que hace canciones y que él era de los segundos. Bien, pues Buñuel hacía películas. ¡Y qué películas! También cabreaba a la gente: se pegó tres cuartos de vida cabreando al franquismo, pero, antes de la guerra, también cabreaba a la República. Tan prohibida estuvo *Viridiana* como *Las Hurdes* (1933). A Buñuel no se le puede medir con las mismas reglas que al resto de cineastas porque Buñuel se pegó la vida inventándose sus propias normas. Tanto daba quién le pagara —franceses, norteamericanos, mexicanos—: sus películas podían ser de encargo, pero su cine era insobornable. Mirad si no algunas de sus cintas en México: *Los olvidados* (1950), *Él* (1953), *Ensayo de un crimen* (1955), *El ángel exterminador* (1962). Juraría que ya lo he dicho en este libro, pero, por si acaso, lo repito. A Buñuel solo se le puede medir en calidad de lo que hacía Buñuel, porque a cineastas de su estirpe, como Pasolini, Bergman o Fassbinder, que poseen una libertad, una independencia y un estilo tan propio y radical, únicamente se les puede abordar en relación a su propia obra.

Para cuando Luis Buñuel —que además de cineasta era entomólogo de los bichos que carcomen el cerebro y fisonomista especializado en las piernas de las mujeres— regresa a España a dirigir *Viridiana,* llevaba veinticuatro años en el exilio y sesenta sin creer en Dios. Había abandonado el surrealismo, pero había salvaguardado de sus años locos dos principios éticos claros: que el hombre no era libre y que el mejor cine realista es aquel que es tremendamente disparatado. A la censura franquista, sin embargo, lo único que le pareció disparatado era esa escena final en la que la virginal monja Viridiana (Silvia Pinal) —a la que han estado a punto de violar en el film en dos ocasiones— entra sola en la habitación de su primo Jorge (Paco Rabal). ¡Qué escándalo! Así que Buñuel, viendo que la situación lo exigía, también le metió mano a la censura cambiando el final ambiguo por uno tan exagerado que nadie pudo dudar de él. Y, así, colocó a sus tres protagonistas —la criada Ramona (Margarita Lozano) se apuntó a la juerga— a jugar a las cartas, lo que dio como resultado el *ménage à trois* más escandaloso en la historia del cine: «¿Sabe usted jugar a las cartas, primita?». Buñuel 1 - Franco 0.

Viridiana es el perfecto aquelarre de lo políticamente correcto, unas natillas envenenadas. Una escalada de imágenes y emociones convulsas e irreverentes como las de Don Jaime (Fernando Rey) probándose el vestido de boda de su novia muerta o un montaje de efectos (rarísimo en Buñuel) donde monta en paralelo el rezo del Ángelus con el trabajo de albañilería en la finca. Buñuel se transforma en un Zurbarán blasfemo, en un Goya satánico, pintando una Santa Cena bizarra que parece cruzar a Dante con Tod Browning, donde los mendigos ya no son dignos de caridad, sino fuente de caos y barbarie (mientras que el señorito burgués se transforma en héroe de la función). Y toda la rectitud (rigidez), bondad (ingenuidad), devoción (servidumbre) y fe (ignorancia) que posee la ultrajada Viridiana acaba yéndose por el sumidero. Así que a ella no le queda más remedio que soltarse el pelo, arremangarse y echarse un tute, que qué vida esta si ni los desamparados merecen amparo y los apoderados no quieren más que seguir apoderándose de todo. La película no se pudo ver en España hasta que Franco hubo muerto, así que ese día, doble celebración.

70 AÑOS

El espejo de Andréi Tarkovski (*Zerkalo*, 1975)

Andréi Tarkovski estrenó *El espejo*, su cuarto largometraje, en 1975, el mismo año en el que Pasolini entregó *Saló o los 120 días de Sodoma*, Chantal Akerman *Jeanne Dielman, 23 quai du Commerce, 1080 Bruxelles*, Marguerite Duras *India Song* y Theo Angelopoulos *El viaje de los comediantes*. Vaya cómo pintaba el cine de autor más radical el año en el que los EE. UU. huían de Vietnam, moría el Franco malo y se patentaba el Cubo de Rubik (entre otras cosas). Tarkovski tenía cuarenta y tres años y para que la película adquiriera su forma definitiva esta había pasado treinta y tres montajes distintos. La idea de base buscaba imbuir los recuerdos de un halo poético que debía traspasar el ornamento, e incluso el gesto, para convertirse en esencia narrativa. No bastaba con que la imagen fuera bella por sí misma (y eso que las imágenes de *El espejo* son de una belleza extrema) porque para el cineasta ruso la simbología de la imagen era tan o más importante que la forma de la misma. Para reescribir los recuerdos Tarkovski renegó de mostrar el hecho narrado tal y como la memoria lo reconstruía, pues ello (según sus palabras) «alteraría la lógica de los acontecimientos, del comportamiento y de la actuación del héroe». De hecho, del héroe no habrá ni rastro. Al menos, rastro físico, porque de él sí oímos la voz en *off*, aunque su presencia no atraviese los cuatro márgenes del encuadre, salvo en el plano-milagro final, cuando vemos parte de su cuerpo tumbado sobre una camilla. Porque lo que Tarkovski va a poner delante del espejo es el interior de ese héroe, que no es otro que el propio director, haciendo así de *El espejo* uno de los ejercicios fílmicos autobiográficos más hermosos, líricos y complejos de toda la historia del cine.

Tanto en *La infancia de Iván* (1962), historia de un niño huérfano que se une al Ejército Rojo para combatir a los soldados alemanes, como en *Andrei Rublev* (1966), biografía del mítico pintor ruso que da nombre al film a modo de retrato impresionista de la Rusia del siglo XV, Tarkovski construía a sus protagonistas a través de sus recuerdos y pensamientos. Pero parece que para hablar de sí mismo o, según sus palabras, «de los sentimientos que tengo frente a las personas que me son próximas», de entrada, tartamudea. Por eso *El espejo* arranca a lo Fellini, con un bofetón a sí misma, en una sesión entre la logopedia y el hipnotismo, donde Tarkovski se alienta a no tener miedo a recordar (a hablar) e invita al espectador a que abra su mente a este *collage* de historias cruzadas, mezcla de ficción y realidad, de recuerdo revivido y recuerdo tergiversado, con sus luces, sus sombras, su color, su blanco y negro, sus imágenes documentales (tremendas, increíbles; «todo el mérito es del cámara que las rodó», dejaría escrito el maestro) que muestran las heridas de la Europa del siglo XX:

Guerra Civil española, Segunda Guerra Mundial, guerra entre la URSS y China por la isla de Damanski.

Tarkovski entendía bien la materia en la que se desorganiza el pensamiento ya vivido porque creía que para el ser humano el pasado lo es todo. Los recuerdos no son una cremallera de imágenes y emociones, sino un puzle incompleto con piezas de distinta forma y tamaño que ni siquiera son capaces de ordenarse siguiendo una lógica temporal que no sea la del capricho emocional del que está tratando desesperadamente de recordar. De ahí el orden caprichoso de los fragmentos que conforman la película: la reconstrucción de la experiencia acaba hasta por borrar la temporalidad de las imágenes, llegando a fundir pasado y presente, como en ese momento final en el que la madre se ve a sí misma en su vejez. Aunque para Andréi Tarkovski el presente no es más que la inminencia del pasado (y, si atendemos a lo visto en *Solaris* [1972], el futuro siempre ha sido una forma mutante/soñada/inventada del propio pasado).

Tarkovski y su coguionista Aleksandr Misharin escribieron los veintiocho segmentos que conforman la película sin decidir nunca en qué orden se iban a rodar ni a montar. El equipo de rodaje descubría qué era lo que iba a filmar día a día, a partir del encuentro matutino entre director y escritor. El cuidado sobre el acabado de las imágenes fue absoluto. Se cogió a Pieter Brueghel el Viejo (*Los cazadores en la nieve*, *Paisaje invernal con patinadores sobre hielo*) de ejemplo para las escenas nevadas; se usaron helicópteros para crear los tan bellísimos como fantasmáticos movimientos de la hierba en el exterior de la casa maternal; se cuidó al máximo ya no solo la música empleada (Bach, Pergolesi, Purcell) y los poemas de Arseni Tarkovski recitados, sino también el más mínimo sonido atrapado en la banda magnética. Tarkovski movía la cámara siempre con misterio y delicadeza. Al fin y al cabo, se trataba de rasgar la realidad para adentrarse en el fantástico, cambiar el mundo delante de nuestros ojos, no como quien escribe un poema con imágenes, sino haciendo del uso de las imágenes mera poesía. El cineasta experimental Stan Brakhage dijo que en el cine de Tarkovski «el trabajo de los sueños ilumina las fronteras del inconsciente». Atrévete, entonces, a recordar como él, que cuando piensa en su madre la ve lavándose el pelo mientras la lluvia arrecia dentro del hogar o, si no, la ve levitando en perfecta horizontalidad, desafiando todas las imágenes cinematográficas creadas antes y después de su película.

71 AÑOS

Blade Runner de Ridley Scott (1982)

No sé cómo lo has hecho para llegar a los setenta y un años sin haber visto *Blade Runner,* pero hay que ponerle remedio rápido, ya mismo.

Dejarme exagerar una gota: a Ridley Scott le bastaron sus tres primeros largometrajes para cambiar la historia del cine. *Los duelistas* (1977), *Alien, el octavo pasajero* (1979), *Blade Runner. Los duelistas* ya me parece una maravilla, una adaptación modélica de Joseph Conrad, soberbiamente realizada (e interpretada). Pero fue con *Alien, el octavo pasajero* donde Scott dio buena prueba de su innegable capacidad para coordinar, armonizar y estructurar todo tipo de influencias provenientes de las artes no cinematográficas —libros, cómics, pintura, arquitectura, música—, en aras de erigir un monumento puramente cinematográfico del terror moderno, hasta el punto que toda película futura con bicho asesino inclemente debería obligatoriamente mirarse en el espejo del film de Scott. Algo parecido ocurriría con su siguiente largometraje, adaptación de una magnífica novela corta de Philip K. Dick de inmejorable título, *¿Sueñan los androides con ovejas eléctricas?*, en la que se plantea un futuro apocalíptico donde la podredumbre ambiental no se distingue de la necrosis moral de sus protagonistas: la armazón visual de *Blade Runner* redefiniría la ciencia ficción moderna hasta llegar a nuestros días.

Blade Runner fue realizada en 1982, el año mágico en el que se estrenaron (coge aire, otra vez): *E.T., el extraterrestre*, *La cosa*, *Conan el bárbaro*, *Cristal oscuro*, *Cielo líquido*, *Tron*, *Poltergeist*, *Star Trek II: La ira de Khan*, *Acorralado*, *El rey de la comedia*, *Fitzcarraldo*, *Querelle*, etcétera. En una época, los años ochenta, donde los efectos especiales se habían convertido en el argumento en sí de las películas —la estética del «¡BOOM!»—, *Blade Runner* escribe un lamento *neonoir* donde cada mínimo elemento artístico —música, miniaturas, efectos especiales analógicos, arquitectura, vestuario, maquillaje, atrezo y decorados— sirve para configurar una de las cintas más categóricas y taxativas en su andamiaje estético desde, probablemente, *Metrópolis* (1927) de Fritz Lang.

Los Ángeles, 2019. El mismo año en el que Tetsuo reventará Neo-Tokio según lo cuenta Katsuhiro Otomo en *Akira* (1988), aunque el *anime* que realmente bebe de *Blade Runner* no es el de Otomo, sino el de Mamoru Oshii, *Ghost in the Shell* (1995). Pero vuelve, Álex, que te pierdes. Pocas películas te meten tan rápido en vereda como *Blade Runner*, cuya estética se te impone de forma colosal desde el minuto cero. La increíble música de Vangelis te mete flotando en ese Los Ángeles multiétnico y políglota que vive en noche continua bajo una lluvia ácida inclemente. La ciudad ha sido verticalmente quebrada siguiendo los patrones futuristas derivados del racionalismo arquitectónico de Syd Mead: a pie de calle todo son ratas; en lo más alto de los rascacielos (o de la pirámide de la Tyrell Corporation) es donde viven los poderosos, los que tienen el dinero, los líderes de las grandes empresas que, cómo no, han acabado por doblegar el planeta. El más poderoso de todos es Tyrell (Joe Turkel), el director de la Tyrell Corporation, con su *look* de dios griego antiguo y el rostro del camarero de *El resplandor* (1980). Él es el creador de los «replicantes» —término inexistente en el libro y que se inventó el guionista David Peoples—, inteligentes humanoides-esclavos capaces de desarrollar emociones, pero con una longevidad tirando a corta: cuatro años de vida. La dimensión existencialista del film de Scott queda servida desde el principio.

No hemos dicho nada aún de nuestro protagonista, Rick Deckard (Harrison Ford), un descreído «blade runner» —término acuñado por William S. Burroughs—, el hombre que tiene que dar caza a los tan fuertes como bellos y violentos replicantes. Estos están liderados por Roy Batty (Rutger Hauer), una figura portadora de símbolos cristianos —en una mano tiene un clavo atravesado y en la otra una paloma blanca que echará a volar en el momento de su muerte—, sexual, torturada, expeditiva y poseedora de uno de los monólogos más míticos de la historia del cine: «Yo he visto cosas que vosotros no creeríais» y un glorioso etcétera. La ciencia ficción se mete en la cama con Albert Camus mientras William Hogarth lo capta en el lienzo pensando en qué es el ser si yo soy la nada. Un tapiz de luces y sombras heredado del cine negro de los años cuarenta que utiliza el género para exacerbar, por la vía distópica, toda esa energía triste. Un sentimiento que sabrá captar a la perfección Denis Villeneuve en su secuela treinta y cinco años más tarde, *Blade Runner 2049* (2017), donde los hologramas serán el refugio del corazón humano (o replicante).

Desolación y neones, hiperpoblación en nocturnidad, inteligencias artificiales como juguetes bizarros de un diseñador genético enfermo del síndrome de Matusalén y seducido por la Nexus 6 más arrebatadoramente sexual (Daryl Hannah). Todo es siniestro, todo es pegajoso, todo sabe y huele fatal. Y a la vez todo es sumamente triste. Una melancolía y pesimismo extremo atraviesan *Blade Runner* a través de sus calles, que parecen surgidas de las páginas del *Métal Hurlant*, de esos edificios que parecen ideados por Moebius (y a los que dio forma Douglas Trumbull), de un héroe que no tiene nada de heroico y sí mucho de sicario, y de unos villanos cuya máxima villanía es querer prolongar su existencia. Todo ello para dar respuesta a una única pregunta: «¿Qué es lo que nos hace ser humanos?». ¿Nuestros recuerdos? ¿Nuestro miedo a la muerte? ¿Nuestra capacidad para enamorarnos? ¿Nuestro sufrimiento? Roy Batty besa el cuerpo agujereado por las balas de Iris y podemos percibir perfectamente su dolor. ¿Quién es más humano entonces? ¿El que le ha metido las balas dentro o el que llora la muerte de una compañera? ¿Y qué diferencia realmente a humanos y replicantes? Al fin y al cabo, todos tenemos caducidad. De nosotros ni siquiera quedarán lágrimas en la lluvia.

72 AÑOS

Las zapatillas rojas de Michael Powell y Emeric Pressburger (*The Red Shoes*, 1948)

«Los directores de cine son gente desesperada», afirmó Martin Scorsese en 2009 en el Festival de Cannes, donde presentó *Las zapatillas rojas* junto a Thelma Schoonmaker, su montadora desde los tiempos de *Toro salvaje* (1980) y viuda de Powell. En la frase Scorsese se refería a Powell y a Emeric Pressburger, pero también estaba definiéndose a sí mismo y, de paso, a los propios protagonistas de este melodrama romántico de ensoñación trágica y, al mismo tiempo, cúspide absoluta del musical cinematográfico. Si no hubiera existido *Las zapatillas rojas* ya os podéis olvidar de *Un americano en París* (1951) de Vincente Minnelli, *Cantando bajo la lluvia* (1952) de Stanley Donen y Gene Kelly, *Oklahoma* (1955) de Fred Zinnemann. Joder, podéis hasta olvidaros de *La La Land* (2016) de Damien Chazelle, que no solo mimetiza la abstracción surrealista del gran baile de Powell y Pressburger, sino que incluso copia parte del intríngulis dramático de la propia película: dos amantes separados por su devoción artística que ven irremediablemente condenada su relación amorosa (aunque en el caso de Chazelle tiene bastante mérito por el hecho de que ninguno de sus intérpretes principales, Ryan Gosling y Emma Stone, supieran ni cantar ni bailar).

Y, a propósito de la desesperación, fue Jean-Luc Godard quien en su película-entrevista con Anne-Marie Miéville *Soft and Hard* (1985) hablaba del cine como «la desesperación del arte, y sus desesperados intentos de crear lo imperecedero con medios perecederos». Los británicos Powell y Pressburger, también conocidos como The Archers, no me parecen a mí personas desesperadas pero sí artistas de una pasión voraz cuyos relatos estaban poblados de gente desesperada. En *A vida o muerte* (1946), el piloto protagonista está desesperado por escapar de la muerte al haber conocido el amor justo antes de estrellar su avión. En *Narciso negro* (1947) la desesperación es aún más turbia, la que viene de los celos y de la lascivia que surgen entre un grupo de monjas de clausura perdidas de la mano de Dios. Pero, ay, en *Las zapatillas rojas* nos metemos en faena: aquí de lo que hablamos es de la desesperación artística. De la devoción innata por crear, sea como sea y le pese a quien le pese: si me tengo que dejar la vida en ello, habrá merecido la pena. «¿Por qué quiere bailar? / ¿Por qué quiere vivir?»

Las zapatillas rojas parte del cuento de hadas homónimo de Hans Christian Andersen donde una joven pobre se calza unos zapatos rojos de *ballet* mágicos que la obligan a bailar de forma ininterrumpida, llevándola a la desesperación y a implorar a Dios. Los miembros de The Archers, para poder realizar la película, se vieron obligados a crear su propia compañía de danza: el coreógrafo y bailarín Léonide Massine daría vida a Ljubov; el también coreógrafo Robert Helpmann interpretaría a Boleslawsky y sería el encargado de diseñar toda la coreografía de la película; y la estrella de la danza Moira Shearer protagonizaría la cinta. A Shearer (entonces una joven bailarina que empezaba a despuntar) no le interesó nunca labrarse una carrera como actriz cinematográfica, pero les dio a Powell y a Pressburger los bailes de su vida, tanto aquí como en la posterior (y obra total) *Los cuentos de Hoffman* (1951). The Archers le dio el control total de la dirección artística al pintor Hein Heckroth, responsable de todas las pinturas y decoraciones de la gran secuencia de *ballet*: quince minutos de metadanza cinematográfica, donde el escenario se transfigura delante de nuestros ojos y Shearer baila y baila sin parar como moviéndose entre obras fauvistas y surrealistas. Cuentan que Gene Kelly vio más de veinte veces la película y, obsesionado con ella, acabó por convencer a la MGM de meter la mítica secuencia del baile final en *Un americano en París* (1951). La compañía artística se cerraría entonces con sir Thomas Beecham, el director de orquesta que supervisaría la grabación del *ballet* y, claro, con el director de fotografía Jack Cardiff. Este ya había hecho milagros en Technicolor en *Narciso negro* y aquí llevaría dicha técnica (el Three-Strip Technicolor) a su máxima capacidad expresiva: el Technicolor perfecto. Que no lo digo yo, que lo dicen los propios inventores del Technicolor, el matrimonio formado por Herbert T. y Natalie Kalmus.

Powell y Pressburger reunieron a todo este equipo completamente pluridisciplinar para hacer de *Las zapatillas rojas* un ejercicio cinematográfico cuyo andamiaje artístico bebiera de distintas disciplinas estéticas: danza, pintura, música, escritura. El resultado, aparte de una belleza inimaginable por sus formas, luces y colores, es además desgarrador, sí, desesperado. El film es una historia de amor al baile, con su director fáustico, Boris Lermontov (un estupendo Anton Walbrook), contagiándole la obsesión demencial por la danza a su bailarina y, por supuesto, pasando por encima del insignificante amor romántico de la protagonista con el arreglista/compositor al que da vida el sosaina de Marius Goring. Aquí lo que importa es bailar. Y nada es más importante que bailar. Y esa pasión, esa desesperación, es inevitable que acabe adquiriendo toques estrictamente fantásticos. Porque el realismo siempre debe quedarse a las puertas del teatro: solo así se podrá desatar dentro toda esa belleza onírica, esa magia epifánica.

Powell acabó convertido en un *paria*: nadie había entendido su película en solitario *Peeping Tom* (1960) —si me preguntáis a mí, obra cumbre del terror moderno; si preguntáis por ahí, Peeping Tom es también una compañía belga que, como no podía ser de otra manera, aúna danza y cine, arte escénico en el que todo parece posible— y prácticamente ya no dirigiría nada más. Un emocionado Scorsese contó que, cuando presentó a finales de los setenta en el Festival de Edimburgo *Taxi Driver* (1976) y por fin logró conocer a Michael Powell, le dijo que en California todos sus colegas —De Palma, Coppola, Schrader— sentían devoción absoluta por sus películas. Powell no entendía nada, así que Scorsese se lo acabó llevando a Hollywood para que lo comprobara por sí mismo. Fue allí donde le presentó a su montadora, Thelma Schoonmaker. Acabó casándose con ella. Los que somos gente desesperada hacemos cosas desesperadas pero, oye, en ocasiones hasta nos sale bien.

73 AÑOS

El crepúsculo de los dioses de Billy Wilder (*Sunset Blvd.*, 1950)

Vaya por delante que siempre he pensado que Joe Gillis (un William Holden de treinta y dos años) es un soso y un desagradecido. Atrapado en una mansión de lujo, ejerciendo tanto de bailador de tango como de gigoló para una exestrella del cine mudo del tamaño de Norma Desmond (Gloria Swanson a sus cincuenta y un años), se pasa todo *El crepúsculo de los dioses* poniendo cara de tener tres úlceras por sentirse utilizado y mancillado al mismo tiempo por una diva que le parece viejísima y loquísima. Vaya hipócrita. Porque bien que le acepta el dinero semanal, los abrigos de vicuña, los zapatos hechos a medida, los paseos por Sunset Boulevard en el flamante Isotta-Fraschini, más una piscina bien hermosa para poder darse un chapuzón cuando aprieta el calor. Él, que era un guionista fracasado que no tenía donde caerse muerto (porque hasta eso le da Norma: una buena piscina donde morir con cara de besugo hervido), que debía tres letras del coche y otras tantas del apartamento, se siente horrorizado ante las atenciones desmedidas de una Norma magnífica, que le baila por Mack Sennett, que le imita a Chaplin, que le proyecta películas de la grandeza de *La reina Kelly* (1932), protagonizada por la propia Gloria Swanson y dirigida por Erich von Stroheim.

Stroheim, de hecho, ofrece la mejor interpretación de su vida en *El crepúsculo de los dioses* como el mayordomo Max von Mayerling, primer marido y antiguo director de las películas mudas de Norma Desmond, del que es su fan número uno. Stroheim, que en lo más alto de su carrera se hacía llamar Erich Oswald Hans Carl Maria von Stroheim und Nordenwall, que cimentó su leyenda diciendo que había huido de la guerra de Viena por tremendos líos de faldas, pero que en realidad era hijo de un sombrerero judío y se llamaba simplemente Erich Oswald (tiene gracia, Lars von Trier se puso el «von» por Stroheim y resulta que él también se lo había inventado). Stroheim, el director de cine mudo más importante junto a David W. Griffith, F. W. Murnau y S. M. Eisenstein, aunque en la película de Wilder solo se cite a Griffith y a Cecil B. DeMille (psche). Stroheim, el director de *Esposas frívolas* (1922), de lo que quedó de su *Avaricia* (1924), que iba a ser la mejor película de la historia del cine (con nueve horas de duración) y acabó mutilada e irreconocible, con poco más de dos horas editables. «Como abrir un ataúd y ver que el amor de tu vida ha sido arrollado por un coche», dijo el director al respecto. Stroheim, que en manos de Billy Wilder se transforma en un amargo reflejo de sí mismo, pues su Max —el mayordomo— sufre penitencia con felicidad estoica: para él es un honor tener que lavar las bragas de Norma —Wilder se negó a meter la secuencia en el guion—, arroparla en su locura escribiéndole falsas cartas de fans inventados, meterle en la cama al sieso de Gillis.

«Hubo un tiempo en el que era usted grande. / ¡Sigo siendo grande!: son las películas las que se han hecho pequeñas.» El guion que escribieron Billy Wilder y Charles Brackett en su última colaboración juntos —dato nada baladí, que ese tándem firmó obras totales como *Cinco tumbas al Cairo* (1943), del propio Wilder, o *Ninotchka* (1939) de Ernst Lubitsch— sigue siendo la mejor película realizada sobre la fábrica de sueños y pesadillas, dioses y monstruos, que es Hollywood. *El crepúsculo de los dioses* es un psicodrama sobre la obsesión por la fama, rica en momentos expresionistas —¡el entierro del chimpancé!— y cuya tarántula protagonista es todo un cacareo delicioso de muecas y gestos que si bien proceden de las caracterizaciones exageradas de la etapa muda del cine, aquí se acercan al cine de terror por la vía más psicopática. Toda la secuencia final, con Norma Desmond ya más allá del bien y del mal, bajando por la escalera como si fuera una diva rodando el *travelling* de su vuelta al cine, está tan cerca del melodrama histérico como del cine de monstruos de la Universal.

La película sentó fatal en Hollywood, como siempre pasaba con el cine negro que buscaba retratar ese mundo (sucedió con *En un lugar solitario* (1950) de Nicholas Ray o con *Cautivos del mal* (1952) de Vincente Minnelli). Louis B. Mayer, capitoste de la MGM, al salir de la proyección se abalanzó sobre Wilder: «¡Bastardo! Ha arrastrado por el lodo a la industria que lo ha convertido a usted en alguien y que le ha dado de comer. ¡Habría que alquitranarlo y emplumarlo y echarlo de la ciudad!». Se entiende el calentón. *El crepúsculo de los dioses* —película que obsesiona a David Lynch, cuya

Mulholland Drive (2001) es un eco del film de Wilder— es el armario lleno de esqueletos del Hollywood clásico. Algunos hasta salen jugando a las cartas en la película: Buster Keaton, Anna Q. Nilsson, H. B. Warner. Pero Billy Wilder jamás entendió la perversidad sin una buena dosis de mordacidad. Por eso su película es, al mismo tiempo, aterradora y tragicómica, exagerada y realista, irónica y reflexiva. Tres décadas más tarde regresaría a la temática con una cinta definitivamente mucho más oscura y amarga como es *Fedora* (1978). Al final, todos nos veremos atrapados en esa tela de araña que es el envejecimiento y la decadencia. Todos y todas seremos Norma Desmond.

74 AÑOS

Doble cuerpo de Brian De Palma (*Body Double*, 1984)

Tú sigue el hilo. Porque Norma Desmond también aparece en la película número setenta y cuatro de tu vida. Superada la primera hora de metraje de *Doble cuerpo*, el director Brian De Palma lleva a su protagonista, Jake (Craig Wasson, un desastre de actor, pero que le va como un guante a la loquísima película de De Palma), al rodaje de una película porno. Hasta llegar aquí, en la cinta ha ocurrido prácticamente de todo: Jake descubre a su novia follando con otro tipo, acto seguido le echan de su casa, va a parar a un apartamento donde puede espiar con un catalejo a una vecina que mata las horas bailando desnuda y, finalmente, un tiparraco con máscara de látex la asesina brutalmente con un taladro, siendo él testigo inútil de la barbarie, pues un perro le tiene el cuello agarrado entre sus fauces.

Pero no nos perdamos: ahora estamos en el rodaje de una película para adultos, porque Jake ha descubierto que el cuerpo que espiaba bailar desnudo desde su ventana no era el de su vecina, sino el de la actriz porno Holly Body (Melanie Griffith), una doble de cuerpo contratada que bailó para captar la atención de Jake y que así este empezara a espiar por la ventana, hasta ser testigo posteriormente del macabro homicidio de su verdadera vecina. Y a Jake no se le ha ocurrido otra cosa —todas las ideas que tiene el protagonista de *Doble cuerpo* son bastante nefastas— que meterse él a actor porno para poder atrapar a Holly.

Una vez en el rodaje y con nuestro estúpido héroe vestido como si fuera a protagonizar *La revancha de los novatos* (1984) versión XXX, suena «Relax» del grupo Frankie Goes to Hollywood, mítico tema que en sí mismo ya define lo que fueron los años ochenta: divertidos, libertinos, postpunks, hedonistas, cochinos y un poco drogodependientes. Entonces, Brian De Palma construye un videoclip para la canción dentro de su, de por sí, tremendamente desenfrenada película. Junto a Jake y Holly Johnson (líder de los Frankie), vemos claramente a Norma Desmond bajando unas escaleras como parte del atrezo viviente del video musical.

Doble cuerpo es una de mis películas favoritas de la historia del cine. Claro que también lo son *El fantasma del paraíso* (1974), *Fascinación* (1976), *Vestida para matar* (1980) e *Impacto* (1981). Porque en esa pinza entre los setenta y los ochenta Brian De Palma fue un realizador claramente imbatible, aunque los críticos solían ponerle a caldo todas y cada una de sus obras. Siempre tienen que venir los exegetas de la verosimilitud a tocar las narices. Los fascistas del guion teatral. Los que para hablar de M. Night Shyamalan o Steven Spielberg dicen: «Muy espectacular, pero le falla el guion». A ver si nos enteramos de una vez que un buen cineasta con un buen guion te puede hacer una buena película. Pero un gran cineasta no necesita ningún tipo de guion para hacer una obra maestra. Porque, a ver, ¿de qué va exactamente *El año pasado en Marienbad* (1961)? ¿Y *El eclipse* (1962)? ¿Cuál es el arco dramático de *Carretera asfaltada en dos direcciones* (1971)? ¿Alguien me explica la lógica argumental de *Cabeza borradora* (1977)? ¿Dónde están los tres actos clásicos de toda historia en *El árbol de la vida* (2011)? ¿Y en *2001: Una odisea del espacio* (1968)? A Brian De Palma, uno de los maestros orfebres de la imagen cinematográfica contemporánea, siempre se le ha acusado de todo eso y más. Normal que su carrera se haya construido bajo el patrón de crear narraciones fluctuantes de gran belleza plástica donde la imagen es la verdadera razón de ser, la verdadera protagonista de unas historias perfectamente autoconscientes de su artificio. El ejemplo más extremo sería la brutal *Femme Fatale* (2002), un mecanismo de disfrute onanista donde hasta el espectador se convierte en un MacGuffin, ese concepto inventado por Hitchcock para referirse a un elemento de suspense que, sin tener una relevancia real en la trama, sirve para que los personajes avancen en la historia. Aquí, la excusa para que De Palma se lo pase pirata haciendo la peli. Pero el mejor ejemplo de ello es, claro, *Doble cuerpo*, un ejercicio de cine dentro del cine dentro del cine (triple trampantojo) donde el espectador real ve al protagonista ficticio vivir una aventura real dentro de una ficción perfectamente planeada y ejecutada por el villano de la cinta.

Brian De Palma empezó en esto del séptimo arte queriendo ser Godard, pero enseguida vio que se lo pasaba mucho mejor jugando a ser Alfred Hitchcock (hasta le pidió al compositor Pino Donaggio que tratara de imitar a Bernard

Herrmann). En *Doble cuerpo* la herencia es doble: por un lado, *Vértigo (De entre los muertos)* (1958), al tener el protagonista claustrofobia, lo que le impide proteger a su vecina, y, además, al jugar a la reconstrucción de su fetiche con la actriz XXX; y, por supuesto, *La ventana indiscreta* (1954), cambiando los prismáticos de Jimmy Stewart por un catalejo y el patio de vecinos por el apartamento octaédrico superchulo (el «Chemosphere») diseñado por John Lautner en 1960 y situado en Mulholland Drive. Y, a partir de ahí, a disfrutar. De Palma construye *set pieces* que son el máximo placer que un esteta cinéfilo se pueda llevar a la cara: el juego detectivesco en el centro comercial, el agónico asesinato de su vecina —cuya consecución es torpe/divertida nivel *Scream* (1996)—, el loquísimo beso en un *travelling* de trescientos sesenta grados en la playa... El artificio está servido en todo su esplendor. Aquí se homenajea el mejor cine con el mejor cine y, para ello, nos ponemos espléndidamente ridículos: la cutre película de vampiros con la que arranca y cierra la cinta, un protagonista que es un pervertido (a la primera de cambio le roba las bragas a la vecina), el ya citado videoclip dentro del film, unos actores tirando a regulares (excepto una estupenda Melanie Griffith, a quien *Doble cuerpo* convirtió en estrella) o ese final estrambótico con un perro que aparece de la nada para acabar con el villano (¡y en un nuevo trampantojo de falso rodaje donde De Palma juega a decirnos que todo ha sido un sueño!). Sin duda, *Doble cuerpo* es el porno de la cinefilia (si de lo que estamos hablando es de sentir placer mientras ves una película). ¡Muera la verosimilitud! ¡Larga vida al cine inverosímil, inexacto, fallido, ilógico e improbable! ¡Larga vida al cine que no tiene miedo, en definitiva, a ser cine libre!

75 AÑOS

The Master de Paul Thomas Anderson (2012)

En 2012 Paul Thomas Anderson ya se había convertido en el realizador norteamericano más importante del nuevo siglo. Su obra se podría dividir en dos etapas claras: antes y después de *Magnolia* (1999). En el siglo XX, las preocupaciones de PTA (abreviatura de Paul Thomas Anderson: permitidme que lo convierta en acrónimo) estaban más centradas en la sensualidad que debían adquirir las imágenes y en el *flow* con el que estas debían circular dentro del entramado narrativo, indistintamente de si se trataba de una comedia o de un drama o de todo a la vez en todas partes. Pero ese camino encontró su límite, su máximo grado de depuración por la vía del exceso (solo PTA podría lograr algo así: un clímax melodramático mientras llueven ranas) en la sensacional *Magnolia*. Así que en el siglo XXI y a partir de *Punch-Drunk Love* (2002), el cine de PTA escaló posiciones, coronándose como el baluarte de una nueva modernidad anclada en un neoclasicismo que miraba más a Orson Welles y a F. W. Murnau que a sus colegas coetáneos. Las obras maestras caían como meteoritos en los corazones de la cinefilia: *Pozos de ambición* (2007), *The Master*, *Puro vicio* (2014), *El hilo invisible* (2017), *Licorice Pizza* (2021). Vamos a hablar de *The Master,* pero, en realidad, podríamos hablar de cualquier otra.

En 1946 John Huston dirigió el documental *Let There Be Light,* donde retrataba a soldados norteamericanos regresando a casa tras combatir en la Segunda Guerra Mundial. Una crónica directa y sin maquillar del estrés psicológico de los veteranos —un estrés que en algunos casos derivó incluso en enfermedades mentales— y de sus problemas para reinsertarse en la sociedad civil con normalidad. El Gobierno norteamericano lo consideró ofensivo y peligroso, así que la película no se pudo ver hasta 1980, casi treinta y cinco años después de su realización. PTA se inspira directamente en la película de Huston para todo el arranque de *The Master.* Los primeros planos de los exhaustos soldados escuchando la charla de su jefe; el test de Rorschach que se le aplica a Freddie Quell (Joaquin Phoenix), quien es incapaz de ver en las manchas otra cosa que no sean penes y vaginas; los planos generales de todos esos hombres echados a perder, que matan el tiempo porque no tienen ya otra cosa que matar.

The Master nos cuenta, pues, la historia de Freddie Quell, lo que vendría a ser lo mismo que decir que la cinta de PTA se centra en contarnos la vida de alguien que sería un personaje secundario en cualquier otra película. Es un carácter tremendamente reconocible: el del hombre inestable, frágil, perro faldero del jefe, abiertamente violento, que acaba por desencadenar la tragedia en un momento clave de la historia. Lo hemos visto infinitas veces en el cine negro, especialmente en su vertiente de atracos o de gánsteres. Pero en *The Master* se va a convertir en el protagonista. Ese ser escindido, débil, doblegado, obseso sexual y degenerado alcohólico, capaz de hacerse cócteles de etanol en las bodegas del barco donde navega (en una anécdota real que le contó Jason Robards a PTA en el rodaje de *Magnolia*), es nuestro héroe. En el fondo, otro hijo no reconocido del Ethan Edwards de *Centauros del desierto* (1956), como Travis Bickle, como John Rambo, como el sargento William James de *En tierra hostil* (2008).

En su viaje de la locura a algo parecido a la tranquilidad, el huesudo y peligroso Quell entablará contacto con el líder de una secta pseudorreligiosa: el furibundo cantamañanas Lancaster Dodd (Philip Seymour Hoffman). Curiosamente, aunque su doctrina tenga la misma base que la cienciología (es decir, ninguna) y aunque hable con tranquilidad de vidas anteriores de hace billones de años como método para entender los traumas del presente y así poder sacarle el dinero a todo tipo de millonarios incautos, lo cierto es que a Freddie el tratamiento le funciona. La desnudez de la violencia que transpira está a punto de romper la película en varias ocasiones. Y los encuentros cara a cara entre él y Lancaster, la parte estrictamente de terapia de la película, es pura electricidad cinematográfica. Obviamente estamos ante un choque de titanes (Phoenix-Hoffman), pero también es titánica la puesta en escena de PTA. Comparad si no cuando veáis la diferencia entre el plano-contraplano de la primera vez que se ven —plano corto entero de Lancaster, plano medio esquinado y emborronado de Freddie— con su última secuencia juntos, donde los planos se equiparan. Freddie ha alcanzado la dignidad que no tenía al principio de la película, así que se merece la misma puesta en escena que su amigo y maestro.

The Master destila la esencia de las grandes obras maestras del cine norteamericano más radical: el de Orson Welles, como ya mencioné antes, pero también el de Nicholas Ray o el de Richard Brooks. Se trata de una película sin centro claro, pues al tener que seguir las psicóticas andanzas de su protagonista va dando bandazos argumentales continuamente. Por eso la historia es difusa y el objetivo de la misma nunca está claro. ¿De qué va en realidad *The Master*? ¿De un alcohólico que soluciona su vida a puñetazos? ¿De un hombre que tiene que aprender a dejar de huir? ¿De una secta mediocre asediada por la policía? La respuesta no existe porque la respuesta no es necesaria. Y hay muy pocas películas que tengan esa grandeza. PTA nos obliga a experimentar, más que a ver, *The Master*, llevándonos de la mano de uno de los personajes más antipáticos y complejos del cine contemporáneo. Es arte al punto del fulgor, pura intensidad dramática conducida a través de una puesta en escena imperturbable, cuya mejor expresión será aquella que sucede entre las rejas de la cárcel a la que van a parar los protagonistas. Toda esa furia, toda esa tristeza, toda esa catarsis: todo eso es *The Master*. ¡Y ni siquiera es su mejor película!

76 AÑOS

Mandy de Panos Cosmatos (2018)

Mandy, segundo largometraje del realizador Panos Cosmatos, se estrenó en la Quincena de Realizadores del Festival de Cannes. Todos mis colegas críticos teníamos el día y hora del pase marcado en fosforescente en nuestro cerebro. Antes de la pandemia, si querías asegurarte una butaca en el teatro Croisette debías ir con dos horas de antelación mínimo (ahora todo son asépticas reservas *online*... Se ha perdido la épica). Cuando tocaba película gorda norteamericana, mejor estar tres horas antes: *I Love You Philipp Morris* (2009), *Cold in July* (2014), *Go Get Some Rosemary* (2009), *El faro* (2019). En la presentación de *Mandy*, Cosmatos quiso dedicar la película a sus padres, asegurando que estaba inspirada en la muerte de los mismos.

Panos Cosmatos es el hijo de George P. Cosmatos, director de uno de los *actioners* más macarras de la década: *Cobra* (1986). Así que, en cierta manera, se puede decir que los ochenta también fueron de George P. Cosmatos. Lo que pasa es que los suyos no son los lúdicos ochenta reivindicados en *Stranger Things* (2016), sino unos ochenta salvajes, *exploit*, gore e, insisto, macarras —los mismos en los que coexistieron *Hellraiser* (1987) y *Demons* (1985)— que nadie parece querer poner en valor (por eso hay tres secuelas de *Cazafantasmas* [1984] y cero de *Cobra*). Bueno, nadie no. Que Panos ha ambientado sus dos largometrajes, *Beyond the Black Rainbow* (2010) y *Mandy*, precisamente, en 1983, el mismo año que su padre dirigió la brutal *De origen desconocido* (1983).

Mandy es la película de horror no elevado que los fans del género llevábamos siglos esperando. Una película-bisagra, con una primera parte tremendamente lírica y telúrica donde se nos cuenta, con pequeños versos libres surgidos de su cotidianidad, la historia de amor entre Red (Nicolas Cage) y Mandy (Andrea Riseborough) y la irrupción violenta y sádica de un puñado de cabestros drogados hasta las cejas que culmina con el cruel asesinato de Mandy. «*The darker the whore, the brightest the flame*» («Cuanto más oscura es la puta, más brillante es la llama»), dice uno de los asesinos mientras la ve arder (en fuera de campo). Los miembros de la secta responsable de la matanza no son más que unos *hippies* proto-Manson cutres liderados por un patético cantamañanas cuya obsesión por Mandy deriva en una carnicería. La segunda parte de la película consistirá en la venganza inclemente de Red contra estos putos *hippies*, una fuga psicotrónica colgada de LSD duro con Nicolas Cage armado con un hacha-guadaña que él mismo forja en acero (inspirada en el logo de la banda de metal extremo Celtic Frost) y una ballesta de flechas afiladas como cuchillo de matadero.

Pero dicho así no suena a nada. Estoy lejísimos de lo que quiero contar. Intentémoslo otra vez.

Ver *Mandy* es como ver esas portadas en color y con monstruos de los vinilos *heavy metal* de los años ochenta. Es como si *Fear of the Dark* de Iron Maiden se hubiera hecho película. Tiene que ser obligatoriamente en color, porque el color es básico en *Mandy*: una mezcla brumosa de colores que se superponen, otorgándole a la imagen una plástica lisérgica, como si lo viéramos todo a través de una niebla de MDMA fotoquímico. Por eso la música que suena en la película no es, precisamente, *heavy metal*. El tema de los créditos es el clásico del *rock* progresivo «Starless», de King Crimson, y la banda sonora fue la última que compuso aquel genio llamado Jóhann Jóhannsson, muerto ese mismo año por una sobredosis de cocaína. La suya es una melodía oscura que te abraza como te abrazaría una serpiente pitón y que en mi cabeza siempre asocio al sonido que haría el Cuerno de Abraxas al ser soplado.

En la primera parte de *Mandy,* Cosmatos lo baña todo en drogas duras porque sabe que la segunda parte estará al servicio de la sangre, el demonio y el descalabro. El líder de la secta es Jeremiah Sand (Linus Roache), quien en la primera mitad del film deleita a Mandy con un baile folk al son de su canción «Amulet of the Weeping Maze». Mandy no solo no la asusta, sino que verle el ridículo pito que asoma por debajo de su gorda barriga le hace troncharse de la risa. La canción se volvió un éxito, así que la banda falsa —llamada también Jeremiah Sand— acabó por publicar un disco verdadero: *Lift It Down*. De igual forma, el tremendo anuncio de Cheddar Goblin, una salsa de macarrones que vemos publicitada en la televisión en un momento de la película, tiene ya su propio *fandom.* La iconografía de Cosmatos acaba adquiriendo la misma categoría de culto que sus secuencias más rompedoras: un duelo de sierras eléctricas a lo *La matanza de Texas 2* (1986), Cage encendiéndose un piti con la cabeza decapitada llameante de una de sus víctimas, todas las secuencias de animación inspiradas en la revista *Métal Hurlant.*

Pero lo mejor de *Mandy* no es ni el principio ni el final, es lo intermedio. La apoteosis como intérprete de Nicolas Cage: el mejor actor de la historia del cine por el simple hecho de que es el único que da siempre el ciento diez por ciento de sí mismo, sea cual sea la película en la que actúa (os haría una lista de películas de Cage, pero eso me lo guardo para otro libro). Pero lo de *Mandy* es que está a otro nivel: es otro mundo, es otra jodida galaxia. Nic Cage apuñalado en la tripa como Jesucristo, con las muñecas desgarradas y la boca ensangrentada, vistiendo unos calzoncillos (sucios) y una camiseta de manga larga con el dibujo de un tigre en el pecho. Nic Cage encerrado en un lavabo en plano largo fijo, bebiendo vodka a morro, gritando, aullando, llorando, riendo. ¡Eso no te lo hace ni Marlon Brando! ¡Aprende, Laurence Olivier! Al final de la película, Cage ha superado todos sus límites; también los del fantástico y el terror, e incluso el *gif* que nos domina a diario. Sonríe a cámara como si le sonriera a una Mandy resucitada, pero en realidad nos está sonriendo a nosotros. Así que es en ese exacto momento cuando nos toca a los espectadores gritar, aullar, llorar y reír. Por la gloria de Nicolas Cage.

77 AÑOS

El manantial de la doncella de Ingmar Bergman (*Jungfrukällan*, 1960)

Se abre el día desde la noche y en el interior de una casa de madera una hija bastarda embarazada de otro bastardo le reza con todas sus fuerzas a Odín, dios pagano, para que pase algo horrible. Más que rezar, suplica. Su nombre es Ingeri (Gunnel Lindblom) y esta será su historia, aunque ella sea realmente una testigo y no la protagonista. Estamos en el medievo, en Suecia, con el paganismo echándole un pulso al cristianismo. Los señores de la casa, Töre (Max von Sydow) y Märeta (Birgitta Valberg), rezan ante un crucifijo gigantesco. Pero rezar sabe a poco si no hay tormento, así que Märeta se echa cera hirviendo en el brazo. Que la mortificación traiga suerte. Es Viernes Santo, por lo que Ingeri debe acompañar a su hermanastra, Karin (Birgitta Pettersson), a llevar unos cirios a la iglesia (las connotaciones sexuales andan desatadas por toda la película). Karin e Ingeri representan los opuestos: la luz y la oscuridad, lo limpio y lo sucio, lo rubio y lo moreno, el alma y la carne. Normal que la segunda odie a muerte a la primera y que a la primera como que le dé un poco igual la segunda.

Ambas parten de viaje, pero no sin que antes Ingeri le haga un bocadillo de rana negra a su virginal compañera y sin que Töre se despida de Karin, la única a la que considera su verdadera hija y a la que trata como si fuera su esposa, mientras que a la esposa la trata como si fuera su madre. Llegan tarde para los maitines, así que arrecian los caballos. El bosque, al principio frondoso, se va volviendo peligrosamente agreste. Las ramas de los árboles encierran a las muchachas en más de un plano. A medio camino, Ingeri no se atreve a seguir. El tuerto que le ha ofrecido trozos arrancados de personas ha sido la gota que ha colmado el vaso de la premonición más terrible. Karin continúa sola, galopando como una princesa, sentada de lado, luciendo sus mejores telas. Tres hermanos, pastores de cabras, la detienen y ella, presumida e inocente, les invita a almorzar. Uno de los pastores no tiene lengua, el otro no para de hablar, el tercero no es más que un crío. Los dos primeros la violan con crudeza. El mudo le parte la cabeza con el mismo garrote con el que azuza a las cabras. Le arrancan la ropa, pisotean los cirios. El chaval no puede soportarlo y echa unos puñados de tierra encima del cadáver. Cae la noche y los asesinos buscan cobijo en la casa de Töre. Como Karin les contó la milonga de que vivía en un palacio, ellos ignoran que se están metiendo en la casa del lobo. El chaval no puede ni cenar y vuelca el plato de gachas. Todo es terriblemente real y cercano: el fuego, la tierra, la comida derramada. Arropados por el calor del hogar y en la inopia de su estupidez, tratan de venderle la ropa ensangrentada de Karin a su propia madre. Ella los encierra en la cabaña que usan como despensa. Töre doblega y arranca un abedul. Se da un baño de vapor mientras se fustiga con las ramas. Coge el cuchillo de despiezar la carne. Se mete en la cabaña y apuñala al mudo, ahoga al parlanchín con la espalda en las brasas de la hoguera y le parte la cabeza al chaval. Cuando van a recuperar el cadáver de su hija, Töre se derrumba: «Dios mío, ¿por qué me has abandonado?». Cuando levantan la cabeza de Karin, de la tierra surge un torrente de agua cristalina. En ese manantial, Ingeri se lava el rostro.

El milagro de *El manantial de la doncella* es uno de los grandes milagros de la historia del cine junto a las resurrecciones de *Ordet (La palabra)* (1955) de Carl Theodor Dreyer y *Bajo el sol de Satán* (1987) de Maurice Pialat. Ingmar Bergman, el segundo mejor director de la historia del cine (y gran amante del cine del primero: John Ford), era medio vikingo y medio anacoreta, vivía recluido en una isla y creía en Dios porque alguien debía tener la culpa de todo el dolor y toda la miseria que existe en el mundo. Bueno, igual toda la culpa no, porque, aunque Dios aprieta y ahoga, la humanidad también se lleva lo suyo. Y Bergman lo sabía a la perfección, por eso jamás dejó de retratarnos como lo que somos: fieras asustadas, dispuestas a dar una dentellada antes que a mostrar la más mínima compasión.

En la década de los cincuenta, Bergman ya había tocado el Olimpo de los cineastas gracias a obras totales como *Un verano con Mónica* (1952), *Noche de circo* (1953) o *El rostro* (1958) —que me parecen mucho mejores que las más glorificadas: *El séptimo sello* (1957) y *Fresas salvajes* (1957)— y justo después de *El manantial de la doncella* le estaba aguardando su desesperada Trilogía del silencio: *Como en un espejo* (1961),

Los comulgantes (1963) y *El silencio* (1963). Así que esta película le cogió en un momento de *impasse* —ni siquiera el guion es suyo— entre los relatos fantásticos abordados de forma realista y la abstracción a la que le condenará la metafísica más necrótica. Porque *El manantial de la doncella* es existencialista a ras de suelo. Parece que los buenos y los malos están claramente definidos, pero lo cierto es que la moral anda deslavazada por el relato, lo que dificulta el poder tragarse tanta verdad humana como la que Bergman exudaba en sus películas. Porque ni Karin es tan buena —es una chica mimada y caprichosa que baila con todos los que se lo piden— ni Ingeri tan mala —desea que a Karin le pase algo horrible, pero no es lo mismo desear algo que hacerlo y, al final, la culpa y el remordimiento la abrasan—. Y, sí, los violadores y asesinos son escoria, pero el hermano pequeño (si es que realmente eran hermanos) es más un testigo impotente que otra cosa y acaba igual de muerto que los que sí han hecho de la carne, pecado. Cuando Töre entiende la brutalidad de sus actos promete construirle una iglesia al mismo dios que ha permitido que su única hija sea pasto de la barbarie y los gusanos. No, no es nada sencillo el mensaje de *El manantial de la doncella*, porque Bergman jamás quiso ofrecernos nada sencillo. Él se adentraba en el ser humano y solo encontraba lo peor de nosotros mismos. Y lo ponía en escena con la caligrafía de quien se había inventado su propio lenguaje de signos cinematográficos.

78 AÑOS

Todos nos llamamos Alí de Rainer Werner Fassbinder
(*Angst essen Seele auf*, 1974)

El crítico norteamericano Roger Ebert escribió sobre *Todos nos llamamos Alí*: «Fassbinder hizo la película tan rápidamente que solo tuvo tiempo de decir la verdad». Es cierto que Fassbinder en la vida lo hacía todo a toda pastilla: rodar películas, beber, follar, drogarse y pelearse. Corrió tanto que llegó a la muerte antes de tiempo, con solo treinta y siete años y de la mano de un cóctel letal de cocaína y somníferos. Pero Ebert no andaba equivocado. *Todos nos llamamos Alí* es una película que Fassbinder hizo únicamente por estar distraído, por tener algo con lo que entretenerse entre el final de *Martha* (1974) y el arranque de *Effi Briest* (1974). Hoy en día nadie recuerda ni *Martha* ni *Effi Briest* ni la cuarta película que rodó en 1974: *Nora Helmer*. Mientras que *Todos nos llamamos Alí* —espantoso título castellano del original alemán *Angst essen Seele auf*, escritura inexacta que bien traducida significaría «El miedo devora el alma» (es inexacta porque la frase está sacada tal cual de la película, donde se verbaliza de esta manera)— ha acabado quedando como su mejor película... o, al menos, así me lo parece a mí.

El talento de hacer melodramas románticos imposibles está solo al alcance de escasísimos maestros del arte cinematográfico. Quiero decir, que cualquiera puede rodar un folletín o un culebrón: con que se conozcan dos personas, se enamoren y uno de ellos muera trágica e inesperadamente, ya tienes tu película. Pero otra cosa es atreverse a construir un melodrama cuyo argumento roce el absurdo y ver si eres capaz de emocionar con ese delirio a la gente. Ejemplos fáciles: un gigoló multimillonario es el causante del fatal accidente de coche que deja a una mujer viuda y ciega; terriblemente dolido y arrepentido, decide aprender neurocirugía para devolverle la vista y, de postre, enamorarse locamente de ella. Otro ejemplo: una monja se enamora de una prostituta transexual enferma de sida tras esta contagiarle el VIH; ella acabará muriendo, pero el bebé nacerá sano y acabará siendo adoptado por una mujer que perdió a su hijo al ser arrollado por un coche. La primera película es *Obsesión* (1954) de Douglas Sirk. La segunda, *Todo sobre mi madre* (1999) de Pedro Almodóvar. Los argumentos, mirados con frialdad, no tienen ni pies ni cabeza. Ahora, te desafío a que veas las películas sin que estas te conmuevan hasta el llanto.

A Fassbinder no es que le gustara Sirk, es que le obsesionaba. Tanto, que se podría considerar *Todos nos llamamos Alí* como la particular versión de Fassbinder de la obra maestra de Sirk *Solo el cielo lo sabe* (1955). Si en la película de Sirk el drama venía de la mano de la historia de amor vivida entre una mujer viuda y rica en la cincuentena (Jane Wyman) con su apuesto jardinero (Rock Hudson), mucho más joven, en la película de Fassbinder la apuesta iba a ser aún más categórica: la mujer, Emmi (una magnífica Brigitte Mira), iba a superar los sesenta años e iba ser hija de familia nazi, mientras que él iba a ser un inmigrante marroquí de raza negra, de apenas treinta. Su nombre, tanto en la ficción como en la realidad, es El Hedi ben Salem, aunque en la Alemania de los setenta todos le llaman Alí porque nadie se quiere molestar en aprenderse el nombre de un inmigrante. En la vida real, la historia también es trágica: el actor, Ben Salem, era amante de Fassbinder, con quien solía liarse a golpes cada vez que la pareja se emborrachaba; acabó suicidándose en la cárcel un par de años más tarde, después de que lo encerraran por haber apuñalado ebrio a varios hombres.

Todos nos llamamos Alí es tan delicada en sus formas —predominancia del plano fijo, la mirada siempre pudorosa del cineasta, situando la cámara fuera de las habitaciones— como abrupta en su contenido dramático —odio racista, clasista y de edad—. Nunca Fassbinder había hilado tan fino a la hora de despojar la trama de cualquier contenido accesorio, porque al director lo que le iba era rebozarse en todo tipo de excesos: echadle si no un ojo a las magníficas *Las amargas lágrimas de Petra von Kant* (1972) o *El mercader de las cuatro estaciones* (1972). Pero esta película iba a ser silenciosa y meticulosa, porque el mensaje era absolutamente devastador. Fassbinder aprovecha su propia historia de amor interracial e intergeneracional para dejar en evidencia el claro racismo existente en la Alemania de su tiempo. Un odio brutal y directo hacia el inmigrante surgido de las propias clases trabajadoras del país: las mujeres de la limpieza compañeras de trabajo de Emmi, las vecinas cotillas del edificio, el tendero de la tienda de ultramarinos, los hijos cazurros de la protagonista (siendo el propio Fassbinder quien da vida al más desagradable). No hay ni respeto ni educación ni tolerancia. Solo un resucitado odio irracional surgido de la generación directamente posterior a la que vivió bajo las órdenes del III Reich.

Fassbinder tiene claro que ni siquiera todo el amor que se profesa la pareja es suficiente para aguantar tanta ignominia. Así que los aplasta en la soledad del plano repetidas veces, remarcando tanto la belleza de su relación como su quebradiza fragilidad. Para poder sobrevivir en este mundo deberán perder esa pureza que los hace únicos y pasar a formar parte de quienes les desprecian. Pasar de ser de los que aman a los que odian. Ella le exhibirá como un trofeo de feria a sus compañeras y le recriminará por comer cuscús; él le dará a la botella y se marchará a comerle el cuscús a la camarera del bar del que es parroquiano. Al final harán las paces o algo parecido: Fassbinder dejaría la puerta sin cerrar porque ya qué más dará, si lo hemos perdido todo. Y se marcharía a hacer otra película.

79 AÑOS

La noche del cazador de Charles Laughton (*The Night of the Hunter*, 1955)

«*Once upon an evil time...*» («Érase una vez en una época cruel...») El mal, por naturaleza, es egoísta y no necesita un contexto específico para revelarse, lo que no impide que luego existan terrenos más fértiles que otros, lugares donde este pueda crecer y reproducirse sin encontrar apenas resistencia. El bien, por su parte, suele ser generoso y crecer tanto de forma espontánea como por oposición a su antagonista. Siempre que les pregunto a mis hijos si ellos son de los buenos o de los malos, contestan: «¡¡¡De los buenos!!!». «Me alegro», les digo, «porque nos hacen falta más jugadores en el equipo de los buenos, que llevamos ya demasiado tiempo perdiendo.»

El falso predicador protagonista de *La noche del cazador* lleva tatuadas en los nudillos de su mano derecha las letras que forman la palabra *LOVE* (amor), mientras que en la izquierda lleva escrito su contrario: *HATE* (odio). Es una imagen tremendamente icónica de la historia del cine: Robert Mitchum retorciéndose los dedos mientras cuenta la parábola de cómo el amor acaba por ganar al odio, de cómo el bien acaba por ganar al mal. Siempre todo es cuestión de puesta en escena y Harry Powell (Mitchum) lo sabe a la perfección: encandila con su presencia, entretiene con sus gestos, seduce con sus palabras. La representación mímica de Powell funciona: finge que gana el amor para poder desatar más tarde su odio. El *serial killer* de Mitchum, inspirado en un asesino real que operaba bajo el falso nombre de Harry F. Powers, se adelantaba cinco años al Norman Bates de *Psicosis* (1960), al fotógrafo de *Peeping Tom* (1960) y al *mad doctor* de *Ojos sin rostro* (1960). Incluso Mitchum se adelantaba al propio Mitchum, que acabaría dando vida siete años más tarde a todo un *psycho* como es su Max Cady de *El cabo del terror* (1962). Powell es un súcubo chiflado que no deja de hablar con Dios mientras roba y asesina a viudas desconsoladas, diseminadas por la árida Norteamérica de la Gran Depresión. Hay poco o nada que hacer frente a la imponente presencia de Mitchum. Con su metro ochenta y cinco encuadrado en continuos contrapicados, el actor de *Retorno al pasado* (1947) resulta imparable: era alto, era guapo, era fuerte y cantaba el calipso que no veas.

La noche del cazador fue el primer y último largometraje que dirigió Charles Laughton. Entonces tenía cincuenta y cinco años y era uno de los actores, tanto de cine como de teatro, más respetados y reconocidos. Había trabajado con Jean Renoir, con Josef von Sternberg, con David Lean, con Alfred Hitchcock. Había sido el Jorobado de Notre Dame, Rembrandt, Emile Javert y el Capitán Bligh de *La tragedia de la*

Bounty (1935). Había ganado el Óscar por *La vida privada de Enrique VIII* (1933) de Alexander Korda. Vaya, que Laughton no tenía que demostrar ya nada a nadie y, aun así, acabó dirigiendo una de las películas más bellas y terroríficas de la historia del cine.

Laughton estaba enamorado de la novela homónima de Davis Grubb que había guionizado el escritor y crítico cinematográfico James Agee. Quería a Gary Cooper como protagonista principal, pero Cooper además de actor se creía icono moral, así que rechazó dar vida a un asesino hijo de perra como era el predicador Harry Powell. Mitchum estuvo encantado de heredar el papel: siempre dijo que *La noche del cazador* había sido su mejor película y Laughton el mejor director con el que había trabajado. Shelley Winters bordó el papel de viuda engañada —de ahí que Kubrick la escogiera para ser la madre de *Lolita* (1962)— y Lillian Gish, uno de los máximos iconos del cinematógrafo (uno de los primeros, de hecho, que fue la musa de David Wark Griffith), era la perfecta encarnación cinematográfica de la bondad (en la vida real ya era harina de otro costal) que Laughton necesitaba para poder confrontar la maldad del predicador charlatán y asesino.

La noche del cazador es un cuento infantil tenebroso, telúrico, maléfico. Laughton, con ayuda de Stanley Cortez en la fotografía, crea tanto imágenes de clara herencia expresionista —bañadas en sombras con arrebatos de luz trigonométrica que convierten lo doméstico en un espacio de terror gótico— como de pura representación fantástica: nunca un cadáver en pantalla había impactado tanto como el de Shelley Winters atrapada para siempre en el agua mientras la corriente ondea por igual cabello y algas. Toda la secuencia de huida de los niños a través del río, mientras Mitchum grita histéricamente al ver que se le escapan con el dinero, pertenece más al terreno del sueño (de la pesadilla) que al de la realidad: un viaje donde arañas, ranas, conejos y tortugas son testigos inconscientes de la tragedia que ocurre en el fondo del plano. Secuencias como la del joven protagonista refugiado y exhausto en un pajar, viendo a lo lejos al predicador cantando de forma amenazante (en realidad era un enano en un poni: el decorado no daba para tanta profundidad de campo), o como la de Lillian Gish esperando en el porche, rifle en mano, a que el predicador se presentara, confieren un tono realmente único a una película que en el momento de su estreno —por lo que fuera: ¿demasiado adulta para los niños y demasiado infantil para los adultos?, ¿demasiado americana para los europeos y demasiado europea para los americanos?)— cayó en zona de nadie. El fracaso absoluto en taquilla del film hizo que Laughton nunca volviera a dirigir, haciendo de *La noche del cazador* una película-isla, sin precedentes, sin herederos directos. Cuarenta años después, realizadores como Steven Spielberg o Guillermo del Toro la sitúan sin dudas entre sus películas favoritas. También suele aparecer siempre en las listas de medios especializados que reúnen «las mejores películas de...». No pasa siempre, pero qué bonito resulta que el tiempo ponga las cosas en su lugar.

LOVE HATE

80 AÑOS

Los contrabandistas de Moonfleet de Fritz Lang *(Moonfleet, 1955)*

El (maestro) crítico de cine Serge Daney dijo de *Los contrabandistas de Moonfleet* que era la película que mejor encarnaba el mito de la cinefilia. Una película a la que siempre se regresa como si esta fuera nuestro padre adoptivo, trazando una frontera preciosa que diferencia las películas que vemos en el ahora respecto a las que vimos cuando éramos pequeños. Regresar a una película admirada en nuestra infancia no es tanto un acto nostálgico destinado a pulir el recuerdo de la cinta en sí, erosionado por el paso del tiempo, sino una forma de volver a encontrarnos con nosotros mismos, de recordar lo que una vez fuimos. Una metáfora audaz que viene a decir que no éramos nosotros los que veíamos la película, sino la película la que nos veía a nosotros.

En 1931 y con cuarenta y un años, el realizador alemán Fritz Lang no solo acumulaba ya más obras maestras que la mayoría de los directores en toda su vida, sino que, gracias a ellas, había cambiado para siempre la historia del cine: *El doctor Mabuse* (1922), *Metrópolis* (1927), *Spione* (1928), *M, el vampiro de Dusseldorf* (1931). Por supuesto, él renegaba de todo ello, especialmente cuando le hablaban de su influencia en el cine expresionista: «No sé qué es una puesta en escena expresionista o una puesta en escena no expresionista. Hago mi puesta en escena como la siento». Emigrado a los EE. UU. para huir del horror nazi, lejos de acomodarse, trabajó a destajo, tocando casi todos los géneros y haciendo en todos ellos películas incontestables. *El ministerio del miedo* (1944), *thriller*; *Guerrilleros en Filipinas* (1950), cine bélico; *Encubridora* (1952), wéstern; *Los sobornados* (1953), cine negro. *Los contrabandistas de Moonfleet* sería el regalo que nos haría dentro del cine de aventuras protagonizado por piratas y contrabandistas.

Película de entrada en la vida adulta, de aprendizaje y desencanto, está narrada toda ella a través de los ojos del niño protagonista (Jon Whiteley), un huérfano fascinado con la figura del pirata audaz que ejemplifica Jeremy Fox (Stewart Granger), un antiguo amante de su madre. Fue una adaptación libre de la novela de J. Meade Falkner que a Lang le llegó como encargo de la MGM y donde el cineasta encaró la aventura protagonista como un cruce apócrifo entre *La isla del tesoro* de Robert Louis Stevenson, los personajes de Charles Dickens y una atmósfera que perfectamente podría haber descrito Edgar Allan Poe. La mirada amarga sobre la vida y el cine que solía depositar Lang en sus películas haría que *Los contrabandistas de Moonfleet* casi fuera una variación desencantada de *Raíces profundas* (1953), otra película-mito cinéfilo de la época, esta vez en clave de wéstern. Si el (más bien pesado) niño protagonista del film de George Stevens fijaba su fascinación en un pistolero honesto y patitieso (Shane) que acababa por aceptar la violencia como única forma de resolver la dramática de la película, en *Moonfleet*, por el contrario, el chico tiene como objeto de adoración a un ladrón, contrabandista, certero espadachín y libertino mujeriego (Fox) ávido por conquistar en vida todo aquello que sea conquistable, lleve encima monedas o lencería. Shane es monolítico; Fox es poliédrico. Un héroe languiano de pura cepa cuyo egoísmo se irá diluyendo a medida que avance el metraje, debido al simple contacto humano con el joven que irrumpe en su vida, hasta llegar a su tremendo gesto final: renunciar a la libertad para otorgársela al chico, dejándole el tesoro —el verdadero tesoro es el del amor, según señala la película— y, precisamente por ello, muriendo tras recibir un espadazo por la espalda mientras su cuerpo se adentra lánguidamente en el mar...

Con una narración modélica donde el espíritu de la aventura está tocado por el crepúsculo de un mundo en disolución, esta emocionante historia de un hijo que busca un padre y un padre que acaba encontrándose con un hijo brilla especialmente en su condición de película atmosférica. Fue rodada en los estudios de la MGM y en cinemascope, algo que odiaba Lang: «El cinemascope solo sirve para mostrar funerales y serpientes», decía haciendo de sí mismo en *El desprecio* (1963) (película a la que llegamos en nada). Junto a su director de fotografía Robert Planck, el cineasta alemán puebla la película de una luz irreal, con colores fuertes que posteriormente heredarían las películas de terror de la Hammer, una ambientación gótica tronada con esas esculturas de piedra del pirata Barbarroja y el ángel sin ojos y ese cementerio donde cielo y tierra se confunden y que parece estar habitado únicamente por fantasmas.

Fritz Lang le escribió una carta a Lotte Eisner, crítica de cine y cofundadora de la Cinémathèque française, en la que decía: «Creo que cada uno de nosotros tiene su Moonfleet, que es la propia infancia. Quizás eso influyó también en mi aceptación de la película: mi deseo de volver a ser, al menos durante unos meses, un niño de once años». Superada una edad, yo creo que lo que más apetece es, precisamente, regresar a esas películas que nos educaron, que nos vieron crecer, que durante un rato nos hicieron tremendamente felices. Está claro que nunca podremos volver a tener once años, pero ¿quién nos impide intentarlo?

81 AÑOS

El desprecio de Jean-Luc Godard (*Le mépris*, 1963)

Escribo estas palabras el 13 de septiembre de 2022. Hoy ha muerto Jean-Luc Godard. Ha sido un suicidio asistido a voluntad propia del director. No estaba enfermo, solo muy cansado de todo y, afín a la libertad de espíritu que siempre representó en vida, así ha decidido marcharse de este mundo, dejándonos a todos los cinéfilos total, tierna, trágicamente huérfanos.

Cada una de las películas que dirigió Jean-Luc Godard —bastión inexpugnable de la modernidad cinematográfica e icono máximo de la *nouvelle vague*, desde *Al final de la escapada* (1960) hasta *El libro de imágenes* (2018)— son un acto de libertad, amor, pasión, dedicación y crítica, la muerte y resurrección del cine. Godard tenía un altar con muy pocos dioses —Bresson, Renoir, Hitchcock, Hawks—, a los cuales rendía tributo demostrando una y otra vez que las imágenes cinematográficas solo tienen valor, emoción y sentido por su posición y relación en el relato. Ostras, que me dejo a Griffith. Si ya lo dijo Miguel Marías: la obsesión de Godard se llamaba David Wark Griffith. Es quien le hubiera gustado ser, pero llegó medio siglo tarde. Porque Godard, como Griffith, cuando hacía cualquier cosa la estaba haciendo por primera vez.

El director de *Pierrot, el loco* (1965) no buscaba imágenes bellas *per se*, y aun así no dejó de fabricar imágenes absolutas a las que sometía a un montaje que a veces parecía cubista, a veces *art-popista*, a veces una trituradora de carne fílmica. Sin duda era un director agresivo y rupturista, pero el descaro no es nada sin talento ni sentido del humor, y de eso Godard andaba más que sobrado. El protagonista de *El soldadito* (1963) dice mientras no deja de retratar a Anna Karina con su cámara: «Fotografiar un rostro es fotografiar el alma que hay detrás de él. La fotografía es la verdad. Y el cine es una verdad veinticuatro veces por segundo». Y, antes de que su obra se enfureciera tanto en lo intelectual como en lo político, el joven Godard, el de la década de los sesenta, amaba la verdad del cine porque, tal y como dice André Bazin en la cita que abre *El desprecio*, este «sustituye nuestra mirada por un mundo amoldado a nuestros deseos». El sexto largometraje de Jean-Luc Godard es precisamente la puesta en crisis de ese mundo.

Paul (Michel Piccoli con ropa y gestos de Godard) es un dramaturgo frustrado y se desprecia a sí mismo por aceptar reescribir el guion de la adaptación de la *Odisea* que el productor está montando con Fritz Lang (haciendo de Fritz Lang) en la dirección. «Antes los nazis decían revólver, no talonario», dice el director de *M, el vampiro de Düsseldorf* (1931). Su mujer, Camille (Brigitte Bardot cuando era más Brigitte Bardot que nunca), desprecia a Paul después de que este, prácticamente, la ofrezca en bandeja al productor de cine Jeremy Prokosch (Jack Palance, casi dos metros de articulaciones). Al igual que ocurría en *Te querré siempre* (1954) de Rossellini, película citada dentro de *El desprecio* en la marquesina de un cine al que acuden los protagonistas, el matrimonio de Camille y Paul se desmorona sin remisión: en un baile de planos largos deslumbrantes, ya sean en el interior de su apartamento, con Godard encuadrándolos entre marcos y paredes según el estado de ánimo de la discusión, como en los exteriores montañosos de Capri, subiendo y bajando escaleras que no llegan a otra parte que no sea el propio fin del amor (el fin del mundo).

El desprecio con su despampanante *scope*, Technicolor y música de Georges Delerue —una de las composiciones más bellas escritas nunca para una película— puede ser la película más accesible y armoniosa de su director. También la más clásica, si es que tal término se puede aplicar al director de *Banda aparte* (1964), y la que más profundamente homenajea al clasicismo cinematográfico, aunque solo sea por la presencia del gran Fritz Lang en la película. Además, es una de las películas que mejor habla y reflexiona sobre el arte cinematográfico en un contexto, el de la *nouvelle vague*, donde el cine dentro del cine era un tema recurrente en todos sus directores, y aquí se representa en forma de lucha continua: productor/director, servilismo/integridad, realidad/apariencia. Y, finalmente, claro, *El desprecio* destaca por su belleza visual insultante; no solo es la película más bella de Godard, sino una de las visualmente más bellas de toda la historia del cine.

Si la cinta se abría a lo Orson Welles, con Godard vocalizando los títulos de crédito y un plano fijo enfocando un *tra-*

velling que acaba mirando a la propia cámara (al espectador), al final de la misma se descubre, una vez más, la impostura cinematográfica, con el actor que da vida a Ulises en la *Odisea* mirando hacia su hogar allí donde solo hay mar. Y, por encima de ese plano infinito, la voz de Godard grita «¡Silencio!». La primera vez que vi *El desprecio* sentí como si ya la hubiera visto antes, como si me abrazara un recuerdo que aún no había sucedido. Esa sensación, completamente ilógica desde un punto de vista racional, era abrasivamente lógica desde un punto de vista emocional. Godard me llevaba a un lugar en el que ya había estado antes: el del éxtasis que provocan las grandes películas. Por eso el último plano de la cinta miente al rezar «FIN»: es solo otra impostura más. Porque este tipo de películas se quedan contigo para siempre. Este tipo de películas no acaban nunca.

82 AÑOS

El dinero de Robert Bresson (*L'argent*, 1983)

Robert Bresson no siempre depositó una mirada sobre la humanidad tan desesperanzadora como la que muestra en *El dinero*. En *Diario de un cura rural* (1951), su adaptación de la novela homónima de Georges Bornanos, el más exigente de los exigentes cineastas franceses respetó al máximo el discurso final de ese padre asceta al que la vida no le dio más que sopapos y pan seco con vino: «Todo es gracia», exhaló en su último aliento, perdonando por igual a los que siguen vivos y a los que, como él mismo, ya estaban muertos. Pero Bresson, más que creer en Dios, creía en el cine. Por eso la vida le llevó de los brazos de un cura a los de *El diablo, probablemente* (1977). El director lo tenía claro: en nuestro mundo o no hay azar o tienes el del burro Baltasar, apaleado por la vida sea quien sea el que esté al otro lado de la correa. Por suerte, como digo, a Bresson le quedaba el cine. Y a él le dedicó una vida, aquella que recorre el siglo XX (nació en 1901, murió en 1999), tratando de pulir al máximo un lenguaje cinematográfico que no bebiera de ninguna otra arte que no fuera la del propio cine. El «*sistema Bresson*» lo llamaron: fragmentar cuerpos y secuencias, repetir gestos y acciones, trabajar siempre con actores no profesionales (a quienes denominaba «modelos»), vaciar sus relatos de todo aquello que pudiera resultar artificioso o accesorio. En sus *Notas para el cinematógrafo* (1975) escribió: «Aplanar las imágenes (como con una plancha), sin atenuarlas». Porque Bresson no hablaba de planos, sino de imágenes, y estas debían cobrar valor no por sí mismas, sino por la relación que las hacía vibrar junto a las que las rodeaban. He ahí el milagro *bressoniano*: la transformación por yuxtaposición de imágenes en pura epifanía. En sus primeras películas, revelaciones bellísimas, felices: la fuga de *Un condenado a muerte se ha escapado* (1956), el abrazo final de los protagonistas de *Pickpocket* (1959). Al final de su carrera, sin embargo, estas eran tremendamente amargas: el suicidio del joven de *El diablo, probablemente*, el vil asesinato que cierra *El dinero*.

Bresson tenía ochenta y dos años cuando dirigió *El dinero*, su último trabajo. Tratándose de él era imposible que se despidiera con una película-compendio, claro; *El dinero* es únicamente un fragmento más de una de las filmografías más bellas, exigentes y maravillosas que nos ha dado la historia del cine. Hasta cierto punto, las películas de Bresson también vibran por contacto entre ellas. El protagonista es un joven, Yvon (Christian Patey), también maldecido por el azar de Baltasar: primero le engañan pagándole con dinero falso, luego le acusan a él de estafador, acaba con sus huesos en la cárcel tras un robo frustrado y, una vez encerrado, su mujer le abandona tras el fallecimiento por enfermedad de su hija. Él, que era un simple trabajador honrado, acaba siendo engañado y maldecido por niños pijos, empresarios usureros, malos amigos y la maldita mala suerte de a quien en la vida no le dan más que cartas marcadas. La única simpatía con la que cuenta es la de sus compañeros presos, pero estos poco pueden hacer por él más que ofrecerle compartir alcohol de contrabando mientras le aseguran que «hay que querer a la vida, porque es lo único que tenemos». La transformación de Yvon le arrastra al infierno y para cuando salga de la cárcel ya no será más que un asesino, incluso para aquellos que aún creen ver algo de bondad en el joven. Así es el dinero, que todo lo mancha, que todo lo envilece, que todo lo acaba por asesinar.

Como siempre en Bresson, la película es mucho más la forma que el relato. Es ahí donde el cineasta desata todo su talento, toda su belleza, por más triste que pueda resultar. Llevaba ochenta y dos años puliendo sus imágenes, depurando su lenguaje, fijando en piedra unas normas a las que se aferraba como si la vida le fuera en ello. Lo dije antes: Bresson creía en el cine por encima de todas las cosas y, en ese aspecto, no hay cineasta más puro que el realizador francés. Normal que tantos directores —Scorsese, Schrader, Jarmusch, Kaurismäki, Ming-liang, Kiarostami, Dardenne— hayan tratado de aprehender partes (fragmentos) de su estilo, aunque sin alcanzar nunca su globalidad. Lo que Bresson hacía era tan difícil que únicamente él podía conseguirlo.

Por eso *El dinero*, aún con toda su tristeza, no deja de ser un festival de momentos brutales, inconmensurables. Desde la primera pelea en el bar —contada en solo dos planos: mano que agarra, mesa que se tumba— hasta los asesinatos en fuera de campo de la terrorífica parte final. ¿Cómo es posible que una película a la que se le niega todo aparato melodramático sea tan destructiva a nivel emocional? ¿Cómo es posible que una película a la que se le niega todo suspense posea tal intensidad narrativa? El secreto es que no hay secreto. Bresson se pasó la vida (el cine) demostrando siempre que menos es más. Y cuanto más ruidoso se volvía el mundo, más silencioso se volvía su cine; cuanto más rápidas se movían las imágenes de los demás, más tranquilas se volvían las suyas. Todo aquello que necesitan la mayor parte de los cineastas, Bresson lo desecha. Para poner en escena un suicidio solo muestra las pastillas en la mano y las piernas entrando en la ambulancia. Para mostrar un crimen le basta con enseñar las manos del asesino limpiándose la sangre. Al final, *El dinero* acaba con un murmullo: el de los paisanos del bar viendo cómo la policía se lleva al confeso criminal. Nada más que eso, un murmullo. Y ya no habría más imágenes de uno de los pocos cineastas capaces de inventarse un arte por sí solos.

83 AÑOS

Amanecer de Friedrich Wilhelm Murnau (*Sunrise: A Song of Two Humans*, 1927)

En 1926 y con treinta y ocho años, el realizador alemán Friedrich Wilhelm Murnau se había convertido por méritos propios en el director de cine más importante del planeta Tierra. Murnau era un intelectual forjado en la República de Weimar, estudiante de arte, filosofía, música, teatro y cine (estos dos últimos bajo el paraguas de Max Reinhardt), además de un héroe de guerra —fue piloto herido en combate en la Primera Guerra Mundial—. Aun así, se tuvo que cambiar el nombre —su apellido paterno era Plumpe— porque en su familia no veían bien que su hijo se dedicara al poco noble arte de hacer películas. Si el cine existe hoy tal y como lo conocemos fue gracias al talento infinito de Murnau: prácticamente se inventó el género de terror con *Nosferatu* (1922); supo cohesionar el cine expresionista de la época con el *kammerspiel* de Reinhardt (más alegórico y psicológico), mientras movía la cámara como si fuera un sueño húmedo de David Wark Griffith en *El último* (1924); y adaptó sin despeinarse tanto a Molière en *El hipócrita* (1925) como a Goethe en *Fausto* (1926), sin dejar nunca ni de desafiar a la técnica cinematográfica de su tiempo ni de crear imágenes en movimiento nunca vistas antes en la historia.

William Fox, fundador y director de la 20th Century Fox, se había quedado tan fascinado por *El último* que le ofreció a Murnau viajar a los EE. UU. para dirigir la que debía ser la mayor película realizada nunca por el estudio. Para ello le prometió al cineasta alemán tanto dinero como hiciera falta (en su momento, *Amanecer* fue la película más cara hecha en Hollywood), el poder traerse a sus propios colaboradores y una libertad creativa total, en un modelo de acuerdo solo igualado por Orson Welles cuando la RKO le produjo *Ciudadano Kane* (1941). El guionista habitual de Murnau, Carl Mayer, fue el responsable de escribir el libreto a partir de la novela romántica de Hermann Sudermann, *El viaje a Tilsit*. Y para crear las tan inauditas como imborrables imágenes de *Amanecer* —plagadas de transparencias, *collages* y sobreimpresiones, jugando con la luz en interiores como si de un Rembrandt o un Vermeer se tratase y realizando movimientos de cámara de un virtuosismo que te abofetea— Murnau escogió a los operadores Karl Struss y Charles Rosher. Finalmente, los protagonistas serían George O'Brien, un habitual de los wésterns mudos de John Ford, y Janet Gaynor, que tenía que compaginar el rodaje de *Amanecer* por la mañana con el de *El séptimo cielo* (1927) de Frank Borzage por la noche. Casi nada.

Martin Scorsese decía de *Amanecer* que, más que un argumento, lo que hacía Murnau era ofrecer un paisaje de la mente. De ahí que sus imágenes fluctúen entre el tenebrismo de la primera parte, cuando el protagonista es seducido por la vampiresa de la ciudad, primero en baile libertino, luego en sobreimpresión fantasmática; y la luminosidad de la segunda, cuando una carretera atestada de coches se convierte por arte de magia cinematográfica en un bosque idílico por el que pasear. La cámara de Murnau huye de la realidad para crear monólogos internos que nos explican las emociones vividas por los protagonistas, como el caleidoscopio de imágenes de la gran ciudad que se le muestra al protagonista cuando su amante trata de convencerle para que asesine a su mujer. El cineasta siempre les decía a sus actores que no pensaran en lo que tenían que hacer, sino en lo que sentían que tenían que hacer. Exactamente como se comportaba su cámara (su mirada): puro sentimiento, pura emoción, puro éxtasis. «La cámara tiene que ser el lápiz con el que dibuja un director —dejó escrito Murnau— y tiene que ser tan rápida como el propio pensamiento.»

En 1927 parecía que lo más moderno del mundo era la horrible *El cantor de jazz* de Alan Crosland, la primera película hablada de la historia del cine. Pero la verdadera modernidad, tanto artística como técnica, era la que estaba fraguando Murnau en los gigantescos platós de la Fox. Para empezar, por las impresionantes imágenes con las que arranca la película, solapando en el mismo plano trenes que se atraviesan en distinta dirección. Después, por el increíble plano secuencia que sigue a O'Brien en el campo, creando un montaje interno que recorre casi todo el espectro del lenguaje cinematográfico: primero, un *travelling* de seguimiento, en paralelo, en plano subjetivo; luego, un plano imposible que atraviesa libremente unos arbustos hasta detener la cámara y atrapar en plano fijo a la amante que, como una araña que teje su trampa, espera a su hombre. Y, por último, por la tormenta que sacude la barca de los protagonistas como si se hallaran en el mismo infierno, con esas aguas que entrechocan violentamente y que crean imágenes abstractas que parecen surgidas del cine experimental...

Todo en *Amanecer* conduce al asombro estético y a la conmoción emocional. Murnau era Dios y su arte era omnipotente. Pero esta vida perra nos lo arrebató cuatro años más tarde en un accidente de tráfico en Santa Mónica. Era el 11 de marzo de 1931 y Murnau tenía solo cuarenta y dos años. Y, para no acabar nunca con la infamia de la humanidad, en 2015 unos desgraciados profanaron su tumba y robaron su cráneo. Ojalá Nosferatu los atrape algún día.

84 AÑOS

Beau travail de Claire Denis (1999)

Empecemos por el principio, lo que significa, hablando de Claire Denis, que hay que empezar hablando de imágenes, de viajes y de cuerpos. O quizás de todo a la vez: el cine de Claire Denis —al menos hasta esa película-tótem y frontera absoluta del estilo que es *El intruso* (2004)— absorbe entornos y cuerpos multiétnicos a través de sus partes (y sin vislumbrar necesariamente un todo) que acaban por traducirse en pulsiones vívidas: odio, amor, rabia, envidia, deseo, lujuria. En relatos que tienden a ir a la deriva de una forma abrupta, moviéndose entre lugares geográficamente distantes en un solo corte de plano o metiéndose en las acciones sin tener necesidad alguna ni de presentación ni de desarrollo ni de clímax. Bueno, de clímax igual sí, aunque este venga a dentelladas y con explosiones guturales de sangre, la cual sale del cuerpo para pintarlo con vicio y descaro, como ocurre en *Trouble Every Day* (2001). Pero esto es licencia poética: a lo que me quería referir yo es que Denis viaja al corazón de las secuencias sin necesidad de explicaciones previas. Su cine no se conforma con nada y eso puede volverlo difícil y complejo, pero es que el buen cine suele ser tremendamente exigente con los espectadores, porque también los premia con altura cuando uno ha quemado sus naves de prejuicios y ha decidido lanzarse sin miedo al sometimiento voraz de una realizadora caníbal como es Claire.

Imágenes, viajes, cuerpos. Claire Denis nació en 1948; siendo una niña se marchó con su madre a Camerún, donde su padre trabajaba como agregado al Gobierno francés. La política colonial francesa le condicionó la mirada irremisiblemente. Hasta los catorce años vivió en distintos lugares de África, aunque ignoro si llegó a conocer Yibuti, el marco geográfico en el que entrenan —saltan, corren, se arrastran..., aunque también lavan, tienden la ropa, planchan— los legionarios de la milicia extranjera protagonistas de *Beau travail*. Denis quizás juegue con fragmentos de cuerpos y lugares en sus narraciones, pero estos acaban por dibujar en sus películas un retrato antropológico y etnográfico de carácter absoluto. Cineasta apasionada y visceral, rueda sus imágenes como si estuviera en continua lucha con ellas. Hay una tensión bestial en sus encuadres, ya sean *travellings* líquidos que siguen el entrenamiento coreografiado de los cuerpos sudados de los soldados o planos inquietos en movimiento que los persiguen por la tierra del campo de entrenamiento o por las discotecas de la zona. Las imágenes de Denis, como las de Bresson, aunque ambos fragmenten el relato de forma distinta, vibran igualmente en soledad porque buscan el contacto de las que les rodean. Planos que, según se mire, pueden recordar a los de John Cassavetes o a los de algunos de sus colegas de generación: Philippe Garrel y Maurice Pialat. Planos descentrados, inacabados, de simetrías extrañas o, como diría Miguel Marías, planos que se adentran «parcial, tentativamente, en el territorio que en teoría debiera quedar fuera del cuadro». Su cine, como el de Malick y Kar-Wai, se decide en el montaje, no en el rodaje: de ahí que sus películas posean equilibrios hipertensos entre sus fragmentos y una gran atracción hacia el abismo de la abstracción. Al menos hasta *El intruso*, ya que a partir de *35 Shots of Rum* (2008) su obra vira hacia una narratividad más diáfana —recordemos que ha trabajado en varias ocasiones con Jim Jarmusch—, como se pudo comprobar con su última y estupendísima *Stars at Noon* (2022), que se rodó en Panamá para contar una historia de Nicaragua, porque los espacios en Denis pueden parecer concretos, pero al final son tan abstractos como los personajes y sus acciones.

Aunque se ven muchos cuerpos en *Beau travail* (con gran pulsión homoerótica), en realidad los protagonistas son tres, tal y como ocurre en la última novela conocida de Herman Melville, *Billy Budd*, que le sirve de base al film. Por un lado, está Bruno Forestier, el personaje protagonista de la película más controvertida del primer Godard, *El soldadito* (1963), y al que da vida el mismo actor, Michel Subor (no iba a perder Denis la oportunidad de encuadrar un cuerpo mítico de la cinefilia, entonces notablemente más envejecido). Por otro, está el objeto de deseo y nudo marinero trágico de la obra, Gilles Sentain (Grégoire Colin), el soldado preferido de todos, jefes y reclutas. Algo inaceptable para el tercero de nuestros cuerpos básicos, el sargento mayor Galoup, al que da vida el siempre reptiliano Denis Lavant, un tercio mimo, un tercio arlequín de la comedia del arte, un tercio espíritu libre: agrio, violento, romántico, suicida. Cuando *Beau travail* llega a sus créditos finales, uno no sabe exactamente qué es lo que ha visto. La impresión ha vencido a la razón. Las partes no han sumado más que un montón de piezas sueltas, todas ellas alucinantes. Sucesivos visionados irán dando forma a una obra absoluta, a una de las películas más brillantes e importantes del cine de autor contemporáneo. Pero para llegar ahí hará falta ternura, curiosidad y aventura. ¡Que esto, al final, es una película de aventuras! Ya decía Carlos Losilla que no es casual que su título resuene al *Beau Geste* (1939) de William A. Wellman. Y, bueno, si no te convence, al menos te habrás llevado a la mochila en la que echas las cosas bonitas de la vida el baile final de un Denis Lavant desatado al ritmo de «The Rhythm of the Night»: «*This is the rhythm of the night, oh no, oh yeah*».

85 AÑOS

Cuentos de la luna pálida de Kenji Mizoguchi (*Ugetsu monogatari*, 1953)

Kenji Mizoguchi era cinco años mayor que Yasujirō Ozu y doce que Akira Kurosawa. Los tres, cada uno a su manera, representarían el mejor cine japonés realizado tras la Segunda Guerra Mundial. Cineastas japoneses magistrales había unos cuantos —Mikio Naruse, Hiroshi Teshigahara, Masaki Kobayashi, Kaneto Shindō, Hiroshi Inagaki, etcétera—, pero fue la tríada Mizoguchi-Ozu-Kurosawa la que mejor supo traspasar las fronteras y llevar su cine a Occidente, influyendo en multitud de realizadores modernos, de Martin Scorsese a Andréi Tarkovski, pasando por el mayor defensor de Mizoguchi, el francés Jacques Rivette. Fue él quien escribió: «Mizoguchi nos encanta porque no hace ningún esfuerzo por encantarnos y porque nunca le hace ninguna concesión al espectador».

De todas las películas que dirigió Mizoguchi —y dirigió muchas antes de fallecer de leucemia con tan solo cincuenta y ocho años en 1956—, yo me quedaría con la maravillosa *Cuentos de la luna pálida*, en una década en la que también nos entregó cintas de la belleza de *La vida de Oharu, mujer galante* (1952), *El intendente Sansho* (1954) y *Los amantes crucificados* (1954) y se erigió en uno de los cineastas con una de las miradas más privilegiadas de la historia del cine. Siempre elegante y sutil, siempre esquivando los manierismos y los aderezos innecesarios, Mizoguchi mueve como nadie la cámara (la mirada) de gran angular y con gran profundidad de campo. De esta forma, concibe planos que te doblan por su belleza tanto intrínseca —lo que está ocurriendo en escena— como extrínseca —la forma que adquiere dicho plano—, y cuya fuerza estética le vale lo mismo para narrar una gesta o una elegía, un fresco o una batalla, una historia de amor o una de fantasmas. La obra de Mizoguchi es una de las máximas expresiones de la belleza en la historia del cine.

En *Cuentos de la luna pálida,* Mizoguchi y su fiel guionista Yoshikata Yoda adaptaron diversos de los *Cuentos de lluvia y de luna* del escritor humanista Ueda Akinari, a los que añadieron un cuento extra: «Decoré!» de Guy de Maupassant. La historia resultante nos presenta a dos hermanos, Genjurō (Masayuki Mori) y Tōbei (Eitarō Ozawa). El primero es un campesino reconvertido en alfarero que solo sueña con hacerse rico y poder comprarle a su mujer e hijo pequeño las mejores telas, el mejor aceite. El segundo, aún más díscolo, también tiene esposa, pero a este lo único que le importa en la vida es convertirse en samurái, para así poder ganarse el respeto y la admiración de sus semejantes. Una vez más, las mujeres en el cine de Mizoguchi se mantienen como el verdadero valor moral de la historia, soportando las penurias a las que las condenan sus más bien estúpidos y arribistas maridos.

Tōbei logrará convertirse en samurái, pero eso condenará a su mujer a la prostitución (otro tema muy tratado por Mizoguchi en su cine), mientras que Genjurō acabará enredándose con una mujer fantasma en una villa fantasma, introduciendo así Mizoguchi un carácter fantástico en su obra realmente insólito. Y digo esto porque, especialmente en los años cuarenta y cincuenta, el realizador se movió alrededor del *jidaigeki* —género nipón de dramas de época— en clave de melodrama realista. La inserción de elementos fantásticos en *Cuentos de la luna pálida* eleva la película hacia un terreno donde el terror se hace presente por la vía realista —«terror elevado» lo llamarían hoy—, otorgando al drama narrado un buen puñado de capas y aristas de las que el film no dejará de enriquecerse hasta su terrorífica/trágica/bellísima secuencia final.

Cuentos de la luna pálida posee una puesta en escena de una elegancia y un misterio absolutos: esa canoa que se adentra en el lago Biwa, envuelta en la bruma hasta encontrarse con una barca fantasma, o esos cantos fantasmáticos en la casa encantada, a los que se unen los cantos de un casco guerrero abominable. Pero, al mismo tiempo, todas esas imágenes que no dejan de sacudirnos desde su más absoluta pureza y elegancia se van revelando más y más complejas a medida que avanza una película que no parece diferenciar aquello que es bello de lo que es realmente atroz, porque Mizoguchi cree que en realidad estamos hablando de lo mismo. De igual forma, existe un equilibrio brutal entre lo que podríamos entender como la clásica mirada realista con la que el cineasta aborda su trama sorpresivamente fantástica y la extrema lírica que esta acaba alcanzando.

Aunque la mayor confrontación que se vive en la película será la que surja de enfrentar a sus dos seres fantasmáticos:

lady Wakasa (Machiko Kyō) y Miyagi (Kinuyo Tanaka), la mujer de Genjurō. La primera sería la representación de la fuga personal a través de lo onírico y de lo legendario; también de la pasión desbordante y la necesidad más urgente de poseer al hombre que ama. Por su parte, el espectro de Miyagi representa la verdadera felicidad, aquella que habita en el hogar materno, mucho más terrenal y cariñosa. Por eso el director le dedica el último plano de la película a su tumba, sobre la que realiza un paneo para que veamos el campo y los labradores que trabajan en él. Así, Mizoguchi le da un último pespunte exquisito a una de las mejores películas de la historia del cine.

86 AÑOS

Jeanne Dielman, 23, quai du Commerce, 1080 Bruxelles
de Chantal Akerman (1975)

A finales de noviembre de 2022 la prestigiosa revista de crítica cinematográfica británica *Sight & Sound* publicó su ya legendario *poll* de las mejores películas de la historia del cine. Para dicha votación, realizada cada diez años, cuentan con un porrón de colaboradores (1600): desde críticos de cine que no conoce ni Cristo —entre los que me incluyo— a directores de la talla de Martin Scorsese, Paul Schrader, Bong Joon-ho o Tsai Ming-liang. La primera votación se celebró en 1952 y la película que ganó fue *Ladrón de bicicletas* (1948) de Vittorio de Sica. En las siguientes décadas, desde 1962 hasta 2002, la película ganadora siempre fue la misma: *Ciudadano Kane* (1941) de Orson Welles. En 2012 vino el trasvase, inesperado y conmocionante, de que a Welles le arrebatara el primer puesto Alfred Hitchcock con *Vértigo (De entre los muertos)* (1958). Y en 2022 vino el apocalipsis: la directora belga Chantal Akerman se alzaba en lo más alto del top con su película experimental *Jeanne Dielman, 23, quai du Commerce, 1080 Bruxelles*. A partir de ahora, solo me referiré a ella como *Jeanne Dielman*, por abreviar.

Yo no voté a Akerman. Traté que mi votación de 2022 fuera diferente a la de 2012, en parte para demostrarme a mí mismo que yo no era el mismo con cuarenta y cuatro años que con treinta y cuatro. Pero lo cierto es que podía haber votado las mismas diez y no habría pasado nada. En 2012 voté *Taxi Driver* (1976) de Martin Scorsese, *El hombre que mató a Liberty Valance* (1962) de John Ford, *La cosa* (1982) de John Carpenter, *El Doctor Mabuse* (1922) de Fritz Lang, *Los niños del paraíso* (1945) de Marcel Carné, *El Padrino: Parte II* (1974) de Francis Ford Coppola, *El año pasado en Marienbad* (1961) de Alain Resnais, *Noche de circo* (1953) de Ingmar Bergman, *Two Lovers* (2008) de James Gray, *Cuentos de la luna pálida* (1953) de Kenji Mizoguchi y *Aguaespejo granadino* (1955) de José Val del Omar. En 2022 conservé solo las tres primeras películas de la lista y las otras las cambié por *Sátántangó* (1994) de Béla Tarr, *El gran silencio* (1968) de Sergio Corbucci, *Al azar de Baltasar* (1966) de Robert Bresson, *Arrebato* (1979) de Iván Zulueta, *Los odiosos ocho* (2015) de Quentin Tarantino, *El hombre de la cámara* (1929) de Dziga Vértov y *Toy Story 3* (2010) de Lee Unkrich. Y aunque no voté a Akerman ni en 2012 ni en 2022 sentí su triunfo como si fuera mío. Durante semanas, todo tipo de columnistas rancios estuvieron clamando al cielo contra el triunfo de la directora belga, desde el clásico machista «Mujer tenía que ser» hasta la celebración de la incultura con «La primera vez que oigo hablar de esa película». A estos señores yo no les voy a poder convencer de que *Jeanne Dielman*, mucho antes de la votación de *Sight &*

Sound, era ya una de las películas más importantes de la historia del cine, además de masa madre de lo que años después vendría a conocerse como *slow cinema*. Pero a ti, lector/a sensible, sí que voy a tratar de contártelo.

Jeanne Dielman es cine feminista, por supuesto. La película cuenta a lo largo de sus tres horas y veinte minutos la rutina diaria, con todo lujo de detalles y en plano fijo, de una ama de casa que ocasionalmente se prostituye para poder ganar un sustento económico con el que mantener a su hijo. Pero la acción es mínima: lo que vemos es un seguido de repeticiones domésticas —cocinar, comer, limpiar, bañarse, etcétera— en un silencio casi absoluto, con el tiempo cinematográfico coincidiendo con el tiempo real de las acciones. Es decir, *Jeanne Dielman* es voluntariamente lenta porque su intención es reflejar la apatía diaria, casi el sinsentido existencial, de su protagonista a través de sus acciones más comunes y rutinarias, no tan distintas de las que la mayoría de los humanos realizamos en nuestra vida íntima y personal. Pero, claro, el cine siempre tiende a diferenciar vida de representación. También Akerman, no nos confundamos: porque la representación en tiempo real de la rutina vital del ser humano, contrariamente a lo que pueda parecer, no nos da una película realista, sino una película alegórica. Por eso los planos de *Jeanne Dielman*, a pesar de durar el mismo tiempo que dura la acción, producen en el espectador la sensación de que duran muchísimo más: se hacen exageradamente más largos, dada la inacción de la acción representada. El tiempo cambia, se vuelve agotador, casi exasperante, mutando la obra fílmica hacia una zona mucho más experimental, tremendamente cercana a las películas no narrativas de James Benning o Michael Snow.

Entonces ¿es *Jeanne Dielman* la mejor película de la historia del cine? No creo. Pero es que tampoco lo son *Ciudadano Kane* ni *Vértigo*. No hay una «mejor película de la historia del cine» por más que los críticos siempre estemos poniendo altares (yo el primero, que siempre digo que la mejor cinta de la historia es *El hombre que mató a Liberty Valance,* aunque tampoco sea verdad). Pero que de todas las películas posibles en 2022 haya ganado un film de la radicalidad de Akerman, repito, me hace súper feliz. Porque esta es una época en la que vivimos anegados en imágenes: el contenido audiovisual nos ametralla día sí, día también. Ya no vemos películas, vemos videos en el móvil. Videos cada vez más cortos. Videos cada vez más rápidos. La imagen en movimiento que reproduce la realidad en espacios de quince segundos es la nueva imagen baziniana: estamos claramente perdiendo la batalla.

Y en este contexto donde la imagen cinematográfica está siendo mancillada y maltratada por la realidad social surgida de las nuevas tecnologías, *Jeanne Dielman* es todo lo contrario: la imagen cinematográfica llevada a su máxima pureza. Que haya sido coronada como la mejor de la historia me parece un puñetazo (feminista) en la mesa por el que brindo sin ningún problema.

87 AÑOS

Vortex de Gaspar Noé (2021)

En el año 2012 el realizador austríaco Michael Haneke fue coronado como el gran autor del cine europeo, al llevarse tanto la Palma de Oro del Festival de Cannes como el Óscar a mejor película extranjera por *Amor* (2012). La película, interpretada por dos leyendas como lo son los actores Jean-Louis Trintignant y Emmanuelle Riva, era una crónica en crudo, durísima, sobre la vejez, la enfermedad y la muerte. Una pareja de ancianos, elegantes e intelectuales, tratan de sobrellevar la enfermedad degenerativa de la mujer en un seguido de escenas que muestran, sin tapujos, el horror de la descomposición del cuerpo humano y los vanos intentos del marido por cuidar de ella. A nadie se le escapa que todo el amor que tiene por el cine Michael Haneke solo es comparable a todo el odio que siente por la vida. Por eso a su trabajo se le ha venido a llamar «cine de la crueldad»: porque es tan cruel con sus personajes como con sus espectadores. Tanto da lo maravillosas que puedan ser en términos estéticos películas como *La pianista* (2001) o *La cinta blanca* (2009): a sus historias uno va a sufrir, como si no tuviéramos bastante ya con la propia vida. El gesto final de *Amor* trata de redimir toda la agonía vista hasta el momento, pero eso no quita que la película bien podría haberse llamado *Horror*.

Por su parte, el cineasta francoargentino Gaspar Noé no es que confíe mucho más en la humanidad que Haneke. Sus películas son un retrato de jóvenes escapistas, personajes que tratan inútilmente de sortear la violencia intrínseca a toda sociedad refugiándose o bien en las drogas —*Enter the Void* (2009)— o bien en el sexo —*Love* (2015)— o bien en el cine —*Lux AEterna* (2019)—. Se trata de fugas tan lúdicas como desesperadas, destinadas a un final atroz: la insania de la vida acabará por atraparlos y destriparlos. La condena vital, a ojos del cineasta, es irreversible.

Para sortear tanta crudeza (incesto, aborto, violación, asesinato, etcétera) Noé aplica a sus imágenes una sobredosis de estilo y a sus narraciones todo tipo de trucajes audiovisuales que hacen que el visionado de sus películas genere una fascinación culpable. Toneladas de buen cine tratan de hacer digeribles retratos salvajes, indigestos, pero la visión pesimista del cineasta sobre la condición humana pervive de principio a fin. Pocos protagonistas en la historia del cine son tan desagradables como el carnicero suicida de *Seul contre tous* (1998); pocas escenas son tan violentas e insoportables como la violación y paliza a Monica Bellucci en *Irreversible* (2002). Ahí a Noé le pasa como a los últimos Lars von Trier: su tendencia al exceso dramático, a revolver tripas y vísceras mientras sonríe mefistofélicamente al espectador, se pasa tantos pueblos que ni siquiera su superlativa puesta en escena le salva, en ocasiones, del naufragio.

Fue en 2020 cuando el dedo frío de la muerte le rascó la calva. El covid-19 se había llevado por delante a su actor y colega Philippe Nahon. Y un día (o noche) de excesos propio de sus películas, a Noé le sobrevino un derrame cerebral. El cineasta dice que desde ese momento le perdió el miedo a la muerte; al mismo tiempo, empezó a preparar su película más bella. *Vortex* es, precisamente, una reflexión sobre cómo la enfermedad y la muerte se llevan por delante todo aquello que realmente importa. Aunque, cuando acaba la película, ya claramente no le importa a nadie. Si Haneke en *Amor* ponía el énfasis en el sufrimiento atroz de la pareja protagonista, los octogenarios de la película de Noé viven sus últimos días sin dejar de transmitir amor y tristeza a partes iguales, arrasados por un vórtice de enfermedades. Aquí los protagonistas también son dos leyendas del cine dando vida a intelectuales: el realizador italiano Dario Argento, en su primer papel como actor, y la actriz Françoise Lebrun, inolvidable protagonista de *La mamain et la putain* (1973) de Jean Eustache.

Noé rodó *Vortex* utilizando dos cámaras de seguimiento, una para cada uno de sus protagonistas, para así poder mezclar las imágenes juntas en la pantalla partida que ocupa el noventa y cinco por ciento de la película. El resultado es una bestialidad. No solo por cómo crea y mantiene el suspense en las dos narraciones que el espectador ve de forma simultánea, sino por las brutales rimas que establece entre ellas. Un ejemplo magnífico es la escena en la que la mujer destruye por un despiste el libro que está escribiendo su marido mientras él sigue con sus quehaceres cotidianos, inconsciente de cómo toda su obra se está yendo por la taza del váter. O cuando vemos enfrentada la fatalidad de los padres con la inutilidad del hijo drogadicto. O cuando nos confrontan directamente con la muerte: nunca Argento había dado tanto miedo como en esta cinta, agonizando en el suelo, mientras en el otro cuadro su mujer duerme plácidamente.

En los títulos de crédito finales vemos cómo toda la historia conjunta de la pareja, construida a base de acumular libros y afiches en las estanterías y paredes de su casa, se va vaciando hasta convertir el todo en la nada. Las imágenes son tristísimas, pero también tremendamente sinceras. Y es ahí donde Noé le da cuatro vueltas a Haneke: no hace falta forzar la tragedia hasta límites inhumanos porque ya la vida por sí misma es lo suficientemente inhumana. Por eso *Amor* es amarga y desesperada: porque parece que nos esté echando la culpa a nosotros del sinsentido humano. Por eso *Vortex* es triste y bella al mismo tiempo: porque en su sufrimiento existe la empatía de quien padece con nosotros.

88 AÑOS

Madre e hijo de Aleksandr Sokurov (*Mat i syn*, 1997)

No es nada fácil hablar del cineasta ruso Aleksandr Sokurov. O, al menos, no me lo parece a mí. Pero vamos a intentarlo, que ya tenemos ochenta y ocho años y a estas edades uno no tiene miedo ya ni a la muerte ni a la vida ni a nada de nada. La obra de Sokurov, tremendamente vasta pero de difícil acceso, empezó a darse a conocer fuera de Rusia a principios de los noventa, gracias al Festival de Róterdam, que en su edición de 1991 premió tres de sus películas: *Elegiya* (1987), *Prostaya Elegiya* (1990) y la magnífica *The Second Circle* (1990), una de las obras cumbres del cineasta. Con todo, la consagración internacional le llegaría de la mano de *El arca rusa* (2002), tanto por sus innegables valores artísticos como por su condición de prodigio técnico: un plano secuencia de cien minutos —les salió a la tercera toma— en el que los pasillos del Hermitage se convierten en doscientos años de historia viva de Rusia. En general, su obra está apegada en gran medida a los códigos estéticos del *slow cinema*, pero también a la ambición filosófica de sus textos y a su voluntad de reescritura de la historia del siglo xx en clave metafórica abrasiva —con sus películas dedicadas a Lenin, *Telets* (2001), Hitler, *Molokh* (1999), e Hirohito, *The Sun* (2005)—. A pesar de esta radicalidad, toda la obra de Sokurov (o toda la que he podido ver) opera en los mismos términos alegóricos que *El arca rusa*: busca alejarse tanto del clasicismo como del modernismo cinematográfico; regresar a una suerte de verdad pictórica (o a la de los fotógrafos «pictorialistas», como los llamaba Rancière), forzando la bidimensionalidad de la imagen proyectada —técnica que había deslumbrado en su fantasmática visita a Chéjov en *The Stone* (1992)—; y entrelazar pasado y futuro en un magma de imágenes-bruma donde el único tiempo real existente es el presente constante, el que pertenece al arte, el de la mentalidad colectiva, el de la belleza eterna.

Es lógico (aunque no muy exacto) comparar la obra de Aleksandr Sokurov con la del gran cineasta ruso de todos los tiempos: Andréi Tarkovski (¡lo siento, Eisenstein!). Ambos directores, que se conocieron y fueron amigos, manejan similares inquietudes éticas y estéticas, aunque Sokurov trence mucho más el camino de la alegoría y sea capaz de arrinconar al espectador sin piedad en sus tratados sociopolíticos y/o hagiográficos, emperrándose en deformar la imagen proyectada para obligar al cine del siglo xx a reconvertirse en pintura del siglo xviii. Tarkovski, por su parte, es un cineasta mucho más sensual que Sokurov, alguien que cree en el arte cinematográfico de forma pura y su caza de imágenes es una revelación constante y deslumbrante cuya impronta estética siempre va acompañada por un cúmulo de ideas de gran alcance poético, con raíces que resisten indemnes el paso de los años, las décadas y, cuando toque, los siglos. Donde sí coinciden ambos es en el empleo del tiempo o, mejor dicho, en la construcción o esculpido de un tiempo que dé respuestas subjetivas, emblemáticas y sensibles al mundo en el que vivimos. Por eso en sus películas el tiempo se hace físicamente palpable y se crea una frontera de aburrimiento con el espectador que hará que unos se marchen para no volver y que otros (los más valientes) decidan adentrarse más para hallar la belleza de la epifanía oculta en buena parte de las *slow movies.*

A mí, de todas las películas de Sokurov, *Madre e hijo* me parece la más bella. También la más infinita. Dura poco más de una hora y prácticamente no tiene trama: la película retrata los últimos momentos vividos por una madre y su hijo, antes de que ella fallezca. Las imágenes de la cinta están conscientemente deformadas por su director, que captaba su verdad bien usando lentes anamórficas, bien filmando a sus personajes reflejados en un espejo donde se pintaba el decorado, en un especie de postexpresionismo que contrae y expande las imágenes, a veces aplastando a sus personajes frente a la vastedad del campo —referencia explícita al pintor romántico alemán Caspar David Friedrich—, a veces ensanchando y deformando partes de sus cuerpos, que ocupan todo el plano —aquí la referencia pictórica sería la del expresionista noruego Edvard Munch—. El resultado son un puñado de imágenes en bruma, retorcidas y de texturas ocres fantasmagóricas, como si más que delante de una película estuviéramos delante de un sueño; como si lo que viéramos fuera no un paisaje físico, sino un paisaje emocional. Al fin y al cabo, esta película es el retrato profundo y doloroso de un duelo. Una sensación que se acrecienta tanto por la extrema duración de los cincuenta y tres planos que forman la historia como por el uso extrañísimo del sonido: parece que este se hubiera registrado de forma marcadamente atenuada, usando muchísimos algodones en los micrófonos y obligando al espectador no solo a ver, sino también a escuchar la película con toda su atención.

Andréi Tarkovski, a través de cintas como *Stalker* (1979) o *El espejo* (1975), consiguió el máximo logro artístico al que pueda aspirar un cineasta: hacer visible lo invisible, dar forma cinematográfica a emociones y sentimientos tremendamente complejos, tanto íntimos como universales. Aleksandr Sokurov también lo intenta, aunque, en su caso, la obsesión estética exacerba lo real a través de la comentada anamorfosis de la imagen y de la continua repetición de gestos y formas: el continuo vagabundeo del protagonista por el campo, las conversaciones en bucle entre madre e hijo, los tiempos de espera que se escapan a la propia lógica de las leyes temporales... Y es su sencillez, fruto del minimalismo inherente a la obra, lo que le aporta su dimensión más espectacular: *Madre e hijo* sitúa a sus protagonistas en el cosmos, en el no-lugar, más allá de la vida y la muerte. Abraza el abismo de la pérdida a modo de Piedad invertida y nos diviniza a todos sin dejar de resaltar nuestra humanidad.

89 AÑOS

El gigante de hierro de Brad Bird (*The Iron Giant*, 1999)

Dios mío, desde que cumpliste los ochenta no has parado de ver cine de autor radical... ¡¿Es que quieres palmarla?! Lo siento, pero toca descomprimir. En cierta forma, regresar a la infancia. Y no porque *El gigante de hierro* sea una película infantil, en absoluto. Sino porque tiene ese delicioso toque que hace de lo difícil lo más fácil del mundo, de lo complejo algo tremendamente sencillo, y en su milagro alquímico es capaz de devolverle al cine su sentido casi primigenio de la aventura. Veámoslo.

El gigante de hierro fue el debut en el campo del largometraje animado de uno de los colosos de la animación de los últimos treinta años: Brad Bird. Artista curtido en la prestigiosa CalArts (California Institute of the Arts) donde coincidiría con John Lasseter, Bird arrancó su carrera en televisión, primero al servicio de *Los Simpson* (1990) —él fue el director del videoclip «Bart Simpson: Do the Bartman»— y luego colaborando en series como *El crítico* (1994) o *El rey de la colina* (1997). El éxito artístico de *El gigante de hierro* (porque en taquilla no logró funcionar, quedándose lejos de recuperar los cincuenta millones de dólares que costó) le acabaría llevando a Pixar de la mano de su antiguo colega Lasseter, donde dirigiría dos de las mejores películas de la compañía: *Los increíbles* (2004) y *Ratatouille* (2007).

Las líneas maestras sobre las que se construye *El gigante de hierro* recaen en las manos del poeta inglés Ted Hughes, cuya novela *The Iron Man* (1968) sirvió de base para que Bird y su coguionista Tim McCanlies trazaran la base argumental de la película. Pero antes del largometraje —y esto mola bastante— *El gigante de hierro* fue una ópera *rock*. Pete Townshend, mítico líder de The Who, un apasionado del libro, publicó en 1989 un LP llamado *The Iron Man: The Musical by Pete Townshend...* del que Bird no quiso saber nada. El principal cambio argumental impuesto por el cineasta fue llevar la historia de la Inglaterra rural a la costa oeste norteamericana a mediados de los años cincuenta, localizando este relato con monstruo bondadoso en un epicentro temporal donde la psicosis nuclear y la amenaza soviética condicionaban notablemente el *american way of life* de la era Eisenhower.

La cinta narra la historia de un niño casi preadolescente, Hogarth Hughes (que suena como Howard Hughes), que en los bosques que rodean su pueblo natal se encuentra con un robot gigante venido del espacio, capaz de razonar y sentir emociones. Obviamente, la historia recuerda —y mucho— a la película masa madre del cine juvenil de los ochenta: *E.T., el extraterrestre* (1982) de Steven Spielberg. Pero hay algo en esa dicotomía en la que se encuentra nuestro gigante, al mismo tiempo ser bondadoso y peligrosa arma mortífera, que también lo acerca a territorios más dramáticos, como en el caso del monstruo de Frankenstein o del hijo bastardo de este con Tim Burton, *Eduardo Manostijeras* (1990).

Llama mucho la atención de la película de Bird el cómo en plena época de la revolución del cine de animación realizado por ordenadores —*Toy Story* se estrenó cuatro años antes— *El gigante de hierro* posee un aspecto animado conscientemente anacrónico, tremendamente cercano a las películas de Disney de los años sesenta: *101 dálmatas* (1961), *El libro de la selva* (1967), etcétera. Bird demuestra unas dotes como narrador clásico realmente brillantes, sabiendo encadenar tanto la comedia con el suspense —el agente del gobierno investigando con descomposición intestinal— como la acción con el drama: cuando se descubre que el gigante es capaz de reaccionar a la amenaza convirtiéndose en un arma terrorífica. Y así va poco a poco hilando una historia de amistad más poderosa que la propia vida, no muy alejada de la *Pedro y el dragón Elliot* (1977), cuyo máximo pico de emoción —y aquí regreso a lo que decía al principio de hacer fácil lo difícil— es cuando Hogarth le explica al gigante qué es la muerte. He ahí un diálogo tremendamente adulto en una película que está dedicada sobre todo a los niños, encadenado en tres preguntas dificilísimas: ¿qué es la muerte? ¿Te vas a morir tú? ¿Me voy a morir yo? Si realmente tienes ochenta y nueve años cuando leas esto, más que padre o madre ya estarás disfrutando de lo que significa ser abuelo o abuela. Pero seguro que recuerdas lo que supuso tener que explicarles a tus hijos qué es la muerte (qué es la vida) sin que, obviamente, tú tampoco tuvieras una respuesta creíble que ofrecerles. En nuestra existencia tratamos de proteger sea como sea a la gente que queremos, sin importar lo grande que sea nuestra inteligencia o nuestra ignorancia.

El gigante de hierro es así una película tremendamente antibelicista, antiarmas, antiestúpidos. Que es de Warner pero parece de Disney, que es moderna pero parece clásica y que debería haber tenido cuarenta secuelas y un *merchandising* escandaloso pero cuyo fracaso de público la condenó al corazón de los niños que empezaban a descubrir qué es eso del cine de culto. A Vin Diesel, que le pone la voz gutural al gigante, Disney le llamaría años después para que hiciera prácticamente lo mismo con el Groot de *Guardianes de la galaxia* (2014). Bird, por su parte, empezó a hacer películas de ficción real, tan cañeras como *Misión: Imposible - Protocolo fantasma* (2011) o *Tomorrowland: El mundo del mañana* (2015). Nosotros, por nuestra parte, cogemos aire y, pasando la página, nos adentramos en nuestra última década.

90 AÑOS

El terror de las chicas de Jerry Lewis (*The Ladies Man*, 1961)

Recta final, noventa años: guau. Ya vale de sufrir, de darle vueltas y vueltas a las cosas, de filosofar sobre el todo y la nada. De las comidas sin grasa, la cerveza sin alcohol, el café sin cafeína, el pan sin sal. Yo creo que nos hemos ganado el podernos reír de todo y de todos. Así que, a partir de ahora, hasta que nos despidamos más allá de las estrellas, van a ser todo comedias.

Para cuando Jerry Lewis dirigió, escribió —con colaboración, ojo, de Mel Brooks, el rey del cine de parodia: *El jovencito Frankenstein* (1974), *La loca historia de las galaxias* (1987)—, produjo e interpretó *El terror de las chicas*, su segundo largometraje como director, ya llevaba años siendo una superestrella de la comedia. Se había pegado la década de los cincuenta recorriendo los EE. UU. de teatro en teatro, de club en club, de Nashville a Las Vegas, con su dúo cómico con Dean Martin. El viejo tándem del payaso blanco (serio) y el payaso Augusto (tonto) seguía funcionando a la perfección: Martin, con su chaqué de galán clásico, cantando en italiano como nadie, seductor infalible de cualquier joven y madura que se le pasara por delante; Lewis, por el contrario, era el agente del caos, con su voz de pito, su disparada expresividad facial, sus pocas luces. El genio era Lewis, por supuesto, pero entonces nadie se dio cuenta. Ni siquiera en las muchísimas películas que llegaron a protagonizar juntos, algunas tan divertidas como *Locos del aire* (1952) de Norman Taurog o *Una herencia de miedo* (1953) de George Marshall. En la primera, Martin y Lewis —¿os acordáis de cómo se llamaba el batido de *Pulp Fiction* (1994)?— se ponían en la piel de Stan Laurel y Oliver Hardy; en la segunda, calzaban el éxito de las comedias de terror de Abbott y Costello. Aunque la verdadera obra maestra del dúo, cómo no, la dirigió el gran Frank Tashlin: *Artistas y modelos* (1955).

Sea como fuere, al final sus películas entraron en bucle: hay un límite para todo, incluso para el toma y daca de galán y *clown* de Martin y Lewis. Cuando sus películas alcanzaron el ínfimo nivel cualitativo de las protagonizadas por Elvis Presley, se separaron (estuvieron más de veinte años sin hablarse). Lewis debutó como director con esa obra cumbre de la comedia llamada *El botones* (1960), que construyó como un seguido de *sketches* de carácter surrealista que cruzaba el *slapstick* de Charles Chaplin, la versatilidad cómica para dar respuestas locas de Harpo Marx y una capacidad innata para hacer de la mueca gag y *punchline* al mismo tiempo, llevando al extremo físico la distorsión facial realizada por el más chiflado de Los tres chiflados. Lewis como director asentó dos patrones básicos que explotaría en *El terror de las chicas* como máxima representación de su arte. Por un lado, introdujo un carácter brechtiano, metafílmico: aquí la cuarta pared se rompe literalmente, no existe, dejando en suspenso la credibilidad del relato y exigiendo un pacto con el espectador, sostenido firmemente gracias a la magia del cine (algo que ya había hecho Buster Keaton en su época). Por otro lado, hizo de su propio cuerpo la puesta en escena de la película. Veamos ambas pautas por separado.

En *El terror de las chicas* el protagonista es Herbert H. Heebert (Lewis), un nombre que le habría valido sin problemas a Groucho Marx y cuyo chiste intrínseco había sido legado de *Una herencia de miedo* (1953) y su Myron M. Mertz: «La H es también de Herbert, el nombre completo es Herbert Herbert Heebert, porque mi madre siempre me tenía que llamar dos veces para que subiera a casa». El bueno de Heebert sufre un terrible desengaño amoroso al arrancar la película y desde entonces les coge un pavor terrorífico a las chicas. Sin embargo, por cosas del azar, acaba trabajando como criado en una residencia exclusivamente femenina. El mecanismo brechtiano no puede ser más brillante y categórico: Lewis construyó en un hangar de la Paramount un decorado a lo David W. Griffith en forma de casa de muñecas cortada por la mitad como con un cuchillo gigantesco, donde no existen ni paredes ni espejos, para así el cineasta poder realizar sinuosos *travellings* por todo el set. El primer despertar de la película, narrado como si se tratara del mejor musical del mundo, con las chicas protagonistas amaneciendo en esa falsa residencia, es uno de los grandes momentos de la historia del cine (sin dejar de ser estrictamente teatral por la vía de Bertolt Brecht).

Y respecto a la puesta en escena de sí mismo, ya hemos hablado por aquí de cómo Charles Chaplin sometía sus películas a su propia presencia en el plano. Jerry Lewis lleva esta idea hasta el infinito. Su gestualidad desmadrada, exageradísima, divertidísima, es la principal razón de ser del plano en sí en muchísimas ocasiones. Para tener una buena película de Jerry Lewis lo cierto es que solo nos hace falta Jerry Lewis. Su materialización cómica a través de su propio cuerpo, de su propia cara, de sus propios ojos, es una escuela de la comedia de la que han bebido todo tipo de cómicos maravillosos, como es el caso de Jim Carrey o de Robin Williams. En uno de los mejores momentos de *El terror de las chicas* —que, como *El botones*, funciona también por acumulación de gags— vemos a Heebert huir despavorido cuando descubre que ha ido a parar a un hogar donde solo habitan mujeres. Es un momento brillantísimo, donde la imagen real parece cobrar forma de película animada corta de Tex Avery, con el cuerpo de Heebert multiplicándose en el plano, rompiendo la plástica de lo real para adentrarse, de nuevo, en un surrealismo delicioso. La película tuvo un *remake* en el año 2000, protagonizado por Tim Meadows: no lo veáis.

91 AÑOS

El gran Lebowski de Joel Coen (*The Big Lebowski*, 1998)

Cuenta la leyenda que Howard Hawks, mientras preparaba el rodaje de *El sueño eterno* (1946), telefoneó al autor de la historia original, el padre de la novela negra norteamericana Raymond Chandler, para preguntarle quién, en el libro, había disparado en realidad al maldito chófer. A lo que Chandler respondió: «¿Por qué debería saberlo? ¡Imagíneselo!».

Nadie mejor que Chandler para explicar el mecanismo básico de la novela negra: el crimen a resolver es lo de menos. Lo sabía Hawks en los años cuarenta, lo deconstruyó Robert Altman en los setenta en la seminal *Un largo adiós* (1973), lo apuntalaron los Coen por la vía satírica marca de la casa en *El gran Lebowski* —no es casualidad que ambos títulos arranquen igual en su idioma original: *The Big Sleep / The Big Lebowski*— y lo ribeteó en los 2000 Paul Thomas Anderson de la mano de Thomas Pynchon en *Puro vicio* (2014). Jamás importa la llegada: aquí lo que cuenta es la carretera. Es ahí donde se tiene que ganar las castañas Philip Marlowe/Dude Lebowski: en el camino que recorre mientras investiga/hace otras cosas.

Y de recorrer caminos algo saben los hermanos Joel y Ethan Coen, al fin y al cabo, prácticamente buena parte de su filmografía se basa en reconstruir la *Odisea* de Homero, cambiando Ítaca por los EE. UU.; a cíclopes, sirenas y demás dioses griegos por todo tipo de personajes disfuncionales que habitan a lo largo y ancho de Norteamérica; y a Ulises por un tipo más bien idiota que no solo no tiene ni pizca de suerte, sino que además toma las peores decisiones posibles. Obviamente el Ulises de *Oh Brother!* (2000) sería le encarnación directa de cuyas variaciones surgirían, por citar unas pocas, el cantante folk de *A propósito de Llewyn Davis* (2013), el profesor de física judío de *Un tipo serio* (2009) o el barbero inexpresivo y sin sistema nervioso de *El hombre que nunca estuvo allí* (2001). Todos ellos, como digo, unos imbéciles absolutos con la peor de las suertes posibles. O como le dicen al pobre Llewyn Davis: «Todo lo que tocas se convierte en mierda. Eres como el hermano idiota del rey Midas».

Dude Lebowski (histórico Jeff Bridges) tampoco es que sea muy listo y tampoco es que tenga muy buena suerte. Pero él enfoca la vida de otra manera (ahí se nota que es, junto con Marge en *Fargo* [1996], uno de los personajes favoritos de los Coen): es la última resistencia *hippy* en la California de los años noventa. Todo irá razonablemente bien mientras tenga sus porros, sus bolos, sus cintas de la Creedence. El mundo libre se está yendo a la mierda: guerra en el Golfo Pérsico, el cine porno ya no es lo mismo por culpa del video, unos nihilistas con muy mala leche parecen haber secuestrado a Bunny Lebowski (esposa del otro Lebowski, el cretino multimillonario) y su amigo Walter (igualmente histórico John Goodman) ha sacado una pistola en la bolera para amenazar a un pacifista. «*Doo, doo, doo, lookin' out my back door.*» Y encima van unos asnos y se mean en su alfombra.

Road movie en círculos concéntricos que no acaban por conectar nunca, *El gran Lebowski* resulta magistral tanto en sus hilarantes gags —la entrega del rescate con Walter cambiando el dinero por sus calzoncillos sucios; el interrogatorio al chaval imperturbable que parece haberles robado el coche— como en su tremenda definición de personajes, ya sean principales o circunstanciales. Ataviados como superhéroes —todos poseen una indumentaria fija y reconocible—, es alucinante cómo cada uno de ellos parece venir de otra película a visitar al gran Lebowski, para luego marcharse, dejando su historia sin terminar (de nuevo: lo importante no es la llegada, sino el blablablá). El caso más espectacular es el de Jesús (rematadamente histórico John Turturro), que posee hasta una presentación propia a cámara lenta y con banda sonora de los Gipsy Kings, un mínimo contexto biográfico —tuvo que presentarse como pederasta casa por casa cuando se mudó a Hollywood— y, de nuevo, su propio traje inconfundible. ¡Y solo aparece cinco minutos en toda la película! Y es que los personajes de la película de los Coen son como las pistas que sigue la investigación de El Nota —argh, me había resistido a llamarlo así, leches—: no sirven para nada en el cómputo global del relato y son maravillosamente increíbles en su minuto de oro dentro de la película. Otro ejemplo claro: el productor de cine X Jackie Treehorn (leyenda Ben Gazzara), también con arranque de secuencia a cámara lenta —una joven siendo lanzada por los aires en una fiesta—, con su tronchante gag cómico —las notas que toma al teléfono resultan ser un tipo con el pito empalmado— y su magnífico traje blanco, que parece sacado del armario de Hugh Hefner. Cuando salga del cuadro ya no volveremos a saber nada de él.

Pero por más que le vengan mal dadas, el Dude no cambia su compostura. Que le meten la cabeza en el váter: él insistirá en que continúen con la faena. Que la hija del Lebowski malo quiere utilizarlo como donante de esperma: ¡nada que objetar! Que le roban y le destrozan el coche: bueno, al menos no se han llevado las cintas de los Creedence. Dude Lebowski siempre tiene a mano una chusta de hachís y un ruso blanco, porque él es más de surfear los problemas que de tratar de arreglarlos. La vida te da sorpresas... y tú qué vas a hacerle si hasta tu narrador *cowboy* (con la voz cavernosa de Sam Elliott) pierde el hilo del relato cada dos por tres —son, pienso, uhm, seis.

En su día, a Lebowski no le entendió casi nadie: ni crítica ni público. Hoy en día pocos tendrían el valor de discutirle su podio en lo más alto de la historia de la comedia cinematográfica. Su (merecido) culto ha alcanzado tal nivel de pasión que desde 2002 cada año se viene celebrando en Kentucky el «Lebowski Fest», donde cientos de fans ataviados como el Dude comparten su amor por la película.

92 AÑOS

Sopa de ganso de Leo McCarey (*Duck Soup*, 1933)

Los hermanos Marx eran Chico (Leonard Marx, 1887-1961), Harpo (Adolph Arthur Marx, 1888-1964) y Groucho (Julius Henry Marx, 1890-1977). Había dos más, los extremadamente sosos Zeppo y Gummo, pero ambos acabarían por retirarse de la vida artística, llevando tanto la representación como la contabilidad de los hermanos que sí facturaban. Tras una larga experiencia en el mundo teatral y del vodevil, los Marx saltaron al cine adaptando, precisamente, una de sus obras más conocidas: *Los cuatro cocos* (1929). Ya en su primer rodaje la anarquía reinaba por doquier, con todos los hermanos enloqueciendo por momentos a todo el personal —artístico y técnico— de la película. En un patrón que se repetiría a lo largo de toda su carrera cinematográfica, los Marx hicieron del caos tronchante su máxima regla laboral: no llegaban nunca puntuales a los rodajes, era extrañísimo que coincidieran todos en el set a la vez —de ahí que las películas se estructuraran generalmente con Groucho por un lado y Chico y Harpo por otro— y se pasaban más tiempo gastando todo tipo de bromas a los miembros del rodaje que rodando como tal —a Irving G. Thalberg, jefe de producción de la Metro Goldwyn Mayer (MGM), le asaltaron el despacho y se asaron unos chuletones en su chimenea—, así como, bueno, persiguiendo por doquier a cualquier chica que osara pasearse por el plató. Norman Z. McLeod, que los dirigió tanto en *Pistoleros de agua dulce* (1931) como en *Plumas de caballo* (1932), dijo: «Hacer comedias es siempre difícil. Sin embargo, cuando los hermanos Marx están en la película, es un crimen». Aseguró que el único día que se presentaron todos puntuales en el plató... cada uno llevaba el maquillaje del otro: Harpo con el bigote de Groucho, Chico con la peluca de Harpo, etcétera. Y cuando sí estaban trabajando, ¡tampoco es que se lo pusieran fácil a nadie! McLeod enloquecía pintando cruces en el suelo para que Groucho supiera dónde ponerse y este, en su lugar, iba dando vueltas por donde le daba la gana, esquivando con gran cintura todos los micros del set, con lo que el audio registrado era siempre o muy fuerte o muy débil. Ah, los hermanos Marx: sin ellos el cine habría sido tan aburrido...

Daba igual quién escribiera y dirigiera las películas de los hermanos Marx porque las películas de los hermanos Marx eran películas exclusivamente de los hermanos Marx. Groucho (apodo surgido de *to grouch*, «refunfuñar»), Chico (por *chick*, argot para denominar a las chicas, de lo mucho que las perseguía) y Harpo (por el arpa, claro) siempre hacían de Groucho, Chico y Harpo en todas sus películas, por más que Groucho tuviera nombres distintos en ellas de tanta sonoridad como Profesor Quincy Adams Wagstaff, Capitán

Geoffrey T. Spaulding o el honorable Rufus T. Firefly de *Sopa de ganso*. Groucho siempre era un pícaro extremadamente locuaz, rapidísimo en las contrarréplicas; Chico, un truhan muerto de hambre que adoptaba un loquísimo acento italiano pródigo en liarse con las palabras (algo que se perdía muchísimo en el doblaje); y Harpo, el cómico surgido de la etapa muda que hacía del surrealismo un arte más categórico que el de Buñuel. Tenían decenas de guionistas y escribanos del gag que no paraban de escribirles nuevos chistes, pero, aun así, lo que más les gustaba a los Marx era improvisar sobre la marcha, a veces recuperando líneas de sus obras teatrales, a veces inventándoselas libremente para desesperación del resto de los actores.

Leo McCarey, ejemplo maravilloso de cineasta clásico amante de la puesta en escena invisible y de la extrema fluidez narrativa, fue elegido como director de la película, muy a su pesar tras la renuncia del director original, Ernst Lubitsch. «La cosa más sorprendente de este film fue que no terminara por volverme loco», le contó el director a Serge Daney y Jean-Louis Noames cuando lo entrevistaron para *Cahiers du cinéma*. Pero McCarey era un hombre tremendamente modesto, además de sobradamente inteligente. Digo esto porque, si bien ningún director pudo domar en ningún caso la chifladura de los Marx —Sam Wood, director de *Una noche en la ópera* (1935), acabó el rodaje con una crisis nerviosa y odiándolos a muerte—, McCarey sí fue capaz de entenderse con ellos. A nadie le debería extrañar que un cineasta como él, que había crecido en la comedia muda, se entendiera a la perfección con el «mudo» de los hermanos Marx, y que ahí cristalizaran grandes gags de comedia-no-hablada, como el celebérrimo juego con el espejo roto y los dos falsos Groucho, que son parte básica de lo mejor de la historia de la comedia en el cine. Igualmente, a McCarey hay que agradecerle que esta sea la única película de los Marx en la que no hay su habitual (y, según cuando, bastante peñazo) interludio musical con Chico al piano y Harpo al arpa. Todo en aras de darle un mínimo de coherencia interna a lo que en realidad son una serie de gags aislados con tanta lógica narrativa como un viaje de LSD. Ahora, qué gags. Los más brutales de la historia del cine: la aparición de Chico y Harpo como espías, cortando puros y faldones; el número musical, jugando con los cascos de los soldados (correspondientemente homenajeado por Woody Allen en *Hannah y sus hermanas* [1986]); el ya citado del cristal roto y el juego de los dobles; Harpo haciéndole la vida imposible a un vendedor de limonada...

93 AÑOS

Zombies Party (Una noche... de muerte) de Edgard Wright (*Shaun of the Dead*, 2004)

La Gran Bretaña de Margaret Thatcher fue pródiga en películas de corte dramático-político, pero también dejó tras de sí un puñado de comedias *indies* que tiraban del realismo social para adentrarse en la sátira de un mundo feo y absurdo donde la única vía existencial posible era la huida hacia adelante: *Withnail y yo* (1987) de Bruce Robinson, *Rita, Sue y también Bob* (1987) de Alan Clarke, *Un tipo genial* (1983) de Bill Forsyth. En los noventa, tras la caída de Thatcher, parecía que todo iba a ir mejor (o que al menos iba a dar para unas risas), pero el erial que dejó tras de sí la arpía de hierro hizo que la comedia británica se volviera aún más desesperada: los yonquis de *Trainspotting* (1996), los *strippers* parados de *The Full Monty* (1997), los hipócritas burgueses de *Los amigos de Peter* (1992). Y aquí no vale mentar al director y guionista Richard Curtis (*Love Actually*, 2003), porque su

Inglaterra (*Cuatro bodas y un funeral*, 1994) solo existe en su propia cabeza (*Notting Hill*, 1999).

Así que para el nuevo milenio la comedia británica necesitaba un revulsivo, una remezcla, un *bomboclap*, una nueva pócima como las que se cascaban en *24 Hour Party People* (2002): vaya, una matanza en toda regla, para poder sentarse luego a disfrutar de la sangre salpicada en las paredes a lo Jackson Pollock, «*never mind the bollocks*». La respuesta vino dada rápida con dos fans a ultranza del cine de género norteamericano: Guy Ritchie y su reformulación del cine negro contemporáneo en *Lock & Stock* (1998) y Edgar Wright haciendo del cine fantástico y de terror su *rave* particular en la ya icónica Trilogía del Cornetto: *Zombies party (Una noche... de muerte)*, zombis; *Arma fatal* (2007), sectas; y *Bienvenidos al fin del mundo* (2013), extraterrestres/ladrones de cuerpos. Wright dirigía y coescribía los guiones con Simon Pegg, quien a su vez protagonizaba las películas junto a su colega Nick Frost.

La idea de base de la trilogía es que nunca hubo una idea como tal de la propia trilogía. Wright y Pegg se habían conocido en el programa de TV *Asylum* (1996) y enseguida conectaron: ambos eran cinéfilos y ambos eran unos cachondos. Ambos se plantearon *Shaun of the Dead* (me niego a seguir llamándola por el horrible título que le impuso Universal en España) como un homenaje a George A. Romero y su magistral *Zombi* (1978) —*Dawn of the Dead* en su versión original—, aunque los zombis en la película tengan poco que aportar a la trama en sí. Me explico: el noventa y nueve por ciento de las películas de zombis van de matar zombis y ser matados por zombis, aunque luego le podamos sacar todo tipo de lecturas sociopolíticas al relato. En la película de Wright, los zombis básicamente son un estorbo con el que lidiar a la hora de ir a echarse tranquilamente unas pintas al *pub* o ir a comer con tu madre y su nuevo marido. A su peculiar y divertidísima manera, *Shaun of the Dead* traslada el centro dramático del subgénero zombi a uno mucho más aterrador: el de los treintañeros que se niegan a dejar de ser jóvenes.

Así, Shaun (Pegg) y Ed (Frost) deben lidiar al mismo tiempo con su inmadurez XXL y con un apocalipsis zombi, pero lo que realmente les da quebraderos de cabeza es el primer problema. Porque Shaun y Ed son niños grandes que quieren seguir jugando a videojuegos, fumar marihuana e ir a su *pub* favorito (el Winchester) a echarse unas birras... ¡Y quién no lo querría! ¡Envejecer es un coñazo! Pero no parece que ni sus padres ni su novia ni sus amigos ni su compañero de piso ni todos esos muertos vivientes que deambulan pegando mordiscos por Londres vayan a dejarles.

La comedia, por si no ha quedado claro, es de altura. Da igual si el chiste viene de lanzarles vinilos de edición limitada a los zombis —¡el maxi «Blue Monday» de New Order!— o de imitar el andar zombi para no ser devorados por los mismos. Te ríes hasta que te caes del sofá. Pero es que, además, *Shaun of the Dead* es rabiosamente inteligente en su construcción narrativa y posee velocidad terminal en sus curvas más difíciles, dado que Wright impone un ritmo de imágenes que hace que la película jamás desfallezca (lo de evitar todo tipo de clichés ya estaba en su tronchante guion). Y es que Edgar Wright, en el fondo, es más un director de musicales que de comedia. Recordad si no cómo se mueve la cámara, siguiendo por la calle al protagonista de *Baby Driver* (2017), o cualquiera de los momentos de música y baile de ese *neogiallo* que es *Última noche en el Soho* (2021).

En *Shaun of the Dead* hay dos momentos tremebundos al respecto. El doble viaje de Shaun en plano secuencia al badulaque a por un Cornetto (el primero preapocalipsis, el segundo ya metido en mandanga). Y el momento en el *pub*, cuando suena en la *jukebox* «Don't Stop Me Now» y todo el montaje de imágenes de la pelea con los zombis viene marcada por el pum-pum-pum-pum del tema de Queen. A George A. Romero le gustó tanto la película que les pidió a Wright y a Pegg que hicieran un cameo como zombis en *La tierra de los muertos vivientes* (2005). Logro vital desbloqueado.

94 AÑOS

Luna nueva de Howard Hawks (*His Girl Friday*, 1940)

Esto se ha dicho infinidad de veces, pero, al menos yo, nunca lo había dejado por escrito en un libro antes, así que ahí va: Howard Hawks puede ser el único director de la historia del cine que ha tocado (casi) todos los géneros y en todos ellos ha conseguido sacar una o dos obras maestras. No me hacen falta certezas, que estoy sobrado de películas. Wésterns: *Río Rojo* (1948) y *Río Bravo* (1959); cine negro: *Scarface, el terror del hampa* (1932) y *El sueño eterno* (1946); aventuras: *Solo los ángeles tienen alas* (1939) y *Hatari!* (1962); musical: *Los caballeros las prefieren rubias* (1953); bélico: *El sargento York* (1941); y, claro, comedias: *La fiera de mi niña* (1938) y *Luna nueva* (1940).

En los años treinta, es decir, en el cine que se desarrolló necesariamente tras la implantación del sonido en el mismo, los diálogos empezaron a dispararse con una velocidad tremenda. Preston Sturges, Frank Capra, Mitchell Leisen, Howard

Hawks, incluso un caballero del refinamiento de Ernst Lubitsch en *Ninotchka* (1939), cimentaron lo que se dio a conocer como *screwball comedy*. Este modelo de comedia cinematográfica se caracterizaba por personajes femeninos fuertes, diálogos rapidísimos y acciones, por lo general, tirando a deliciosamente absurdas, en donde el romance se trabajaba desde la más feroz lucha de sexos (el crítico Andrew Sarris definiría las *screwball comedy* como «comedias sexuales sin sexo»). Y es en ese divertidísimo campo de batalla, en el que la hostilidad sexual se confunde con los idilios emocionales, donde Hawks —el Balzac del lenguaje cinematográfico— ya no solo realizaría sus mejores comedias, sino que también daría oxígeno a sus películas de otros géneros. Por eso su cine siempre está poblado de mujeres poderosas, inteligentes, divertidas y tremendamente femeninas —de Katharine Hepburn a Lauren Bacall, de Angie Dickinson a Jean Arthur—, que suelen andar siempre en guerra con sus agobiadas y superadas parejas masculinas.

La obra de teatro *The Front Page*, escrita por Ben Hecht y Charles MacArthur, ya había sido llevada al cine de la mano del oficioso Lewis Milestone en *Un gran reportaje* (1931) y, después de la película de Hawks, aún habría más adaptaciones: *Primera plana* (1974) de Billy Wilder (buenísima) e *Interferencias* (1988) de Ted Kotcheff (regularísima). Pero la de Hawks, titulada en su versión original *His Girl Friday* —*girl friday* («chica viernes») era un término coloquial usado para referirse a mujeres que hacían más de un trabajo en la oficina—, siempre estará por encima de todas por dos razones absolutamente indiscutibles. La primera es la idea de genio absoluto que tuvo al cambiarle el sexo al personaje de Hildy: un hombre en la obra de teatro, una mujer en *Luna nueva*. Al fin y al cabo, como Hawks decía, la obra va de dos hombres que se quieren. La segunda es que todas las adaptaciones tratan, no sin problemas, de equilibrar los dos vectores dramáticos de la historia: la lucha de Walter Burns (Cary Grant) por evitar que Hildy Johnson (Rosalind Russell) le abandone; y la lucha del periódico, *The Morning Post*, por evitar que un hombre inocente acabe colgado en la horca. A Hawks le da igual ese desequilibrio: jamás duda de que lo realmente importante aquí es que hay que salvar sea como sea la relación entre Walter y Hildy, por lo que el ahorcamiento de un hombre solo es un tronco más con el que alimentar la hoguera de la *screwball comedy*.

Poquísimas películas hay en la historia del cine en las que se hable tanto y tan rápido y por tantos personajes a la vez como en *Luna nueva*. Para ello, Hawks —que siempre metía mano en los guiones, aunque nunca se acreditara por ello— llamó al propio Ben Hecht para que le ayudara en la tarea. El resultado es de los que te vuelan la cabeza: planos con dos o tres personajes en los que todos los diálogos se superponen, donde cada frase es un *one-line joke* de mondarse y que, pese al cacao cacofónico, no hay oración que no quede nítidamente dicha para que el espectador la capte sin ningún problema. Hawks decía que el truco era meter relleno antes y después del concepto clave de la frase. Yo aún me llevo las manos a la cabeza cuando veo esta película. Cary Grant y Rosalind Russell, cada uno a su teléfono, tienen conversaciones loquísimas y estresadísimas y, al mismo tiempo, parece que estén hablando entre ellos. Es algo increíble. Cuando el crítico Joseph McBride le preguntó cómo hacía para que los actores resultaran tan brillantes y exactos, Hawks contestó: «Cuando un actor hace una escena, le digo: "Hazla en veinte segundos menos" o "Si no le pisas la frase, te echo de aquí". Y si el ingeniero de sonido me dice que se entiende, entonces la secuencia vale». Es tal la exactitud de metrónomo de diálogos y acciones en la película que el historiador Noël Simsolo llegó a asegurar que «Hawks ya no se limita a filmar a gente que habla; filma directamente la palabra».

Así, *Luna nueva* es una película capaz de concentrar múltiples acciones, divertidas y no tan divertidas (recordemos que la vida de un hombre está en juego), en un mismo plano, mientras Grant y Russell ofrecen un recital interpretativo (generalmente al teléfono: el elemento más importante de toda la película) cuya iconicidad se renueva cada año en las escuelas de interpretación de medio mundo. De ahí que el público de distintas generaciones se haya tronchado con la humillación continua que el personaje de Grant le dedica al prometido de Hildy, al que da vida un Ralph Bellamy en modo *sparring*. Tanto da que estemos tronchándonos con un sádico mentiroso que no duda en usar a ladrones y prostitutas para sacar adelante sus planes: interpretación, guion y dirección nos empujan a que estemos en el lado de los amantes profesionales. Que también *Luna nueva*, como casi todos los films de Hawks, habla de eso: de ser un profesional en lo tuyo hasta que la muerte te separe de ello.

95 AÑOS

Rufufú de Mario Monicelli (*I soliti ignoti*, 1958)

Como ya vimos a los sesenta y siete años con *Círculo rojo* (1970), los mejores atracos cinematográficos son aquellos que acaban ejecutándose realmente bien pero que a la postre acaban saliendo rematadamente mal. Entre los ejemplos citados había una de esas películas en las que hay que vestirse de etiqueta para verlas (la ocasión lo merece): *Rififí* (1955) de Jules Dassin, magnífico atraco perfecto que sin embargo finaliza como el rosario de la aurora (la aurora no es una señora, se refiere al momento antes de amanecer, pero esa etimología mejor os la explico en persona). Pues bien, no tengo ni la más remota idea de quién fue la brillante idea, pero en su estreno en España de esta obra maestra impepinable de Mario Monicelli llamada en su título original *I soliti ignoti* (en castellano, «Los desconocidos habituales»; ahora ya sabéis de dónde sacó el título Bryan Singer para sus *Sospechosos habituales* [1995]), el traductor de turno de la distribuidora decidió aprovechar el éxito de *Rififí* para ponerle a la película *Rufufú*. Así, se expresa ya desde el propio título el carácter bufonesco e hilarante de esta maravillosa película con robo desastroso en su interior.

Rufufú es uno de los mejores ejemplos de lo que vino a llamarse *commedia all'italiana*, un movimiento cinematográfico de pleno derecho que recuperaba personajes y entornos del neorrealismo italiano de los años cuarenta y cincuenta, cambiando los contextos dramáticos de la posguerra por la picaresca del aperturismo social y económico de finales de los cincuenta y principios de los sesenta. Mario Monicelli, maestro absoluto del movimiento, siempre dijo que la *commedia all'italiana* podía tratar los mismos temas que el neorrealismo, pero que su aproximación, al ser siempre divertida o tragicómica, expresaba una forma bastante más compleja del arte cinematográfico. Es decir, que un movimiento no se opone al otro, sino que se complementan, siendo la comedia la natural evolución de la tragedia y demostrando cinematográficamente que las heridas, por fin, se estaban cerrando. Baste verse en una sesión doble dos obras maestras del calado de *Paisà* (1946) de Roberto Rossellini y *La gran guerra* (1959) de Monicelli para comprobar desde las formas más excelsas del arte cinematográfico cómo un mismo conflicto se puede abordar de dos maneras completamente distintas —drama en Rossellini, comedia en Monicelli—, sin dejar por ello de mostrar un respeto absoluto por el tema retratado. Con todo, los neorrealistas se burlaban de Monicelli, Steno, Germi, Risi y compañía llamando a la *commedia all'italiana* «neorrealismo rosa» (como si su cine fuera un neorrealismo cursi, blandito).

Rufufú es una de las grandes películas de la historia del cine, tanto en su vertiente de película cómica como por el lado del cine de atracos. Monicelli coge a un puñado de desesperados vitales que, sin embargo, se manejan por la vida con la picaresca y la chulería de quien presume de su pobreza como si fuera simplemente un estado intermedio por el que se ha de pasar para llegar a la riqueza. Todo en la película les sale o mal o fatal a este *wild bunch* de perdedores natos: Peppe (Vittorio Gassman), Tiberio (Marcello Mastroianni), Mario (Renato Salvatori), Cosimo (Memmo Carotenuto), Capannelle (Carlo Pisacane), Ferribotte (Tiberio Murgia) y el experto en cajas fuertes Dante Cruciani, al que da vida el actor cómico más importante de toda Italia, el gigante Totò. Un variopinto grupo de hombres —la *commedia all'italiana* era tremendamente masculina, aunque aquí aparezca Claudia Cardinale en un pequeño papel— al que la película nos presentará en sus cinco primeros minutos con una inteligencia descriptiva y una economía narrativa modélica. Que todo va a salir mal lo entenderemos también rápidamente y por la vía metonímica a través del desastroso personaje del gánster Cosimo: no solo le detienen en la primera secuencia de la película tras ser incapaz de arrancar un coche robado, sino que le robarán la idea del robo (valga la redundancia); intentará atracar una tienda de tasación, el empleado le cogerá la pistola y le dará mil liras por ella; y, finalmente, y en el colmo del absurdo, será incapaz de robarle el bolso a una señora y acabará siendo atropellado por un tranvía. Ciao, Cosimo!

Al margen de lo divertidísima que es *Rufufú*, del síndrome de Stendhal que produce ver a tanto gran actor junto, de cómo es capaz de jugar con el suspense y la tensión dentro del descacharre humorístico más absoluto (la larga secuencia del atraco donde todo lo que puede salir mal, sale peor), hay que añadirle la clarividente puesta en escena que impone

Monicelli, trabajando extensamente escenarios naturales retratados a la perfección con una profundidad de campo inmensa, en enfoque total. Vaya, mucha palabrería técnica he usado para decir algo sencillo: en *Rufufú* nos empapamos del contexto en el que viven y se mueven los protagonistas. La cinta crea, así, un retrato histórico y antropológico de seres y lugares de la Italia de los cincuenta, donde la vida moderna iba por fin a sustituir las miserias de la posguerra. En ese lapso, nuestros desclasados protagonistas terminarían quedándose en zona de nadie.

Mario Monicelli se suicidó a los noventa y cinco años lanzándose desde la ventana del quinto piso del hospital donde se estaba tratando de un cáncer de próstata. El cineasta, que acababa de ser homenajeado en el Festival Internacional de Cine de San Sebastián, debería figurar siempre en lo más alto de las listas de lo mejor del cine italiano junto a Fellini, Pasolini, Rossellini, etcétera. Si os acercáis a *Rufufú,* me entenderéis a la perfección. Y si os apetece seguir, dadle caña a *Guardias y ladrones* (1951), *Padres e hijos* (1957), *La gran guerra* (1959), *Llegan los bribones* (1960), su magnífico episodio de *Boccacio'70* (1962), *La armada Brancaleone* (1966) —que a mí me gusta más que *El señor de los anillos: La comunidad del anillo* (2001)—, *La ragazza con la pistola* (1968), etcétera, etcétera, etcétera.

96 AÑOS

Algo pasa con Mary de Bobby y Peter Farrelly
(*There's Something About Mary*, 1998)

Unos maravillosos títulos de crédito en *stop-motion* acompañados por la música de Jonathan Richman, que ejercerá el resto de la película de voluntarioso narrador/trovador, dan inicio a una de las cintas clave de lo que vino a llamarse «nueva comedia americana» (NCA, a partir de ahora) a finales de los años noventa y principios de los 2000. Por hacer un dibujo rápido y sencillo, que los años se nos comen ya, podríamos enumerar los rasgos de la NCA de la manera siguiente:

(1) Es la comedia que surge de la cópula entre el «humor animal» que practicaba John Belushi en los setenta —*Desmadre a la americana* (1978)— con los retratos generacionales tragicómicos de John Hughes en los ochenta —*La chica de rosa* (1986)—, a la que deberíamos sumar las corrientes de humor provenientes de la televisión: los *sketches* de Saturday Night Live, los chistes cotidianos (únicos en su estilo) de

Seinfeld (1989) y el gag retroalimentado (que da igual cuántas veces veas) de *Los Simpson* (1989).

(2) La estupidez humana siempre ha servido para que los espectadores nos echemos cálidamente unas buenas risas, pero no creo que nunca en la historia de las películas divertidas haya habido tantos idiotas como en el NCA: actores como Will Ferrell o Steve Carell han hecho de la estupidez la más fina de las artes.

(3) Si en el *slapstick* la torta gansa era el principal eje sobre el que se fabricaban las carcajadas, en la NCA la violencia se recrudece; solo que en el nuevo siglo son los protagonistas los que se cabrean y golpean, como el Adam Sandler de *El aguador* (1998) o *Punch-Drunk Love* (2002).

(4) Por fin las mujeres son protagonistas disparatadas de la acción y ya ni siquiera necesitan a un Clark Gable o a un Cary Grant con el que compartir diálogos punzantes: ellas mismas se defienden por sí solas, como bien demuestra esa joya que es *La boda de mi mejor amiga* (2011).

(5) La escatología estará presente dirija quien dirija, pero si dirigen los hermanos Farrelly aún habrá más.

(6) Los retratos generacionales ya no estarán protagonizados por adolescentes en el punto de cambio: ahora lo que nos encontramos son cuarentones que se niegan a envejecer, como es el caso de *Aquellas juergas universitarias* (2003) o *Te quiero, tío* (2009).

(7) Punto aparte tanto para la animación *punk* —*La fiesta de las salchichas* (2016), *Team America: World Police* (2004)— como para la edad de oro de los falsos documentales —*Very Important Perros* (2000), *Borat* (2006).

Vamos ya con Mary (Cameron Diaz), una chica con dos características básicas: su indudable atractivo —no solo es divertida y cariñosa, sino también guapísima— y su increíble capacidad para atraer a psicópatas. De todos los que la acosan hay uno que es un poco menos pervertido que los demás (solo un poco): Ted (Ben Stiller), su novio del instituto, que tuvo la mala suerte de pillarse la picha con la cremallera el día del baile de graduación —en uno de los gags más celebrados del NCA (y que, al parecer, está basado en unos terroríficos hechos reales)— y que perdió así el contacto con Mary. Los hermanos Farrelly ya habían demostrado una capacidad superlativa para congeniar estupidez y violencia contra uno mismo en gags alargadísimos, siendo capaces de aguantar el dislate en secuencias completas impagables como las que trufan tanto *Dos tontos muy tontos* (1994) como *Vaya par de idiotas* (1996). El secreto de su poción mágica para dar rienda suelta a la risa radica en tener grandes personajes protagonistas sometidos a situaciones patéticas, incluso abiertamente grotescas: aquí el mejor de la función es el Pat Healy al que da vida un Matt Dillon hiperbólico, capaz de hacer de su desfachatez e ineptitud su principal atractivo. Puede ser desde un gag de un solo gesto, como el esperma que le cuelga a Ben Stiller de la oreja, hasta uno que complete una secuencia demencial, como las dos protagonizadas por Puffy, el perro de la compañera de piso de Mary, que recibe, por un lado, una descarga eléctrica a cargo de Matt Dillon y que, por otro, le muerde las pelotas a Ben Stiller (qué decir al respecto: los Farrelly tienen devoción por atacar la entrepierna masculina).

En su necesaria versión extendida, *Algo pasa con Mary* supera las dos horas de duración. Resulta extraño para ser una comedia que, sin embargo, cobra pleno significado cuando el espectador entiende las ambiciones de los Farrelly para con su película. Ellos venían de un fracaso comercial absoluto con (la genial) *Vaya par de idiotas* y aquí decidieron jugarse el todo por el todo clavando chistes ultraviolentos —como ver a Ted con un anzuelo de pesca en la boca—, personajes sumamente desagradables —ese Chris Elliott aquejado de urticaria— y escatología sexual variada y derivada de su abierta gerontofobia. Me gustaría decir que *Algo pasa con Mary* es una película sobre no dejar escapar los sueños y tratar de ser honesto tanto con uno mismo como con los demás. Pero lo cierto es que no creo que esa fuera la idea principal de los Farrelly. Lo que ellos querían dejar claro es que los hombres harían cualquier estupidez, no importa lo inmoral que sea, con tal de poder encamarse con la mujer que les gusta. Porque todos en la película —desde Ted hasta Tucker (Lee Evans), quien se hace pasar por un arquitecto minusválido cuando realmente es un *rider* de treinta años que vive con sus padres— dicen que están enamorados de Mary. Pero, aquí, amor, lo que se dice amor, más bien poco o nada. Lo que hay es una obsesión demencial de un puñado de tarados por poder tener en sus brazos a una mujer con el físico de Cameron Diaz. Incluido (lo he dicho desde el principio) el personaje de Ben Stiller. Así que, en realidad, no pasa nada de nada con Mary. Ella no necesita a nadie, y mucho menos a un hombre. Lo dice bien claro en la película: ya tiene un vibrador. Ella solo quiere que la dejen en paz.

97 AÑOS

Mi tío de Jacques Tati (*Mon oncle*, 1958)

Jacques Tati nació Jacques Tatischeff porque era de buena familia, aunque al final de sus días estaba completamente arruinado tras apostar todo su capital a una sola carta: su película *Playtime* (1967). Un rotundo fracaso de taquilla para un título que aparece siempre entre los más importantes de la historia del cine. Dentro del ejercicio cómico, la larga secuencia en el restaurante de *Playtime* no tiene nada que envidiar a la fiesta de Blake Edwards y Peter Sellers en *El guateque* (estrenada un año después), porque en términos de duración, abstracción y rotundidad estaría al mismo nivel que el baile final de *Un americano en París* (1951) o que el arranque de *Salvar al soldado Ryan* (1998). Porque *Playtime* será comedia, pero también tiene algo de musical en lo armonizado de sus formas y de bélico en su violenta aprehensión del gag cómico.

Ambientada en un futuro donde la modernidad había devorado al ser humano como tal, aislándolo en una sociedad de plexiglás y eliminando cualquier contacto social, la desventura distópica *Playtime* fue la máxima depuración del arte cinematográfico de Jacques Tati. Sin embargo, la aventura había empezado años antes, en la primera de las cuatro películas que el director construyó para su sosia cinematográfico, el señor Hulot, en esa otra obra cumbre de la comedia llamada *Las vacaciones del señor Hulot* (1953). Las otras películas escritas por el director francés y protagonizadas por este personaje —siempre representado por el propio Tati— serían (en orden cronológico): *Mi tío*, la mencionada *Playtime* y la última, *Tráfico* (1971).

Hulot era un personaje que, obviamente inspirado tanto en Max Linder como en Charles Chaplin, parecía surgido del cine mudo para colarse en un mundo tan colorido como el que ofrecía el Eastmancolor de *Mi tío*. Tati había sido mimo de joven, así que su Hulot sería un personaje que se iba a expresar mejor física que oralmente. De hecho, hablar, habla poquísimo o, al menos, tan poco como podría hablar el vagabundo de Chaplin o el Mr. Bean de Rowan Atkinson (también muy influenciado por Hulot). Como la primera vez que le conocimos estaba de vacaciones, el señor Hulot para nosotros era un solipsista agente del caos, todo ángulos asimétricos, más una silueta que una persona. Por eso siempre le solemos ver de espaldas y en plano general, y prácticamente nunca en un primer plano digno de una estrella del cinematógrafo. Hulot no es muy distinto al Wally que se escondía en multitud de libros: una sombra entre la multitud, tratando de no perder el paso frente al cada vez más mecanizado movimiento del hombre/automóvil moderno. Y, como todos los superhéroes, Hulot también tenía su propio uniforme de combate: gabardina, sombrero, paraguas, pipa. En la playa de Saint-Marc-sur-Mer donde transcurre *Las vacaciones del señor Hulot* le acabaron erigiendo una estatua a la que siempre le están robando la pipa. El vandalismo de la cinefilia, siempre tan pijo.

En *Mi tío*, Hulot llega al moderno y aséptico barrio donde la familia Arpel vive sumida en una monótona rutina. Su presencia —soñadora y llena de ilusión— alterará el excesivo orden que impregna ese mundo y, sobre todo, el aburrido día a día de Gérard, su sobrino. En esta cinta, la película de Tati donde mejor se armoniza estilo (cine) y crítica (pensamiento), la arquitectura se convierte en antropología: de esta forma, cada edificio, urbanización, barrio... define a sus personajes. Gracias a este estudio del hombre de a pie, *Mi tío* congenia de maravilla con los niños cabrones del Yasujirō Ozu de *He nacido pero...* (1932), aunque también con los burgueses con ínfulas siempre ridiculizados por Frank Tashlin o Luis Buñuel. El futuro ya estaba ahí, hace más de sesenta años, con sus casas futurísticas, blancas, rectas y asépticas como la consulta de un dentista (hasta la madre de Gérard va vestida como si fuera una médica). La verticalidad da tanto vértigo que Tati tiene que poner la cámara a varios metros del foco, convirtiendo a sus protagonistas en minúsculos juguetes que se mueven en un espacio tremendamente frío e impersonal. Nada que ver con la algarabía del barrio donde vive el señor Hulot. Con sus barrenderos que no barren, su mercado de verduras rodante plagado de timadores, sus pájaros que trinan y sus niños que hacen la puñeta a cualquiera que se cruce en su camino. Hay muchísima más vida en los cascotes de la civilización que en el moderno PVC laminado de quien tiene casa con piscina (fuente ridícula incluida). En el plano fijo digno de ser recordado de *Mi tío*, seguimos a Hulot a través de las ventanas y escaleras de su edificio mientras sube a su buhardilla. Decenas de cineastas han rendido homenaje a ese plano-total; el último, Wes Anderson en *La crónica francesa* (2020).

La casa de los cuñados de Hulot, los señores Arpel, sería la perfecta sinécdoque de ese mundo moderno estéril y robotizado en el que cada elemento vale lo que su valor ornamental retrofuturista: sillas incómodas, estatuas ridículas, plantas simétricas que se rompen a la primera de cambio. Y la gente que lo habita es aún más esperpéntica: nuevos ricos que, puestos a presumir, presumen de lo ignorantes que son. Empleados serviles que pasan como amigos, pero que son prácticamente esclavos. Vecinas insoportables que fuman en boquilla, pero que exhalan el humo como si fueran parte del tubo de escape de un automóvil. La sociedad entera a ojos de Tati parece haber alcanzado la rutina repetitiva y narcótica de una cadena de montaje. Solo Hulot, con su despiste continuo, es capaz de crear armonía y belleza, aportando caos a tanta presumida desfachatez. Y todo ello acompañado por esa melodía tan maravillosa como es «Mon oncle» de Frank Barcellini. Cuando murió en 1982 víctima de una embolia pulmonar, los titulares dijeron algo así como: «Murió el cómico intelectual». ¡El cómico intelectual! ¡Váyanse a la mierda!

98 AÑOS

50 primeras citas de Peter Segal (*50 First Dates*, 2004)

Noventa y ocho años. Te lo has ganado: toca peli de Adam Sandler.

Lo fácil —lo facilísimo, de hecho: lo que pensé en la primera lista de películas que hice— era poner una de las cintas, digamos, serias del actor norteamericano Adam Sandler. Porque las tiene buenísimas: *Punch-Drunk Love* (2002) de Paul Thomas Anderson, *The Meyerowitz Stories (New and Selected)* (2017) de Noah Baumbach, *Diamantes en bruto* (2019) de los hermanos Josh y Benny Safdie. Pero eso es hacer trampa, eso-no-vale. Porque si Adam Sandler se ha hecho un nombre en la historia de la comedia ha sido gracias a que fue *Happy Gilmore* (1996), a que fue *Billy Madison* (1995), a que fue *Little Nicky* (2000), mierda, a que fue hasta *Jack y su gemela* (2011).

Así que aquí está el director más ignoto que cito en todo el libro: Peter Segal. Director de *Agárralo como puedas 33 y ⅓:*

El insulto final (1994) y de *El profesor chiflado II: La familia Klump* (2000), ya había trabajado con Sandler en su *exploitation* de la exitosa *Una terapia peligrosa* (1999) en la nada exitosa *Ejecutivo agresivo* (2003). Tampoco el guionista George Wing es responsable de nada, dado que este era su primer guion y básicamente lo que hace es reciclar el patrón de la comedia-bucle perfectamente ejemplificada con esa obra maestra de la comedia romántica moderna que es *Atrapado en el tiempo* (1993), posteriormente copiada hasta la saciedad tanto en el mismo ámbito cómico, *Palm Springs* (2020), como en otros géneros ajenos, como el terror: *Feliz día de tu muerte* (2017).

Recordemos, en la película de Harold Ramis el periodista descreído al que daba vida un Bill Murray en su mejor momento se quedaba atrapado en un *loop* vital al tener que repetir cada día un mismo día, el de la marmota, situación que aprovechaba para conocer y conquistar a la chica de la que, de forma inevitable, estaba enamorándose hasta los huesos. Pero no nos engañemos: el personaje de Murray es un ser rastrero (aunque muy divertido), puesto que utiliza su condición existencial en *reset* continuo para así sortear todas las dificultades que le entraña el llegar al corazón de su chica. Vamos, que miente sin parar. Es cierto, sin embargo, que al final utiliza todo ese engaño para tratar de hacer feliz a la gente, al menos, durante un día de sus vidas. Por lo que la película quizás acabe en tablas morales.

En *50 primeras citas* Henry Roth (Adam Sandler) tiene un problema si no igual, bastante parecido. Él, que era un mujeriego empedernido cuya única fidelidad se la otorgaba a una morsa inteligente y a un amigo idiota, Ula (Rob Schneider), se ha enamorado de Lucy (Drew Barrymore), una joven que sufre amnesia a corto plazo. Algo parecido a lo que le ocurría al protagonista de *Memento* (2000), pero con un horario más cuadrado: cada mañana al levantarse, Lucy no se acuerda de nada de lo ocurrido el día anterior. Ella también vive en un *loop* continuo, solo que no es consciente de ello porque toda la gente que la rodea y que la quiere se dedica a repetir el mismo día con ella una y otra vez. Así que si Henry realmente quiere conquistar a Lucy, deberá dejar de ser egoísta y entregarse al doscientos por cien a su nuevo trabajo: inventar cada día una manera distinta de acercarse a la joven para así poder entablar una relación, digamos, más o menos seria. Vivir el resto de su vida como si siempre se tratara de una primera cita.

Las risas son innatas al método Sandler. Se debe a la mezcla de situaciones absurdas e ilógicas —en muchos casos también violentas— que, sumadas a la estupidez supina de muchos de los personajes secundarios, una vez arranca no ceja en su creación de gags continuos, encadenados por elipsis que eliminan cualquier atisbo de presentación y cierre. Porque el método Sandler no es ajeno a la mecánica de la caída libre de chistes del *Saturday Night Live* (donde Sandler fue colaborador): cuantos más y más locos, mejor. Ejemplos de todo lo que digo en la película hay a patadas. Como cuando Henry simula una pelea con Ula para que así Lucy detenga su coche e interaccione con él, y lo que hace ella es empezar a pegarle con un bate al sufrido amigo. O como cuando él simula electrocutarse, haciéndole un puente a la batería del coche, y ella lo remacha diciéndole que así murió su abuelo. Es cierto: también hay un gag con una morsa vomitando (los animales y sus líquidos internos son también método Sandler), cuestionables chistes a costa de la sexualidad de la compañera de trabajo de Henry y otros tantos que se estrellan en el larguero del humor.

Muchas veces, uno no sabe si reír o llorar, pero ¡es que todo eso va en el método Sandler también! ¡O lo tomas o lo dejas! Y, por supuesto, también forma parte del método su bellísimo cierre, que encadena un momento divertidísimo —Henry llorando y navegando, cantando a grito pelado «Wouldn't It Be Nice» de The Beach Boys— con un reencuentro final con Lucy, en el que se descubre que, milagrosamente, su historia de amor parece estar ayudándola a recordar. Probablemente el *happy end* sea excesivo, pero es que también lo era el punto de partida. Y el arte de Adam Sandler —como el de Harold Lloyd o el de Jerry Lewis— consiste en equilibrar imposibles. Siempre, por supuesto, sacándonos una sonrisa bien maja.

99 AÑOS

La vida de Brian de Terry Jones (*Life of Brian*, 1979)

Los Monty Python eran seis: Graham Chapman, John Cleese, Eric Idle, Terry Jones, Michael Palin y Terry Gilliam. Todos británicos menos Gilliam, que era de Minnesota (EE. UU.), escribían e interpretaban los diferentes *sketches* que alimentaban la histórica serie *Monty Python's Flying Circus* (1969-1974), al mismo tiempo la Capilla Sixtina y el Guernica de la comedia en televisión. Gilliam, que no era muy fan de salir en el plano, era el responsable de crear las (sublimes, icónicas, divertidísimas) animaciones con las que se intercalaban los distintos *sketches*. Más que los Beatles de la comedia (como solían llamarlos), eran una mezcla de Sex Pistols, Talking Heads, Igor Stravinski y Black Sabbath. La inteligencia máxima con la que elaboraban sus guiones, su asombroso *timing* cómico, la originalidad y el desparpajo de sus ideas, su voluntad suicida de bañarse en el surrealismo para abrazar el absurdo más delirante, su bien nutrida base cultural para regar los guiones de referencias intelectuales (para así poder reírse de ellas) y su mínimo respeto a la ortodoxia clásica del *show* televisivo: todo ello los convirtió en los principales renovadores de la comedia televisiva moderna. Gags como los del chiste más divertido del mundo (tan divertido que todo el que lo lee, se muere), el concurso de resumir *En busca del tiempo perdido* de Marcel Proust en quince segundos, la carrera ciclista protagonizada por pintores históricos, la desgracia en el restaurante tras un comensal descubrir una pequeña mancha en un tenedor, el local de quesos que no tiene ni un solo queso, el hombre que va a la tienda de mascotas para reclamar que el loro que le vendieron estaba muerto, «*and now for something completely different*»... son picos de la historia de la cultura, tan importantes como los cortometrajes de Mack Sennett, las películas animadas de Tex Avery o los largometrajes cómicos del maestro Ernst Lubitsch.

Como no podía ser de otra manera, el gran éxito televisivo de los Python les llevó a dar el salto al cine. Cuatro largometrajes sin igual como son *Se armó la gorda* (1971), *Los caballeros de la mesa cuadrada y sus locos seguidores* (1975), *La vida de Brian* y, su última película, *El sentido de la vida* (1983), tras la cual el grupo se separó, aunque siempre han seguido colaborando unos y otros en sus distintas aventuras en común. Todos no, que el bueno de Graham Chapman, nuestro mesías en *La vida de Brian*, falleció prematuramente a los cuarenta y ocho años, víctima de un cáncer de orofaringe. Los Monty Python, desde la vanguardia más absoluta, definieron el humor que se iba a realizar en la segunda mitad del siglo XX hasta, prácticamente, llegar a nuestros días. Sin ellos, el humor moderno o no hubiera existido o hubiera sido muy diferente: el *Saturday Night Live*, las películas con los

Leningrad Cowboys de Aki Kaurismäki, el *Humor Amarillo* (1986) de Takeshi Kitano, *Beavis & Butt-Head* (1993) y nuestra bendita *La hora chanante* (2002). Sin ellos, no nos engañemos, el mundo habría sido muchísimo menos divertido, porque los Monty Python son de esas escasas cosas que hacen que la vida merezca la pena.

Y ni con todo su talento y su éxito sumados conseguían poner en pie *La vida de Brian*. La productora que había prometido financiarles, EMI, se retiró escandalizada tras leer el guion, y eso que los decorados en Túnez ya estaban preparados. El máximo responsable de la misma, Bernard Delfont, dijo de la película que era «obscena y sacrílega» y cerró la frase con unas palabras que podría haber escrito perfectamente Eric Idle: «No permitiré que la gente diga que yo me burlé del jodido Jesucristo». Y cuando todo estaba perdido, apareció ¡George Harrison! El ex-Beatle hipotecó su casa y montó una productora cinematográfica, HandMade Films, exclusivamente para producir *La vida de Brian*, asegurando que era solo porque «me apetece ver la película». De su compañía, en el futuro, saldrían gemas del cine británico como *El largo Viernes Santo* (1980), *Withnail & I* (1986) o el debut de Terry Gilliam en solitario, *Los héroes del tiempo* (1981).

La vida de Brian busca darles la vuelta a los evangelios cambiando de forma accidental la figura de Jesucristo por la de Brian, un hijo bastardo de un romano que, aunque lo único que quiere es enrollarse con una activista del Frente Popular de Judea, acaba convertido en un nuevo mesías y, en consecuencia, es condenado a morir por crucifixión. El cúmulo de ideas asombrosas que aparecen, una vez más, en un trabajo de los Python es absolutamente increíble, un milagro cómico al que uno solo puede asistir flipando de cabo a rabo, frotándose los ojos con fuerza para creerse lo que está viendo, rezando un poco a un dios inexistente para que no le dé un infarto cerebral de tanta risa. Y entre gag —el eremita que tras dieciocho años en huelga de silencio pega un grito cuando Brian le pisa— y gag —todas las mujeres llevando barba postiza para así poder asistir a una lapidación— los Python sueltan un corrosivo discurso en contra del dogmatismo religioso, del sectarismo político, de la intolerancia social y, en definitiva, de todos los fanatismos, retratando estos como un verdadero huerto de Getsemaní donde solo crecen imbéciles. Tan cachondos como visionarios, los Python meten en *La vida de Brian* chistes sobre temas tremendamente vigentes a día de hoy, cuarenta y tantos años después de su estreno: el lenguaje inclusivo, la transexualidad, el feminismo y esa nueva revolución que, en vez de salir a la calle a cambiar las cosas, se queda en casa, discutiendo una y otra vez sobre lo mismo.

Dicho así, ha quedado un poco serio. Recordemos entonces a Brian, desesperado, intentando comprar una barba postiza para huir de los romanos, algo que le es imposible conseguir porque el tendero se niega a vender sin regatear. O al emperador romano gangoso y su amigo general con ceceo, desafiando a sus propios soldados a que se atrevan a reírse cuando ellos hablan (escena improvisada tal cual en el rodaje). Al final de la película, un montón de crucificados cantan felices la canción de Eric Idle «Always Look on the Bright Side of Life». Pero hubo mucha gente que no le hizo caso a la canción y, tremendamente ofendida por la película, se dedicó a perseguirla, tratando de montar una caza de brujas que les costara la cabeza a sus responsables. El escándalo fue mayúsculo. Los Python tuvieron que conceder entrevistas en televisión continuamente para explicar lo que estaba tremendamente ya claro en la película. El absurdo surrealista de *La vida de Brian* se trasladó así al mundo real. En Noruega la película fue prohibida y no se estrenó. En Suecia los carteles en la calle promocionando el estreno ponían en letras bien grandes: «Esta película es tan divertida que la han prohibido en Noruega». En EE. UU. grupos religiosos (tanto judíos como cristianos) se manifestaron delante de los cines que exhibían la película. Había pancartas escritas con «PYTHON = SERPIENTE = SATÁN». Terry Jones se alegraba de que aquellos de los que, precisamente, se reía la película —los fundamentalistas que creen hablar con la voz de Dios— fueran los que estuvieran mandándoles amenazas de muerte, porque así quedaba claro que se identificaban perfectamente con la sátira. El que no salió a manifestarse fue Michelangelo Antonioni, y eso que el último chiste de la película se lo tiraban a él: la frase que aparece al final de los títulos de crédito es «Si has disfrutado esta película, ¿por qué no ir a ver *La Notte*?».

100 AÑOS

2001: Una odisea del espacio de Stanley Kubrick
(*2001: A Space Odyssey*, 1968)

Cien años. Se acabó. Fin del juego. *Game over*: «*This is the end, beautiful friend*». Pero si hemos de marchar, hagámoslo por la puerta grande. Por la de Tannhäuser, la de Ishtar, las del infierno de Dante; por *La puerta del cielo* (1980) de Michael Cimino o por cualquiera de las muchísimas que aparecen en *Monstruos, S.A.* (2001). Aunque ninguna puerta cinematográfica te va a llevar más lejos que la que inventaron el escritor Arthur C. Clarke y el realizador Stanley Kubrick: la Puerta Estelar.

Una vez cruzada, esta mandará al astronauta Dave Bowman (Keir Dullea) más allá de las estrellas, en un viaje lisérgico —de ahí que, cuando se estrenó, buena parte del público decidiera ir al cine bajo los efectos de las drogas alucinógenas, tan de moda a finales de los sesenta, con el movimiento *hippy* en todo su esplendor— donde el cine experimental de

Stan Brakhage y las animaciones artísticas de John Whitney les sirvieron a Douglas Trumbull —maestro (y pionero) de los efectos especiales— para crear el viaje espacial de la película, una construcción puramente fantástica e imposible. Bowman, ese hombre que es todo cáscara, todo gelidez cerebral matemática. Porque *2001: Una odisea del espacio* no plantea un futuro distópico, sino un futuro hipertecnológico donde las máquinas han aprendido a sentir mejor que los humanos. Por eso cuando vemos a Bowman y a su compañero Frank Poole (Gary Lockwood) ejercitarse a bordo de la Discovery 1, cuando vemos a las azafatas desplazarse de forma geométrica en el transbordador lunar, cuando nos colamos en la comunicación aséptica que establecen el doctor Floyd (William Sylvester) y su hija... percibimos a la perfección lo robotizados que se hallan los humanos, su ausencia absoluta de emociones palpables, la erradicación de todo tipo de pensamiento empático. En el futuro puesto en palabras por Clarke y en imágenes por Kubrick, la amígdala cerebral que crea las emociones ha sido lobotomizada, haciendo que la corteza prefrontal que rige la razón haya tomado el mando de la personalidad de los sosos humanos del mañana.

Menos mal que las máquinas sí se han desarrollado, algunas de forma tan increíble como el superordenador HAL 9000 que controla la Discovery 1: un ordenador que sufre una contradicción en su código, ya que le han generado mal las pautas de conducta. Eso le estresa, le oprime, le hace sufrir; al final, aunque claramente aprecia a sus tripulantes, decide asesinarlos sin remisión cuando descubre que están tramando algo contra él. La imagen de la cápsula exterior cobrando vida, encarándose a Poole y dirigiéndose a él con las pinzas abiertas, convirtiéndose en una mezcla de monstruo lovecraftiano y diseño tecnológico de Apple, para luego ver al astronauta desesperado cayendo al vacío del espacio en el más absoluto de los silencios... Guau. Eso es terror en estado puro. Un terror que ha ido cociéndose a un rigor superlento, el *slow xup-xup*, como si la película se sentara encima de ti para entumecerte todos los miembros y así llevarte a ese monolito-puerta de las estrellas de Saturno donde el «Réquiem» de Ligeti te acuchillará los tímpanos con sus vientos atonales y su coro de voces surgidas del Apocalipsis según san Juan. Vemos entonces a Bowman y su rostro pétreo, su ojo capturado en *pop-art* a cuatro colores distintos, efecto que consiguió Trumbull proyectando imágenes a alta velocidad sobre el casco de astronauta que lleva el protagonista, en una simetría partida que el artista sacaría de planos de arquitectura, diagramas electrónicos, esquemas de computadoras, celuloide pintado con pasta de dientes, etcétera.

Cuatro millones de años antes de que Bowman envejeciera sin continuidad en una habitación rococó más allá del tiempo y del espacio, unos simios prehumanoides se encuentran con el primer monolito de *2001*. Al vibrar a su contacto, estos adquieren una nueva inteligencia, algo que les hace rascarse la cabeza, utilizar manos y piernas de forma distinta, inventar la primera arma de la historia. Kubrick ya había dejado claro muchos años antes, concretamente en *Senderos de gloria* (1957), lo que pensaba de las guerras, la violencia y los ultranacionalismos, pero en *2001* deja claro que no tenemos perdón de Dios porque ni nos merecemos el perdón ni existe ningún dios. Por eso lo que hace el primer ser (mínimamente) inteligente en la historia de la humanidad es abrirle la cabeza a un semejante con un hueso convertido en arma. El resto es historia del cine. Un hueso lanzado hacia el cielo que cuando cae es una nave espacial bailando al son del «Danubio azul» de Johann Strauss.

¿Cómo envejecerá esta cinta? No tenemos aún perspectiva porque el cine sigue siendo un arte tremendamente joven; sin embargo, aunque unos y otros lo han querido matar en multitud de ocasiones, sigue resistiendo indemne los envites. Abel Ferrara me dijo una vez que el cine jamás moriría mientras existan los cineastas. Bueno, dijo *filmakers*, que suena mucho mejor. Stanley Kubrick ha sido uno de los grandes *filmakers* de la historia y seguramente —a no ser que un apocalipsis se cargue al planeta en los próximos años— cuando las civilizaciones futuras, dentro de doscientos o trescientos años (o mil años, como la última entrega de las novelas de Arthur C. Clarke: *3001: Odisea final*) se acerquen a *2001*, lo harán desde la admiración y la constatación de que están delante de uno de los grandes pasos artísticos en la historia de la humanidad. Porque *2001* se seguirá viendo, viviendo, analizando y disfrutando muchos siglos después de que todos los que hoy estamos vivos —yo que escribo estas palabras, tú que las lees— no seamos más que polvo. Esa gente del futuro disfrutará enormemente, como hemos hecho nosotros, tratando de resolver los muchos enigmas que plantea esta cinta infinita, visionaria, pluscuamperfecta. Probablemente porque es una película construida para el futuro, no para el presente (mucho menos para el pasado): cuando se estrenó *2001*, el hombre ni siquiera había llegado aún a la luna.

Al menos nosotros jugamos con una ventaja sobre esas gentes del mañana: durante una porción de nuestras vidas, coincidimos en el planeta con Stanley Kubrick. De hecho, en función de la edad que tengas, igual hasta fuiste al estreno de *Eyes Wide Shut* (1999) o, quién sabe, incluso al de *La chaque-*

ta metálica (1987) o al de *El resplandor* (1980). Y eso, al menos para mí, es algo importante. Algo que echar a la mochila de los grandes recuerdos. Si llegamos a los cien años, bueno, esperemos que esa mochila esté repleta de mogollón de cosas que nos hayan hecho felices en esta, sin duda, extraña y difícil y hermosa y sorprendente vida.

AGRADECIMIENTOS

Cierro que se me ha vuelto a hacer tardísimo. Vamos con los agradecimientos.

Este libro no habría sido posible sin el apoyo, el cariño y las correcciones de Penélope Coronado. Así que, en la lista de agradecimientos, ella es la primera dama.

A mis hijos: Nicolás y Samuel. Ellos han dado significado a mi vida. Se lo agradezco, entre otras cosas, poniéndoles pelis de mayores. A través de sus ojos estoy aprendiendo a volver a mirar.

A mis hermanos en esto: Xavi Serra, Alberto Lechuga, Daniel de Partearroyo, Philipp Engel, Carlos Reviriego. Y a mis hermanos fuera de esto: Dani Martínez y Edu Castillo.

Que cante mi gente (en *Tarde de Perros*): Verónica Melguizo, Marta Medina, Noel Ceballos, Andrea G. Bermejo, Paula Arantzazu, Antonio Trashorras, Rubén Lardín, Beatriz Martínez, Gerard Casau, Hilario J. Rodríguez, Esther M. Trula, Alex Mendíbil, John Tones, Eulàlia Iglesias.

A Sergi Siendones, que pensó en mí para este proyecto, y a Sandra Beltrán, que me editó los 101 textos con el rigor que deberían tener todos los editores.

A todos y todas los que creen en la crítica de cine.